BASTEI
LÜBBE

BASTEI LÜBBE

FRAUEN

Catherine Alliott

Der einzig Richtige

BASTEI-LÜBBE-TASCHENBUCH
Band 16 201

Deutsche Erstveröffentlichung
Titel der englischen Originalausgabe:
The real thing

Printed in Germany, Januar 2000
Einbandgestaltung: K. K. K.
Titelfoto: Superbild
Satz: hanseatenSatz-bremen, Bremen
Druck und Bindung: Ebner Ulm
ISBN 3-404-16201-3

Für Fred, Emily und Sophie

Mit einem Dank an Diane

1. Kapitel

Ich legte den Hörer auf und spürte Panik in mir aufsteigen. Sie schoß durch meinen Körper wie ein turbogeladener Aufzug. Meine Augen wurden glasig, meine Eingeweide schienen sich zu verknoten.

»O nein!« stieß ich hervor.

Rasch schaute ich auf die Küchenuhr. Ein Uhr. Ein Uhr! Nur noch zwei Stunden.

»Was ist? Was ist passiert?« Laura beugte sich weit über den Küchentisch, und die Tülle ihres Zuckergußbeutels baumelte bedenklich nahe über dem linken Augapfel des Dinosauriers.

»Lotti Locker hat eine Blasenentzündung«, verkündete ich.

Lauras Zuckergußbeutel zitterte leicht, und sie verpaßte Tyrannosaurus Rex unbeabsichtigt ein schielendes Auge. »Lotti Locker? Wer ist denn das – ein Hund?«

»Das ist die Entertainerin, du Dummkopf!« zischte ich und fuhr mir nervös mit den Fingern durch die Haare, bis sie in alle Richtungen abstanden. Dann sprang ich auf wie ein aus der Tiefe schießendes Seeungeheuer. »Für Clemmies Party. Das weibliche Gegenstück zu Paul Daniels für Vierjährige. Sie hat abgesagt, meinte, sie kann unmöglich kommen, weil sie an die Klobrille gefesselt ist. O Gott, Laura, was soll ich nur tun?« Ich nahm die Hände aus meinen dunklen Locken und rang sie verzweifelt. »In genau zwei Stunden werden siebzehn Vierjährige durch diese Tür stürmen«, ich streckte einen zitternden Finger aus, »und weiße Kaninchen, Kasperltheater und Luftballontricks verlangen, und alles, was ich ihnen bieten kann, sind Marmeladenbrote und ein paar Schwünge mit dem Hula-Hoop-Reifen. Sie werden mich lynchen!«

»Wenn das alles ist.« Gelassen warf meine Schwester ihr langes blondes Haar zurück und betrachtete ihr Zuckergußwerk. »Ich dachte schon, es sei etwas Ernstes. Du brauchst doch nicht wirklich einen Entertainer, oder? Mach ein paar nette Spielchen mit den Kleinen, und gib ihnen ein Stück matschigen Kuchen in einer Serviette, so wie Mum früher. Sie sind doch erst vier, meine Güte.«

»Nette Spielchen? Matschigen Kuchen?« Ich lachte hohl und sank zurück auf meinen Stuhl.

Ich betrachtete Laura in ihrem lässigen, aber makellosen Outfit, einem marineblauen Hosenanzug, der ganz klar zu sagen schien: Ich habe mich zwar in meiner PR-Agentur für einen Tag freigemacht, um auf der Geburtstagsparty meiner Nichte auszuhelfen, aber deshalb muß ich doch nicht gleich auf das Niveau von Leggings herabsinken, besten Dank. Grimmig schüttelte ich den Kopf.

»Laura, du hast wirklich keine Ahnung. Vierjährige sind heutzutage ein anderes Kaliber als wir damals. Sie kennen ihre Partyrechte ganz genau, und dazu gehören«, ich zählte an den Fingern ab, »ein großer heliumgefüllter Luftballon, eine Wundertüte mit mindestens fünf Teilen, von denen drei eßbar und schlecht für die Zähne sein müssen, und entweder eine Hüpfburg oder ein Entertainer, und zwar am besten einer, der in den letzten drei Monaten noch auf keiner anderen Kinderparty in der Nachbarschaft war.«

Laura runzelte die Stirn. »Klingt ziemlich gräßlich.«

»Natürlich ist es gräßlich«, schrie ich. »Das sind Monster. Ausgekochte kleine Tyrannen, die genau wissen, wie man – O hallo, mein Schatz.« Ich brach hastig ab, als das Geburtstagskind höchstpersönlich in ihrem unverschämt teuren Partykleidchen in die Küche stolzierte. Sie drehte sich vor uns im Kreis, und wir klatschten artig.

»Gefällt dir dein Kuchen?« fragte ich strahlend. »Laura kann das toll, findest du nicht auch?«

Clemmie kam argwöhnisch näher. »Sehr schön«, meinte sie schließlich, nachdem sie um den Tisch gegangen war und den Dinosaurier von allen Seiten inspiziert hatte. »Ich bin froh, daß du ihn machst, Laura«, sagte sie. »Der, den Mummy letztes Jahr gebacken hat, hat nicht mal Hugo geschmeckt. Kommt Edward auch zu meiner Party?«

Laura bückte sich strahlend zu Clemmie hinunter, als sie den Namen ihrer jüngsten Eroberung vernahm. Sie strich das gesmockte Kleid ihrer Nichte glatt. »Nein, meine Süße, er muß arbeiten. Möchtest du denn gern, daß er kommt?«

Clemmie zog das Näschen kraus. »Nicht wenn er immer noch traurig ist.«

»Was meinst du damit?« Laura sah sie stirnrunzelnd an.

»Mummy hat gestern abend zu Daddy gesagt, daß er eine ziemlich traurige Gestalt ist. Stimmt's, Mummy?« Sie sah mich erwartungsvoll an.

»Nein, nein Schätzchen«, antwortete ich hastig und wurde furchtbar rot. »Ich meinte einen Mann, der mit Daddy zusammen arbeitet. Er heißt auch Edward.«

Ich riskierte einen Blick zu Laura hinüber, die mich ziemlich feindselig anstarrte. »Also wirklich, was Kinder alles behalten. Sprich über jemanden, den sie noch nie gesehen haben, und sie erinnern sich sogar an seine blöde Schuhgröße, sag einmal ›Scheiße‹, und sie wiederholen es jeden Tag, aber versuch mal, ihnen beizubringen, an das Wörtchen ›danke‹ zu denken, und es entfällt ihnen komplett! Nein, nein, dieser Edward ist ein Anwalt aus Davids Kanzlei. Es ist sehr traurig, er verlor ...«

»Sein Bein?« half meine Schwester mit eisiger Stimme aus. »Oder den Verstand?«

»Äh, nein, seine Frau. Er hat seine Frau verloren.«

»Wie unaufmerksam von ihm.«

»Das kann man wohl sagen. Komm jetzt, Clemmie.« Ich schob meine Tochter eiligst zur Tür. »Spiel ein bißchen im Garten, ja. Ich hab' hier drinnen eine Menge zu tun.«

Clemmie bewegte sich zögernd zur Hintertür. »Wann kommt Lotti Locker?«

»Bald, Liebling, bald« antwortete ich schwach und sah zu, wie sie mit ihren neuen Schuhen durch den Matsch zum Sandkasten schlurfte.

Ich stand am Spülbecken, und da ich mich nicht traute, Laura anzusehen, schaute ich statt dessen von unserem Gartenweg zu dem des Nebenhauses und weiter zu dem daneben ... So ging es immer weiter, Weg an Weg, und alle führten in handtuchschmale Gärten hinter unserer dreistökkigen Häuserreihe mit vier Zimmern – Nummer vier wurde entweder von den Kinderlosen als Arbeitszimmer genutzt oder von den Bewohnern mit Kindern als Zimmer für das Kindermädchen – zuzüglich offenem Wohnzimmer über offener Küche im Erdgeschoß.

Natürlich gab es feine Unterschiede. Manche Küchen hatten die Spüle im vorderen Teil und eine Glastür zum Garten, und manche hatten die Spüle im hinteren Teil (keine Glastür), und manche hatten die Küchenwand herausgerissen und einen Wintergarten gebaut und damit ganz auf den Gartenweg verzichtet. Aber das war schon der einzige Unterschied.

Auch die Bewohner der Häuser waren sich erschreckend ähnlich, vor allem was ihre soziale Stellung betraf. Die Männer waren in der Regel Ärzte, Rechtsanwälte, Wirtschaftsprüfer, Architekten, Banker und Makler, und die Frauen waren in ähnlich gehobenen Positionen, bevorzugt jedoch in der Medien-, Verlags- und Kunstbranche. Mit anderen Worten, alles gutbezahlte Mitglieder der Londoner Berufsszene, und sie alle lebten auf Tuchfühlung in herausgeputzten viktorianischen Reihenhäuschen in den herausgeputzten Londoner Vororten Putney, Fulham, Hammersmith, Wandsworth, Clapham, Balham und, im Notfall, Streatham.

Es gab natürlich auch noch die anderen Frauen, überlegte ich, während ich ein angetrocknetes Fruchtgummi von meinen Jeans kratzte. Frauen, die wie ich nicht berufstätig waren und deren Leben sich nur um ihr die Kinder drehte. Auch dort gab es geringfügige Unterschiede. Etwa in der Art und Weise, wie wir unsere Zeit gestalteten, wenn die kleinen Lieblinge fort waren – im Kindergarten, beim Ballett, beim Kindertennis oder auf einer ihrer zahlreichen Einladungen. Die einen widmeten sich in dieser Zeit sozialen Aufgaben, andere arbeiteten im Garten oder belegten einen Malkurs, wieder andere zog es ins Fitneß-Studio. Mit einem Spüllappen rubbelte ich den klebrigen Flecken aus meiner Jeans, dann warf ich ihn in die Spüle zurück. Ich hatte bisher noch nicht entschieden, was meine Ersatzbeschäftigung werden sollte.

Blinzelnd betrachtete ich die sonnenbeschienenen, mit Glyzinien bewachsenen Mauern. Daß alles ziemlich gleich war, störte mich wenig; ehrlich gesagt fand ich es sehr angenehm. Reihenweise Sicherheit, sozusagen. Jede Wette, daß meine Nachbarinnen auch so empfindsame, unverheiratete Schwestern hatten wie ich, die in schicken Stadtteilen wie Chelsea oder South Kensington schicke Appartements bewohnten und glänzende Fassaden zur Schau stellte, sich aber insgeheim einen Ehemann und eine Familie wünschten, um sich mit einem Seufzer der Erleichterung zu ihren weniger glanzvollen Schwestern in die ruhigeren, bequemeren Vororte zu gesellen.

Plötzlich spürte ich Lauras Blicke im Rücken, und mir wurde klar, daß ich sie schwer beleidigt hatte. Ich konnte mir genau vorstellen, wie sie jetzt da saß, in meiner Shaker-Küche an meinem Tisch aus Pinienholz, ein marineblaues Hosenbein über das andere geschwungen, nervös mit ihrem Gucci-Schuh wippend, an einem französischen Halstuch, das mit H anfing, herumnestelnd (ich traute mich nie, den Namen auszusprechen, weil ich Angst hatte, meine Unkenntnis zu offenbaren), mit hochgezogenen Augenbrauen und Schmollmund darauf wartend, daß ich ihr eine Erklärung lieferte, daß ich wieder einmal aus dem Fettnäpfchen stieg, daß ich mich entschuldigte.

Ich seufzte. Mit einemmal fühlte ich mich müde, alt und vor allem genervt. Genervt vom ständigen Besänftigen, Beschwichtigen, Beruhigen. Genervt vom Leben anderer Menschen. Wieso beruhigte und besänftigte mich eigentlich nie jemand? Aber das half mir jetzt auch nicht weiter. Also holte ich tief Luft, drehte mich um und schenkte Laura ein strahlendes Lächeln.

»Eine Blasenentzündung ist gar nicht so schlimm, oder, Laura?«

Laura blinzelte unsicher. »Äh, also ich ...«

»Heißt das nicht einfach nur, daß man ständig aufs Klo muß?«

»Schon, aber ...«

»Gut, dann soll sie sich verdammt noch mal aufs Klo setzen und ihren Job von da aus machen. Was fällt ihr ein, in letzter Minute abzusagen, nur weil sie ihre Blase nicht unter Kontrolle hat? Meine Güte, Clemmie hat ihre Blase auch nicht unter Kontrolle, und ich schicke sie trotzdem in den Kindergarten. Wenn diese Lotti Locker inkontinent ist, findet die Party eben oben im Bad statt. Sie kann sich aufs Klo setzen und einen meiner langen Röcke anziehen und über ihre Knie breiten, dann werden die Kinder schon nichts merken. Ich bin sicher, daß wir siebzehn von ihnen da reinkriegen, schließlich sind sie alle noch klein. Mindestens vier passen in die Badewanne, eine ins Waschbecken – Holly Bates kommt dort hinein, die ist nicht größer als ein Stück Seife –, ein paar passen noch auf die Fensterbank, und ich werde Ballons und Girlanden an die Klospülung binden und ...«

»Sei nicht albern, Tess, du kannst die Party doch unmöglich im Bad feiern! Mal abgesehen von allem anderen ist es unhygienisch«, empörte sich meine Schwester. »Was für eine Idee! Ruf Clemmie rein und erklär ihr vorsichtig, aber bestimmt, was los ist und weshalb sie keine Entertainerin auf ihrer Party haben kann. Sie wird das schon kapieren.«

Ich sah meine Schwester an. Für eine so clevere Frau hatte sie sich erstaunlich leicht von dieser Episode mit dem ›traurigen Edward‹ ablenken lassen. Es hatte mich keinerlei Anstrengung gekostet. Konnte ich jetzt etwa schon im Schlaf beruhigen und beschwichtigen? Laura warf ihr Haar selbstbewußt nach hinten, als wäre sie gerade auf dem Weg zu einem Meeting, wo sie einen Kunden über eine leichte Abänderung der Marketing-Strategie aufklären mußte, die seinen Etat möglicherweise stärker belasten würde.

»Wenn du willst, rede ich mit ihr«, schlug sie vor.

Ich lächelte gequält und tätschelte ihre Hand. »Schon gut, meine Liebe. Es würde Ewigkeiten dauern, bis ich deine Augäpfel aus ihren kleinen Fingern befreit hätte. Sei ein Engel und verzier den Kuchen weiter mit Zuckerguß. Ich hänge mich inzwischen ans Telefon und verspreche jedem Entertainer in London das doppelte Honorar und soviel zu trinken, wie er zwischen drei und fünf Uhr schafft, okay?«

Ich schnappte mir die Gelben Seiten und blätterte hastig durch die Einträge unter dem Stichwort ›Unterhaltungskünstler‹.

Laura schüttelte den Kopf. »So kurzfristig wirst du nie jemanden finden«, prophezeite sie.

»Warte nur ab, jeder ist käuflich«, antwortete ich entschlossen. »Zur Not werfe ich eine unwiederstehliches Angebot in die Waagschale.«

»Das ist eine glänzende Idee! Vergiß nicht, deine Kaiserschnittnarben, die Schwangerschaftsstreifen, Krampfadern und den Hängebusen zu erwähnen, dann wird sich in kürzester Zeit der komplette Magier-Verein vor deiner Tür drängeln.«

»Danke, Laura.« Deutlicher hätte sie mir nicht zu verstehen geben können, daß *sie* es nicht vergessen hatte. »Danke für deine aufmunternden Worte. Aha, hier haben wir ja die Entertainer. Laß mal sehen ... der Phantastische Philip, nein, der kommt nicht in Frage, er war letzte Woche bei Clarissa Williams. Wie wäre es denn mit ... dem Magischen Mickey? O Gott, nein. Den dürfen wir auf keinen Fall nehmen.«

»Und warum nicht?«

»Wir hatten ihn mal auf einer Weihnachtsfeier von Hugo. Wir saßen hier unten mit ein paar anderen Eltern und tranken Champagner, als die Decke plötzlich anfing zu beben und der Putz herunterfiel. Wir rannten nach oben und fanden diesen armen Knaben zusammengekauert in einer Ecke, während fünfzehn Siebenjährige um ihn herumstanden, rhythmisch mit den Füßen stampften und schrien: ›Der Magische Mickey hat einen winzigen Willi!‹ Danach hat er wochenlang nicht gearbeitet, und Sally Bateman erzählte mir erst kürzlich, er sei immer noch in Therapie. Ich habe ein schrecklich schlechtes Gewissen, aber was soll ich machen? Ah, hier ist einer, den ich nicht kenne – der Freche Frank.« Ich nahm das Buch und rannte hinaus zum Telefon.

Fünf Minuten später war ich zurück, glühend vor Stolz und mit einem triumphierenden Lächeln. »Er kommt!« verkündete ich. »Und weißt du was? Nicht nur mit einem, nein, mit zwei weißen Kaninchen!«

»Kein Wunder. Bei dem Namen hat er wahrscheinlich sogar ein Frettchen im Hosenbein. Was hast du ihm denn geboten, wenn ich fragen darf?«

»Ach, nur eine verflucht hohe Summe Geld«, antwortete ich unbekümmert.

»Dir ist klar, daß du jetzt einem anderen Kind die Geburtstagsfeier verdorben hast, ja? Ich wette, er sagt dort gerade ab und täuscht eine Blasenentzündung vor, oder wie immer diese Krankheit bei Männern heißt.«

»In der rauhen Welt der Kinderpartys ist alles erlaubt«, antwortete ich knapp und knallte die Gelben Seiten auf den Tisch. »Jetzt erheb deinen Hintern, Laura, ich brauche deinen Stuhl für die *Reise nach Jerusalem.* Du könntest vielleicht noch ein paar mehr oben aus den Schlafzimmern holen.«

»Immer mit der Ruhe, ich bin noch mit dem Kuchen beschäftigt. Kann David uns denn nicht helfen? Wo steckt er eigentlich? Warum nimmt er an diesem Freudenfest nicht teil?«

»Er ist im Garten, angeblich um die Rosen zu beschneiden. Josie hat sich splitternackt auf dem Rasen ausgestreckt, da brauchte er einen guten Vorwand, um ein bißchen zu spannen.«

»Sie ist nicht ganz nackt, Mummy«, klärte mich mein Sohn und Erbe auf, der plötzlich hinter meinem linken Ellbogen aufgetaucht war. »Sie hat was um den Bauch und am Po, guck doch.«

Mein Blick folgte Hugos tintenbeflecktem Finger durch die Gartentür – ja, wir hatten das Glück, die Spüle an der richtigen Seite der Küche zu haben –, dorthin, wo unser wohlproportioniertes, braungebranntes australisches Au-pair-Mädchen zwischen den Gänseblümchen lag.

»Was ist das für ein Ding?« wollte Hugo wissen.

»Dieses Ding, mein lieber Schatz, ist ein String.«

Hugo war hingerissen. »Das Ding ist ein String. Ein String-Ding! Laura, Josie hat ein String-Ding am Po!«

»So, hat sie das?« Laura sah mich an. »Wie kannst du sie so herumliegen lassen?« zischte sie und spähte über meine Schulter. »Schau dir David an, er ist schon völlig außer sich. Er beschneidet diese Rose wie ein Geisteskranker, gleich ist er bei der Wurzel angelangt!«

Gemeinsam sahen wir zu, wie mein normalerweise ruhiger, um nicht zu sagen phlegmatischer Ehemann, den man sonst nie im Garten zu sehen bekam, höchstens mal mit einem Strohhut unter dem Apfelbaum Kierkegaard lesend, sich über unsere kostbare Rosenzucht hermachte und dabei ununterbrochen auf Josies gebräuntes Hinterteil starrte. Immer wieder machte er eine Pause, um sich eine blonde Haarsträhne aus der hohen – in letzter Zeit zunehmend höheren – Stirn zu streichen. Gerade machte er wieder eine Pause, richtete sich zu seiner vollen Länge auf, strich sich das Haar aus der Stirn und ordnete diesmal auch seine Hose.

»Da kriegt das Wort Rosenstock eine ganz neue Bedeutung, was?« murmelte ich.

Laura kicherte und blickte vorsichtig in Hugos Richtung. Aber Hugo hatte, wie wir immer wieder aus seinen Schulzeugnissen erfuhren, eine nur mäßige Konzentrationsfähigkeit und sich längst spannenderen Dingen wie dem Fernseher zugewandt.

»Stört dich das denn gar nicht?« beharrte Laura. »Ich meine, du brauchst ihm die Versuchung doch nicht gerade auf dem Silbertablett zu servieren. Warum hast du ausgerechnet so eine genommen? Es gibt doch sicher auch häßliche Kindermädchen, oder nicht?«

Ich seufzte. »Ich hab' sie genommen, weil die Agentur sie uns geschickt hat und ich zu verzweifelt war, um sie zurückzuschicken. Als sie durch unsere Haustür tänzelte und ich ihre atemberaubend langen Beine sah, ahnte ich gleich, daß wir Probleme mit Davids Blutdruck kriegen würden. Ganz zu schweigen von den Rosen«, fügte ich hinzu, als mein Mann eine weitere meiner preisgekrönten Blumen stutzte. Ich hämmerte ans Fenster.

»He, David! Hör sofort damit auf!«

David fuhr erschrocken herum, verstand alles falsch, riß seinen Blick von der üppigen Josie und machte sich mit neuem Eifer über die Pflanze her. Stöhnend sah ich zu, wie er schließlich den Stamm durchtrennte.

»Die kostet im Gartencenter ein Vermögen! Manchmal wünschte ich wirklich, er würde seine Gartenschere hinschmeißen, sich die Hose vom Leib reißen und die Sache erledigen, statt meine Rosen zu ruinieren.«

»Tessa!«

»Wieso denn nicht? Dann hätte ich wenigstens für eine Weile Ruhe. Stell dir mal den ganzen kostbaren Schlaf vor, den ich dann aufholen könnte. Ich meine, dafür sind die Konkubinen doch erfunden worden, oder nicht? Damit die arme, erschöpfte, kindergestreßte Ehefrau am Samstagmorgen mal ausschlafen kann ... Ziemlich gute Einrichtung, wenn du mich fragst.«

»Tess, du machst Witze.« Meine jüngere, weniger erschöpfte und nicht im geringsten kindergestreßte Schwester sah mich besorgt an. »Du fändest es doch schrecklich, wenn wirklich was passieren würde, oder?«

»Ich weiß nicht, Laura.« Nachdenklich schüttelte ich den Kopf. »Der Mann von Sarah Hoper hatte eine Affäre mit dem Kindermädchen, und Sarah fand es wunderbar. Der arme Mann hat anschließend geradezu getrieft vor Schuldbewußtsein und das Haus wochenlang in ein Blumenmeer verwandelt. Er konnte nicht mal mehr tanken, ohne einen dieser Zellophansträuße mit auf die Rechnung setzen zu lassen. Außerdem hat er sich ständig darum gerissen, die Spülmaschine auszuräumen, und ehe sie das Wort Supermarkt auch nur ausgesprochen hatte, war er schon unterwegs und schob wie besessen den Einkaufswagen in der Gegend herum. Sie sagt, es sei absolut göttlich gewesen.«

»Tess, das kann nicht dein Ernst sein.«

Ich klopfte ihr auf die Schulter und lächelte gequält. »Nein, ist es natürlich nicht. Aber ...« Ich zögerte. »Man darf eben nicht zuviel erwarten, das ist alles.«

»Wovon?«

»Von der Ehe und allem.«

Ich drehte mich um und sah wieder aus dem Fenster. Josie war es in der Sonne langweilig geworden. Sie hatte sich ein T-Shirt übergezogen und kam nun aufs Haus zugeschlendert, wozu sie mit ihren Beinen gerade mal drei Schritte brauchte. Mit etwas Glück würde sie jetzt ein paar Sandwiches vorbereiten, aber da sie noch eine halbe Stunde dienstfrei hatte, mochte ich sie nicht darum bitten. Sie stolzierte an uns vorbei durch die Küche.

»Hi!« begrüßte sie Laura in ihrem breiten australischen Akzent.

»O hallo«, zwitscherte Laura in ihrem steifen Englisch.

Ich lächelte. David schien hinten im Garten eine Last von den Schultern gefallen zu sein. Er ließ die Schere sinken, hob seinen Hut auf und ging auf die andere Seite des Gartens, wo er sich in einen Liegestuhl fallen ließ. Dabei streckte er die Hand automatisch nach seinem Buch und seiner Wolldecke aus. Er breitete sie über seinen Schoß, faltete die Hände darauf und zog sich den Hut über die Augen. Nun wirkte er sichtbar entspannt.

Ich lächelte. Auch nach sieben Jahren war er noch ein attraktiver Anblick für mich: groß, schlank und blond – allerdings langsam ins Graue übergehend – und mit wirklich edlen Gesichtszügen. So wie er da saß, hätte er genausogut ein Lord beim Betrachten seiner Ländereien sein können statt eines überarbeiteten Anwalts beim Blick auf seinen Gartenzaun. Seine Augen, hellblau und braungesprenkelt wie ein Möwenei, fielen langsam zu, sicher waren sie müde vom vielen Starren.

»Ich hatte eigentlich nicht vor, Edward zu heiraten«, meinte Laura nach kurzem Zögern. »So ernst ist es mit uns nicht.«

Ich fuhr herum. »Wirklich? Das ist ja toll! Wie großartig! Ich meine ...« Hastig bemühte ich mich, meine Begeisterung zu zügeln. »Großartig, daß du noch nicht ans Heiraten denkst. Dazu ist es viel zu früh. Du hast doch noch so viel Zeit.«

Ich wandte mich wieder zum Garten. Dabei hörte ich, wie Laura hinter mir den Stuhl zurückschob und sich neben mich ans Fenster stellte. Davids Mund stand nun offen. Ich konnte ihn zwar nicht hören, aber jede Wette, daß er schnarchte.

»Tess, du würdest ihn nie verlassen, oder?« Laura sah mich forschend an.

Ich warf den Kopf in den Nacken und lachte laut. »Ihn verlassen? Nein, *natürlich* nicht!« Ich drehte mich zu ihr um. »Ich spreche vom *Heiraten,* Laura, nicht von David. Gott, er ist wie jeder andere Ehemann auch – müde, gestreßt, er wird älter, denkt wehmütig an seine viel zu brave Jugend zurück und wünscht sich, er wäre ein wenig mehr über die Stränge geschlagen, als er noch die Gelegenheit dazu hatte ... Nein, nein, sie sind doch alle gleich. Warum sollte ich ihn verlassen? Und was würde ich an seiner Stelle kriegen – wieder das gleiche? Weißt du, wir verstehen uns wenigstens. Du solltest mal andere Paare aus unserem Bekanntenkreis sehen, die Bartletts zum Beispiel oder die Frazers. Auf jeder Party streiten sie sich und springen sich fast an die Kehle. Wir mögen uns wenigstens, können wenigstens zusammen lachen. Was ich damit sagen will, ist ...«, ich zögerte, »ach, vergiß es.«

»Aber hast du je daran gedacht ... Hast du dich je gefragt ...«

»Was?« Ich seufzte. Wie die meisten unverheirateten Frauen wollte Laura ständig über Beziehungen reden, sie zerlegen, diskutieren. Sie begriff einfach nicht, daß die meisten verheirateten Frauen es anstrengend genug fanden, ihre Beziehung zu leben, ohne sie auch noch ununterbrochen zu analysieren.

»Hast du dich je gefragt, ob du ihn auch dann geheiratet hättest, wenn du nicht schwanger gewesen wärst?« platzte sie heraus.

Aha, dieser alte Hut. »Laura, das hast du mich schon tausendmal gefragt«, antwortete ich matt. Himmel, sie mußte aber auch wirklich alles ans Licht zerren. Manchmal war sie wie einer dieser Paparazzi, schlimmer noch.

»Ja«, antwortete ich geduldig. »Ich bin sicher, daß ich das getan hätte. Ich weiß, daß ich das getan hätte.«

Eine Pause entstand. »Ja, ich glaube, er ist wirklich ein netter Mann«, sagte sie schließlich.

Ich jaulte innerlich auf und erwog, einen Kochtopf von der Spüle zu reißen und ihn ihr über den Kopf zu donnern. »Natürlich ist er ein netter Mann. Oder glaubst du, ich hätte einen Ladenhüter geheiratet? Irgendeinen traurigen Gnom mit Toupet oder so was?« Oje, jetzt hatte ich schon wieder ›traurig‹ gesagt und – Edward hatte auch nicht mehr übermäßig viele Haare. Hastig redete ich weiter. »Ich will damit nur sagen, daß du nicht erwarten kannst, daß die große Leidenschaft ein Leben lang anhält.«

Laura schüttelte den Kopf. »Das glaube ich nicht«, antwortete sie bestimmt. »Ich will jemanden, der mich jeden Tag neu entflammt, bis ich neunzig bin.«

Ich wischte das Abtropfbecken mit dem Spüllappen trokken und warf ihn anschließend zurück in die Spüle. »Hör auf meinen Rat und such dir einen, der dir zweimal im Monat die Heizung anmacht«, erklärte ich trocken. »Und wenn er dann auch noch samstagmorgens mit den Kindern in den Park geht, hast du verdammt viel Glück gehabt. Würdest du mich jetzt bitte entschuldigen, ich muß schwierige Verhandlungen mit meiner Tochter zum Thema Zauberer führen.« Ich schob Laura zur Seite und krempelte mir die Ärmel hoch. »Eines sag' ich dir, ich werde nie begreifen, warum man nicht einfach ein paar Mütter in die Krisengebiete dieser Erde schickt, schließlich tun wir doch nichts anderes, als ständig Friedensgespräche zu führen. Ich wette, ich könnte diesen Politikern eine Menge vormachen.« Mit diesen Worten machte ich mich auf den Weg zum Gipfeltreffen im Sandkasten.

Clemmie war gerade damit beschäftigt, einen von Hugos geliebten He-Men so tief wie möglich zu vergraben und den Sand anschließend schön glatt zu streichen, damit bloß keine Spur mehr von seinem Grab zu sehen war. Ich machte mir im Geiste einen Vermerk, ihn später wieder zu befreien, dann setzte ich mich und begann mit meinen Verhandlungen. Aufmerksam und mit geneigtem Kopf hörte Clemmie sich die Bedingungen an.

»Hat er ein Kaninchen?«

»Zwei.«

»Kann er Luftballontricks?«

»Und ob.«

»Hat er Überraschungen im Ärmel?«

»Wahrscheinlich sogar im Hosenbein.«

Sie überlegte kurz. »Okay, aber ich will auch eine Wundertüte, ja? Nicht nur die Gäste. Und ich will ...«, sie dachte angestrengt nach, dann wurde sie realistisch, »sieben Sachen drin haben.«

Erleichtert streckte ich die Hand aus. »Einverstanden!«

Wir schüttelten uns die Hände. Geschafft! dachte ich stolz, während ich mich ächzend aus dem Sandkasten erhob. Es wird alles klappen. Clemmie war kein leicht er Gegner. Und David war überhaupt nicht überzeugt. Er schob die Krempe seines Huts nach oben.

»Der Freche Frank?« murmelte er aus seinem Liegestuhl. »Klingt mir ziemlich suspekt.«

»David«, antwortete ich gereizt, denn ich kapierte so langsam, daß er sich in den letzten zehn Minuten schlafend gestellt hatte, um sich vor den Partyvorbereitungen zu drükken. »Niemand, der ganz bei Verstand ist, macht es sich zu seiner Lebensaufgabe, Vierjährige zu unterhalten, wahrscheinlich sind sie also alle ein bißchen suspekt. Halt dich einfach aus allem raus, dann wird's schon werden. Okay?« Ich sah auf die Uhr. Halb drei. Himmel! »Mit dem Ruinieren meiner Rosen bist du ja offensichtlich fertig, könntest du jetzt vielleicht so gut sein, die Stühle für die *Reise nach Jerusalem* herbeizuschaffen? Es gibt eine Menge zu tun, weißt du. Wir können nicht alle tatenlos herumsitzen und die Landschaft bewundern.«

David machte einen überraschten Eindruck. »Okay, okay.« Er legte sein Buch zur Seite und erhob sich schwerfällig. »Du mußt mir nur sagen, was ich tun soll.«

»Nein, das muß ich eigentlich nicht, und genau das ist der Punkt. Du könntest vielleicht auch mal von selbst darauf kommen!«

Ich rauschte an ihm vorbei in die Küche und schlug die Tür so laut zu, daß der Rahmen erzitterte. Laura sprang erschrocken auf. Ich ignorierte sie und öffnete eine der Küchenschubladen, um sie nach Geburtstagskerzen zu durchwühlen. Hugo steckte den Kopf um die Ecke, sah mein Gesicht und zog den Kopf schleunigst wieder zurück. Ich knirschte mit den Zähnen, während Papierservietten und Cocktailsticks zu Boden fielen.

»O Gott! Wieso finde ich bloß nie was?« Ich starrte auf das Chaos in der Schublade. »Also gut, es sind keine Kerzen da, also muß ich welche kaufen. Großartig. Wo ist mein Portemonnaie? Wo ist mein verdammtes Portemonnaie?« Ich hastete durch die Küche, hob Stapel alter Zeitungen hoch, herumliegende Kindergemälde und haufenweise abgelegte Kleidungsstücke.

»O Mann!« schrie ich. »Warum muß man, um in diesem Haus etwas zu schaffen, erst ein verdammtes Atom spalten?«

Geräuschlos verzog sich Laura durch die Hintertür in den Garten. Vom Fenster aus sah ich, wie sie und David Grimassen schnitten. Laura zeigte auf mich und verdrehte die Augen. David machte daraufhin ein resigniertes Gesicht, zuckte die Schultern und schlenderte langsam den Gartenweg hinunter.

Ich zog mein Portemonnaie aus dem Obstkorb auf der

Anrichte und wischte ein faules Stück Birne ab. Zu welchem Zeitpunkt meines Lebens hatte ich mich eigentlich in diesen Miniatur-Haustyrannen verwandelt? Letztes Jahr? Das Jahr davor? Vor fünf Jahren? Ich war doch nicht immer so gewesen, oder? Ganz schwach erinnerte ich mich daran, einmal ein nettes, gutmütiges Mädchen gewesen zu sein. Kopfschüttelnd ging ich zur Hintertür, genau in dem Moment, als David hereinkam.

»Das ist alles allein deine Schuld!« fauchte ich ihn an.

2. Kapitel

Im großen und ganzen verlief die Kinderparty reibungslos. Der Freche Frank erschien vollständig geschminkt, mit roter Perücke und einem irren Lächeln und wurde sofort als zu frech erachtet, um ihn David vorzustellen. Ich drückte ihm einen Gin Tonic in die Hand und schob ihn eilig ins Spielzimmer, wo er auf seinen Einsatz warten sollte. Dann stand das erste Kind an der Tür, begleitet von einer ziemlich besorgten Mutter.

»Äh, diese Luftballons an der Tür ...«, stammelte sie und wurde rot.

»Sie hängen da, weil hier eine Party stattfindet«, antwortete ich mit meinem strahlendsten Lächeln. »Damit unsere Gäste das richtige Haus finden.« Ich erklärte es langsam und sorgfältig. Die arme Frau schien etwas schwer von Begriff, zuviel Soap-Operas im Fernsehen wahrscheinlich.

»Aber, es ist nur so, daß ... Gucken Sie doch mal.«

Ich drehte mich um und guckte. »HUGO!« brüllte ich die Treppe hinauf. »KOMM SOFORT HER! Es tut mir so leid«, stotterte ich. »Mein Sohn findet das witzig.«

Hugo wurde gebührend zurechtgewiesen und beauftragt,

das rosafarbene phallische Ensemble aus zwei kleinen runden und einem langen herabhängenden Ballon sofort zu entfernen und durch etwas Geschmackvolleres zu ersetzen. Danach gab es keine weiteren Zwischenfälle mehr.

Niemand erbrach sich nach dem Schokoladenessen, Josie schaffte es, fünf Minuten bekleidet zu bleiben und den Wackelpudding zu verteilen, und Hugo verhalf uns zu zehn Minuten herrlicher Ruhe, als er bei *Wer hat Angst vorm schwarzen Mann?* das Kommando führte und sich mit Schuhcreme im Gesicht und drohender Miene gebieterisch vor siebzehn regungslos verharrenden vierjährigen Mädchen aufbaute. Erst als eines der kleinen Mädchen blau anlief, begriffen wir, daß er ihnen nicht nur verboten hatte sich zu bewegen, sondern auch zu atmen. Eilig sprangen wir dazwischen, schüttelten sie und riefen: »ATMET, VERDAMMT NOCH MAL, ATMET!«, denn die Aussicht, sechzehn Elternpaaren zu erklären, daß ihre Kinder unsere Party nicht überlebt hätten, erschien uns nicht sonderlich verlockend. Die übrigen Spiele fanden dann unter strenger Aufsicht statt, und erst als zwei Sophies einen Faustkampf darum austrugen, welche Sophie den letzten Stuhl erwischt hatte, wurde die *Reise nach Jerusalem* zum Horrortrip.

Als endlich alle Kinder mit ihren Tüten und Luftballons entlassen waren und Josie das Baden und Zubettgehen zweier hysterischer, völlig überdrehter Kinder überwachte, schickte ich David ins Spirituosengeschäft.

»Wein, schnell, sofort!« keuchte ich, aber er war schon unterwegs, weil er ihn noch dringender brauchte als ich.

Laura und ich brachen auf dem Sofa zusammen.

»Nie wieder«, stöhnte ich.

»Das sagst du jedes Jahr.«

»Aber diesmal meine ich es ernst. Nächstes Jahr können die Kinder zu McDonald's gehen, und zwar mit David.« Ich schleudert meine Schuhe von den Füßen, schwang die Beine über die Lehne und ließ sie auf Lauras Schoß fallen. Dann schloß ich die Augen.

»Gott, ich brauche dringend Urlaub«, murmelte ich. »Ich kann Schottland kaum noch erwarten.«

Laura verzog das Gesicht. »Für dich wird das ja wohl kaum ein Urlaub sein, oder? Ich meine, du hast die Kinder dabei, und kochen mußt du auch.«

»Ich weiß, aber wenigstens habe ich Josie dazu überredet, mitzukommen. Ohne Hilfe könnte ich es kaum ertragen.«

Laura richtete sich auf. »Aber Tess, sie ist entsetzlich. Sie tut nie was. Das einzige, was sie auf dieser Party geleistet hat, war mit einer Schüssel Wackelpudding herumzulaufen.«

»Für mehr wird sie nicht bezahlt, Laura, sie ist ein Au-pair-Mädchen, kein vollbezahltes Kindermädchen. Verärgere sie bloß nicht, im Moment könnte ich mir ein Leben ohne sie nicht vorstellen. Abgesehen von einigen anderen Dingen hält sie mich immer wieder davon ab, die Kinder umzubringen. Ich bin viel netter zu ihnen, wenn sie in der Nähe ist, und außerdem beschäftigt sie David. Es ist wirklich erstaunlich. Egal in welchem Zimmer sie ist, er ist auch dort, unter irgendeinem fadenscheinigen Vorwand. Und alles nur, damit er ihr auf den Hintern starren kann. Letzte Woche hat er in der Küche jedes einzelne Haushaltsgerät auseinandergeschraubt.« Ich gähnte. »Dazu kommt, daß Clemmie sie anhimmelt.«

»Hugo aber nicht.«

»Nur weil er in einer dieser Jungenschulen ist, wo man die Kinder vom ersten Tag an auf Frauenfeindlichkeit trimmt. Er hat nichts gegen Josie.«

Laura seufzte. »Von mir aus kann sie ruhig mitkommen. Ich werde den ganzen Tag am Fluß liegen und sie einfach ignorieren.«

Sie verschränkte die Hände hinter dem Kopf und schloß die Augen. Ich sah sie nachdenklich an. Wir waren ziemlich unterschiedliche Schwestern. Sie war klein und zierlich mit seidigglattem blonden Haar, blauen Augen und zarten Gesichtszügen, ich war eher groß, hatte dunkle Locken, große graue Augen und einen breiten Mund. Das einzige, was wir gemeinsam hatten, war die klassische englische Birnenfigur, die wir von unserer Mutter geerbt hatten – auf den ersten Blick ziemlich schlank, aber bei näherem Hinsehen oben nicht viel und unten jede Menge. Vielen Dank, Mummy. Ich zog mir Davids Strickjacke über die Knie und fragte mich, wieso es Laura besser als mir gelang, diesen Makel zu vertuschen.

Ich beobachtete, wie sie gähnte. Sie sah hübsch aus mit ihren makellosen weißen Zähnen. Laura gewann den Schönheitswettbewerb, keine Frage, das hatte sie immer getan, und deshalb war es um so verwunderlicher, daß ich mit Männern nie Probleme hatte, während sie von einer Katastrophe in die nächste schlitterte. Das größte Problem war in meinen Augen, daß sie ständig auf diese absoluten Nieten flog. Manchmal fragte ich mich, ob sie Angst davor hatte, mit einem Typen auszugehen, der so attraktiv und nett war wie sie selbst, weil er ihr den Laufpaß geben könnte. Vielleicht ging sie deshalb auf Nummer Sicher und verfiel immer wieder auf diese farblosen Langeweiler, die sie vergötterten und die sie nach ein paar Monaten selbst in die Wüste schicken konnte. Ihre jüngste Eroberung, dieser Edward, ein Lehrer, war ein klassisches Beispiel. ›Für Lauras Müllhalde‹ stand ihm dick auf die Stirn geschrieben. Trotzdem, ermahnte ich mich, ich mußte mir mehr Mühe geben, den einen oder anderen ihrer Begleiter zu mögen.

Sie sah auf, und ich bedachte sie mit einem betont versöhnlichen Lächeln. »Fährt Edward mit nach Schottland?«

Sie runzelte die Stirn. »Weiß noch nicht.«

»Wieso?«

»Na ja, es ist alles ein bißchen familienmäßig, findest du nicht? Mum, Dad, Penny und Piers und die anderen alle. Ich möchte nicht, daß er falsche Schlüsse zieht. Nachher bildet er sich noch ein, ich wollte ihn seiner zukünftigen Schwiegerfamilie vorstellen.«

»Ach so. Dann ... ist es also wirklich nicht besonders ernst?« fragte ich so unverbindlich wie möglich.

»Nein, es ist nicht besonders ernst«, gab sie eingeschnappt zurück. »Und tu nicht so, als wärst du deshalb enttäuscht. Ich denke, ich muß ein wenig mehr auf Distanz gehen.« Sie verzog das Gesicht und kaute an ihrem Daumen. Ich hielt lieber den Mund, denn alles, was ich jetzt sagen würde, wäre falsch gewesen.

»Und außerdem«, fuhr sie fort, »mache ich mir ein wenig Sorgen wegen Daddy. Du weißt ja, wie er sein kann, wie er Leute hochnehmen und sie bloßstellen kann. Ich weiß nicht, ob Edward so einem Druck gewachsen ist.«

Ganz schön bösartig, dachte ich im stillen, versuchte aber ein unbewegtes Gesicht zu machen. »Na ja«, wagte ich mich vor, »man weiß ja nie, vielleicht verstehen sie sich blendend. Daddy mag die komischsten Leute.« Himmel, warum sagte ich so etwas? Glücklicherweise schien Laura es nicht gehört zu haben. Statt dessen rutschte sie ein bißchen näher und sah mich mit einem vielsagenden Lächeln an. Ich ahnte plötzlich, was jetzt kommen würde.

»Natürlich weißt du längst, wer auf jeden Fall da sein wird, oder?«

Ich seufzte. »Ja, Laura, Patrick Cameron. Und wenn du wirklich glaubst, du seist die erste, die mir diese frohe Botschaft verkündet, muß ich dich leider enttäuschen. Penny hat mich schon vor einer Woche angerufen, um es mir voller Schadenfreude mitzuteilen, Mummy hatte gestern dieselbe Nachricht für mich, und sogar David hat mich kürzlich gefragt, ob ich wüßte, daß Patrick dieses Jahr auch kommen würde. Dabei hat er mich genau angeguckt und auf meine Reaktion gewartet. Es war unglaublich.«

»Wirklich? Macht er sich Sorgen?«

»Ich weiß nicht, ob er sich Sorgen macht. Auf jeden Fall wirkte er leicht nervös, aber das scheint ihr ja alle zu sein. Was ist denn dabei, wenn Patrick auch da ist?«

Laura rollte bedeutungsvoll mit den Augen. »Komm schon, Tess, du weißt, was ich meine. Ihr beide hattet mal eine heiße Affäre, und es ist das erste Mal, daß du ihn seither wiedersiehst, habe ich recht?«

»Na und?«

»Es ist also nicht verwunderlich, wenn David ein bißchen – wie sagtest du? – nervös ist.«

»Du meinst, es könnte sein, daß Patrick mir am Fluß auf einem weißen Schimmel entgegengaloppiert, unsere Blicke sich treffen und sich ein gigantischer Pfeil in mein Herz bohrt. Daß ich daraufhin meine Angel und mein Käsebrot fallenlasse, in meinen Gummistiefeln auf ihn zu wanke, mich hinter ihm auf den Sattel schwinge und auf Nimmerwiedersehen mit ihm am Horizont verschwinde?«

»Das weiß ich nicht, aber ...«

»Was denn sonst? Was glaubst du denn, wer ich bin, Laura? Eine frustrierte liebestolle Hausfrau, die nur darauf brennt, in den Ferien ihren Ex-Freund zu treffen, den netten, sicheren und bequemen Ehemann in die Wüste zu schicken und sich auf eine leidenschaftliche Affäre einzulassen? Und das alles nur unter dem Deckmäntelchen der Selbstverwirklichung oder was? Weil ich mehr Freiraum brauche? Hier geht es nicht um eine deiner Seifenopem, verstehst du, hier geht es um mich, Tessa Hamilton, glücklich verheiratete Mutter von zwei Kindern. Außerdem ist es zwölf Jahre her, als ich mit Patrick etwas hatte. Ewigkeiten also. Stell dir mal vor, man würde jemanden aus deiner Vergangenheit hervorzaubern und zu dir sagen: ›Guck mal, wer hier ist, der pickelige Junge aus der Nachbarschaft, der sich damals einen Rennradlenker ans Fahrrad montiert hat, um dich zu beeindrucken, oder ... oder Sandy aus *Crossroads* oder ...‹«

»Ich habe nie auf Sandy gestanden.«

»Komm schon, Laura, hör auf zu schwindeln. Du weißt genau, daß das nicht stimmt. Du warst völlig verrückt nach ihm.«

»War ich nicht!«

»Warst du doch, ich erinnere mich noch ganz genau. Du hast sogar ans Fernsehen geschrieben, weil du Mitglied in seinem Fanclub werden wolltest, und dann kam ein Brief zurück, in dem stand, daß Sandy eigentlich gar keinen Fanclub hätte, sich aber freuen würde, wenn du einen gründen würdest.«

»Nein!« Laura war entsetzt.

»Es ist wahr. Sehen wir der Sache ins Gesicht, Laura, du hattest immer ein Faible für«, ich zögerte, »nun, sagen wir *sensible* Typen, habe ich recht?«

»Ganz im Gegenteil zu dir«, antwortete sie spitz.

»David ist sensibel«, widersprach ich.

»Mag sein, aber Patrick nicht. Er ist doch völlig zügellos, Sex auf zwei Beinen sozusagen.«

»Und ich bin nicht an ihm interessiert.« Langsam verlor ich die Geduld. »Das war einmal, ist jetzt aber vorbei, kapiert? Im Gegenteil, je länger ich über ihn nachdenke, desto klarer wird mir, daß er eigentlich nie mein Typ war.«

»Du hast also über ihn nachgedacht.«

Ich knirschte mit den Zähnen. »Natürlich habe ich über ihn nachgedacht, und das ist dabei herausgekommen, verstehst du?«

Wir sagten eine Zeitlang kein Wort. Und erinnerten uns.

»Er hat nie geheiratet«, bemerkte Laura schließlich.

Ich seufzte. »Du sagst das, als sei es ein schweres Schicksal. Ist es aber nicht. Er ist schließlich erst dreißig und noch was.«

»Ich weiß, aber ich frage mich einfach, ob, na ja ... ob er nicht konnte. Nach dir.«

»Laura, sei bitte nicht so melodramatisch! Wenn das wirklich stimmt, dann tue ich ihm sicher einen großen Gefallen, wenn ich hinfahre, meinst du nicht auch? Er wird nach den zwölf Jahren einen Blick auf mich werfen und denken – Herrje, was für eine Enttäuschung! – und schon ist er von seinen Ketten befreit. Und kann die erstbeste, die er kriegt, zum Standesamt führen.«

»Sein Vater ist gestorben«, fuhr Laura fort, ohne mir richtig zuzuhören.

»Ich WEISS«, antwortete ich matt.

»Er kommt also zurück, um sein Erbe anzutreten.«

»Du redest von ihm, als sei er ein in Loden gewandeter, von Dudelsackpfeifern umgebener Gutsherr, der die Highlands hinabsteigt, um Anspruch aufsein Königreich zu erheben.«

»Und auf seine Königin«, kicherte sie.

»Laura, bitte.«

»Wer ist eine Königin?« wollte David wissen, als er mit klirrenden Einkaufstüten ins Zimmer kam.

»Niemand – dieser Freche Frank wahrscheinlich«, sagte ich und sprang auf, um ihm die Tüten abzunehmen.

»Zweifellos. Möchtest du auch was trinken, Laura?«

Sie stand auf. »Nein, danke. Ich muß nach Hause, um zu packen.« Sie küßte uns beide zum Abschied. »Und später treffe ich mich noch mit Edward. Glaube ich. Das heißt, wenn ich mich dazu entschließe, ihn anzurufen.«

»Wir behandeln ihn nicht besonders gut, habe ich recht?« David lächelte schuldbewußt.

»Ich nehme es euch nicht übel. Irgendwie tun das alle.« Laura zuckte mit den Schultern. »Ich bin mir selbst noch nicht sicher, was ich mit ihm machen soll.« Sie begann wieder, an ihrem Daumen zu kauen. »Jetzt muß ich aber gehen. Wir sehen uns da oben. In Schottland, meine ich.«

Ich brachte sie zur Tür und sah ihr nach, wie sie die Straße hinunterging. Sie winkte, und ich schloß die Tür. Arme Laura. Wenn sie doch nur endlich den Richtigen fände, wenn sie doch nicht so hohe Erwartungen hätte. Wenn sie doch nur ... ach, was auch immer. Ich ging ins Wohnzimmer zurück und drehte gedankenverloren an einer Haarsträhne.

David streckte mir vom Sofa die Hand entgegen. Ich nahm sie, und er drückte sie beruhigend.

»Sie kommt schon klar, hör auf, dir Sorgen zu machen.«

»Aber das tue ich trotzdem, David, ich kann es nicht ändern.« Ich ließ mich neben ihm auf das Sofa fallen. »Sie ist so durcheinander, so hypersensibel, so nervös – und bei ihr muß alles so verdammt perfekt sein. Sie ist wie Daddy. Weißt du, heute nachmittag habe ich ihr erklärt, daß eine Ehe nicht nur aus Herzchen, Pralinen und Blumensträußen besteht, sondern daß es auch Langeweile gibt, und sie hat mich sofort gefragt, ob ich vorhätte, dich zu verlassen. Sie ist so unrealistisch, bei ihr ist alles immer gleich pechschwarz oder schneeweiß.«

»Laura ist unstet, das ist alles. Wenn sie erst mal den richtigen Mann gefunden hat, wird schon alles gut werden.« Er legte die Hand in meinen Nacken. »Komm zu mir. Ich bin es satt, daß du dir ständig Gedanken machst um deine blöde Schwester, deine Mutter, die Kinder und sonstwas. Laß uns zur Abwechslung mal über dich nachdenken.«

»Über mich?«

Er küßte mich fest auf den Mund. »Über dich.«

»David!« Ich fuhr überrascht zurück.

»Was denn? Darf ich nicht einmal mehr meine eigene Frau küssen?«

»Hör auf. Du weißt verdammt gut, daß es in diesem Haus keine Küsse ohne Hintergedanken gibt. Wenn wir uns küssen, bedeutet das Sex, und das ist im Moment nicht möglich, weil Josie oben ist und die Kinder badet.«

»Sie wird noch eine Weile brauchen, schließlich soll sie sie doch auch ins Bett bringen, oder? Außerdem können wir die Tür abschließen.«

Ich sah ihn lauernd an. »Du hast zu lange auf den Hintern dieses Mädchens gestarrt, habe ich recht? Das hat dich ganz scharfgemacht – Ui, hör auf!« Ich kicherte, als er meine Hände nahm und sie hinter meinen Kopf drückte.

»Ich liebe es, wenn du so anzügliche Sachen sagst«, flüsterte er und küßte mich wieder.

»Habe ich gar nicht.«

»Hast du doch. Scharf ist für deine Verhältnisse ganz schön anzüglich.«

»David«, zischte ich, »jeden Augenblick kommt Josie durch diese Tür.«

Er sprang auf, lief mit wenigen Schritten zur Tür, knallte sie zu, schloß sie ab, und riß die Vorhänge vors Fenster. »So!« Grinsend sprang er aufs Sofa zurück.

»O je!« quiekte ich. »Was ist nur mit dir los? Woher diese plötzliche Leidenschaft?«

»Keine Ahnung, vielleicht von den ganzen Marmeladen-Broten.« Er beugte sich über meinen Nacken und begann an meinem Ohr zu nagen.

»Hör auf!« lachend schob ich ihn von mir.

Er setzte sich auf und sah mich fragend an. »Muß ich aus deiner doch eher ablehnenden Körpersprache schließen, daß du keine Lust hast?«

Ich starrte ihn an. Meinte er das wirklich ernst? Was – hier, jetzt? Auf dem Sofa? Seine Augen waren ungewöhnlich glänzend und sehr blau. Für einen Moment sah er beinahe so jung und attraktiv aus wie damals, als ich ihn zum ersten Mal gesehen hatte, aber attraktiv oder nicht, dies war doch entschieden unangemessen. Nicht nur, weil der ganze Spül in der Küche stand und ich noch keinen einzigen Blick in die Tageszeitung geworfen hatte, sondern auch weil heute ein neuer Dreiteiler von Jane Austen im Fernsehen kam, den ich gern sehen wollte, und der in genau – ich schaute rasch auf die Uhr – zwei Minuten begann. Ich zögerte.

»Okay, also gut, aber mach bitte schnell.«

David sah mich einen Moment an, dann lächelte er dünn und stand vom Sofa auf.

»Von mir aus kannst du mich jetzt altmodisch nennen, aber gerade hast du wirklich jede Romantik zerstört.«

Ich machte ein reumütiges Gesicht, als er zum Fenster ging und die Vorhänge wieder aufzog. »Es tut mir leid.«

»Schon gut.« David hob die Literaturbeilage der Zeitung vom Fußboden auf und verzog sich damit in die Küche.

Ich bückte mich, vielleicht ein wenig zu schnell, nach der Fernbedienung, kuschelte mich zufrieden aufs Sofa und schaltete den Fernseher an. Das war das vollkommene Glück!

3. Kapitel

Patrick Cameron war mir mit siebzehn zum ersten Mal begegnet.

Wir hatten wie immer Ferien im Kilmarnoch House nahe Invertarn in den schottischen Highlands gemacht, und die Familienbesetzung war ebenfalls wie immer. Die Larkins: Tante Rachel, Onkel Robert und meine Kusine Penny, und die Fergussons: Mummy, Daddy, Laura und ich. Kilmarnoch House stand am Ufer des Flusses Tara. Daddy und Onkel Robert waren hier aufgewachsen, und als Großvater starb, hatten sie das Haus nicht verkauft, sondern als Ferienhaus behalten. Eigentlich war der Plan der, daß wir den ganzen August dort verbringen und es in der übrigen Zeit vermieten würden. In Wirklichkeit sah die Sache anders aus, denn Kilmarnoch war ein ganz und gar ungemütliches, um nicht zu sagen häßliches Haus. Also verbrachte mein Vater das ganze Jahr damit, Freunde, Bekannte und jeden, den er auf der Straße traf, zum Urlaub in diesem Haus geradezu zu nötigen und den Rest der Zeit darüber zu jammern, daß das Haus leerstand und keine Einnahmen abwarf.

Von außen sah es aus wie ein riesiger Granitklotz, der aus dem Boden wuchs; klobig, grau und abweisend, ohne besondere Merkmale, abgesehen von ein paar kalten Glasaugen und einem Netzwerk aus schwarzen Abflußrohren, die sich wild an der Fassade entlangschlängelten, als hätte jemand das ganze Haus bemalt. Innen war es riesig, kalt – sogar im Sommer – und verfallen, und zwar nicht auf eine romantische Weise mit alten Terrakottafliesen und abgewetzten Perserteppichen, sondern auf eine unangenehme Weise mit vergammelten Linoleumböden, von Motten zerfressenen Teppichen und einem elektrischen Kamin.

Doch für uns Kinder war es das Paradies. Es war ein Haus zum Verstecken, zum Nachlaufen, zum Gespensterspielen in den leeren Dachzimmern, zum Tischtennisspielen im Keller ... ein Haus, das so verkommen war, daß auch ein paar Eimer Tang und Schlamm, die bei der Muschelsuche schon mal anfielen, ihm nichts anhaben konnten ... ein Haus, das Sand und Matsch in seine Substanz aufzusaugen schien, ohne die geringsten Spuren zu hinterlassen.

Außen war es von einem riesigen, verwilderten Garten umgeben, in dem man Schätze suchen, auf riesige Eichenbäume klettern, Staudämme bauen und Holzhäuschen bauen konnte. Am Fuße des Gartens war der Fluß. Dort fischten wir, wir paddelten oder lagen so wie ich nur faul im Gras herum. Ich lag meist auf dem Bauch, die Nase über den Abgrund gereckt, und betrachtete das klare Wasser, wie es über die glatten Kieselsteine plätscherte. Dabei träumte ich davon, schön und begehrenswert und lustig und exotisch zu sein – eine Russin vielleicht oder eine rumänische Zigeunerin, zur Not auch ein Waisenkind – alles andere jedenfalls als die Tochter eines Pfarrers aus Claygate.

Als Kinder dachten wir bereits an Kilmarnoch, sobald Weihnachten vorüber war, und uns wurde fast schlecht vor Aufregung, wenn wir statt der Wochen endlich die Tage zählen konnten, bis es losging. Mit siebzehn mußte man dann eine etwas distanziertere Haltung zu Familienferien demonstrieren, gelangweilt, nach Möglichkeit sogar verächtlich, aber ich erinnere mich trotzdem noch gut an ein heimliches Herzklopfen, wenn wir die Grenze nach Schottland passierten, und an den nicht ganz so heimlichen Ausruf »Da ist es ja!« vom Rücksitz, als Kilmarnoch endlich am Ende des Tales zu sehen war.

Die meiste Zeit verbrachten wir damit, am Ufer zu stehen und mit unseren Angeln Fliegen übers Wasser tanzen zu lassen. Wir sahen zu, wie die Fliegen flußabwärts trieben, warteten auf eine winzige Bewegung, dann warfen wir die Angel mit einer leichten Bewegung aus dem Handgelenk erneut aus. Nach ein paar Stunden breiteten wir ein paar Decken am Ufer aus, aßen etwas, und dann gingen wir flußaufwärts zu einem neuen Tümpel und fischten wieder. Und so ging es immer weiter. Der Ehrlichkeit halber sei gesagt, daß wir zwar tatsächlich hin und wieder einen Fisch fingen, dies aber ein besonderes Ereignis war und wir meist keinen Erfolg hatten. Wenn drei oder vier Tage vergangen waren, ohne daß jemand etwas gefangen hatte, begannen wir Kinder um etwas Abwechslung zu betteln, und das bedeutete immer Strand.

Der Tag, an den ich mich jetzt erinnerte, war so ein Strandtag. Der Himmel war blau ohne auch nur die Spur eines Wölkchens, und wir drei, Penny, Laura und ich, hatten uns regungslos und schweigsam in unseren Bikinis nebeneinander ausgestreckt, als würden wir um so brauner, je ruhiger wir dalagen. Penny und ich waren ganz wild auf Sonnenbräune. Wenigstens damit wollten wir zu Hause prahlen können, wenn wir schon nicht mit Freundinnen zum Zelten in die Dordogne oder mit dem Rucksack durch Amerika reisen durften, sondern mit den Eltern zum Angeln nach Schottland fahren mußten. Außerdem hatte ich ständig vor Augen, daß der Ball des Cricket-Clubs drei Tage nach unserer Rückkehr stattfinden würde. Dort wollte ich unbedingt das knappe schulterfreie gelbe T-Shirt tragen, und dazu mußten zumindest meine Schultern braun sein. Also lag ich dort, spürte, wie mir die Sonne auf die Augenlider brannte, und ließ den feinen weißen Sand durch meine Finger rieseln.

Penny hatte ihn als erste gesehen. Ich hörte ihre Armreifen klimpern, als sie sich neben mir aufsetzte.

»Wow! Seht euch den an!« raunte sie und stieß mir in die Rippen. An ihrer aufgeregten Stimme erkannte ich, daß sie einen Mann meinte.

»Wow!« entfuhr es nun auch Laura, die damals vierzehn war.

»Wirklich nicht schlecht«, murmelte Penny.

»Ganz und gar nicht schlecht«, stimmte Laura ihr zu, ohne auch nur die geringste Ahnung zu haben, um was es ging.

Ich stöhnte, drehte mich auf die andere Seite und schloß fest die Augen. Ich gebe gern zu, daß ich von Jungen und von Sex genauso besessen war wie die meisten Mädchen in meinem Alter, aber Penny mit ihren sechzehn Jahren war eine wandelnde Hormondrüse. Und sie war ein Barometer für alles, was gerade in war. Egal welcher blonde Adonis gerade das Titelblatt ihres Teenager-Magazins zierte, er hing auch an ihrer Schlafzimmerwand, aber nur so lange er en vogue war. Wenn er auch nur einen Hauch an Popularität einbüßte, wurde er gnadenlos niedergerissen und durch einen Neuen ersetzt. Penny folgte blind dem Massengeschmack, nicht zuletzt deshalb, weil ihr eigener Geschmack schrecklich war. Sie hatte nicht das geringste Gespür für das männliche Geschlecht. Und als ich mich schließlich dazu herabließ, die Nase aus dem Sand zu heben und einen Blick auf den vermutlich dumpfen Muskelprotz zu werfen, der sie so fesselte, konnte ich überhaupt nicht verstehen, daß ich ebenso gefesselt war wie sie.

Er saß im Sand, den Rücken an einen Felsen gelehnt, die

braungebrannten Beine übereinandergeschlagen, bekleidet mit alten weißen Tennisshorts und einem ausgewaschenen Jeanshemd, das er bis zu den Ellbogen hochgekrempelt hatte. Sein Haar war dunkel – schwarz, um genau zu sein – und ziemlich lang. Die Locken fielen über seinen Jeanshemdkragen, und er war tiefbraun, obwohl er ganz und gar nicht wie jemand aussah, der stundenlang in der Sonne briet. Auch seine Augen waren dunkel, und sie bewegten sich auf und ab, erst auf seinen Schoß, dann zum Meer hinaus. Erst begriff ich nicht warum, doch dann erkannte ich, daß er malte. Ein kleiner Zeichenblock lag auf seinen Knien, und seine Hand bewegte sich rasch darüber, während seine Augen ein Fischerboot fixierten, das träge auf dem Wasser dümpelte.

Ich wandte den Blick ab und täuschte Langeweile vor. »Gott, bist du einfallslos, Penny«, murmelte ich. »Groß, dunkel und für deinen Geschmack wahrscheinlich gutaussehend, aber ich warne dich, der da ist nicht dein üblicher Muskelpaket-Typ.«

»Warum?« wollte Penny wissen.

»Er malt doch, oder? Das heißt, es gibt gewisse Anhaltspunkte dafür, daß er einen Verstand besitzt oder zumindest ein wenig Sensibilität. Vielleicht spielt er nicht mal Rugby.«

»Es muß ja auch nicht jedesmal ein Rugby-Hengst sein«, antwortete sie beleidigt. »Ich werde jedenfalls mal einen Blick auf seine Zeichnungen werfen.«

Sie stand auf, kicherte und rückte die Dreiecke ihres Bikinis so zurecht, daß ein großer Teil ihres üppigen Busens hervorquoll. Dann warf sie ihre lange blonde Mähne zurück und stolzierte davon. Ich setzte mich entsetzt auf.

»Penny, du kannst doch nicht einfach ...«

Aber mit ihrer Figur konnte sie, und sie wußte es. Laura in ihrem marineblauen Schulmädchen-Anzug folgte ihr kichernd, reckte ihre nicht vorhandenen Brüste und kopierte auf übertriebene Weise Pennys wiegenden Gang.

Ich lachte über Lauras knochigen, schwingenden Hintern, dann legte ich mich wieder hin, um zuzusehen, wie Penny sich dem Typ näherte, lächelte und etwas zweifellos Widerliches sagte.

Der Junge sah überrascht auf und wurde rot, als sie sich vorbeugte, um seine Zeichnung zu begutachten. Er gestattete ihr, den Zeichenblock in die Hand zu nehmen, wobei er einen kurzen Blick auf ihre Brüste warf, die ihm kaum entgehen konnten, weil sie ihm förmlich ins Gesicht hingen, dann sah er verlegen zur Seite. Sie blätterte den Zeichenblock langsam durch und gab ihm Gelegenheit, erneut hinzusehen, aber das tat er nicht. Als sie ihm den Block zurückgab, hielt sie ihn einen Moment fest und zwang ihn dazu, aufzuschauen. Sie strahlte ihn mit verführerischem Lächeln an. Ich krümmte mich innerlich. Dies war gewöhnlich der Moment, in dem sie ihre Beute an Land zog und an Ort und Stelle in den Sand zerrte, aber aus irgendeinem Grund verhielt sich dieser Junge nicht wie alle anderen. Er nahm den Zeichenblock mit knappem Lächeln zurück, nickte dankend, als sie ihn mit Lob überschüttete, und machte sich dann wieder an seine Zeichnung. Penny kniete sich neben ihn und beugte sich vor, so daß ihr blondes Haar fast das Papier berührte. Angestrengt versuchte sie, ihn in ein Gespräch zu verwickeln, während er arbeitete, aber er nickte nur gelegentlich oder gab kurze, einsilbige Antworten. Wenn er lächelte, lächelte er in Lauras Richtung. Die gab inzwischen eine hysterische Vorstellung; sie ahmte Penny nach, lief hüftschwingend über den Strand, die Hände um ihre imaginären Brüste gewölbt, die offensichtlich so schwer waren, daß sie unter ihrem Gewicht schwankte.

Schließlich kam Penny verstimmt zurück, mit klimpernden Armreifen und Brüsten, einem hochroten Gesicht und mit der kichernden Laura im Schlepptau.

»Er ist unglaublich langweilig«, verkündete sie schmollend und ließ sich wieder neben mich fallen. »Er bringt keinen einzigen Satz heraus, von einer anständigen Unterhaltung ganz zu schweigen. Er ist sicher nicht intelligent, da irrst du dich, Tess. Ich glaube eher, er ist gehimtot.«

»Oder ganz einfach nicht anfällig für deinen Charme?« schlug ich mit geschlossenen Augen vor.

»Red keinen Mist«, schnappte sie. »Ich habe gar nicht mit ihm geflirtet, falls du das meinst. Ich wollte mir nur seine Zeichnungen ansehen.«

Ich wandte mein Gesicht von ihr ab und sah wieder in seine Richtung. Mit halbgeschlossenen Augen beobachtete ich ihn, wie er weiterzeichnete. Er gefiel mir nun noch besser, nachdem er Penny so abgewiesen hatte. Wenn er allerdings nicht auf Penny flog, die zwar auf manche etwas kurvenreich wirkte, aber trotzdem ein Knaller war, dann hatte ich bei ihm überhaupt keine Chance – es sei denn, er stand auf blasse und völlig uninteressante Frauen. Ich lächelte ihm zu. Er lächelte zurück. Ich war einen Moment wie erstarrt, dann wurde ich rot und wandte den Kopf ab. O Gott! Sicher dachte er jetzt, ich wollte ihn anmachen und wäre wie Penny. Nach einer Weile zwang ich mich, erneut zu ihm herüberzuschauen. Er blickte in Pennys Richtung, hob die Augenbrauen und grinste mich verschwörerisch an. Diesmal antwortete ich mit einem breiten, dorfidiotischen Strahlen.

Ich behielt sein Lächeln die ganze Woche in mir, spulte es mindestens eine Million Mal zurück, um es wieder und wieder vor meinem geistigen Auge ablaufen zu lassen und mich daran zu ergötzen. Ich stellte mir einen ruhigen, sensiblen Jungen vor, der neben mir am Flußufer saß und sich mit mir über Malerei (seine) und Poesie (meine) unterhielt – insgeheim hielt ich mich für eine hoffnungsvolle Dichterin. Ich sah uns Hand in Hand spazieren, lange philosophische Diskussionen, ja sogar Dispute führen und unsere intellektuellen Auseinandersetzungen hinter den Stechginstersträuchern im Mondschein lösen, mit einer Leidenschaft, die keine Grenzen kannte.

Genaugenommen konnte sie keine Grenzen kennen, denn ich hatte nicht den blassesten Schimmer, um was es eigentlich ging. Wie hätte ich als Pfarrerstochter an einer Mädchenschule mit einer Schwester und einer Kusine auch je Jungen kennenlernen, geschweige denn Sex mit ihnen haben können? Mein erstes und einziges sexuelles Abenteuer beschränkte sich damals auf eine Episode mit einem kurzbeinigen Jungen namens Nigel, der mich zu meiner grenzenlosen Verwunderung auf einer gähnend langweiligen Tennisclub-Disco zum Tanzen aufgefordert hatte. Erschrocken und erfreut zugleich hatte ich daraufhin meiner Freundin Melanie meinen Hot dog in die Hand gedrückt und war mit ihm auf die Tanzfläche gestürmt. Er ist vielleicht etwas kurzbeinig, aber immerhin tanze ich, dachte ich, als er plötzlich und ohne jede Vorwarnung mitten bei *Lay Lady Lay* seine Zunge in meinen Mund steckte. Er ließ sie exakt zweimal kreisen, preßte seine Hand auf meinen Hintern, ließ sie dann nach vorn wandern, griff zielstrebig nach meinem BH – und zog ihn hoch. Natürlich wußte ich, daß das schreckliche erste Mal für Jungen und Mädchen gleichermaßen grauenvoll ist, aber Entschuldigung, sich nicht einmal die Mühe zu machen, den Rückenverschluß meines BHs zu öffnen, kam mir nicht nur ausgesprochen feige vor, sondern geradezu ungehörig. Wir drehten uns tapfer im Kreis. Gefesselt in meiner Baumwollunterwäsche, was ausgesprochen unbequem war, spähte ich über seine Schulter und seinen schwitzenden, zitternden Körper und beobachtete gebannt, was er wohl aus meinem Hintern zu quetschten versuchte. Als die Musik endlich zu Ende war und die Lady auf Bobs breitem Bett lag, brachte Nigel mich schwankend – und ich denke, dieser Zustand traf auf uns beide zu – zurück an meinen Platz. Er drückte mich auf den Stuhl neben Melanie und meinem kalten Hot dog, und als ich saß, bückte er sich, um mir etwas ins Ohr zu flüstern.

»Du warst fantastisch«, murmelte er. Danach konnte mein Sexleben nur besser werden.

In Kilmarnoch gingen die nächsten acht Tage nur mühsam vorüber, bis mein Vater endlich eines Morgens vor die Tür ging, den wolkenlos blauen Himmel begutachtete und entschied, das Wetter sei gut und unsere Angelerfolge schlecht genug, um wieder an den Strand zu gehen. Ich jubelte innerlich vor Freude, lud rasch alles in den Kofferraum und drängte die anderen zur Eile. Ich saß vorn und betete, daß das Auto schneller fahren und der Junge da sein würde. Dann kamen wir endlich am Strand an, bewegten uns gemächlich wie immer durch die Dünen, eine weit auseinandergezogene bunte Prozession, die unter der Last ihrer viel zu großen Strandausrüstung ächzte. Ich ging am Ende und sah mich voller Hoffnung um, mein Vater führte uns vorn mit großen Schritten an und rief in regelmäßigen Abständen »Kommt endlich!« über die Schulter.

Mein Vater war nie sehr modebewußt gewesen, aber in jenen Zeiten sah er besonders lächerlich aus, vor allem, wenn er sein Leitbullen-Strand-Ensemble trug: Ganz in Khaki – Shorts bis zum Knie, ein bis zum Hals geknöpftes kurzärmeliges Hemd, Socken, Sandalen und ein australischer Buschhut –, raste er mit vorgebeugtem Kopf in halsbrecherischem Tempo voraus, eine bunte Mischung aus Töpfen und Pfannen schleppend, dazu einen Kessel, einen Gaskocher, Tüten mit Würstchen und Butterbroten, Küchenutensilien, Klappstühle – kurz gesagt alles, was zu einem normalen Haushalt gehörte. Denn ich muß zugeben, ja, wir waren auch so eine Familie: eine, die am Strand kochte.

Jeder, der einmal versucht hat, an einem schottischen Strand bei Windstärke acht etwas in die Pfanne zu hauen, kann bezeugen, daß ein oder zwei Windschutzplanen dabei durchaus praktisch sind. Ein oder zwei – aber wir hatten immer mindestens sieben dabei. Mein Vater schwärmte geradezu für Windschutzplanen, und das Thema beherrschte unsere gesamten Ferien. Daddy lebte in ständiger Angst, wir könnten nicht genug davon haben, und war nicht eher zufrieden, bis er von diesen Dingern vollkommen umgeben war und kein Meer, keine Berge und keinen Himmel mehr sehen konnte, sondern nur noch meterweise rotes und weißes Leinen, in dessen Mitte wir lagerten wie bei General Custers letztem Gefecht. Jedesmal, wenn er den letzten Pfosten in den Sand gehämmert hatte, brüllte er: »Sieht jemand noch irgendwo eine Lücke?« Und wir schüttelten alle heftig den Kopf. »Nein, Daddy, keine Lücke.« Denn natürlich mußten wir Kinder die ganzen Planen zum Strand schleppen.

»Trödel nicht herum, Tess!« rief er mir zu, als ich, ein paar dieser verfluchten Dinger auf dem Kopf balancierend, die Düne erklomm. Ich ignorierte ihn, blieb oben stehen und sah mich um, in der Hoffnung, er möge da sein. Er war es nicht. Bis auf ein paar Familien mit kleinen Kindern in der Nähe der Felsen und einen Mann, der mit seinem Hund am Ufer spazierenging, war der Strand leer. Verdammt, ich hatte immer so ein Glück! Ich schluckte elend und ging langsam weiter, wobei ich mich immer wieder umschaute und betete, daß sein dunkler Schopf im nächsten Moment hinter den Felsen auftauchen möge, wo es windgeschützter war, oder vielleicht dort drüben, wo ...

»He! Paß doch auf, Mensch!«

Mit einemmal lag ich flach auf dem Bauch, die Nase im Sand, eine Windschutzplane über dem Kopf und um mich herum wild flatterndes Papier. Ich blickte in ein Paar wütende dunkle Augen.

»Du verdammte blöde ... oh!« Er starrte mich an. »Du bist es.«

Ich setzte mich auf. »Entschuldige«, japste ich. »Ich

konnte dich nicht sehen – o je, ich hab' ja deine ganzen Zeichnungen ruiniert.«

Voll mit Sand und Charme hechtete ich hinterher und versuchte, die Blätter einzufangen, die vom Wind in alle Richtungen gejagt wurden.

Er nahm sie mir aus der Hand. »Laß nur, es war sowieso alles Mist.«

Er fing noch ein paar mehr auf, zerknüllte sie alle zu einem dicken Ball und warf ihn grinsend über die Schulter. Der Wind packte den Ball und ließ ihn über den Sand hüpfen, immer weiter fort. Wir sahen zu, wie er in die Stechginstersträucher rollte und dort hängenblieb.

»Es ist nicht biologisch abbaubar«, belehrte ich ihn und wünschte sofort, ich hätte es nicht getan.

»Wenn es Mist ist, schon«, konterte er mit hochgezogenen Augenbrauen.

»Ich fand sie ziemlich gut.«

»Das zeigt, wieviel du von Kunst verstehst«, sagte er, aber er lächelte.

Wir standen da und sahen uns an. Aus den Augenwinkeln konnte ich erkennen, daß ein Stück weiter Familie Fergusson mitten in der Windschutzerrichtung angehalten hatte und alle den Blick auf mich gerichtet hatten. Sogar aus dieser Entfernung registrierte ich, daß Pennys Mund fassungslos offenstand.

»Wollt ihr euch noch ein bißchen mehr Haut versengen?« fragte er und zeigte auf die regungslose Meute.

Mit dem Zeh zeichnete ich einen Kreis in den Sand. »Was sollen wir sonst machen? Das Wasser ist eiskalt, und zum Sandburgbauen sind wir zu alt.«

»Ich gehe ein Stück spazieren«, sagte er plötzlich. »Es ist zu windig zum Zeichnen. Willst du mitkommen?«

Ich zuckte zusammen. »Äh ja, aber ich muß erst ...«

»Mummy fragen?«

Ich wurde rot. »Nein, den anderen diese Planen bringen.«

»Ich hätte dir auch nicht vorgeschlagen, sie mitzunehmen. Okay, dann beeil dich.«

Ich rannte gehorsam davon und warf die Planen in den Sand. Mein Herz schlug bis zum Hals.

»Ich gehe ein bißchen spazieren«, murmelte ich meiner starrenden Familie zu und löste unauffällig meinen doch ziemlich kindischen Pferdeschwanz.

»Mit wem?« wollte mein Vater wissen.

»Äh, mit dem Jungen da drüben. Wir haben uns gerade ... ein bißchen unterhalten.«

Stirnrunzelnd spähte mein Vater über meinen Kopf hinweg. »Wer ist das denn? Kennst du ihn?«

»Gewissermaßen ja. Ich habe ihn mit Penny zusammen kennengelernt.« Hilfesuchend sah ich Penny an, aber die war immer noch sprachlos.

»Ach Ian, laß sie doch«, beschwichtigte ihn meine liebste Mummy und legte die Hand auf seinen Arm. »Mach nicht so ein Theater. Geh nur, Tess.«

Ich warf ihr einen dankbaren Blick zu und rannte los, wobei ich meinen Vater noch sagen hörte: »Ich finde, sie könnte ihn uns wenigstens vorstellen. Typisch Tess. Verschwindet einfach, ohne auch nur ...« Was immer er sonst noch fand, ging im Wind unter, denn ich war längst fort, flog über den Sand, zurück zu den Dünen, zurück zu Patrick.

Er grinste. »Wie ich sehe, bist du mehr zum schnellen Laufen geschaffen als deine dralle Kusine.«

»Woher weißt du, daß sie meine Kusine ist?« Ich war erstaunt.

»Ich habe ein bißchen nachgeforscht«, erklärte er und setzte sich in Bewegung. »Du bist die Tochter von Ian Fergusson, stimmt's? Er wird sehr ungehalten sein, wenn er herausfindet, daß du mit mir zu den Klippen spaziert bist. Er haßt meine Eltern.«

»Daddy? Ach ja?« Ich kletterte hinter ihm her über die Dünen. »Wer sind deine Eltern?«

»Die Camerons. Wir wohnen in Guilduncan. Hat er den Namen nie erwähnt?«

Ich schüttelte den Kopf, noch immer etwas atemlos vom Laufen. »Ich glaube nicht.«

»Na, ja, ich hasse sie ja auch, jedenfalls meinen Vater, deshalb nehme ich es ihm nicht übel.«

»Du haßt deinen Vater?« So was hatte ich noch nie gehört. Ich fand meinen Vater tyrannisch, herrschsüchtig, streng und unnahbar, aber es wäre mir schwergefallen, in diesem Zusammenhang von ›hassen‹ zu sprechen. »Wieso?«

»Weil er ein Arschloch ist«, antwortete er knapp. Er drehte sich um und grinste. »Auch Arschlöcher können Kinder kriegen, mußt du wissen, und nur weil sie unsere Eltern sind, brauchen wir vor ihrem Charakter nicht die Augen zu verschließen. Wir müssen sie nicht mögen.«

Ich blieb stehen und sah ihm einen Moment nach, während er weiterging. Das war ja ganz und gar nicht der schüchterne, sensible, künstlerische Junge, den ich mir vorgestellt hatte; er war kompromißlos, grob und ziemlich direkt. Schweigend kletterte ich hinter ihm die Klippe hinauf.

Er hielt plötzlich an und drehte sich zu mir um. »Ihr fahrt am Sonntag zurück, richtig?«

»Woher weißt du das schon wieder?«

Wir erreichten den Gipfel der Klippe. Er setzte sich, zündete sich eine Zigarette an und hielt auch mir das Päckchen hin. Ich guckte rasch zum Strand hinunter. Sie waren weit weg, trotzdem konnte ich meinen Vater noch erkennen. Ich schüttelte den Kopf.

»Weil ihr fast drei Wochen hier seid. Man muß nicht Einstein sein, um sich auszurechnen, daß du bald in dein komfortables Leben zu Hause zurückkehren wirst, zurück zu deinen Tennisstunden, zu deinem Pony, zu deinen Discos im Kricket-Club, wo ihr Samstagsabends bei den Boy Groups ausflippt.«

Ich wurde rot. »Du sagst es absichtlich so, daß es spießig und langweilig klingt.«

»Verglichen mit dem hier ist es spießig und langweilig, oder?« Er machte eine Handbewegung über die majestätischen blauen Berge im Hintergrund, den endlosen Strand unter uns und das Meer, das sich bis zum Horizont erstreckte.

»Ja, natürlich«, gab ich ärgerlich zu. »Aber wir können nicht alle in den Highlands leben, verstehst du, und wenn wir das täten, sähe es hier nicht mehr so aus wie jetzt. Auf den Hügeln ständen Fitneßcenter, in den Tälern öffentliche Schwimmbäder, und man könnte den Strand vor lauter Badminton-Netzen kaum noch erkennen. Du solltest froh sein, daß wir nicht alle hier sind, um das Heidekraut zu bewundern.«

»Bin ich auch.« Er zupfte einen Grashalm aus und blickte zum Meer. »Es ist das einzige, was mich bei Verstand hält.«

Stille. Ich wollte sie nicht unterbrechen und hätte auch nicht gewußt, was ich sagen sollte. Er wirkte auf einmal so geheimnisvoll und – ja, fast besessen.

Nach einer Weile sah er mich grinsend an. »Na, das ist ja immerhin vielversprechend. Man trifft selten ein Mädchen, das nicht meint, ständig plappern zu müssen.«

»Gott, bist du arrogant!« Aber ich fühlte mich trotzdem geschmeichelt. »Wozu hast du mich denn eigentlich hier heraufgeschleppt, wenn du nicht reden willst – oder wolltest du nur meinen Vater ärgern?«

»Ich fand einfach, daß du nett aussiehst. So normal und umgänglich.«

Ich lachte. »Dabei bemühe ich mich seit achtzehn Jahren, außergewöhnlich und geheimnisvoll zu wirken.«

Er verzog das Gesicht. »Geheimnisvoll wirkende Menschen werden völlig überschätzt. In neun von zehn Fällen steckt hinter ihrer Fassade nichts als Banalität und Langeweile.«

»Tatsächlich?« Ich kaute auf einem Grashalm. »Du bist geheimnisvoll, richtig? Deine ganzen aggressiven Andeutungen, deine verschleierten Blicke zum Meer, die Anspielungen auf deinen geistigen Zustand – klingt ganz schön nach Heathcliff, findest du nicht auch? Was soll das alles?« Er öffnete den Mund, um zu antworten, aber ich ließ ihn nicht zu Wort kommen. »Nein, nein, sag nichts, laß es mich erraten. Ein zerrüttetes Zuhause, eine unglückliche Kindheit, eine schwierige Pubertät ... komme ich der Sache nahe?«

Er starrte mich aus zusammengekniffenen Augen an, und einen Moment lang glaubte ich wirklich, er würde mich schlagen. Da huschte plötzlich ein Lächeln über sein Gesicht. »Ziemlich nahe. Du hast vergessen, den fehlenden Einfluß der Stadt zu erwähnen. Was das angeht, bin ich schrecklich vernachlässigt.«

Abrupt stand er auf, nahm meine Hände und zog mich auch auf die Füße. Er sah in meine Augen. »Ich muß mein doch eher zurückhaltendes Kompliment von vorhin berichtigen. Du bist nicht nur normal und umgänglich, sondern auch noch außerordentlich intelligent. Zufrieden?«

Ich lachte. »Im Augenblick ja. Wir werden später in die Details gehen.«

Er ließ meinen Blick nicht los. »Gern.« Wir standen da und sahen uns an, und ich war fest davon überzeugt, gleich ohnmächtig zu werden und die Klippen hinabzustürzen.

»Heute abend läuft in Brookenhead ein Film, den ich gern sehen würde«, sagte er plötzlich. »Kommst du mit?«

»Ein ... ein Film?«

»Ein Film. Es gibt hier nicht nur Heidekraut, sondern auch Kinos, verstehst du?«

»Ich, ich bin nicht sicher. Ich bin ja mit meiner Familie hier und ...«

»Gut, dann nicht.«

Er drehte sich um und begann rasch die Klippe hinabzusteigen. Ich rannte hinter ihm her.

»He, warte bitte eine Sekunde. Ich meinte doch nur, daß ich meine Eltern fragen muß, oder ist dir das zu konventionell? Wäre es dir lieber, wenn ich ein paar Bettlaken zusammenknoten und aus dem Fenster klettern würde, anstatt ihnen zu sagen, wo ich hingehe?«

Er schaute sich lachend um. »Du scheinst dich nicht leicht beeindrucken zu lassen, was?«

»Warum sollte ich?«

»Ja, warum solltest du. Ich hole dich also um sieben ab, okay?«

»Okay.«

4. Kapitel

Er konnte ja nicht wissen, daß es für mich viel leichter gewesen wäre, mich an zusammengeknoteten Bettlaken aus dem Haus zu stehlen. Mein behütetes Leben war natürlich zum Teil auf meine doch eher weiblich geprägte Lebensweise zurückzuführen, doch den Löwenanteil daran hatte mein Vater, Reverend Ian Fergusson. Zu behaupten, er hätte ein Auge auf seine Töchter gehalten, wäre ebenso untertrieben wie die Behauptung, die Gestapo hätte ein Auge auf die Widerstandsbewegung gehalten. Manchmal hatte ich das Gefühl, nicht mal zum Klo gehen zu können, ohne ihn vorher um Erlaubnis zu fragen.

Ich war zum Tee wieder zu Hause und wappnete mich zum Vorstoß. Daddy hielt der armen Tante Rachel jetzt schon seit gut zwanzig Minuten einen Vortrag über die Unzulänglichkeiten der anglikanischen Kirche und erklärte ihr im Detail, warum er immer noch nur Pfarrer war, während unfähigere Leute ihn längst überholt hatten und Bischof geworden waren. Halb sechs, nur noch anderthalb Stunden, bis er kam, und wenn ich vorher noch baden und meine Bluse bügeln wollte ... Ich räusperte mich.

»Daddy?«

Er machte nicht einmal eine Pause zum Luftholen. »Weißt du, wen die *eigentlich* wollen, Rachel?« fuhr er fort und stellte seine Teetasse so scheppernd auf den Tisch, daß die Tante zusammenzuckte. »Irgendeine Schwuchtel mit Bart und Gitarre, der die Bibel *in Frage stellt,* der die unbefleckte Empfängnis *anzweifelt* und die Teilung des Roten Meers oder sonst ein Wunder und völlig verkennt, daß sie genau das sind! Wunder!«

Meine Mutter saß in ihrem Sessel am Fenster, hob die Augenbrauen und lächelte mir aufmunternd über ihre Zeitung hinweg zu. Mir wurde plötzlich klar, daß sie wohl geahnt hatte, warum ich hier stand, und sich leise in die zweite Reihe gesetzt hatte, um mir beizustehen. Ich war froh über ihre Unterstützung. Mein Vater schwadronierte weiter.

»Wir haben übrigens heute gewonnen«, flüsterte Mummy.

»Was?« Ich drehte mich wieder um. Sie studierte die Fußballergebnisse. »Oh, gut.«

Meine Mutter war eine leidenschaftliche Chelsea-Anhängerin. Sie verfolgte jedes Spiel und fuhr zum äußersten Mißfallen meines Vaters sogar manchmal ins Stadion, um eins live mitzuerleben. Niemand kapierte so richtig, warum sie sich ausgerechnet für Fußball interessierte, doch ich vermutete insgeheim, daß es etwas damit zu tun hatte, daß dieses Hobby bei einer Pfarrersfrau als völlig unpassend angesehen wurde. Es war Mummys Art der Auflehnung. Es bereitete ihr ein stilles Vergnügen, im Pfarrhaus Empfänge zu geben und statt über den Rosengarten des Küsters über die jüngsten Spielertransfers zu diskutieren.

Seufzend schloß sie die Zeitung. »Nächste Woche müssen wir auswärts in Liverpool antreten, das wird nicht so einfach.« Sie machte eine Kopfbewegung in Daddys Richtung. »Versuch es noch mal, Liebling.«

Ich leckte meine Lippen. »Daddy, ich wollte dich fragen, ob ...«

»... also ehrlich, sogar das *Apostolische Glaubensbekenntnis* ist inzwischen in die Kritik gekommen«, polterte er. »Ich glaube an den allmächtigen Gott, den Schöpfer des Himmels und der Erde – wer sagt das?« Er guckte Rachel an, die nervös mit den Augen zwinkerte. »Wer sagt denn, Er schuf Himmel und Erde? O ja, das ist es, was die maßgeblichen Leute hören wollen, Rachel. Sie wollen eine lebhafte Diskussion, weil sie sich in ihrer Ignoranz einbilden, das wäre ein Zeichen von Intelligenz. Und was sie auf keinen Fall wollen, ist Glauben. O nein, das ist ein schmutziges Wort! Glauben ist nicht modern, Glauben ist völlig out. Sie wollen keine verzärtelten Gläubigen in ihren Kirchen, sie wollen ungläubige, verdammte Thomase!« Er machte ein Pause, um Luft zu holen und an seinem Tee zu schlürfen. »Und weißt du, was sie noch wollen?«

Rachel warf mir einen Blick zu. »Nein, Ian, aber ich glaube, Tess möchte ...«

»Weißt du, was diese verdammten Bischöfe noch wollen? Einen Moment noch, Tess, ich rede gerade. Weißt du, was sie noch wollen, Rachel?«

Rachel seufzte. »Nein, Ian. Sag es mir.«

»Sie wollen Päderasten.«

»O Ian, bitte ...«

»Genau das wollen sie.« Er nickte heftig. »Sie wollen Päderasten, weil das jetzt modern ist, und es nützt gar nichts, wenn du jetzt die Augen verdrehst, Daphne, du weißt nur zu gut, daß es wahr ist. Es reicht heutzutage nicht mehr, ein engagierter heterosexueller Familienvater zu sein. Die Kirche will schwule Pfarrer – einen Larry, zum Beispiel, der sonntags nach der Kirche der Gemeinde seinen Partner – Brian – vorstellt, und wenn Larry bei unzüchtigen Handlungen im Park erwischt wird und in die Sonntagszeitung kommt, um so besser! O ja, Halle-verflucht-lujah, das ist wunderbar, denn dann können wir alle vergeben und vergessen, und es ist alles so schön und so nett, und wir beten alle für Larry und Brian und singen und sind glücklich und reichen unseren Nachbarn die Hand und knutschen eine Runde mit ihnen – denn Küssen ist heutzutage in der Kirche quasi vorgeschrieben, Rachel –, und Larry spielt Gitarre, und Brian sitzt in der ersten Reihe und wiegt sich in den Hüften und denkt, wie göttlich Larry in dem langen weißen Gewand wieder aussieht und ... ja, Tessa, WAS IST DENN? Um Himmels willen hör auf, dir etwas in den Bart zu murmeln und sprich dich endlich aus!«

»Daddy, dieser Junge, den ich heute getroffen habe«, stieß ich hervor. »Er hat mich gefragt, ob ich heute abend mit ihm ins Kino gehe. Bitte, darf ich?«

Mein Vater starrte mich an, als hätte ich zwei Köpfe. »Junge? Welcher Junge?«

»Am Strand, du hast ihn doch gesehen.«

»Ins Kino? Wann?«

»Heute abend.«

»Natürlich darfst du, Liebling«, mischte meine Mutter sich ein. »Geh nur und mach dich fertig.«

»Wie heißt er denn?« bellte mein Vater, als ich zur Tür schoß.

»Patrick Cameron.«

Die Teetasse meines Vaters erstarrte auf dem Weg zum Mund. Er setzte sie langsam an. Seine Augen waren wie aus Stein. »Das kommt nicht in Frage.«

»Daddy, bitte.«

»Keine Diskussionen, junge Dame, du bleibst hier. Dieser Junge ist der Sohn von Marcus Cameron. Er ist ein Taugenichts, ein Faulenzer, ein Tagedieb und wahrscheinlich auch noch drogensüchtig obendrein.«

»Wer?« fragte meine Mutter sanft. »Der Vater oder der Sohn?«

»Sicher beide«, explodierte mein Vater. »Wie der Vater, so der Sohn! Willie hat mir erzählt, er sei in Marlborough und Harrow von der Schule geflogen und dann auch noch in Oxford. Jetzt hängt er ständig in irgendwelchen Fischereien herum und tut, als würde er arbeiten, und an seinen freien Tagen läuft er in der Gegend herum und malt wilde Blumen!«

»Das ist unfair«, protestierte ich. »Er ist ein sehr talentierter Künstler – ich habe seine Bilder gesehen.«

»Und mehr wirst du von ihm auch nicht sehen«, wütete mein Vater.

Ich stand auf, bebend vor Zorn. »Na, das ist ja wunderbar. Du hast ihn also genauestens überprüft, ja? Du hast bereits das halbe Dorf befragt und das nur, weil ich mich heute am Strand mit ihm unterhalten habe! Wie kommt es denn, daß Willie so gut über ihn Bescheid weiß?«

»Tessa, die Camerons wohnen in Guilduncan«, erklärte er mühsam beherrscht.

»Und?«

»Und deshalb weiß jeder, was sie treiben. Die Ortsansässigen wissen immer, was in den großen Häusern vor sich geht, die Hälfte von ihnen arbeitet dort, und niemand, der bei klarem Verstand ist, würde zulassen, daß seine Tochter diesen Jungen auch nur mit einer Bootsstange berührt!«

»Ich möchte ihn ja gar nicht berühren. Ich möchte mir nur einen Film mit ihm anschauen«, schrie ich. »Du benimmst dich wie ein verdammter Viktorianer! Ich bin siebzehn Jahre alt und ...«

»Hör auf zu fluchen!«

»Tessa, geh nach oben.« Meine Mutter legte die Hand auf meinen zitternden Arm. »Ich möchte mit deinem Vater unter vier Augen sprechen.«

Ich drehte mich um und floh, wobei mir Tränen über die

Wangen strömten. Draußen in der Halle saßen Penny und Laura auf der Treppe und verfolgten das Geschehen mit offenen Ohren und Mündern. Ich rannte an ihnen vorbei die Treppe hinauf.

Zehn Minuten später folgte mir meine Mutter. »Trockne dein Gesicht, Liebling, und mach dich fertig.«

Ich sah von meinem nassen Kissen auf. »Ist das wahr? Ich darf wirklich gehen?«

»Natürlich.«

Ich habe nie erfahren, was sie zu ihm gesagt hat. Niemand wußte so genau, wie meine Mutter meinen Vater rumkriegte, aber wenn es wirklich hart auf hart kam, gelang ihr das immer wieder. Ungefähr eine Stunde später hüpfte ich die Treppe vor dem Eingang zu Kilmarnoch hinunter, während die Lichter von Patricks rotem Spitfire die Auffahrt erleuchteten.

Wir sind dann gar nicht ins Kino gegangen, sondern zum Strand, um dort zuzusehen, wie die Sonne unterging. Wir redeten viel, lachten noch mehr, und um Punkt elf Uhr fuhr Patrick mich nach Kilmarnoch zurück. Er wünschte meinem Vater, der an der geöffneten Tür auf mich wartete, höflich gute Nacht und fuhr davon. Am nächsten Tag quetschte sich Familie Fergusson ins Auto, winkte den Larkins zum Abschied und fuhr die etwa 260 Meilen nach Kent zurück, und das war das Ende. Zumindest glaubten das meine Eltern.

Was sie nicht wußten, war, daß ich, als ich mit Patrick an dem kalten, windigen Strand saß, schon nach wenigen Minuten diesen Stich verspürt hatte. Diesen scharfen Stich, der das Herz zunächst für einen Moment zum Stillstand bringt und dann in wilde Raserei versetzt, so wild, daß man sofort erkennt, das ist anders, das ist wirklich, das ist es. Alle kurzbeinigen Nigels, schüchternen Malcolms und halbwegs gutaussehenden Bibliothekare, die ich in meiner kurzen, begrenzten Karriere in Erwägung gezogen hatte, versanken in der Bedeutungslosigkeit, während sich meine Zehen vor Aufregung in den feuchten Sand gruben. Ich umfaßte meine Knie und preßte das Kinn dagegen und dachte nur, das ist es, Tessa. Das ist es! Er war ganz sicher nicht ruhig und sensibel, aber er war klug, respektlos, unabhängig und witzig, nicht auf eine zynische Weise, bei der man sich ein gequältes Lächeln abrang und dachte, Gott, wie intelligent – sondern auf eine Weise, bei der man den Kopf in den Nacken warf und lauthals lachte.

Ich begriff schnell, daß er eine höllische Kindheit gehabt hatte; Eltern, die sich ständig in den Haaren lagen, manchmal sogar gewalttätig wurden, und einen Vater, der mit seiner Autorität meinen bei weitem übertraf. Marcus Cameron war ein kalter, unbeugsamer, zynischer Mensch, der jeden Abend im Dinnerjackett zu speisen pflegte und sich dabei so betrank, daß er seinem einzigen Sohn und Erben regelmäßig vorwarf, eine einzige Enttäuschung zu sein. Mr. Camerons Enttäuschung beruhte hauptsächlich auf Patricks Absicht, weder nach Oxford zu gehen, noch der Armee beizutreten oder Abgeordneter der Konservativen zu werden, sondern das zu tun, was ihm viel mehr lag – zu malen. Was Marcus wohl besonders zusetzte, war die Tatsache, daß Patrick alle Möglichkeiten offenstanden, er aber keine für sich nutzte. Es war nämlich durchaus kein Taugenichts, der das Vermögen seiner Eltern verschleuderte; er hatte ein Stipendium für Oxford bekommen, obwohl er aus einer Schule geflogen war und beinahe auch aus einer zweiten – übrigens nicht, wie mein Vater angedeutet hatte, weil er drogensüchtig war, sondern weil er, wie Patrick es lachend selbst formulierte, ›den Jungs mal den Marsch geblasen hatte‹.

Für eine wie mich war das harter Tobak. Ich war immer die Mustertochter gewesen, die fleißige Schülerin, die brav ihre Hausaufgaben machte und Geige übte, und ich wäre nie auf die Idee gekommen, auch nur zu pfeifen, geschweige denn denen den Marsch zu blasen, auf die er anspielte –

Lehrer, Tutoren, Hochschulprofessoren Dons –, Leute mit Autorität und in Positionen, die ich niemals in Frage gestellt hätte. Doch genau das tat Patrick, er stellte grundsätzlich alles und jeden in Frage und bezweifelte Dinge, an denen es für mich keinen Zweifel gab, etwa den Wert eines Stück Papiers, auf dem ›Diplom der Universität von Oxford‹ geschrieben stand.

»Was soll ich damit?« fragte er. Er sah mich aus seinen im Mondschein glänzenden dunklen Augen herausfordernd an und zog an seiner Zigarette, »Ich weiß doch genau, daß ich malen will. Wozu brauche ich dann einen Universitätsabschluß in Geschichte, verdammt?«

Ich blickte ihn erstaunt an, denn ich sehnte mich geradezu danach, die Universität zu besuchen und von zu Hause fortzukommen. Aber Patrick ließ sich nicht so leicht abspeisen.

»Es kotzt mich an, irgendwo hinzugehen, wo ich nicht hin will, nur weil ich von woanders fort will, und niemand, schon gar nicht mein verdammter Vater, wird mich dazu bewegen.«

Aufgewühlt kehrte ich an jenem Abend vom Strand zurück. Er hatte nicht nur mein Herz in Aufruhr versetzt, sondern auch meinen Kopf. Zum ersten Mal hatte mich jemand auf die Idee gebracht, kritisch zu sein gegenüber den Menschen, die es sich zur Aufgabe gemacht hatten, meine Denkprozesse zu steuern. Eine Woche später in Kent war ich immer noch aufgewühlt und auch dann noch, als ich zwei Wochen später ins Internat zurückkehrte. Doch mit der Zeit, als ich vor mich hinmalend an meinem Schreibtisch saß oder auf die rissige Holzdecke in meinem Schlafzimmer blickte, ließ meine Euphorie nach, und die öde Realität machte sich erneut breit. Ich war hier, in diesem Mädcheninternat in Dorset, und er war dort, als Arbeiter in einer Lachszucht in Schottland. Ich mußte ein ganzes Jahr hinter mich bringen, ehe ich ihn wiedersehen würde, vorausgesetzt, er wollte mich dann überhaupt noch. Würde er mir schreiben? Jeden Abend sprach ich drei Ave Maria, schlug dreimal auf mein Bett, küßte zweimal die Bibel, bekreuzigte mich, zog drei kleine Kreise, berührte den Boden, ging ins Bett und betete zu Gott, daß er das tun würde.

Er tat es. Eisern wiederholte ich daraufhin jeden Abend die Prozedur, und zu meiner Überraschung traf am darauffolgenden Freitag wieder ein Brief ein, und dann noch einer, und noch einer, bis ziemlich sicher war, daß das, was uns an jenem kalten, windigen Strand verbunden hatte, auch bis zum folgenden August anhalten würde.

Ich für meinen Teil sorgte mit den lächerlichsten, pubertärsten Mitteln dafür, daß es das auch wirklich tat. Nie waren Schulbücher so sorgfältig mit Herzen, Initialen und Liebespfeilen verziert worden. Nie war ich so wild auf Kunstgalerien und alles Schottische gewesen – liebevoll berührte ich die Schottentücher im Stoffladen im Ort und aß literweise Campbells Currysuppe, die ich eigentlich nicht ausstehen konnte. In ganz trüben Momenten ging ich sogar ins Fischgeschäft und blickte schmachtend auf die kalten grauen Augen eines Lachses, der dort in der Theke lag.

Es war alles sehr kindisch, aber unerläßlich, um wahre Teenagerliebe aufrechtzuerhalten. Und es funktionierte. Als ich im folgenden Jahr wieder nach Schottland kam, brauchte ich mir nicht den Kopf darüber zu zerbrechen, ob mein Feuer erneut entflammen würde, denn ich glühte immer noch ziemlich heiß. Bei Patrick war ich mir da nicht so sicher. Er war älter, hatte mehr Erfahrung und war in den vergangenen zwölf Monaten sicher zahlreicheren Verlockungen ausgesetzt als ich. Es konnte gut sein, daß bei ihm die Glut längst erloschen war. Eine gewisse Nervosität ließ sich daher nicht verleugnen, als ich am ersten Abend unserem ersten heimlichen – um meinen Vater diesmal gänzlich auszuschalten – mitternächtlichen Treffen entgegenfieberte.

Ich lag im Bett, starrte gebannt auf die Leuchtzeiger meines Weckers, die sich ganz langsam auf zwölf Uhr zu bewegten. Als sie beide senkrecht standen, warf ich die Decke zurück, schlüpfte in Jeans und Pulli und stahl mich leise aus dem Schlafzimmer, das ich mit Laura teilte. Zitternd vor Aufregung schlich ich auf Zehenspitzen die Treppe hinunter und verharrte einen Moment auf der untersten Stufe, um sicherzugehen, daß oben keine Tür aufgegangen war. Mein Herz hämmerte. Nichts schien sich zu regen, also schlich ich vorsichtig weiter durch die Halle, entriegelte die schwere Eingangstür, zuckte bei jedem Quietschen und Knarren der alten Scharniere zusammen und schlüpfte hinaus. Dann zog ich die Tür geräuschlos hinter mir zu, lief auf Zehenspitzen hinaus in die Nacht und rannte den Hügel hinab zum Fluß.

Nachdem ich am Ende des Gartens durch die Brombeersträucher gekrochen war, hatte ich die Lichtung erreicht, an der wir uns verabredet hatten. Mein Herz schlug inzwischen bis zum Hals, ich konnte vor Aufregung kaum noch atmen. Es war stockdunkel, er war nirgends zu sehen, und einen entsetzlichen Moment lang befürchtete ich, er könnte es sich anders überlegt und beschlossen haben, nicht zu kommen. Dann rief er plötzlich leise meinen Namen.

»Tess!«

Ich fuhr herum. Er saß auf einer niedrigen Steinmauer mit dem Rücken zum Fluß und rauchte eine Zigarette. Er trug Jeans und einen alten blauen Seemannspullover und lächelte dieses gefährliche, teuflische Paßt-auf-eure-Töchter-auf-Lächeln. Als er seine Zigarette an der Mauer ausdrückte, stoben die Funken in alle Richtungen. Er sprang hinab und kam auf mich zu, und als er dicht vor mir stand, nahm er meine Hände.

»Hallo.«

»Hallo«, stieß ich hervor.

Ich hatte diesen Treffen ein ganzes Jahr lang herbeigesehnt, hatte es geplant, immer wieder durchgespielt. Ich wollte so cool sein und so locker, und jetzt stand ich hier und brachte keinen Ton heraus.

Er lächelte immer noch und sah mich durchdringend an. »Ich war gespannt, ob du kommen würdest.«

»Willst du damit sagen, du hast daran gezweifelt?« Ich war doch diejenige gewesen, der Zweifel gekommen waren.

»Ich war mir nicht sicher, welche Fortschritte dein Mut im letzten Jahr gemacht hat, aber da du hier bist, kann man wohl sagen, ziemlich große. Schleichst dich einfach um Mitternacht aus dem Haus, um deinen ungelittenen Freund zu treffen. Was hast du als nächstes vor?«

Freund. Er hatte Freund gesagt. »Oh, ich glaube, ich hab' da eine gute Idee«, wagte ich mich forsch vor und sah ihn an.

Einen Moment lang war sogar er sprachlos, dann lächelte er schon wieder. Er beugte sich vor und nahm mich in die Arme.

»Tess, sei vorsichtig. Sonst verlierst du noch deinen hübschen, strahlenden Heiligenschein.«

»Je eher desto besser«, murmelte ich und grub mein Gesicht in seinen Pullover. Er drückte mich, dann zog er mich hinunter auf die Mauer und sah mich an, lange und intensiv. Er beugte den Kopf vor und küßte mich, zärtlich, sanft, lange. Es war der zweite Kuß, den ich in meinem Leben bekam, und wie sehr unterschied er sich von dem ersten!

In jener Nacht verlor ich natürlich mehr als nur meinen Heiligenschein. Wir gingen spazieren, redeten und liebten uns unten am Fluß, und genauso verliefen auch die folgenden zweiunddreißig Nächte. Jeden Morgen schlich ich gegen vier Uhr ins Haus zurück und schlief mit einem Lächeln auf dem Gesicht ein. Niemand konnte sich erklären, warum ich immer bis mittags schlief, und wieso ich, wenn ich mich schließlich mühsam aus dem Bett erhoben hatte, nur am Fluß herumlag, lächelnd, träumend, den Libellen zusehend und nicht einmal mehr den Versuch machte, zu angeln. Meine ganze Familie wunderte sich über mich, aber niemand ahnte etwas. Nur Daddy rückte eines Tages beim Mittagessen am Fluß ein Stück näher und fragte mich ganz unvermittelt und hinter vorgehaltener Hand, ob ich eigentlich je wieder etwas von diesem verfluchten Patrick gehört hätte. Ich schüttelte den Kopf und fügte mit brüchiger Stimme hinzu, daß ich glaubte, er habe mich leider längst vergessen.

»Natürlich hat er das«, polterte er, ohne sich groß Mühe zu geben, seine Erleichterung zu überspielen. »Er verfügt wahrscheinlich über ein Heer von Frauen in ganz Schottland.«

Nein, nur über eine, dachte ich im stillen und kaute weiter an meinem Käsebrötchen.

»Wahrscheinlich hat er dich in dem Moment vergessen, als du aus seinem angeberischen kleinen Auto gestiegen bist«, fügte er schadenfroh hinzu.

Und mein Vater bildete sich ein, ein Experte in Glaubensfragen zu sein. *O ihr Kleingläubigen ...*

So vergingen die Ferien, die Tage – und Nächte – waren viel zu schnell vorüber, bis sich schließlich der näherte, vor dem ich mich so fürchtete. Der letzte. Zumindest war es für mich der letzte. Doch David hatte andere Pläne.

»Komm mit mir nach Italien«, bat er, als wir zusammen am Flußufer lagen und in die Sterne schauten.

Ich sah ihn an. »Nach Italien?«

»Ich werde zum Malen dort hinfahren.«

Ich setzte mich auf. »Davon hast du mir nie etwas erzählt.«

»Ich habe es erst gestern entschieden. Ich muß eine Zeitlang weg von hier. Nächste Woche werde ich einundzwanzig, und dann bekomme ich etwas Geld. Ob es meinem Vater gefällt oder nicht, ich kann verdammt noch mal tun, was ich will.«

»Wirklich? Heißt das, du wirst dann stinkreich sein?«

Er grinste. »Höre ich da ein gewisses Interesse heraus?

Nein, ich werde nicht stinkreich sein, die Vermögensverwalter sind ziemlich geizig, aber sicher werde ich genug haben, um den Flug zu bezahlen und irgendwo ein kleines Appartement zu mieten, in Florenz vielleicht oder in Siena. Und dann suche ich mir einen Job.«

»Als was?«

Er machte eine ungeduldige Handbewegung. »Ach, das weiß ich noch nicht, Tess. Vielleicht unterrichte ich Englisch oder arbeite in einer Bar oder so was. Vielleicht könntest du auch dort kellnern, dann wären wir immer zusammen.«

Ich war fassungslos. »Tolle Idee! Daddy würde in Ohnmacht fallen.«

»Bestimmt würde er das. Er würde schon in Ohnmacht fallen, wenn du nur meinen Namen erwähntest. Aber das mußt du ja gar nicht; du steigst einfach in ein Flugzeug und kommst.«

Ich schluckte. Mein Mut mochte zwar Fortschritte gemacht haben, aber das hier roch nach totaler Rebellion. Patrick war sein ganzes Leben lang ein Rebell gewesen und tat nur das, was ihm natürlich erschien. Bei mir war das etwas anderes. Ich war eine gehorsame Tochter und hing an meinen Eltern.

»Also, was meinst du?« Er sah mich gespannt an.

Ich rupfte einen Grashalm aus. »Ich weiß nicht, Patrick, es ist kommt alles so plötzlich, verstehst du? Und für dich ist es okay, aber ich soll im Oktober an die Universität.«

»Das weiß ich, aber du willst doch noch gar nicht, habe ich recht? Du hast selbst gesagt, es wäre ideal, erst ein Jahr Pause zu machen und zu reisen. Nur dein Vater will dich so schnell wie möglich fesseln und neu verpflichten, warum verschiebst du es also nicht einfach um ein Jahr? Ich rede ja nicht davon, daß du es für immer aufgeben sollst.«

Ich atmete tief durch. »Patrick, ich kann nicht einfach so von zu Hause weggehen.«

Achselzuckend warf er einen Kieselstein ins Wasser. »Gut, okay, dann nicht. Aber dann werden wir uns wahrscheinlich nicht wiedersehen.«

»Das darfst du nicht sagen«, rief ich erschrocken. »Ich habe mich extra für St. Andrews entschieden, damit ich in deiner Nähe sein kann.«

»Ach so. Und was soll ich deiner Meinung nach dann tun? Auf dem Campus herumhängen wie ein liebeskranker Pfau und darauf warten, daß du aus der Vorlesung kommst? Nein danke. Du würdest doch sowieso am liebsten schreiben, warum gehst du überhaupt dorthin? Nimm dir einen Stift und Papier und fang an! Glaubst du im Ernst, daß dir ein paar Seminare über König Arthur und die Ritter der Tafelrunde helfen, eine bessere Schriftstellerin zu werden?«

»Zumindest schult es den Verstand«, antwortete ich lahm.

»Unfug, es lenkt dich nur von deinen eigenen Sachen ab. Vielleicht geht es dir ja um das Studentenleben? Bist du scharf auf die Erstsemester-Partys oder die Theatergruppe, oder willst du unbedingt helfen, den Kostümball zu organisieren? Möchtest du ein bißchen mit deinem Englisch-Professor flirten und dich wie verrückt anstrengen, um ihn zu beeindrucken, oder findest du den College-Schal so toll, dieses ganze Studentengehabe mit allem Drumherum?«

»Ach Patrick.« Ich wurde langsam ungeduldig. »Warum wirst du immer so zynisch, sobald es um etwas geht, das dir auch nur entfernt konservativ erscheint? Die Universitäten sind längst nicht mehr so verstaubt wie du glaubst.«

»Nein, aber für dich wäre sie das, Tess. Genauso würde es bei dir ablaufen, das weißt du ganz genau. Du bist von Geburt an darauf programmiert, das Richtige zu tun, und wenn dich niemand aufhält, wirst du deinen Weg fortsetzen und bald jedes Komitee unter der Sonne organisieren, dich auf Hockey und Basketball stürzen und ...«

»Und was wäre daran so verwerflich?« schnappte ich.

»Nichts«, antwortete er ruhig. »Daran ist nichts verwerflich, solange es dich glücklich macht. Es macht sicher deine Lehrer glücklich, klar, und dein Vater wird strahlen, und jeder wird dir auf den Rücken klopfen und sagen ›Gut gemacht, Tess. Du bist ein tolles Mädchen?‹ Aber wo bleibst du dabei? Was ist, wenn du nach drei Jahren da stehst, mit einem Barett auf dem Kopf und einem gefrorenen Lächeln auf den Lippen, deine Diplome in der Hand hältst und dich fragen mußt, warum du es allen anderen recht gemacht hast, nur nicht dir selbst?«

Ich sah ihn verunsichert an.

Patrick nahm meine Hand. »Ich bitte dich Tess, ich bitte dich, glücklich zu sein. Pack nächste Woche deine Tasche, schreib deinen Eltern einen Brief, und triff dich mit mir in Heathrow am Flughafen. Okay, dein Alter wird außer sich sein; vielleicht folgt er uns sogar und versucht dich zurückzuholen, aber du bist achtzehn und kannst tun und lassen, was du willst. Der Punkt ist der, Tess, er wird schon darüber hinwegkommen – aber was ist mit dir? Wenn du nicht mit mir kommst, wirst du darüber hinwegkommen?«

Ich wand mich. »Es ... es ist der Betrug, den ich so schrecklich finde, einfach wegzugehen und einen Brief zu hinterlassen. Meinst du nicht, wenn ich ihn einfach fragen würde ...?«

»Was, glaubst du, würde er sagen? ›Super Idee, Tess, warte eine Sekunde, ich hole schnell meinen Autoschlüssel und fahre dich zum Flughafen?‹«

»Nein, aber ...« Ich suchte verzweifelt nach Ausflüchten. »Was ist, wenn es alles nicht klappt?«

Er machte eine ungehaltene Handbewegung. »Was ist wenn, was ist wenn! Paß auf, wenn es nicht klappt und es uns nicht gefällt, oder wenn wir uns nicht mehr mögen, kannst du immer noch nächstes Jahr nach St. Andrews gehen. Dein Studienplatz ist dir doch auch dann noch sicher.«

»Ja, wahrscheinlich, aber ...«

»Dann tu es!«

Ich sah ihn an. Er stand auf und zog mich ebenfalls hoch. Er lächelte. Für ihn war die Sache beschlossen.

»Dann sehen wir uns also an Terminal 1. Ich besorge die Tickets.«

»Um Himmels willen, Patrick«, rief ich entsetzt. »So einfach ist das alles nicht.«

Er sah mich eindringlich an. »Doch, das ist es, wenn du es wirklich willst. Mach es nicht kaputt, Tess. Du weißt gar nicht, wie selten so etwas ist.«

Mit ›so etwas‹ meinte er sicher unsere Liebe. Aber woher sollte ich das wissen? Es war alles so schnell über mich hereingestürzt und so selbstverstädnlich, woher sollte ich wissen, daß manche Menschen ewig danach suchten und sie nie fanden?

Ich nahm mir fest vor, ihn zu treffen, wirklich. Eine Woche später, als wir wieder zu Hause in Kent waren, packte ich eine Tasche, und in meinem Magen schwirrten tausend Schmetterlinge, als ich den Brief unter mein Kopfkissen schob. Im letzten Moment, eine halbe Stunde, ehe ich das Haus verlassen wollte, erzählte ich Laura alles. Ich glaube, ich ahnte tief im Innersten, daß sie sich viel zu große Sorgen machen würde, um dieses ungeheure Geheimnis für sich zu behalten, und daß sie es Daddy sagen würde. Und das tat sie. Ich saß regungslos auf meinem Bett, wie ein zum Tode verurteilter Gefangener, mit der Tasche auf dem Schoß und lauschte auf das wütende Geschrei in der Küche, dann auf die Schritte, die die Treppe hinaufkamen. Die Tür flog auf. Es war spät am Sonntagvormittag, und Dad trug noch immer sein Pfarrergewand. Sein Gesicht war weiß vor Zorn. Ich saß da und klammerte mich an das Bettgestell, als er sich wie ein Racheengel vor mir aufbaute.

»Nur über meine Leiche!« donnerte er.

Dann folgte eine sehr unschöne Auseinandersetzung, und wir sagten beide Dinge, die ich gern vergessen würde, aber nicht kann. Ich hatte ihn noch nie so wütend erlebt, so böse, so außer sich. Meine Mutter war so tapfer, irgendwann heraufzukommen und vorzuschlagen, daß ich ihn ja vielleicht für ein oder zwei Wochen besuchen könnte, für einen Urlaub, und daß sie mich gern begleiten würde, als eine Art Aufsichtsdame sozusagen, sie hätte schon immer gern die Fresken sehen wollen – was hältst du davon, Ian? Als er zu ihr herumwirbelte, war ich fest davon überzeugt, daß er sie schlagen würde. Er schob sie aus dem Zimmer, ging mit hinaus und knallte die Tür zu, und ich warf mich aufs Bett und brach in Tränen aus. Ich weinte in mein Kopfkissen und fühlte mich völlig verzweifelt, elend und ohnmächtig, aber – ich setzte mich im Bett auf und putzte mir die Nase – wenn das so war, warum verspürte ich dann ein kleines bißchen Erleichterung? Durch einen Tränenschleier blickte ich auf mein Regal, auf dem sich Kinderbücher, alte Teddys und verspielter Krimskrams türmte. Lag es daran, daß das Ganze eigentlich ein viel zu großes Abenteurer für mich gewesen wäre? Und mir jetzt aus den Händen genommen war? Daß es jetzt nicht länger meine Schuld war, wenn hierblieb?

Ich blieb den ganzen Tag in meinem Zimmer, während meine Eltern sich unten mit gedämpfter Stimme unterhielten. Irgendwann klingelte das Telefon. Mein Vater rief mich nach unten. Er stand im Flur und hielt den Hörer wie Hundekot zwischen zwei Fingern.

»Sag es ihm«, forderte er mich auf, als ich den Hörer nahm.

Er stand neben mir, während ich mit zitternder Stimme erklärte, daß ich nicht kommen würde.

»Niemals?« Patrick war fassungslos. »Kannst du nicht einfach ein oder zwei Wochen später kommen? Ihm entwischen?«

»Nein«, antwortete ich. »Niemals.«

Mein Vater nickte mit zusammengepreßten Lippen, als

ich ihm das Telefon zurückgab. Langsam ging ich in mein Zimmer zurück.

Am nächsten Tag schrieb ich an Patricks Mutter und bat sie um seine Adresse. Zu meinem Erstaunen antwortete sie mir. Ich schickte drei oder vier Briefe nach Florenz und flehte ihn an, mich und meine Situation zu verstehen. Er schrieb nicht zurück. Ich nehme an, er konnte einfach nicht glauben, daß ich so anders war als er. So rückgratlos, so phlegmatisch.

In jenem Oktober ging ich elend zur St. Andrew's University. In den ersten Wochen herrschte das übliche Chaos, alle waren hektisch, rannten orientierungslos durcheinander, traten irgendwelchen Verein bei, versuchten originell und witzig zu sein und wie verrückt Bekanntschaften zu schließen. Mich interessierte das nicht, deshalb lernte ich nur wenige kennen. Ich zog mich in mich selbst zurück, arbeitete sehr viel und erwarb mir bald den Ruf, zwar intelligent zu sein, aber hochnäsig und unnahbar. Dabei war ich doch in Wirklichkeit einfach nur traurig und einsam. Natürlich öffnete ich mich im Laufe der Zeit etwas, und im vierten Semester hatte ich einige Freunde und sogar den einen oder anderen Flirt hinter mir, aber nichts Ernstes.

Am Ende meines letzten Studienjahres verliebte ich mich. Ich ging auf eine Party, traf einen Jura-Studenten und war zu meinem Erstaunen völlig hingerissen. Ich war mir immer sicher gewesen, daß man sich nicht zweimal verlieben kann, aber dieser ruhige, nette Mann lauerte mir einfach auf und überzeugte mich vom Gegenteil. Vielleicht funktionierte es, weil er so ganz anders war als Patrick, so zurückhaltend, sanft, freundlich und unglaublich intelligent. Vielleicht war ich aber auch einfach bereit, es erneut zu versuchen. Als ich ihn kennenlernte, überlegte er gerade, ob er seine Studien fortsetzen und den Doktortitel erwerben oder in eine Kanzlei einsteigen und Geld verdienen sollte.

Sechs Monate später war diese Frage entschieden. Ich wurde schwanger, und wir beide wollten das Baby. Wir heirateten, waren glücklich, und David wurde Rechtsanwalt, um seine junge Familie ernähren zu können.

5. Kapitel

Um Himmels willen, gib ihr Paracetamol!« rief David, als wir auf dem Hammersmith Flyover in einem katastrophalen Stau festsaßen, schon seit einer Stunde in Richtung Schottland unterwegs waren, aber gerade mal einen knappen Kilometer von zu Hause entfernt. Auf dem Rücksitz saß Josie eingequetscht zwischen unseren gelangweilten, maulenden Kindern, von denen sich das erste gerade zu übergeben drohte.

»Ihr ist schlecht, David. Paracetamol hilft da nicht!«

»Aber es haut sie um, und mit etwas Glück haben wir dann wenigstens Ruhe.«

»Du hast vielleicht seltsame Ansichten, wie man mit Kindern umgeht«, zischte ich. Insgeheim fand ich die Idee großartig und wünschte, ich hätte sie gehabt und daran gedacht, das blöde Zeug im Innenraum des Wagens statt im Kofferraum zu verstauen. Doch ich würde den unverzeihlichen Fehler auf keinen Fall zugeben.

»Nein«, erklärte ich bestimmt. »Wir können sie nicht einfach unter Drogen setzen. Ich weiß was Besseres, wir singen einfach ein bißchen. Schließlich sind wir jetzt im Urlaub.«

David warf mir einen ungläubigen Blick zu. »Urlaub?« murmelte er. »Meine Güte, wahrscheinlich packst du gleich Würstchen und Kartoffelsalat aus.«

Ich ignorierte ihn und drehte mich zu meinen nicht minder fassungslosen Kindern um. »Also«, schlug ich strahlend vor, »wie wäre es mit *Hoch auf dem gelben Wagen?«*

»Bloß nicht«, maulte Hugo.

»Oder *Das Wandern ist es Müllers Lust*?« So leicht ließ ich mich von nichts abbringen. Ich überhörte Davids tiefen Seufzer. »Kennst du das, Josie? Singt ihr das auch in Australien?«

Sie blinzelte. »Nicht daß ich wüßte, aber wir wäre es mit *Der Hahn ist tot*? Wir könnten es im Kanon singen.«

David wurde blaß. »Liebling, bitte, ich flehe dich an«, murmelte er, »bloß nicht *Der Hahn ist tot* im Kanon. Vielleicht hinter Stirling, wenn wir total am Ende sind, aber wir haben London noch nicht mal verlassen.«

»Was hättest du denn gern?« fragte ich spitz.

»Eine Tasse schwarzer Kaffee und eine Zeitung würden mir spontan einfallen, aber da das ja nicht möglich ist, wie wäre es mit den gottverdammten Kassetten, mit denen sie uns regelmäßig quälen?«

Wieder so eine brillante Idee, doch diesmal würde er dafür büßen. Fieberhaft durchwühlte ich das Handschuhfach.

»Benjamin Blümchen oder *Schneewittchen!«* rief ich nach hinten. Ein Fehler. Ein schwerer Fehler, und das mir, einer erfahrenen Mutter.

»Schneewittchen!« schrie Clemmie.

»Benjamin Blümchen!« rief Hugo.

»Schneewittchen!«

»Nein, Benjamin Blümchen!«

»Schnee ... Aua! Au!«

»Du hast mir gerade gegen mein Bein getreten. Mummy, sie hat mir gegen mein Bein getreten!«

»SCHNEEWITTCHEN! SCHNEEWITTCHEN – AU! HÖR AUF! MUMMY, ER HAUT MICH!«

»Okay, okay, das reicht«, rief ich dazwischen. »Wir hören erst *Schneewittchen und dann Benjamin Blümchen,* einverstanden?«

Natürlich waren sie nicht einverstanden. Hugo jubelte, und Clemmie kreischte, dann folgte ein mittelschwerer Faustkampf quer über Josies Kopf hinweg, wobei ich hin und wieder ein paar Haken von vorn dazwischengab. An diesem Punkt stieß David ein zorniges Geheul aus, vollführte einen waghalsigen U-Turn mitten auf der Schnellstraße und raste mit seiner erschrocken verstummten Familie die King Street hinauf. Er bremste mit quietschenden Reifen vor einem Kaufhaus, rannte hinein und kam zwei Minuten später mit zwei Walkmen zurück. Die drückte er beiden Kindern auf den Kopf, während ich die Gelegenheit nutzte und ihnen rasch einige Löffel Paracetamol einflößte – um die übersteigerte Aufregung zu dämpfen, wissen Sie. Dann kehrten wir zurück in unseren Stau, inzwischen waren wir anderthalb Stunden unterwegs, wieder ein Stück näher zu Hause und um 75 Pfund ärmer.

Stöhnend sank ich auf meinem Sitz. »Schöne Ferien!«

David lächelte und strich über meine Hand. »Das ist immer der schlimmste Teil«,versuchte er mich zu beruhigen. »Es wird schon werden, wenn wir erst da sind. Wir werden uns alle erholen, auch du.«

»Da bin ich mir nicht so sicher«, antwortete ich grimmig. »Alle möglichen Dinge werden sich gegen mich verschwören und meine Nerven belasten, Penny und Piers zum Beispiel.«

David seufzte. »O nein. Jetzt geht *das* los!«

Ich ignorierte ihn. »Ich frage mich zum Beispiel, wieviel Geld Penny in ihr Haus investiert hat, seit wir uns das letzte Mal gesehen haben. Was meinst du, David? Viertausend – oder fünf? Ich wette, diese scheußlichen goldenen Handtuchhalter müssen langsam mal neu vergoldet werden und das Plüschsofa ist auch schon ganz abgewetzt, schließlich ist es inzwischen schon ein halbes Jahr alt. O ja, sicher hat sich die Kreditkarten-Königin schon längst durch Harrods gekauft, denn Piers ist ja so ein erfolgreicher Anwalt, was natürlich bedeutet, daß du das nicht bist!« Ich knirschte mit den Zähnen.

»Ich glaube nicht, daß das stimmt«, versuchte David mich zu besänftigen. »Du nimmst immer alles so persönlich.«

»Weil es persönlich *ist,* du merkst es nur nicht. Letztes Jahr hat er mir sogar gesagt, in seiner ruhigen und ach so entsetzlich nett-gemeinten Art, was für ein exzellenter Rechtsanwalt du sein könntest, wenn du nur ein wenig mehr Biß hättest. Ich schwöre dir, er hätte fast meinen Biß gespürt, und das wäre sehr schmerzhaft geworden. Und dann, *dann* besaß er noch die Unverfrorenheit, zu sagen, er wäre überrascht, daß du so viele Mandanten hättest.«

David lächelte. »Und was hast du daraufhin gesagt?«

»Ich sagte, ich wäre überrascht, daß er noch so viele Zähne hätte.«

David warf den Kopf zurück und lachte schallend. »O Tess, du provozierst ihn aber auch wirklich.«

»Ich kann nichts dafür. Ich meine, er kommt jedes Jahr mit einer Aktentasche voller Arbeit, krümmt keinen Finger, natürlich nicht, sondern hält sie dir nur unter die Nase und seufzt hin und wieder am Schreibtisch vor sich hin – was will er uns eigentlich beweisen?«

»Er ist einfach nur unsicher, Darling, das weißt du doch.«

»Und die dämliche Penny erzählt mir ununterbrochen, daß der arme Piers sooo viel zu tun hat und jeden Abend und jedes Wochenende arbeiten muß, weil er sooo viele Mandanten hat, und wie schön es wäre, daß du so viel Zeit zum Ausruhen hast. Also wirklich ... die kann mich mal.«

»Alle Rechtsanwälte tun gern so, als hätten sie viel zu tun«, lenkte David ein und überholte einen riesigen Schwerlastzug auf der Mittelspur. »Sie müssen sich das einreden.«

»Aber du tust das nicht, nie!« widersprach ich heftig. »Wenn die Leute dich fragen, was für eine Arbeit du macht, sagst du immer ›Ach nur uninteressantes Zeugs‹.«

»Na, das ist es ja auch, sehr oft jedenfalls.«

»Aber das mußt du doch keinem sagen. Vor allem nicht, wenn Penny und Piers dabei sind. Bitte tu mir den Gefallen, David.«

David hob dankend die Hand, als ihn jemand in die Überholspur einscheren ließ.

»David?«

»Hmmm?«

»Bitte, Liebling, mach dich vor ihnen nicht schlecht, ja?«

»Okay, okay«, antwortete er matt. »Hör jetzt auf zu nörgeln, Tess.«

»Aber sie sind doch so schrecklich hochnäsig«, sagte ich gereizt und kratzte mir heftig am Hals. »Gott, ich kriege schon Ausschlag, bevor ich Penny überhaupt sehe.«

»Sie ist gar nicht so schlecht«, beschwichtigte David. »Du behandelst sie nur schlecht.«

»Und dabei will ich gar nicht so sein wie sie«, fuhr ich einfach fort. »Ich will ihr sauberes geschmackloses Haus gar nicht, ich will keine passenden apricotfarbenen Handtücher mit goldenen Initialen in der Ecke oder eine Sauna im Keller oder einen Springbrunnen im Wintergarten ... was mich nur aufregt, ist, daß sie das glaubt!«

»O Gott, Tess!« sagte David schwach.

»Ich will ihr homogenisiertes, sterilisiertes, Ultra-hygienisches Haus einfach nicht, vielen Dank. Ich hätte keine Lust, ständig mit einem Staubwedel um meine gräßlichen Lalique-Stücke und meine Onyx-Aschenbecher herumzutänzeln. Weißt du was, David, ich hab' kürzlich unter die Pfeffermühle in ihrer Küche geguckt, und jetzt rate mal, was ich da entdeckt habe?«

»Was denn?« antwortete er genervt.

»Nichts. Absolut gar nichts. David, jeder hat Pfeffer unter seiner Pfeffermühle. Ich glaube sie ist der einzige Mensch auf der ganzen Welt, der auch unter der Pfeffermühle saubermacht. So ist sie, David!«

»Sie ist deine Kusine, Liebling. Sag mal, warum sparst du dir das nicht bis zum Ende der Ferien auf? Wir haben noch drei lange Wochen vor uns.«

Ich seufzte und kratzte mich schon wieder am Hals. »Ich weiß, ich weiß. Ich dachte nur, wenn ich mich jetzt schon aufrege, bin ich vielleicht etwas netter zu ihr, wenn wir da sind. Ich habe den Kindern auch verboten, Piers und Penny weiterhin Piss und Penner zu nennen. Ich hoffe nur, daß Musterkind sich endlich zum schlechten entwickelt hat, sonst sehe ich mich leider gezwungen, ihren Kopf im Klo runterzuspülen.«

David machte ein warnendes Zeichen in Richtung unserer nicht ganz so musterhaften Kinder auf dem Rücksitz, die mir sicher gern bei der Beseitigung von M. K., Pennys ultrabraver Tochter, behilflich wären, aber ein rascher Blick über die Schulter vergewisserte mir, daß die wunderbare Mixtur aus akustischer Stimulation und Paracetamol ihnen noch immer diesen netten, leeren, offenmündigen Ausdruck verlieh. Auch Josie war ganz in ihren Walkman versunken, und ein seliges Lächeln lag auf ihren hübschen, sonnengebräunten Zügen.

»Mit etwas Glück hat sie sich von einer mustergültigen Dreijährigen in eine normale, gräßliche Vierjährige verwandelt«, beruhigte David mich.

»Das glaubst du doch selbst nicht«, sagte ich spitz. »Wenn sie schon letztes Jahr Gedichte aufsagen konnte, als Clemmie noch nicht einmal ›Ball‹ fehlerfrei aussprechen konnte, wird es jetzt wohl Keats sein oder zumindest Shakespeare. Weißt du was, letztes Jahr hat sie mich am Strand gefragt, was ich von John Major hielt, und während ich mich von diesem Schock erholte, erzählte sie mir, Guinea Fowl würde völlig überschätzt. Ich hätte sie am liebsten mit der Nase zuerst in den Sand gesteckt.«

David schüttelte resigniert den Kopf. »Ich begreife gar nicht, warum du das überhaupt an dich rankommen läßt,

Tess. Du weißt doch, wie sehr Penny dieses Kind verwöhnt, ihr Kraftfutter gibt und weiß der Teufel was sonst noch. Wahrscheinlich setzt sie ihr nachts Kopfhörer auf, die sie mit Allgemeinbildung füttert. Mit sechs wird dieses Kind völlig kaputt sein, und du weißt doch, daß dir das nicht gefällt, warum regst du dich also ständig auf?«

Ich seufzte. »Ja, warum rege ich mich ständig auf?«

Ich schaute aus dem Fenster und betrachtete die vorbeirauschende Landschaft. Klar, Penny und Piers hatten eine Menge damit zu tun, sie versetzten meinen Blutdruck immer in Raserei, aber dieses Jahr kam noch eine weitere Irritation dazu. Patricks Anwesenheit war mir mehr als lästig. Es machte mir überhaupt nichts aus, daß er da war, aber wenn ich ihm schon über den Weg lief, wollte ich wenigstens nicht aussehen wie etwas, das nicht mal die Katze anrührte. Also mußte ich mich dazu aufraffen, meine Haare öfter als einmal in der Woche zu waschen und meine Lippen jedesmal nachzuziehen, wenn ich nach Invertarn fuhr, und das nervte mich. Wahrscheinlich mußte ich sogar diese gräßlichen Miederhöschen tragen, damit er nicht den Schock seines Lebens bekam, wenn er beim Metzger hinter mir in der Schlange stand und sich fragte, wer denn wohl diese unförmige Frau mit dem Hängehintem vor ihm sein könnte, oder wenn er versuchte, die weibliche Gewichtheberin wiederzuerkennen, die fluchend und schwitzend zweiundvierzig Dosen Baked Beans – das obligatorische Urlaubsfutter für Hugo – aus dem Lebensmittelgeschäft schleppte.

Es gab keinen Zweifel, sieben Jahre Ehe und zwei Kinder waren an meinem Körper nicht spurlos vorübergegangen, und sollte Patrick mich überhaupt wiedererkennen, mußte ich alles einziehen, was ich hatte – Bauch, Po und meine sämtlichen Kinne – und herumlaufen, als hätte ich einen Stock verschluckt. So was Blödes. Vielleicht sollte ich genau das nicht tun, grübelte ich und schaute auf die vorbeifliegenden Felder. Vielleicht war das die Lösung. Ich sollte mein Haar noch *seltener* waschen, völlig aufs Make-up verzichten und alles hängen lassen. Dann würde er mich überhaupt nicht mehr erkennen. Ich könnte ihm auf der Straße begegnen und wüßte genau, daß er nicht den blassesten Schimmer hätte, wer ich sein könnte. Meine Laune besserte sich. Ja, das war's! Sicher hatte er sich auch verändert, oder? Möglich, daß ich ihn auch nicht mehr erkannte, und das wir völlig unerkannt aneinander vorbeigingen. Ich meine, zwölf Jahre sind zwölf Jahre. Gott, vielleicht war er inzwischen ein solider Bankangestellter oder so, mit Glatze und Bierbauch. Ich warf David einen heimlichen Blick zu. Sein Haupthaar war immerhin noch recht dicht, und er war noch genauso schlank wie damals, als ich ihn kennenlernte. Ich lächelte. In diesem Fall waren Vergleiche wohl mehr als unangebracht. Ich legte die Hand auf sein Knie und zwickte leicht hinein. Er sprang auf die Bremse, und ein Reisebus hinter uns wäre uns fast aufgefahren. Der Fahrer hupte wütend.

»Warum tust du das?« brüllte David.

»Was?«

»Du hast mich ins Knie gekniffen.«

»Ich weiß. Aus Liebe, verdammt. Darf ich das etwa auch nicht mehr?«

»Du lieber Himmel!« David beschleunigte und entfernte sich von dem Bus. Er war offensichtlich erschrocken. »Du hast mich zu Tode erschreckt. Ich dachte, ich hätte ein Auto übersehen oder irgend etwas.«

»Mein Güte, David, ich wollte nur nett sein.«

»In Zukunft bitte nicht mehr, okay, jedenfalls nicht beim Autofahren. Ich bin das von dir nicht gewohnt.«

Wir fuhren weiter. Weiter und weiter, 580 Meilen um genau zu sein, bis unser keuchender Citroën endlich nach acht Stunden die Einfahrt zu Kilmarnoch hinaufkroch und auf dem Kiesweg zum Stehen kam. Nacheinander tauchten die

Mitglieder der Hamilton-Familie aus dem Wageninnern auf, erschöpft, zerknittert, geschwitzt und unverkennbar nach Erbrochenem riechend. Clemmie, die uns 580 Meilen lang gedroht hatte, hatte ihre Drohung eine halbe Meile vor dem Tor nach Kilmarnoch wahrgemacht und uns exakt zwei Sekunden Zeit gelassen, den Eimer zu finden, den wir in London so weitsichtig zurechtgestellt hatten, der aber zum entscheidenden Zeitpunkt unter einem Berg von Süßigkeiten-Papier vergraben war. Wir hatten keine Chance. Als wir hilflos nach den Papiertüchern griffen, würgte Clemmie und spuckte in Josies – Gott segne sie – großzügig geöffnete Hände. Josie fing tatsächlich das meiste auf und wollte es aus dem, wie sie glaubte, geöffneten Fenster werfen, doch leider irrte sie. Das war der Grund, warum nun mindestens zwei der auf dem Rücksitz Reisenden dem Wagen entstiegen und aussahen wie Pizza Mista.

Als wir wie eine Schafherde den Weg hinauftrotteten, flog die Tür auf, und die Williams-Familie erschien; sie waren die ersten (wie immer, um sich die besten Zimmer zu sichern), sauber und ordentlich (natürlich) und erholt nach einer vernünftig geplanten Übernachtung in York. Ein breites Willkommenslächeln lag auf ihren Gesichtern, aber das Lächeln gefror, als sie die Hamiltons genauer erkennen konnten. Dann erstarb es völlig.

»Herrje, wie seht ihr denn aus!« rief Penny. »Was ist passiert?«

»Ich finde, das ist ziemlich offensichtlich für jemanden, der Augen und vor allem eine Nase hat«, antwortete ich spitz.

»Clemmie ist es schlecht geworden«, erklärte David freundlich.

»Aber warum habt ihr nicht angehalten?« fragte Penny, während Piers an der Tür erschien und sich entsetzt die Nase zuhielt.

»Wir fanden es so lustiger«, sagte ich.

»Nein!«

»Nein, Penny, dazu blieb uns keine Zeit mehr«, erklärte ich langsam. »Glaub mir, sonst hätten wir das getan. Aber Clemmie hat uns vorher nicht gewarnt.«

»Dann bleibt jetzt wenigstens nicht vor der Tür stehen«, forderte sie uns auf. »Kommt um Himmels willen herein und zieht diese Klamotten aus.«

Wir stehen nur deshalb noch vor der Tür, weil du uns den Weg ins Haus versperrst, dachte ich zähneknirschend, dann folgten wir ihr nach drinnen.

»Hier hinein, Clemmie – nein, nicht ins Wohnzimmer, in die Küche, Kind«, schrie sie und zerrte die arme Clemmie über den Flur. »Schließlich wollen wir nicht alles auf dem Teppich haben. Jetzt zieh dich aus, und dann geht's rauf in die Badewanne.«

Mit erbarmungsloser Effizienz begann sie, Clemmie bis auf den Schlüpfer zu entkleiden. Ich seufzte. Zugegeben, Penny war die erste und einzige, die anpackte, während Piers der erste war, der sich aus dem Staub machte, aber ihre kompromißlose Art brachte meine Kinder immer zum Weinen. Wie ich sehen konnte, war Clemmie den Tränen schon ziemlich nahe.

Josie erkannte das ebenfalls und nahm Clemmies Hand. »Ist schon gut, Penny. Ich muß auch baden, ich nehme Clemmie mit, und wir baden schnell zusammen.«

Ich warf Josie, die die schniefende Clemmie behutsam fortführte, einen dankbaren Blick zu.

Penny wandte sich an mich. »Ist das euer Kindermädchen?« zischte sie.

»Ja, wieso?«

»Habe ich ihr erlaubt, mich Penny zu nennen?«

Ich verdrehte die Augen. »Gott, Penny, sie nennt mich auch Tess, willst du wirklich die ganzen Ferien lang Mrs. Williams sein?«

»Also, sie hätte mich zumindest fragen können. Es ist ein

bißchen unverschämt, es nicht zu tun, finde ich.« Sie lief geschäftig durch die Halle. »Komm, wir holen Clemmie einen von Leonoras Pyjamas, dann brauchst du wenigstens nicht gleich auszupacken.«

Ich folgte ihr nach oben und sah zu, wie sie im Kleiderschrank wühlte. Sie war noch genauso drall wie früher, jetzt allerdings auf eine eher matronenhafte Weise. Ihr Busen wippte nicht länger fröhlich in tief ausgeschnittenen Blusen herum, um bei der kleinsten Provokation herauszuspringen, sondern war fest in irgendein technisches Wunderwerk eingeschnürt und ähnelte jetzt einem großen stabilen Regalbrett. Nein, eher noch einer Bar, schoß es mir durch den Kopf. Man konnte sich daran anlehnen, mit Penny plaudern und würde ihr dabei trotzdem nicht zu nahe kommen. Das blonde Haar reichte ihr nur noch bis auf die Schultern und war ordentlich zurückgebunden. Das lebenslustige Mädchen mit den großen Brüsten und dem langen blonden Haar war nicht wiederzuerkennen. Und genauso hatte Penny es gewollt.

Seit ihrer Hochzeit mit Piers vor fünf Jahren hatte sie einen vollständigen, wundersamen Persönlichkeits- und Imagewandel durchgemacht. Er war ihr so perfekt gelungen, daß Piers, der einer sehr großen, reichen Familie aus Gloucestershire entstammte, mir auf dem Hochzeitsempfang gestanden hatte, er sei so schrecklich glücklich, ein frisches junges Mädchen wie Penny gefunden zu haben, das für sein Alter so bemerkenswert unverdorben sei und keinerlei – äh – schlechten Ruf habe – ›du weißt, was ich meine, Tess.‹

Als ich schließlich meinen ausgespuckten Champagner von seiner Krawatte gewischt und meine Olive aus seiner Brusttasche gefischt hatte, nickte ich heftig und bestätigte ihm eilig, daß Penny selbstverständlich das unverdorbenste Mädchen sei, das ich kenne.

»So frisch«, murmelte er.

»Könnte gar nicht frischer sein«, murmelte ich zurück. So frisch, dachte ich in Wahrheit grimmig, daß man sie quasi festbinden mußte, denn bei der erstbesten Gelegenheit war Penny verschwunden. Und zwar mit jedem – mit Ärzten, Architekten, Kaufmännern, Matrosen, Zahnärzten, Teenagern, alten Knackern – sie kannte keine Standes- oder Altersbeschränkungen; nur männlich mußten sie sein, und Penny war auf und davon. In fremde Schlafzimmer, auf Hochzeitsfeiern ins frischgepflügte Feld mit dem Trauzeugen oder mit dem Bräutigam, oder mit beiden, auf die Rücksitze von Taxen, auf die Vordersitze von Taxen ... Man gab ihr einen Mann und eine Gelegenheit, und Penny war nicht mehr zu halten und bumste, als hinge ihr Leben davon ab.

Wie Piers das hatte entgehen können, war mir schleierhaft. Denn fast ganz London kannte ihre Vorliebe – oder um ganz korrekt zu sein: fast ganz London kannte sie. Dennoch blieb Piers seltsam Ignorant, was ganz nett war für Penny, für uns anderen aber ziemlich nervend. Denn dieser Riesenschwindel entwickelte sich zu einem beträchtlichen Minenfeld, was ich immer wieder vergaß und Sachen sagte wie – ›Komm schon, Penny, du mußt dich doch an Charles erinnern, schließlich bist du mit ihm ausgegangen!‹

Penny sah mich dann jedesmal scharf an und warf einen raschen Blick auf Piers, der wie so oft über seiner Arbeit eingeschlummert war. Dann starrte sie nachdenklich in die Feme und zog die Stirn kraus, als habe sie Mühe, sich zu erinnern.

»Ach ja, Charles«, sagte sie nach einer Weile. »Du hast recht, ich bin mal mit ihm im Kino gewesen, glaube ich.« Dann sah sie mich mit gefrorenem Lächeln an. »Es war nur eine Verabredung.«

Sie benutzte das Wort ›Verabredung‹ gern und schaffte es auch tatsächlich, daß man die 50er-Jahre-Version einer Penny mit weißem Pettycoat, Handschuhen und Kelly-Tasche vor Augen hatte, die vor dem Odeon stand und ihre

›Verabredung‹ flüchtig auf die Wange küßte, während sie ihn Wirklichkeit ihren Minirock bis über die Ohren gezogen hatte, den BH um den Kopf schwang, quiekend auf einem amüsierten Teppichhändler saß und auf dem Rücksitz seines Ford Capri fröhlich für England ritt.

Hin und wieder sah Piers auf, grunzte etwas wie »Du hattest eine Menge Verabredungen, ja, Liebling?«

Und dann lächelte Penny süß, lehnte sich zu ihm herüber und flüsterte: »Eine Menge Jungs waren hinter mir her, Darling«, woraufhin Hugo sich die Finger in den Hals steckte, so tat, als müsse er sich übergeben, und aus dem Zimmer rannte.

Ich sah sie an, wie sie jetzt im Schrank wühlte, mit ihrem marineblauen Rock, der gestärkten Laura-Ashley-Bluse, den Perlenohrringen und dem Samthaarband. Sie verströmte keinen Sex, sondern Effizienz. Eigentlich war es eine Schande. Das lebenslustige Mädchen, das es fröhlich auf den Feldern getrieben hatte und kein bißchen streng und verklemmt gewesen war, hatte mir viel besser gefallen, aber es war ja ihr Ehebett, und sie mußte darin liegen. Hin und wieder, besonders in den Ferien, trank Penny ein paar Gläschen und lüftete ihre Maske ein wenig, und wir hatten viel Spaß mit ihr, denn Penny konnte sehr lustig sein. Im Moment konnte ich keine Spur einer gelüfteten Maske erkennen, aber wie David richtig gesagt hatte, lagen ja drei Wochen vor uns, und es war wichtig, daß die Ferien wenigstens gut anfingen, selbst wenn wir uns am Ende an die Kehle gingen.

Sie reichte mir einen Schlafanzug. »Hier, der müßte ihr passen.«

Ich lächelte. »Danke. Du, Penny, entschuldige, ich habe dich noch gar nicht richtig begrüßt. Wie geht's dir denn?« Ich umarmte sie, und sie schmolz sofort dahin und drückte mich ebenfalls.

»Gut. Tut mir leid, Tess. Ich bin wirklich eine dumme

Kuh, daß ich dich nicht einmal geküßt habe. Es geht mir gut. Ein bißchen müde bin ich, es kommt mir vor, als sei ich Monate mit Reisevorbereitungen beschäftigt gewesen, aber so langsam erhole ich mich. Muß ich auch, denn Piers haßt Menschen, die jammern.«

Ich folgte ihr nach unten. »Schön und gut, aber er würde auch jammern, wenn er sich den ganzen Tag um eine Vierjährige kümmern müßte. Diese Männer kapieren einfach nicht, wie nervtötend Kinder sind.« Ich sagte das sehr nachsichtig, dabei dachte ich insgeheim, was für ein Segen es sein mußte, nur ein Kind zu haben und dazu noch so eine mustergültige Version. »Was macht Leonora eigentlich? Ich habe sie noch gar nicht gesehen.«

»Ach gut, sie schläft schon.« Penny glühte. »Weißt du was, sie kann schon bis Hundert zählen und ihren ganzen Namen und ihre Adresse schreiben, dabei ist sie doch erst vier. Ist das nicht toll?«

»Toll«, murmelte ich und folgte ihr frustriert ins Wohnzimmer.

Ich warf mich in den großen Ohrensessel, dessen Sprungfedern bedenklich ächzten, lehnte den Kopf an und schaute mich um. Plötzlich fühlte ich mich viel besser. Nichts hatte sich verändert, stellte ich fest und lächelte.

Es war ein großer Raum, wirklich, aber die vielen Möbel, die man hier hineingestopft hatte, würden selbst Crystal Palace in ein gemütliches Kämmerchen verwandeln. Die zwei abgewetzten alten Sofas standen immer noch zu beiden Seiten des Kamins, dazwischen waren einige schmuddelige Sessel gequetscht. Mindestens sechs harte Holzstühle waren wild in der Gegend verteilt, und jedes verbleibende Fleckchen Boden war mit diversen Beistelltischen zugestellt. Der rote, fadenscheinige Teppich wirkte noch dünner als sonst, genau wie die Brücken, die hier und da ein Loch oder einen Flecken zudeckten, der einfach zu ekelhaft war, um ihn zu entfemen und der deshalb einfach versteckt wurde. Über dem Kamin hing ein kaum zu beschreibendes Landschaftsaquarell mit einem unnatürlich blauen Loch im Vordergrund und unglaublich purpurfarbenen Bergen im Hintergrund. Die restlichen Wände, deren Blümchentapete dringend renovierungsbedürftig war, zierten schreckliche Zeichnungen von Fischen in den verschiedensten Stadien des Ausnehmens, die Daddy sich vor Jahren von einem ortsansässigen Künstler hatte aufschwätzen lassen.

An der Stirnseite des Zimmers stand ein hüfthohes Bücherregal, das unter dem Gewicht unzähliger Bücher ächzte. Die Bücher waren völlig willkürlich in das Regal gestopft, und so stand nun *Blackbeauty* neben *Ulysses,* daneben stand ein Buch über Cricket, und obendrauf lag irgendein Garten-Ratgeber. Auf der gegenüberliegenden Wandseite stand ein großer Mahagoni-Schrank, gefüllt mit Monopoly, Trivial Pursuit, Mikado-Stäbchen, Scrabble, Puzzles – bei denen überall mindestens ein Teil fehlte –, außerdem mit Dutzenden von Tischtennisnetzen, Tennisschlägern und Bällen. Ich seufzte glücklich. David hatte recht. Diese Zeitlosigkeit, diese liebe Vertrautheit hatte etwas ungeheuer Entspannendes.

Am ganz anderen Ende des Raums, gegenüber dem Kamin, war ein riesengroßes Fenster mit einer Sitzecke, in der Penny, Laura und ich damals Stunden verbracht hatten, wir hatten dort gesessen, mit angezogenen Knien, hatten geträumt, getöpfert, gestritten und gelacht, und heute saßen dort unsere Kinder und taten dasselbe. Die zerschlissenen Vorhänge hingen immer noch an rostigen Nägeln, wir zogen sie nie zu, weil wir Angst hatten, die ganze Konstruktion könnte zusammenbrechen und vielleicht sogar das komplette Fenster, aber genaugenommen wollten wir das auch gar nicht. Denn der Blick aus diesem Fenster war einfach atemberaubend. Auch jetzt zog er mich trotz meiner Müdigkeit magisch an und lockte mich aus meinem Sessel.

Ich stützte die Hände auf die Fensterbank und sah hinaus.

Der Rasen erstreckte sich vom Haus bis unten zum Wald, der im Sommer die Sicht auf den Fluß größtenteils versperrte. Nur hier und da konnte man einen Blick auf das klare, silberne Wasser erhaschen. Auf der anderen Seite des Flusses erhob sich eine steile Uferböschung, dann kamen ein paar Felder und dahinter schließlich die Berge. Es wurde langsam dunkel, aber ich konnte noch immer das schwache purpurne Glühen der Heide erkennen. Ich öffnete das Fenster und atmete tief durch.

»Aah ... ist das toll!« Ich drehte mich um und lächelte Penny zu. »Diese Aussicht wirkt immer noch Wunder, nicht wahr?«

»Und ob. Aber die hier tragen auch eine Menge dazu bei.« Sie kam zu mir ans Fenster und zündete sich eine Zigarette an.

Ich grinste. Piers war ein eingeschworener Nichtraucher und hatte keine Ahnung, daß seine Frau noch immer mindestens zehn Zigaretten am Tag rauchte. Das war eine weitere von Pennys kleinen Betrügereien, die einem eine Vorstellung über den Zustand von Piers' Gehirnzellen gaben, und natürlich war es ein weiteres Minenfeld. Ständig drückte Penny einem hastig eine halbgerauchte Zigarette in die Hand, weil Piers gerade ins Zimmer kam, und dann war man gezwungen, folgende gräßliche Scharade vorzuspielen: »Ach, das meinst du, Piers? Ja, ich hatte eigentlich aufgehört, aber ab und zu brauche ich eine ... ja, ziemlich blöd, du hast recht ... ja ich weiß, daß Penny aufgehört hat, ist sie nicht toll?«

Offensichtlich war Piers im Moment nicht in der Nähe, denn Penny paffte neben mir wie ein Schornstein. Ich schaute mich um.

»Wo sind die anderen eigentlich alle?«

»Unten am Fluß.« Die typische Begeisterung des ersten Tages – wahrscheinlich würden sie bis Mitternacht angeln. »Piers und David sind sofort nach eurer Ankunft runtergelaufen, um den anderen Guten Tag zu sagen. Sie haben Hugo mitgenommen.«

»Aha. Und wer ist bisher hier? Mum und Dad?«

»Genau. Und Laura mit ihrem Neuen.« Penny verdrehte bedeutungsvoll die Augen.

»Hat sie Edward tatsächlich mitgebracht?«

»Hat sie«, bestätigte Penny knapp.

Das klang nicht sehr vielversprechend. »Und wie findest du ihn?«

Penny klopfte die Zigarettenasche aus dem Fenster. »Er ist ganz okay, wenn man auf graue Mäuse steht. Weißt du, ich habe nur ›Hallo, Sie sind sicher Edward‹ zu ihm gesagt, da ist er vor Schreck gleich in den Kamin getreten. Wir haben fünf Minuten gebraucht, um den Teppich zu löschen. Woher nimmt sie nur immer diese Waschlappen, Tess?«

Ich hatte so gehofft, daß Edward sich etwas besser machte als dieser debile Martin vom letzten Jahr. »Ich weiß es auch nicht«, antwortete ich seufzend. »Ich weiß es wirklich nicht. Aber vielleicht ändert er sich ja noch. Heute ist unser erster Tag, ist doch möglich, daß er nur ein bißchen schüchtern ist.«

»Ach, hör auf, Tess. Du weißt verdammt gut, daß deine Schwester bei Männern einen komischen Geschmack hat.«

»Was ist denn mit deinen Eltern?« Ich hielt es jetzt für besser, das Thema zu wechseln. »Sind sie schon da?«

»Leider nicht.« Penny klang auf einmal sehr niedergeschlagen.

Ich sah sie an. »Was heißt das? Sie kommen doch noch, oder?«

Sie schüttelte den Kopf, in ihren Augen schimmerten plötzlich Tränen. »Nein, in diesem Jahr wohl nicht. Daddy geht es wieder schlechter.«

Sie schluckte, und ich umarmte sie und drückte sie fest an mich. Auch ich kämpfte jetzt gegen die Tränen und war schrecklich, schrecklich traurig. Pennys Vater, mein lieber Onkel Robert, litt schon sehr, sehr lange an Krebs. Er kämpfte inzwischen seit 15 Jahren gegen seine Krankheit, dabei hatte man ihm damals gesagt, er hätte nur noch zwei Jahre zu leben. Aber er und Rachel hatten nie aufgegeben.

»Ist er im Krankenhaus?« flüsterte ich.

»Nein. Du kennst doch Daddy, das würde er nie mitmachen. Er ist zu Hause.« Penny putzte sich die Nase und lachte leise. »Mummy sagt, er spräche immer davon, den lästigen kleinen Schluckauf endlich loszuwerden und dann hierherzukommen.«

»Na siehst du!«

Penny schneuzte sich wieder die Nase und schüttelte den Kopf. »Nein«, sagte sie leise und stopfte sich das Taschentuch in die Hosentasche. »Mummy meinte, diesmal wäre es wirklich ernst. Aber es könnte noch ein paar Monate dauern, deshalb bat sie mich, unbedingt hierherzufahren. Ich wäre gern bei ihnen geblieben, aber wegen Leonora ...«

»Natürlich«, antwortete ich schnell. »Du mußtest kommen. Und wenn irgend etwas passiert, wenn sich sein Zustand verschlechtert, meine ich, werden sie dich sicher benachrichtigen, oder?«

Sie nickte. »Dann fliege ich sofort zu ihnen. Mummy mußte mir hoch und heilig versprechen, mich sofort anzurufen, wenn ...« Sie verlor plötzlich jegliche Fassung. »O Gott, Tess«, schluchzte sie. »Er wird mir so fehlen.«

Tränen liefen über ihr Gesicht, und sie ließ sich in meine Arme fallen. Ich drückte sie an mich. Mir auch. Mir würde er auch sehr fehlen. Der gute Onkel Robert mit seiner netten, freundlichen Art, der immer so optimistisch war. Ich fürchtete mich plötzlich. Ich mochte keine Veränderungen. Am liebsten war mir, wenn alles und jeder so blieb wie immer, ganz so wie dieses Haus. Ohne Robert würde es nicht mehr so sein wie früher, wenn seine Stimme nicht mehr da war, er Rachel in der Küche nicht mehr beim Spülen half oder im Keller Hugos Fahrrad reparierte. Er hatte so eine ruhige Art, ganz anders als mein Vater, der nie einen Raum betrat, ohne zu poltern, der zutiefst mißtrauisch war und immer nur das Schlechteste annahm, bis man ihn mühsam vom Gegenteil überzeugte. Ich sprang auf, als ich jetzt seine Stimme durch das geöffnete Fenster hörte. Über Pennys Schulter blickte ich hinunter zum Fluß. Ich konnte niemanden sehen, hörte aber deutlich Daddys Worte, der sich über meinen Sohn erregte. Ich fühlte mich plötzlich 25 Jahre zurückversetzt.

»Um Himmels willen Hugo, das ist doch nur ein bißchen Wasser. Sei doch nicht so zimperlich. Wenn du jedesmal heulst, weil deine Füße naß werden, solltest du wirklich nicht an einem Fluß Urlaub machen. Dann bleibst du besser in London.«

Aus den Büschen tauchte nun David auf, der einen völlig durchnäßten, weinenden Hugo trug, dahinter kam mein Vater und schimpfte wild vor sich hin.

»Jetzt reiß dich endlich zusammen.«

Ich schenkte Penny ein schwaches Lächeln. »Manche Dinge ändern sich nie, habe ich recht?«

6. Kapitel

Das Dinner an diesem Abend war wie immer am ersten Tag: laut, und turbulent. Ohne Robert und Rachel waren wir zu acht, aber wir schafften es spielend, nicht nur Lärm für zehn zu machen, sondern auch für zehn zu essen. Piers schrie und polterte, und mein Vater schlug zur Bekräftigung mehrmals auf den Tisch, während die beiden erbittert mit David diskutierten; zwei Erzkonservative gegen einen nicht mehr so fanatischen, aber dennoch überzeugten Liberalen.

»Es steht doch nirgends, daß Gott Frauen das Priesteramt untersagt ist, oder?« beharrte David.

»Natürlich tut es das nicht«, explodierte mein Vater. »Weil Gott sich nie und nimmer erträumt hätte, daß irgend jemand auf so eine Idee käme! Er hat ja auch nirgends niedergeschrieben, daß Perverse nicht Priester werden dürfen oder Goldhamster, das hielt er einfach nicht für nötig. Ich meine, manche Dinge sind es nicht wert, daß man auch nur einen Gedanken an sie verschwendet. Manche Dinge sind einfach selbstverständlich! Unser Allmächtiger wäre nie auf die Idee gekommen, daß es irgendeinem Idioten eines Tages einfallen könnte, die Priesterweihe von Frauen zu fordern, sonst hätte er sicher einen dicken Hinweis in jedes verdammte Schriftstück geschrieben.«

David runzelte die Stirn. »Du hast doch nicht etwa Angst, Konkurrenz zu bekommen, Ian?« fragte er boshaft.

Mein Vater hatte unglücklicherweise gerade den Mund voll Wein, deshalb ging seine Antwort in einem schrecklichen Hustenanfall unter.

Piers sprang ihm hilfreich zur Seite. »Also gut, David, was hättest du denn gesagt, wenn euch in der Kirche eine Frau getraut hätte? Hätte dich das nicht gestört?«

»Nicht im geringsten. Clemmie wäre sogar fast von einer Diakonin getauft worden, aber da Ian solche Probleme damit hat, haben wir uns schließlich doch anders entschieden.«

»Sie wäre in der Hölle verrottet«, polterte der Pfarrer, nachdem er seine Stimmbänder wieder in der Gewalt und sein Kinn mit der Serviette abgetrocknet hatte. »Keines meiner Enkel wird von einem dahergelaufenen, besserwisserischen Weib in die Kirche aufgenommen. Sonst wäre Clemmie jetzt eine verdammte Heidin, das ist meine Meinung.«

Laura und ich unterbrachen unsere tiefgründige Debatte über die Vor- und Nachteile von Donna Karans teuren, aber wunderbar bauchstraffenden Nylons, um bedeutungsvolle

Blicke zu tauschen. Da hatten wir es wieder. Natürlich war das alles nur theoretisches Geschwätz, denn Clemmie war ohnehin eine Heidin. Ich sah mich rasch am Tisch um. Mummy und Penny tauschten gerade Rezepte für Karottenkuchen aus; Josie war früh zu Bett gegangen, so daß nur noch Edward blieb. Der hatte, weil sich niemand mit ihm unterhielt, in rasender Geschwindigkeit sein Stück Lamm in sich hineingeschaufelt und versuchte nun, zehn Minuten auf einem Brokkoliröschen zu kauen, um nicht als erster den Teller leer zu haben.

Ich musterte ihn unauffällig. Ich hatte ihn schon vorher gesehen, einmal, als er mit Laura essen ging, und einmal, als wir zusammen im Kino waren. Aber das erste Mal war kurz und das zweite Mal dunkel gewesen, deshalb hatte ich keine Gelegenheit gehabt, ihn genauer unter die Lupe zu nehmen. Er blinzelte nervös hinter seinen Brillengläsern, sein Gesicht war blaß und voller Sommersprossen, und das helle Haar fiel ihm dauernd ins Gesicht. Er wirkte kaum älter als Hugo und nicht halb so selbstbewußt. Angestrengt suchte ich nach etwas, was ich zu ihm sagen könnte. Ich hatte ihn schon gefragt, ob er gern angele, daraufhin war er rot geworden und hatte geantwortet, er hätte noch nie geangelt. Und das stellte in klar ins Abseits, denn wir anderen konnten alle blind mit unseren Angelruten umgehen. Außerdem gab es nichts Unmännlicheres als einen mit der Angel herumfuchtelnden Anfänger, der sich verzweifelt bemühte, eine Fliege am Haken zu befestigen und dabei die Schnur völlig verhedderte. Er bemerkte meinen Blick, und ich lächelte freundlich. Er zwinkerte hinter seiner Brille und lächelte zurück. Ich lächelte wieder. Er auch. Mist, sag jetzt endlich was, Tess!

»Edward erinnert mich an Peter, den Typ aus dem Kerzenladen, findest du nicht auch?« begann ich verzweifelt.

Laura starrte ihren Freund an, als hätte sie ihn nie zuvor gesehen. »Nein.«

»Stell ihn dir ohne Brille vor.«

Sie schaute wieder hin. Edward wurde noch röter und rückte nervös seine Brille zurecht. Wahrscheinlich hätte er sie am liebsten an Ort und Stelle fortgeworfen, um so auszusehen wie Peter vom Kerzengeschäft. Nur um uns einen Gefallen zu tun.

»Nein, ich sehe überhaupt keine Ähnlichkeit.«

»Welcher Peter?« mischte Penny sich ein, die sich kein Gespräch über Männer entgehen ließ.

»Peter aus dem Kerzenladen«, wiederholte ich geduldig. »Ich finde, Edward ähnelt ihm ein bißchen.«

Penny sah Edward stirnrunzelnd an. »Überhaupt nicht. Ehrlich, Tess, jetzt redest du Unsinn. Dieser Typ ist groß und dunkelhaarig, während Edward eher ...«

»Nein, ich meine nicht den Dunkelhaarigen. Ich meine den anderen, der immer samstags da ist. Er ist blond, hat blaue Augen und ...«

»Ach der«, sagte Laura plötzlich. »Ja, du siehst tatsächlich ein bißchen aus wie er, Edward, zumindest um die Augen.« Edward neigte dankbar den Kopf, der inzwischen wie ein tropischer Sonnenuntergang glühte. Offensichtlich war er hocherfreut, daß Laura einigermaßen zufrieden mit ihm war. »Ja, er hat das gleiche dünne Haar wie du. Penny, du mußt dich doch an ihn erinnern, du hast uns damals erzählt, er hätte nur einen ...«

»Noch ein paar Kartoffeln?« fragte ich laut, häufte sie auf Edwards Teller und warf Laura einen mahnenden Blick zu.

»Einen was?« fragte Piers interessiert.

»Finger«, antwortete ich hastig. Laura wollte Hoden sagen, und ich hatte das Gefühl, daß Piers dann sicher gern gewußt hätte, woher Penny solch detaillierte Informationen hatte.

»Nur einen Finger?« Piers sah uns überrascht an. Laura kicherte, dann redeten wir alle gleichzeitig.

»Erfrierungen.«

»Wurstschneidemaschine.«

»Äh ja«, erklärte ich. »Er war ein leidenschaftlicher Bergsteiger, und seine Finger sind alle erfroren. Sie sind nicht abgefallen, wurden aber ganz steif, und weil sie so steif waren, hat er sie aus Versehen mit der Wurstschneidemaschine abgeschnitten.«

Piers starrte mich entgeistert an. »Was macht er denn mir einer Wurstschneidemaschine?«

»Er arbeitete in einer Metzgerei.«

»Großer Gott. Scheint ja ein ungewöhnlicher Typ zu sein. Kennst du ihn, Penny?«

»Nur entfernt«, murmelte Penny mühsam beherrscht. Laura spuckte inzwischen in ihre Serviette.

»Noch Gemüse, Edward? Hier, nehmen Sie noch etwas Brokkoli.« Ich strahlte in seine Richtung, obwohl ich ihn hinter dem riesigen Gemüseberg, den ich auf seinen Teller gehäuft hatte, kaum noch sehen konnte.

»Jetzt erzählen Sie uns doch mal, Edward«, quasselte ich, denn es mußte dringend ein neues Thema her, »an welcher Schule Sie eigentlich unterrichten. Ist es so eine moderne, wo die Schüler nicht am Unterricht teilnehmen müssen, wenn sie keine Lust haben, sondern spazierengehen und Blumen pflücken und entspannende Drogen nehmen dürfen?«

»Äh, nein, leider ist sie etwas altmodischer.«

»Na ja, aus Ihrer Sicht ist das ja sicher angenehmer. Stellen Sie sich vor. Sie müßten ständig durch die Gegend laufen und Schüler entgiften und ...«

»Ich glaube, ich würde ihn abnehmen lassen«, sagte meine Mutter unvermittelt.

Alle blickten sie erstaunt an.

»Mummy!« keuchte ich.

»An seiner Stelle würde ich ihn abnehmen lassen. Den Finger. Es sieht so unordentlich aus, wenn ein Finger einzeln herumhängt, findet ihr nicht?«

»Sei nicht albern, Daphne«, wies mein Vater sie zurecht. »Besser einen Finger als gar keinen. Ich bin sicher, er war sehr nützlich, nicht wahr, Penny? Wer ist dieser Typ? Ein Freund von euch?«

Penny konnte nicht antworten, aber ihr Blick war eine klare Morddrohung. Laura biß fast in ihr Weinglas, während David in Seelenruhe alle möglichen Tätigkeiten aufzählte, für die man nur einen Finger brauchte: »Ein Taxi heranrufen, bei einer Auktion mitbieten, in der Nase bohren ...«

»Hört jetzt sofort auf«, rief ich entschieden. »Ich hatte Edward nach seinem Job gefragt.«

»Er ist an einer Gesamtschule«, erklärte mein Vater und zeigte mit der Gabel in Edwards Richtung. »Ich habe ihn schon gefragt«, fügte er hinzu, als wäre Edward gar nicht anwesend. »Ich habe nicht viel aus ihm rausgekriegt, aber sicher ist er an so einer Chaoten-Schule in der Innenstadt. Wahrscheinlich ist er Kommunist oder so was. Habe ich recht, Laura?«

Er sah Laura herausfordernd an. Sie hörte auf zu kichern und wurde rot. Wir beide wurden seit Jahren jedesmal rot, wenn unser Vater sich so unmöglich benahm. »Nein, ist er nicht«, informierte sie ihn knapp.

»Sie haben recht, ich bin an einer innerstädtischen Schule«, bestätigte Edward todesmutig. »In Tottenham.«

»Tottenham?« Meine Mutter schaute interessiert auf. »Sind Sie ein Fan?«

»Wie bitte?«

»Die Tottenham Spurs – unterstützen Sie die nicht?«

»Äh nein.« Edward sah sie verständnislos an.

»Gut«, lobte mein Vater. »Dieser verdammte Fußball. Wenigstens etwas, das für Sie spricht.«

»Aber ich bin Anhänger von Sheffield Wednesday«, erklärte Edward noch viel mutiger.

»Tatsächlich?« Meine Mutter gurrte, als hätte er soeben

eröffnet, eine halbe Million im Jahr zu verdienen und ausgedehnte Ländereien in Gloucestershire zu besitzen. Sie bedachte ihn mit einem anerkennenden Lächeln. »Gut für Sie, Edward.«

Mein Vater kochte. Piers sah Edward an, als nähme er ihn gerade zum erstenmal wahr. »Sind Ihre Leute noch dort?«

Edward zuckte zusammen. »Meine ... Leute?« Ein erstaunter Ausdruck lag auf seinem Gesicht. Wahrscheinlich fragte er sich, ob Piers ihn mit dem großen Häuptling Running Bull verwechselte, der seine Leute einfach in einem Lager zurückgelassen hatte.

»Ihre Familie«, erklärte David freundlich. »Stammt sie aus Sheffield?«

»Oh. Nein, aus Streatham. Die meisten jedenfalls.«

»Wirklich?« Piers hob ungläubig die Augenbrauen, dann neigte er den Kopf zur Seite und bemerkte boshaft. »Na ja, irgendwer muß ja von dort sein.«

»Es ist sicher sehr anstrengend, Lehrer zu sein«, fuhr ich fort und warf Piers einen giftigen Blick zu. Manchmal haßte ich meine Familie, ehrlich.

»Oh, äh, es gibt durchaus stressige Momente.«

»Jedenfalls müssen Sie eine unendliche Geduld haben«, kam David mir zur Hilfe. »Ich könnte das nicht.«

»Stimmt nicht, du wärst bestimmt ein toller Lehrer«, widersprach ich und warf David einen dankbaren Blick zu. »Du wolltest doch sogar mal Universitätsprofessor werden.«

»Das ist natürlich eine viel größere intellektuelle Herausforderung als der Unterricht an einer Gesamtschule«, antwortete Edward, der sich sehr um den Fortgang des Gesprächs bemühte.

»Es ist vielleicht eine größere intellektuelle Herausforderung, aber ich glaube, es kostet weniger Nerven, ein paar Zwanzigjährige zu unterrichten, die lernwillig sind, als eine Horde lärmender Teenager, die nur darauf warten, daß es endlich klingelt und sie draußen Fußball spielen können. Ich habe allen Respekt vor Ihnen, Edward.«

Edward glühte bei dem unerwarteten Lob, und sogar Laura betrachtete ihn plötzlich mit neuem Interesse

»Welche Fächer unterrichten Sie?« fragte ich.

»Kunst.« Er lächelte verlegen. »Ich unterrichte Kunst.«

»Ist das wahr? Laura, davon hast du uns nie etwas erzählt.« Laura zuckte mit den Schultern. Anscheinend fand sie es völlig absurd, daß sich allen Ernstes jemand dafür interessierte. »Haben Sie Ihre Malsachen mitgebracht? Die Landschaft hier ist einfach wunderbar, wissen Sie.«

»Ja, das habe ich. Ich hatte gehofft, daß ich hier Gelegenheit zum Zeichnen finden würde. Vielleicht sogar für ein paar Aquarelle.«

»Nun, Tess kann Ihnen die besten Stellen zeigen.« Penny sah mich boshaft an. »All die verschwiegenen dunklen Flecken, nicht wahr, Tess?«

»Hör auf, Penny«, wies David sie zurecht. »Trink endlich deinen Portwein aus, sonst sitzen wir noch die ganze Nacht hier.«

»Ich kann jedenfalls nicht mehr.« Meine Mutter schob ihr Glas von sich und tupfte sich mit der Serviette den Mund ab. »Ich gehe ins Bett. Morgen habe ich viel vor, vor allem, wenn ich Madelaine Cameron besuchen will.« Sie tastete unter dem Tisch nach ihrer Handtasche.

»Madelaine Cameron?« Ich sah meinen Vater an, der blaß geworden war.

»Ja«, antwortete sie und kramte ziellos in ihrer Tasche herum. »Jetzt, wo ihr schrecklicher Ehemann endlich tot ist, dachte ich, ich könnte mal zu ihr gehen. Ihr mein Beileid aussprechen und all das. Wo habe ich denn nur meine Brille gelassen?« Sie begann, die Taschen ihrer Strickjacke zu durchsuchen.

Ich spürte, wie mir die Farbe ins Gesicht stieg. »Aber wieso, Mum?«

»Das wirst du nicht tun, Daphne«, befahl mein Vater. »Laß es bloß sein!«

»Das werde ich doch tun«, antwortete Mum seelenruhig. »Ach, hier ist sie ja.« Sie griff in ihre Rocktasche, fischte ihre Brille heraus und stand vom Tisch auf. Dann lächelte sie der versammelten Gesellschaft zu. »Gute Nacht zusammen.«

»Ich wußte gar nicht, daß du sie so gut kennst«, stieß ich hervor, wohlwissend, daß alle, einschließlich David, mich neugierig anstarrten.

»Sehr gut. Wir waren früher Freundinnen und haben erst den Kontakt zueinander verloren, als sie diesen gräßlichen Mann heiratete. Madelaine ist ein sehr nette Frau. Ich werde sie für nächste Woche zum Tee einladen.«

Daddy verschlug es fast die Sprache. »Daphne, das untersage ich dir!«

»Oh, es ist zweifellos ein Gebot der christlichen Nächstenliebe, Darling«, erklärte sie gelassen. »Die arme Frau ist jetzt so allein.«

Daddy sah aus, als stände er kurz vor der Explosion. »Sie ist nicht allein. Sie hat doch diesen nichtsnutzigen Jungen bei sich.«

»Aber nicht lange. Ich schätze, er wird in ein paar Wochen nach Italien zurückkehren. Er scheint dort ein ziemlich erfolgreicher Künstler zu sein. So, jetzt muß ich aber wirklich ins Bett. Wir sehen uns morgen. Penny, vergiß bitte nicht, die Spülmaschine anzustellen.« Sie strahlte ihre Nichte an.

»Aber Mummy«, beharrte ich und legte die Hand auf ihren Arm, um sie am Fortgehen zu hindern. »Du kannst doch nach all den Jahren nicht einfach zu ihr gehen und wieder ihre beste Freundin werden.«

»Warum denn nicht?«

»Weil das ziemlich ... komisch ist.«

Meine Mutter tätschelte meine Hand. »Ganz und gar

nicht, liebe Tess. Ich finde es vollkommen normal, wenn man sich um alte Freundschaften kümmert. Komisch wäre es, wenn ich das nicht täte. Aber jetzt möchte ich nichts weiter zu diesem Thema hören.« Mit diesen Worten schob sie meine Hand von ihrem Arm, warf ihrem Mann einen entschlossenen Blick zu und verließ das Zimmer.

Alle schwiegen, als sie fort war. Jahrelang hatte man in unserer Familie weder über Patrick noch über seine Eltern auch nur ein einziges Wort verloren. Sogar mein Vater war ungewöhnlich schweigsam. Ich fing seinen Blick auf, und er schaute achselzuckend in die Richtung, in der meine Mutter verschwunden war. Endlich herrschte einmal Übereinstimmung zwischen uns: Wir wußten beide, daß man Mummy nicht widersprechen durfte, wenn sie in dieser Stimmung war.

Penny räusperte sich. »Ich gehe auch ins Bett«, verkündete sie, stand auf und begann den Tisch abzuräumen. »Ich bin hundemüde.«

Ich folgte ihr und brachte die restlichen Teller in die Küche.

»Ich kümmere mich um die Spülmaschine, Penny«, bot ich ihr an. »Geh nur ins Bett.«

»Wirklich?«

»Wirklich.«

Sie seufzte. »Danke. Ich fühle mich wie erschlagen. Bis morgen dann.«

Als sie fort war, begann ich die Teller sorgfältig zu stapeln, doch dann stoppte ich plötzlich. Meine Augen wurden auf einmal feucht, völlig grundlos, außer ... O Gott, alles andere, nur das nicht. Ich holte tief Luft und sah aus dem Fenster in die dunkle Nacht hinaus. Wieso nur mußte Mummy nach all den Jahren alles wieder aufwühlen? Mich wieder aufwühlen, um bei der Wahrheit zu bleiben. Es war meine Vergangenheit, warum konnte sie die nicht in Ruhe lassen? Wenn sie nach Guilduncan ging, würde Madelaine zweifellos auch zu uns kommen, und das wiederum erhöhte die Chance, daß ich Patrick wiedersah. Und genau das wollte ich nicht. Ich fürchtete mich plötzlich und sehnte mich nach Hause zurück, wo ich sicher und geborgen war. Hier fühlte ich mich nicht sicher. Es war, als rüttelte jemand kräftig an meinem Käfig, als erschütterte jemand mein Nest.

Ich nahm einen Teller und säuberte ihn von Essensresten. Langsam stellte ich einen nach dem anderen in die Spülmaschine und versuchte, nicht mehr an das zu denken, was Mummy erzählte hatte. Schon diese paar Worte hatten ausgereicht, um mich völlig aus dem Gleichgewicht zu bringen. ›Er scheint ein sehr erfolgreicher Künstler zu sein.‹ Ich richtete mich auf und sah wieder aus dem Fenster. Er war also kein biederer Bankbeamter geworden. Es widerstrebte mir zwar, aber ich malte mir trotzdem aus, wie sein Atelier aussah. In Florenz, mit Blick auf einen dieser Plätze vielleicht, in einer schönen alten Terracotta-Villa. Ich sah Patrick hoch oben auf dem Balkon stehen und mit jemandem sprechen. Es war ein riesiger Balkon, voll Sonne und üppig blühenden Bougainvilleen. Dahinter lagen sonnendurchflutete, helle Räume, gefüllt mit Freunden, Lachen, Chianti und hübschen dunkelhaarigen Mädchen.

Ich bückte mich und angelte nach dem Spülmittel im Schrank unter der Spüle. Der Deckel löste sich, und ein Teil des Pulvers rieselte zu Boden. Mist! Ich bückte mich wieder, diesmal, um einen Lappen zu suchen. Ich ergriff einen, ohne hinzusehen, doch der letzte, der ihn benutzt hatte, hatte ihn nicht ausgewaschen, und er war noch immer voll mit Clemmies Erbrochenem. Angewidert ließ ich den Lappen fallen, dann hob ich ihn auf und schleuderte ihn in den Mülleimer.

Ich holte einen neuen aus dem Schrank, wischte den Boden ab, dann warf ich ihn in die Spüle, ebenfalls ohne mir die Mühe zu machen, ihn auszuwaschen. Ich starrte ihn an, wie er so dalag, voller Spülmittel. Das war also mein Schicksal, schoß es mir durch den Kopf. Ich verzog das Gesicht. Das waren die alljährlichen Ferien, auf die ich mich so gefreut hatte. Der absolute Höhepunkt des Jahres, meine einzige Erholung von der anstrengenden Alltagsroutine. Drei Wochen Schottland mit meiner nervtötenden Familie, die nicht einmal so viel Anstand besaß, den armen Edward ordentlich zu behandeln. Drei Wochen mit Piers und seinen arroganten, oberflächlichen Bemerkungen, mit meinem Vater und seiner unangenehmen, lauten Art, mit Laura, die schon jetzt sämtliche Verantwortung für ihren neuen Mann abgegeben hatte und sich hinter dümmlichem Gekicher versteckte, mit Penny und ihren durchtriebenen Kommentaren. Und jetzt auch noch Mummy ...

Ich schloß die Spülmaschine und stellte sie an. Meine Mutter. Die meiste Zeit so unterdrückt und tyrannisiert, doch von Zeit zu Zeit, wie heute abend, völlig autark und selbstbewußt. Ein unkontrollierbares Geschütz, das niemand, nicht einmal mein Vater, in der Gewalt hatte. Was hatte sie vor? Ich seufzte tief. Ich hatte wirklich keine Ahnung. Und noch schätzungsweise zwanzig Abende wie der heutige lagen vor uns. Ich biß mir auf die Lippen. Normalerweise freute ich mich so sehr auf diese Ferien ...

Ich schüttelte den Kopf, als könnte ich so alle unangenehmen Gedanken loswerden. Die Küche war aufgeräumt, ich konnte nach oben gehen, aber irgendwie fühlte ich mich noch nicht danach, ins Bett zu gehen. Vielleicht tat mir ein bißchen frische Luft gut.

Langsam ging ich zur Hintertür, dann zögerte ich. Wem versuchte ich eigentlich etwas vorzumachen? Ich wußte doch genau, daß ich in der Dunkelheit am Fluß entlang spazieren wollte, und ich wußte auch, welches Ziel ich hatte. Und ich wußte, warum ich das tat. Um meinen Erinnerungen nachzuhängen. Ich nahm die Hand wieder vom Türgriff. Nein! Das wäre glatter Wahnsinn.

Ich drehte mich um und wollte gerade die Lichter ausmachen und nach oben gehen, als ich ein paar Aschenbecher sah, die noch nicht geleert waren. Ich schüttete die Asche in den Mülleimer und trug die Aschenbecher zur Spüle. Dabei sah ich gedankenverloren in den tiefschwarzen Himmel. Sollte ich vielleicht doch etwas hinausgehen? Nur ganz kurz, ein Stück in den Garten, vielleicht bis zum Wald. Rasch spülte ich die Aschenbecher aus und drehte den Wasserhahn zu. Da spürte ich plötzlich Hände an meiner Taille.

»Scheiße!« Ich zuckte zusammen und ließ den Aschenbecher klirrend in die Spüle fallen. »David, wie kannst du dich nur so an mich heranschleichen?«

»Wie bitte?« Er wirkte überrascht. »Ich habe mich nicht herangeschlichen, ich habe dich gesucht. Die anderen sind längst im Bett, was tust du allein hier unten?«

»Was glaubst du denn?« erwiderte ich schnippisch. »Ich räume auf. Irgend jemand muß das schließlich tun, denn von selbst passiert nichts, wie du sicher weißt.«

»Na, dann komm jetzt.« Er nahm mir den Aschenbecher aus der Hand, griff nach einem Geschirrtuch und trocknete ihn ab. »Laß uns auch ins Bett gehen, es ist schon halb zwölf.«

»Ich komme sofort. Laß mich nur noch schnell den Boden putzen. Die Kinder haben soviel Dreck hereingebracht.« Ich nahm rasch einen Aufnehmer und bückte mich, um mein Gesicht zu verstecken.

»Kann Josie das morgen früh nicht machen?« David legte den Arm um meine Taille und zog mich von hinten an sich. Er küßte meinen Nacken. »Komm«, raunte er. »Leg den blöden Lappen weg und komm ins Bett. Wir haben doch Ferien.«

Energisch zog ich meinen Kopf zurück. »Mein Gott, David, denkst du denn ständig nur an Sex?«

Er ließ mich sofort los. Dann nahm er sich eine alte Ausgabe des *Spectator* vom Tisch. »Großer Gott, nein. So gut wie nie. Wie dumm von mir, ich hatte ganz vergessen, daß meine Quote diesen Monat schon erfüllt ist. Ich werde dich nicht mehr belästigen bis ... sagen wir bis Mitte September, oder ist das zu früh?«

Er klemmte sich die Zeitung unter den Arm und ging stocksteif aus dem Zimmer.

Ich seufzte. »David, es tut mir leid. Ich habe es doch nicht so gemeint.« Er ging trotzdem.

»David!«

Aber er drehte sich nicht um, und ich folgte ihm nicht. Wütend warf ich den Aufnehmer in die Spüle. Scheiße – Scheiße – SCHEISSE! Ich hörte David die Treppe hinaufgehen, dann vernahm ich seine Schritte im Flur. Eine Tür fiel ins Schloß. Regungslos starrte ich auf ein paar Auberginen auf der Arbeitsplatte. Irgend jemand hatte sie aus dem Kühlschrank genommen, denn wir wollten morgen Ratatouille machen. Plötzlich zog ich ein großes Messer aus dem Messerblock und stach mitten in eine hinein. Dann begann ich zu hacken. Ich hackte, hackte und hackte, bis die ganze Fläche und ein großer Teil des Bodens mit Auberginenstücken übersät waren. Als ich fertig war, fühlte ich mich viel besser. Ich warf die traurigen Überreste in die Mülltonne und überlegte, ob ich alles auf die Katze schieben könnte. Wahrscheinlich nicht. Als ich die Lichter ausmachte und nach oben ging, beschloß ich, einfach zu sagen, ich hätte nachts ein bißchen Hunger gehabt.

7. Kapitel

Die Tage vergingen, und die Ferien verliefen mit ihrer üblichen Routine. Wir angelten, wir aßen, wir angelten wieder, wir spielten Scrabble und Karten am Kamin, wir erzählten, wir gingen ins Bett. Außer dem Fluß und dem Strand gab es nichts, wo man hingehen konnte, es gab keinen Fernseher und keine Partys. Das perfekte Gegenteil also von unserem Londoner Leben. Wir taten nichts weiter als in das vertraute Wasser des Flusses Tarn zu schauen und uns die warme Sonne aufs Gesicht scheinen zu lassen, und nach und nach beruhigten sich unsere überreizten stadtgeschädigten Nerven. Wir ließen die Welt Welt sein und lernten wieder, uns zu entspannen. Zumindest die meisten von uns.

Ich verspürte aus irgendeinem Grund eine seltsame innere Unruhe. Seit Tausenden von Jahren, so schien es mir, tat ich nun dasselbe, und ich würde es auch nach weiteren tausend Jahren noch tun. Ein nagendes ›Schon-wieder‹-Gefühl beschlich mich und irritierte mich zutiefst, dabei hatte ich mich doch so auf diesen Urlaub gefreut. Ich seufzte oft vor mich hin und ließ mich frustriert in einen Sessel fallen; mein Ehemann nannte mich schnippisch, und die Kinder fanden, ich wäre schlechtgelaunt. Alles erschien mir mühsam und zugleich so sinnlos. Das Einkaufen in Invertarn zum Beispiel. Wir schleppten riesige Tüten voller Lebensmittel nach Hause und dann die ganze Kocherei – wozu? Nur damit sie sich den Magen vollschlagen konnten! Und das viele Waschen und Bügeln und die schweren Waschkörbe, die wir in den Garten schleppten, um die Wäsche dort aufzuhängen – auch hier fragte ich mich: Wozu? Damit sie in den Fluß wateten und die Sachen wieder schmutzig machten!

Als ich David von meinen Überlegungen erzählte, zugegebenermaßen mit einem wilden Gesichtsausdruck, der auf drei Sherrys vor dem Essen zurückzuführen war, sah er mich über die *Times* hinweg an und murmelte so etwas wie: »So ist das Leben nun mal.«

»Vielleicht will ich aber nicht, daß es so ist«, schnappte ich.

Er bedachte mich mit einem komischen Blick, und danach zog ich es vor, meine Probleme alleine zu lösen. Ich machte lange Spaziergänge und versuchte, eine Erklärung für meine plötzliche Unzufriedenheit zu finden. Dabei kam ich zu dem Schluß, daß mein Leben schlichtweg langweilig war. Diese Erkenntnis schockierte mich zutiefst, denn auf eine Midlife-crisis war ich wirklich noch nicht vorbereitet. Also versuchte ich, die unangenehme Wahrheit zu verdrängen, aber sie beschäftigte mich trotzdem immer wieder. Ich beschloß, die ganze Angelegenheit rational anzugehen und zermarterte mir das Hirn. War mein Leben vielleicht immer langweilig gewesen, ich hatte es nur nie bemerkt? Ich ließ die letzten Jahre Revue passieren, erst die letzten drei, dann fünf, dann zehn Jahre. Ich seufzte. Nein, ich war sicher, daß ich damals zwar nicht ununterbrochen Luftsprünge vor Freude gemacht hatte, aber doch zumindest ein bißchen gehüpft war, oder nicht? Also gut, sagen wir auf Zehenspitzen gestanden. Vielleicht nicht genug. Wenn ich mehr auf Zehenspitzen gestanden und gehüpft wäre, wäre ich dann heute vielleicht nicht so frustriert?

Meine Familie war so schlau, mich bei diesen Momenten der Innenschau nicht zu stören und sich gegenseitig ›Mummy-hat-schon-wieder-ihre-fünf-Minuten‹-Blicke zuzuwerfen. Sicher hofften sie, ich würde bald wieder ganz die alte sein, und ehrlich gesagt hoffte ich das auch.

Zu allem Überfluß gab es noch mehr Ärgernisse. Im Laufe eines Jahres war Leonoras Wortschatz gewachsen und gewachsen und beinhaltete nun Wörter wie Croissant und Ossobuco.

»Ich habe geahnt, daß sie inzwischen Französisch spricht, aber ich habe nicht damit gerechnet, daß sie auch schon fließend Italienisch kann«, zischte ich David mit hysterischer Stimme zu.

Angesichts dieser Frühreife verzweifelten unsere Kinder; sie streikten und fielen komplett ins Babyalter zurück. Während also Leonora sorgfältig ihre Spaghetti Carbonara auf die Gabel wickelte, alle Knöpfe selber schließen konnte und jedesmal, wenn sie von der Picknickdecke aufstand, sagte: »Darf ich bitte von der Picknickdecke aufstehen?«, aßen meine mit den Fingern, schubsten sich im Supermarkt gegenseitig um, hielten so lange die Luft an, bis sie ihren Willen bekamen, pinkelten auf den Badezimmerboden und benahmen sich auch sonst wie die Hottentotten.

»Hugo, verdammt, ziel das nächste Mal richtig!« brüllte ich, als ich wieder mal eine Lache beseitigte.

»Ich habe gezielt«, verteidigte er sich. »Ich wollte Leonoras Schuhe treffen, aber anscheinend ist ein bißchen rausgelaufen.«

Entsetzt starrte ich auf das Paar uringefüllter Mary-Jane-Startright-Schuhe, stieß einen spitzen Schrei aus und schickte Hugo sofort ins Bett. Aber nichts, was ich tat oder sagte, brachte sie dazu, ihre Untaten zu bereuen oder ihren Kurs zu ändern, der offensichtlich darauf abzielte, Musterkind zu verderben.

Hugo war mit seinen acht Jahren zutiefst anal fixiert und verbrachte Stunden damit, sich neben Leonora zu hocken und ihr beizubringen, wie man pupste. Mit vor Anstrengung hochrotem Gesicht richtete er zu Demonstrationszwecken Gott weiß was für einen Schaden an seinem eigenen Schließmuskel an, doch vergebens. Es war nicht das leiseste Geräusch zu hören.

»Du drückst nicht fest genug«, hörte ich ihn tadeln, während er ihre Fortschritte begutachtete. »Ich glaube, du probierst es nicht mal.«

»Aber wenn ich zu fest drücke, muß ich doch pupsen«, widersprach Leonora.

»Um so besser!« schrie mein Sohn entnervt.

Die arme Clemmie war nicht erfolgreicher. Sie verschwendete den halben Vormittag damit, ihrer Schülerin geduldig beizubringen, wie sie das Schminktäschchen ihrer Mutter öffnete, Puder in ihr Gesicht und auf den Teppich rieb, alle Lippenstifte ausprobierte und dabei abbrach und sich in eine Wolke Chanel Nummer fünf hüllte. Dann zerrte sie Leonora weiter zu Pennys Schmuckkästchen und behängte sie von oben bis unten mit den Perlen ihrer Mutter, wobei der eine oder andere Ohrring verlorenging – aber Leonora weigerte sich zu lernen und wanderte nach einer Weile ab, um in ihrem Bilderbuch zu blättern oder Papierpuppen auszuschneiden. Sie war, so schien es, von Natur aus gut, und daneben fielen unsere beiden von Natur aus eher bösen Kinder auf erschreckende Weise auf. Sie taten mir fast ein bißchen leid, als sie eines Morgens zu mir ins Bett krochen und mir schockiert berichteten, daß sie nicht einmal Tomatenketchup mochte, stell dir mal vor, Mummy!, noch nie in ihrem Leben eine Tüte Chips gegessen hatte, kein Video besaß und noch nie von Tom & Jerry gehört hatte. Als Leonora es auch noch ablehnte, mit ihnen gemeinsam über die Keksdose herzufallen, gaben sie angewidert auf.

»Sei vorsichtig, Penny«, warnte ich, als wir gemeinsam am Flußufer lagen, die warme Sonne auf unseren Gesichtern genossen und jeweils ein halbes Auge auf meine beiden hielten, die flußaufwärts im Wasser planschten. »Du machst dieses Kind zum Einzelgänger. Zum sozialen Außenseiter.« Ich machte eine Kopfbewegung in Leonoras Richtung, die ganz allein da saß und über ihren Walkman *Peter und der Wolf hörte*.

»Unsinn!« widersprach Penny. »Ich bringe ihr bei, ein eigenständiger Mensch zu werden und nicht sklavisch der Herde zu folgen, das ist alles.«

»Was macht sie dann auf Kinderpartys, wenn sie keine Kekse mag, kein Eis und keine Limonade? Mit einer halben Avocado und einer Flasche Mineralwasser herumsitzen?«

»Sie geht noch nicht auf Partys«, informierte Penny mich knapp. »Sie ist schließlich erst vier Jahre alt.«

»Sie geht auf keine Partys? Himmel, dann ist sie ja jetzt schon eine gesellschaftliche Außenseiterin. Clemmie war schon mit elf Monaten auf einer Party, und sie tanzt, seit sie laufen kann.«

»Oje.« Penny sah mich entgeistert an. »Ich weiß nicht, ob ich will, daß aus meiner Tochter ein Partylöwe wird.«

»Dir schwebt sicher eine Kardiologin vor, habe ich recht?«

»Warum auch nicht?«

»Ja, warum auch nicht? Ich bin überzeugt, aus Leonora würde eine gute Chirurgin, aber ich finde, man sollte Kinder nicht zu sehr steuern, sonst steigen sie am Ende völlig aus, wenn du verstehst, was ich meine.«

»Hör zu, Tess, du erziehst deine Kinder, wie du es für richtig hältst, und ich tue dasselbe. Übrigens wäre ich sehr dankbar, wenn du deinen Sohn bitten könntest, meine Tochter künftig mit seinen skatologischen Obsessionen zu ver...« Sie brach mitten im Satz ab und starrte an mir vorbei. »Um Himmels willen, schau dir das an. Das ist ja wirklich hinreißend«, zischte sie.

Ich setzte mich auf und folgte ihrem Blick flußaufwärts an die Stelle, wo ihr Ehemann Josie und Edward das Angeln beibrachte. Er hatte schon die letzten vier Tage damit zugebracht, die beiden anzuleiten, doch während Edwards Ausbildung lediglich aus ein paar lautstarken Anweisungen bestand, gestaltete er Josies Unterricht wesentlich intensiver. Sie brauchte dringend praktische Instruktionen, deshalb hatte Piers heute entschieden, sich dicht hinter sie zu stellen, die Arme um ihre Hüfte zu legen und ihre Hände festzuhalten, in denen sie die Angelrute hielt, und es ihr ›von hinten beizubringen‹, eine seiner Lieblingsmethoden übrigens.

»Los geht's«, hörten wir ihn rufen, während er sich eng an sie preßte. »Nimm die Angel nach hinten ... langsam, langsam und ... zack!« Die Fliege fiel mit einem Plopp ins Wasser, gefolgt von meterweise verwickelter Leine.

»Das war schon verdammt gut«, lobte Piers.

»War es nicht«, widersprach Josie und begann plötzlich schallend zu lachen.

»Nein, nein, nein. Ganz im Gegenteil!« gurrte ihr Lehrer. »Ich finde, die Bewegung aus dem Handgelenk klappt schon ziemlich gut. Laß es uns noch mal versuchen, ja? Aber diesmal ...« Begierig zog er sie wieder an sich, wobei er seine Beine an ihre nackten Schenkel in den knappen Jeansshorts drückte. »Diesmal mußt du etwas mehr Schwung nehmen – zack!«

Die Fliege fiel wieder ins Wasser, auch diesmal mit einem Plopp, wenn auch nicht ganz so laut.

»Super, super!« jubelte Piers, sprang am Ufer auf und ab und klatschte wie ein zu groß geratener Schuljunge in die Hände. Um sie zu beglückwünschen, preßte er sie noch einmal an sich, und sie quiekte vor Lachen. Er kam wieder näher, vielleicht um sie erneut zu umarmen, fing aber plötzlich den kühlen Blick seiner Frau auf. Seine Hände rutschten von Josies schlanker, junger Taille, als sei sie aus geschmolzener Lava, dann hob er eine Hand zu einem nervösen Winken.

»Hallo, Liebling«, zirpte er.

»Guten Morgen, Piers«, antwortete sie kalt. Mit einem dümmlichen Grinsen auf dem Gesicht und deutlich verlegen kam er herbeigetänzelt und ließ sich neben uns ins Gras fallen. »Geht es dir gut, mein Liebling? Entspannst du dich schön?«

»Ich entspanne mich schön, Piers, aber wie du siehst, müssen wir dabei auf die Kinder aufpassen, und das war ganz und gar nicht so geplant, denn Tess hat extra zu diesem Zweck ein Kindermädchen mitgebracht.« Sie lächelte böse. »Aber die scheint ja anderweitig engagiert zu sein.«

»Ach ja, euer Kindermädchen.« Er wandte sich an mich. »Ein Supergirl, Tess, ein Supergirl«, sprudelte er enthusiastisch. Offenbar war ihm Pennys dickaufgetragene Ironie völlig entgangen. »Wirklich sehr süß. Viel besser als die ungarische Fregatte, die ihr im letzten Jahr dabei hattet.«

»Ja, aber die ungarische Fregatte konnte eine Menge nützlicher Dinge wie Kochen, Saubermachen, Kinder füttern und Erbrochenes aufwischen«, antwortete ich zuckersüß. »Doch ich stimme dir zu, sie war nicht ganz so süß.«

»Nein, wirklich nicht. Eure Neue ist dagegen ein, na ja, ein richtiger Schatz.« Er wandte sich an seine Frau. »Du wolltest doch auch immer eine Hilfe haben, nicht wahr, Püppchen, und wirklich, ihr Mädels arbeitet so hart, ihr habt das verdient. Sollen wir nicht Josie fragen, ob sie eine nette Freundin hat?«

»Zerbrich dir nicht den Kopf über meine Haushaltsangelegenheiten«, wies Penny ihn zurecht und klopfte ihm auf die Hand. »Überlaß das nur mir. Ich habe eine nette Miss Marson, die nach unserer Rückkehr zum zweiten Vorstellungsgespräch kommt. Sie ist ein bißchen schwerhörig, aber eine nette alte Jungfer. Du wirst sie sicher mögen, und nach einer Weile wird dir die Warze in ihrem Gesicht gar nicht mehr auffallen.«

Piers wurde leicht grün. »Ah ha ha!« Er lachte nervös und fuhr sich dann durchs Haar. »Das ist ja fantastisch.« Und dann: »Ich muß jetzt gehen, ich habe noch eine Menge zu tun. Tschüs, mein Liebling.« Und damit enteilte er wieder zu seiner Schülerin.

»Nur über meine Leiche«, murmelte Penny und legte sich wieder neben mich. »Wirklich, Tess, du mußt wahnsinnig sein, dir so ein Geschöpf ins Haus zu holen. David muß doch ständig mit einem Steifen herumlaufen.«

Ich grinste. »Hast du denn gar kein Selbstbewußtsein, Penny? Willst du mir ernsthaft weismachen, du würdest kein hübsches Kindermädchen einstellen, nur weil Piers auf sie abfahren könnte?«

»Ich kann mit Sicherheit auf so einen Claudia-Schiffer-Verschnitt verzichten, der im Babydoll am Frühstückstisch sitzt. Sieh sie dir doch an, Tess. Superenges T-Shirt ohne Büstenhalter, die Brustwarzen stehen ab wie Murmeln, der halbe Hintern quillt aus den Shorts. Das ist doch wirklich anstößig.« Sie streckte die Arme hinter dem Kopf aus. »Aber dir macht das alles nichts mehr aus, oder?«

Stirnrunzelnd drehte ich den Kopf in ihre Richtung. »Was meinst du damit?«

»Na ja, es interessiert dich doch nicht, auf wen David abfährt und ob er frustriert ist oder nicht. Du hast das Interesse an dieser Art von Dingen verloren, oder?«

Ich setzte mich entsetzt auf. »Penny! Wie kommst du dazu, so etwas zu sagen?«

Sie zuckte mit den Schultern. »Mein Gefühl.« Zum Schutz gegen die Sonne hielt sie sich die Hand vor die Augen und sah mich an. »Es stimmt doch, oder?«

»Natürlich stimmt es nicht«, widersprach ich energisch und wich dabei ihrem Blick aus. »David und ich haben ein wunderbares Liebesleben.«

»Hör auf«, höhnte Penny. »Ich wette, ihr macht es zweimal im Monat, und das nur, weil ihr meint, ihr müßtet.«

»Und du und Piers, ihr schwingt euch jeden Abend von der Decke, ja?«

Sie dachte kurz nach. »Nein, nicht jeden Abend, aber ziemlich oft. Mindestens drei- oder viermal in der Woche.«

»Drei- oder viermal in der Woche?« Ich war fassungslos. »Himmel, Penny, was treibt euch denn dazu?«

Sie sah mich überrascht an. »Lust. Weißt du noch?«

Ich warf den Kopf nach hinten und lachte laut. »Lust?«

Ja, da war mal was, irgendwo in meiner dunklen, entfernten Vergangenheit. Ehe mein Lebensinhalt nur noch darin bestand, auf kleine Kinder aufzupassen, und Fußböden, Tische, Kinderpos und sonst was abzuwischen. Hatte das nicht was mit einem seltsam kitzelnden Gefühl in den Lenden zu tun gehabt, das sich auf den ganzen Körper ausbreitete, und mit lautem Gestöhne, und dann kam man nicht schnell genug die Treppe hinauf, um sich die Kleider vom Leib zu reißen?

»Ich dachte mir, daß ein Lämpchen bei dir angehen würde.«

»Aber nur ein sehr schwaches.« Ich lächelte. »Penny, ich muß zugeben, Lust spielt in meinem Leben nur noch eine untergeordnete Rolle. Es ist ziemlich schwierig, zwischen Kücheputzen, Kinder zum Kindergarten und in die Schule bringen und durch Supermärkte zu jagen dafür auch noch Zeit zu finden.« Mit einem schwachen Lächeln legte ich mich wieder hin. Penny war also immer noch so wild wie früher und hatte ihren Verstand hauptsächlich zwischen den Beinen.

»Und du willst so etwas nicht noch einmal erleben?«

Ich sah sie an. »Was?«

»Lust. Soll das etwa alles gewesen sein? Für immer und ewig?«

»Nein, natürlich nicht«, antwortete ich schnell. »Wir haben ja noch Sex, wir lieben uns noch ...«

»Aber es ist nicht dasselbe, oder?«

»Wie was?«

»Wie früher. Es ist ein bißchen langweilig geworden, oder? Und so vorhersagbar.«

Ich starrte sie an. »Ich bin nicht sicher, ob ich dich verstehe, Penny«, formulierte ich vorsichtig.

»O doch, du verstehst mich ganz genau. Aber es ist dir egal. Du hast es längst abgeschrieben. Vorbei, vorüber, auf zur nächsten Herausforderung. Zu etwas Erwachsenem wie

Unkrautjäten oder Sockenstopfen. Lust ist schließlich was für Teenager, habe ich recht?«

»Na ja, ich ...«

»Du weißt, was du brauchst, nicht wahr, Tess?«

»Penny, ich habe keine Ahnung, wie und warum wir auf diese Thema gekommen sind, aber ehrlich gesagt möchte ich nicht weiter darüber diskutieren.«

»Du brauchst dringend eine heiße Affäre.«

Ich richtete mich auf und schaute sie ungläubig an. »Red nicht so einen Mist!«

Aber Penny ließ sich nicht so leicht abwimmeln. »Tu nicht so, als hättest du nicht schon selbst daran gedacht. Du wirst jedesmal ganz rot, wenn sein Name fällt.«

Ich wurde pflichtschuldig rot. »Wessen Name?«

»Patricks natürlich.«

»Wie üblich redest du totalen Blödsinn«, murmelte ich.

»Tue ich das?« Sie setzte sich neben mich. »Hör zu, Tess, wenn du mich fragst, ist es genau das, was eure Ehe braucht ... einen verdammten Tritt in den Hintern. Ein kleiner Ritt außerhalb des Stundenplans würde dir wirklich guttun. Gib es zu, du denkst daran, seit du hier bist. Warum gehst du nicht einfach los und tust es, dann hast du es aus dem Kopf. Du kehrst zu David zurück, fühlst dich wunderbar sexy und begehrenswert und hast so ein schlechtes Gewissen, daß du ihn mit all den neu erlernten Techniken entschädigen willst. Und ich verspreche dir, er wird niemals ahnen, was passiert ist, und es wird ihn auch nicht weiter interessieren, weil er alles so toll findet. Es wird euch beiden sehr, sehr guttun.«

Ich sah sie fasziniert an. »Machst du das so Penny, wenn du dich ein bißchen langweilst? Wenn dir das Staubsaugen aus dem Hals hängt, wenn die Spülmaschine kaputtgeht oder wenn du zuviel Geld in der Boutique ausgegeben hast? Ziehst du dann los und erlernst ein paar neue Techniken?«

»O nein.« Sie schüttelte den Kopf. »Die Zeiten habe ich

lange hinter mir. Ich hatte in meinem Leben genug Männer, jetzt bin ich mit meinem Ehemann ganz zufrieden. Du bist dagegen nur mit zwei Männern im Bett gewesen, habe ich recht?«

»Um Himmels willen.« Ich stöhnte. »Wenn du jetzt mit mir in einen Wettbewerb treten willst, habe ich keine Chance. Du bist wirklich sehr kindisch.«

Ich schloß die Augen und tat, als schliefe ich. Wenn sie doch endlich ruhig wäre! Es war Mittag, und die Sonne brannte. Ich spürte sie heiß auf meinen Augenlidern. Ich streckte mich im Gras aus, zog meinen Rock hoch und ließ die Strahlen auf meine Schenkel brennen. Ich versuchte, Pennys idiotisches Geschwätz zu vergessen, und zwang mich, an etwas anderes zu denken, an das Abendessen zum Beispiel. Ich überlegte, ob Hühnchensalat eine nette Abwechslung wäre, das hatten wir noch nicht gehabt, und im Kühlschrank stand noch eine Menge kaltes Hühnchenfleisch.

Doch Penny blieb hartnäckig. »Immerhin«, murmelte sie nach einer Weile, »wäre es ja kein richtiger Betrug.«

»Was?«

»Du hast es ja schon mit ihm gemacht, also zählt es nicht. Außerdem wird er in ein paar Wochen nach Italien zurückkehren und du nach London, ihr werdet euch nicht wiedersehen. Perfekt!«

Ich drehte mich um und sah sie an. Ihre Augen waren geschlossen, ein feines Lächeln lag auf ihren perfekt geschminkten Lippen.

»Sag mal, wer bist du eigentlich? Der Teufel in Gestalt einer biederen Hausfrau? Willst du mich unbedingt in Versuchung führen?«

Penny zuckte mit den Schultern. »Ich will dir nur helfen, deine Ehe zu retten.«

»Penny, mit meiner Ehe ist alles in Ordnung! Die Tatsache, daß ich nicht jedesmal hinter der Haustür darauf lauere, daß David nach Hause kommt, um ihm die Aktentasche aus der Hand zu zerren, den Anzug vom Leib zu reißen und ihn dann sofort im Hausflur zu vernaschen, bedeutet nicht, daß meine Ehe ein Scherbenhaufen ist.«

»Sie ist kein Scherbenhaufen, aber sie hat einen gewaltigen Sprung.« Penny sah mich eindringlich an. »Es ist noch nicht dramatisch, aber du mußt unbedingt wieder einen Blick für das Wesentliche bekommen.« Sie kicherte. »Du mußt wieder auf den Geschmack kommen. Dein Problem ist, Tess, daß du Sex für unwichtig hältst. Du beschneidest lieber deine Rosen und machst Hühnchensalat und so ein Zeug.«

Ich zuckte zusammen. Hühnchensalat? Woher zum Teufel wußte sie ...

»Und was du nicht kapierst«, fuhr sie vehement fort, »ist, daß das alles Nebensächlichkeiten sind. Lückenfüller, die nur dazu da sind, uns die Zeit zu vertreiben, in der wir keinen Sex haben.«

»Ach Penny, jetzt laß mich endlich damit in Ruhe.«

»Mummy!« Leonara rief nach ihrer Mutter, denn sie schaffte nicht allein, sich die Gummistiefel anzuziehen.

Penny stand auf. »Du wirst schon noch einsehen, daß ich recht habe. Auch wenn du die Risse jetzt einfach zuspachtelst, sie werden irgendwann wieder aufreißen und dann noch viel größer sein.«

»Ach wirklich? Dann verrate mir doch bitte, wann ich diese verlockende Affäre haben soll, die meine Ehe zementieren wird wie die Chinesische Mauer? Abends zwischen Käsebrötchenschmieren und dem Baden der Kinder?«

»Mummy!«

Penny zog ihren Rock glatt und lächelte zufrieden. »Aha, jetzt sprichst du schon vom wann und nicht mehr vom falls, meine liebe Tess.« Sie zwinkerte mir zu. »Die Logistik überlasse ich dir.« Dann ging sie davon, um ihrer Tochter zu helfen. »Ich komme, Darling!«

Ich starrte ihr nach. Einen Moment fühlte ich mich etwas benommen, dann schüttelte ich den Kopf. Die gute alte Penny. Sie war eine richtige Psychologin geworden. Als ob Sex mit einem anderen Mann eine Ehe retten könnte ... Aber das war typisch für sie. Wem sonst würde solch eine Lösung einfallen? Als ob ich überhaupt auf irgendeine Lösung angewiesen wäre. Mit meiner Ehe war alles bestens. Ich fühlte mich nur, na ja, ein bißchen müde, das war alles.

Ich sah zu, wie Penny Leonora in die Gummistiefel half. Sie nahm sie an die Hand, dann gingen sie an die Stelle, wo Clemmie und Hugo mit Netzen fischten. Penny rief die beiden aus dem Wasser, dann scheuchte sie alle Kinder zum Mittagessen auf die Picknickdecke. Ich hätte hinübergehen und ihr helfen sollen, aber irgendwie hatte ich keine Lust auf die Streitereien, wer ein Marmeladen- und wer ein Schinkensandwich bekam und wer wie viele Kekse gegessen hatte. Außerdem war Josie ganz in der Nähe, sie konnte zur Abwechslung mal einspringen.

Ich stand rasch auf und entfloh in die entgegengesetzte Richtung am Flußufer entlang. Hinter der Biegung setzte ich mich auf einen Felsen. Ich zog die Knie an, stützte mein Kinn auf und beobachtete lächelnd das rauschende Wasser. Klar und hell eilte der Fluß über sein Bett aus grauen Kieselsteinen. Die liebe alte Pen. So naiv, so einfach strukturiert, so überzeugt davon, daß Sex das halbe Leben sei. Nicht einen Gedanken verschwendete sie an Treue oder Liebe oder Pflicht oder Moral oder ein anderes dieser anstrengenden Worte. Andererseits war sie auch niemand, der sich in die Pflicht nehmen ließ, wenn sie nicht unbedingt mußte. Auf gewisse Weise beneidete ich sie. Sie war ein einfacher Mensch, ihren animalischen Instinkten auf Gedeih und Verderb ausgeliefert. Wenn sie eine erotische Gelegenheit sah, packte sie zu, ohne die Konsequenzen zu bedenken. Ich warf einen Stein ins Wasser und sah zu, wie sich Kreise bildeten.

Und was war mit all den Lügen, dem Betrug, der eine Affäre auch bedeutete – hatte sie darüber auch einmal nachgedacht? Und die Schuldgefühle, die Gewissensbisse, die Scham. Aber natürlich würde Penny das alles nicht belasten. Sie würde anschließend von keinerlei Zweifel gepackt, denn sie hatte nicht das geringste moralische Gespür. Aber ich. Ich war ganz anders, irgendwie na ja, komplexer, rationaler, wenn man so wollte, und sicherlich hatte ich mehr Moral, denn ich würde mich ebensowenig auf eine Affäre einlassen, wie ich zum Mond fliegen würde. Ich könnte mir anschließend einfach nicht mehr ins Gesicht sehen.

Ich riß einen Grashalm aus und kaute darauf. Und was ist mit dem Eheversprechen, hm, Penny? Treue bis der Tod euch scheidet? Herrje, Penny hatte nie etwas anbrennen lassen. Natürlich nur bevor sie heiratete. Ich war sicher, daß sie die Wahrheit sagte und heute keine Männergeschichten mehr hatte. Denn wie sie selbst gesagt hatte: Sie hatte genügend Männer gehabt. Sie war satt, sozusagen.

Nachdenklich nahm ich einen Kieselstein in die Hand und strich über das glatte, kühle Granit. War es das? War das der Grund dafür, daß ich mich in letzter Zeit so unzufrieden fühlte? Weil ich mich vor meiner Ehe nicht genügend ausgetobt hatte? Ich blickte in das kristallklare Wasser. Nein, natürlich nicht, und ich würde mich auch jetzt nicht austoben, und zwar nicht, weil ich meinen Appetit früher nicht genug gestillt hatte wie sie es getan hatte, sondern weil ich weder eine Affäre wollte noch brauchte, nein, wirklich nicht, vielen Dank.

Ich wurde auf einmal rot. Der bloße Gedanke! Meinen geliebten, treuen David zu betrügen, ihm Hörner aufzusetzen, unseren feierlichen Schwur zu brechen, und für was? Für eine schnelle Nummer im Heu? Und ich, eine Ehefrau, ja eine Mutter – was zum Teufel dachte sie sich eigentlich? Sie, die Tante meiner Kinder, schlug mir vor, mir einen Liebhaber zu suchen! Plötzlich war ich wütend. Wütend darüber, daß sie die Frechheit besessen hatte, mir so etwas vorzuschlagen, daß sie sich erdreistet hatte, mir zu erzählen, was sich in meinem Ehebett abspielte. Was fiel Penny eigentlich ein? Wieso hatte ich überhaupt zulassen können, daß sie so mit mir sprach? Ich hätte sie auslachen und dann mit unmißverständlichen Worten auffordern sollen, den Mund zu halten. Das würde ich nachholen, beschloß ich, noch heute abend! Ich würde in der Küche ein klares Wort mit ihr reden oder ein lautes, wenn es sein mußte, und sie bitten, sich künftig um ihre eigenen Angelegenheiten zu kümmern.

Schließlich wollte ich wirklich nicht mit Patrick Cameron ins Bett, die ganze Idee war absurd. Es reichte mir völlig, mit meinem eigenen Mann zu schlafen, vielen Dank.

Wie zum Beweis tauchte vor meinem geistigen Augen kurz das Bild von David und mir im Bett auf, eine Erinnerung an das letzte Mal, es mußte ungefähr ... na ja ein paar Wochen her sein. Ja genau, es war ein Samstagmorgen gewesen, die Kinder hatten unten ferngesehen, und es war sehr nett gewesen. Ein warmes Gefühl durchströmte mich, als ich daran dachte. Hm, schön, nur daß Clemmie in der letzten Minute hereingeplatzt war, weil ich das Bein ihrer Puppe reparieren sollte. »Bitte *jetzt*, Mummy.« Aber davon abgesehen war es wirklich nett gewesen, und ich hatte keinen Grund zur Klage.

Ich lächelte. Warum sollte ich nicht, extra für Penny, ein anderes Bild aus meiner Erinnerung hervorkramen, eines von mir und Patrick? Wo sollten wir sein? Auf einen Heuschober vielleicht? War das ländlich und verwegen genug für sie? Viele pickende Strohhalme, stellte sie sich so etwas vor? Wir beiden mußten halbnackt sein, klar, überall lagen hastig abgestreifte Kleidungsstücke, während wir durch das Heu rollten, umklammert in einer athletischen Umarmung, Haut an Haut, heiße feuchte Körper und – puh! – Beine. Ich schwankte leicht und klammerte mich an meinen Felsen. Herrje, das war ein bißchen mehr als ein warmes Gefühl. Ich blickte mich nervös um. Das Lächeln auf meinem Gesicht war verschwunden. Ich blinzelte verwirrt, zog meinen Rock zurecht und setzte mich wieder gerade hin. Herrschaftszeiten! Das probierte ich besser nicht noch mal ... oder doch? Ich biß mir auf die Lippen. Vielleicht sollte ich noch einen winzigen Blick riskieren, nur um sicherzugehen, daß ich mich nicht geirrt hatte. Ich benötigte keinen weiteren Anstoß, sofort sausten meine Gedanken zurück zu der Heuschober-Szene. Ah ja, da war Patrick, er lag jetzt auf den Ellbogen gestützt, mit nackter Brust – diesmal stellte ich jedenfalls sicher, daß er eine Hose anhatte – und lächelte auf mich hinab, liebevoll, nicht zu lüstern. Ich machte eine Pause und testete meine Reaktionen. Alles okay, Tess? Ja bestens, ich fühle mich bestens, mach weiter.

Da lag er nun also über mich gebeugt, strich eine Haarsträhne aus meinen Augen, lächelte, streichelte mein Gesicht mit dem Handrücken. Seine Finger wanderten langsam meinen Hals hinab, bewegten sich auf meine nackten Schultern zu, hielten inne, glitten tiefer, liebkosten meine – Da passierte es wieder! Diesmal rutschte ich glatt vom Felsen, denn ich verspürte plötzlich ein ungeheures Kribbeln in den Lenden, das sich langsam auf meinen gesamten Körper ausbreitete und – o Gott, ich *lechzte* regelrecht! Gleich würde mir die Zunge aus dem Hals hängen wie einem Hund! Ich fühlte mich erhitzt, durcheinander und sehr erregt. Erschöpft ließ ich mich ins Gras fallen und konzentrierte mich auf meinen Körper. Mein Herz schlug wild, und die dumpfe Glocke, die kürzlich so schwach erklungen war, läutete nun hartnäckig und dröhnend. Lust!

Abrupt drehte ich mich um und blickte zum Fluß herunter. Am gegenüberliegenden Ufer tauchte und badete ein Moorhuhn im Schilf. Ich sah ihm angestrengt zu, denn ich mußte mich jetzt unbedingt auf etwas anderes konzentrieren. Ob es auf der Jagd war? Wie mochte sein Nest aussehen? Wie sein Paarungsver... nein! Ich meinte natürlich sein Zugverhalten. Langsam beruhigte sich mein Herzschlag wieder, und mein Puls wurde langsamer. Schwankend stellte ich mich auf die Füße.

Und das in meinem Alter! Kopfschüttelnd klopfte ich meinen Rock ab. Lust in meinem Alter! Was war nur in mich gefahren? Nach sieben Jahren Ehe und mit zwei Kindern war es doch wirklich ein bißchen übertrieben, in so einen Zustand zu geraten, oder? Ich ging langsam weiter.

Vielleicht hatte ich auch etwas zuviel Sonne abbekommen. Es war ungewöhnlich warm für Schottland, oder nicht? Ich tastete nach meiner Stirn – ja, heiß. Und ich hatte kein Mittagessen gehabt, ein leerer Magen schwächte mich immer. Wie blöd zu denken, es könnte einen anderen Grund geben. Und Pennys idiotisches Geschwätz hatte mir den Rest gegeben.

Als ich die nächste Flußbiegung erreichte, kam ich zum Hauptbassin am oberen Ende des Flusses. Hier trafen sich die echten Angler. Heute standen dort am Ufer meine Mutter, Laura und Willie, der Sohn des alten Wildhüters Hamisch, der nun die Aufsicht über die Gegend am Fluß hatte. Weiter flußaufwärts konnte ich auch Hamisch selbst erkennen, ein hünenhafter grauhaariger alter Mann. Er blickte konzentriert in das Wasser und wartete auf Lebenszeichen. Hamisch war eigentlich derjenige gewesen, der mir das Fischen beigebracht hatte. Vor Jahren, als Laura und ich Kinder waren, stand er oft stundenlang neben uns am Ufer, sah zu, wie wir die Angel auswarfen, und gab uns ruhig Ratschläge, ganz anders als mein Vater, der jedesmal zu brüllen begann, wenn sich unsere Schnur zum unzähligen Male verheddert hatte. Hamisch war viel geduldiger, half uns, sie zu entwirren und ermutigte uns, es erneut zu versuchen, bis es uns endlich gelang, sie einigermaßen gerade vorschnellen zu lassen. Hamisch war inzwischen ein alter Mann, aber er kam immer noch, um auszuhelfen, vor allem, wenn wir da waren. Ich kletterte leise die Böschung hinauf, um Mum und Laura zuzusehen, die ein paar Meter entfernt in der Sonne standen. Sogar von hinten sahen sie sich ähnlich. Die Art wie sie da standen, ein Bein entspannt, die Köpfe zur Seite geneigt, beide klein und dennoch beide so elegant. Mum mit ihren silbergrauen Haaren unter einem alten Filzhut von Dad, und Laura, klassisch chic in Barbour-Jacke und einer Baseball-Kappe, die sie fest auf ihr blondes Haar gedrückt hatte.

Willie stand neben meiner Mutter und nickte ihr anerkennend zu, als sie die Angel geschickt flußabwärts Auswarf und die Fliege mit der Strömung treiben ließ. Er wirkte neben den beiden Frauen wie ein Riese. Er war groß, breitschultrig, blond und konnte erst Anfang Dreißig sein, doch sein Gesicht war von der jahrelangen Arbeit am Fluß wettergegerbt.

»Habt ihr was gefangen?« flüsterte ich.

»Nicht mal einen Gummistiefel«; murmelte meine Mutter. »Ich hätte geschworen, der Fluß sei leer, aber Willie hat mich vom Gegenteil überzeugt.« Sie lächelte in seine Richtung.

»Oh, es gibt jede Menge Fische«, bestätigte er. »Sie sind nur schwer zu fangen. Und das heiße Wetter hilft uns dabei auch nicht gerade.« Er blickte zum Himmel. »Ein, zwei Tropfen Regen könnten uns nicht schaden.«

Ich lächelte. Seit ich zurückdenken konnte, führten wir jedes Jahr dasselbe Gespräch mit Hamisch und Willie, die immer im August, wenn sich alle nach Sonne sehnten, um Regen beteten, damit der Fluß endlich wieder anschwoll.

Es war jetzt mucksmäuschenstill. Eine Libelle schwirrte vor uns in die Binsen.

»Sind die Kinder okay?« fragte meine Mutter nach einer Weile.

»Bestens. Sie sind bei Penny.«

Ich sah zu, wie sie erneut auswarf, kerzengerade in die Richtung des gegenüberliegenden Ufers.

»Mum?«

»Hm?«

Ich hielt den Blick fest auf ihre Fliege gerichtet. »Hast du Madelaine Cameron schon zum Tee eingeladen?«

»Ja, warum?«

»Ach, nur so.« Ich wartete darauf, daß sie etwas mehr sagte. Tat sie aber nicht.

»Wann kommt sie?«

»Morgen nachmittag.«

Ich beobachtete die flußabwärts treibende Fliege. Sie blieb im Schilf hängen.

»Mist!« Mum zog daran, aber die Fliege hing fest. »Warum, Liebes?«

»Ich wollte es nur mal wissen«, antwortete ich, dann drehte ich mich um und machte mich auf den Heimweg.

8. Kapitel

David sah stirnrunzelnd auf seine Cornflakes. »Tess, ich finde, du solltest ihn dir zumindest einmal ansehen. Wir können sie doch nicht einfach mit irgendeinem Tom, Dick oder Harry durch die Gegend ziehen lassen.«

»Ganz meine Meinung«, bekräftigte Piers und tauchte den Löffel tief in sein Ei.

»David, es geht uns nichts an, wo Josie hingeht und mit wem. In London machte sie in ihrer Freizeit auch, was sie will, warum sollte das hier anders sein?«

Die Männer waren gekränkt. Sie hatten schwer Federn lassen müssen. Josie hatte in einem Pub einen Mann kennengelernt, einen jungen Mann, und mit dem wollte sie an diesem Abend ausgehen.

»Ausgerechnet so ein Motorrad-Freak«, murmelte Piers schlechtgelaunt.

Ich kicherte vergnügt.

»Alles, was ich verlange«, beharrte David, »ist, daß wir ihn uns erst einmal ansehen und herausfinden, wo er herkommt, mehr nicht.«

»Und ihn fragen, was er mir ihr vorhat? David, sie ist nicht unsere Tochter. Wenn er heute abend auf seiner Harley-Davidson angedonnert kommt, kannst du ja sein Visier hochklappen und ihn fragen, was er von ihr will.«

Die Männer waren bei der Anspielung auf das Motorrad zusammengezuckt. Beschwor ein Motorrad nicht Visionen herauf von Jugend, Freiheit, Unabhängigkeit, Potenz, schwarzem Leder und zweifellos auch von dichtem Haar?

In diesem Augenblick streckte Josie ihre blonde Mähne durch die Tür zum Frühstückszimmer, und eine spürbare Anspannung erfaßte den männlichen Teil der anwesenden Gesellschaft.

»Ich habe die Kinder angezogen, Tess. Soll ich noch etwas machen, ansonsten würde ich jetzt gern ein Bad nehmen.«

Bei der Vorstellung dieser nackt im warmen Wasser hingestreckten Göttin geriet Piers sichtbar in Verzückung. Er strich sich durch sein schütter werdendes Haar und verschlang sie geradezu mit seinen gierigen Blicken.

»Nein, geh nur, Josie. Ich räume ein bißchen auf, vielleicht kannst du mir nach dem Baden ein wenig bei den Picknickvorbereitungen helfen.«

»Klar, mache ich.«

»Das meine ich aber auch«, murmelte Penny, die neben mir saß. »Ach, und Josie ...« Sie griff in eine Einkaufstüte neben sich und reichte Josie ein Päckchen. »Würdest du die bitte oben auf die Toilette legen?«

Josie betrachtete das Päckchen. »Was ist das denn?«
Penny lächelte dünn. »Medizinische Einmal-Toilettensitz-Auflagen, was sonst?«
»Penny!« Ich war entsetzt.
»Stell dich nicht so an, Tess, heutzutage kann man nicht vorsichtig genug sein.«
»Aber um Himmels willen, Penny«, stotterte ich. »Wir gehören doch alle zu einer Familie.«
»Edward zum Beispiel nicht«, zischte sie. »Und wer weiß, wo der herkommt. Schließlich hatte Laura schon ziemlich viele Typen, und ich bin mir nicht sicher, ob der jetzige im besten gesundheitlichen Zustand ist. Er kratzt sich auffallend viel, und sein Körperausdünstungen erinnern mich eher an verrottenden Kohl als an ... Ach, guten Morgen, Edward. Wir haben gerade von Ihnen gesprochen.«
Edward schlich nervös an den Tisch, kratzte sich am Kopf und wirbelte dabei eine Wolke Schuppen auf. Sie tanzten in dem Sonnenstrahl, der durch Fenster fiel.
»Morgen«, nuschelte er.
»Morgen!« bellten Piers und David gemeinsam, während sich eine Wand aus Zeitungen hob. Sie redeten ungern beim Frühstück, und der nervös hinter seinen Brillengläsern blinzelnde Edward in seinem ausgebeulten Wollpullover war zugegebenermaßen kein Ersatz für die blonde Josie.
»Guten Morgen, Edward«, sagte ich freundlich. »Setzen Sie sich.« Ich rückte den freien Stuhl neben mir zurecht.
Er setzte sich und lächelte dankbar. Ich mußte zugeben, daß er nicht sehr frisch duftete.
»Also«, erklärte ich ihm. »Es gibt wie immer Toast und Cornflakes, und, wenn Ihr Magen das verkraftet, Porridge, den ich eben erst gemacht habe. Er steht dort auf der Warmhalteplatte, aber fühlen Sie sich bitte zu nichts gezwungen.«
»Hört sich köstlich an!« Er sprang hastig auf, froh, mir

einen Gefallen tun zu können, und stürmte zum Sideboard, wo er geräuschvoll mit Schüsseln und Deckeln zu klappern begann.

»Autsch!« Es gab einen lauten Knall.

»Der Deckel ist heiß«, murmelte ich.

»Tut mir leid, ich habe ihn fallengelassen.«

Die Zeitungen bewegten sich keinen Millimeter, aber meine Mutter, die dem Sideboard am nächsten saß, stand auf, um ihm zu helfen. Sie hob den Deckel auf, legte ihn zurück und nahm eine Schüssel. Sie füllte sie mit Porridge und reichte sie Edward.

»Ich freue mich schon auf die Abreibung, die euch am Samstag erwartet, Edward«, sagte sie.

Edward machte einen Satz, als hätte ihm jemand eine Nadel in den Hintern gestochen. Die Schüssel in seiner Hand machte einen ebensolchen Satz, flog in die Luft, krachte auf den Boden, und der gesamte Inhalt spritzte überallhin.

»Ach du liebe Zeit!« Mummy suchte hastig nach einem Lappen.

»Was haben Sie gesagt?« keuchte er.

»Am Samstag. Wir spielen in Villa Park gegen euch. Ich glaube nicht, daß ihr eine Chance habt.«

Ich unterdrückte ein Kichern, während Edward sich bemühte, seine Fassung wiederzuerlangen. Überall klebte Porridge, auf der Warmhalteplatte, an der Wand, am Fenster, an den Schuhen meiner Mutter, an ihrem Rock und auf dem gesamten Fußboden. Am Tisch regte sich niemand. Sie benahmen sich wie eine Gruppe Trappisten-Mönche, die sich zu ewigen Schweigen verpflichtet hatten.

»Oh! O ja, natürlich. Wird sicher ein gutes Spiel. Oje, es tut mir so leid, Mrs. Fergusson. Was für eine Schweinerei! Bitte, lassen Sie mich ...« Verzweifelt sah er sich nach einem weiteren Lappen um.

»Um Himmels willen, das ist Pennys Schal.« Hastig riß Mummy ihm die Gucci-Seide aus den schwitzenden Händen. Ich spürte förmlich, wie Penny neben mir zu Eis erstarrte.

»Nehmen Sie einfach nur Ihren Porridge«, befahl sie. »Und essen Sie ihn, solange er heiß ist. So ist es brav.« Sie schob ihn wie ein kleines Kind zu seinem Platz und warf mir einen verzweifelten Blick zu.

»Also Edward«, begann ich aufmunternd, als er endlich seinen Stuhl zurechtgerückt hatte, »gehen Sie heute wieder angeln? Freuen Sie sich schon auf Ihren ersten Lachs?«

Er nahm sich den Orangensaft und entleerte den Inhalt des Pappkartons in sein Glas. »O ja, würde ich sehr gern«, antwortete er eifrig. »Ich weiß noch nicht, ob es mir gelingt, aber – oh!« Er spähte in den Karton. »Oh, das ist jetzt wirklich peinlich, ich habe den ganzen Saft leergemacht. Äh, möchte vielleicht jemand was von meinem? Oder soll ich in der Küche neuen holen?« Er sprang schon wieder hoch und stolperte fast über seinen Stuhl. »Ich gehe schnell und ...«

»Edward, bitte setzen Sie sich«, befahl ich entnervt. »Wir hatten alle Saft. Sicher zeigt Ihnen Laura heute eine gute Stelle zum Angeln. Wo steckt sie eigentlich?«

»Ich weiß es nicht. Ich wollte Sie schon danach fragen.« Er wurde rot.

»Ist sie schon auf?«

»Äh ..., um ehrlich zu sein, ich habe keine Ahnung.« Er errötete noch mehr und löffelte hektisch seinen Porridge.

Oje, offensichtlich teilten die beiden nicht einmal mehr das Zimmer. Ob Laura ausgezogen war? Was ging hier vor?

»Sie ist früh aufgestanden«, murmelte Piers hinter seinem *Daily Telegraph*. »Sie ist mit eurem Vater zum Angeln gegangen.«

»Ach so!« riefen Edward und ich aus einem Munde, als wären wir soeben auf den Heiligen Gral gestoßen. »Also gut«, fuhr ich fort, »wenn sie mit Dad fort ist, könnten Sie ja mit mir gehen.«

»Äh, also eigentlich wollte ich gern meinem Zeichenblock mitnehmen und ein wenig malen, wenn – wenn das okay ist.«

»Super Idee«, pflichtete ich ihm erleichtert bei. »Ein idealer Tag.«

Ein idealer Tag, um allein irgendwo herumzusitzen, nachdem einen die Freundin abserviert und der Obhut ihrer nicht sonderlich netten Familie überlassen hatte, dachte ich im stillen und begann den Tisch abzuräumen.

Nachdem Edward wie ein kleiner Junge mit Sandwiches und einer Thermoskanne Kaffee versorgt worden und die richtigen Kinder mit Schaufel und Eimer und Josie zum Strand verschwunden waren, machte ich mich auf den Weg, um Laura zu suchen. Sie war sie an ihrer Lieblingsstelle nahe der Flußquelle. Dad stand ein Stück flußabwärts mit seinen Stiefeln im Wasser. Er winkte, und ich winkte zurück. Dann ging ich zu meiner Schwester.

»Edward sucht dich.«

»Okay, hier bin ich«, murmelte sie und warf ihre Angel aus. »Er kann mich hier finden, oder nicht?«

»Oh, das ist außerordentlich freundlich«, schnappte ich. »Er kann mich hier finden, oder nicht? Was ist los mit dir, Laura? Warum behandelst du ihn, als hätte er die Pest?«

»Ich habe dir doch schon in London gesagt, daß ich genug von ihm habe.«

»Und warum hast du ihn dann mit hier hergebracht?« fragte ich ärgerlich. »Was soll das, Laura?«

»Er wollte unbedingt mit. Er sagte, er hätte sich so darauf gefreut, und meinte, es würde schon alles werden, wenn ich mich erst ein wenig entspannen würde, wie er es bezeichnete. Ich wußte, daß es nicht funktionieren würde, aber er hat so gebettelt, also habe ich ihn mitgenommen.« In Seelenruhe spulte sie die Angelschnur auf und warf erneut aus.

»Und jetzt hast du ihn aus dem Zimmer geschmissen.«

»Ganz und gar nicht. Ich habe ihm nur vorgeschlagen, nebenan zu schlafen.«

»Aber das ist so peinlich für ihn, Laura. Jeder weiß Bescheid. Kannst du nicht einfach so tun als ob?«

»Nein, kann ich nicht. Ich finde ihn körperlich abstoßend. Wenn du es genau wissen willst, es fällt mir schwer, neben ihm zu schlafen, ohne zu kotzen.«

»Übertreib nicht so! Er hat dir doch mal gefallen.«

»Da muß ich betrunken gewesen sein.«

»Was, ständig? Du bist doch über zwei Monate mit ihm zusammen, oder nicht?«

»Offensichtlich.«

»Offensichtlich was?«

»Offensichtlich war ich ständig betrunken«, antwortete sie achselzuckend.

»Laura, du bist gemein. Warum tust du ständig so was?«

»Was?«

»Irgendeinen armen Kerl mitbringen und ihn direkt nach eurer Ankunft einfach fallenlassen?«

»Ich tue das nicht ständig.«

»Letztes Jahr hast du es jedenfalls auch getan. Erinnerst du dich nicht an diesen kriecherischen Fußpfleger?«

»Der war verrückt«, antwortete sie nur.

»Und davor war es Toby mit der einen Augenbraue, die von einem Ohr zum anderen reichte, und Clive, dieser wahnsinnige Höhlenforscher, der seine ganze Ausrüstung mitbrachte, weil er glaubte, die Highlands wären voller Löcher. Ach ja, und dieser dicke, Martin, der immer schon lachte, ehe man den Witz ganz zu Ende erzählt hatte, und ...«

»Okay, okay!« Laura warf ihre Angelrute plötzlich zu Boden. »Okay, Tess, mein Liebesleben ist eine Katastrophe. Also gut, ich gebe es zu – was willst du also noch von mir?«

»Nichts, ich will nur ...«

»Nur auf mein Versagen in der Partnersuche hinweisen, auf meine Neigung, hoffnungslose Fälle aufzugabeln, auf mein Unvermögen, Mr. Ideal zu finden, aber das weiß ich alles selbst, vielen Dank.« Sie sah mich an, auf ihren Wangen hatten sich hektische Flecken gebildet.

»Laura«, antwortete ich geduldig. »Das will ich ganz sicher nicht. Ich versuche nur ...«

»Ja, du hast gut reden«, sagte sie hitzig. »Du hattest in deinem ganzen Leben nur zwei Männer, und beide waren auf ihre Weise perfekt. Den ersten hast du fest in deiner Erinnerung gespeichert, um hin und wieder an ihn zurückzudenken, und den zweiten hast du für den Rest deines Lebens an deiner Seite, du Glückliche. Aber für uns andere ist das Leben nicht so einfach. Da draußen tobt ein verdammter Dschungel. Du glaubst gar nicht, wie viele wilde Bestien nur darauf lauem, dich in ihre Höhle zu zerren, und während du an denen vorbeischleichst, schnappt dich ein anderer Typ, einer von denen, die sich ducken und mit Bärten und Anoraks verkleiden, die stillen Schüchternen, die auf den ersten Blick schrecklich nett zu sein scheinen, in Wahrheit aber furchtbar schwach sind und sogar noch mehr Komplexe haben als du selbst.«

»Ach komm, Laura, es muß doch noch etwas dazwischen geben.«

»*Such* mir einen, Tess, dann glaube ich es dir. Wenn du dir so verdammt sicher bist, *such* mir einen.«

Sie hob ihre Angel auf und wickelte die Schnur wütend auf. Dann warf sie erneut aus. Ich sah ihr zu.

»Diese Bestien, vor denen du solche Angst hast«, fragte ich nach einer Weile. »Wie sind die so?«

»Du willst, daß ich mir so einen nehme?«

»Nein. Aber da du mir weismachen willst, daß es nur zwei Klassen von Männern gibt, und immer wieder diese Anoraktypen mitbringst, was jedesmal in einem Fiasko endet, solltest du es vielleicht mal mit einer Bestie versuchen? Wer weiß, vielleicht entdeckst du ja einen weichen Kern.«

Sie sagte nichts.

»Mit einem wie Dad, meinst du?«

Ich starrte sie an. »Was willst du damit sagen?«

»Tess, wenn du glaubst, ich ließe mich den Rest meines Lebens von so einem Tyrannen herumkommandieren, nur weil er ab und zu einen Schimmer von Nettigkeit zeigt, irrst du dich. Ich werde mein Leben nicht damit vergeuden, auf diesen Schimmer zu warten.«

Ich seufzte. »Gott. Laura, ich wußte gar nicht, daß wir es hier mit einem psychologischen Problem zu tun haben.«

»*Wir* haben gar nichts. Es geht um mein Leben, Tess, und wenn du nichts dagegen hast, würde ich mich gern selbst darum kümmern.«

Mit diesen Worten spulte sie ihre Schnur auf, griff nach ihrer Tasche und marschierte den Fluß hinab. Ich lief hinter ihr her.

»Laura! Laura, warte bitte. Sei nicht so beleidigt!« Ich holte sie ein und hielt sie fest. Dann zog ich sie zu mir herum. Sie hatte Tränen in den Augen und sah an mir vorbei über meine Schulter.

»Für dich ist alles einfach«, schniefte sie. »Aber du hast ja keine Ahnung, Tess, wieviel Angst ich habe, einen Fehler zu machen.«

Ich zog sie an mich. »Du Dummerchen«, flüsterte ich. »Warum solltest du das?«

»Mum hat es doch auch getan, oder?«

»Tatsächlich?« Ich war schockiert. Nicht zum ersten Mal kam mir der Verdacht, daß Laura und Mum ein sehr enges Verhältnis hatten.

Sie nickte. »Ich denke schon, und ich glaube, sie denkt das auch.« Laura fischte ein Tempo aus ihrer Hosentasche und putzte sich die Nase. »Wärst du gern mit Dad verheiratet?«

Ich sah zu ihm hinüber, wie er breitbeinig bis zu den Hüften im Wasser stand, den Hut tief ins Gesicht gezogen und die Lippen energisch zusammengepreßt. »Natürlich nicht, aber er ist schließlich unser Dad, oder nicht? Daran können wir doch nichts ändern.«

Darüber hatte ich noch nie nachgedacht. Mum hatte sich auch noch nie beklagt; im Gegenteil, sie war immer so ... stoisch. Laura ballte die Hände zu Fäusten.

»Verstehst du, genau das will ich nicht. Ich will nicht, daß meine Kinder denken, er ist schließlich unser Dad. Ich will, daß sie ihn anbeten! Ich will, daß er perfekt ist.«

Ich schüttelte verwundert den Kopf. »Laura, so verliebt man sich aber nicht. Du suchst dir schließlich kein Möbelstück aus. Du kannst dir niemanden von allen Seiten ansehen, um herauszufinden, ob er ein guter Ehemann oder Vater werden könnte. Du kannst auch nicht die Schubläden prüfen und die Scharniere ausprobieren und dann sagen, ›Ja, der ist gut, den nehme ich.‹ Nein, das geht anders: Du triffst jemanden, der Blitz schlägt ein, und ruckzuck hast du dich verliebt!«

Laura sah mich verächtlich an. »Daß ich nicht lache. In Liebesromanen ist das vielleicht so, vielleicht auch in deinem Leben, aber laß dir von mir sagen, daß die Mehrheit von uns Sterblichen durchs Leben geht, ohne auch nur ein halbes Volt zu spüren, von einem Blitzschlag ganz zu schweigen.«

»Aber du darfst das nicht zulassen, Laura«, drängte ich sie. »Du darfst nicht länger durch die Gegend schleichen, sondern mußt dich ab und zu auch für diese sogenannten Bestien öffnen, nur für den Fall, weißt du? Ich meine, du bist schön, du bist intelligent, du könntest jeden haben. Du kannst nicht ständig nur auf Nummer Sicher gehen und dich mit solchen Fußabtretern umgeben, sonst verliebst du dich nie. Außerdem stelle ich mir das schrecklich deprimierend vor.«

Laura bückte sich und begann die Fliegen in ihre Büchse zu sortieren. Dann hob sie eine besonders schöne in die Höhe, eine pfauenblaue mit goldenen Streifen, und betrachtete sie. »Ist es auch«, sagte sie leise.

»Dann sei um Himmels willen endlich ehrlich zu dir selbst. Zeig dich den Jägern, den sexy Typen mit dem energischen Kinn und den verführerischen Augen, was soll's, wenn er einen Porsche fährt, eine Hütte in Knightsbridge besitzt und eine Goldene American-Express-Karte, du wirst dich schon daran gewöhnen. Genauso wie an das Dinner im *Gavroche*, die Nächte *im Annabel's* und, wer weiß, vielleicht auch an die Yacht auf den Bahamas. Ich schwöre dir, wenn du das einmal erlebt hast, wird es eine nette Abwechslung sein.«

Sie schniefte wieder, und ich biß mir auf die Lippen. *Hör auf, Tess.* Laura war unglücklich, und ich erzählte so einen bodenlosen Unsinn. Schuldbewußt nahm ich sie in die Arme.

»Entschuldige«, flüsterte ich.

Sie schluchzte in mein Haar. »Du hast ja recht. Irgend jemand mußte es mir schließlich einmal sagen. Ich bin ein Feigling. Ein Angsthase, wie Hugo es nennen würde.«

»Der auf einem Edward-Fußabtreter kauert.« Ich schlug mir mit der Hand vor den Mund. Eine grauenhafte Vorstellung. »O Laura«, stöhnte ich. »Wie hältst du das nur aus?«

Sie lächelte schief und schwang die Tasche über ihre Schulter. »Ich betrachte es einfach als eine Art Sozialarbeit. Als Dienst an den Bedürftigen.«

Arm in Arm wanderten wir flußabwärts zurück. Eine Weile sagte keiner was, dann brach ich das Schweigen.

»Hast du denn nie empfunden, was ich dir gerade beschrieben habe?« fragte ich vorsichtig.

Sie seufzte. »O doch, einmal.«

Ich sah sie erwartungsvoll an. »Und?« Das erschien mir diskreter als ein plattes ›Mit wem?‹

Sie zuckte mit den Schultern. »Und es wurde nicht erwidert. Ich habe mich völlig lächerlich gemacht, wenn du es genau wissen willst.«

Ich nickte und beließ es dabei. Sie würde mir nicht mehr erzählen, das wußte ich. Ob Mum etwas davon wußte? Ich würde sie danach fragen. Manchmal war ich so sehr mit meinem eigenen Leben und mit meinen Kindern beschäftigt, daß ich Laura völlig vergaß. Außer in den Ferien natürlich, wenn ich ihr stundenlange Vorträge hielt. Ich seufzte wieder. Und hatte noch ein schlechteres Gewissen.

»Na ja«, sagte ich aufmunternd. »Wenigstens weißt du dann, daß du etwas empfinden kannst, das ist doch immerhin etwas. Besser eine enttäuschte Liebe als ...«

»Bitte, Tess.« Sie riß in gespieltem Entsetzen die Augen auf. »Erspar mir das.«

Ich war erleichtert. Wenigstens lächelte sie jetzt wieder. »Okay, keine Sprüche mehr, aber hör zu, auch keine Fußabtreter, ja? Versprich mir das. Bleib lieber keusch, als dich noch mal an so einem Waschlappen zu vergreifen, der einem die Hand schüttelt wie ein Klumpen Gelee.«

Sie kicherte. »Versprochen. Keine Waschlappen mehr ...«

»Aber«, ich hob schulmeisterisch den Finger, »trotzdem könntest du den Waschlappen, den du mitgebracht hast, ein bißchen nett behandeln. Du brauchst ja nicht mit ihm zu schlafen, aber vielleicht kannst du hin und wieder ein Wort an ihn richten. Es schadet dir nicht, ihn ...«

Laura legte die Hand auf meinen Arm. »Psst! Wenn man vom Teufel spricht«, raunte sie.

Ich sah erschrocken auf. Tatsächlich, dort hinten, hinter der nächsten Flußbiegung hockte Edward zwischen den Ginstersträuchern. Er saß auf einem kleinen Klappstuhl und zeichnete die Berge. Auf dem lächerlichen Sitz stießen seine Knie fast gegen sein Kinn, und er sah aus wie ein Gartenzwerg.

»Glaubst du, er hat uns gehört?« flüsterte. Laura schüttelte den Kopf. Plötzlich blickte er auf und erkannte uns. Ich stieß Laura in die Rippen, und ihre Hand schoß artig in die Höhe.

»Hallo!« rief sie.

Edward machte ein überraschtes Gesicht, dann wurde er rot vor Freude.

»Hallo!«

Er stand auf, zu hastig, und stieß seinen Stuhl um. Als er sich drehte, um ihn aufzuheben, trat er die Thermoskanne um. Er machte einen verzweifelten Versuch, zu verhindern, daß sein ganzer Zeichenblock aufweichte, doch in diesem Bemühen rutschte die Brille von seiner Nase und fiel in den Kaffee. Er griff danach, um nicht auch noch blind zu sein, und rammte sie zurück auf seine Nase, mit Kaffee und allem.

»Gib mir Kraft«, murmelte Laura, als die Brühe in Rinnsalen über sein Gesicht lief.

»Sei nett«, bat ich sie.

Sie grinste und eilte ihm galant zur Hilfe. Sie hob seine Sachen auf, wischte seine Brille ab und redete beruhigend auf ihn ein. Ich sah das hoffnungsvolle Leuchten auf seinem Gesicht, dann lachte er sogar, und ich drehte mich um und ging nach Hause.

Na, das war ja alles schön und gut, überlegte ich, als ich kurz darauf das Tor nach Kilmarnoch öffnete, meine klugen Reden, meine Moralpredigten und mein prima Ratschlag, man müsse ehrlich zu sich selbst sein. Wie ehrlich war ich eigentlich zu mir? Ich trottete über den Kiesweg. Komm, antworte, Tess! Aber das konnte ich nicht. Ich hatte das unangenehme Gefühl, ›zu ehrlich‹ wäre die richtige Antwort gewesen, doch noch hätte ich mir eher die Zunge abgebissen, als das zuzugeben. Das wäre wirklich das letzte, dachte ich bei mir und stieß die Hintertür auf.

9. Kapitel

Tess, darf ich dir Madelaine Cameron vorstellen.«

Ich blieb wie angewurzelt stehen. Auf dem Weg zum Trockenraum, wo ich meine nassen Stiefel und Kleider ausziehen wollte, hatte ich nur kurz durch die offene Wohnzimmertür gespäht. Dort saßen meine Mutter und eine fremde Frau am Kamin und tranken Kaffee.

»Oh.« Ich erschrak. »Ich – ich dachte, Sie kämen erst zum Tee.«

Madelaine lächelte. »Wollte ich auch, aber im letzten Moment ist etwas dazwischengekommen, deshalb hat Ihre Mutter mich freundlicherweise zum Lunch eingeladen.«

»Oh!«

»Darling, steh nicht so triefend da herum. Geh und zieh deine Stiefel aus, und dann setz dich ein wenig zu uns«, ermahnte meine Mutter mich.

»Sofort. Ich ...« Die Schönheit und Eleganz dieser Frau haute mich völlig um. Sie war ganz anders, als ich sie mir vorgestellt hatte.

Erstens war sie nicht dick und stämmig und von Kopf bis Fuß in Tweed und Loden gehüllt, und zweitens war ihre Stimme weder hart und befehlsmäßig noch hatte sie einen ländlichen Dialekt. Diese Frau war schlank, zierlich, teuer und elegant gekleidet, trug ein haselnußbraunes Polohemd aus Kaschmir und einen kamelfarbenen engen Rock. Sie hatte schlanke Beine, die sie elegant übereinandergeschwungen hatte; ihr blondes Haar war leicht gewellt, ihre Haut war beinahe durchsichtig und ihre Augen klar und blau wie die von Patrick. Sie sah aus wie vierzig, dabei mußte sie um die sechzig sein, und was mich noch mehr verblüffte, war die Tatsache, daß sie zweifellos eine Französin war.

»Tess!« Die unwirsche Stimme meiner Mutter riß mich aus meiner Erstarrung.

»Ja! Sofort! Ich bin in einer Minute zurück.« Ich rannte in die Trockenkammer und war im nächsten Moment wieder da.

»Es tut mir leid, daß ich Sie so angestarrt habe«, keuchte ich, als ich zurückkam, und streckte die Hand aus. Hoffentlich war sie nicht allzu schmutzig. »Aber Sie sind so anders, als ich Sie mir vorgestellt habe.« Entweder sagte ich ihr jetzt die Wahrheit, hatte ich entschieden, oder sie würde mich ewig für eine glotzende, doofe Verrückte halten.

Madelaine lachte und schüttelte meine Hand. »Ach, sicher haben Sie gedacht, ich sähe ein bißchen konservativer aus, ein bißchen englischer, habe ich recht?«

Ich setzte mich und registrierte dabei, daß Mummy es geschafft hatte, ihr einen der in Auflösung begriffenen Sessel anzubieten, und daß die Sprungfedern ihren kostbaren Kaschmir-Ärmeln schon jetzt bedrohlich nahe kamen.

»Äh ja, oder vielleicht schottisch, aber ich bin sehr froh, daß Sie das nicht sind. Ich nehme an, es gibt hier genügend Leute, die ihren Stammbaum auf Prinz Charles zurückführen, da wirken Sie sicher wie eine frische Brise.«

Madelaine verzog das Gesicht. »Zu frisch, fürchte ich. Wissen Sie, wenn Ihre Vorfahren nicht mit Macbeth zur Schule gegangen sind, bleiben Sie hier ständig eine Fremde.« Sie lächelte bedauernd. »Aber das habe ich natürlich erst nach meiner Hochzeit begriffen.«

Als sie ihre Hochzeit erwähnte, fiel es mir wieder ein. »Es ... es tut mir leid, das mit Ihrem Mann«, sagte ich rasch.

Sie senkte den Kopf. »Danke.« Dann griff sie in ihre Handtasche und zog eine Schachtel Gauloises hervor. Ich sah zu, wie sie sich eine anzündete und eine feine blaue Rauchwolke in die Luft blies. Ich war ziemlich beeindruckt, denn bisher hatte ich nur coole französische Halbstarke diese Marke rauchen sehen. Aber genaugenommen, überlegte ich mir, war Madelaine auch cool. Sie streckte ihre schlanken Beine aus und sah mich mit ihren strahlend blauen Augen an.

»Sie sind übrigens auch nicht im entferntesten so, wie ich Sie mir vorgestellt habe, wenn Sie mir diese Feststellung erlauben.«

Ich wurde rot und zog instinktiv Davids Seemanns-Pulli über die Oberschenkel. Tja, das war jetzt das klassische *quid pro quo,* und ich war ganz klar im Nachteil. Ich hatte damit gerechnet, noch Zeit zum Duschen und Umziehen zu haben, bevor sie zum Tee erscheinen würde. Meine Haare hatten seit einer Woche kein Shampoo gesehen, und wahrscheinlich roch ich ein wenig nach Fluß. Ich schob mir eine zerzauste Haarsträhne aus der Stirn.

»Ach ja, in welcher Hinsicht?« Natürlich wußte ich genau, daß sie nur die ungepflegte, ungewaschene Hinsicht meinen konnte.

»Ich hatte Sie mir eher wie ein melkendes Veilchen vorgestellt.«

»Oh! Sie meinen sicher welkendes.«

»Exakt! Aber Sie sind viel selbstbewußter, viel offener. Ich dachte, Sie wären mehr ...« Sie suchte nach dem richtigen Wort und probierte eines aus, »... schüchtern?«

Mum lachte. »Ich glaube kaum, daß man Tess als schüchtern bezeichnen kann.«

»Früher war ich das«, erklärte ich bestimmt, denn ich wußte, was Madelaine meinte. »Früher hatte ich nicht immer den Mut, zu meiner Überzeugung zu stehen.«

»Ah, aber manchmal ist es mutiger, das Richtige zu tun, als sich aufzulehnen und das Falsche zu tun«, sagte sie leise und sah mir in die Augen.

Stille. Dann streckte Madelaine die Hand aus und nahm ein Foto vom Kaffeetisch. »Wir haben uns vorhin Ihre nette Familie angesehen, Tess.«

Ich sah hinüber. Mum hatte offensichtlich ein paar Bilder von Hugo und Clemmie ausgegraben.

»Sie sind sehr hübsch«, fuhr sie fort. »Ich bin sowieso ganz neidisch, daß Daphne Enkelkinder hat, und dann sind sie auch noch so göttlich.« Sie schüttelte bedauernd den Kopf.

Ich wartete ab. Ob sie jetzt wohl Patrick erwähnte, um ihm vorzuwerfen, daß er sie noch nicht mit Schwiegertochter und Enkeln versorgt hatte?

»Ist das Ihr Mann?«, fragte sie jedoch und besah sich das Foto genauer.

Ich beugte mich vor, um es besser zu erkennen. Oje! David war offensichtlich in seinem Liegestuhl eingeschlafen, sein Mund stand weit offen. Clemmie und Hugo hatten seine hilflose Lage ausgenutzt und ihm eine halbleere Klopapierrolle um den Hals gehängt. Sie standen hinter ihm und bogen sich vor Lachen. Ich krümmte mich innerlich.

»Mum!« zischte ich. »Wo hast du das her? Das ist ja schrecklich!«

»Ich habe es letzten Sommer im Garten gemacht«, antwortete Mummy überrascht. »Ich fand es ziemlich lustig.«

»Und ob es das ist«, bestätigte Madelaine. »Es vermittelt so ein Gefühl von ...« Sie wedelte expressiv mit den Händen, »... von Familie. Von joie de viver!« « Sie zeigte mit ihren manikürten Fingern darauf. »Das ist das Bild, das sich die Kreativen für ihre Parfumwerbung wünschen, Bilder mit schönen Menschen, die mit kleinen Kindern am Strand entspannen, nicht wahr? Aber es gelingt ihnen nie, das Eigentliche festzuhalten. Den *Esprit*!«

Ehrlich gesagt war ich nicht so überzeugt, daß Giorgio und Calvin Schlange stehen würden, um ihre Supermodels gegen einen alternden Anwalt einzutauschen, der als Klo verkleidet von zwei hysterischen Kindern umtanzt wurde. Sicher wollte sie nur höflich sein. Was mußte sie nur von uns denken!

Ich sah zu Mum hinüber. Ihr alter Pulli und der verwaschene Rock sahen ziemlich schäbig aus. Wann hat sie sich wohl zum letzten Mal was zum Neues zum Anziehen gekauft, fragte ich mich. Ich sah mich unauffällig im Zimmer um und registrierte erst jetzt, was hier für ein Chaos herrschte. Überall flog Spielzeug herum, verblühte Rosen hingen in den Vasen, Bücher stapelten sich. Madelaines Chic schien alles und jedes aufzumöbeln. Ich wurde wieder rot. Hätte Mum nicht wenigstens vorher ein bißchen aufräumen können? Ein paar alte Zeitungen wegwerfen, die Weingläser leeren und forträumen, Barbie und Ken in die Spielkiste stecken und den abstoßenden rosaroten Puppenbungalow hinter der Tür verstecken können? Madelaine sprang plötzlich auf.

»Ah, da sind sie ja!« Sie zeigte enthusiastisch aus dem Fenster. »Ihre Kinder. Wie bezaubernd!«

Aus dem Garten ertönten zweifellos Kinderstimmen, und ich rannte schnell zum Fenster, um mich notfalls zwischen Madelaine und alles allzu Bezaubernde zu stellen. Man wußte ja nie, ob die lieben Kleinen nicht gerade die Katze ermordeten oder vielleicht sogar Leonora. Ich hielt den Atem an und spähte nervös hinaus. Glücklicherweise bot sich meinen Augen ein vergleichsweise harmloses Bild. Auf dem unteren Teil des Rasens spielte Piers mit Hugo und Clemmie, die ein paar Luftballons in die Luft warfen. Die Kinder schrien vor Vergnügen, als er versuchte, sie ihnen abzujagen. Madelaine klatschte begeistert in die Hände.

»Ah! Regardez! C'est fantastique!«

Ich war erleichtert, wenn auch ein bißchen überrascht. Piers spielte nicht oft mit meinen beiden, ich würde sogar behaupten, nie. Ich sah zu, wie er und Hugo aufs Haus zugerannt kamen.

»Ja, sie können wirklich ganz süß sein«, stimmte ich vorsichtig zu.

Hugo sprang über die niedrige Buchshecke und lief auf die Terrasse. Er kam an unserem Fenster vorbei, grinste von einem Ohr bis zum anderen und winkte mit seinem Ballon.

Wir lächelten und winkten zurück, doch plötzlich gefroren meine Hand und mein Lächeln, denn es war durchaus kein Ballon, mit dem er winkte, sondern ein aufgeblasenes Kondom. Eine Sekunde später folgte Piers mit hochrotem Kopf.

»Komm sofort zurück, du kleiner Dreckskerl«, brüllte er.

Mummy schüttelte den Kopf. »Diese Ausdrücke«, murmelte sie.

»Äh, noch etwas Kaffee, Madelaine?« fragte ich hastig und schob sie vom Fenster zurück zum Tisch.

»Nein, merci. Ich hatte schon eine Menge und dazu ein ganz köstliches Lunch. Ihre Mutter ist wirklich eine phantastische Köchin, Tess. Du mußt mir unbedingt das Rezept geben, Daphne. Eine Schokobiskuitrolle ist so schwierig, und deine war absolut perfekt. Und was für schöne Lilien.« Sie zeigte auf die einzigen noch lebenden Blumen im Zimmer. »Ein bißchen ... oh! Ian, wie nett!« Sie strahlte plötzlich, und wir alle drehten uns um, um zuzusehen, wie mein Vater versuchte, an der offenen Tür vorbeizuschleichen. Er hielt die Stiefel in der einen und die Angel in der anderen Hand und hatte offenbar gehofft, ungesehen das Ende des Flurs zu erreichen.

Jetzt stoppte er mitten im Schritt, den Fuß wie ein Zeigestock in die Luft gestreckt. Der Fuß zitterte kurz, dann sank er zu Boden. Dad wußte, daß er in der Falle saß.

»Madelaine, wie schön!« Galant riß er den Hut vom Kopf und kam mit steif ausgestrecktem Arm und eisigem Lächeln auf uns zu.

Madelaine schüttelte seine Hand und küßte ihn elegant auf beide Wangen. Es gelang ihm, weder zurückzuzucken noch sein Gesicht anschließend mit der Hand abzuwischen, trotzdem machte er schnell einen Schritt zurück, um weiteren Küssen aus dem Weg zu gehen.

»Ich, äh, tut mir leid, das mit Marcus!« Er schrie beinahe, als bereitete es ihn Mühe, diesen Satz hervorzubringen. Nervös drehte er seinen Hut in den Händen.

Madelaine lächelte. »Danke, Ian.«

»Es, ehm, muß sehr schwer für dich sein«, bellte er.

»Ich komme schon zurecht.«

»Ja, ja.« Er nickte steif. »Mein aufrichtiges Beileid. Und – wenn wir etwas für dich tun können, natürlich gern. Bitte ...« Sein Hut drehte sich nun so schnell wie ein Propeller und drohte im nächsten Moment abzuheben.

»Danke, Ian, aber es geht mir wirklich gut. Daphne war so freundlich und hat mir ein köstliches Lunch bereitet. Ich hoffe, ihr kommt demnächst auch einmal zu mir.«

Sie griff nach einem schokobraunen Cape, das auf einer Stuhllehne hing, und warf es sich um die Schultern. »Aber jetzt muß ich wirklich gehen.«

»Oh!« Ich war enttäuscht. »Schon?«

»Ich fürchte ja, meine Liebe. Ich muß das Auto in die Werkstatt bringen. Irgend etwas ist gerissen, deshalb konnte ich nicht zum Tee kommen.«

»Ah ja, Autos, nichts als Ärger. Wenn ihr mich bitte entschuldigen würdet.« Daddy nutzte die Gelegenheit und schoß mit Hochgeschwindigkeit aus dem Zimmer.

»Auf Wiedersehen, Ian«, rief Madelaine ihm nach. »Schön, dich wiedergesehen zu haben.« Dann wandte sie sich an mich. »Tess.« Sie sah mich einen kurzen Moment an, dann beugte sie sich plötzlich vor und legte die Hände leicht auf meine Schultern. Sie küßte mich auf beide Wangen. »Ich freue mich, Sie endlich einmal kennengelernt zu haben.«

Ich starrte sie an und wußte einen Moment lang nichts zu sagen. Sie sprach längst mit meiner Mutter.

»Daphne, du hast dir soviel Mühe gegeben, vielen Dank.« Sie küßte sie herzlich, dann gingen sie Arm in Arm zur Tür. »Wir müssen das unbedingt wiederholen.«

»Ja, es hat so lange gedauert.«

»Viel zu lange. Ich rufe dich an ...«

»Wie geht es Patrick?« entfuhr es mir plötzlich. Madelaine blieb stehen und drehte sich überrascht um. »Oh gut«, antwortete sie. »Sehr gut.«

Beide Frauen schauten mich jetzt an, und ich spürte, daß mein Gesicht Farbe bekam. »Gut, gut«, sagte ich und kam mir auf einmal ziemlich idiotisch vor.

Madelaine war charmant. Sie kam noch einmal zu mir zurück, übernahm das Gespräch und gab mir Zeit, mich wieder zu sammeln.

»Wissen Sie, seine Bilder sind jetzt wirklich sehr gut. Er hat sich einen ziemlichen Namen gemacht, er hatte schon fünf Ausstellungen in Florenz und eine in Rom. Ich war selbst in Rom, und ich bin mir sehr wichtig vorgekommen als Mutter des Künstlers. In zwei Wochen zeigt er seine Bilder in London, in der Pierre Boulavère – Galerie in der Cork Street, sehr renommiert, glaube ich. Aber leider«, sie seufzte und schüttelte den Kopf, »ist er immer noch allein. Er hat noch immer keine Frau, keine Familie und ist, was das angeht, auch schrecklich verschwiegen.« Sie sah Daphne an. »Deine Mädchen auch, Daphne, oder sind nur Jungs so?«

Mummy hatte mich die ganze Zeit sehr genau beobachtet, doch jetzt richtete sie ihre Aufmerksamkeit Gott sei Dank wieder auf Madelaine. »Laura ist auch sehr verschlossen«, gab sie zu. »Sie erzählt mir kaum etwas von dem, was sie berührt.«

»Aber sie stellt dir ihre Männerbekanntschaften vor? Und bringt sie mit nach Hause?«

»Schon, wir lernen sie alle kennen, aber die meisten sind ziemlich«, sie suchte nach dem richtigen Ausdruck, »langweilig. Im Grunde ist es immer wieder derselbe Bremsklotz-Typ.«

Madelaine war hingerissen. »Bremsklotz? Du meinst auf den Gleisen? Die sich vor den Zug werfen?«

»Leider nicht«, nuschelte Mummy. »Nein, so nennen wir einen bestimmten Charakter, Madelaine. Es bedeutet soviel wie phlegmatisch.«

»Ah.« Sie zuckte mit den Schultern. »Tja, sie müssen alle ihren eigenen Weg finden, nicht?« Sie sah mich an. »Das Problem mit meinem Jungen ist nur, daß er wohl nie richtig über Sie hinweggekommen ist, Tess.«

Ich war wie versteinert. Schluckte. Brachte kein Wort heraus. Sie tätschelte meinen Arm. »Wirklich nett, Sie kennengelernt zu haben.« Dann drehte sie sich um und ging.

Ich schaffte es mit Mühe, so lange zu warten, bis sie aus dem Zimmer war, dann schoß meine Hand an meinen Mund, um einen Schrei zu unterdrücken. Sie hatte ja keine Ahnung. Sie hatte keine Ahnung, daß das gerade so ähnlich war, als werfe man einem Kind, das jahrelang darauf hatte verzichten müssen, Süßigkeiten vor die Nase; daß ich mich ausgehungert auf diese Worte stürzen und sie gierig in mich reinfressen würde. Vom Fenster aus sah ich zu, wie Mum sie zum Auto begleitete. Das Blut pulsierte in meinen Adern, in meinen Fingerspitzen, in meinen Zehen. ›Das Problem mit meinem Jungen ist, daß er wohl nie richtig über Sie hinweggekommen ist.‹ Ich ließ die Worte auf meiner Zunge zergehen. *›Nie über Sie hinweggekommen.‹* Sie brachten mein Blut in Wallung, mein Herz zum Rasen, mein Gesicht zum Glühen, vor Freude und Gewissensbissen zugleich. Es waren die Worte, auf die ich gewartet hatte, soviel war klar.

Ich beobachtete, wie Madelaine einstieg, hörte das Auto knirschend den Weg runterrollen, und als es davonfuhr, breitete sich ein stilles Lächeln auf meinem Gesicht aus, bis ich dachte, die untere Hälfte würde gleich abfallen. Zum ersten Mal seit Ewigkeiten fühlte ich mich hellwach, lebendig. Madelaine hatte unwissentlich auf den richtigen Knopf gedrückt, und von jetzt an lautete mein guter Rat an alle: *Seht euch vor!*

Aus einem plötzlichen Impuls heraus rannte ich die Treppe hoch, ehe Mum wieder zurückkam. Ich hatte etwas vor. Ich lief über den Flur in unser Bad, und als ich die Tür aufstieß, fiel ich fast über einen Berg Wäsche. Ich trat genervt dagegen. David hatte ihn hier aufgetürmt, sicher in der Hoffnung, daß er endlich gewaschen würde, wenn ich darüber stolperte. Oben auf dem Stapel lag ein Hemd, das ich ihm letztes Jahr zu Weihnachten geschenkt hatte. Der Ärmel stand etwas ab, sah aus, als winkte er mich vorwurfsvoll zu sich heran. Ich packte ihn ärgerlich und stopfte das Hemd in den Wäschebehälter. Nein, ich würde mir *keine* Vorwürfe machen lassen, ich würde mich *nicht* beschimpfen lassen, denn schließlich – ich knallte den Deckel zu – hatte ich ja auch nichts getan, oder? Ich würde kein schlechtes Gewissen haben wegen eines Verbrechens, das ich nicht mal begangen hatte und vielleicht auch nie begehen würde! Vielleicht wollte ich ja nur eine Zeitlang dieses warme Glühen genießen, ein bißchen herumphantasieren, mich daran ergötzen, daß da draußen jemand war, der an mich dachte, jemand, der – ich zitiere – *nie über mich hinweggekommen war*. Ja, genau, über *mich*. Ich betrachtete mein erhitztes Gesicht im Spiegel, Tessa Hamilton, Mutter von zwei Kindern, Hausfrau aus Putney.

Hastig begann ich meine Bluse aufzuknöpfen und mich auszuziehen. Die Tür ließ sich nicht abschließen, aber ich war ganz sicher, daß im Moment niemand in der Nähe war. Ich entkleidete mich bis auf Socken und Unterwäsche und hüpfte über den Wäscheberg zu dem großen Spiegel in der Ecke. Na ja. Ich sah kurz hinein. Ziemlich poppige Socken und schäbige weiße Baumwollwäsche. Ich zog die Socken aus, dann riß ich auch meinen Büstenhalter herunter und schleuderte ihn genußvoll zu Boden – so! Dann stellte ich mich näher vor den Spiegel und riskierte einen genaueren Blick. Du liebe Güte! Wo waren denn meine Brüste? Abgesehen von gelegentlichen, flüchtigen Blicken im Bad hatte ich die beiden seit Urzeiten nicht mehr richtig unter die Lupe genommen; sie hatten sich offenbar in zwei kleine Teebeutel verwandelt. Mein Blick wanderte nervös den

Bauch hinab, der nicht etwa verschwunden war, sondern die Abwesenheit meines kritischen Blicks ausgenutzt hatte, um sich noch breiter zu machen. Vielleicht steckten da ja meine Brüste, irgendwo in diesem Bauch? Waren sie vielleicht umgezogen, ohne daß ich es gemerkt hatte? Ich sah jedenfalls aus wie ein Plumeau, das oben dünn und unten dick war. Man müßte mich mal an den Füßen packen und ordentlich aufschütteln.

Panikerfüllt legte ich mich auf den Boden. Vielleicht half es ja, wenn ich alles ein bißchen hin und her bewegte? Ich rutschte auf dem kalten Linoleumboden herum und reckte den Hals, um im Spiegel wieder was zu sehen. In der Abteilung Bauch und Oberschenkel gab es einige entscheidende Verbesserungen, aber meine Brüste schienen jetzt in die verkehrte Richtung zu zeigen. Was wollten die denn in meinen Achselhöhlen? Ich setzte mich entsetzt auf. Ob er das merken würde? Ob er mich sehr verändert finden würde? Ich meine, klar hatte ich mich verändert! Ich hatte zwei Kinder gekriegt, zweimal gestillt, zweimal die Rückbildungsgymnastik geschlampt, zweimal meinen Beckenboden vernachlässigt und in den letzten sieben Jahren täglich Riesenmengen Kekse und übriggebliebener Fischstäbchen in mich reingestopft. Das hinterließ natürlich Spuren, aber war das wirklich wichtig? Würde es ihn abstoßen?

Ich griff plötzlich nach vorn und fischte meinen Eyeliner vom Regal. Ah ja, der Bleistift-Test, schon in der Schule der ultimative Beweis für einen Hängebusen. Würde ich ihn noch bestehen, oder mußte ich mich gleich am nächstbesten Basketballkorb erhängen? Ich hob einen Teebeutel hoch und steckte den Stift darunter. Der Teebeutel baumelte heftig. Ich schüttelte ihn noch ein bißchen mehr, aber der Stift saß bombenfest. Mist! Sorgenvoll betrachtete ich mein Erscheinungsbild. Okay, beschloß ich dann, der Busen war schließlich nicht alles, oder? Guckt euch lieber meine Beine an! Sie waren noch ziemlich toll, oder nicht? Lang und schlank. Ich streckte eins in die Luft und wackelte damit. Nicht schlecht. Ich hätte fast gesagt super, aber – war die Beschaffenheit der Oberschenkel nicht etwas seltsam? Sahen die nicht ein bißchen *schwabbelig* aus? Ich stieß gegen einen, und er waberte heftigst. Teufel auch! Dann dämmerte es mir plötzlich.

Das Fitneßstudio! *Deshalb* rannten meine Freundinnen alle wie besessen dahin, drei- oder viermal in der Woche – strafften Muskeln, verbrannten Fett, stemmten Gewichte, rasten über Laufbänder, schwitzen wie blöd, rannten imaginäre Treppenstufen rauf und runter. Und ich hatte das immer für narzißtische Zeitverschwendung gehalten, für eitle Nabelschau. Ich hatte immer geringschätzig auf sie herabgeschaut und behauptet, ich bevorzugte ein gutes Buch, täte lieber etwas für meinen Kopf als für meine Muskeln. Warum hatte mich bloß niemand in das Geheimnis eingeweiht? Der *wahre* Grund, was für meinen Körper zu tun, bestand ja gar nicht darin, daß ich ihn einen Tages brauchen könnte, daß ich länger lebte, mich besser fühlte, mehr Lebensqualität hätte und blablabla – nein der *wahre* Grund bestand darin, daß *jemand anders* ihn eines Tages brauchen könnte. *Jemand anders* könnte nach muskulösen Schenkeln, festen Brüsten und einem straffen Bauch fragen – und damit ist nicht der Ehepartner gemeint!

Ich setzte mich seufzend auf. Also gut. Es war zu spät. Und außerdem, überlegte ich, waren Busen und Oberschenkel ja nicht die einzigen Qualitäten einer Frau. Es gab da ganz andere Dinge, die man aufbieten konnte, wie, na, die Arme zum Beispiel. Verdrossen begutachtete ich meine zweifellos schlanken Arme. Ach, und mein Lächeln natürlich. Schnell verwandelte ich im Spiegel das verdrossene in ein verführerisches und entdeckte ein Teeblättchen. Nachdenklich pulte ich es heraus. Oh – und mein Lachen – das konnte sich doch in zwölf Jahren auch nicht so verändert haben, oder? Ich probierte ein mädchenhaftes Glucksen: »Ah ha ha ha!« Hey, nicht schlecht, und der zurückgeworfene Kopf strafft auf jeden Fall die Kinne, Tess. Los, gleich noch einmal. »Ah ha ha – Scheiße!«

Die Tür flog auf, und zwei Köpfe erschienen, unten Hugos, darüber Davids.

»Hier ist sie!« schrie Hugo. »Warum lachst du, und warum ist der Stift unter deinem Busen? Malst du ihn an? Kann ich auch mal?«

Ich griff nach einem Handtuch. »Nein, verdammt, kannst du nicht.«

»Geht es dir gut?« fragte David. »Wir haben dich lachen gehört – es klang ein bißchen hysterisch.«

»Natürlich geht's mir gut«, erwiderte ich knapp. »Ich habe nur – ein paar Übungen gemacht, wenn ihr es genau wissen wollt! Und ich habe über etwas gelacht –«, ich dachte angestrengt nach – »was Penny gesagt hat.«

»Was?« wollte Penny wissen, schob die Tür auf und drängte sich mit herein. »Ach, da steckst du, Tess, wir haben dich überall gesucht. Was soll ich gesagt haben?«

»Wann?«

»Du hast gerade gesagt, ich hätte etwas Witziges gesagt.«

»Ja, was?« wollte jetzt auch Hugo wissen.

»Ach nichts, eigentlich«, antwortete ich, rappelte mich auf und zog mir das Handtuch um. »Etwas, das du unten am Fluß zu mir gesagt hast, hat mich zum Lächeln gebracht.«

»Lachen«, korrigierte mein Sohn. »Ziemlich laut, und sie hat nackig Übungen gemacht.«

»Was war es denn?« beharrte Penny. Sie war immer ganz stolz, wenn man sie witzig fand. »Was habe ich gesagt, komm schon, was?«

»Ach, du weißt doch«, wich ich aus und tat, als verbände uns ein heimlicher Witz. Dabei zermarterte ich mir das Hirn nach etwas, das Penny mal gesagt hatte und das auch nur halbwegs witzig war.

Penny runzelte die Stirn, dann leuchteten plötzlich ihre Augen auf. »Ach, du meinst über Du weißt schon wer?«

Ich hielt die Luft an, als ich begriff, worauf sie anspielte. »Nein!« sagte ich schnell. »Nein, das nicht, etwas anderes.«

»Herrschaftszeiten, du altes Luder.« Penny stieß mich grinsend an. »Du tust es, stimmt's? Machst Nackt-Übungen, he, bringst dich in Form – du verdorbenes Biest!«

»Darf ich fragen, wo da der Witz sein soll?« fragte David, der inzwischen angefangen hatte, Badewasser für den mal wieder völlig durchnäßten Hugo Hugo einlaufen zu lassen.

»Nein, darfst du nicht«, schnappte ich. »Ich habe keine Ahnung, wovon Penny da redet.«

»Was?« schrie Hugo und hüpfte in seinen nassen Klamotten auf und ab. »Was tust du, du verdorbenes Biest, WAS?«

»NICHTS!« brüllte ich zurück, schnappte mir meine Kleider und schob mich an ihnen vorbei aus dem Bad. »Gott, manchmal komme ich mir wirklich vor wie Greta Garbo!«

»Hat die auch Nackt-Übungen gemacht?« fragte Penny interessiert.

»Nein, aber sie sehnte sich auch danach, mal allein zu sein!«

Ich rannte über den Flur, aber Hugo war mir dicht auf den Fersen. Ich floh ins Klo am Ende des Flurs und schloß die Tür ab.

»WAS!« schrie Hugo und hämmerte dagegen. »Was tust du, SAG ES MIR, du dickbäuchige, blöde MUUUUMYYY! SAG ES MIIIR!«

Ich sank auf die Klobrille und wußte, daß es nun hieß: aussitzen. Als ich die medizinische Klobrillen-Auflage berührte, sprang ich wie elektrisiert auf. Diese dämliche Penny! Gerade erst hatte ich mich entschieden, über diese blöde Affäre nachzudenken, hatte mir einen winzigen Gedanken daran gestattet, und schon wollte meine ganze verdammte Familie sie diskutieren – Meine Güte!

Mit verschränkten Armen lehnte ich mich gegen die Wand, und wußte, daß mir ein erbitterter Machtkampf bevorstand. Ich würde mich nicht rühren, bis Hugo sich rührte, und er würde sich nicht rühren, ehe ich es tat, es sei denn – Hey, was war denn das? Ich preßte mein Ohr gegen die Tür und hörte Schritte, die sich entfernten. Vorsichtig legte ich die Hand auf die Klinke, aber – halt!: die Schritte kamen zurück, jetzt in Verbindung mit einem – Rüttel, Rüttel, Rüttel – O nein, ein Eimer voll Lego! Ich stöhnte. Er hatte vor, da draußen zu campieren, und ich würde *Stunden* hier zubringen müssen. Ich preßte die Lippen zusammen und zog das Handtuch entschlossen enger. Nicht ums Verrecken! Ich drehte den Schlüssel um, öffnete die Tür und stieg ungerührt über Kind und Legos hinweg. Hugo sprang sofort auf.

»Mummy! Mummy, was? Was machst du, verrat es mir bitte!«

Ich drehte mich zu ihm um. »Geh sofort ins Bad!« donnerte ich.

»Aber ...«

»SOFORT, Hugo!«

»Aber wieso? Ich ...«

»Weil ich deine Mutter bin!«

»Na und?«

»Deshalb habe ich hier zu bestimmen!«

Ich marschierte davon und tat, als hätte ich das leise ›Blöde Ziege‹ hinter mir überhört. Nur selten spielte ich meine Autorität aus, aber wenn ich es tat, funktionierte es überraschenderweise immer.

Ich stürmte ins Schlafzimmer, knallte die Tür zu, warf mich auf mein Bett und zog mir das Kissen über den Kopf. Zum Teufel mit dem ganzen Verein!

Ich sah Penny erst wieder abends in der Küche zum Kartoffelschälen.

»Vielen Dank«, fauchte ich sie an, als ich hereinkam und mir ein Messer aus der Schublade holte. Ich begann wie eine Wilde zu schälen.

»Wofür?« kicherte sie. »Ich hab' doch nur ...«

»Nur angedeutet, daß ich fremdgehen würde, während mein Mann und mein Sohn im Zimmer waren. Das war wirklich klasse!«

»Und? Wirst du?« fragte sie neugierig.

Ich starrte sie ungläubig an und legte mein Messer hin. »Nein, *natürlich* nicht, Penny. Ich würde nicht mal im Traum daran denken.« Ich schüttelte fassungslos den Kopf und schälte weiter. »Du kommst manchmal wirklich auf absurde Ideen.«

»Mach mir nichts vor.«

»Ich mache dir nichts vor, verdammt!«

»Tust du doch, Tess. Ich bin sicher, du hattest da drin was vor. Sich nackt auf dem Boden zu wälzen und im Spiegel zu begucken! Erzähl mir nichts. Außerdem weiß ich genau, daß du böse und aggressiv wirst und eine Menge fluchst, wenn du ein schlechtes Gewissen hast. Ich erinnere mich noch, wie oft du damals in dem Sommer mit Patrick ›Scheiße!‹ gerufen hast und – du meine Güte, was ist denn da los?«

Ein lautes Gehupe unterbrach ihre wunderlichen Erinnerungen. Wir fuhren beide zusammen. Durch das Küchenfenster sahen wir ein Motorrad die Einfahrt hinufkommen; es drehte und bremste, und ein paar Kieselsteine flogen gegen das Fenster. Eine Gestalt in schwarzem Leder und mit einem roten Helm drehte uns den Rücken zu und stellte den Motor ab.

Ich ging zur Küchentür. »Josie!« rief ich nach oben.

Er drückte noch ein paarmal auf seine Hupe und wartete.

»Ist wohl zu cool, um an die Tür zu klopfen«, meinte

Penny spitz und spähte aus dem Fenster. »Was bildet der sich eigentlich ein, so unsere Einfahrt hinaufzurasen?« Penny liebte es, die Großgrundbesitzerin zu spielen.

Sekunden später steckte Josie ihren Kopf zur Tür herein. »Ich bin weg, Tess. Ich hab einen Schlüssel, ihr braucht also nicht auf mich zu warten.«

Ich sah sie fasziniert an. Sie sah super aus. Langes blondes Har, Wespentaille, schlanke braune Beine, von denen nur ein winziges Stück von einem kurzen roten Minirock bedeckt war. Dazu trug sie ein knappes weißes T-Shirt und eine rote Jacke. Sie konnte es wirklich mit jedem Model aufnehmen, zumindest mit denen, die ich kannte. Ich war fast ein bißchen stolz auf sie.

Ich lächelte. »Du sieht toll aus, Josie. Viel Spaß!«

»Teufel!«, murmelte Penny nicht minder beeindruckt. »Die kann sich wirklich sehen lassen.«

Wir schauten aus dem Fenster, ungehemmt jetzt, wie zwei alte Tanten, die mit dem Kartoffelmesser in der Hand nochmal ein bißchen Action schnuppem, noch mal einen Hauch ihrer verlorenen Jugend einatmen wollten. Josie rannte hinaus, um ihn zu begrüßen. Sie klappte sein Visier auf und küßte ihn auf die Nase, dann schwang sie ein langes braunes Bein über den Sitz, rückte dicht an ihn heran und umfaßte seine Hüften. Er drehte sich um, um zu kontrollieren, ob sie richtig saß, und da sah ich sein Gesicht zum ersten Mal. Seine blauen Augen begegneten meinen und deuteten ein Lächeln an. Mein Unterkiefer klappte nach unten, meine Augen wurden glasig, mein Kartoffelmesser fiel klirrend in die Spüle. Es war Patrick.

10. Kapitel

Ach du Schande!« kreischte Penny. »Hast du gesehen, wer das war?«

Ich starrte noch immer aus dem Fenster, als wäre mir gerade ein Geist erschienen. Meine Stimmbänder gehorchten mir nicht mehr.

»Das war Patrick. Hast du ihn erkannt, Tess?«

»Was, zum ... wie haben sie ... wo haben sie ...?« Ich verhaspelte mich völlig. In meinem Kopf drehte sich alles, und ich hatte ernste Probleme, einen einfachen Satz zu bilden.

»Dann war es also *Patrick*, den sie im Pub kennengelernt hat«, stellte Penny atemlos fest. »Was für ein Zufall! Findest du das nicht auch irre, Tess?«

Meine Lippen bewegten sich zwar, aber es kamen keine zusammenhängenden Laute heraus. Josie und Patrick? Nein, das war einfach zu absurd, es war widerlich, es war ... Ganz plötzlich war die Verbindung zwischen meinem Gehirn und meinem Mund wiederhergestellt. »Es ist krank!« Die Worte schossen aus meinem Mund wie Feuer aus einem Vulkan. »Was fällt ihr ein? Was zum Teufel will sie von ihm?«

»Wie meinst du das?«

»Er ist doch *viel* zu alt für sie.«

»Eigentlich nicht, Tess. Ich meine, sie ist – wie alt? – zweiundzwanzig und er Anfang Dreißig, das ist nicht so ein Riesen-Altersunterschied. Aber ich verstehe, was du meinst«, sagte sie dann. »Weil er so alt ist wie wir, und sie ist noch so jung und hübsch, hat man das Gefühl, sie käme aus einer völlig anderen Generation, nicht? Vielleicht sogar von einem völlig anderen *Planeten*. Hahaha!«

Das verschlug mir erneut die Sprache, und ich hätte Penny fast zu Boden gestoßen und ihr mit meinem Kartoffelmesser die Kehle durchgeschnitten.

»Es ist mir scheißegal, von welchem Planeten sie kommt«, fauchte ich. »Sie ist mein Au-pair-Mädchen, verdammt, meine Angestellte. Ich will es nicht. Ich will es einfach nicht!« Ich stützte mich schwer gegen die Spüle. Gleich würde ich hyperventilieren.

»Und was fällt *ihm* ein?« murmelte ich und starrte in das Becken. »Was fällt ihm ein, unsere Einfahrt hinaufzurasen und sie einfach mitzunehmen, direkt vor unseren Augen. So eine Frechheit, so eine bodenlose Unverschämtheit!«

»Glaubst du denn, er wußte, daß sie dein Au-pair-Mädchen ist?« versuchte Penny mich zu beschwichtigen. »Ich nehme an, inzwischen wird es ihm sicher dämmern, schließlich hat er uns beide am Fenster gesehen.«

»Sie hat mich betrogen!« tobte ich. »Sie hat mich verraten, das kleine Biest, dieses Flittchen, diese Hure, diese hirnlose, büstenhalterlose, sliplose Nutte!«

Penny runzelte die Stirn. »Stop mal, stop mal, Tess! Ich bin wirklich kein großer Fan von ihr, aber das ist jetzt unfair. Sie konnte es doch nicht wissen, oder? Und hast du nicht gestern am Frühstückstisch gesagt, sie könnte ausgehen, mit wem sie wolle?«

»Ja, aber in gewissen Grenzen«, zischte ich. »Ich bin nicht sonderlich scharf darauf, daß sie mit meinem Ex-Freund herumknutscht. Hast du ihren Rock gesehen, Penny? Der ging nicht mal über ihren *Hintern*!«

Ich war jetzt völlig außer Kontrolle, besessen von unbändigem, mörderischem Zorn, und stach meinen Kartoffelschäler wild in das Schneidebrett.

»Und dann die ganze *Schminke*!« Ich knallte das Messer wütend runter und bohrte ein Loch in das Holz.

»Ich fand nicht, daß sie so stark geschminkt war, ein bißchen Lippenstift vielleicht, und etwas Rouge ...«

Aber ich hörte gar nicht hin. Ich war in einer anderen Welt, eine Welt, in der auch Othello eine Zeitlang gelebt haben mußte.

»Und was ihn angeht«, geiferte ich weiter, »ein Motorrad! Ich bitte dich, in seinem Alter – für wen hält er sich eigentlich? Für James Dean? Er ist vierunddreißig!«

»Nicht alle über dreißig wollen einen Kombi mit Kindersitzen im Fond. Ich fand jedenfalls, er sah ziemlich cool aus.«

»Cool? Lächerlich sah er aus, Penny. Wie ein Onkel, der einem Kleinkind Bonbons verspricht und es dann aus seinem Laufstall entführt.« Meine Stimme schwankte. »Das Ganze ist abscheulich. Ich werde es nicht zulassen!« Entschlossen stampfte ich mit dem Fuß auf.

Penny legte den Arm um meine zitternden Schultern. »Schon gut, schon gut«, redete sie beruhigend auf mich ein, als hätte sie eine geistig Verwirrte vor sich, die drohte, sich vom Dach eines Hochhauses zu stürzen. »Jetzt setz dich erstmal, und ich besorge dir was zu trinken. Du bist ein bißchen aufgebracht, das ist alles.«

»Aufgebracht?« murmelte ich und ließ mich willenlos zu einem Stuhl führen. »Wer ist aufgebracht? Ich bin nicht aufgebracht, das ist doch wirklich lächerlich.«

»Natürlich bist du das, und es ist durchaus verständlich. Du betrachtest ihn immer noch als dein Eigentum«, fuhr Penny in ihrem beschwichtigenden Tonfall fort. »Und du kannst nicht ertragen, ihn mit einer anderen zu sehen, schon gar nicht mit einer, die so jung und schön und gutgebaut ist wie Josie, weil du da nicht konkurrieren kannst. Das ist ganz normal«, tröstete sie.

Ich fletschte die Zähne, und Penny hätte fast ihre Nase verloren, wenn ich sie nicht im letzten Moment wieder unter Kontrolle gekriegt hätte. Ich biß mit statt dessen in die Hand.

»Sei nicht blöd«, krächzte ich und stieß das Glas Wein um, das Penny vor mich stellte. »Brauche ich nicht«, quiekte ich mit hoher, unnatürlicher Stimme.

Sie setzte sich neben mich. »Natürlich brauchst du das.

Du und ich, wir beide kennen deinen heimlichen Wunsch, die, na, wie soll ich sagen, *die Uhr zurückzudrehen* vielleicht? Alte Erinnerungen aufzufrischen, sollen wir es lieber so nennen?«

»Nein, sollen wir nicht«, schnappte ich. »Gott, du bist widerlich, Penny! Wie kannst du nur so gemein sein? Ich hatte keinerlei Absichten, irgend etwas mit Patrick aufzufrischen, ich sorge mich lediglich um das Wohlergehen meines Au-pair-Mädchens, darum, daß sie sich nicht zum Narren halten läßt, die kleine ...« Es hatte keinen Zweck, Gift und Galle stiegen schon wieder hoch, in meine Kehle, in meinen Mund und ... oh, da kam es schon heraus: »NUTTE!« keifte ich. »Dieses Flittchen, dieses Freudenmädchen, dieses Dirne!«

Penny füllte hastig mein Glas auf. »Trink!« befahl sie. Ich gehorchte und schüttete den Inhalt in einem Zug hinunter.

»Außerdem ist sie ein hoffnungslos schlechtes Kindermädchen«, lamentierte ich. »Hoffnungslos! Alles was sie kann, ist auf ihrem Hintern zu sitzen und diese Gewinn-eine-Gehirnzelle-Shows im Fernsehen anzuglotzen. Sie ist zu dumm zum Bügeln, hat keine Ahnung, wie man einen Knopf annäht, und, stell dir vor, ich mußte ihr sogar zeigen, wie man Backofen-Fritten macht. Ich werde sie feuern«, fuhr ich mit ruhiger, beinahe irrer Stimme fort. »Morgen. Nein, warum so lange warten? Noch heute abend, wenn sie zurückkommt, sobald sie einen Fuß in dieses Haus setzt.«

Penny sah mich an. »Aber hast du nicht gesagt, du seist zufrieden mit ihr? Ich erinnere mich schwach, daß du behauptet hast ...«

»Es interessiert mich nicht, was ich behauptet habe, sie verschwindet. Dieses Mädchen gehört der Vergangenheit an, sie sitzt morgen im ersten Zug nach London.« Ich drehte mich um und griff nach Pennys Arm »Das kann ich doch machen, oder? Das ist doch nicht gegen das Gesetz oder irgendeine Gewerkschaftsbestimmung? Vielleicht zahle ich ihr auch einfach eine Abfindung, ein paar Hunderter oder Tausender oder was weiß ich was? Oder meine goldene Rolex-Uhr, glaubst du, sie gefällt ihr?«

»Tess, du kannst Josie nicht rausschmeißen, nur weil sie sich mit deinem Ex-Freund trifft.«

»Das hat damit nichts zu tun!« zischte ich. »Ich habe dir doch gesagt, sie fliegt, weil sie nutzlos ist und weil die Kinder sie hassen.«

Meine Finger wanden sich schlangengleich um den Stiel des Weinglases, gleich würde sich auch meine Zunge spalten.

»Unsinn, die Kinder himmeln sie an, das weißt du doch ganz genau.«

Wie aufs Stichwort kam Clemmie im Schlafanzug in die Küche gerannt und nahm sich die Tasse warmer Milch, die Penny ihr auf den Tisch gestellt hatte. Ich riß Clemmie an mich.

»Clemmie, Liebling, du haßt Josie, nicht wahr? Insgeheim. Erzähl deiner Mummy ruhig, wie gemein sie zu dir ist. Zwingt sie dich nicht ständig, diesen ekligen Spinat zu essen?«

Clemmie riß erstaunt die Augen auf und wand sich aus meinen Armen. »Nein, Mummy, ich finde Josie toll. Mummy, bist du noch meine Mummy?«

»Sie lügt«, stieß ich zwischen den Zähnen hervor. Aufgebracht stürzte ich das nächste Glas Wein hinunter.

»Mummy!« Clemmie zerrte an meinem Arm. »Bist du noch meine Mummy? Ich habe dich den ganzen Tag nicht gesehen, ich glaube, ich muß mich von dir scheiden lassen wie der Junge neulich in der Zeitung. Liest du mir noch was vor?«

Wo die beiden wohl hingehen? grübelte ich. Ob sie einen Mondspaziergang über die Klippen machen oder zu den Dünen wandern?

»MUMMY! Liest du mir noch was vor im Bett?«

Ich sah hinab. »Was? Nein, Liebling, heute abend nicht. Daddy soll das machen. Mummy ist müde. Lauf schnell nach oben.«

Ich stellte mein Glas ab. Oder gehen sie zum Fluß, so wie wir früher? Und legen sich nebeneinander ans Ufer?

»Nein, du blöde, fette Kuh!« rief meine Tochter wütend.

»Clemmie!« brüllte ich. »Sprich nicht so mit mir. Geh rauf und such Daddy. Sofort!«

Glücklicherweise erschien David in diesem Moment mit einem Haufen Wäsche im Arm. Clemmie brach sofort in Tränen aus und rannte zu ihm. Er hob sie hoch.

»Ich bade sie, putz ihnen die Zähne und bringe sie ins Bett, ja«, bot er an. »Soll ich danach auch noch diese Wäsche waschen, die seit drei Tagen im Bad auf dem Boden herumliegt?«

»David, spar dir diese blöden Bemerkungen. Ich habe auch Urlaub, das scheinst du vergessen zu haben.«

»Natürlich hast du das, mein Liebling, glaubt du, wir merken das nicht?« Er warf die Wäsche auf den Boden und marschierte mit der heulenden Clemmie die Treppe hinauf.

»Verflucht! Verflucht! Verflucht!« Ich füllte mein Glas neu.

Penny stand vom Tisch auf. Mit vielsagenden Blicken würdigte sie zunächst unsere Eheszene und dann die fast leere Weinflasche.

»Tess, ich habe dir ja selbst geraten, etwas zu trinken, aber meinst du wirklich, du solltest dieses Ding leermachen?«

»Ja, das meine ich!« Besitzergreifend umklammerte ich die Flasche.

Schweigend fuhr Penny mit dem Kartoffelschälen fort. Ich stierte auf ihren Rücken, der plötzlich dramatisch zu schwanken begann, ein Glas reichte im allgemeinen, um mich beschwipst zu machen, nach zweien bekam ich einen starren Blick. Wie viele ich wohl benötigte, um alles um mich herum zu vergessen? Ich wimmerte leise vor mich hin. Gott, war ich gerade mit dem Kopf gegen die Flasche gestoßen? Da saß ich nun und durchlebte sämtliche Konsequenzen eines Ehebruchs – Trunkenheit, vernachlässigte Kinder, Ehestreit, einen vorwurfsvollen Ehemann –, und dabei hatte ich ihn doch verdammt noch mal noch gar nicht vollzogen!

Ich seufzte tief. Würde ich auch nicht, so wie die Dinge standen. Elend sank ich gegen die Stuhllehne. Der Schock ließ langsam nach, statt dessen versank ich in einer Woge Selbstmitleid. Wo sie jetzt wohl waren? Sicher schauten sie irgendwo Arm in Arm in die Sterne. Worüber sprachen sie? Diese Überlegung munterte mich etwas auf. Ja, worüber *sollte* ein erwachsener Mann mit einem 22jährigen Kindermädchen reden? Wer in welcher Seifenoper was mit wem hatte? Ob *Take That* wieder zusammen auftreten würde? Ich meine, sicher würden sie keine wichtigen kulturellen Themen erörtern, oder? Ich lachte schrill und goß mir noch ein Gläschen ein. Es mußte ein Gläschen sein, denn mehr war nicht mehr da. Tja, überlegte ich, es war schön und gut, einen tollen Körper zu haben, aber ohne die nötigen grauen Zellen ... Ich tippte mir schadenfroh an die Schläfe, doch dann erstarrte mein Finger plötzlich. *Moment mal!* Ein blöder Gedanke kam mir. Hatte Josie bei unserem ersten Vorstellungsgespräch nicht etwas von einem Diplom erzählt? Was war es noch? Ich zerbrach mir verzweifelt den Kopf. Tischtennis, Makramee oder – Sekunde, gleich kam es ... ja, das war es: *Kunstgeschichte*.

Scheiße! Dann sprachen sie also über Gemälde, Impressionisten, Lichteinfall, Komposition ... Sie kuschelten sich am Strand aneinander und machten Pläne – große Galerien, die sie unbedingt zusammen besuchen mußten. Meine Brust fühlte sich merkwürdig eng an. Lieber Gott, wen hatte ich mir da nur an Land gezogen? Alfred Einstein, verkleidet als Claudia Schiffer? Hätte ich doch nur die rumänische Gewichtheberin genommen, die genug Platz im Kopf hatte für einen ganzen Troß Campingwagen! O Gott!

Ich stöhnte leise und sank geschlagen auf den Tisch. Dort lag ich mit meinem Kopf auf dem kalten Holz. Penny ignorierte mich und schälte weiter Kartoffeln. Ich stöhnte wieder, mitleiderregend. Sie ignorierte mich immer noch. Gequält schloß ich die Augen. Gott, ich konnte kaum noch etwas sehen und mein Kopf platzte fast, doch seltsamerweise war das ein angenehmes Gefühl. Ich überließ mich den stechenden Kopfschmerzen, und nach ein paar Minuten hörte ich, wie die Hintertür aufflog.

Mühsam öffnete ich die Augen. Es war Laura. Sie grinste von einem Ohr bis zum anderen und hielt einen glänzenden, tropfenden Lachs in den Händen.

»Guckt mal!« rief sie triumphierend. »Wie findet ihr denn?«

»Oh super!« schrie Penny. »Es ist dein erster, nicht?«

»Und ob!« Laura strahlte vor Stolz. »Ist das nicht ein Ungetüm? Habt ihr das Abendessen schon fertig, oder sollen wir den nehmen?«

»Nein, wir haben nur ein paar Kartoffeln geschält, laß uns den essen. Toll Laura. Komm, ich helfe dir.«

Gemeinsam hievten sie den Lachs auf die Arbeitsplatte, um ihn zu waschen und auszunehmen. Dabei lachten und scherzten sie ausgelassen. Ich riskierte einen dumpfen Blick, dann fiel mein Kopf wieder hinab. Irgendwann sah Laura zu mir hinüber und flüsterte Penny etwas zu. Penny flüsterte zurück.

»*Nein*!« hörte ich Laura rufen. »Tatsächlich?«

Ich blinzelte und sah Penny bestätigend nicken. Laura schaute wieder in meine Richtung. Schnell schloß ich die Augen.

»Und ist sie jetzt ein bißchen ...?« murmelte sie. »Du weißt schon, weil ...«

»Mehr als ein bißchen«, antwortete Penny.

»Was ist mehr als ein bißchen?« bellte ich und riß abrupt den Kopf hoch. »Ihr alten Hexen, ihr keifenden Weiber, was für ekelhafte Lügen flüstert ihr da, welche Scheußlichkeiten verbreitet ihr hinter meinem Rücken?«

Laura guckte mich verwundert an.

»Sag es mir, Penny«, geiferte ich. Wahrscheinlich sah ich aus wie das Mädchen aus *Der Exorzist*, das den Kopf um 360 Grad drehen konnte. »Sag mir sofort, was ihr geflüstert habe, sonst koche ich eure Seidenpyjamas.«

»Ich habe Laura nur erklärt, warum du ein bißchen aufgebracht bist«, antwortete Penny seelenruhig.

»Zum letzten Mal«, donnerte ich. »Ich bin nicht aufgebracht!«

In diesem Moment kam mein Vater durch die Hintertür. »Laura, ich habe von Willie gehört, daß du einen Lachs gefangen hast!« Er rieb sich die Hände vor Freude. »Eine tolle Nachricht. Ich hatte die Hoffnung schon fast aufgegeben.« Dad ging auf sie zu und umarmte sie. »Ich dachte schon, dieses Jahr würden wir erstmals keinen fangen, und das hat mich ein bißchen beunruhigt.«

Lachend schlug er Penny auf den Rücken, dann drehte er sich um, und sein Blick fiel auf seine ältere Tochter, die mit wirrem Haar und roten Augen schwankend am Tisch saß und eine leere Flasche Chardonnay umklammerte. Sein Lächeln gefror.

»Was ist los?« wollte er wissen. »Warum trinkst du, Tess? Was ist passiert?«

»Laßt mich in Ruhe!« murmelte ich und unterdrückte mühsam ein Rülpsen. Dann stand ich auf und peilte die Hintertür an. Anpeilen war der richtige Ausdruck, denn mein erster Versuch mißlang und ich rannte geradewegs in die Speisekammer.

»Ich bin dreißig Jahre alt«, sagte ich, während ich den Gemüsekorb zurückschob und eine zerplatzte Tomate von meinem Arm wischte. »Ich kann so viel trinken, wie ich will.« Ich wankte an ihnen allen vorbei und traf schließlich die Hintertür. Ich stieß sie auf und stolperte hinaus in den Garten.

Ich rannte über die Wiese, sprang über die niedrige Hekke und landete dabei irgendwie auf meinen Füßen, tauchte hinein in den Wald, stürzte blindlings weiter, zerkratzte mein Gesicht an herabhängenden Zweigen und stolperte über Wurzeln. Ich fühlte mich immer noch benommen, doch die frische Luft belebte mich allmählich. Ich hörte nicht auf zu laufen, bis ich das Flußufer erreicht hatte. Das letzte, was ich in diesem Augenblick gebrauchen konnte, war mein Vater, seine Schritte hinter mir, seine donnernde Stimme, daß er mich einholte, mich am Arm packte und wissen wollte, was zum Teufel mit mir los sei.

Ich rannte und rannte. Den Flußpfad entlang, über die kleine Brücke und weiter bis zu dem runden, klaren Bassin, an dem ich so gern saß. Keuchend sank ich auf den Kiesstrand, mein Herz hämmerte in meiner Brust. Ich ließ mich auf den Rücken fallen und schaute in den ruhigen blauen Himmel.

Eine Wasserjungfer, die das letzte Tageslicht nutzte, schwirrte über meinen Kopf hinweg, ein Bachstelzenpärchen stieß abwechselnd ins Wasser und wieder in die Luft hinauf. Mir wurde plötzlich schlecht. Ich setzte mich vorsichtig auf. Die Bäume drehten sich über mir, dann standen sie plötzlich still und warfen ihre langen Abendschatten über das Wasser. Ich nahm eine Handvoll Kiesel und warf sie wütend in ihr Spiegelbild. Das Wasser kräuselte sich, die Bäume schwankten ein bißchen, dann war wieder alles bewegungslos.

Ich seufzte. Dreißig Jahre. Ja, ich war dreißig Jahre alt. Und er war vierunddreißig. Was für ein Unterschied! Ich lachte hohl. Da saß ich nun, genervt, sorgengebeutelt, der Körper eine einzige Katastrophe, war verantwortlich für alles und jeden, und er jagte auf seiner Harley-Davidson mit einer Kleinen hintendrauf durch die Gegend, vollkommen sorglos und keinen Tag älter aussehend als damals. Ich warf noch eine Handvoll Steine. Und was für eine Kleine! Ich dachte an Josie, wie sie ausgestreckt in unserem Garten in der Sonne gelegen hatte, schmale Taille, feste Brüste, lange durchtrainierte Beine, so wie er es gern mochte, zum schnellen Laufen geschaffen würde er sagen. Dann dachte ich an mein eigenes trauriges Bild heute nachmittag im Spiegel. Ich erschauerte. Vielleicht war ich alles in allem gut davongekommen? Vielleicht war mir so wenigstens die ganze Peinlichkeit erspart geblieben, der ungläubige Blick, mit dem er entsetzt von mir zurückgewichen wäre? Ich nahm noch eine Handvoll Steinchen und schleuderte sie wütend ins Wasser.

»He! Was machst du denn da?«, ertönte eine laute Stimme hinter mir.

Ich fuhr herum. Eine hünenhafte Gestalt löste sich aus dem Schatten eines Baumes. Die tiefstehende Abendsonne schien mir direkt in die Augen, und ich konnte nicht gleich erkennen, wer es war. Mein Herz hämmerte wild, doch dann entspannte ich mich.

»Ach du bist es, Willie. Du hast mich vielleicht erschreckt.«

»Und du erschreckst die Fische, möchte ich wetten. Was hast du vor, willst du sie steinigen? Seid ihr so scharf auf Fische?«

Ich wurde rot, als er sich vor mir aufbaute. »Tut mir leid.« Es galt als Todsünde, die Lebewesen im Fluß zu stören. »Sind noch Angler unterwegs?«

Er setzte sich neben mich. »Nein, aber das ist nicht der Punkt. Du irritierst meine Fische, störst ihren Schönheitsschlaf.«

Er lächelte, und ich versuchte zurückzulächeln, aber das mißlang mir. Er sah mich nachdenklich an, und ich schaute rasch weg.

Willie lehnte sich zurück und stützte sich auf die Ellbogen. Er schwieg. Ich wußte, daß er den Fluß beobachtete, das tat er immer. Ich betrachtete ihn aus den Augenwinkeln, ein großer Mann, und so gelassen, so zufrieden mit sich selbst. Das hatte er seinem Lebensstil zu verdanken. Tag für Tag, Monat für Monat kümmerte er sich um den Fluß und die Lebensräume an seinen Ufern. Er lebte in absoluter Einsamkeit, und nur in den paar Sommermonaten fielen nervende Städter wie wir ein, auf der Suche nach einem Stück der Erfüllung und der Ruhe, die er hier fand und die für ihn normal war. Welche Sorgen hatte er? Welchen Streß? Ich folgte seinem Blick ans gegenüberliegende Ufer, konnte aber nichts erkennen.

»Da!« flüsterte er und zeigte auf etwas.

Ich strengte mich an. »Ah ja.«

Eine junge Wasserratte wagte sich vorsichtig aus ihrem Bau, schnupperte unruhig, zog sich wieder zurück, bis sie schließlich sicher war, daß ihr kein Unheil drohte. Wie eine Schlange glitt sie ins seichte Wasser.

»Hast du sie gesehen?«

Ich nickte. Die grünen Augen blinzelten zufrieden, und der Wind zerwühlte seine blonden Haare. Sein Blick glitt wieder am Ufer entlang, auf der Suche nach weiteren Lebenszeichen. Ich beneidete ihn um seinen inneren Frieden und seine Gelassenheit. Ich kannte ihn, seit ich ein Kind war; wir hatten alle zusammen gespielt. Ich hatte ihn immer für schüchtern gehalten, aber inzwischen wußte ich, daß er es genoß, allein zu sein. Er war sich seiner selbst vollkommen sicher, und das konnte ich von mir wirklich nicht behaupten. Ich seufzte.

»Also, was ist los?« fragte er leise. Sein Blick folgte nun einer Libelle.

»Was soll denn los sein?«

»Warum sitzt du hier so allein, schmeißt mit Steinen und seufzt vor dich hin?«

»Ach, ich weiß nicht, Willie. Nur so wegen des Lebens im allgemeinen, glaube ich.«

»Mach mir nichts vor.«

»Was?«

Er antwortete nicht.

»Was mache ich dir vor?«

Er zuckte mit den Schultern. »Geht mich ja nichts an.«

Ich schluckte hart. »Also gut, es ist mehr als das Leben im allgemeinen. Es ist ... weißt du, ich habe geglaubt, es würde was passieren ... aber jetzt passiert es doch nicht.«

Er kaute auf einem Grashalm und riß noch einen aus. »Aha. Etwas, worauf du dich gefreut hast?«

Ich nickte, traute mich aber nichts zu sagen. Mist, jetzt kamen mir auch noch die Tränen.

»Was war es denn, eine kleine Runde oder was?«

Ich fragte mich, ob er damit eine Runde Sex meinte. Ich schluckte und nickte. »Es wäre eine nette Abwechslung gewesen!« krächzte ich – o Gott, es war ein Fehler, darüber zu sprechen! Jeden Moment würden mir die Tränen übers Gesicht laufen. Verzweifelt suchte ich in meiner Hosentasche nach einem nicht existierenden Taschentuch. *Heul nicht, Tess, heul bloß nicht!*

Er rückte an mich heran, und ein tröstender Arm von der Größe eines Baumstammes legte sich um meine Schulter. »He, he, was es auch war, es kann dir doch nicht so viel bedeutet haben.«

»Hat es aber«, jammerte ich, und dann war es soweit. Ich konnte nicht mehr an mich halten. »Es hat mir eine Menge bedeutet, und jetzt ist alles *verdorben.*« Ich schluchzte in seine weiche Flanell-Schulter. »Nichts klappt mehr in meinem Leben, und dabei wollte ich doch nur dieses kleine bißchen, und selbst *das* hat man mir weggenommen.« Ich wußte, daß ich mich wie eine Vierjährige benahm, aber ich konnte es nicht ändern.

»Oje Oje«, tröstete er mich und umarmte mich. »Komm

schon, komm schon.« So hatte ich ihn mal mit seinen Hunden sprechen hören. Sie vergötterten ihn und leckten seine Stiefel, und jetzt wußte ich warum. Ich hätte sie auch fast geleckt.

»Ich *kann nicht* kommen«, schluchzte ich pathetisch. »Ich bin es leid, immer zu kommen und immer stark zu sein und vernünftig und mich um alles zu kümmern, nur nicht um mich selbst.«

»Klar bist du das, klar«, summte er und streichelte mein Haar. »Das ist doch ganz natürlich.«

»Nur dieses eine bißchen«, schniefte ich dramatisch. »Für mich selbst. Mehr wollte ich gar nicht!«

Ich spürte vage, daß ich ganz schrecklich die Kontrolle verlor und mich vielleicht sogar ein bißchen sehr gehen ließ, aber da Willie nicht wußte, wovon ich sprach, war es eigentlich egal. Und es war so schön, so umarmt und wie ein Kind gestreichelt zu werden und schluchzen zu können und das Kinn an sein weiches Hemd zu drücken, das nach Gras und frischer Luft duftete und nach – nach ihm wahrscheinlich.

Ganz langsam wurden meine Schluchzer leiser, und ich kam mir ein bißchen albern vor. Ich hielt meinen Kopf gegen seine Brust gedrückt, weil ich nicht wollte, daß er mein tränenüberströmtes Gesicht sah. Nach diesem Ausbruch fühlte ich mich besser, wenn auch etwas geschwächt. Weinen hatten immer so eine entkräftigende Wirkung, so entkräftigend, daß ich mich nicht dagegen wehren konnte, daß er noch immer mein Haar streichelte und genaugenommen jetzt auch meinen Nacken. Ich konnte keinen Muskel bewegen. Und keinen Finger. Oooh, war das angenehm, ein bißchen tiefer, toll! Er schob eine Haarsträhne hinter mein Ohr und küßte mich. Ganz brüderlich natürlich. Ich schloß die Augen und schmiegte mich träumerisch an seine Schulter. Ob er das noch mal tat? Ja, jetzt, wunderbar. Als ich mich so mit halbgeschlossenen Augen gegen ihn lehnte, wurde mir von innen richtig warm. Ich fühlte mich so entspannt, wie in einer heißen Badewanne.

Er küßte und streichelte mich immer noch, und ich konnte mich immer noch nicht bewegen, und ganz langsam begriff ich, daß es hier um mehr ging als um einen heißen Tee und ein bißchen Mitgefühl. Aber, ich warf einen nervösen Blick auf seine Flanellkaros, ich hatte ja noch nicht richtig mitgemacht, oder? Hatte ich etwas falsch gemacht? Ich starrte auf die Knöpfe an seinem Hemd und sah, wie sein Brustkorb sich hob und senkte. Meine Unruhe wuchs. Mein Magen begann sich zu verkrampfen, und dann kam der Moment, wo er Farbe bekennen mußte. Die Umstände erforderten es, daß er mein Gesicht in die Hände nahm und mich ansah. Ich war wie betäubt. Seine moosgrünen Augen waren weich und sanft und fragend, seine Lippen warm und tröstend und seine Zunge so hypnotisierend, daß ich gar nicht mehr anders konnte. Ich schlang meine Arme um seinen Hals und zog ihn langsam zu mir ins Gras.

Ein weiterer Kuß folgte, und noch einer, dann machte er eine Pause, um einerseits Luft zu holen, andererseits aber auch grünes Licht. Was er bekam, war eine großstädtische Ampelanlage mit blinkenden Lichtern und Signalen.

»Ja!« keuchte ich lüstern, und für den Fall, daß er mich nicht verstanden haben sollte. »Ja, mach weiter!«

Nach ein paar Minuten wurde mir schwindelig, und ich registrierte, daß ich schon lange nicht mehr geatmet hatte. Ich setzte mich auf und spürte plötzlich einen Luftzug am Bauch. Offensichtlich hatte ich ein paar Kleidungsstücke verloren.

»Nicht hier«, protestierte ich. »Zu gefährlich!« Ich sagte wohlgemerkt nicht, laß mich sofort los, ich muß zurück zu Mann und Kindern.

Willie nickte, und ohne die Erforschung meiner Mandeln zu unterbrechen, hob er mich tarzangleich in seine Arme und schritt entschlossen den Fluß hinauf. In diesem Moment, und darauf möchte ich ausdrücklich hinweisen, regte sich ein zartes Stimmchen im Auftrag meines Gewissens, um wenigstens mal nachzufragen, was ich da eigentlich vorhatte. Was um alles in der Welt tat ich? War das so eine gute Idee? Eine Sekunde lang kamen mir Zweifel, dann – Moment, doch ich war mir sicher. Ich hatte vorgehabt, es mit Patrick zu tun, richtig? Was für einen Unterschied machte es da, wenn ich es nun mit Willie tat? Angesichts dieser Logik erstarb die kleine einsame Stimme und machte anderen, stärkeren Kräften Platz.

Willie trat die Tür einer promitiven Holzhütte auf und warf mich auf ein Bett, auf dem ein Schaffell lag. Es roch etwas merkwürdig, und da ich nicht wußte, ob sich der ursprüngliche Besitzer bester Gesundheit erfreut hatte, atmete ich lieber durch den Mund.

»Wo sind wir?« stieß ich hervor. Dabei kniete ich auf dem Bett und knöpfte mir hastig die Bluse auf.

»In der Hütte«, erklärte Willie lapidar.

Seine Hände waren flinker als meine, und sein Hemd war im Nu ausgezogen. Noch schneller verschwanden Hose und Unterhose. Er stand vor mir, groß, vollkommen nackt und unglaublich, ja geradezu gigantisch phallisch.

Meine Hände erstarrten, und meine Augen traten staunend hervor.

»Großer Gott!«

Er runzelte die Stirn. »Was ist denn?«

»Nichts. Ich bin nur – religiös«, keuchte ich und versuchte meinen Blick loszureißen. Sicher wäre das ein toller Pogo-stick. »Großer Gott, segne und beschütze uns«, fuhr ich fort, bekreuzigte mich und fügte rasch hinzu – »dich auch, Willie.« Ich wünschte, ich hätte das nicht gesagt. Ich war mir sicher, daß er seinen eigenen Namen kannte, aber irgendwie unter den Umständen ...

Lächelnd kam er auf mich zu. »He, ich hab' ganz vergessen, daß du eine Pfarrerstochter bist.«

»Und ob! Und wie!« Ich schluckte und klang jetzt eher wie ein Fußballmanager.

Wir berührten uns immer noch nicht. Vielleicht war es ja doch ein Pogo-stick? Vielleicht würden wir gemeinsam eine Runde durch die Hütte hüpfen und uns danach zu einer gemütlichen Tasse Tee zusammensetzen?

Aber so war es immer mit derart subtilen Spannungseffekten: an mir waren sie völlig verschwendet. Eine halbe Sekunde später hatte er sich vor mir aufs Bett gekniet, mich in die Arme gerissen und mit stürmischen Küssen überschüttet, und von diesem Augenblick an stand eine Tasse Tee nicht länger zur Diskussion.

Ein dunkler, leidenschaftlicher Rausch erfaßte meinen in letzter Zeit stark vernachlässigten Körper, und er gab die Vorstellung seines Lebens – zumindest der letzten ein bis zwei Jahre. Zonen, von denen ich geglaubt hatte, sie wären längst nicht mehr erogen und die sonst nur noch mühsam zuckten, erwachten donnernd zum Leben. Ich glühte, knisterte und loderte vor so viel sexueller Energie, daß es ein Wunder war, daß ich nicht sofort verbrannte. Hin und wieder, während wir uns wälzten und schlängelten, erhaschte ich einen Blick auf mich selbst – einen knackigen Schenkel zum Beispiel oder eine schlanke Taille, auf eine wohlgerundete Pobacke, die im Mondlicht glänzte, und ich starrte fasziniert darauf und fragte mich: Meine Güte, ist das wirklich alles meins? Gehört das tatsächlich zu mir, oder erlebe ich gerade so etwas wie ein Ich-schlüpfe-aus-meinem-Körper-in-einen-anderen-Phänomen?

Da schwante es mir plötzlich. Klar! Das war die ganze Antwort, natürlich. Fühlen Sie sich ein bißchen zu dick? Ein bißchen schwabbelig? Mangelt es Ihnen an Selbstbewußtsein? Springen Sie einfach mit dem stattlichsten Mann ins Bett, den Sie finden können, und Sie werden sich garantiert klein und zierlich finden. Unter keinen Umständen, überlegte ich, während ich mich von der anderen Bettseite auf Willie stürzte, würde ich mich deshalb auf einen Jockey einlassen. Das hätte sicher verheerende Auswirkungen auf meine Moral. Ob Arnold Schwarzenegger sich nächstes Jahr zur Verfügung stellen würde, fragte ich mich und wand mich wollüstig in den Armen meines Erretters. Oder dieser hünenhafte Typ aus dem Fernsehen oder irgendeiner aus dem englischen Rugby-Team oder – ich erstarrte plötzlich. Wurde steif in Willies Armen. Was, um alles in der Welt, faselte ich da eigentlich? Woran DACHTE ich? Erwog ich allen Ernstes, künftig eine Gewohnheit daraus zu machen, mit irgendwelchen Riesen durch die Betten zu rollen, und das sozusagen zu therapeutischen Zwecken? Ich sprang auf und starrte Willie unter mir an. Er blinzelte erstaunt.

»Was?« keuchte er. »Was ist los?«

Ich schüttelte den Kopf. »Willie«, stieß ich hervor. »Willie, ich kann nicht.«

Er lächelte. »Ach, jetzt kommt die Ich-bin-nicht-so-leicht-zu-haben-Tour, stimmt's? Ich kenne euch Londonerinnen mit eurer raffinierten Peitschen-Masche. Gleich wirst du mich an den Bettpfosten fesseln und mich mit deiner Federboa kitzeln, komm her, du kleines Luder, du kleine Verführerin, du ...« Er griff nach mir, aber ich sprang mit einem Satz aus dem Bett und riß das Schaffell zum Schutz mit mir.

»Nein, Willie«, rief ich atemlos.

Er setzte sich auf und sah mich stirnrunzelnd an. »Was ist denn. Was ist los?«

»Willie, es tut mir schrecklich leid, aber ich bin nicht sicher, ob ich das wirklich zu Ende durchziehen soll.«

Er starrte mich an. »Um die Wahrheit zu sagen, Tess, es fehlt ja nicht mehr viel. Es ist doch fast vorbei.«

»Ich – ich weiß, und es ist furchtbar, daß ich im letzten Moment kneife, es ist nur so – weißt du, ich kann einfach nicht. Es tun, meine ich. Es geht nicht.«

Ich sah ihn an. Unsere Blicke trafen sich, und plötzlich

sah er riesig aus, wie er dort im Mondlicht saß. Mein Herz begann zu hämmern. Ich hatte zwar kalte Füße gekriegt, aber ich war mir verdammt sicher, er nicht. Er würde doch jetzt nicht auf dumme Gedanken kommen? Und mir seine Angel über den Kopf schlagen oder ich mit seinen äußerst fähigen Händen erwürgen? Schließlich war er ein Schotte, und die waren nicht gerade bekannt für ihre unendliche Geduld. Ich klammerte mich an das Fell und wich zitternd nach hinten.

»Das nenne ich einen knappen Rückzug, Tess.«

»Ich weiß, ich weiß« flüsterte ich.

Er sah mich eine Weile an, dann lächelte er plötzlich. Er griff nach meinem Arm. »Ach komm schon«, sagte er mit sanfter Stimme. »Es ist nicht wichtig. Wegen so einem kleinen bißchen Sex regt man sich doch nicht auf.«

Ich blinzelte. »Wirklich nicht?«

»Wirklich nicht.«

Zögernd nahm ich seine Hand und ließ mich von ihm zurück ins Bett ziehen. Ich saß neben ihm, noch immer in mein Schaffell gehüllt. »Du bist mir nicht böse?«

»Natürlich nicht.« Er zuckte mit den Schultern. »Wenn du deine Meinung geändert hast, hast du deine Meinung geändert. Punkt.«

Ich atmete erleichtert auf und drückte seine große Hand. »Du bist so süß, Willie.«

Er lächelte. »Komm her.« Er legte den Arm um meine Schulter und küßte mich auf die Wange. Eine Weile saßen wir so zusammen, dann begann er an meinem Ohr zu nagen.

»Bist du dir ganz sicher?« murmelte er.

»Ganz sicher.« Und das stimmte. Meine Libido, die noch vor wenigen Minuten auf Hochtouren gelaufen war, war erlahmt und hatte sich zu meinem Herz gesellt, das die ganze Zeit leise vom Seitenrand aus zugesehen hatte und mehr Zuschauer als Teilnehmer gewesen war.

Seufzend löste Willie sich von mir. »Eine Schande«,

stellte er fest. »Du hättest es dringend gebraucht. Es war genau das, was du vorhattest, stimmt's? Nur nicht mit mir.«

Ich öffnete den Mund zum Protest, doch plötzlich war es mir egal. Ich lächelte. »Vielleicht. Aber ich bin froh, daß ich es nicht getan habe.«

Er schüttelte nachdenklich den Kopf. »Ihr Londonerinnen. Ihr seid alle so angespannt, wenn ihr hier herkommt, so gestreßt von euren Partys und euren Kindern und vom Job eurer Männer, ihr wißt gar nicht mehr, wie man sich entspannt.«

»Und du bist derjenige, der es uns zeigen kann, ja? Der unsere Batterien neu auflädt?«

Er grinste mich von der Seite an. »Nur deine, natürlich.«

»Natürlich.« Ich lächelte ebenfalls.

Als wir so zusammen auf der Bettkante saßen, fragte ich mich, bei wie vielen gestreßten Londonerinnen Willie seine Tricks wohl ausprobiert hatte. Und ob er recht hatte. Vielleicht würde ich mich ja jetzt wirklich besser fühlen, wenn ich die Sache zu Ende gebracht hätte, aber ich war trotzdem froh, daß ich es nicht getan hatte. Ich war ohnehin viel zu weit gegangen. Ich sah mich nach meinen Kleidern um.

»Ich muß gehen.«

Er hielt mich an der Schulter fest. »Lauf jetzt nicht weg, Tess. Nur weil du kalte Füße gekriegt hast, mußt du dich doch jetzt nicht wie ein verschrecktes Kaninchen benehmen. Leg dich noch ein bißchen neben mich und halt mich warm, ja? Komm schon, wir können doch Freunde sein, laß mich jetzt nicht allein.«

Ich sah in zweifelnd an. Seine Augen waren warm und sanft. Ich war mir nicht sicher, ob unsere Vorstellungen von Freundschaft dieselben waren, denn meine beinhaltete eigentlich nicht, daß man splitternackt mit fremden Männern in irgendwelchen Hütten lag. Aber da das bei ihm anders zu sein schien, war es wohl unhöflich, jetzt zu gehen. Ich legte mich zögernd neben ihn. Nur für ein oder zwei Minütchen.

Er würde ja sicher gleich einschlafen, dann konnte ich mich davonstehlen.

Ich drehte den Kopf und schaute ihn an. Seine Augen fielen tatsächlich zu, seine Brust hob und senkte sich gleichmäßig, und sein Mund öffnete sich langsam. Eine Sekunde später schlief er tief und fest. Ich durfte auf keinen Fall einschlafen, das war klar. Wenn ich bloß nicht plötzlich so müde wäre. Seufzend stützte ich mich auf. Mein Kopf kam mir so schwer vor. Vielleicht sollte ich mich doch noch einen Moment ausruhen? Es war doch so herrlich still hier in der Hütte, und ich fühlte mich so warm und entspannt und sicher – jetzt wo Willie schlief. Ich drehte den Kopf – herrje, sogar das war anstrengend – und schaute aus dem winzigen Fenster. Der Mond stand blaß und riesengroß am Himmel und sandte sein milchiges Licht aus. Draußen sangen die Vögel, der Fluß rauschte ganz in der Nähe. Es war alles so wunderbar erholsam, daß ich mir das Fell bis zum Kinn zog, die Beine anwinkelte und mich gemütlich zusammenkuschelte. Langsam schloß ich die Augen. Nur für ein Minütchen natürlich.

11. Kapitel

Nein, sie ist mit Sicherheit nicht hier«, rief eine bekannte Stimme.

»Laß uns noch über die Brücke gehen und dann auf der anderen Seite zurück«, erwiderte eine nicht minder bekannte, ziemlich gestreßt wirkende Stimme. »Und dann rufe ich, glaub ich, die Polizei an, es ist fast Mittemacht.«

Ich öffnete die Augen und blinzelte. David? War das Davids Stimme gewesen? Was, zum Teufel, fiel ihm ein, in der Gegend herumzulaufen und nach der Polizei zu rufen – und das um Mitternacht? Warum lag er nicht hier neben mir im Bett? Ich streckte den Arm nach der Nachttischlampe aus und erstarrte mitten in der Bewegung. Mir wurde eiskalt. Ich setzte mich auf, und der Vorhang zum Alptraum hob sich. Er war nicht neben mir im Bett, weil ich noch immer in dieser Holzhütte war mit Willie! Ein entsetztes Augen-nach-rechts auf die bullige, träge, schnarchende Masse neben mir bestätigte mir die erschreckende Wahrheit. Demnach mußte David – ich jaulte leise – draußen sein! Und mich suchen, zusammen mit meinem Vater. Scheiße! Einen Moment lang saß ich starr vor Entsetzen, dann entwickelte ich einen panischen Aktionismus. Ich sprang aus dem Bett, schoß hinter die Tür und wartete auf das ungeduldige Rütteln, auf das befehlende »Macht sofort auf!«

Und auf meine wohlverdiente Strafe.

Sekunden vergingen. Nichts passierte. Nichts? Kein bleicher Ehemann, kein bebender, anklagender Finger, kein Feuer und Schwefel vom Pfarrer? Während mein Herz wie eine Bongo-Trommel schlug, wurde mir klar, daß mir gerade so etwas wie eine Gnadenfrist gewährt wurde. Die mußte ich unbedingt ausnutzen! Ich schnappte meine Bluse und meinen Slip und versteckte mich unter dem einzigen Fenster der Hütte. Ich steckte meine zitternden Arme in die Bluse, zwang meine Beine in den Slip und richtete mich unter Stoßgebeten langsam auf. Ich spähte nach draußen. O bitte, lieber Gott, bitte laß sie nicht gerade jetzt da stehen und hineinsehen. Ich hatte mich noch nicht ganz an die Dunkelheit gewöhnt, und das Fenster war ziemlich schmutzig, aber nach einer Weile begriff ich, daß meine Gebet erhört worden waren. Da draußen standen zwar zwei Gestalten und stocherten mit langen Stangen im Gras herum, und sie ähnelten auch meinem Vater und meinem Ehemann, aber dem Himmel sei Dank – sie befanden sich unstreitig *auf der gegenüberliegenden Flußseite.*

Danke lieber Gott, danke, danke! Ich fiel auf die Knie,

um noch inbrünstiger beten zu können. Während ich das tat, fiel mein Blick auf meinen Rock, der achtlos unter dem Bett lag. Ich bückte mich hastig, um ihn anzuziehen, genau in dem Moment, als Davids Stimme über das Wasser schallte.

»Glaubst du, sie könnte da drüben in der Hütte sein, Ian? Hier ist eine seichte Stelle, ich könnte rasch mal hinüberwaten.«

Mein Bein, das ich gerade durch den Rockbund schieben wollte, erstarrte.

»Sie ist bestimmt verschlossen«, antwortete mein Vater. »Wir können ja auf dem Rückweg nachsehen, laß uns jetzt erst zur Brücke gehen.«

Danke, Daddy! Ich könnte dich küssen und umarmen! Danke, daß du David diese fatale Idee ausgeredet hast, ihn vor dem Schritt ins Wasser und mich vor den nachfolgenden Scheidungsverhandlungen verschont hast!

Hastig zog ich mich irgendwie fertig an, fummelte nervös an meinem Knöpfen, schaffte ein paar, ließ die anderen einfach offen und rannte zur Tür. Nur raus, nur weg hier, wie sie im Film immer sagten, aber als ich meine Hand nach der Klinke ausstreckte, zögerte ich plötzlich. *Moment mal,Tess!* Was war, wenn sie zurückkamen und Willie weckten? Ich schaute über die Schulter auf den riesigen, schlafenden Berg auf dem Bett, der mit weit ausgestreckten Armen und Beinen auf dem Bauch lag und laut schnarchte. Was, wenn er erwachte, sich schläfrig die Augen rieb und dann so etwas murmelte wie »Hm, Tess? Ja, sie war eben noch hier. Ich wollte sie eigentlich richtig rannehmen!« Undenkbar!

Ich packte ihn an der Schulter und schüttelte ihn heftig.

»Willie«, flüsterte ich. »Willie! Du mußt wach werden.«

Ich boxte ihn mit aller Kraft zwischen die Schulterblätter und in die Nieren, aber er schien das überhaupt nicht zu spüren. Nicht einmal sein Schnarchrhythmus änderte sich. Mist! Ich sah mich hektisch nach etwas um, womit ich ihn schlagen könnte, am besten irgendein Werkzeug, etwas Hartes, Spitzes. Doch das einzige, was ich entdeckte, war ein ausgestopftes Truthahnpärchen, das an der Wand hing. *Widewidewenne heißt meine Truthenne,* schoß es mir durch den Kopf, *Kann nicht ruhn heißt mein Huhn.*

Das erinnerte mich wieder. Ich mußte diesen Typ endlich wachkriegen!

»Willie, werd endlich wach!« Ich sprang auf ihn, klopfte ihm auf den Rücken, hüpfte auf und ab und hieb ihm meine Knie in die Seiten.

»Willie, bist du taub? Bist du tot? Los, wach auf!« rief ich ihm so laut ich es wagte ins Ohr. Zur Sicherheit biß ich ihm noch kräftig ins Ohrläppchen.

»Äh, was ...« murmelte er schlaftrunken, als ich ihn an den Haaren riß.

»Willie, mein Mann ist da draußen«, keuchte ich. »Mit einem Gewehr.«

»Mmmm«, , raunte er. »Jetzt nicht, Tess, vielleicht später.« Er stöhnte und fiel wieder in Schlaf, wobei er etwas von »unersättlichen sexgierigen Städterinnen« vor sich hin murmelte.

Ich schlug ihm entsetzt die Hand auf den Mund. Das war genau die Art unzusammenhängendes Gestammel, das ich so fürchtete. Ich mußte etwas unternehmen. Rasch! Ich überlegte hastig, dann beugte ich mich vor und legte die Hände trichterförmig an sein Ohr.

»Wilddiebe!« zischte ich.

Willies Arm schoß instinktiv unters Bett, er griff nach seinem Gewehr, dann erhob er sich wie ein Monster aus der Tiefe und schüttelte mich ab, als sei ich ein lästiges Tier. Mit einem dumpfen Knall landete ich auf dem Boden, direkt auf dem Po.

»Autsch!« schrie ich, während Willie splitternackt zur Tür marschierte.

»Wo?« bellte er.

»Nein! Nein, nicht wirklich!« rief ich und stürzte mich auf seine Fußknöchel, um sie festzuhalten, ehe er die Tür öffnete und meinem Mann das Hirn wegschoß. Er versuchte mich abzuwimmeln, aber ich schlug meine Zähne in seine Achillessehne.

»Au!«

»Hör zu«, flehte ich. »Keine Wilddiebe, Willie, es ist David! Er ist da draußen mit meinem Vater – sie suchen mich.«

Willie sah mich aus gigantischer Höhe stirnrunzelnd an. Zögernd setzte der Denkprozeß ein. Er kratzte seinen großen Kopf.

»David?«

»Ja, David, mein Mann, du Trottel!« krächzte ich. Mein Herz war schon ganz schwach, ich war nicht sicher, ob ich das alles noch lange aushalten würde. Dann vernahm ich ein wirklich besorgniserregendes Geräusch: *Schritte.* Und die Stimme, die diese Schritte begleitete, war die meines Mannes.

»Da ist jemand in der Hütte!« rief er.

Willie und ich sahen uns an.

»Schnell, unters Bett«, kommandierte Willie, der die Lage endlich begriffen hatte.

Ich hingegen war wie tot, vom Gehirn abwärts gelähmt. Willie packte mich mit seinen großen Händen, klappte mich zusammen wie einen Campingstuhl und schob mich unter das Bett. Im letzten Moment gelang es ihm noch, ein abstehendes Bein hinterherzuschieben, ehe die Tür aufflog.

»He!« rief Willie, als mein Ehemann und mein Vater hereinstürmten. »Was ist denn los?«

»Willie«, rief David atemlos. »Wir suchen Tess. Hast du sie gesehen?«

»Mensch, ich dachte schon, ihr wärt Wilddiebe«, rief Willie. Er war noch immer splitternackt und hielt das Gewehr im Anschlag. Es wirkte ziemlich überzeugend. »Fast hätt' ich euch erwischt!«

»Hast du Tess gesehen?« wiederholte David.

Unter dem Bett kniff ich fest die Augen zusammen, preßte meine Nase auf den Holzboden und betete zum Allmächtigen, daß der heftige, nervöse Durchfall, der mich zu überfallen drohte, mich verschonte und daß meine Beine, die wie verrückt kribbelten, nicht hervorschossen, meinen Mann unabsichtlich gegen das Schienbein traten und so alles verdarben.

»Tess?« fragte Willie ahnungslos. »Nein, warum? Ist sie verschwunden?«

Davids Stimme klang heiser und unnatürlich. »Seit heute abend«, erklärte er. »Ich habe Angst, daß sie in den Fluß gefallen sein könnte, es ist so dunkel.«

O mein armer Geliebter, mein armer Geliebter! Ich vergoß stille, schuldbewußte Tränen für meinen gepeinigten, sich ängstigenden Ehemann. »Ich mache alles wieder gut!« versprach ich einem Ohrwurm, der gerade aus einer Spalte zwischen den Holzdielen kroch. O David, David, David, es tut mir so leid. Ich werde es wiedergutmachen, ich schwöre es!

»Keine Angst«, beruhigte Willie ihn. »Ich bin den ganzen Abend am Fluß auf und ab spaziert, hatte das Gefühl, es wären Wilderer unterwegs, weißt du. Ich wollte mich hier ein bißchen auf die Lauer legen, bin vor einer halben Stunde erst hergekommen. Ich hätte gemerkt, wenn was passiert wäre. Wenn ihr mich fragt, sie ist sicher irgendwo eingeschlafen. Hatte sie was getrunken?«

»Na ja«, druckste David. »Ein bißchen.«

»Sie hatte eine verfluchte ganze Flasche«, tobte mein Vater. »Willie hat recht, sie schläft sicher auf irgendeinem Feld, und vor morgen früh wird sie wohl nicht wieder auftauchen bei dem ganzen Alkohol, den sie intus hat. Und wenn sie kommt, das sage ich euch, werde ich ihr gehörig den Marsch blasen.«

Ich erzitterte stumm unter dem Bett.

»Ich hoffe, ihr habt recht.« David klang jetzt ein bißchen beruhigter.

»Wißt ihr was?«, schlug Willie vor. »Wir suchen sie alle zusammen. Ihr geht zur Farm der Frenches, und ich laufe ein Stück flußaufwärts. Ich wette, wir finden sie auf irgendeinem Heuballen oder stolpern in einem Graben über sie.«

Ich hatte in den letzten schrecklichen vierzig Sekunden nicht mehr geatmet, aber da sich nun eine gewisse Wende abzeichnete, erlaubte ich mir einen kurzen Zug, um nicht ins Koma zu fallen. Da mit das lautlos gelungen war, riskierte ich anschließend einen winzigen Blick zur Seite. Ohne mich zu bewegen, richtete ich meine Augäpfel nach rechts. Nur wenige Zentimeter neben mir waren die Stiefel meines Vaters, links die von David. Willies nackte Füße vervollständigten das Dreieck. Ich sah Willies Hand hinunterkommen. Er suchte nach seiner Hose, zog sie an, dann zerrte er seine Stiefel hervor und stellte sie aufrecht vor sich. Hastig stopfte er den weißen BH-Träger zurück, der dekorativ aus einem Stiefel heraushing, und trat ihn mit seinem Fuß herunter. Ich winselte den Ohrwurm stumm an.

»Kommt jetzt, es geht los«, befahl Willie. »Hier werden wir sie nicht finden.« Mit diesen Worten drängte er den Suchtrupp aus der Hütte.

Ich empfand das als einen besonders geschmacklosen Witz, aber ich dankte ihm aus tiefstem Grunde meines überspannten Herzens, denn schließlich wußte ich, daß er verdammt gute Arbeit geleistet hatte, um meinen Hintern zu retten. Zitternd zählte ich bis hundert, und als ich sicher war, daß die Männer nicht zurückkommen würden, krabbelte ich unter dem Bett hervor.

Mit wackeligen Beinen schlich ich zum Fenster und spähte hinaus. Die Männer verschwanden gerade außer Sichtweite; David und mein Vater in die eine und Willie in die andere Richtung. Mit einem letzten hastigen Blick durch die Hütte vergewisserte ich mich, daß ich nichts vergessen hatte, und stahl mich hinaus. Auf Zehenspitzen lief ich hinter die Hütte und fand dort meine Schuhe, die ich in einem übermütigen Moment in Willies Armen einfach ausgetreten hatte und die sie glücklicherweise übersehen hatten. Ich schlüpfte schnell hinein, dann eilte ich mit ziemlich zittrigen Knien Richtung nach Hause und, hoffentlich, Sicherheit.

Ich stolperte durch die Dunkelheit, mein Herz schlug wild. Dad und David waren unterwegs zur Frenche-Farm, und das bedeutete, daß ich wie eine Irre rennen mußte, um an eine Stelle zwischen der Farm und unserem Haus zu gelangen, wo sie mich dann auf dem Rückweg auch sicher finden konnten. Ich jagte weiter, durchquerte Gräben, sprang über Steinwälle und erreichte endlich den Pfad, von dem ich wußte, daß er nach Hause führte. Dies war ungefähr die Stelle, an der sie vorbeikommen mußten. Mit klopfendem Herzen hockte ich mich in einen Graben und zog die Knie an. Zitternd wie Espenlaub preßte ich das Kinn gegen meine Knie und starrte voller Entsetzen in das dunkle Gras.

So, Tess, jetzt reden wir mal Klartext. Du hast gerade eine wilde Knutscherei mit Willie, dem Wildhüter, hinter dir, richtig? Interessante Episode, aber darüber sprechen wir später. Jetzt hockst du erst mal in diesem Graben. Auf einem Feld. Mitten in der Nacht. Wie hatte das nur passieren können, fragte ich mich entgeistert. Wie, um alles in der Welt, war ich überhaupt in diese Lage gekommen, und wie hatte sie dann so eskalieren können? Im Moment konnte ich es nicht ertragen, darüber nachzudenken. Jetzt mußte ich erst einmal dafür sorgen, daß ich halbwegs unbeschadet da herauskam. Ich durfte jetzt nicht den Kopf verlieren, soviel war klar. Später würde noch genügend Zeit sein für Reue und Entsetzen.

Fünf Minuten vergingen, dann waren es zehn, bis ich endlich wieder Schritte hörte. Taub vor Angst und Kälte besann ich mich auf mein nicht vorhandenes schauspielerisches Talent und begann, seltsame Geräusche von mir zu geben. Als die Schritte näherkamen, streckte ich die Arme über den Kopf und versuchte, ein schlaftrunkenes Gähnen nachzuahmen, aber es klang wohl eher wie das Knarren einer altersschwachen Holztür. Die Schritte stoppten.

»Was war das?« fragte David.

»Was?«

Ich gähnte und raschelte noch einmal.

»Dort drüben. Ich hab' da etwas gehört.«

Diesmal streckte ich mich ausgiebig. »*Aaah!* ... was habe ich gut geschlafen ... hmmm, herrlich.«

»Tess!«

Im nächsten Moment wurden die Schritte zu einem donnernden Getrappel, und dann wurde ich in die Arme meines Mannes gerissen.

»Tess! Gott sei Dank!« Er umarmte mich fest.

»David? Was?« Ich rieb mir die Augen.

Ich hoffte, daß er mich nicht so eng umarmte, um zu merken, daß mein Herz für jemand, der gerade aus tiefstem Schlaf erwacht war, ungewöhnlich heftig schlug.

»Was, um alles in der Welt, ist mit dir passiert? Wir haben dich überall gesucht.«

»Ich glaube, du schuldest uns einige Erklärungen, meine Liebe«, bellte mein Vater.

Ich zuckte zusammen, aber das war entschieden besser als die erleichterten Töne meines Mannes. Ja, gebt mir eine ordentliche Abreibung, ich habe es verdient!

Ich sah David verständnislos an und haßte mich selbst dafür.

»Darling, was tust du denn hier?«

»Ich suche dich, verdammt noch mal, das tue ich hier«, brach es aus ihm heraus, als sich die Erleichterung langsam in Wut verwandelte. »Ich wandere die ganze Nacht diesen verfluchten Fluß auf und ab, weil ich befürchte, daß meine betrunkene Frau hereingefallen sein und zwei mutterlose Kinder hinterlassen haben könnte, daß ist es, was ich tue!«

Ich rieb mir die Augen. »Ich muß eingeschlafen sein. Ich bin spazierengegangen, und dann habe ich mich hier im Graben ein bißchen ausgeruht, und es war so ruhig und friedlich und die Sterne haben so schön geleuchtet, da bin ich wohl eingedöst ...« Ich sah mich erstaunt um. »Oje, es ist ja stockfinster!«

David packte mich zornig am Arm. »Kein Wunder, denn es ist ein Uhr morgens! Komm jetzt. Wir gehen nach Hause.«

»Ich sage Willie Bescheid«, murmelte mein Vater böse. »Du *dummes* Mädchen, Tessa.«

Mit diesen Worten marschierte er zurück, um Willie zu berichten, was der längst wußte.

David und ich machten uns schweigend auf den Heimweg. Er hielt mich am Arm fest, als ich durch die Dunkelheit stolperte. Ich sah vorsichtig zu ihm hinauf; sein Gesicht war weiß, und seine Lippen eng zusammengepreßt.

»Bitte, entschuldige«, begann ich vorsichtig. »Ich wollte dir keine Sorgen machen.«

Davids Mund blieb angespannt. Er sah starr geradeaus.

»David?«

»Wenn du nicht die Leidtragende grober Mißhandlungen werden willst«, schnappte er, »solltest du jetzt lieber ruhig sein, okay?«

»Okay«, murmelte ich.

Wir gingen sehr schnell, und schon bald hatten wir den Garten unseres Hauses erreicht.

»Das Licht ist ja überall an«, stellte ich überrascht fest.

»Natürlich«, antwortete David mit unverhohlenem Sarkasmus, »Piers ruft gerade das Bestattungsinstitut an, Penny denkt über ihre Trauerkleidung nach, und Mummy sucht die Kirchenlieder aus.«

»David, es tut mir so leid«, sagte ich zerknirscht. Mir war gar nicht klar gewesen, wie sehr sich alle um mich sorgten.

Die Hintertür flog auf, als wir näherkamen, und Mummy

schaute hinaus. Sie war im Nachthemd und sah ziemlich blaß aus.

»Gott sei Dank«, flüsterte sie und umarmte mich.

»Entschuldige bitte, Mummy«, murmelte ich an ihrer Schulter. Inzwischen fühlte ich mich richtig mies. »Ich – ich bin eingeschlafen.«

»Wo?«

»Auf einem Feld.«

»Darling!«

Penny und Piers saßen in Schlafanzügen am Küchentisch. Sie warfen mir vorwurfsvolle Blicke zu, dann standen sie auf, gähnten demonstrativ und gingen in ihr Zimmer.

»Tut mir leid, Penny, Piers«, rief ich hinter ihnen her. Sie gaben keine Antwort.

Mummy klopfte mir auf die Schulter. »Mach dir nichts draus. Hauptsache, es geht dir gut.«

Sie lächelte und nahm zitternd ihre Zeitung vom Tisch. Sie ging hinter den anderen die Treppe hinauf, wobei sie sich stärker als gewöhnlich auf das Geländer stützte. Ich war tieferschüttert.

»Komm, jetzt«, brummte David. »Wir gehen auch ins Bett.«

Wortlos gingen wir nach oben. Ich ging sofort in Richtung Bad.

»Ich nehme noch schnell ein Bad«, verkündete ich.

»Was jetzt? Mitten in der Nacht?«

Ich nickte elend, zog mich aus und warf meine Kleider ans Fußende des Betts.

»Ich muß«, flüsterte ich. »Es dauert nicht lange.«

Ich lag im heißen, schäumenden Wasser und starrte benommen an die Badezimmerdecke. Gewaltige Wellen der Scham und der Selbstverachtung schüttelten mich. Wie furchtbar. Wie entsetzlich gemein von mir. Wie hatte ich nur so was tun können? Meine Ehe und meine Familie derartig aufs Spiel zu setzen – und wozu? Für ein kurzes Schäferstündchen mit einem Mann, den ich vorher nicht mal richtig wahrgenommen, geschweige denn besonders attraktiv gefunden hatte. Meine Güte, wenn man es so recht bedachte, hätte es jeder sein können, oder? Edward, Piers, wer auch immer diese Nacht zufällig durch die Gegend gelaufen wäre. *Hey, Tess, hast du Lust auf eine schnelle Nummer? Klar, wieso nicht?* Was war ich, eine Nymphomanin, oder was? Stöhnend rutschte ich tiefer ins Wasser und versank in Badeschaum, Scham und Ekel.

Was war nur in mich gefahren? Okay, Alkohol, klar, eine ganze Flasche, und verletzter Stolz. Patrick und Josie zusammen zu sehen hatte mir wirklich schwer zugesetzt, aber, um Himmels willen, Tess, das ist doch keine Entschuldigung. Schon über Patrick hätte ich gar nicht ernsthaft nachdenken dürfen! Schließlich war ich eine verheiratete Frau. Unwillkürlich griff ich zur Seife. Ich mußte mich reinigen, gründlich reinigen. Ich seifte und schrubbte jeden Quadratzentimeter meines Körper, nahm Waschlappen und Schwämme zur Hilfe, jedes Reinigungsmittel, das mir in die Hände fiel, Akopads wären jetzt das richtige gewesen. Dann hörte ich genauso abrupt wieder auf. Ich warf den Waschlappen ins Wasser und versank elend im Schaum. Wozu sollte das gut sein? Schließlich würde ich nie wieder richtig rein sein.

Ganz langsam dämmerte mir die ganze Tragweite dessen, was ich getan hatte. Ich hatte gelogen. Ich hatte David betrogen. Ich hatte – kein Abenteuer, das klang viel zu harmlos – und keine Affäre, denn das klang ernsthafter, intensiver, nach zwei Menschen, die ihrer Leidenschaft folgten ... nein, was ich gehabt hatte, war sozusagen Sex im Vorbeigehen. Nicht ganz bis zum Ende, okay. Glücklicherweise hatte ich genügend Instinkt besessen, dieser Versuchung zu widerstehen, aber ich war ja auch so ziemlich weit gekommen.

Ich fragte mich, ob mich das nicht zu einer gefallenen, sondern nur zu einer gestolperten Frau machte? Denn ich war doch nicht aufs Ganze gegangen? Nur bis zur Hälfte?

Ich fror, obwohl das Wasser kochendheiß war. Nein, das war zwar ein Segen, aber kein mildernder Umstand. Ich würde trotzdem verdammt viel zu erklären haben. O lieber Gott, betete ich schweigend, vergib mit. Nervös schaute ich zur Decke. Es war lange her, seit ich anständig mit ihm gesprochen hatte, meist beschwerte ich mich bei ihm, weil ich über eine Teppichkante gestolpert war oder meinen Autoschlüssel verloren hatte. Ich hatte wirklich lange nicht gebetet, wohl deshalb, weil ich ihn mit meinem Vater identifizierte. Auch jetzt stellte ich mir keinen alten Mann mit langem weißen Bart und Hirtenstab über mir schwebend vor, sondern einen Mann mittleren Alters mit Schnäuzer und steifem hohen Kragen. Pfarrer Ian Fergusson. Ich wimmerte leise.

Lieber Gott, fuhr ich fort, ich weiß genau, daß ich mich heute abend wie ein Schwein benommen habe, aber ich schwöre, daß ich das alles wiedergutmachen werde. Von jetzt an werde ich mich ganz und gar meinem Mann und meiner Familie widmen. Und nur noch eine gute Ehefrau und Mutter sein. Ich atmete tief durch. Ich werde alle Sokken stopfen statt sie wegzuschmeißen. Ich werde Pudding kochen anstatt meiner Familie zum Nachtisch fertige Joghurts auf den Tisch zu stellen. Ich werde Pflaumenmus kochen – Davids Lieblingsmarmelade –, öfter mit den Kindern spielen, alle Kindervideos auf den Müll werfen, vor allem die Walt-Disney-Filme, die sie für göttliche 86 Minuten vor dem Fernseher festnageln, und ihnen statt dessen 86 Minuten lang vorlesen. Ich krümmte mich bei dieser Vorstellung, fuhr aber tapfer fort. Ich werde mit den Kindern Rollenspiele spielen, der Robin für Hugos Batman sein und Barbies Pony, ich werde wiehern und schnauben und auf Kommando galoppieren und meinen Ehemann mit diversen Sexpraktiken verwöhnen – nicht mit allen gleichzeitig, du verstehst schon, wie ich das meine. Kurzgesagt, ich werde meine eigenen Bedürfnisse voll und ganz denen meiner Familie unterordnen, und das, lieber Gott, werde ich gern tun. Wenn ich daran denke, wie knapp ich davorstand, sie alle zu verlieren, alles zu zerstören – O lieber Gott, ich kann den Gedanken gar nicht ertragen! Nach diesen inbrünstigen Worten versank ich erneut im Wasser und bedeckte mein Gesicht mit einem Waschlappen.

Ich lag eine Weile regungslos, bis ich plötzlich ein Geräusch hörte. Ich zog mir den Lappen vom Gesicht. Eine Art Rascheln kam aus dem Schlafzimmer. Ich setzte mich auf. Oje, war David etwa immer noch wach? Wartete er auf mich? Las er noch? Mist, ich saß seit einer Ewigkeit hier. Hastig sprang ich aus der Badewanne und nibbelte mich mit einem Handtuch trocken. Hoffentlich wartete er nicht auf mich, um mich einem Verhör zu unterziehen. Ich hatte angenommen, er würde mittlerweile tief und fest schlafen. Aber er würde mich ohnehin nicht verhören, überlegte ich dankbar, das war nicht seine Art. Er glaubte allen Menschen, dachte immer nur das Beste von ihnen. Ich wickelte mir ein trockenes Handtuch um und schlich ins Schlafzimmer. Nein, mein geliebter Mann hatte kein Fünkchen Mißtrauen in sich, er ...

»David!«

Ich blieb erschrocken stehen. Mein geliebter Mann stand am Fuße des Betts und untersuchte gründlichst meine Unterwäsche.

»Wo kommt denn die ganze Schafwolle her?« fragte er und hob meine Bluse in die Höhe. »Guck mal, sie ist überall.«

Ich schaute nach unten. Tatsächlich. Auf dem gesamten Teppich und in meinen Kleidern hingen weiße Flusen. Ich schluckte. »Ach, das ist sicher von dem Schaf.«

»Von welchem Schaf?«

»Das, auf dem ich eingeschlafen bin.«

»Du bist auf einem Schaf eingeschlafen?«

»Nicht auf einem lebendigen.«

»Etwa auf einem toten?«

»Äh ...« Jetzt gab es kein Zurück mehr. »Ja. Auf einem toten. Ich habe es natürlich erst nicht gemerkt. Es war so ein gemütliches Kissen.«

»Aber ... auf dem Feld, wo wir dich gefunden haben, gab es keine Schafe.«

»Ah, nein, ich bin umgezogen. Als ich es gemerkt habe. Ich bin über eine Mauer auf ein anderes Feld gesprungen.«

»Großer Gott. Und dann bist du wieder eingeschlafen?«

Ich senkte den Kopf und schüttelte ihn kläglich. »Ich war sehr, sehr betrunken, weißt du.«

David fuhr sich durch die Haare. »Offensichtlich. Aber es muß doch gestunken haben.«

»Hat es auch, deshalb wollte ich ja unbedingt baden«, antwortete ich schnell. »Um den Gestank loszuwerden.«

David ließ meine Kleider fallen. Dann schüttelte er ungläubig den Kopf, seufzte und ging ins Bett.

»Warum bist du immer noch wach?« fragte ich. Ich legte mich neben ihn und machte schnell das Licht aus, damit er mein glühendes Gesicht nicht sehen konnte.

»Weil ich dir noch etwas sagen wollte.«

»Was?« Ich setzte mich entsetzt auf. Er würde mich verlassen. Er hatte meine ganze Lügengeschichte durchschaut.

»Peter hat angerufen, während du weg warst.«

»Ach so.« Ich entspannte mich. »Aus der Kanzlei?«

»Ja. Ein alter Fall von uns ist wiederaufgetaucht, und er möchte, daß ich zurückkomme und ihn übernehme.«

Ich legte mich wieder hin. »So was Blödes. Wann denn?«

»Morgen.«

»Morgen! Was hast du gesagt?«

»Ich sagte, daß ich kommen würde. Ich muß, Tess. Es ist ein Berufungsverfahren, mit dem wir schon seit Ewigkeiten gerechnet haben. Jetzt wurde es eingeleitet und es sieht ziemlich kompliziert aus.«

Ich lag da und wußte, daß ich mich in einer reichlich ungünstigen Position befand. Normalerweise hätte ich mich jetzt schrecklich aufgeregt, ihm vorgehalten, daß sein Job nun schon wieder unsere einzigen Familienferien ruinierte und was er eigentlich glaubte, wie ich allein mit den Kindern klarkommen sollte, und so weiter ...

»Du fliegst also morgen?« fragte ich lammfromm.

»Nach dem Frühstück. Ich wollte es dir noch heute nacht sagen, für den Fall, daß du nach deiner aufregenden Nacht mit dem toten Schaf morgen etwas länger schläfst und beim Aufwachen feststellen mußt, daß dein Mann die Koffer gepackt hat und verschwunden ist. So weißt du wenigstens, daß es nichts Persönliches ist«, fügte er boshaft hinzu.

»Ha!« Ich lachte nervös. »Danke, Darling. Danke, daß du mich aufgeklärt hast.«

»Keine Ursache«, antwortete er, dann drehte er sich um und schlief.

12. Kapitel

Als ich am nächsten Morgen spät erwachte, war David schon fort. Seine Bettdecke war zurückgeschlagen, und auf dem Boden lag ein Haufen nasser Handtücher. Normalerweise hätte ich jetzt gelächelt, mich ausgiebig gestreckt und genossen, daß ich das Bett mal ganz für mich allein hatte, aber an diesem besonderen Morgen wünschte ich mir sehnlichst, ihn neben mir zu haben. Das leere Kissen sah mich vorwurfsvoll an. Ich fühlte mich erbärmlich. Ich hatte ein schrecklich schlechtes Gewissen, doch das war harmlos, verglichen mit dem körperlichen Zustand, in dem ich mich befand. In meinem Kopf hämmerte es wie in einer New-Wave-Disco, mein Mund war staubtrocken, und meine Blase stand kurz vor dem Platzen, so daß ich unverzüglich aus dem Bett kriechen und zum Klo am anderen Ende des Flurs rennen mußte.

Ich stolperte mit halboffenen Augen über den Korridor, hatte die Hände quasi schon zur rettenden Türklinke ausgestreckt, als Penny sich plötzlich in wahrer Paparazzi-Manier vor mir aufbaute. Bestimmt hatte sie schon den ganzen Morgen hier am Wäscheschrank herumgelungert, um mich zu erwischen und ein Exklusivinterview zu kriegen. Ihre Augen blitzten verdächtig, als sie mir mit verschränkten Armen den Weg versperrte. Ich blieb schwankend stehen.

»Ach, guten *Morgen*«, zwitscherte sie. »Wie geht es dir?«

»Äh, gut, danke, Penny«, log ich. »Ist David schon weg?«

»Ja, Piers bringt ihn gerade zum Flughafen. Wir dachten, du würdest nach gestern nacht sicher gern ausschlafen.« Sie hob die Augenbrauen. »Ziemliches Abenteuer, was? David hat uns etwas von einem toten Schaf erzählt. Da hast du ihm ja einen ganz schönen Bären aufgebunden.«

»Äh, das ist nett von Piers. David zu fahren, meine ich.« Ich versuchte, mich an ihr vorbeizuschlängeln, aber sie schlängelte mit.

»Nicht wahr?« Sie grinste breit und anzüglich, gleich würde sie ihr Mikrophon abschalten und ihre gewagteste Frage stellen.

»Also, Tess, jetzt erzähl mir, was wirklich ... au!«

Mit einer schnellen Bewegung schlug ich ihr den Stapel Bügelwäsche aus den Händen und drängte mich an ihr vorbei.

»Oh, entschuldige, Penny! Mir ist die Hand ausgerutscht! Ich kann nicht mehr einhalten, ein Notfall!«

Ich stürmte los, aber wie es der Zufall wollte, erreichte

ich das Klo genau im selben Moment wie Josie, deren Schlafzimmer nebenan lag. Unsere Hände fuhren gleichzeitig zur Klinke.

»Geh du zuerst«, murmelte ich.

»Ach, hallo, Tess. Was war gestern abend los?«

»Ach, weißt du, so dies und das«, antwortete ich dümmlich grinsend und hüpfte von einem Bein aufs andere. Wenn ich doch endlich aufs Klo könnte, das war doch nicht zuviel verlangt, oder? Hier schien es vor lästigen und neugierigen Journalisten ja nur so zu wimmeln. Konnten sie nicht gleich eine Pressekonferenz einberufen oder so?

»Sag mal, hast du ...« Ich bewegte den Kopf Richtung Klo.

»Nein, nein«, widersprach sie. »Zuerst du.«

»Danke.« Ich stürzte hinein. Oh, was für eine Erleichterung ...

Als ich herauskam, wartete Josie immer noch. Sie lächelte. »Mein Abend war auch anders, als ich erwartet hatte«, gestand sie.

Ich sah sie eine Sekunde verständnislos an, dann erinnerte ich mich wieder. Natürlich, Patrick.

»Tatsächlich? Wie war er denn?« erkundigte ich mich höflich. Als ob mich das interessierte! Nie wieder würde ich auch nur mit einem anderen Mann außer meinem Ehemann *sprechen*!

»Ganz okay«, antwortete sie wenig überzeugend.

»Wirklich?«

»Na ja.« Sie verzog das Gesicht. »Vielleicht doch nicht. Im Grunde haben wir nur kurz was zusammen getrunken. Ich war um zehn wieder zu Hause.«

»Ach?«

»Ja.« Sie kratzte sich am Kinn. »Er hatte vergessen, daß er noch nach Italien telefonieren mußte, wegen seiner Arbeit. Mit irgendwelchen Galerien.«

»Ah ja. Fandest du das schlimm?«

Sie zuckte mit den Schultern. »Nein, nicht so richtig. Ehrlich gesagt finde ich, daß er ein bißchen zu alt für mich ist, oder vielleicht bin ich auch zu jung für ihn. Ganz egal, ich glaube auch nicht, daß er besonders an mir interessiert ist. Wahrscheinlich fand er nur, ich würde mich auf seinem Motorrad ganz gut machen.« Sie grinste.

Das war es, was mir so an Josie gefiel, diese erfrischende australische Offenheit. »Das hast du«, antwortete ich freundlich. »Du sahst toll aus. Ich habe gesehen, wie ihr weggefahren seid.«

»Er hat dich auch gesehen«, sagte sie. »Ich hatte keine Ahnung, daß ihr mal zusammen wart.«

»Oh, äh ja. Schon lange her.«

»Ja, das hat er auch gesagt.« Sie verschränkte die Arme und lehnte sich an die Wand, als würden wir noch lange stehen bleiben. »Genaugenommen sagte er ...«

»Hör zu, Josie«, unterbrach ich sie, denn ich hatte jetzt wirklich keine Lust mehr, meine Männergeschichten auf dem Flur zu diskutieren, weder vergangene noch gegenwärtige. »Ich muß heute vormittag noch etwas erledigen, etwas sehr Wichtiges. Es macht dir doch nichts aus, dich eine Weile allein um die Kinder zu kümmern, oder? Ich weiß, daß du eigentlich frei hast, aber ...«

»Ist schon okay. Wir gehen dann zum Strand, Krabben suchen.«

»Ach danke, du bist ein Schatz.«

Ich warf mir ein paar saubere Klamotten über und ging zum Frühstück hinunter. Glücklicherweise hatten die meisten das schon hinter sich. Piers brachte David zum Flughafen, Penny, die ihre Bemühungen, mich einem Kreuzverhör zu unterziehen, aufgegeben hatte, wollte einkaufen gehen, und Mummy und Laura waren angeln. Blieben nur mein Vater und Edward, und ich begriff schon bald, warum. Daddy war aufs höchste erregt, er wedelte heftig mit der Zeitung und ereiferte sich bei Edward über einen Pfarrer, der angeblich so gut wie jedes Mädchen aus seiner Gemeinde geschwängert hatte. Glücklicherweise war er viel zu wütend, um sich an gestern nacht zu erinnern oder mich gar auszuschimpfen. Ich setzte mich leise hin, dankte dem lebenslustigen Pfarrer aus tiefstem Herzen und fing an, mir ein Toast mit Butter zu bestreichen.

»Das macht mich rasend!« polterte er und bohrte den Finger in die Zeitung. »Und es ist nicht so, als würden sie irgend etwas dagegen unternehmen, der kriegt wahrscheinlich nicht mal eine Abmahnung! O nein, wahrscheinlich bezahlt man ihm einen netten Therapieplatz und eine freundliche Schulter zum Ausweinen, damit er seine ganzen Übeltaten der Gesellschaft vor die Tür kippen und haarklein erklären kann, warum er es als seine Pflicht ansah, jedes einzelne Mädchen aus seiner Gemeinde ranzunehmen. Und das alles bezahlt der Steuerzahler, das schwöre ich Ihnen! O ja, das Sozialamt wird die Rechnung übernehmen, und dann werden die ganzen Schwangeren in irgendwelche Krankenhäuser gehen, um seine Bastarde zur Welt zu bringen, und die werden irgendwann zur Schule geschickt, und wer zahlt das, he?«

Er sah Edward an, der nervös blinzelte.

»Ich und Sie, Edward! Und noch viel schlimmer, Sie müssen diese Bastarde auch noch UNTERRICHTEN! Und das alles nur, weil ein Pfarrer, ein Mann der Kirche, ein *Diener Gottes,* seinen Prügel in jedes Weib steckt, das ihm über den Weg läuft! DAS MACHT MICH WAHNSINNIG!« brüllte er.

Edward zuckte über seinem Porridge zusammen.

»Man sollte ihn aufhängen und endlich ein Exempel statuieren!« Er sah uns beide an, aber ich hatte mich gerade noch rechtzeitig hinter dem Kulturteil der Tageszeitung verstecken können und war nun leider nicht mehr ansprechbar.

»O ja, Sir, Sie haben recht, Sir«, murmelte Edward devot.

»Er sollte ein Vorbild sein – *noblesse oblige* und so. Hat er denn gar kein Pflichtgefühl, kein – Wo willst du hin. Tess?«

Ich blieb mit meinem Toast in der Hand mitten in der Tür stehen. Mist! Ich dachte eigentlich, ich hätte alles bestens getimed.

»Ich wollte kurz zu Willie.« Besser, ich log jetzt nicht.

Meine Vater hob erstaunt die Augenbrauen. »Wieso?«

»Ich hab' ein paar meiner besten Fliegen gestern am Fluß liegengelassen, vielleicht hat er sie gefunden.« Besser, ich log jetzt.

»Hm. Du wirst ihn heute nicht am Fluß treffen, er hat seinen freien Tag. Er ist zu Hause.« Er runzelte die Stirn und erinnerte sich plötzlich wieder. »Sag mal, Tessa, was, zum Teufel, war eigentlich letzte Nacht los? David und ich haben mindestens zwei Stunden lang nach dir gesucht. Deine Mutter hat sich fast zu Tode geängstigt.«

Ich holte tief Luft und wollte mich gerade in einer umständlichen Erklärung ergehen, als mein Blick auf denselben anstößigen Bericht in der Zeitung fiel. Wunderbar! Ich verdrehte fragend die Augen.

»Guck mal, da ist ja auch ein Foto von diesem Pfarrer. Kennst du ihn, Daddy?« fragte ich unschuldig.

Mein Vater schaute auf das Bild des Unglückseligen und war sofort wieder auf 180.

»Ich könnte kotzen!« donnerte er und kotzte dann tatsächlich. Ein kleines Stückchen Toast flog quer über den Tisch und traf Edward mitten ins Auge. Er wich erschrokken zurück.

»Nein, ich kenne ihn nicht, Gott sei Dank! Dieser schmutzige Hurensohn gehört nicht zu meinen Freunden – aber das ist ja auch keine Überraschung, oder? Ein Familienmann wie ich, ohne außereheliche Affären wie die meisten Pfarrer, was glaubt ihr wohl, warum ich nicht der nächste Bischof von Durham sein werde? Weil ich für die moderne Kirche nicht gut genug bin. Was?« Er starrte die einzige Person an, die es nicht gewagt hatte, wie jeder andere zu flüchten.

Ich schlich auf Zehenspitzen aus dem Zimmer.

»Äh, nein, Sir, ich bin sicher, daß Sie das sind, Sir«, hörte ich den armen Edward stammeln, während ich in die Halle entfloh.

Mein Autoschlüssel lag auf dem Tisch in der Halle. Willie war also heute zu Hause. Um so besser, um so privater. Ich würde ihn dort besuchen. Wahrscheinlich war es völlig unnötig, aber ich wollte dem Mann ein paar Dinge glasklar machen. Ihn warnen. Ich war mir sicher, er wußte, wie die Dinge standen und daß es ein Ausrutscher unter Alkoholeinfluß war, ich krümmte mich innerlich – eine nie wieder vorkommende dumme Eskapade ... aber sie durfte keinen Folgen haben.

Ich rannte die Treppe zur Einfahrt hinab; dabei fiel mir auf, daß sie ungewöhnlich leer war. Piers war mit seinem Wagen zum Flughafen gefahren, deshalb war Penny offensichtlich mit meinem zum Einkaufen unterwegs. Damit blieb Daddys übrig. Ich wollte gerade ins Haus zurücklaufen, um ihn zu fragen, als mein Blick auf den Fahrradschuppen fiel. Ich dachte kurz nach. Warum nicht? Ich war nicht sonderlich scharf darauf, Daddy noch einmal zu begegnen, außerdem würde mir eine Fahrradtour guttun. Sie würde meinen Kopf wieder freimachen. Wann hatte ich mich das letzte Mal anständig bewegt? Abgesehen von gestern abend, natürlich.

Ich rollte ein ziemlich altmodisch aussehendes Teil aus dem Schuppen und inspizierte es. Keine Schaltung, klar, aber es schien zwei Räder zu haben, einen Sattel und mindestens eine Bremse. Außerdem würde ich ja nicht damit rasen, und Willie wohnte nicht weit. Wenn ich keine Lust mehr hatte, konnte ich es irgendwo abstellen und später wieder abholen. Ich bestieg das Rad, das bedenklich hin und her wackelte, dann fuhr ich schwankend durch das Tor und schlug die Richtung zu Willies Haus ein.

Der erste Kilometer war problemlos – ein pures Vergnügen. Gutgelaunt und leichtfüßig radelte ich an Wiesen und Feldern vorbei und genoß die frische Luft. Doch dann tauchte ein Hügel auf, danach noch einer und noch einer, und jedesmal mußte ich nicht bergab, sondern bergauf fahren. Ich war schon mal mit dem Auto in der Nähe von Willies Haus gewesen, aber ich konnte mich beim besten Willen nicht daran erinnern, daß es so hoch lag und so weit weg war. Meine Güte, bald war ich auf einem anderen Planeten! Ich trat und keuchte, vorwärts und aufwärts, und meine Beine bewegten sich längst nicht mehr leicht und locker, sondern wie schwere Zellulitis-Klumpen. Schließlich stieg ich ab und schob das verfluchte Ding den Berg rauf. Ich bereute jetzt zutiefst, daß ich den Aerobic-Kurs so oft geschwänzt hatte. Mensch, gleich brauchte ich noch eine Sauerstoffmaske. Es konnten doch unmöglich noch mehr Berge kommen! Aber es kam noch einer, ein ziemlich steiler, dann wieder eine Kurve, und als ich gerade daran dachte, aufzugeben und mich erschöpft an den Wegesrand fallenzulassen, kam Willies kleiner Bungalow in Sicht. Er stand eingezwängt zwischen zehn oder zwölf anderen identischen Bungalows – beinahe so, als benötigte er moralische Unterstützung – auf dem weiten Bergrücken, und es sah aus, als würde ein kleiner Stoß von hinten genügen, um ihn bergab in das darunterliegende Tal rutschen zu lassen.

Naßgeschwitzt und mit hochrotem Kopf warf ich mein Rad ins Gebüsch und fummelte ungeduldig am Gartentor. Ich konnte es kaum erwarten, ins Haus zu gelangen, wo mir die Gefahr, in den Abgrund zu stürzen, nicht so groß erschien. Ich klopfte an die Tür, und als Willie öffnete, wurde mir klar, daß ich so sehr mit meiner Reise beschäftigt war, daß ich nicht den blassesten Schimmer hatte, was ich Willie eigentlich sagen würde.

»Hallo!« keuchte ich und stellte fest, daß ich ohnehin nicht sprechen konnte. Ich beugte mich vor, stützte mich zitternd auf die Knie und rang nach Sauerstoff.

Willie musterte mich erstaunt. Er trug nichts weiter als einen grünen Bademantel; in der einen Hand hielt er ein Stück Toast, in der anderen einen Becher Tee.

»Tess! Was, um alles in der Welt tust du hier?«

Ich machte eine vage Handbewegung, um ihm klarzumachen, daß ich noch nicht sprechen konnte, das aber tun würde, sobald es mir möglich wäre.

Willie sah über meinen gebeugten Rücken hinweg auf mein Fahrrad, das in der Hecke lag. »Du bist doch nicht etwa mit dem Rad gekommen?« Ich fühlte mich, als wäre ich beim Zahnarzt, hätte ein halbes Kilo Edelstahlinstrumente im Mund und müßte nun eine halbe Stunde über ein selbstgewähltes Thema sprechen. Er schob mich ins Haus, ich war immer noch sprachlos und schwitzte mich nach der ganzen Anstrengung in meinem Wollpullover zu Tode.

»Moment«, bat ich und versuchte, mir das verflixte Ding über den Kopf zu ziehen, während ich hineinging. Als ich aus den wolligen Tiefen auftauchte, registrierte ich ein verdächtiges Leuchten in Willies Augen. »Hast du deine Meinung geändert, Tess? Okay, warte, ich esse nur mein Frühstück auf, dann ziehe ich mich auch aus.«

Er stopfte ein großes Stück Toast in den Mund und griff nach dem Gürtel seines Bademantels. Ich wich zurück. Oh nein! Offenbar dachte er, ich wäre gekommen, um die Sache zu Ende zu bringen! Wäre in Windeseile den Berg hinaufgeradelt, weil ich mich nach seinem nackten Körper verzehrte, und das nur wenige Stunden, nachdem ich ihm in der Hütte so eine rüde Abfuhr erteilt hatte.

»Nein!« schrie ich. »Nein, Willie! Ich ...«

Zu spät. Der Gürtel war gelöst. Unwillkürlich schlug ich die Hände über meine Augen.

»Steck es weg!« zischte ich. »Um Himmels willen, hat

dir denn die letzte Nacht nicht gereicht? Mir schon, also steck es weg.«

Pause.

»Ist es fort?« fragte ich.

»Ich kann es jedenfalls nicht sehen«, antwortete eine weibliche Stimme. »Es sei denn, es ist sehr, sehr winzig.«

Ich schnappte entsetzt nach Luft und fuhr herum. Ein hübsches dunkelhaariges Mädchen mit Sommersprossen streckte grinsend den Kopf vom Sofa empor, wo sie sich offensichtlich gelegen hatte.

»Oh!«

»Tess, das ist Kirsten«, stellte Willie mit einem verschlagenen Lächeln auf den Lippen vor. Sein Bademantel war noch immer fest verschlossen. Ich wurde rot.

Das Mädchen schwang ihre braungebrannten Beine herum, stand auf und kam auf uns zu. Langes dunkles Haar, schmale Taille, ein winziger Jeansrock und eine knallrote Bluse, die über dem Bauch geknotet war. Ich war alt genug, um ihre Mutter zu sein, aber wahrscheinlich viel zu häßlich. Sie grinste mich an.

»Laßt euch nicht stören, ich wollte sowieso gehen.«

»Nein! Nein, das müssen Sie nicht«, sprudelte ich hervor und schob mir das verschwitzte Haar aus der Stirn. »Ich meine, wir haben ... ich meine, es gibt nichts ...«

Sie zwinkerte mir zu. »Ich an Ihrer Stelle würde da weitermachen, wo Sie gestern abend aufgehört haben. Tschüs Willie, viel Spaß!«

Sie zwickte ihn spielerisch in die Wange und verschwand. Ich wartete auf einen Schrei, hoffte, sie würde in den Abgrund stürzen, aber soviel Glück hatte ich leider nicht.

»Wer war das?« fragte ich benommen.

»Kirsten«, antwortete Willie lächelnd. »Sie ... ehm«, er zog nachdenklich die Augenbrauen hoch, »sie wollte sich ein paar Teebeutel ausleihen.«

Ich starrte ihn an. »Ach ja? Sie hat aber vergessen, sie mitzunehmen. Oder waren sie in ihrer Handtasche?«

»Ja, waren sie.« Willie bückte sich, um ein paar leere Kaffeetassen vom Fußboden aufzuheben. Er richtete sich auf und sah mich an. »Kirsten ist meine Kusine, Tess. Sie wohnt ein par Häuser weiter.«

Mir wurde heiß. »Ach so! Oje, es tut mir leid, Willie. Es geht mich eigentlich überhaupt nichts an.«

Willie ging hinter die Küchenbar, um einen pfeifenden Kessel abzudrehen. »Ist doch ganz normal«, antwortete er grinsend. »Du willst nicht das Gefühl haben, eine von vielen zu sein.«

»Nein, will ich nicht. Ich meine, es ist mir egal, ob ich das bin oder nicht. Deshalb bin ich hier hergekommen. Was unten am Fluß passiert ist, hätte nicht passieren dürfen. Ich – ich bin sicher, das weißt du bereits, aber ich dachte, es wäre besser, wenn ich herkäme und es noch mal deutlich machte.«

Er schüttete das kochende Wasser in eine Teekanne und sah mich an. Schweigend.

Ich leckte mir über die Lippen und lachte nervös. »Komm Willie, hilf mir ein bißchen. Ich meine, es war nur eine einmalige Sache. Es hat Spaß gemacht, aber es war ein Fehler, *mein* Fehler, und ich will nicht, daß es noch mal passiert.«

Er stellte den Kessel ab und sah mich aufmerksam an. »Aber das wird es, habe ich recht?«

»Was?«

»Noch mal passieren.«

»Nein. Mit Sicherheit nicht. Das ist es, was ...«

»Ich meine ja auch nicht unbedingt mit mir, aber ich bin mir ziemlich sicher, daß das nicht das Ende deiner außerehelichen Aktivitäten war.« Er lächelte. »Sei ehrlich, Tess, bis zu dem Moment, als du kalte Füße bekamst, warst du völlig scharf darauf.«

Ich begann zu glühen. »Was fällt dir ein? War ich nicht.«

Er lachte. »Komm, reg dich nicht auf. Es ist ja auch nichts Schlimmes dabei, ein bißchen scharf zu sein, oder?«

»Es ist schlimm, wenn es außerhalb des Ehebettes geschieht«, widersprach ich energisch. »Man kann nicht in der Gegend herumlaufen und es mit jedem treiben, der einem gefällt. Jedenfalls nicht, wenn man Verpflichtungen hat, einen Ehemann und eine Familie wie ich zum Beispiel. Man könnte anderen sonst weh tun.«

»Genau«, stimmte er zu. »Und deshalb ist es viel besser, es mit mir zu treiben, als mit irgend jemand anders.« Er zwinkerte mir vielsagend zu. »Vor allem als mit der Person, die du eigentlich dafür vorgesehen hattest.«

Ich sah ihn irritiert an. »Wie meinst du das?«

»Komm schon.« Er reichte mir eine Tasse Tee. »Mach mir nichts vor. Ich habe genau gemerkt, daß bei dir gestern etwas nicht wunschgemäß verlaufen ist. Und ich wußte auch, daß Patrick zurück ist.«

»Was hat das miteinander zu tun?«

Er lehnte sich seufzend über die Bar. »Tess, das hier ist ein kleiner Ort. Jeder weiß über jeden Bescheid. Jeder weiß, daß du vor Jahren eine Affäre mit ihm hattest, jeder weiß, daß ihr nie über die Trennung hinweggekommen seid, und jeder weiß, daß er hier ist. Und du bist es auch. Was vielleicht nicht jeder weiß, ist, daß er gestern abend mit deinem Kindermädchen ausgegangen ist.« Er schlürfte seinen Tee und sah mich dabei nachdenklich an.

»Das hat nichts damit zu tun«, fuhr ich auf. »Ich hatte nicht vor, etwas mit Patrick anzufangen, ich war ...«

Er zog die Augenbrauen hoch, »... nur auf der Suche nach einer anständigen Runde Sex, hast du nicht selbst so was gesagt?«

Ich leckte mir über die Lippen und sah weg. Mein Gesicht fing an zu brennen.

Willie kicherte. »Ach, Tess, ich lache nicht über dich, wirklich nicht. Zumindest lache ich dich nicht aus.«

Er kam um die Bar herum und legte den Arm um meine Schulter. »Du hast recht, es ist eine ernste Angelegenheit. Deshalb sage ich dir jetzt was.« Er drehte mich um und zwang mich, ihn anzusehen. »Überleg es dir gut, ehe du dich mit Typen wie Patrick Cameron einläßt.«

»Wie meinst du das?« flüsterte ich. »Nicht, daß ich das beabsichtigt hätte«, fügte ich schnell hinzu.

»Damit meine ich, daß du von einem wie ihm vielleicht nicht mehr so leicht wegkannst wie von mir.«

»Ich habe nicht den blassesten Schimmer, wovon du redest«, antwortete ich scharf und schüttelte seine Hände ab.

Er setzte sich auf den Hocker neben mich und trank an seinem Tee. »Sieh es so, Tess. Sex mit mir ist sicher, stimmt's?«

Ich lachte gekünstelt. »Bei den Horden von Frauen, die durch dein Bett rutschen, bin ich mir da nicht so sicher.«

»Ich will damit sagen«, fuhr er ungerührt fort, »daß du mich als eine Art Dienstleister betrachten kannst.« Er warf mir einen unverschämt attraktiven Blick zu. »So ähnlich wie Essen auf Rädern, wenn du willst, oder eine mobile Bibliothek. Du hast ein Bedürfnis, und ich erfülle es dir ohne irgendwelche Konsequenzen. Vor allem ohne Liebeskummer. Ich verschaffe dir einfach nur ein bißchen Lust, das ist alles. Aber wenn du dir dieses Bedürfnis von Patrick Cameron erfüllen läßt, dann schwöre ich dir, wird das sehr viel komplizierter. Was ist mit den ganzen Gefühlen, die ihr vor Jahren einfach verdrängt und unterdrückt habt?« Er schüttelte den Kopf. »Ihr öffnet die Kiste wieder und wißt nicht, was euch dann erwartet.«

Ich lächelte selbstbewußt. »Willie, danke für deine Besorgnis, aber ich versichere dir, ich habe nicht die Absicht, irgend etwas zu öffnen.« Ich nahm einen Schluck Tee. Er war kochendheiß, und ich verbrannte mir den Mund.

Er grinste. »Gut. Obwohl ich nicht weiß, ob ich dir glauben soll. Ich denke immer noch, daß du ein Bedürfnis hast.«

Ich wurde langsam sauer. Was fiel ihm ein, mich so in die Mangel zu nehmen? Entschlossen stand ich auf.

»Danke für diese Perlen der Lebensweisheit, Willie. Ich bin dir wirklich sehr verbunden, aber glaub mir, ich habe kein Bedürfnis, und schon gar keins, das von dir gestillt werden müßte oder von irgendeinem anderen ›Dienstleister‹, wie du es genannt hast. Ich brauche weder Essen auf Rädern noch Sex vom Faß – ich nehme an, das war es, was du mir anbieten wolltest. Das, was gestern abend passiert ist, ist ausschließlich auf meinen alkoholisierten Zustand zurückzuführen, und ich pflege nicht täglich zu trinken. Ich möchte, daß du dir das merkst.«

Er verzog spöttisch den Mund. »Okay, ich werde es mir merken.«

»Um dir *das* zu erklären, bin ich hergekommen, und mehr habe ich zu dieser Angelegenheit auch nicht zu sagen.« Bildete ich mir das nur ein, oder sprach ich wirklich wie Margaret Thatcher? »Danke für deine Anteilnahme, aber sie ist wirklich nicht erforderlich, habe ich mich da klar ausgedrückt?«

Er lächelte wieder. »Glasklar.«

»Gut.«

»Entschuldige, wenn ich dir zu nahe getreten bin.«

»Das bist du keineswegs.« Ich drehte mich entnervt weg und trank in Ruhe meinen Tee. Wie schaffte er es nur, mich ständig so schlecht aussehen zu lassen? Es war wirklich nervtötend! Schließlich war ich doch die gebildete, kultivierte und lebenserfahrene Städterin, oder nicht? Er war nur ein verdammter Wildhüter, einer vom Land. Was wußte der schon vom Leben draußen in der richtigen Welt? Die Welt, die hinter den Bäumen und Feldern und dem Fluß lag, die Welt, in der denkende, selbstbewußte Menschen lebten? Das hier war nicht das wirkliche Leben, nein, es war eine

Art Utopia, ein Ferienlager. Worüber wußte jemand, der hier lebte, schon Bescheid? In welchem Tümpel man fischen konnte und wie das Wetter am nächsten Tag sein würde, mehr doch nicht.

Es war mucksmäuschenstill, bis Willie sich schließlich räusperte. »Was passiert also als nächstes?«

Ich war mit den Gedanken weit weg gewesen. »Was? Ach ja.« Ich stand auf. »Ich muß jetzt gehen.«

»Nein, das habe ich nicht gemeint. Ich sprach von deinem Leben.«

»Wie bitte?«

»Na, du bist verheiratet, du hast Kinder, die bald zur Schule gehen, ein hübsches Haus in Putney, wahrscheinlich ist es mitsamt Wintergarten komplett eingerichtet, ein Ferienhaus braucht ihr nicht, weil dein Vater ja Kilmarnoch hat ... was passiert also als nächstes?«

»Warum muß denn was passieren?«

Willie zuckte mit den Achseln. »Das war doch immer so, oder nicht? Bisher zumindest. Du hattest immer etwas, womit du dich beschäftigen konntest, worauf du dich freuen konntest. Die Hochzeit, ein Kind, noch ein Kind, ein Haus – was kommt also jetzt?«

Ich verschränkte die Arme und sah ihn gereizt an. »Warum habe ich bloß den Eindruck, Willie, daß wir schon wieder beim Thema Sex sind? Du meinst eine Affäre, habe ich recht?«

»Entweder das oder einen Französisch-Kurs oder Seidenmalerei leicht gemacht oder Jazztanz für Anfänger. Ich wüßte jedenfalls, was *mir* lieber wäre.« Er grinste.

Ich schüttelte den Kopf und stand auf. »Es hat einfach keinen Zweck, Willie. Ich weiß nicht, woher du deine detaillierten Informationen über Londoner Frauen beziehst, jedenfalls bist du völlig falsch informiert.«

Willie stand auf. »Kenntnisse aus erster Hand, Tess, keine Informationen. Frauen wie dich treffe ich das ganze Jahr über – nein, ich schlafe nicht mit ihnen, aber ich beobachte sie. Verschaffe mir einen Einblick in ihr Leben, in ihren Frust. Ich fühle mit ihnen, wirklich.« Er legte mir den Arm um die Schulter, als wir zur Tür gingen.

»Mensch, Willie, ich bin sicher, die gesamte weibliche Bevölkerung Südostenglands wird beglückt darüber sein, daß du in Gedanken bei uns bist und daß wir auf dein Mitgefühl und dein Verständnis zählen können, während wir unser langweiliges, irdisches Leben weiterleben.«

Er kicherte, und als wir vor der Tür standen, drehte er mich zu sich herum. »Im Ernst, Tess, ich will dir damit nur sagen, daß du gerade eine gefährliche Zeit durchlebst.«

»Tatsächlich? Für wen?«

»Für dich natürlich. In diesem Stadium deines Lebens bist du sehr verletzbar.«

Er beugte sich vor und küßte mich auf die Wange. »Paß auf dich auf, Tess.« Er streichelte mir übers Gesicht. »Ich mache mir Sorgen um dich, das weißt du.«

Ich lächelte. Er war wirklich süß. Wenn auch ein bißchen einfach strukturiert. »Okay, ich passe auf mich auf«, versicherte ich spöttisch.

Er küßte mich auf die andere Wange. »Das sehe ich.«

»Ich verspreche es.«

Er küßte mich in den Mundwinkel, ganz sanft. »Nein, wirklich Tess«, flüsterte er. »Ich meine es ernst.«

»Ja, ja, ich meine es auch ernst«, flüsterte ich zurück, als er mich noch mal küßte. Gott, war das schön, so warm und sanft und ... Nein! Ich stieß ihn weg, wütend über mich selbst. Willie lachte, seine Augen funkelten.

»Siehst du?« Er hob den Zeigefinger. »Es ist sehr gefährlich.«

»Nein, das sehe ich verdammt noch mal nicht!« zischte ich und fummelte am Türgriff. »Ich habe nicht die leiseste Ahnung, wovon du redest. Wenn du mich jetzt bitte entschuldigen würdest, ich habe heute noch viel vor. Ich muß noch einkaufen, kochen, waschen – und französisch lernen – haha! Schön war's! – Jazztanz für Anfänger – wenn ich dazu nur Zeit hätte! Was passiert als nächstes? Großer Gott, ich habe nicht einmal Zeit für das, was jetzt passiert! Nur zu deiner Information, Willie, ich bin ständig auf Achse, ich komme nie zur Ruhe; in meinem hektischen Leben gibt es keine Sekunde, die nicht ausgebucht ist, und – Himmel, mach mir diese blöde Tür auf und laß mich hier raus, bevor ...«

»Bevor?« fragte er leise.

»Bevor ich dir den Hals umdrehe«, schnappte ich.

Er lachte und streckte die Hand nach dem Riegel aus. Ich floh über den Gartenweg zu meinem Fahrrad.

»Fahr bitte vorsichtig, Tess«, warnte er, während er mir zusah, wie ich das Fahrrad aus dem Gebüsch zog und das Bein darüber schwang. »Versuch in deinem erhitzten und verwirrten Zustand nicht, es mit einem Traktor aufzunehmen!« Ich schwankte bedenklich. »Wer ist erhitzt und verwirrt?« schrie ich. »Ich war noch nie in meinem Leben so ruhig wie jetzt!«

Ich drehte mich nicht um, aber aus den Augenwinkeln sah ich, wie er den Kopf nach hinten warf und schallend lachte, als ich wackelnd und zitternd um die Kurve fuhr.

Ich raste davon. Was fiel ihm ein, mich so zu behandeln? Wieso bildete er sich ein, mich so genau zu kennen und sich ein Urteil über mich erlauben zu können – nach einer betrunkenen Nacht! Diese verdammten Männer – typisch! Reich ihnen einen Finger, und sie nehmen die ganze Hand. Und er, dieser arme Willie, was wußte der schon? Was wußte er schon davon, wie man einen Haushalt führte, was wußte er von den unaufhörlichen Forderungen, die eine Familie stellte, und von diesen ständigen Kämpfen – er war doch nur ein Mann, der alleine mitten im Nirgendwo lebte!

Ich trat fester in die Pedalen, um die Kurve, dann wieder um eine und weiter den Berg hinab. O ja, ich wußte, was er dachte. Er dachte, ich wäre eine frustrierte Hausfrau, die tagaus, tagein danach trachtete, mit Wildhütern und Klempnern und Waschmaschinen-Installateuren ins Bett zu springen. Wahrscheinlich glaubte er, der gestrige Abend wäre nur ein weiterer in meiner langen Serie von Blaumann-Episoden gewesen – o Gott!

Meine Knie schnellten jetzt auf und ab wie Kolben, und erst in der dritten Kurve wurde mir klar, was für ein fataler Fehler das war. Es ging steil bergab, und an solch einem Abhang trat man nicht wild in die Pedalen, denn das Rad fuhr schon von selbst ziemlich schnell. Verdammt schnell! Verzweifelt drückte ich die Bremse, stellte jedoch entsetzt fest, daß es sich gar nicht um eine Bremse handelte, sondern nur um ein dekoratives Beiwerk an der Lenkstange, das keinerlei Einfluß auf das hatte, was die Räder taten.

Die Landschaft raste nun wie in einem schneller gestellten Video an mir vorbei, und mir wurde schlecht vor Angst. Wie, um alles in der Welt, sollte ich dieses verfluchte Ding zum Stehen bringen? Ich schoß vorwärts, das Rad war inzwischen völlig außer meiner Kontrolle, und jede Haarnadelkurve war schwieriger zu meistern als die vorhergehende. Außerdem schien es, als käme jedesmal, wenn ich mühsam eine bewältigt hätte, sofort wieder eine neue. Scheiße! Ob ich meine Füße auf die Straße strecken sollte, oder würde mich das hoch in die Luft katapultieren? Ich klammerte mich an den Lenker, der Wind rauschte in meinen Ohren, mein Haar flog. Plötzlich wußte ich, daß ich unter keinen Umständen eine weitere Kurve schaffte. Ich mußte mich auf eine Bruchlandung vorbereiten. Vor mir lag ein Feld, links kam die nächste Haarnadelkurve. Lieber geradeaus ins Feld schießen und auf der weichen Erde landen, als eine weitere Kurve riskieren und auf den harten Asphalt stürzen, entschied ich.

»Aaah, aaah, aaaaahh!« schrie ich entsetzt, als ich in Kamikaze-Manier über die Straße schoß und links neben

mir plötzlich ein Auto um die Kurve gefahren kam. Ich erinnere mich nicht an sehr viel, woran ich mich jedoch erinnere, ist das schrecklich Knirschen von Metall auf Metall. Ich erinnere mich weiterhin, durch die Luft zu fliegen, in einem Salto über das Auto, dabei registrierte ich, daß es rot war. Das letzte, was ich mitbekam, ehe ich hart auf das Feld fiel, war Patricks entsetztes Gesicht hinter dem Lenkrad. Danach war alles schwarz.

13. Kapitel

Als ich die Augen öffnete, beugte sich Patrick über mich. Seine Hand stahl sich heimlich unter meine Decke, sein Gesicht war dicht vor mir, sein Atem streifte meine Wange. Ich erstarrte.

»Wag es nicht, David Cameron«, stieß ich böse hervor, »ich würde nicht mal dann mit dir schlafen, wenn du der letzte Mann auf dieser Erde wärst.«

Er blinzelte. »Ich wollte nur kontrollieren, ob du noch atmest, Tess.«

»Und wenn nicht, hättest du mich trotzdem genommen«, schimpfte ich weiter. »Tod oder lebendig.«

»Sei nicht albern, du hattest einen Unfall. Wahrscheinlich stehst du noch unter Schock.«

»Ach, komm schon. W-was? Einen Unfall?« Ich riß die Decke in Panik an mich, dabei stellte ich fest, daß es gar keine Decke war, sondern ein Mantel, und ich konnte auch in keinem Schlafzimmer sein, denn dazu war überall zuviel frische Luft und zuviel Himmel. Eine Rehabilitationsklinik, vielleicht? Am Meer?

»Wie lange bin ich jetzt so?« Ich dachte sofort an Monate, Jahre, ein langes Koma, Lähmungen von der Hüfte abwärts. Vielleicht war ich eine alte Frau mit erwachsenen Kindern? Ich stellte mir Clemmie und Hugo mit Mitte Dreißig vor, wie sie mich im Heim besuchten und Weintrauben mitbrachten und gelangweilte, nervende Kinder, die immer wieder fasziniert auf das Glas mit meinen Zähnen starrten.

»Ungefähr dreißig Sekunden.«

»Nur?« Ich setzte mich auf. »Bin ich okay?«

»Ich weiß es nicht, sag du es mir.«

Ich faßte mir an den Kopf. »Oooh, Gott nein, der tut höllisch weh.«

»Wenigstens kannst du dich hinsetzen. Kannst du alles bewegen?« fragte er besorgt und hockte sich neben mich.

Trotz der Kopfschmerzen und meines Schocks fiel mir auf, daß er, obwohl ich ihn zwölf Jahre nicht gesehen hatte, nicht viel älter geworden war. Zumindest hatte er keinen Bierbauch, und sein Haar war auch nicht weniger geworden. Um seine Augen gab es ein paar Fältchen mehr, aber sie waren immer noch klar und blau wie ein Sommerhimmel. Er hatte einige graue Strähnchen bekommen, trotzdem war sein Haar im Grunde noch immer pechschwarz. Er war braungebrannt wie üblich und sah attraktiver aus als je zuvor. Ich sah, daß er mich auf ähnliche Weise musterte. Die Veränderungen abcheckte. Die Zeit zurückdrehte. Schließlich beendete er das Schweigen.

»Tess?«

»Hmmmm?«

»Kannst du alles bewegen?«

Ich kehrte ins Leben zurück und konzentrierte mich darauf, die einzelnen Teile meines Körpers zu überprüfen. »Ich glaube schon«, antwortete ich ein wenig zweifelnd, während ich den Kopfkreisen ließ. »Zumindest ist mein Hals nicht gebrochen, und meine Arme sind okay, aber – autsch!« stöhnte ich. »Mein Fuß!«

»Gebrochen?«

»Nein, ich glaube nicht. Ich kann ihn bewegen, aber es tut verflucht weh.«

Ich war nie besonders heldenhaft gewesen, wenn ich Schmerzen hatte; als ich die Kinder bekam, habe ich jedesmal den ganzen Kreißsaal zusammengebrüllt – ziemlich ordinär, eigentlich –, und ich hatte das unangenehme Gefühl, gleich wieder ziemlich ordinär zu werden. Ich biß die Zähne zusammen und stöhnte leise und versuchte, den Schrei zu unterdrücken.

»Hauptsache, es ist nichts gebrochen«, stellte Patrick fest, ziemlich herzlos, wie ich fand. Er sprang auf. »Dann müssen wir dich jetzt ins Auto schaffen. Es würde Ewigkeiten dauern, einen Krankenwagen hierher zu bekommen, ich rufe lieber von zu Hause einen Arzt an.«

»Nein!« rief ich, als er mich einfach aufhob und zum Rücksitz seines Autos trug. »Patrick, was machst du denn? Was ist mit meinem Fahrrad, und von welchem Zuhause redest du eigentlich?« Ich wurde etwas nervös, die Ereignisse schienen sich ein wenig zu überstürzen.

»Von meinem natürlich«, erklärte er, warf das verbogene Rad in den Kofferraum und knallte ihn zu. Er setzte sich hinters Lenkrad. »Unser Haus liegt gleich da drüben, hinter diesem Hügel. Ich kam sozusagen gerade aus der Einfahrt, als du wie eine Rakete über die Straße geflogen kamst. Wir sind in einer halben Minute da, dann kann Mum sich um dich kümmern, bis der Arzt kommt. Sie war früher einmal Krankenschwester, weißt du?«

Er startete den Motor. Ich sah mich um. Wahrscheinlich war dies alles Land der Guilduncans. Ich hatte ganz vergessen, daß es sich so weit erstreckte, aber – ich wollte da nicht hin!

»Nein!« protestierte ich, als wir losfuhren. »Nein, bring mich nach Hause. Ich brauche keinen Arzt und auch keine Krankenschwester. Patrick, bring mich nach Hause!«

Ich suchte fieberhaft nach dem Türgriff, doch als ich ihn

entdeckt hatte, bogen wir gerade durch ein Steintor und fuhren langsam eine Einfahrt hinauf.

»Patrick, das ist eine Entführung!« kreischte ich hysterisch.

»Mach dich nicht lächerlich. Wie kommst du darauf, daß ich dich entführen will? Ich will dich nur nicht im Straßengraben liegenlassen, damit die Kaninchen an dir knabbern, das ist alles. Wenn der Arzt sagt, daß alles in Ordnung ist, bringe ich dich nach Haue, okay?«

Ich kam mir plötzlich ziemlich kindisch vor. Ich räusperte mich. »Gut. Danke. Entschuldige bitte, das muß an meinem Kopf liegen«, murmelte ich.

Er lächelte mich im Rückspiegel an. »Ich muß mich eigentlich entschuldigen, aber ehrlich gesagt habe ich dich einfach nicht gesehen. Du schienst aus dem Nichts aufzutauchen und ehe ich reagieren konnte, flogst du auch schon über das Dach meines Autos. Gut, daß du wenigstens im Gras gelandet bist. Wenn du auf das Pflaster geknallt wärst, hätte es viel übler für dich ausgesehen. Was hattest du überhaupt mit dem Fahrrad hier zu suchen? Niemand, der bei klarem Verstand ist, fährt mit dem Rad diesen Berg hinauf.«

»Ich war bei Willie«, antwortete ich.

»Ach ja?« Er dachte nach. »Aus einem bestimmten Grund?«

Ich seufzte. »Ich dachte, er hätte vielleicht ein paar Fliegen gefunden, die ich am Fluß liegengelassen hatte.«

»Und hat er?«

»Nein.«

Wir fuhren schweigend weiter. Gott, diese Einfahrt war ja endlos lang. Da hätte er mich genausogut nach Hause bringen können. Ich wurde schon wieder panisch.

»Langer Weg für ein paar Fliegen«, bemerkte er.

»Es waren besonders schöne«, antwortete ich patzig. Wieso mußte ich mich eigentlich ständig rechtfertigen?

Endlich hatten wir das Haus von der Seite her erreicht;

wir fuhren noch einen Halbkreis, dann standen wir vor dem Eingang. Mein Blick wanderte an der Fassade von Guilduncan empor, das vor emporwuchs. Ich war noch nie hier gewesen, hatte nur hin und wieder durch die Bäume gespäht, wenn wir mit dem Auto an dem Anwesen vorbeigekommen waren. Als kleines Mädchen hatte schon der Name gereicht, und mein Herz schlug Purzelbäume und Saltos, und jetzt stand ich hier und würde es gleich betreten. Auch jetzt war mein Herz ordentlich in Bewegung, doch das hatte diesmal andere Gründe.

Es war ein imposantes Sandsteingebäude, eigentlich mehr eine Festung als ein Wohnhaus, komplett mit Türmchen und wahrscheinlich auch einer Ziehbrücke, die irgendwo versteckt war. Ich betrachtete die vergitterten Luken in den Türmen. Ob da oben glupschäugige Bogenschützen auf der Lauer lagen? Ich rechnete halb damit, daß ein behaarter Mann mit Dudelsack auf den Zinnen erscheinen würde, um zu unserer Ankunft eine Fanfare zu blasen, doch statt dessen schwang die Eichentür auf, und zwei riesige Doggen kamen die Treppe hinuntergeflogen und sprangen vor Freude an Patrick hoch. Hinter den begeisterten Hunden folgte Madelaine, todchic in cremefarbener Seide und Perlenschmuck. Sie sah überrascht aus.

»Patrick, Darling, wieso kommst du so früh zurück?«

Patrick kam um das Auto herum und öffnete mir die Tür.

»Ich habe Tess getroffen, und das ganz wörtlich. Ich habe sie unterhalb der Hintereinfahrt vom Fahrrad geworfen.«

»Ah, ma pauvre chérie!« Madelaine war außer sich, als sie mich in meiner ganzen Jämmerlichkeit sah.

»Es geht mir sehr gut, ehrlich«, sagte ich zitternd und versuchte auszusteigen. »Ich weiß gar nicht, warum Patrick mich nicht nach Hause gebracht hat.«

»Sie hat sich den Fuß verstaucht, außerdem hat sie eine sehr unschöne Beule am Kopf. Ich werde Dr. McKlellen anrufen.«

»Aber ich *brauche* keinen Arzt«, widersprach ich. Herrje, waren denn hier alle taub? Warum hörte mir niemand zu? »Und vor allem brauche ich nicht getragen zu werden«, protestierte ich, als Patrick mich einfach aus dem Auto hob. »Patrick, laß mich sofort runter!«

Patrick ignorierte mich, während ich mich vergebens in seinen Armen wand, und trug mich die Treppe hinauf. Er schien nicht nur über einen eisernen Willen, sondern auch über einen eisernen Griff zu verfügen. Doch als wir in die graue marmorgeflieste Halle kamen, blieb er plötzlich stehen und sah mich lächelnd an. »Kann es sein, Tess, daß du ein bißchen zugenommen hast?«

»Laß mich runter!« fauchte ich.

»Wo sollen wir dich denn hintragen?« überlegte er laut. »In mein Schlafzimmer, vielleicht?«

Ich sah ihn entsetzt an. »Nein!« keuchte ich.

»War nur ein Scherz.« Er grinste. »Ich bringe dich zum Sofa im Salon.«

Mit der Schulter stieß er die riesige Flügeltür vor uns auf. Sie führte in einen gigantischen Raum, der die gesamte Breite des Hauses einzunehmen schien. Patrick trug mich hinein, bückte sich und legte mich vorsichtig auf das cremefarbene Sofa.

»Ich bringe dich später in mein Schlafzimmer«, flüsterte er mir ins Ohr, »und treibe meine schrecklichen Spiele mit dir, tot oder lebendig!« Er lachte hohl und rollte Vincent Price-like mit den Augen. »Du wirst mir gehören, nur mir!«

Ich starrte in an. »Das scheint dir wohl Spaß zu machen, was?« giftete ich. »Du hast dich nicht im geringsten verändert, Patrick Cameron.«

Er tat beleidigt. »Aber das war doch deine Idee, Tess«, entgegnete er. »Da oben auf der Straße, erinnerst du dich? Du hast doch davon geplappert, mit mir ins Bett zu gehen, tot oder ...«

»Ich weiß, was ich gesagt habe«, schnappte ich. »Und ich

habe nicht den leisesten Schimmer, was da in mich gefahren ist.«

Mir wurde heiß, als er sich grinsend über mich beugte. »Da kann ich dir auch nicht helfen, aber ein Psychologe würde wahrscheinlich sagen, daß du, bevor du diesen Bums am Kopf gekriegt hast, ein anderes Bumsen im Kopf hattest.«

»Red nicht so einen Unsinn!« Gott, der Tag heute schien ein endloser Alptraum zu sein. Gehört das alles zu meiner Strafe dazu?

»Patrick, hör auf, Tess zu ärgern«, rief Madelaine, die mit einem Erste-Hilfe-Koffer ins Zimmer kam. »Sie hat einen gräßlichen Schock erlitten, und das letzte, was sie jetzt braucht, sind deine albernen Bemerkungen. Sie zittern ja, mein Kind!«

Sie hatte recht. Aus irgendeinem Grund zitterte ich plötzlich wie Espenlaub. Es war mir höchst peinlich, aber ich konnte nichts dagegen tun.

Patrick legte mir eine Wolldecke über. »Das ist nur der Schock«, beruhigte er seine Mutter. »Es wird bald aufhören.«

Du hast verdammt recht, es ist ein Schock, dachte ich zähneklappernd. Der Schock, dich wiederzusehen. Mein Atem ging jetzt stoßweise, meine Knie schlotterten, und ich hatte keinerlei Kontrolle mehr über meine Schultern, die wie ein Schlagbohrer vibrierten.

»Ich rufe Dr. McKlellen an«, sagte Madelaine und schaute mich besorgt an. Sie stellte den Erste-Hilfe-Koffer ab und eilte hinaus. Patrick stützte sich auf die Sofalehne und sah mir ungerührt zu, wie ich rüttelte, ratterte und rotierte wie eine Waschmaschine im letzten Schleudergang. Nach einer Weile ließ jedoch das Zittern nach und wich allmählich einem leichten Beben.

»Wie geht es dir jetzt?« erkundigte er sich freundlich.

»Ich bin ziemlich fertig«, flüsterte ich wahrheitsgemäß.

»Der Arzt kommt gleich.« Er strich mir über die Hand.

Dummerweise zuckte ich zurück, und das machte natürlich klar, daß es mehr war als ein freundschaftliches Streicheln. Er sah mich überrascht an, dann stand er auf und ging zum Kamin hinüber. Er stand mit dem Rücken zu mir, die Hände hinter dem Kopf verschränkt.

Es war mucksmäuschenstill. Ich biß mir auf die Lippen. Na prima, Tess, dachte ich zähneknirschend. Jetzt hast du es geschafft und die Kiste aufgekriegt. Die Kiste mit den netten, pikanten Erinnerungen. Aber es war seine Schuld, rechtfertigte ich mich sofort, weil er so nett zu mir war. Es war viel leichter gewesen, solange dieses spöttische Grinsen in seinem Gesicht war und wir uns nur angefaucht hatten. Ich fragte mich, wie lange es wohl dauern würde, bis wir zu dieser Art der Kommunikation zurückkehren konnten, denn das war weitaus angenehmer als diese unbehagliche Stille. Ich räusperte mich und suchte fieberhaft nach einer entsprechend spitzen Eröffnung, aber was sagte man zu jemandem, den man zwölf Jahre lang nicht gesehen und dem man bei der letzten Begegnung ewige Liebe geschworen hatte? ›Wie war dein Leben denn so?‹ oder ›Was hast du in der ganzen Zeit so gemacht?‹ Glücklicherweise kam Madelaine zurück und rettete die Situation.

»Ich habe ihn über Mobiltelefon erreicht – er ist bei den McTavishes im Dorf«, verkündete sie. »Isobel hat gerade ihr Baby bekommen, und er sagte, er würde heraufkommen, sobald er dort fertig sei. Was für ein Glück! Denn oft wartet man hier stundenlang auf einen Arzt.«

Ich lächelte schwach. Madelaine hatte die Spannung gelöst, und die Stimmung war wieder entkrampfter, aber körperlich fühlte ich mich jetzt verdammt mies. Patrick kam vom Kamin zurück und setzte sich neben seine Mutter aufs Sofa, während wir auf den Arzt warteten. Sie sprachen miteinander, aber mir war zu übel, um mich an der Unterhaltung zu beteiligten. Alles im Zimmer schien sich zu bewegen und es nur darauf abgesehen zu haben, daß mir schlecht wurde. Patricks und Madelaines Gesichter verschwammen, dann schienen sie auf surreale Weise zusammenzutreffen, ehe sie sich wieder voneinander entfernten. Hin und wieder versuchte ich mich ein wenig in Konversation, aber aus den erheiterten Gesichtern meiner Gastgeber schloß ich, daß ich ziemlichen Blödsinn redete.

»Versuch jetzt, eine Weile nicht zu reden«, riet Madelaine mir freundlich.

Na, wenn das kein deutlicher Hinweis war. Ich schloß die Augen und gab mir alle Mühe, bis zum Eintreffen des Arztes den Mund zu halten.

Als der in Tweed gekleidete, grauhaarige Doktor endlich auftauchte, stocherte und tastete und pikste er erst eine Menge, dann diagnostizierte er einen verstauchten Knöchel und eine leichte Gehirnerschütterung.

»Bettruhe für den Rest der Woche«, verkündete er, ließ seine Tasche zuschnappen und zog sich das Stethoskop aus den Ohren.

Er erhob sich von der Sofakante, auf der er gesessen hatte, und sah mich ernst an. »Und seien Sie bitte äußerst vorsichtig, junge Frau. Wenn Sie starke Kopfschmerzen bekommen oder anfangen, Blitze zu sehen, rufen Sie mich bitte sofort. Und legen Sie den Knöchel ständig hoch.«

»Ja, Herr Doktor«, antwortete ich demütig. Mit zwei Kindern war das sicher kein Problem, haha!

»Mit zwei Kindern haben Sie sicher nicht genug Ruhe.« Madelaine schien meine Gedanken zu lesen. »Sie bleiben am besten hier!«

»O nein.« Ich lachte schallend. »Das kommt nicht in Frage. Nein, es geht mir bestens. Ich wanke jetzt nach Hause und ...«

»Das werden Sie nicht tun«, unterbrach der Arzt mich. »Und mit Sicherheit können Sie sich jetzt nicht noch um zwei Kinder kümmern. Madelaine hat recht. Sie sollten hierbleiben.« Er lächelte. »Sie war früher eine ausgezeichnete Krankenschwester, ich bin mir sicher, Sie wird sich bestens um Sie kümmern. Sie dürfen sich im Moment wirklich nicht bewegen.«

»Aber es geht mir doch gut«, widersprach ich und versuchte zu demonstrierten, wie gut, indem ich vom Sofa aufstand. Leider versagte ich kläglich. »Wenn ich mal kurz telefonieren dürfte ...«

»Ich mache das für dich«, entschied Patrick und setzte sich in Bewegung. »Ich sag ihnen, wo du bist.«

»Bitte sag ihnen, sie sollen mich abholen«, rief ich verzweifelt. »Laura soll kommen oder Penny.«

Er verschwand, und ich sank in die Kissen und kam mir völlig hilflos vor. Patrick kam bald zurück.

»Laura ist derselben Meinung wie ich«, informierte er mich. »Du bleibst ein paar Tage hier, um dich richtig zu erholen.«

»Nein!« schrie ich. Dann wurde mir klar, daß das Madelaine gegenüber furchtbar undankbar klingen mußte. »Ich – ich meine, unter anderen Umständen, würde ich natürlich liebend gern, aber ...«

»Tess, ich bestehe darauf!« erklärte Madelaine fest. »Und ich möchte jetzt nichts mehr zu diesem Thema hören.«

Ich sah in die drei entschlossenen Gesichter über mir. »Was ist mit den Kindern?« fragte ich schwach. »David ist nach London geflogen, sie sind jetzt ganz allein.«

»Josie ist doch bei ihnen, oder?« sagte Patrick.

»O ja, klar«, antwortete ich grimmig. »Du kennst Josie ja.«

»Flüchtig.« Er grinste. »Nettes Mädchen. Dann wäre also alles geregelt. Auf Wiedersehen, Angus, bist du weg?«

Er drehte sich um und schüttelte dem Arzt die Hand, dann brachte Madelaine ihn zur Tür.

»Nein, nichts ist geregelt«, ereiferte ich mich. »Ich will nach Hause.«

»Paß auf, Tess«, erklärte Patrick geduldig. »Wenn du nach Hause gehst, wirst du in kürzester Zeit mit deinem Knöchel herumhüpfen, dein Kopf wird dir weh tun, und du wirst dich richtig elend fühlen, das weißt du genau. Bleib ein oder zwei Tage hier, und sobald du wieder laufen kannst, bringe ich dich nach Hause, okay? Penny bringt dir bis dahin was zum Anziehen.«

»Du hast wohl alles bestens für mich gemanagt, was?« antwortete ich bitter, aber mein Widerstand schwand schnell. Im Moment fühlte ich mich ganz und gar nicht danach, irgendwohin zu gehen. Genaugenommen war mir schon wieder schlecht.

Ich schluckte mühsam und schloß die Augen. Bitte, lieber Gott, ich möchte mich nicht auf Madelaines lupenreinem cremefarbenen Sofa übergeben! Bitte laß mich nicht so völlig das Gesicht verlieren. Ich ignorierte Patrick, hielt die Augen fest geschlossen, atmete tief durch und zählte bis hundert. Als ich die Augen wieder aufmachte, ging es mir etwas besser. Ich sah mich um. Patrick war verschwunden. Zweifellos hing er schon wieder am Telefon und arrangierte, daß mein gesamter Besitz hier hergeschafft wurde, um sicherzustellen, daß ich noch Monate blieb.

Ich stöhnte. Wie hatte ich mich nur in diese Lage gebracht? Da war ich ja wohl wirklich in die Höhle des Löwen gestürzt. Und was wurde jetzt aus den Kindern? Meine armen Kleinen, seit heute morgen vaterlos und jetzt auch noch mutterlos! Vielleicht konnten sie mich morgen wenigstens mal besuchen? Ich sah mich um und stöhnte wieder. Vielleicht lieber nicht. Der Gedanke, daß Hugo und Clemmie auf mir und dem Cremesofa herumhopsten, lautstark nach Schokoladenkeksen schrien und alles mögliche anfaßten, während ich nicht mal in der Lage war, aufzuspringen und die unschätzbaren Kunstgegenstände aus ihren schmierigen Fingern zu reißen, machte mich noch kranker. Vielleicht konnten sie mich in ein paar Tagen besuchen, wenn es mir ein bißchen besser ging. Ich wunderte mich plötzlich über mich selbst. Ein paar Tage, hm, Tess? In Gedanken hast du dich schon hier eingenistest, was? Und dazu bedurfte es keiner langen Überredungskünste, oder?

Ich kuschelte mich auf das Sofa. Ich mußte zugeben, daß dies hier ein wunderbarer Ort war, um krank zu sein. Der Raum war herrlich entspannend, und Madelaine hatte ihn geschmackvoll eingerichtet! Auch wenn das Haus äußerlich einer Burg glich, hier war trotz der nackten Steinwände und -böden nichts davon zu spüren. Es gab keine von den Wänden starrenden Hirschgeweihe, keine gekreuzten Schwerter über dem Kamin, und das Zimmer wimmelte auch nicht von Schottenkaros. Statt dessen hatte sie sich für kühle Creme- und Grautöne entschieden, die hervorragend zu dem kalten Granit paßten. Eierschalenfarbene Vorhänge waren um die großen Terrassentüren drapiert, von denen man einen fabelhaften Blick auf die Berge hatte. An den Wände hingen keine springenden Lachse, sondern schöne und zweifellos kostbare impressionistische Gemälde und Wandteppiche, deren Muster sich in den Kissen wiederholten, die auf den üppigen Sofas drapiert waren. Ja, dachte ich träumerisch, man konnte durchaus auf einem dieser Sofas versinken und nie wieder aufstehen. Ich spürte, wie mir die Augen zufielen. Wieso war ich nur plötzlich so unglaublich müde?

Ich mußte eingeschlafen sein, denn das nächste, was ich mitbekam, war, daß jemand gegen meinen Kopf hämmerte. Ich öffnete die Augen. Nein, es war gar nicht mein Kopf, es war die Tür, aber nicht die Tür zum Salon. Ich war jetzt in einem anderen Raum, einem hübschen zitronengelben Schlafzimmer mit üppigen Vorhängen und Blick auf die Berge. Ich setzte mich auf. Wie war ich denn hier hergekommen? Hatte sich Patrick noch einmal im Gewichtheben geübt? Wie peinlich! Ich stöhnte und stellte mir vor, wie ich schwer in seinen Armen gelegen hatte, der Kopf war nach hinten gesunken, mein Mund stand auf, und vielleicht war ein kleines Tröpfchen Speichel an der Seite herausgelaufen. Klasse!

Es klopfte wieder, doch diesmal bewegte sich die Klinke. Ich griff schnell nach der Decke und zog sie mir bis unters Kinn.

Penny streckte den Kopf zur Tür herein. »Ich bin es nur«, flüsterte sie und schlich hinein. »Alles okay?«

Ich entspannte mich wieder. »Ja, bestens. Ich kann mich nur nicht bewegen, das ist alles. Es ist zum Wahnsinnigwerden.«

»Was ist denn bloß passiert?«

»Patrick hat mich umgefahren, das ist passiert.«

»Und jetzt liegst du hier. Das ist ja zum Brüllen!« Sie setzte sich grinsend auf die Bettkante. »Du bedauernswertes Geschöpf. Ich hätte nichts dagegen, ein paar Tage im Bett zu liegen, vor allem in so einem Palast. Und dann diese himmlische Ruhe, kein Kindergeschrei. Wirst du von vorne bis hinten bedient? Ich habe unten ein paar weißgeschürzte Dienstmädchen gesehen, die Silber geputzt haben – hier geht es anders zu als in Kilmarnoch, was? Wie ist das Essen?«

Ich starrte sie fassungslos an. »Penny, das hier ist Patricks Haus, kein Hotel, und ich hatte noch nichts zu essen. Mir ist übel, verdammt noch mal!«

»Ist das wahr?« Sie blickte verstohlen zur Tür. »Oder hast du nur auf sein Auto gewartet und bist dann schnell davorgefahren? Ich sage es keinem weiter, ich schwöre.«

»Penny!« Ich war entsetzt. »Wie kannst du auch nur auf so eine Idee kommen?«

»Na ja, wann bist du denn das letzte Mal mit dem Rad gefahren, hm? Und dann führt dich dein Weg ausgerechnet an Guilduncan vorbei?« Sie stieß mich augenzwinkemd in die

Rippen. »Ziemlicher Zufall, was? Jetzt bist du jedenfalls hier in seinem Haus gefangen und darfst dich auf ärztliche Anordnung nicht von der Stelle rühren, David ist in London, und Josie übernimmt den Kinderdienst grandios! Tess, meine Hochachtung! Ich finde es wirklich genial, wie du dich ihm gewissermaßen vor die Füße geworfen hast.« Sie lachte klingelnd.

Ich ballte alles, was ich hatte, unter der Decke, sprachlos vor Wut. Dann fand ich endlich meine Stimmbänder.

»Wenn du nicht sofort dein widerwärtiges Mundwerk hältst, schreie ich! Ich will nicht hier sein, sie haben mich gegen meinen Willen dazu gezwungen, und wenn du wirklich annimmst, ich hätte mich vor seinen Wagen geschmissen – Penny, ich hätte tot sein können! Hat dein verdorbenes Hirn auch mal an diese Möglichkeit gedacht?«

»Okay, okay, reg dich nicht auf. War ja nur so eine Idee.« Sie griff nach unten und raschelte mit einer Plastiktüte, während ich sie schweratmend anstarrte.

»Ich habe dir ein par Klamotten mitgebracht – Pullis, Jeans und einen Pyjama, falls du im Bett etwas anziehen willst.« Sie hob die Augenbrauen. »Aber vielleicht willst du das ja auch nicht?«

»Und ob ich das will!« fauchte ich und riß ihn aus ihrer Hand.

Sie kicherte. »Ach, und das habe ich noch in meiner Schublade gefunden.« Sie hielt ein winziges, schwarzes, durchsichtiges Nachthemd hoch. »Kannst du das brauchen? Für die heißeren Abende, vielleicht?« Dann fügte sie schnell hinzu: »Du kannst es dir überlegen, ich lasse die Tüte hier neben deinem Bett stehen, okay? Unten drin sind noch Schuhe und einige Zeitschriften, die Laura eingepackt hat. Oh, aber das nehme ich wieder mit zurück, das brauchst du bestimmt nicht, oder?« Sie zog mein Schminktäschchen hervor.

»Warum nicht?«

Penny runzelte die Stirn. »Make-up? Im Bett? Wo du so krank bist? Sicher nicht.«

»Vielleicht muß ich ja ab und zu mal nach unten humpeln, und dann will ich die Angestellten nicht erschrecken. Leg es zurück, Penny, und hör auf, so gemein zu sein.«

Sie grinste. »Ist ja gut, ist ja gut. Ich werde sowieso jetzt gehen, sie haben mich zum Lunch eingeladen.«

Penny stand auf, strich ihren Pulli glatt und streckte die Nase genießerisch in die Luft. »Hmm ... Lachs *en croûte,* wenn ich mich nicht täusche, auf der Terrasse, und ich habe sie ein paar sehr teuer aussehende Flaschen Wein hinaustragen sehen.«

»Tatsächlich?« antwortete ich trocken, knirschte mit den Zähnen und wünschte sie zum Teufel.

Sie schlenderte durchs Zimmer, hob ein paar Dinge auf und stellte sie wieder hin, dann setzte sie sich auf den Stuhl des nierenförmigen Toilettentisches und inspizierte ihr Äußeres. Sie zog einen Lippenstift aus der Tasche, malte sich die Lippen dick rot an und begann dann, ihre Haare zu kämmen.

»Er ist immer noch ganz schön attraktiv, was?« murmelte sie mir im Spiegel zu. »Ich habe ganz weiche Knie gekriegt, als ich ihn eben getroffen habe. Er ist immer noch wild und ungezähmt, aber er sieht nicht mehr ganz so gierig aus. Anscheinend ist er mit dem Alter etwas ruhiger geworden, obwohl er immer noch diese unglaublich dominierende Art hat, die so furchtbar sexy ist. Mir ist richtig schwindelig geworden, als er darauf bestand, daß ich zum Lunch bleibe. Ehrlich Tess, ich würde selbst nicht nein sagen, und du weißt, wie treu ich Piers bin. Deshalb würde ich dir keinen Vorwurf machen, wirklich nicht. Und es ist ja nicht so, als ob irgendwer was erfahren ...«

»Raus!« schrie ich und zeigte mit zitterndem Finger auf die Tür. »Verschwinde hier, Penny, du machst mich noch kränker, als ich sowieso schon bin.«

Sie sah mich im Spiegel vorwurfsvoll an. »Na, na, na, was sind denn das für garstige Worte?« Seelenruhig fummelte sie noch einmal an ihren Haaren, dann steckte sie den Kamm ein. »Okay, okay. Ich bin ja fast fertig.«

Sie stand auf und warf einen letzten prüfenden Blick in den Spiegel. Sie preßte die Lippen zusammen, um den Lippenstift zu verteilen, dann fischte ihren No-19-Zerstäuber aus der Tasche und sprühte ihn sich kurz hinter die Ohren.

Ich seufzte leise. Würde sie denn nie verschwinden? Dann endlich tänzelte sie zur Tür, wobei sie fast über das schwarze Negligé fiel, das aus der Tüte gerutscht war.

»Nimm das gefälligst mit!« befahl ich.

»Sicher?« Mit boshaftem Lächeln hob sie es auf.

»Raus! Sofort!«

Sie verschwand kichernd, doch als ich gerade erleichtert in die Kissen zurücksinken wollte, schob sie ihre Hand noch einmal durch die Tür und hängte das Nachthemd über die Klinke.

»Nur für den Fall«, flüsterte sie und verzog sich.

Ich stöhnte und trommelte mit geballten Fäusten auf das Bett. O Gott! Jetzt mußte ich es abhängen, ehe jemand kam und sich wunderte, was es dort zu suchen hatte! Fluchend begann ich mich im Zeitlupentempo aus dem Bett zu hieven, als – Scheiße, zu spät! Es klopfte kurz an der Tür, und Patrick erschien. Ich ließ mich schnell zurückfallen und zog die Decke hoch. Er blickte auf das Negligé, das fröhlich an der Klinke baumelte.

»Was ist das denn?« fragte er und hob es mit spitzen Fingern hoch.

»Es gehört Penny. Sie hat es vergessen. Vielleicht kannst du es ihr beim Lunch zurückgeben.«

»Aber warum hat sie es mitgebracht?« fragte er amüsiert.

»Sie hat gehört, ihr hättet so einen attraktiven Gärtner, den wollte sie damit verführen. Du kennst doch Penny.«

Er lachte. »Sie hat sich wirklich nicht verändert. Aber ich fürchte, sie ist einer Fehlinformation erlegen. Unser Gärtner ist fast neunzig.«

»Dann wird sie den wohl meinen«, antwortete ich bitterböse.

Er lachte wieder, und dann lehnte er sich gegen den Türrahmen und sah mich an. Ich hob fragend die Augenbrauen.

»Oh, ich, ... ich wollte dir nur sagen, daß wir gleich zu Mittag essen. Möchtest du etwas hinaufgebracht haben?«

Ich schüttelte den Kopf. »Nein danke. Mir ist immer noch ein bißchen unwohl. Später vielleicht.«

Er nickte. »Hab' ich mir schon gedacht. Das habe ich dir übrigens mitgebracht.« Er reichte mir ein Mobiltelefon. »Falls du deinen Mann anrufen willst, um ihm zu sagen, wo du bist.«

»Danke.« Unsere Blicke trafen sich kurz, als ich das Telefon aus seiner Hand nahm, und ich spürte, daß ich rot wurde.

»Er heißt übrigens David«, murmelte ich.

»Aha.« Er nickte. »Dann kenne ich ihn.«

Ich war verblüfft. »Woher denn?«

»Als ich Josie nach Hause gebracht habe, hat er die Tür aufgemacht.«

»Oh. Richtig.«

Schweigen. Ich sah auf das Telefon und spielte mit den Tasten. Patrick räusperte sich.

»Ich bin dann weg. Wenn du etwas brauchst, ruf einfach.«

»Mache ich.«

Ich lächelte, dachte aber, daß man sich in diesem Riesenhaus sicher heiser schreien würde, ehe es einer hörte. Patrick wandte sich zum Gehen.

»Patrick ...«, sagte ich plötzlich. Er drehte sich um. »Ich war nicht besonders, na ja, dankbar. Und du warst sehr nett. Danke.«

Er lächelte. »Kein Problem. Es ist übrigens schön, dich wiederzusehen, Tess.«

Damit schloß er die Tür und ging zum Essen.

14. Kapitel

Als er weg war, streckte ich mich im Bett aus und betrachtete das Mobiltelefon, das neben mir auf der Decke lag. Meine Hand zuckte in seine Richtung, dann seltsamerweise wieder zurück, dann wieder hin. Ich griff danach. Klar, wenn David erfuhr, wo ich war, mußten sie mich gehen lassen. Er würde darauf bestehen. Sofort zurück nach Kilmarnoch würde das für mich bedeuten, und das war das beste für mich, sagte ich mir streng. Der beste Ort für mich. Ja. Richtig. Los, Tess, wähl die Nummer. Ich tat es schließlich, und ein Angestellter stellte mich durch.

»David Hamilton.«

»Darling, ich bin es.«

»Tess! Ich bin gerade erst hereingekommen. Wie geht es dir?«

»Ehrlich gesagt nicht so gut. David, krieg jetzt keinen Schreck, aber ich hatte einen kleinen Unfall. Nichts Schlimmes, ich hab' eine Beule am Kopf und den Knöchel verstaucht.«

»Großer Gott! Wie ist das passiert?«

»Ich ... na ja, ich bin von meinem Fahrrad gefallen.«

»Von deinem Fahrrad? Welches Fahrrad?«

Ich seufzte. »Das ist eine lange Geschichte, aber die Autos waren alle weg, und mit blieb nichts anderes übrig, als mit dem Rad zu fahren. Ich glaube, ich bin ein wenig zu alt dazu, jedenfalls bin ich vor ein Auto gefahren.«

»Gütiger Himmel! Bist du schwer verletzt?«

»Mein Knöchel tut höllisch weh, und ich kann nicht laufen, aber es ist nichts Ernstes« Ich räusperte mich und nahm allen Mut zusammen. »Es war Patrick Cameron, der mich umgefahren hat. Ich bin jetzt in seinem Haus.«

»Patrick Cameron?«

»Ja, du weißt doch. Er und ich ...«

Schweigen.

Ich fuhr hastig fort. »Verstehst du, der Unfall ist in der Nähe seines Hauses passiert, deshalb hat er mich hergebracht, aber es ist so lächerlich, Darling, es gibt absolut keinen Grund, nicht nach Hause zu gehen. Es geht mir wirklich gut, aber alle machen so ein Theater. Sie sagen, ich muß hierbleiben und das Bein hoch lagern, bis es mir besser geht. Es ist schrecklich!«

»War ein Arzt bei dir?«

»Ja, und er sagte, ich soll hierbleiben, weil ich mich zu Hause nicht erholen könnte, aber was weiß der schon, wie es bei uns zugeht? Wir haben schließlich Josie mitgebracht, damit ich ein bißchen Erholung habe, und sie ist durchaus in der Lage, sich allein um die Kinder zu kümmern. Es ist wirklich absurd.«

Keine Antwort.

»David?«

»Ja, ich bin noch da, ich habe nur nachgedacht.« Er klang sehr weit entfernt. Eine neue Pause entstand, und ich wollte gerade etwas sagen, als er redete.

»Weißt du, grundsätzlich denke ich, daß der Arzt recht hat. In Kilmarnoch, wo die Kinder ständig hin und her rennen, wirst du ziemlich wenig Ruhe haben, und ich kenne dich, du stehst mit Sicherheit auf und humpelst in die Küche, um das Essen zu kochen und Penny und Laura wahnsinnig zu machen. Ich finde, du bist für eine Weile gut aufgehoben dort.«

Mein Unterkiefer sank herab. »Was meinst du mit einer Weile? Wie lange?«

»Bis es dir besser geht. Wie lange braucht dein Knöchel, um zu heilen? Was hat der Arzt gesagt?«

»Er sagte, ich müßte eine Woche liegenbleiben«, antwortete ich. »Ich habe ihm erklärt, daß das unmöglich ist, aber ...«

»Dann mußt du das auch tun«, unterbrach er mich energisch. »Es hat keinen Sinn, aufzustehen und alles nur noch schlimmer zu machen. Diese Verletzungen können sehr unangenehme Folgen haben, wenn man nicht vorsichtig ist.«

»Aber David, warum kann ich mich denn nicht in Kilmarnoch ins Bett legen?« Ich geriet in Panik. »Es gibt doch wirklich keinen Grund, in Patricks Haus herumzuliegen, oder?« Ich betonte ›herumliegen‹ und ›Patrick‹ extra laut, in der Hoffnung, daß dann die Alarmglocken in seinem Hirn angehen würden, aber er schien sie nicht zu hören.

»Es ist Grund genug, wenn du dich da besser erholen kannst«, antwortete er knapp. »Die Kinder sind bei Josie gut aufgehoben. Entspann dich und genieß es, um Himmels willen. Du beschwerst dich dauernd, du hättest nie Ruhe vor ihnen, jetzt hast du sie. Hast du was Schönes zu lesen?«

»Ja, aber ...«

»Gut, Darling, ich muß jetzt Schluß machen. Ich muß in ein paar Minuten im Gericht sein. Gib mir bitte noch deine Nummer ...«

Benommen las ich sie ihm vor.

»Okay. Ich rufe dich heute abend an, ja. Jetzt ruh dich schön aus, ich will keine Frau, die den Rest des Lebens hinter mir herhumpelt.«

»Aber David ...«

»Mach's gut, Tess, grüß die Kinder von mir.« Er legte auf.

Ungläubig starrte ich das Telefon an. War er denn völlig übergeschnappt? Hatte er den Verstand verloren? Er war doch Anwalt, ein intelligenter, aufgeschlossener Mensch. War ihm die Situation denn nicht klar? Und die Konsequenzen? Ich blinzelte. Vielleicht doch. Vielleicht wollte er, daß ich eine Affäre hatte, vielleicht waren das seine perversen Phantasien, seine Frau in den Händen ihres Ex-Lovers, gefangen in seinem Schloß, die Türen verriegelt, die Zugbrükke emporgezogen und jede Fluchtmöglichkeit versperrt? Vielleicht hoffte er ja, ich wäre geknebelt und an die Bettpfosten gefesselt? Angewidert warf ich das Telefon von mir.

Das war das Problem an den Männern, überlegte ich, sie waren so naive Kreaturen und so vertrauensselig. Bei jeder halbwegs gescheiten, vernünftigen Frau wären sofort sämtliche Alarmglocken und Warnblinklichter angegangen, aber nicht bei David, nein. Er sorgte sich nur darum, ob ich etwas Schönes zu lesen hätte. Ich lachte hohl. Offensichtlich kam er nicht auf die Idee, es könnte auch nur die geringste Möglichkeit bestehen, daß Patrick mich verführte oder umgekehrt. Eigentlich war das ja ganz süß. Ich lächelte. Naiv, aber süß. Ich drehte mich um und schüttelte mein Kissen auf. Nicht, daß die Möglichkeit bestünde, natürlich nicht, überlegte ich, nicht nach Willie. Ich kuschelte mich in das frische Leinen. Ja, dank Willie. Wenn er nicht gewesen wäre, sähe die Sache vielleicht jetzt anders aus. Dann läge ich vermutlich hier, wahnsinnig vor Freude, in seinem Gästezimmer gefangen zu sein, und könnte mein Glück kaum fassen. Dann würde ich mich jetzt sicher herausputzen, mir in die Wangen kneifen, um etwas Farbe zu kriegen, nach Wimperntusche suchen und darüber nachdenken, wie ich mein gesundes Bein aus dem Bett ... Himmel, was sollte eigentlich der Konjunktiv? Ich meine, wenn ich ehrlich war, hatte ich bisher noch an nichts anderes gedacht. Ich erschauerte. Andererseits hatte ich genügend außereheliche Aktivitäten fürs Leben genossen. Klar, es machte viel Spaß und alles, aber mit den ganzen Schuld- und Schamgefühlen konnte ich nicht leben, besten Dank.

Und deshalb, so überlegte ich weiter, schadete es eigentlich nicht, daß ich hier war. Egal, was Patrick vorhatte, ich wußte genau, was ich wollte, drohte mir also Gefahr? Ich blinzelte, als ich über diese Frage nachdachte. Nein, nicht im geringsten. Warum entspannte ich also nicht und genoß es? Warum wehrte ich mich? Warum erholte ich mich nicht einfach ein bißchen, zumal alle so vehement darauf bestanden, legte die Beine hoch und betrachtete das ganze wie einen Urlaub? Schließlich war das, abgesehen von einem katastrophal verregneten Wochenende mit David in Dorset, die erste Zeit ohne Kinder, seit Clemmie auf der Welt war. Warum machte ich nicht das Beste daraus?

Mit diesen zuversichtlichen Strategien zog ich mir die weiße Decke bis zum Kinn, gähnte herzhaft und versank in dem weichen Bett. Zum erstenmal sah ich mich richtig im Zimmer um, registrierte die schönen Gemälde an den Wänden und die vielen Antiquitäten, die überall herumstanden. Bei den Camerons war das nur ein Gästezimmer, dabei hatte es die Größe eines durchschnittlichen Bungalows. Dies hier war kein verblichener Glanz, sondern ganz und gar unverfälschter Luxus, und für ein paar Tage kam mir der sehr gelegen.

Ich berührte die gestärkte weiße Bettwäsche. Sie war so hart, daß man sich fast daran schneiden konnte, und ich mußte unwillkürlich daran denken, daß es höllisch sein mußte, sie zu mangeln. Aber das war wohl nicht Madelaines Problem, ebensowenig wie das Einkaufen und Arrangieren der Blumen, die so geschickt dort im Sonnenlicht plaziert waren. Ihre bloße Existenz erschien mir bemerkenswert, denn schließlich hatte niemand ahnen können, daß jemand dieses Zimmer bewohnen würde. Aber vielleicht bestand Madelaine auf Blumen in jedem Raum, egal ob bewohnt oder nicht? Ganz offensichtlich war das hier ein Haus, in dem an nichts gespart wurde, ein Haus, das allen Komfort bot. Ich zweifelte nicht daran, daß im Winter die Heizung vierundzwanzig Stunden an sein würde und die Fenster zum

Lüften geöffnet wurden, wenn das nötig war, denn das hier war nicht das schottische Durchschnittshaus, wo man sich den Hintern abfror, kalt baden mußte und sich einen dritten Pulli anzog, wenn man fror. O nein, Madelaine hatte dieses Highland-Schloß so perfekt wie möglich in eine südfranzösische Villa verwandelt, und auch wenn das vielen nicht gefallen mochte, ich, in meinem Zustand, konnte mich nicht beklagen.

Plötzlich spitzte ich angestrengt die Ohren. Ich reckte den Hals, um aus dem Fenster zu spähen. Leider konnte ich nichts erkennen, aber ich war mir ganz sicher, ein Plätschern von unten gehört zu haben. Hatten die etwa einen Pool? Und wenn, wie viele Tage im Jahr nutzten sie ihn? Ich war baff. Ich meine, klar, wir hatten jetzt ein paar warme Tage, aber vermutlich war es die eine Woche von 52. Was für ein Luxus! Ich hörte schon meinen Vater: »Ein Swimming-pool« würde er sich empören. »In Schottland? Die müssen verrückt sein!« Ich lächelte. Verrückt oder nicht, mir war diese sonnige, luxuriöse Umgebung im Augenblick sehr recht.

Mein Knöchel fing ein bißchen an weh zu tun, deshalb lehnte ich mich zurück und schloß die Augen. Mit dem gesunden Fuß hob ich die schwere Bettdecke ein wenig an, damit sie den verletzten nicht so belastete. So lag ich da und lauschte auf die gedämpften Stimmen unten auf der Terrasse. Ich hatte nicht vor, einzuschlafen, tat es aber offensichtlich, denn als ich die Augen wieder öffnete, klopfte mein Fuß wie verrückt, und Penny stand neben meinem Bett und bohrte ihren Fingernagel fest in meine Schulter.

»Tess, Tess! Ach, du bist ja wach.« Ihr Gesicht glühte, und ihre Augen waren knallrot. »Ich habe dich doch nicht geweckt, oder? Ich wollte dir nur sagen, daß ich jetzt gehe.«

»Hm?« Ich mußte mich ziemlich konzentrieren. Die Schmerzen waren unerträglich, irgend jemand schien ein Messer durch meinen Knöchel bohren zu wollen.

»Ich gehe«, wiederholte sie atemlos. »Ich wollte dir nur schnell erzählen, daß wir ein wunderbares Lunch hatten, am *Swimming-pool,* kannst du dir das vorstellen? Wir haben da gesessen und Champagner unter einem riesigen weißen Sonnenschirm getrunken, und Tess, wir wurden von richtigen Obern *bedient*! Ich kam mir vor wie ein Filmstar, und es gab keinen Lachs, sondern Hummer, das ist mein absolutes Lieblingsessen, und ach Tess, Madelaine ist einfach göttlich!« Penny klatschte begeistert in die Hände, dann schwankte sie plötzlich und hielt sich krampfhaft am Bettpfosten fest. Offenbar war sie ziemlich angeheitert. »So unerhört chic – sie ist Französin, weiß du, Pariserin genaugenommen, mit einem tollen Akzent, und sie hat mir dies schicke Sonnenbrille geliehen ...« Penny zog sie auf und drehte sich, damit ich sie von allen Seiten bewundern konnte. »Sie sagte, ich könnte sie ruhig eine Weile behalten, denn sie wäre alt, und sie hätte Hunderte davon, aber es ist eine Yves St. Laurent, stell dir vor!« quietschte sie. »Guck mal!« Sie wedelte mir damit vor dem Gesicht herum, damit ich den Namenszug erkennen konnte, und schlug sie mir gegen die Nase.

»Penny!« keuchte ich und langte an ihr vorbei nach meinen Schmerztabletten, an die ich aber nicht herankam. »Mein Fuß ... Könntest du mir vielleicht ...«

Sie ließ sich auf mein Bett fallen und riß mir die Pillen aus der Hand, als ich sie gerade mühsam erreicht hatte. Ich stöhnte, als sie zu Boden fielen.

»Ehrlich Tess, diese Leute sind *einfach* himmlisch«, schwärmte sie atemlos. »Ich verstehe gar nicht, warum wir sie nicht früher kennengelernt haben. Aber das ist natürlich der Fehler unserer Eltern. Stell dir mal vor, wir hätten Kontakt zu so einer Familie. Was hätten wir dann für einen Spaß! Pool-Partys, Nacktbaden, Cocktail-Feste ... sogar Tanzbälle. Madelaine hat erzählt, sie hätten ein paar wilde Partys gefeiert, mit Jazzbands und Rosenblättern auf dem ganzen Swimming-pool. Es hört sich an wie aus einem *Roman.* Und was Patrick betrifft – Oh lala!« Sie geriet in Verzückung und faßte sich dramatisch ans Herz. »Tess, er hat sich *verändert«,* flüsterte sie. »*Unglaublich* verändert! Er ist jetzt einfach göttlich, und er ist der perfekte Gastgeber, so zuvorkommend – er hat meinen Stuhl in den Schatten gerückt und alles, weil er fand, ich würde ein bißchen rosa – schau!« Sie sprang auf, knöpfte ihre Bluse auf und entblößte ein Paar knallrote Brüste, die sie zweifellos die ganze Zeit zur Schau gestellt hatte. »Siehst du den Streifen? Dabei war ich doch nur eine Stunde in der Sonne.«

Sie ließ die Bluse offen und ergriff lachend meine Hand, als ich einen erneuten Versuch machte, an meine Pillen auf dem Teppich zu kommen.

»Ach, Tess, und er ist so *witzig*! Du hast mir gar nicht gesagt, daß er witzig ist, nicht wahr, du falsche Schlange!« Sie schüttelte meinen Arm, und die Pillen fielen mir erneut aus der Hand.

»Er ist *irre*! Ich habe mir bei seinen Geschichten vor Lachen fast *in die Hose gemacht,* und du weißt doch, wie ich auf lustige Männer STEHE!« Sie rollte ihre blutunterlaufenen Augen. »Einmal war er so witzig und sah so umwerfend gut aus, wie er da saß mit seinem verwaschenen Jeanshemd, der Sonnenbräune und den strahlend blauen Augen, daß ich kurz davor war, meinen Hummer einfach auf den Teller zu schmeißen, auf seinen Schoß zu klettern und ihm zu sagen, er solle es mir anständig besorgen, an Ort und Stelle, vor den Augen seiner Mutter!«

»Du kannst es ihm jetzt sagen«, krächzte ich. »Er steht hinter dir.«

Penny drehte sich um und kicherte, als Patrick hereinkam. Es schien ihr nicht im geringsten peinlich zu sein. »Ach, hallo, Patrick.« Sie hakte sich bei ihm ein und drängte sich in seine Arme. »Ich habe Tess gerade erzählt, wie sehr du dich verändert hast. Du warst früher so ein griesgrämiger, aggressiver Typ, und heute bist du ein richtig netter Mann.«

Er grinste. »Danke, Penny. Ich bin froh, daß aus mir was geworden ist. Darf ich das Kompliment erwidern und dir versichern, daß du dich kein bißchen verändert hast?«

Penny, die das irrtümlich für ein Riesenlob hielt, kicherte wie ein kleines Mädchen und zwickte Patrick in den Arm. Aber Patrick machte ein ernstes Gesicht. Er beugte sich vor und sah mich genau an.

»Ist alles in Ordnung, Tess? Du siehst furchtbar blaß aus.«

Ich schüttelte den Kopf. »Knöchel«, flüsterte ich. »Tut weh.«

»Wo sind deine Tabletten?« wollte er wissen.

»Boden«, brachte ich mühsam heraus und zeigte auf Pennys Füße.

Er hob sie auf und lief schnell ins Bad, um etwas Wasser zu holen. Meine Kusine, die ohne Patricks Unterstützung heftig schwankte, bückte sich, um mir ins Gesicht zu starren. Dabei rutschte die Tasche von ihrer Schulter und traf mich hart am Kopf. Ich schrie vor Schmerz.

»Du siehst wirklich ziemlich käsig aus, Tess«, bestätigte sie. Sie grinste höhnisch, ihr Atem stank nach Alkohol. »Du hättest zum Pool kommen und dir die Sonne ins Gesicht scheinen lassen sollen, anstatt hier herumzuliegen und Spielverderberin zu sein. Wir haben uns prächtig amüsiert, was Patrick? Ehrlich, wir sind aus dem Lachen nicht herausgekommen. Und ich war vielleicht in Form! Wie ging noch dieser *schrecklich* lustige Witz, den ich erzählt habe, als deine Mutter sich dranhielt, daß sie älter würde und nun allein sei und ... ach ja! Was haben Hundescheiße und alte Frauen gemeinsam? Je älter sie werden, desto leichter kann man sie mitnehmen. Ha Ha! Gott, war das witzig – obwohl ich mir nicht sicher bin, ob deine Mutter das auch fand, Patrick. Sie hat mich ein bißchen streng angeguckt, dabei wollte ich sie doch nur aufheitern. Vielleicht lag es daran, daß sie ja selbst kein junger Hüpfer mehr ist, oder es war die Sprachbarriere oder ...«

»Hier.« Patrick stieß Penny ziemlich unsanft zur Seite, als er mit dem Wasser zurückkam. Sie verlor das Gleichgewicht und klammerte sich wieder an den Bettpfosten, wo sie sich mit Mühe aufrecht hielt. Sie war offensichtlich nicht nur ein bißchen angeheitert, sondern sturzbetrunken. Patrick gab mir die Pillen. »Nimm die.«

Er stützte meinen Rücken und ich verschlang sie gierig. Hoffentlich wirkten sie bald. Meine Zähne gruben sich verzweifelt in das irische Leinen. Lange konnte ich es nicht mehr aushallen, ohne vor Schmerzen laut zu stöhnen

»Komm.« Patrick drehte sich zu Penny um. »Tess braucht ein bißchen Ruhe, ich bringe dich nach Hause.«

»O nein, bitte noch nicht«, schmollte sie. »Ich hatte mich schon so auf einen kleinen *Digestif* gefreut – einen winzigen Schluck Calvados, vielleicht. Ich wette, deine Mutter kippt den in einem Schluck runter, was Patty, als richtige Französin. Hey«, flüsterte sie und zupfte ihm am Ärmel, »hat sie schon Liebhaber gehabt? Ein paar kleine Jungs?«

Ich starrte sie an, geschockt, trotz der Schmerzen. »Penny!«

»Du brauchst mich gar nicht so anzugucken, Tess. Du weißt doch, wie diese südeuropäischen Frauen sind, der Ehemann unter der Erde ist noch warm, da werfen die sich schon ihre Louis-Vuitton-Taschen über die Schulter und schlendern ein bißchen über die Champs Élysées, um sich einen netten *Spielgefährten* zu suchen! Haha! Du verstehst, was ich meine.« Sie stieß Patrick in die Rippen. »Wie war's also mit einem Calvados, Patty? Sei doch nicht so geizig.«

»Ein anderes Mal, vielleicht«, antwortetet Patrick und schob sie schnell aus dem Zimmer. »Bin sofort zurück«, rief er mir über die Schulter zu, eher er verschwand.

Ich nickte schwach.

Eine Zeitlang später kam er zurück, allein. Er setzte sich vorsichtig auf die Bettkante und gab sich Mühe, meinen Fuß nicht zu berühren.

»Wie geht es dir jetzt?«

»Etwas besser«, antwortete ich matt.

Das stimmte nur teilweise, denn die Tabletten hatten zwar schnell gewirkt, aber nicht schnell genug. Mir war gar nicht klar gewesen, wie ernsthaft ich mich verletzt hatte.

Er nickte. »Du mußt die Tabletten alle sechs Stunden nehmen, dazu sind sie da. Ich habe mir vor ein paar Jahren die Schulter gebrochen, deshalb weiß ich, wie das ist. Es ist kein Spaß, nicht wahr?«

»Nicht im geringsten«, flüsterte ich. »Und ich fürchte, ich bin ein ziemlicher Feigling.«

»Keine Angst, du hast das Schlimmste bald überstanden. Morgen geht es dir schon besser, und dann geht es jeden Tag aufwärts.«

»Versprochen?«

»Großes Ehrenwort!« Er lächelte sanft.

Ich schluckte und schaute weg. Verschon mich bloß mit deinen blauen Augen, Patrick Cameron. Du wirst doch wohl keine schwache, wehrlose Frau ausnutzen wollen. Warte, bis die Pillen wirken, dann sitzt du nicht mehr neben mir auf dem Bett und becirct mich mit diesem Lächeln. O nein, dann heißt es ab auf den Stuhl dahinten. Im Moment, jedoch – ich krümmte mich schon wieder vor Schmerzen – durfte er bleiben.

»Was macht dein Kopf?«

»Es geht so.«

Es wurde still.

»Fällt dir das Sprechen schwer? Soll ich lieber gehen?«

Ich schüttelte den Kopf. Ein schwerer Fehler, denn er fing sofort wieder an zu pochen. Aber ich wollte nicht allein sein.

Patrick stand auf und schlenderte, die Hände lässig in den

Hosentaschen, durchs Zimmer. Ich beobachtete, wie er sich die Bilder anschaute und aus dem Fenster sah, als wäre er noch nie in diesem Raum gewesen. Aber vielleicht war er das ja auch nicht. Das Haus war so verdammt riesig, vielleicht gab es Flügel, von denen er nicht mal wußte, daß sie existierten. Er blieb vor einem dreibeinigen Tischchen stehen, nahm eine Zeitschrift in die Hand und blätterte darin herum.

»Hast du David angerufen?« fragte er beiläufig.

»Ja.«

»Was hat er gesagt?«

Ich lachte höhnisch. »Er ist derselben Meinung wie ihr alle und meint auch, ich sollte hierbleiben, bis es mir besser geht.«

Patrick sah überrascht von seiner Zeitschrift auf. »Na, siehst du. Wenn sogar dein Mann sagt, du sollst bleiben ...«

»Tja«, kommentierte ich grimmig.

Er legte die Zeitschrift fort und betrachtete die Berge. Es war eine Weile still. Dann drehte er sich um.

»Weiß er ... von uns?«

Ich sah ihn offen an. »Er weiß, daß wir zusammen ausgegangen sind, wenn du das meinst.«

»Aha.« Er nickte.

Ich richtete mich ein bißchen im Bett auf. Die Tabletten wirkten endlich. Die Schmerzen ließen nach, und ich fühlte mich wesentlich stärker.

»Laß uns eines klarstellen, Patrick«, erklärte ich ruhig. »Es gibt von uns nichts zu wissen. Nichts außer der reinen Wahrheit, daß wir uns nämlich vor zwölf Jahren am Strand kennengelernt haben und eine Urlaubsromanze hatten, okay? Es gibt keine verborgenen Geheimnisse aufzudecken und keine Leichen im Keller. Natürlich weiß David von uns. Wir haben keine Geheimnisse voreinander. Er hat mir von seinen ehemaligen Liebschaften erzählt, und ich ihm von meinen – Ehepaare machen das so, weißt du. Eine Ex-

Freundin von ihm ist sogar zu unserer Hochzeit gekommen. Ich hätte dich auch eingeladen«, sagte ich locker, »aber ich wußte damals nicht, wie ich dich erreichen sollte.«

Patrick sah mich ungläubig an, dann warf er den Kopf in den Nacken und lachte schallend.

Ich riß die Augen auf. »Was ist daran so lustig?«

»Deine Hochzeit! Tja, das wäre sicher, äh ...«, er suchte nach dem richtigen Wort und nickte, »interessant gewesen.«

»Das war es auch, sehr interessant sogar. Ein wunderbarer Tag, der glücklichste meines Lebens, um genau zu sein.«

»Tatsächlich?« Er grinste.

»Ja«, schnappte ich. »Wirklich. Ich habe es nie bereut.«

»Wenn das stimmt, würde mich das sehr für dich freuen.«

»Natürlich stimmt das. Das habe ich doch gerade gesagt, oder?« Ich funkelte ihn an.

Patrick sah mich nachdenklich an, dann kam er zum Bett hinüber. »Warum bist du so, Tess?«

»Wie?«

»So schnippisch. Und aggressiv?«

»Ich bin nicht aggressiv, Patrick, aber als ich dir erzählt habe, daß David auch dafür ist, daß ich hier bleibe, wolltest du sofort wissen, ob er das mit uns beiden weiß. Als ob es da etwas gäbe, daß er nicht wissen dürfte. Irgend etwas, das ihn davon abhalten könnte, mich zum Bleiben zu überreden.« Ich sah ihn an. »Habe ich recht?«

Patrick lachte leise. »Was für Gedanken du dir machst, Tess. Auf was für eine abwegige Idee du kommst! Ich habe dich nur gefragt, ob er die Situation kennt.«

»Und ich sage dir«, wiederholte ich kühl, »daß es keine Situation zu kennen gibt ... Wenn es jemals eine –›Situation‹ gab, war sie vor zwölf Jahren zu Ende, verstanden?«

»Mein Gott, Tess, du hast wirklich nichts von deinem Feuer verloren. Ehrlich gesagt war ich nur völlig egoistisch. Ich hatte keine Lust auf einen gemütlichen Kaminplausch mit deinem Mann und auf das ›Woher kennen Sie meine

Frau eigentlich?‹-Fragespiel, aber da du die Dinge so klar gemacht hast, besteht ja auch keine Gefahr, habe ich recht? Puh!« Er schnitt eine Grimasse und wich zurück in Richtung Tür. Er drückte die Klinke hinunter, rüttelte verzweifelt daran, und tat so, als ließe sie sich nicht öffnen.

»Laßt mich hier raus!« flehte er. »Sie ist verrückt geworden! Penny, komm zurück und rette mich, ich tue auch alles, was du willst. Besorg es dir anständig vor den Augen meiner Mutter!«

Ich mußte trotz allem lachen. »Sei ruhig, du Dummkopf!«

»Was?« keuchte er und hantierte weiter an der Türklinke. »Hast du gesagt, es täte dir leid?«

»Nein, habe ich nicht.«

»Hast du gesagt, ›Entschuldige, Patrick, ich habe etwas überreagiert‹?«

»Nein, zum Teufel, habe ich nicht, aber ...«

»Aber was?« Er sah mich erwartungsvoll an.

Ich leckte mir über die Lippen. »Aber – also gut. Vielleicht habe ich ja überreagiert. Ein kleines bißchen. Aber es tut mir nicht leid«, fügte ich bissig hinzu.

Er grinste. »Okay. Für deine Verhältnisse ist das schon eine echte Kapitulation.«

Wir beäugten uns argwöhnisch wie zwei Preiskämpfer, die sich gegenseitig musterten und abschätzten, und versuchten beide festzustellen, ob sich der andere in den letzten zwölf Jahre verändert hatte. In seinem Fall waren die Veränderungen nicht gewaltig. Äußerlich war er noch ganz derselbe, und – ja, überlegte ich, auch sonst war er noch genauso wie ich ihn in Erinnerung hatte. Hitzig, sprühend, streitbar, irritierend, amüsierend, herausfordernd, anstrengend, aber auch sehr anregend. Nein, er hatte sich nicht das kleinste bißchen verändert.

»Du hast dich nicht das kleinste bißchen verändert, Tess«, sagte er leise.

»Wirklich?« Ich sah ihn erstaunt an. »Wie seltsam – du schon.«

Er wirkte einen Moment lang ebenfalls überrascht, dann lachte er plötzlich schallend. Als er das Zimmer verließ, gluckste er vor sich hin, und ich hörte seine Heiterkeitsausbrüche noch, als er die Treppe hinunterging.

15. Kapitel

Am nächsten Morgen weckte mich das Telefon. Unten schien niemand ranzugehen, so daß ich nach weiterem nervenden Geläute nach dem Apparat neben meinem Bett griff.

»Hallo?« fragte ich höflich.

»Was, zum Teufel, tust du da eigentlich?« Lauras Stimme drang in mein Ohr, und ich hielt den Hörer unwillkürlich ein Stück weg. »Ich meine, ausgerechnet in Patrick Camerons Haus?«

»Ich dachte, es sei inzwischen auch bis zu dir durchgedrungen, daß ich mit dem Fahrrad gestürzt bin«, erklärte ich geduldig.

»O ja ja. Das weiß ich, aber das Ganze ist ein bißchen durchsichtig, oder? Ich meine, hattet ihr nicht ein Verhältnis miteinander? Und gab es zwischen euch nicht wilden, leidenschaftlichen Sex am Fluß und all das?«

»Ja, du hast RECHT, Laura«, unterbrach ich sie, bevor sie noch genauer wurde. »Danke, daß du mich an die Details erinnerst, sie waren mir ganz entfallen. Glaub mir, ich wäre lieber in Mary McTavishs Vorgarten gestürzt oder vor dem Haus der Campbells, aber so ist es nun mal leider nicht gewesen, okay? Jetzt strenge ich mich an, gesund zu werden und schnell wieder hier herauszukommen, und das, wenn ich das hinzufügen darf, ohne die geringste Unterstützung meiner Familie, die mich offenbar *so lange wie möglich* hier eingesperrt haben will.« Meine Stimme war inzwischen in ein hysterisches Kreischen umgeschlagen.

»Je eher du da rauskommst, um so besser«, prophezeite sie dunkel. »Ich kann mich an Zeiten erinnern, als ihr zwei die Hände nicht voneinander lassen konntet, und du weißt, wie du reagierst, wenn du krank bist. Du bist dann ziemlich sensibel, um nicht zu sagen gefühlsduselig. Deine Widerstandskraft ist im Moment völlig hin, und wer weiß, was als nächstes passiert ...«

Ich kochte im stillen über dieser unverschämten Unterstellungen, und schlug dann, wie ich fand, einen ruhigen, ausgeglichenen Tonfall ein.

»Danke für dein außerordentliches Vertrauen. Aber du scheinst vergessen zu haben, daß nicht nur mein Bein bandagiert ist und mein Kopf wie ein Schlagbohrer pocht, sondern daß ich außerdem eine verheiratete Frau bin! Man sollte annehmen, daß zumindest eine dieser Nebensächlichkeiten meine persönliche Sicherheit garantiert, oder?«

»Möglich«, antwortete sie zweifelnd. »Aber ich bin nicht überzeugt davon. Ich bin eher der Ansicht, du solltest strengstens beaufsichtigt werden. Ich komme herüber.«

»Schön«, antwortete ich matt. »Tu, was du willst.«

»In zwanzig Minuten bin ich bei dir.«

»Prima. Ich kann es kaum erwarten. Ach, und Laura?«

»Ja?«

»Bring bitte die Kinder mit.«

»Die Kinder?«

»Ja, Hugo und Clemmie, meine Nachkommen, die Früchte meiner Lenden und so weiter, du erinnerst dich? Wenn es dir recht ist, würde ich meine Kleinen gern sehen.« Meine Stimme zitterte jetzt ein wenig, denn, verdammt, Laura hatte recht, ich wurde ziemlich gefühlsduselig, wenn ich krank war, das war mein großer Schwachpunkt. Ich rechnete dann immer mit dem Schlimmsten, sah mein Ende herannahen. Windpocken, Grippe, es war immer dasselbe, und auch die Zeit nach der Geburt hatte meine Moral jedesmal ernsthaft geschwächt.

»Okay, okay«, beschwichtigte sie mich hastig. »Ich bringe sie mit.«

Ich legte mich zurück auf mein Kissen und schniefte ein bißchen. Meine Kleinen. Meine armen, mutterlosen kleinen Babys, sicher vermißten sie mich fürchterlich. Ich putzte mir die Nase und stopfte das Taschentuch unters Kissen. Ich seufzte. Das war das Komische an Kindern, überlegte ich. Hatte man sie den lieben langen Tag um sich, träumte man ständig davon, sie einmal loszuwerden; eine Tasse Tee zu trinken, ohne sie mit irgendeiner Puppe zu teilen; allein aufs Klo zu gehen, ohne ein aufmerksames Publikum, das unbedingt wissen wollte, warum man keinen Pipimann hatte; ein Haus zu haben, das aussah wie aus *Schöner Wohnen* und nicht wie aus Beirut; aber sobald sie nicht da waren, vermißte man sie wie verrückt. Ihre kleinen süßen Gesichter, ihr bezauberndes Lächeln, ihr ... ich fummelte wieder nach dem Taschentuch und heulte eine Runde. Als ich fertig war, ging es mir entschieden besser. Ich schneuzte mir heftig die Nase und stopfte das Taschentuch wieder weg.

Es würde auch nicht schaden, wenn Patrick mich mit ihnen zusammen sah. Ja, sollte er nur sehen, was ich in den zwölf Jahren geschafft hatte. Egal wie schlecht sie sich benahmen, überlegte ich, sie würden ihm schon seinen egoistischen Junggesellen-Schädel zurechtrücken. Ha! Ja, das können Sie ruhig einmal malen, Mr. Cameron! Ich kaute nachdenklich an meinem Daumennagel. Schade, daß ich nicht auch noch David herbeizaubern konnte, den liebevollen Ehemann. Und alle meine Lieben zu einem idyllischen Bild um mein Bett herum versammeln konnte, wie auf den Fotos dieser ganzen Familienzeitschriften.

Ich grübelte gerade, wie ich wohl an ein Frühstück kommen könnte, als mein Dienstmädchen – mein Dienstmädchen! – erschien, um die Vorhänge zurückzuziehen und mir Eier mit Speck zu bringen. Ich machte ein ziemliches Theater, setzte mich mühsam im Bett auf, nahm ihr das Tablett ab und bedankte mich höflich, dabei wußte ich nur zu gut, daß ich nach ein paar Wochen dieser Behandlung nur noch knapp nicken und sie anfahren würde, weil meine Eier nicht von beiden Seiten gebraten waren. Sie verschwand wieder, und zehn Minuten später kam Madelaine, um zu kontrollieren, ob ich meine Schmerztabletten genommen hatte.

»Wie fühlen Sie sich denn, meine Liebe?« erkundigte sie sich besorgt und vergewisserte sich, daß das Mädchen auch alles gebracht hatte, was Madame verlangt hatte.

»Viel besser, danke.« Strahlend wischte ich mir das Ei vom Mund. »Ich glaube, ich kann wirklich bald nach Hause fahren.«

Sie setzte sich aufs Bett und tätschelte meine Hand. »Abwarten. Ehrlich gesagt habe ich selbst es gar nicht eilig, denn ich hatte lange keine Gesellschaft mehr.«

Ich wurde rot. »Oh! Nein, ich habe es auch nicht eilig, es ist wunderbar hier, nur – na ja, meine Kinder, wissen Sie?«

»Aber natürlich, meine Liebe.« Sie klatschte bestürzt in die Hände. »Sie müssen unbedingt einmal kommen.«

»Sie kommen schon bald, wenn es Ihnen recht ist. Mit Laura. Ich hatte gehofft, daß Sie nichts dagegen haben würden.«

»Aber natürlich nicht. Bleiben sie zum Essen?«

Versuch, sie davon abzuhalten, mahnte mich eine innere Stimme, doch ich lächelte. »Das tun sie sicher gern.«

»Wunderbar!« Sie erhob sich eilig und lief zur Tür. »Ich werde dem Koch sofort Bescheid sagen.«

»Aber Madelaine, ein Sandwich oder ein, wie nennen Sie das – ein Crock Monsieur, reicht doch völlig aus. Bitte machen Sie sich keine Um ...«

Aber sie war schon verschwunden. Wahrscheinlich

rannte sie jetzt in den Keller, um das Wild auszusuchen, es über die Schulter zu hieven und in die Küche zu schleppen. Oder sie lief gar hinaus ins Moor, um es eigenhändig zu erlegen, denn die Gastfreundlichkeit der Camerons, so schien es, kannte keine Grenzen. Sie benahmen sich wie frustrierte Hotelbesitzer, denen seit Jahren die Gäste ausgeblieben waren und die nun plötzlich eine Chance witterten, die leeren Gästezimmer und Eßzimmerstühle zu füllen. Nun, wenn das der Fall war, waren sie auf die richtige Familie gestoßen. Ich war sicher, daß meine Meute keine zweite Aufforderung benötigte, um sich hier breitzumachen.

Nach einer Weile hörte ich Kies knirschen, eine Tür knallen, dann drangen freudige Schreie nach oben, gefolgt vom Tap-Tap-Tap winziger Füße auf der antiken Treppe. Ich lächelte. Die kleinen Räuber waren da. Ich setzte mich vorsichtig auf, zupfte meinen Pyjama zurecht, faltete die Hände und strahlte erwartungsvoll – mütterlich – in Richtung Tür.

Minuten vergingen, und ich strahlte noch immer mütterlich in Richtung Tür. Ich runzelte die Stirn. Na ja, vielleicht tranken sie in der Küche noch schnell ein Glas Orangensaft. Meine Kinder schienen ständig Orangensaft zu brauchen, sobald sie auch nur den Fuß irgendwohin setzten, und danach kam natürlich ein Keks, und dann noch einer, also würde es noch ... ich sah auf die Uhr – oh, es waren jetzt schon fünf Minuten!

Ich blickte auf den Stapel Bücher, den jemand mit Bedacht auf meinen Nachttisch gelegt hatte – drei Romane, die ich schon immer lesen wollte, zu denen ich aber nie die Zeit gefunden hatte. Was ging es mir gut! Ich griff nach einem von ihnen und überflog den Rückseitentext.

Die 19jährige Anne Elliot verliebt sich in Captain Wentworth, wird aber von ihrem snobistischen Vater dazu gezwungen, seinen Heiratsantrag abzulehnen. Sieben Jahre später taucht er unter dramatischen Umständen wieder in ihrem Leben auf, die Leidenschaft entflammt aufs neue – Verfluchter Mist!

Ich ließ das Buch auf den Nachttisch fallen wie eine heiße Kartoffel und wünschte mir, ich hätte ein Kruzifix zur Hand oder wenigstens eine Knoblauchzehe, um damit den Umschlag einzureiben. Ob Patrick das mit Absicht hier hingelegt hatte, damit ich ich es zur Hand nehmen und über die Parallelen zu meinem Leben nachdenken würde und – um Himmels willen, Tess, sei nicht so paranoid! Wie kann man nur so grundlegend mißtrauisch sein? Wahrscheinlich ist es ihm völlig egal, daß du in seinem Gästezimmer gefangen bist. Sicher wartet er nur darauf, daß es dir endlich wieder gutgeht, damit er dich und deine schreckliche Familie so schnell wie möglich los wird, das Haus für sich allein und ein bißchen Ruhe und Frieden hat – apropos, wo waren eigentlich die Kinder?

Was um alles in der Welt hielt sie fest? Warum rannten sie nicht eiligst hinauf zu ihrer armen, verletzten Mutter? Waren sie auch gekidnappt worden? War das Ganze eine heimtückische Verschwörung? Ich spitzte die Ohren. Ah, nein, es war okay, ich konnte sie jetzt hören. Lautes Kinderlachen drang von der Terrasse zu meinem Fenster herauf. Ich hörte Patricks Stimme, dann Lauras, sie lachten. Sie mußten unterwegs sein. Ich rutschte wieder im Bett zurecht, zupfte die Kissen glatt, setzte erneut mein Lächeln auf, wartete auf ihre besorgten kleinen Gesichter und ihre ängstlichen Fragen und bereitete mich darauf vor, sie zu trösten und beruhigend in die Arme zu nehmen.

Da hörte ich ein Platschen. Und noch eins. Dann fröhliches Quietschen. Ich schnappte nach Luft. Sie waren doch nicht etwa im Pool, oder? Was? Ohne zuerst zu mir zu kommen? Aber es war nicht zu verkennen, dieses Gejohle, das Plätschern und die Schreie: »Komm, Clemmie, da hinten ist ein Sprungbrett!«

Ich gab das mütterliche Getue auf und knirschte mit den Zähnen. Plötzlich wußte ich genau, wie der arme alte König Lear sich gefühlt haben mußte und wie schmerzhaft es war, ein undankbares Kind zu haben. Und eine Schwester, die das auch noch unterstützte! Diese Goneril, diese – diese Vegan! In meiner Wut brachte ich die Namen der Shakespeare-Figuren ein wenig durcheinander. Gott, es fiel ihr nicht im Traum ein, sie erst einmal zu mir zu bringen. Ich meine, okay, es stimmte, Hugo und Clemmie waren total vergnügungssüchtige Kinder, immer schon, da kamen sie ganz auf ... nein, das konnte ich David wirklich nicht in die Schuhe schieben. Aber wem sonst? Ja! Sicher kamen sie auf ihre Tante – aber man sollte doch meinen, daß sie sie wenigstens auf die Idee brachte, einmal nach ihrer Mummy zu sehen – was war das? Ich setzte mich auf. Ich hätte schwören können, ein lautes Pop! gehört zu haben. Trotz aller Schmerzen warf ich die Decke von mir und hüpfte auf einem Bein zum Fenster.

Da unten, auf einer sonnenüberfluteten Terrasse, goß Patrick den Inhalt einer überschäumenden Champagner-Flasche in die gierig hingehaltenen Gläser von Laura und Edward, die beide Badekleidung trugen – Lauras war, wie ich feststellte, extrem winzig – und beide lagen bereits der Länge nach ausgestreckt auf einem verfluchten Liegestuhl. *Aaargh!*

Ich hüpfte wütend zum Bett zurück und fletschte die Zähne. Amüsiert ihr euch nur! stieß ich zwischen meinen zusammengepreßten Gaumen hervor. Schließlich seid ihr meine Gäste! Ich sank in die Kissen und starrte an die Decke. Ihr Ratten! Ihr seid nur hier, weil ich hier bin, habt ihr das etwa vergessen? Ist es zuviel verlangt, euch darum zu bitten, schnell heraufzuspringen und die Invalide zu begrüßen? Jesus! Ich kochte vor mich hin und hörte mir das fröhliche Treiben des Ferienlagers unter mir an, bis ich es schließlich nicht mehr ertragen konnte. Ich griff nach einer Box mit Papiertüchern und stopfte mir eins in jedes Ohr. Das konnte einfach nicht wahr sein!

Exakt 46 Minuten später hörte ich ein Tap-Tap-Tap auf der Treppe. Eine Sekunde danach stürmte Hugo in einer nassen Badehose ins Zimmer, dicht gefolgt von Clemmie. Sie lächelten strahlend, und ihre Augen leuchteten, und wie immer konnte ich ihnen nicht widerstehen, verdammt! Ich setzte mich auf, und sie flogen in meine Arme, durchnäßten mich völlig, und dann setzte sich Clemmie mitten auf mein verletztes Bein.

»Auuu!« heulte ich, als Laura in Badeanzug und Sarong hinter ihnen ins Zimmer trat. Sie hielt ein Glas in der Hand.

»Hugo, Clemmie, seid vorsichtig mit Mummys Bein«, warnte sie halbherzig und machte eine müde Handbewegung.

»Zu spät!« keuchte ich.

»Tut mir leid«, murmelte sie etwas bestürzter, als sie sah, daß ich grün im Gesicht wurde.

»Du bist offensichtlich nicht auf die Idee gekommen, sie leise in das Krankenzimmer ihrer verkrüppelten Mutter zu führen?« zischte ich und krümmte mich vor Schmerzen.

»Gott, entschuldige bitte, Tess. Kommt ihr zwei, runter von Mummys Bett. Setzt euch dahin.« Sie zeigte auf ein kleines Chintz-Sofa am Fußende des Bettes.

»Ist schon gut«, antwortete ich, nachdem ich mich ein bißchen erholt hatte. Ich legte einen Arm um jede Hüfte, als sie auf meine Kissen sprangen. Clemmie küßte mich auf die Wange. Ich schmolz dahin.

»Schön, euch wiederzusehen, ihr kleinen Racker!«

»Mummy, hier gibt es einen Pool!« sagte Hugo.

»Das dachte ich mir schon.«

»Und eine Luftmatratze und ein Boot wie ein Delphin und eine Rutschbahn, die ins Wasser geht, und ich bin runtergerutscht, aber Clemmie hatte zuviel Angst.«

»Hatte ich nicht!«

»Hattest du doch!«

»Nein, hatte ich nicht. Er wollte mich schubsen, Mummy!«

»Wollte ich nicht!«

»Wolltest du doch, du ...«

»Okay, das reicht!« brüllte ich.

Sofort war es still. Gut zu wissen, daß ich es immer noch in mir hatte.

»So«, fuhr ich mit ruhiger Stimme fort, »amüsiert ihr euch noch in Kilmarnoch? Tut ihr alles, was Josie euch sagt?«

Hugo steckte den Finger in die Nase und grub tief. »Nein, eigentlich nicht, aber es ist ihr egal, weil du und Daddy nicht da seid und es nicht seht. Es gibt gar keine Verbote, das ist klasse, wie bei Waisenkindern. Alle sind nett zu uns, sogar Tante Penny. Ich glaube, ich möchte gern ein Waisenkind sein.«

»Tatsächlich, Hugo? Tja, tut mir leid, daß ich nicht ganze Arbeit geleistet habe und mir nur den Fuß gebrochen habe.« Ich klatschte in die Hände und lächelte sie beide an. »So. Wollt ihr jetzt eine Überraschung haben?«

»Au ja!« schrien Hugo und Clemmie aus einem Mund. Ihre Augen glänzten.

»Wenn ihr mal in die Schublade schaut –«, sie stürzten los und rissen sie auf, »– findet ihr schönes Malpapier und ein paar bunte Bleistifte. Wie wäre es, wenn ihr mir was malt?«

»Och!« Enttäuscht blickten sie in die Schublade.

»Ich dachte, du meintest Schokolade«, maulte Clemmie.

»Och, Malen. Nein danke, da gehen wir lieber wieder zum Pool, nicht, Clem?«

»Jaaa!« schrie sie, und sie rannten los, ausnahmsweise einmal vereint in ihrem Vergnügungsdrang. Anscheinend brachten es sogar meine Kinder fertig, sich einen Swimming-pool von olympischen Ausmaßen zu teilen, ohne daß ein Krieg ausbrach.

»Ja, ich fand es auch schön, euch gesehen zu haben!« rief ich ihnen hinterher.

»Du darfst ihnen das nicht übelnehmen«, sagte Laura und ging zum Fenster hinüber. »Es ist für sie ein regelrechter Vergnügungspark. Sie haben wirklich ein fabelhaftes Anwesen, Tess. Du solltest den Pool einmal sehen – er ist riesig! Wie blöd, daß du hier oben bleiben mußt und nichts davon mitbekommst.«

Ich preßte böse die Lippen zusammen. »Ich möchte dich nicht von deinem Vergnügungspark abhalten, Laura«, schnappte ich. »Ja, bestens, danke, mein Knöchel hämmert wie eine Diesellok, mein Kopf explodiert gleich, aber sonst geht es mir großartig, wirklich großartig. Geht nur!« Ich schob sie mit der Hand fort.

Sie wirkte überrascht. »Sei doch nicht so, Tess. Ich gehe noch nicht, und ich wollte dich ja gerade fragen, wie du dich fühlst. Wie fühlst du dich?«

»Ich habe große Schmerzen«, antwortete ich knapp.

»Ach.« Sie nickte und setzte sich auf die Bettkante. »Aber es ist doch eine Schande, daß du hier oben sein mußt, oder? Klar, es tut weh und alles, aber du hast doch nur den Knöchel verstaucht. Kann Patrick dich denn nicht nach unten tragen, dann könntest du wenigstens in der Sonne sitzen.«

»Nur den Knöchel verstaucht«, wiederholte ich höhnisch. »Laura, ich bin mit 120 Kilometern die Stunde durch die Luft geflogen. *Ich hätte tot sein können!* Außerdem will ich nicht in Patricks Armen liegen, vielen Dank. Ich halte das für unpassend.« Ich verschwieg vorsichtshalber, daß ich mindestens schon zweimal unpassenderweise in seinen Armen gelegen hatte.

»Okay, wie wäre es dann mit Edward?«

»Edward! Großer Gott, das endet dann womöglich damit, daß ich *ihn* trage! Wozu hast du den eigentlich mitgebracht, Laura? Hier ist kein Haus der offenen Tür, verstehst du!«

»Mummy wollte das. Sie meinte, ich hätte ihn in letzter Zeit so schlecht behandelt, und Madelaine stört es nicht. Sie hat gesagt, ich könnte auch beim nächsten Mal mitbringen, wen ich wollte.«

»Beim nächsten Mal? Was ist das hier eigentlich? Eine Nonstop-Pool-Fete?«

»Madelaine hat uns eingeladen, jeden Tag zu kommen, bis es dir besser geht. Um dir Gesellschaft zu leisten«, fügte sie eilig hinzu. »Glaubst du, du bleibst noch ein bißchen hier?« fragte sie hoffnungsvoll und nahm sich unauffällig eine Flasche Sonnenmilch vom Toilettentisch, um dich damit die Beine einzureiben.

»Wie lange hättet ihr es denn gern? Ein paar Wochen vielleicht?«

Laura sah erfreut von ihren Beinen auf. »Ja, das wäre ...«, begann sie fröhlich, doch dann sah sie mein Gesicht. »Äh, nein, nein, natürlich nicht. Wir hoffen alle, daß du viel früher wieder bei uns bist.«

»Verlaß dich nicht darauf«, antwortete ich mit unheilverkündender Stimme. »Hugo will unbedingt ein Waise werden, vielleicht bin ich bald so deprimiert, daß ich ihm diesen Wunsch erfülle.«

»Red keinen Quatsch«, erwiderte sie, schraubte den Deckel wieder auf die Lotion und stellte sie zurück. »In ein paar Tagen bist du wieder fit. Kann ich dir etwas besorgen? Ein Stück Toast vielleicht? Oder ein Glas Wasser?«

»Laura, mein Problem ist mein Bein, nicht mein Verdauungsapparat. Ich bin sicher, ich werde dasselbe Mittagessen bekommen wie du.«

»Tatsächlich?« Sie sah mich erstaunt an. »Gegrillte Shrimps und Seezunge also, aber Madelaine hat etwas von Hühnersuppe für dich gesagt.« Sie schaute auf ihre Uhr.

»Ich muß jetzt gehen, sie sagte, es wäre um ein Uhr fertig, und ich möchte nicht zu spät kommen.«

»Ja, beeil dich, damit du nicht die Hors d'œvres verpaßt«, knirschte ich.

»Genau.« Sie rannte zur Tür, meine Ironie war ihr anscheinend entgangen. »Ich komme gleich noch mal zu dir. Bis dann!«

Ohne zu zögern verschwand sie, einfach so, und ihr Sarong wehte hinter ihr her um die Türecke.

Ich blieb einen Moment sitzen, kochte still vor mich hin und lauschte auf ihre nackten Füße, die die Treppe hinuntertapsten. Gegrillte Shrimps? Ich *liebte* gegrillte Shrimps.

»Laura!« brüllte ich.

Sie kam zurückgetapst und streckte ihren Kopf zur Tür herein. »Ja?«

»Ich komme mit!«

Ich warf die Decke zur Seite und schwang mein gesundes Bein aus dem Bett. Mein bandagiertes Bein hielt ich vorsichtig fest, hob es herum und streckte es ganz langsam nach unten zu dem anderen.

Laura lachte nervös. »Tess, glaubst du wirklich, daß du das tun solltest? Hat der Arzt nicht gesagt ...«

»Interessiert mich nicht, was der Arzt gesagt hat. Wenn du glaubst, ich bleibe hier oben sitzen, während ihr da unten Champagner schlürft und exotische Meerestiere futtert, hast du dich getäuscht! Gib mir bitte die Bluse aus der Plastiktüte dahinten, ja, die rote, und den Wickelrock. Jetzt bind ihn bitte für mich zu ...« Sie half mir in meine Klamotten. »... Super! Jetzt mußt du mir bitte irgendwie ... ja, so ist es gut.«

Laura legte einen Arm um meine Taille, und ich schlang meinen um ihre Schulter. Gemeinsam humpelten wir so zur Tür.

»Tess, ist das wirklich vernünftig?« schnaufte sie. »Wir haben jede Menge Treppenstufen vor uns, und du mußt doch schreckliche Schmerzen haben.«

»Geh nur weiter«, erwiderte ich mit zusammengebissenen Zähnen. »Der Geruch der Seezunge wirkt Wunder für mein Durchhaltevermögen!«

Zusammen hüpften und keuchten wir nach unten, mit viel Geschrei von meiner Seite, wenn das Messer in meinem Knöchel zu tief eindrang, und viel Geschrei von ihrer Seite, weil sie mich beinahe fallenließ. Wir humpelten durch die Eingangshalle, durchquerten den Wintergarten und erreichten schließlich die Terrasse, wo – sieh an, ein Champagner-Kühler!

»Geschafft!« rief ich triumphierend.

Alle Köpfe fuhren herum.

»Tess!« Patrick, der mit Edward am Pool saß und plauderte, sah mich entsetzt an. »Was tust du denn hier?«

»Ich hatte Lust auf einen Tapetenwechsel«, keuchte ich und fühlte mich, als müßte ich jeden Moment in Ohnmacht fallen. Die Schmerzen waren jetzt höllisch, und die arme Laura hatte Mühe, aufrecht stehenzubleiben. Gleich würden wir beide in den Pool stürzen.

»Komm!« Er sprang auf und riß mich mit einer entschlossenen Bewegung aus ihrem Arm. Jetzt lag ich also doch wieder in seinen Armen, verfluchter Mist! Er sah rasch zu einer der Liegestühle. »Edward!« brüllte er. »Bring sofort eine Liege her!«

Edward zuckte zusammen und registrierte sofort ein Kommando von einem Lebewesen, das in der Evolutionskette über ihm stand. Hastig schleppte er die Liege herbei. Patrick legte mich vorsichtig darauf.

»Du Idiot«, knurrte er. »Was soll denn das? Warum hast du mich nicht gerufen? Ich hätte dich nach unten gebracht.«

»Tut mir leid«, murmelte ich und versuchte, seinem vernichtenden Blick auszuweichen. Seine Nase war nur Millimeter von meiner entfernt.

»Das kann es auch. Warte, ich ziehe dich aus der Sonne.«

»Sonne ist toll«, widersprach ich und bohrte den Absatz meines gesunden Beins in die Terrasse.

»So? Und glaubst du wirklich, du solltest so was trinken?« Laura hatte mir heimlich ein Glas Champagner in die Hand gedrückt.

»O ja.« Ich hielt es fest umklammert und strahlte. »Betäubt die Schmerzen, Herr Doktor.« Ich sank zurück auf die Liege. »Ah, so ist es besser.«

Ich nahm einen Schluck Champagner und sah mich um. Mann, das war wirklich klasse! Allein die Größe dieses Swimming-pools! Er streckte sich vor mir aus, meterlang und glänzte blau in der Sonne. Einen wunderbaren Kontrast dazu bildeten die roten Bougainvilleen am anderen Ende. Wie kriegte Madelaine das in den schottischen Highland nur hin? Besaß sie ein privates Sonnensystem oder was? Um den Pool herum quollen Kaskaden hellblauer Glockenblumen aus antiken Urnen, und auf der leicht erhöhten Terrasse standen luxuriöse Liegen herum, bedeckt mit weißen Handtüchern wie in einem exklusiven Karibik-Hotel. Ich rechnete halb damit, daß ein Sarotti-Mohr aus dem Schatten trat und mich mit einem Palmwedel umfächerte. Das perfekte Paradies!

»Auf euer Wohl!« Übermütig hob ich mein Glas und prostete allen und jedem zu. Patricks mißbilligende Blicke ignorierte ich einfach.

»Auf dein Wohl«, sagte er streng. »Übernimm dich nicht, Tess.«

Ich fragte mich gerade, was, zum Teufel, er sich eigentlich einbildete, mich derartig zu gängeln, doch dann fiel mir wieder ein, daß dies ja sein Haus war, deshalb drückte ich großzügig beide Augen zu. Sein Haus. Ich schlürfte nachdenklich an meinem Glas. Ja, das war es sicher, jetzt, wo sein Vater tot war. Stolzes Erbe, was?

Madelaine schwärmte um die Kinder herum, um sie zu einem eigenen Tisch zu bugsieren. Sie machte das so gut, daß ich mich nicht einmischen wollte.

»Kinder!« rief sie und klatschte in die Hände. »Essen!«

Erstaunt sah ich zu, wie meine Kinder ohne den leisesten Widerspruch aus dem Swimming-pool stiegen und sich still an den Tisch setzten. Dort wurden sie sofort von einem Dienstmädchen hofiert, das ihnen mit krampfhaft ernster Miene Fischstäbchen und Pommes frites vom Silbertablett servierte. Das Bitte und Danke kam zwar sehr schüchtern und leise, war aber deutlich zu vernehmen. Offenbar hatte es auch auf Kinder eine überraschende Wirkung, wenn sie wie Könige und Prinzessinnen behandelt wurden. Sie zeigten plötzlich Manieren, die bis dahin unbekannt waren – ehrlich gesagt hatte ich keine Ahnung, wo sie sie herholten.

»Tomatenketchup, Clemmie?«

»Ja bitte, Hugo. Danke, Hugo.«

Ich erwartete fast ein »Gern geschehen, Clemmic«, aber das wäre wirklich unheimlich gewesen.

»Das ist ganz klar dein Fehler«, belehrte Laura mich, der mein fassungsloses Staunen nicht entgangen war. »Du solltest wie ein französisches Dienstmädchen in deiner Küche herumtrippeln und Silber putzen anstatt sie ständig wie ein Fischweib anzuschnauzen.«

»Ganz klar«, murmelte ich zurück.

Aus den Augenwinkeln sah ich Patrick anerkennend zu den Kindern herüberschauen und war insgeheim mächtig stolz. Gott, wenn der wüßte, was bei uns zu Hause los war!

Die erwachsene Gesellschaft nahm nun Platz, und Madelaine lief geschäftig hin und her, um etwas zu suchen, worauf ich meinen Fuß legen konnte.

»Das ist schrecklich nett von Ihnen«, murmelte ich, während ich mein lahmes Bein unter den weiß gedeckten Tisch schob und gierig die Gänge zählte, die die Anordnung des Bestecks verhieß.

»Unsinn, meine Liebe, es ist mir ein Vergnügen! Es ist wunderbar, ein wenig Gesellschaft zu haben. Wissen Sie, gewöhnlich esse ich allein, und das ist schrecklich für jemanden, der lebt, um zu essen.«

»Ist Patrick denn nicht bei Ihnen?«

»Ah, Patrick. Er malt sehr viel. Er geht hinaus in die Felder und verspricht mir, mittags zum Lunch rechtzeitig hier zu sein, doch dann schafft er es doch nie. Er geht völlig in seiner Arbeit auf, wissen Sie.«

»Aha.«

Ich sah zu ihm hinüber. Er erwiderte meinen Blick, und ich wich sofort aus und schaute statt dessen zu Edward. Himmel, was für ein Unterschied! Ich zuckte fast zusammen. Edwards Gesicht war von der Sonne gerötet, und seine kaputte Brille rutschte ständig auf den Schweißperlen seiner Nase herum. Zum Lunch hatte er kurzärmeliges Hemd aus Polyester angezogen; es sah so aus, als würde es ihn schon seit er zwölf war in die Ferien begleiten. Es saß überall knalleng, vor allem in den feuchten Gegend unter seinen Armen. Ich lächelte, wie ich hoffte, freundlich.

»Alles okay, Edward? Sie sehen ziemlich geschwitzt aus. Oje, Sie haben ja noch Socken an«, stellte ich plötzlich überrascht fest. »Ihre Füße müssen ja kochen.«

»Ein bißchen«, gab er verlegen zu. »Hat jemand etwas dagegen, wenn ich sie ausziehe?«

Schweigen. Warum sollte jemand etwas dagegen haben?

Laura sah ihn an wie einen Exhibitionisten, der völlig irre geworden war. Die gegrillten Shrimps standen auf dem Tisch zum Essen bereit, aber Madelaine wartete auf Edward. Wir sahen zu, wie er sich bückte und umständlich seine Docksiders aufschnürte – ich hatte noch nie gesehen, daß das jemand tat – ein Paar feuchte graue Socken abstreifte, seine Schuhe wieder zumachte, die Socken zu einem kleinen Ball zusammenrollte – und durchdrehte! Vielleicht befürchtete er, seine Socken würden automatisch zu Abfall erklärt werden, wenn er sie auf den Boden warf, wer weiß? Jedenfalls legte er sie statt dessen sorgfältig auf den Tisch, direkt neben seinen Brotteller, wo sie ganz leicht an das Messer stießen, das Madelaine gleich für ihre Shrimps benutzen würde.

Eine unangenehme Pause folgte. Sie war lang genug für den Weg von den Socken zu den Nasen. Es war ekelerregend! Ich hielt den Atem an und sah aus den Augenwinkeln, daß Laura ihm einen Blick zuwarf, bei dem einem auf der Stelle die Unterhose festfrieren mußte. Die Spannung stieg, und alle starrten nachdenklich auf die Socken. Wie bekam man sie vom Tisch, ohne Edward gänzlich zu blamieren, das war die Frage. Plötzlich erschien eine Hand aus dem Nichts, und ein Dienstmädchen ließ sie auf ihr Silbertablett gleiten. Sie verbarg sie geschickt unter einem kuppelförmigen Deckel, doch ehe sie entschwand, warf sie Edward noch einen verächtlichen Blick zu, der ganz klarmachte, daß sie eine soziale Niete auch aus größter Entfernung sofort erkannte.

»Jetzt alles okay, Ed?« erkundigte Patrick sich höflich und klopfte ihm auf den Rücken. »Ginny bewacht sie für dich. Wie wäre es jetzt mit einem Glas Wein?«

Der Lunch konnte endlich beginnen und wurde trotz Edwards Entgleisung zu einem vollen Erfolg. Alle schienen fest entschlossen, das Essen zu genießen, und Patrick war höchst amüsant und ganz Kavalier. Laura und Madelaine brüllten vor Lachen, als er ein paar Anekdoten aus seinem Alltag in Italien zum besten gab, wo offensichtlich ein einfaches Hallo falsch verstanden werden und zu einer Schlägerei führen konnte. Ich hatte mir vorgenommen, nicht zu laut zu lachen, aber seine Geschichten waren so atemberaubend, daß ich in dem Bemühen, mich zurückzuhalten, alle möglichen unschönen Nasallaute von mir gab und einmal sogar einen Mundvoll Wein quer über den Tisch spuckte.

Während ich die Lache unauffällig fortwischte, sah ich dem Erzähler zu. Laura, die neben ihm saß, schüttelte sich vor Lachen, und Madelaine wischte sich die Tränen aus den Augen. Ich nippte an meinem Wein. Klar, daß er bei diesem Publikum Erfolg hatte. Ein Mädchen, das Jahre nicht mehr mit einem richtigen Mann gesprochen hatte, seine Mutter, die ihn offensichtlich anbetete, eine Maus, die sich als Mann ausgab, und ich, die ich – also, ich eben. Er fing meinen Blick auf, und ich wollte gerade wegsehen, als er lächelte. Okay, Patrick, der Punkt geht an dich. Du bist noch immer so witzig und unterhaltsam wie früher.

Später, als wir alle gegessen und zuviel getrunken hatten, sanken wir auf die Liegen, um einen kleinen Mittagsschlaf zu machen. Zumindest die Frauen und Edward taten das. Patrick entschuldigte sich und zog sich zum Malen in sein Atelier zurück. Als ich auf meiner Liege lag und ihm nachsah, registrierte ich, daß ich ein bißchen enttäuscht war. Inmitten anderer Leute unterhielt ich mich gern mit Patrick, scherzte und flirtete sogar mit ihm. Ich fühlte mich sicher, und diese Sicherheit fehlte irgendwie, wenn wir allein waren.

Na ja, sinnierte ich, als ich mich auf der Liege herumdrehte, vielleicht war es ja ganz gut, daß wir nicht alle hier lagen. Ich war noch immer käseweiß und nicht in der Position, meinen Körper zu entblößen, aber ohne seine bohrenden Blicke konnte ich es wenigstens wagen, meinen Rock bis zum Oberschenkel hochzuziehen und ein paar Knöpfe an meiner Bluse zu öffnen. Ich verdrehte den Kopf, um zu Laura zu schauen. Sie lag neben mir ausgestreckt, und das sah schon ganz anders aus. Ihr goldener Einteiler war an den Seiten hoch ausgeschnitten und hatte dünne Schnüre, die über ihre schlanke Schulter liefen. Mit ihrem glänzenden blonden Haar und der leichten Sonnenbräune sah sie aus wie ein Goldbarren.

Neben ihr lag Edward in seinem schrecklichen Hemd auf dem Rücken und starrte sie mit halbgeschlossenen Augen gierig an. Er hatte eine Zeitung über seine Shorts ausgebreitet, doch trotz seiner sorgfältigen Drapierkünste entging mir nicht, daß der Sportteil deutlich in die Höhe ragte. Ich lächelte und drehte mich auf die andere Seite. Armer Kerl, sie mußte ihn völlig verrückt machen. Die Kinder planschten lautstark im flachen Teil des Swimming-pools unter Madelaines Aufsicht, die ihre Rolle als Ersatzgroßmutter sehr zu genießen schien. Ich schloß die Augen. Himmlisch! Der perfekte Frieden. Im Geiste machte ich eine Einkaufsliste für Putney: eine frustrierte Großmutter, ein Swimming-pool und ein Dienstmädchen. Mit diesem einfachen Notizzettel im Kopf glitt ich langsam in den Schlaf.

16. Kapitel

Als ich die Augen öffnete, stellte ich fest, daß es erneut einen dramatische Szenenwechsel gegeben hatte. Diesmal fand ich mich im Salon wieder. Ich stöhnte leise. Was war nur los mit diesen Camerons? Sie waren nicht nur frustrierte Hoteliers, sondern auch frustrierte Bodysnatcher. Sobald ich die Augen zuklappte und regelmäßig atmete, schlichen sie sich an mich heran und verfrachteten mich an einen anderen Ort. Wie, in aller Welt, war ich hierhergekommen? Am anderen Ende des Zimmers raschelte eine Zeitung. Ich sah hinüber, und die Zeitung senkte sich. Patrick lächelte, faltete sie zusammen und erhob sich aus einem hellblauen Sessel. Während er auf mich zukam, schaute ich nach unten – O Gott, mein Rock war immer noch bis zum Slip hinaufgezogen, und meine Bluse stand praktisch bis zum Nabel offen! Hastig zog ich alles halbwegs zurecht. Hätte diese verfluchte Laura nicht wenigstens soviel Anstand besitzen könnte, mich einigermaßen ordentlich herzurichten? Als ich aufsah, stand Patrick über mir.

»Du bist wach?« fragte er mit sanfter Stimme. »Wie geht es dir?«

»Gut.« Eiligst schloß ich noch einen Knopf. »Ein bißchen groggy vielleicht. Wie bin ich hier hingekommen?«

»Ginny und ich haben die Liege hereingerollt. Es wurde ein bißchen kühl draußen, und wir fanden, du wärst hier drinnen besser aufgehoben.«

Ich stützte mich mühsam auf einen Ellbogen.

Kühl? Das letzte, woran ich mich erinnerte, war strahlender Sonnenschein. »Wie lange habe ich geschlafen?«

Er sah auf die Uhr. »Ungefähr fünf Stunden. Es ist jetzt halb sieben.«

»Fünf Stunden! Ach du meine Güte!«

»Du hast es offenbar gebraucht. Mit dieser Beule am Kopf ist nicht zu spaßen, weißt du. Du bist noch nicht gesund.«

Ich sah mich um. »Sind alle anderen weg?«

»Ja, sie sind ungefähr vor einer Stunde gefahren, aber wir wollten dich nicht wecken. Mum hat den Kindern in der Küche Tee gegeben und sie dann, beladen mit Smarties und anderen ungesunden Sachen, nach Hause geschickt. Du mußt aufpassen, sonst fängt sie als nächstes an, Pullover für sie zu stricken.« Er setzte sich auf die Armlehne eines Sessels neben mir und grinste. »Ich muß zugeben, es sind wirklich nette Kinder. Sie machen dir alle Ehre.«

Ich strahlte vor Freude. »Danke. Dafür muß ich gestehen, daß sie sich heute von ihrer besten Seite gezeigt haben.«

Genaugenommen hatten sie sich von ihrer völlig unfaßbaren und mit Sicherheit unwiederholbaren Seite gezeigt, aber das verriet ich nicht. Patrick saß dicht an meiner Schulter und hatte offensichtlich ein Bad genommen und eine frische Leinenhose und ein sauberes blaues Hemd angezogen. Es kam mir plötzlich ziemlich blöd vor, mitten im Wohnzimmer auf einer Sonnenliege zu liegen. Ich sehnte mich danach, mir das Gesicht zu waschen und die verschwitzten Klamotten auszuziehen. Ich tat so, als müßte ich mich mit der Schulter am Kinn kratzen, schnüffelte dabei aber unauffällig an meinen Achseln. Na, wenigstens stank ich nicht, das war immerhin etwas, aber ich fühlte mich trotzdem klar benachteiligt. Ich setzte mich auf und umfaßte mein gesundes Knie. Wenigstens konnte ich sitzen, dachte ich trotzig und mußte nicht herumliegen wie eine Invalide.

»Das ist ein schönes Zimmer«, sagte ich und bemühte mich, Konversation zu machen und ein bißchen von mir abzulenken. Es war der hellblau-cremefarbene Salon, in den sie mich nach meinem Unfall als erstes gebracht hatten.

Patrick sah sich überrascht um. »Ja, ist es wohl. Ich lebe hier schon so lange, daß es mir nie aufgefallen ist. Aber Mum hat ein ziemlich gutes Gefühl für Farben.«

»Hat sie, und ich liebe ihre Bilder. Sie sind so ...«

»Wie denn?«

»Na ja, so frisch. Und originell. Landschaften können ziemlich langweilig sein, aber die hier besitzen eine Menge Licht und Farben. Ich könnte sie stundenlang angukken.«

»Wirklich?« Er sah sich das Bild direkt über uns an.

»Ja, sie ziehen einen richtig an. Viele Bilder sind nur Wanddekorationen.«

»Und die sind das nicht?«

»Nein, sie vibrieren richtig, zum Beispiel das Meerbild da drüben mit den Segelbooten. Es ist ...« Ich stockte plötzlich. Er lächelte.

»Sie sind nicht von dir, oder?«

Er kratzte sich am Kinn. »Also offen gestanden ...«

»Mensch, Patrick, du hast die gemalt? Sie sind fantastisch!«

Er neigte den Kopf in einer gespielten Verbeugung und wurde ein kleines bißchen rot. »Tja, danke.«

Ich sah ihn an. »Gott, du bist ja ganz verlegen geworden!

Ich kann es gar nicht glauben. Patrick Cameron, bist du tatsächlich rot geworden?« Ich beobachtete ihn, während er sich umständlich räusperte.

»Natürlich bin ich das nicht«, brummte er. »Aber es hat mich wohl ein bißchen nervös gemacht, daß du sie angesehen hast.«

»Warum?«

Er zuckte mit den Schultern. »Keine Ahnung. Ich lege wohl Wert auf deine Meinung.«

»Ach!« Das überraschte mich. »Danke. Also, sie sind gut. Sehr gut. Stellst du viel aus?«

»Einiges. Demnächst habe ich eine Einzelausstellung in London in der Cork Street.«

»Tatsächlich?« Ich schaute wieder auf die Bilder um mich herum. »Hey, wer ist das denn?«

Mein Auge blieb an einem riesigen Portrait am anderen Ende des Raumes hängen. Eine recht üppige Nackte, rubensmäßig, mit großen Brüsten, schmaler Taille, schlangenhaften Hüften und langen Beinen, die sich der Länge nach auf einem Sofa ausstreckte. Sie hatte langes, schwarzes Haar, das auf ihre Schultern fiel, und ein engelhaftes Gesicht. Sie wirkte noch sehr jung. Patrick sah hin.

»Ach, das ist Luciana«, erklärte er beiläufig.

»Kennst du sie? Oder hat sie nur Modell für dich gesessen?«

»Ich kenne sie, sie war eine Freundin von mir. Eine Zeitlang wenigstens, ein Jahr oder so.«

»Donnerwetter! Sie sieht aus wie ein Filmstar. Sind sie alle so?«

Er lachte. »Du sagst das so, als hätte ich einen Stall davon voll.«

»Sind sie es denn?« beharrte ich.

»Ja, ich schätze, sie waren alle ganz hübsch. Ich leide an einer seltsamen Krankheit, die mich allergisch macht gegen unattraktive Frauen. Ich kriege sofort Pickel.«

»Patrick!«

Er grinste. »Ich bin ein schrecklicher Chauvi, ich weiß, das ist sicher der Künstler in mir. Ich brauche ästhetische Dinge und Menschen um mich.«

»Das ist keine Entschuldigung.«

»Sollte es auch nicht sein.«

Es war still, als ich mir wieder das Bild ansah.

»Wie Josie«, entfuhr es mir plötzlich.

»Was?«

»Ich habe mir nur überlegt, daß die meisten deiner Freundinnen wahrscheinlich wie Josie sind. Jung und sexy.«

Er runzelte die Stirn. »Aus deinem Mund klingt das ziemlich geringschätzig. Josie hat immerhin studiert, vergiß das nicht. Nur weil sie attraktiv ist, muß sie nicht auch dumm sein. Denk nur an all die schönen Miss-World-Kandidatinnen, die sich anschließend für eine schöne Welt eingesetzt haben.«

»Ja klar«, sagte ich schnell. Ich hatte das vage Gefühl, daß er versuchte, mich auf die Palme zu bringen. »Ich weiß, daß sie ein Diplom hat. Was ich eigentlich meinte, war, daß die meisten von ihnen, na ja, sehr jung waren.« Ich hatte nicht den leisesten Schimmer, wo diese Fragerei hinführen sollte und warum ich nicht damit aufhörte, aber ich konnte einfach nicht widerstehen.

Er zuckte mit den Schultern,. »Waren sie wohl.«

Ich lächelte zufrieden. »Aha, das dachte ich mir.«

»Was soll das heißen? Aha, das dachte ich mir?«

»Nichts.«

»Komm schon Tess, was hast du vor?«

»Also gut, warum suchen sich Männer wie du nicht Frauen in ihrem Alter aus? Warum müssen es immer diese blutjungen Dinger sein? Warum tut es nicht auch eine Dreißigjährige? Versuchst du mit einer 19jährigen, ein Stück deiner eigenen Jugend festzuhalten?«

»Eigentlich nicht«, antwortete er ruhig. »Es ist nur so,

daß nicht mehr so viele Dreißigjährige zu haben sind. Die meisten Frauen in meinem Alter sind verheiratet und haben Kinder, und die, die noch übrig sind, sind in der Regel hartgesottene Karriere-Frauen und ganz und gar nicht mein Fall.«

»Wieso?« Ich fiel sofort über ihn her. »Fühlst du dich von denen bedroht? Weil sie erfolgreich sind? Und Macht haben?«

»Nein, ich finde sie nur ziemlich anstrengend. Hart und ehrgeizig. Ich habe lieber sanftere Frauen.«

»Gefügsamere.«

»Nein«, widersprach er. »Sanftere.«

Ich dachte kurz nach. Er meinte mit Sicherheit gefügigere.

»Das ist trotzdem alles Unsinn«, meinte ich dann abrupt. »Was du über Karrierefrauen sagst, sind doch nur alte, abgegriffene Klischees. Das kann man nicht verallgemeinern. Guck dir Laura an. Sie ist erfolgreich, hat einen tollen Job, aber sie ist kein bißchen hart.«

Er stand auf und ging zu einem seiner Bilder an der Wand. Er steckte die Hände in die Hosentaschen und sah es lange an.

»Aber Laura ist auch ein ganz besonderer Fall, habe ich recht? Sie ist eine ziemlich komplizierte Frau.«

»Was meinst du damit?«

Er drehte sich um und blickte auf seine Schuhe. Dann schüttelte er den Kopf. »Nichts.«

»Komm schon, was willst du damit sagen?«

Er sah mich scharf an. »Willst du das wirklich wissen?«

»Natürlich will ich das wissen«, stotterte ich. »Es gibt sowieso nichts, was ich nicht schon weiß, schließlich ist sie meine Schwester.«

»Dann wirst du ja sicher wissen, daß sie noch Jungfrau ist.«

Ich starrte ihn an. »Das ist doch Unsinn«, widersprach

ich. »Laura eine Jungfrau. Sie hatte doch Millionen von Männern.«

»An der Schleppe vielleicht, aber im Bett?« Er schüttelte den Kopf. »Ich bezweifle es. Was glaubst du, was sie mit diesem scheußlichen Edward macht?«

»Okay, der ist ziemlich übel, aber es gab andere ...«

»Die in Wirklichkeit gar nicht so anders waren, möchte ich wetten.« Er zog die Augenbrauen hoch. »Habe ich recht?«

»Insgesamt waren sie leider alle ein bißchen blaß, aber was hat das damit zu tun, daß sie noch Jungfrau ist?«

»Weil ein Typ wie Edward absolut nichts von einem Mädchen wie Laura erwartet. Gott, ich wette, er kann sein Glück kaum fassen, daß er hinter ihr herrennen darf. Er wird froh sein, nur mit ihr gesehen zu werden, dankbar für eine Umarmung, einen flüchtigen Kuß auf die Wange, und danach geht er wieder nach Hause und besorgt sich den Rest selbst.«

»Patrick!«

»Ich wette, sie schlafen nicht mal im selben Zimmer.«

»Na ja, jetzt nicht mehr, aber am Anfang der Ferien schon.«

»Um den Schein zu wahren. Nach ein paar Nächten hat sie ihn dann rausgeschmissen. Und Edward bleibt trotzdem bei ihr, weil er hofft, es eines Tages doch noch zu schaffen, aber das wird er nicht, genausowenig wie alle anderen vor ihm.« Er ging zum Sideboard und goß sich ein Glas Whisky ein. »Natürlich sucht sie sich diese Typen aus, denn normale Männer würden das nicht mitmachen. Typen wie Edward sind dagegen sicher.«

Ich starrte ihn an. »Aber warum sollte sie denn nicht, nicht, du weißt schon ...«

Er zuckte die Schultern. »Keine Ahnung. Wenn du das nicht weißt, weiß es wohl keiner. Du bist diejenige, der sie am meisten vertraut, nicht?«

»Ja, aber ...«

»Warum fragst du sie nicht einfach? Es wundert mich, daß dir dieser Gedanke noch nie gekommen ist.«

»Warum sollte er?« Ich wurde langsam ärgerlich.

»Es muß dir doch komisch vorgekommen sein, daß sie sich ständig mit diesen kümmerlichen Gestalten umgibt, eine Klassefrau wie Laura.«

»Ich habe sie ja auch danach gefragt, klar habe ich das.«

»Und?«

Ich versuchte verzweifelt, mich zu erinnern. »Sie sagte damals ... daß sie noch nicht den richtigen gefunden hätte. Das sie noch immer auf der Suche sei, glaube ich.«

»Na also. Vielleicht ist das alles. Ich weiß nicht, Tess, vielleicht bilde ich mir das ja auch ein, aber ich finde, sie hat sich sehr verändert«, sagte er und schwenkte seinen Whisky. »Sie ist so nachdenklich geworden.«

»Ach Patrick, wie willst du das beurteilen?« murmelte ich plötzlich genervt. »Du hast sie zuletzt als Kind gesehen und mit ihr am Strand gespielt. Natürlich war sie damals nicht nachdenklich.«

Ich runzelte die Stirn. Er hatte recht. Sie war sehr viel introvertierter geworden. Seit wann war sie so? Und warum hatte ich das nicht eher gemerkt?

»Oh nein, ich habe sie auch zwischendurch getroffen.«

Ich schaute aus der Terrassentür am Pool vorbei zu den Bergen. Plötzlich sickerten seine Worte durch. Ich fuhr herum.

»Was?«

»Ich sagte, ich habe sie auch zwischendurch getroffen.«

»Red keinen Unsinn. Wann denn?«

»Ich weiß nicht mehr.« Er dachte nach. »Wie alt ist Clemmie?«

»Vier – warum?«

»Dann war es vor vier Jahren. Kurz bevor sie zur Welt kam.«

Mein Mund klappte auf. »Du hast dich damals mit Laura getroffen? Wo?«

»Ich habe sie auf einer Hochzeit in London zufällig wiedergesehen.«

»Aber ich dachte ...« Ich war völlig baff. »Ich dachte, du warst in Italien.«

»Ich habe in Italien gelebt, ja«, antwortete er ungeduldig. »Aber das heißt ja nicht, daß ich nicht ab und zu ein Flugzeug bestiegen habe. Ich habe Freunde in England, weißt du.«

»Aber ... sie hat nie was erzählt.«

Er zuckte mit den Schultern. »Warum sollte sie? Du lagst praktisch in den Wehen, wenn ich mich richtig erinnere. Wahrscheinlich hat sie es in der Aufregung vergessen.«

»Ja, aber daß sie es *nie* erwähnt hat ...« Das war schon merkwürdig. »Auch später nicht.« Ich sah ihn scharf an. »Du hast sie also nur das eine Mal gesehen, auf dieser Hochzeit?«

»Nein, wir sind ein paarmal zusammen essen gegangen. Ich war damals mehrere Wochen hier.«

»Nein!«

»Ja. Warum denn nicht?«

»Ach, nur so, nur so«, stotterte ich, »es ist nur ein bißchen überraschend, das ist alles. Daß sie mir nie etwas erzählt hat.«

»Sprichst du denn mit ihr über mich?«

Ich spürte, daß er mich genau beobachtete. Mir wurde fürchtbar heiß. »Nein, natürlich nicht!« Zufällig tat ich das auch nicht.

»Warum sollte sie es dann erzählen?«

Glücklicherweise kam in diesem Moment Madelaine ins Zimmer und ersparte mir die Antwort.

»Da bist du ja, Patrick, ich habe dich überall gesucht. Ich hoffe, du nervst Tess nicht zu sehr, sie braucht viel Ruhe. Wie geht es Ihnen, meine Liebe?«

»Viel besser, danke«, antwortete ich.

»Wie schön. Wir essen gleich zu Abend, aber ich dachte, Sie möchten vielleicht lieber ein bißchen Suppe in Ihr Zimmer gebracht haben? Das Mittagessen hat sie ja ganz schön aus der Bahn geworfen. Ich frage mich, ob Seezunge und Champagner nicht doch ein bißchen übertrieben waren?«

Ich lächelte. »Völlig übertrieben, aber trotzdem ganz köstlich, und ich hätte um nichts in der Welt darauf verzichten mögen. Aber Sie haben recht, ich fühle mich ein bißchen schlapp, und eine Suppe in meinem Zimmer wäre genau das Richtige.«

»Aber diesmal«, sagte ich und drohte Patrick mit dem Finger, »gehe ich allein dorthin. Ich brauche nicht getragen zu werden – Patrick, ich habe *nicht* gesagt – Patrick, laß mich *runter*, los! Du bringst mich noch zur Raserei!«

Aber es nützte nichts, er hob mich einfach vom Sofa und marschierte mit mir die Treppe hinauf. Wütend trat ich meine Zimmertür auf.

»Ich *brauche* das nicht. Ich komme mir vor wie ein kleines hilfloses Frauchen, und ich bin kein kleines hilfloses Frauchen!«

Grinsend setzte er mich auf dem Bett ab. »Nein, Tess, das kann man dir wirklich nicht vorwerfen. Es ist nur einfach so, daß es sicherer und besser ist, dich nach oben zu tragen, als dich zehn schmerzhafte Minuten allein hier hochhumpeln zu lassen, okay?«

Ich knirschte mit den Zähnen. »Ja«, antwortete ich wütend.

Er stand über mir, als ich im Bett lag, und unsere Blicke trafen sich, wobei ich nicht sicher wußte, ob im Kampf oder nicht. Jedenfalls fand ich es ziemlich ungemütlich, deshalb sah ich schnell zur Seite. Ich spürte, wie er mich noch eine Weile ansah, dann ging er zum Fenster herüber. Es war ganz still. Er fing an, am Fensterriegel zu fummeln.

»Das Fenster schließt nicht richtig«, erklärte er nach einer Weile. »Ich muß mich dringend darum kümmern.«

Ich betrachtete seinen Rücken. »Ja, es ist jetzt sicher dein Haus, nicht?«

»Im Prinzip ja. Mum will es nicht, sie kommt nur für ein paar Monate im Jahr hierher. Sie bevorzugt wärmere Gefilde.«

»Dann ...«, ich zögerte, »wirst du hier wohnen?«

»Ich weiß es nicht.« Er drehte sich um. »Es ist eigentlich zu groß für mich allein. Hier gehört eine Familie hin. Und Kinder.«

»Vielleicht hast du die eines Tages«, wagte ich mich vor.

»Vielleicht.« Er sah mich an, und ich spürte, wie die Unbefangenheit, um die ich mich so bemüht hatte, dahinschmolz. Lange sagten wir beiden keinen Ton.

»Ähem, Patrick«, begann ich schließlich und starrte auf die Bettdecke. »Könntest du deiner Mutter bitte sagen, daß ich keine Suppe möchte, ich habe eigentlich gar keinen Hunger. Ich glaube, ich lese lieber noch ein bißchen und schlafe dann.«

Für heute hatte ich wirklich mehr als genug Augenkontakte mit Patrick gehabt, und wer weiß, vielleicht kam er auf die Idee, mir die Suppe höchstpersönlich zu bringen und mich in noch mehr extrem private und beängstigend scharfsinnige Gespräche über meine Familie zu verstricken. Vielleicht sogar über mich, überlegte ich nervös.

»Klar.«

Er ging zur Tür. Auf halbem Weg blieb er stehen und schaute auf den Bücherstapel neben meinem Bett.

»Was liest du?«

»Bleak House«, antwortete ich mit fester Stimme.

»Aha.« Er lächelte und verließ mein Zimmer.

Als er weg war, nahm ich mein Buch in die Hand. Ich starrte intensiv auf den Text, konnte mich aber nicht konzentrieren. Also legte ich das Buch zur Seite und nahm mir statt dessen eine Zeitschrift, vielleicht würde die mich mehr ablenken. Aber als ich sie so durchblätterte und lustlos die Marotten der Reichen und Schönen studierte, kehrten meine Gedanken immer wieder zu Patrick zurück. Ich legte die Zeitung weg und sah aus dem offenen Fenster. Nicht zum ersten Mal versuchte ich mir vorzustellen, wie sein Leben in Italien wohl war. Vor meinem geistigen Auge erschien wieder diese Wohnung, die in Florenz, hoch oben über der Piazza, mit dem herrlichen Blick über die Stadt, die alten Duomos und die Terrakotta-Dächer, bis hinunter zum Fluß und zum Ponte Vecchio. Ich sah einen großen Dachgarten voller Sonne und Blumen, wo Geranien und Jasmin üppig über die Balustrade wucherten. Ich stellte mir heiße Sommernächte dort draußen vor, in denen die Stadt unten flirrte und flimmerte. Dann sah ich Patrick auf seiner Terrasse, mit Freunden, ernsthaften jungen Männern, Maler-Kollegen vielleicht und Schriftstellern, die schöne junge Mädchen im Arm hielten. Sie legten den Männern ihre schlanken, gebräunten Arme um den Hals, warfen sich fortwährend die schwarzen Locken aus dem Gesicht und erzählten und lachten bis weit in die Nacht. Ich sah ein Mädchen mit Patrick reden, den Rücken zum Geländer gewandt, die Ellbogen auf die Brüstung gestützt, ein hübsches, schlankes Mädchen mit dunklen Locken und lachenden braunen Augen. Es war das Mädchen von dem Gemälde, Luciana.

Tagsüber, phantasierte ich weiter, malte er sie, und nachts schlief er mit ihr, in einem kühlen, dunklen Schlafzimmer am Ende der Wohnung, die Fenster weit geöffnet, die Laken zurückgeschlagen. Ich versuchte, nicht daran zu denken, wie es sein würde, wie er in ihren Armen lag, wie ihre Köpfe auf dem weißen Bett miteinander verschmolzen. Stattdessen schaltete ich schnell zum nächsten Morgen um. Ich sah Patrick wieder auf der Terrasse, in ein weißes Handtuch gehüllt, beugte er sich über die Brüstung und sah zu, wie die Stadt unter ihm erwachte und der weiche Dunst sich hob, der einen weiteren heißen Tag versprach. Dann sah ich das Mädchen, das, ebenfalls in ein weißes Handtuch geschlungen, zu ihm hinaustrat, mit nackten Füßen und lang herabfallendem Haar. Sie beugte sich vor und küßte ihn leicht auf die Wange, ehe sie sich hinsetzten, um in der Sonne zu frühstücken; mit einer italienischen Zeitung, frischen Brötchen, Orangensaft und starkem schwarzen Kaffee. Sie lachte, als er ihr etwas aus der Zeitung vorlas, dann unterhielten sie sich leise in italienisch.

Später sah ich sie vom Tisch aufstehen und in der Wohnung verschwinden; nach zehn Minuten erschien sie in einem atemberaubenden cremefarbenen Leinenkostüm mit knappem Minirock, der ihre endlos langen, braunen Beine kaum bedeckte. »Ciao!« Sie hauchte einen Kuß auf sein Haar und verschwand wieder in der Wohnung. Er senkte seine Zeitung und sah ihr nach, lauschte, wie sie die Tür schloß und leichtfüßig die Treppe hinablief. Dann stand er auf und lehnte sich über das Geländer, als sie unten auf der Straße erschien. Sie schaute hoch, winkte und lächelte, und sah dabei aus wie ein Model aus der italienischen *Vogue*. Sie winkte noch einmal und warf ihm einen Kuß zu, ehe sie schließlich in der Menge verschwand.

Ich seufzte. Gott, was für ein wunderbares Leben! Wie unfaßbar romantisch! Trübsinnig rief ich mir ein vergleichbares Szenario in der Pelham Road in Putney vor Augen. Ein gewöhnlicher Morgen verlief dort so: Ich wachte auf, liebevoll gewürgt von meiner Tochter, wurde blau, schüttelte sie ab, sah auf die Uhr, schrie hysterisch auf, stolperte die Treppe hinunter und drückte blind auf die Kaffeemaschine, während die Kinder mit ihren Löffeln auf den Frühstückstisch schlugen und Hula Hoops zum Frühstück verlangten, weil es die schon mal gab, weißt du nicht mehr, Mummy?

Ich log und behauptete, daß ich das nicht mehr wüßte, schüttete Frosties in Schüsseln, griff nach der Milchflasche im Kühlschrank – leer – sammelte die Frosties-Schüsseln wieder ein und rannte in die Speisekammer – leer – schleuderte die Frosties wieder auf den Tisch und bellte: »Stellt euch nicht so an, sie schmecken auch mit Wasser«, ehe ich die Kleiderschränke der Kinder nach Kindergartenkleidung, sauberer Kleidung, schmutziger Kleidung, *irgendwelcher* Kleidung durchwühlte. Dann arbeitete ich hastig ein Kleid von Clemmie auf, indem ich das Ei vom Kragen pulte, ließ mich von David in die Enge treiben, der in Socken und Boxershorts in der Tür stand und wissen wollte, ob ein *zweites* sauberes Hemd in dieser Woche nicht vielleicht doch möglich sei, wies ihn darauf hin, daß dies hier schließlich keine Reinigung sei, fischte eins aus dem Wäschetrockner, bügelte eiligst Kragen und Manschetten, warf es ihm hin und erklärte ihm, heute sei es wirklich kalt, und da würde er doch wohl nicht sein Sakko ausziehen wollen?

Dann rannte ich zurück in die Küche und ließ die Katze zu ihrem Geschäft aus der Hintertür, registrierte dann, daß sie es bereits erledigt hatte, als es plötzlich unter meinen nackten Füßen ganz rutschig wurde. Ich schrie, fluchte, trat die Katze, griff nach Küchenpapier und bückte mich, um meine Füße und den Boden zu trocknen und stieß dabei gegen die geöffnete Hintertür. Ich stürzte auf die Terrakotta-Fliesen, rappelte mich auf, drehte mich um und sah den Milchmann, der sich für seine Zuspätkommen entschuldigte und mich mit drei Litern und einem seltsam erregten Glitzern in den Augen bedachte. Daraufhin stellte ich fest, daß ich ein T-Shirt von David trug und keinen Slip darunter und schwor, sofort die Milchmarke zu wechseln.

Danach zog ich die Kinder an, zerrte eine Jeans und einen Pulli über mein Nacht-Shirt, rannte wie eine Wahnsinnige durchs Haus, um den Autoschlüssel zu suchen, stürzte aus der Haustür, die Kinder ermahnend, sie sollten sich gefälligst *beeilen*, sonst würden wir *schon wieder* zu spät kommen, rannte den Weg hinunter und wurde ganz abrupt gestoppt von meinem alltäglichen Hätte-ich-doch-die-letzte-Tasse-Kaffee-nicht-getrunken-Bedürfnis, aufs Klo zu gehen. Unentschlossen stand ich am Tor, die Pobacken zusammengekniffen, die Kinder gespannt wartend – geht sie oder geht sie nicht? –, dann stürmte ich ins Haus zurück, sperrte mich im Bad ein und wurde dabei ununterbrochen gehetzt von zwei Kinderstimmen. »Drück, Mummy, drück, sonst kommen wir zu spät!«

Anschließend rannte ich aus dem Haus, ohne mir die Hose richtig hochzuziehen, und prallte am Gartentor gegen den Milchmann von der Konkurrenz und sah auch seine Augen glitzern. Als ich mich wieder erholt hatte, wurde mir klar, daß mir in Zukunft nichts anderes übrigblieb, als meine verfluchte Milch selber zu kaufen.

Ich raste im atemberaubenden Tempo zur Schule, setzte Hugo ab, fuhr weiter zum Kindergarten, ließ Clemmie vor einem leeren Spielplatz aussteigen, erblickte durchs Fenster fleißige Kinder von besser organisierten Müttern bereits eifrig malen, bückte mich schnell, um Clemmies Gruppenleiterin aus dem Weg zu gehen, die mich ohnehin für unfähig hielt, und stieß am Tor gegen die Mutter eines neuen Jungen, die aus irgendeinem Grund annahm, ich sei die richtige Person, um sie über die Öffnungszeiten des Naturkunde-Museums (kenne ich nicht) aufzuklären, die pädagogischen Konzepte des Kindergartens (interessieren mich nicht) und die Möglichkeiten der Höchstbegabtenförderung (weiß ich nicht mal, was das ist). Ich schwafelte zehn geschlagene Minuten irgend etwas über Kindererziehung, bis ich glaubte, in Ohnmacht fallen zu müssen, entschuldigte mich unter dem Vorwand, die Katze im Ofen vergessen zu haben, raste heimwärts, hielt mit quietschenden Bremsen vor dem Laden an der Ecke, rannte an die Kuchentheke und kaufte ein paar Hefekuchen, damit die Kinder mittags was zu essen hatten.

Zu Hause schaltete ich den Fernseher ein, fiel über den Kuchen her, erblickte einen riesigen Spülberg, hatte ein schlechtes Gewissen, aber nicht schlecht genug, um aufzuspringen und Wasser einlaufen zu lassen. Im Gegenteil, ich stellte erleichtert fest, daß Josie den Supermarkt-Einkauf erledigte und nicht da war, um mich bei meiner feisten Orgie zu sehen. Ich ließ vor Schreck den ganzen Kuchen auf den Teppich fallen, als sie plötzlich doch vor mir stand, weil sie den Schlüssel vergessen hatte. Ich half ihr suchen, stellte fest, daß ich ihn bei meiner wilden Suche heute morgen selbst eingesteckt hatte, entschuldigte mich, bot ihr schuldbewußt ein Stück Kuchen an, den Fernseher und das gemütliche Sofa, nahm meinen eigenen Autoschlüssel und fuhr selbst zum Supermarkt, aus dem ich eine Stunde später genervt, verschwitzt und zerknittert wieder auftauchte und nicht das kleinste bißchen so aussah wie ein Model aus der italienischen *Vogue*.

Seufzend ließ mich auf mein Kissen zurückfallen und betrachtete durch das Fenster die Berge im Hintergrund. Ich kaute auf meinen Lippen, wobei mir ein erneuter Seufzer entfuhr. Es war ja gar nicht so, daß ich unbedingt so ein Leben führen wollte wie Patrick; ich war auch nicht unzufrieden mit meinem Schicksal, aber so ab und zu wünschte ich mir schon ein kleines Stückchen davon. Für eine Woche vielleicht – nein, noch nicht einmal, ein Wochenende ... Gott, sogar eine halbe Stunde würde schon reichen. Ich war wirklich nicht neidisch, nein, nein, ich würde meinen Lebensstil nie aufgeben – ich meine, welche Frau will schon Florenz, wenn sie zwei Kinder haben kann, einen Ehemann und Putney High Street, hm? Na ja ... ich kaute auf meinem Daumennagel. Man sollte halt keine Vergleiche ziehen.

Ich öffnete *Bleak House* und machte einen neuen Versuch. *›London. Das Herbstsemester war vorüber, und der Lord Chancellor saß in ...‹* Ich schaute auf. Und dann war da noch die Sache mit Laura. Was hatte das alles eigentlich zu bedeuten? War es möglich, daß Patrick recht hatte? War es möglich, daß er sie näher kannte und mir das völlig entgangen war? Ich legte *Bleak House* zur Seite und malte mir diesmal Lauras Leben aus. Laura zu Hause, in ihrem Appartement in South Kensington. Wo ich sie nie besuchte, weil ich viel zu beschäftigt war ...

Ich stellte mir vor, wie sie in ihrem hellblauen Schlafzimmer erwachte. War sie allein? Irgendwie paßte Edwards Kopf einfach nicht auf ihre weißen Damastkissen. Ich sah, wie sie sich den Bademantel überzog, in ihrer Miniküche Kaffee kochte, den Klassiksender im Radio suchte, sich dann mit einem Croissant an den runden Tisch vor dem Fenster setzte und hinaus in den Garten schaute. Ich versuchte, mir Edward bei ihr vorzustellen, gegenüber vielleicht und Cormflakes essend? Und dabei ein bißchen schmatzend? Ich schüttelte den Kopf. Irgendwie gelang mir das einfach nicht; sie war immer noch allein.

Ich sah sie kurz duschen, etwas teures Französisches anziehen, die Treppe hinunterlaufen, und dann in die sonnigen und quirligen Straßen Londons eintauchen. Sie ging durch den Park zu ihrer Agentur, erreichte das Gebäude, nahm den Aufzug in ihre Etage und setzte sich dann hinter ihren riesigen Schreibtisch; schön, elegant, erfolgreich. Rief Edward an? Vielleicht. Ich stellte mir vor, daß sie mit ihm am Telefon sprach, und er sie möglicherweise später – was, sie von der Arbeit abholte? Nein! Ich schüttelte den Kopf. Nein, er paßte einfach nicht zu diesen schicken modernen Bürohäusern, und er paßte auch nicht zu ihren Kollegen und schon gar nicht auf eine dieser Cocktailpartys, zu denen sie regelmäßig ging. Also wann dann? Wann traf sie ihn? Später vielleicht.

Ja, vielleicht würde sie sich später entschuldigen, ihre Party verlassen, in ein Taxi steigen und zu dem altmodischen, verstaubten italienischen Restaurant fahren und – ja, dort konnte ich endlich auch Edward sehen. Ich stellte mir vor, wie er an einem Fenstertisch auf sie wartete, im Regenmantel, nervös hinter den Brillengläsern blinzelnd und *Welches Auto*? lesend. Ich sah, wie Laura sich ihm gegenüber an den Tisch setzte, sich entschuldigte, weil sie zu spät kam, und ich sah, wie er rot wurde vor Glück. Sie stocherte in ihrem Salat herum, trank Perrier, starrte aus dem Fenster, während er versuchte, Konversation zu machen. Ab und zu lächelte sie ihn an, abwesend, denn in Gedanken war sie ganz woanders.

Sie schaute auf die Uhr. Er ließ die Rechnung kommen, dann standen sie auf, er wollte ihr in den Mantel helfen, aber den hatte sie bereits an und war schon halb zur Tür hinaus. Draußen sah Edward sich vergebens nach einem Taxi um, Laura war diejenige, die eins anhielt, dem Fahrer das Ziel nannte, und dann fuhren sie gemeinsam Richtung South Kensington. Dann kam der kritische Moment. Stieg er aus dem Taxi aus? Ging er mit in ihre Wohnung? Ich zögerte. Okay, ich sah ihn nicht die Nacht bei ihr verbringen, morgens neben ihr aufwachen und mit ihr frühstücken, aber vielleicht kam er ja noch mit zu einem – zu einem Kaffee?

Die Taxitür schlug zu. Auf der Treppe drehte Laura sich noch einmal um, winkte und ging allein in das weiße Gebäude. Das Taxi wartete noch einen Moment, dann fuhr es weiter. Ich runzelte die Stirn. War das richtig? Entsprach das der Wirklichkeit, oder ging er doch mit nach oben? Vielleicht kamen sie ja kaum die Treppe hinauf bis in ihr Appartement, ehe sie sich gegenseitig die Kleider vom Leib rissen und sich wild und leidenschaftlich liebten?

Ich seufzte. Wer wußte das? Ich jedenfalls nicht, doch eines stand fest. Ich würde es – taktvoll – herausfinden. Wenn Laura ein Problem hatte, wollte ich darüber Bescheid wissen, und ich wollte wissen, warum.

Das Telefon neben meinem Bett klingelte plötzlich, und ich fuhr zusammen. Ich starrte es einen Moment an. War das für mich? In diesem Palast war man sich schließlich nicht sicher, ob es nicht irgendwo eine Art Telefonzentrale gab, einen einsame Operator im Erdgeschoß, der die Gespräche in mein Zimmer durchstellte. Nervös hob ich ab.

»Hallo?«
»Darling?«
»David. Wie schön!«
»Du klingst überrascht.«
»Bin ich auch.«
»Angenehm, hoffe ich.«
»Natürlich.« Was für eine merkwürdige Frage.
»Wie geht es deinem Bein?«
»Viel, *viel* besser. Ich glaube, ich kann bald nach Haue, vielleicht schon morgen.«
»Bitte, ...« In der Leitung begann es zu rauschen, und ich mußte mich anstrengen, um noch etwas zu verstehen.
»Was? Bist du im Auto?«
»Ja, tut mir leid, ich bin auf dem Nachhauseweg. Schreckliche Verbindung. Ich sagte, geh bitte nicht, ehe du gesund bist.«
»Nein, okay, aber ...«
»Kein Aber, Tess. Versprich es mir, ja? Du mußt dort bleiben, bis du wieder ganz gesund bist und laufen kannst, ja? Versprich mir das bitte!«
»Ich verspreche es«, antwortete ich gedehnt.
Eine Pause entstand.
»Was macht deine Arbeit?« erkundigte ich mich. »Wann kommst du zurück?«
»Noch nicht, leider. Ich stecke bis zum Hals in Arbeit, und der Fall ist noch längst nicht abgeschlossen. Tess, diese Verbindung ist eine Katastrophe. Ich rufe dich morgen früh wieder an.«
»Warum nicht, wenn du nach Hause kommst?«
»Du willst doch sicher bald schlafen, oder?«
Ich sah auf die Uhr. Schon halb zehn. Er kam spät aus der Kanzlei. »Äh, ja, ich glaube schon.«
»Also rufe ich morgen an. Was machen die Kinder?«
»Es geht ihnen gut, sie waren heute hier.«
»Gut«, die Leitung knisterte. »Bis morgen, Tess.«

»David ...« Aber er war fort.

Langsam legte ich das Telefon aus der Hand und sah es nachdenklich an. Hatte David sich komisch benommen, oder bildete ich mir das bloß ein? Wie seltsam, daß er unbedingt darauf bestand, daß ich hier blieb. Und kein Kuß. Er hauchte sonst immer einen Kuß ins Telefon. Es hatte ihn auch gar nicht interessiert, daß die Kinder hier waren. Ärgerte es ihn denn nicht, daß sie in Patricks Haus waren? Ach, sei nicht albern, Tess, sagte ich mir. So ist David eben; er ist völlig unschuldig und denkt sich nichts Böses – und dazu bestand schließlich auch kein Anlaß. Warum sollte er mißtrauisch sein? Außerdem hatte er mit seiner Arbeit im Moment genug um die Ohren ... Zum dritten Mal nahm ich an diesem Abend *Bleak House* zur Hand. Ich las genau vier Zeilen, dann schlief ich ein.

17. Kapitel

Am nächsten Morgen wurde ich von lautstarkem Gepolter vor meiner Tür geweckt.

»Was zum – wer ist da?« Ich setzte mich auf und rieb mir die Augen, als Patrick schon den Kopf zur Tür hereinstreckte. Er grinste.

»Ich probier sie nur mal eben aus und teste, ob sie stabil genug sind.«

»Was?«

»Die hier.« Er öffnete die Tür ganz und humpelte auf einem Paar altertümlich aussehender Krücken ins Zimmer.

»Ich hab' sie in der Scheune gefunden. Sie müssen uralt sein, aber bis auf einen Holzwurm sind sie noch völlig in Ordnung. Meinst du, du kommst mit ihnen klar?«

Er stand neben meinem Bett und sah mich an. Irritiert zog

ich die Decke bis zum Hals. Er hatte wirklich eine besondere Gabe, dauernd in mein Zimmer zu platzen, ohne sich auch nur die Mühe zu machen, vorher anzuklopfen.

»Sie sehen aus, als wären sie schon auf der Arche dabeigewesen.«

»Hauptsache, sie funktionieren. Komm, steh auf, du kannst nicht den ganzen Tag faul im Bett herumliegen. Ich hole dich in einer halben Stunde zum Spaziergang ab.«

»Zum Spaziergang? Das ist doch wohl nicht dein Ernst. Wo ich nicht mal ...«

Aber er war schon draußen und marschierte laut pfeifend über den Flur. »Laß die Tür bitte auf!« rief ich gereizt hinter ihm her, kletterte aus dem Bett und knallte sie zu.

Im Bad grummelte ich weiter vor mich hin und beklagte mich bei mir selbst über den Mangel an Privatsphäre, den man in diesem verfluchten Haus hatte. Jeder sagte mir ständig, ich brauchte Ruhe, aber die bekam ich ganz und gar nicht. Gestern wurde mir befohlen, mich auf keinen Fall zu bewegen – und heute zwang man mich plötzlich aufzustehen und einen Marathon zu laufen! Wenigstens schaffte ich es, auf einem Bein stehend zu duschen und mir sogar die Haare zu waschen. Ich fand eine Tüte mit frischen Klamotten, die Laura mir mitgebracht hatte, und trocknete mir gerade die Haare ab, als die Tür schon wieder aufflog.

»Fertig?«

»Und wenn ich jetzt noch nicht angezogen gewesen wäre?« schrie ich.

»Ich wußte, daß du das sein würdest. Ich habe dir mindestens eine halbe Stunde Zeit gelassen, und du bist nicht der Typ, der endlos lange im Bad herumsteht. Kommst du?«

»Patrick, wenn du ernsthaft glaubst, ich würde auf diesen Krücken irgendwo hingehen, irrst du dich.«

»Fein. Können wir das unten diskutieren?«

»Es gibt nichts zu diskutieren.«

»Also gut, dann willst du also den ganzen Tag hier oben verbringen, ja? Wünschen Sie den Zimmerservice, Gnädigste?«

Er wandte sich zum Gehen. Ich zögerte.

»Komm Tess, stell dich nicht so an. Probier es wenigstens.«

Zähneknirschend griff ich nach den Krücken. »Anstellen? Wer stellt sich an? Ich zeige dir, wie man diese Dinger benutzt, Patrick!«

Ich klemmte sie mir unter die Arme und trampelte geräuschvoll aus dem Zimmer. Zugegeben, es war ziemlich einfach, sobald ich den Dreh raus hatte, und was noch viel wichtiger war, es machte mich unabhängig! Ich stampfte über den Flur und blieb an der Treppe stehen.

»Also gut, ich nehme sie, aber nur unter einer Bedingung. Du läßt mich ganz allein die Treppe runtergehen, okay? Keine Muskelspiele mehr! Wenn ich spazierengehen kann, komme ich auch allein die Treppe runter.«

Er lächelte. »Bitte sehr.«

Ich zögerte eine Sekunde. Die Treppe war lang und steil, und diesmal lockte mich kein Seezungen-Duft. Ich klammerte mich mit einer Hand ans Geländer und machte mich mit Hilfe von nur einer Krücke auf den mühsamen Abstieg, wohlwissend, daß ich Patricks Blicke ununterbrochen im Rücken hatte. Endlich kam ich unten an.

»So!« Ich war einigermaßen erleichtert. »Kein Problem, also. Gib mir jetzt bitte die andere Krücke. Außerdem brauche ich meine Geldbörse, wenn wir aus dem Haus gehen. Sie liegt auf dem Tisch.«

Er sah mich erstaunt an. »Ich muß sagen, Tess, du hast dich schnell daran gewöhnt, ständig Dienstboten um dich zu haben. Nenn mich James«, unkte er, schlurfte herbei und reichte mir Krücke und Börse. Er tat, als tippte er sich an die Mütze. »Stets zu Ihren Diensten, Madam.«

Ich stützte mich auf die Krücken und sah ihm kopfschüttelnd. »Heute morgen scheinst du ja besonders gutgelaunt zu sein«, stellte ich fest.

»Warum auch nicht. Es ist ein toller Tag!« Zur Demonstration stieß er die Tür auf, und die Sonne schien herein. »So, Tess, jetzt hör auf zu meckern und geh die Treppe hinunter. Wir fahren an den Fluß.«

»Das ist ja eine tolle Idee«, antwortete ich bissig und humpelte hinter ihm her. »Steinige Fußwege und eine Menge tiefes Wasser, in das ich hereinfallen kann. Super!«

In Wahrheit gefiel mir die Idee, denn ich bekam regelrecht Entzugserscheinungen, wenn ich in Schottland war und den Fluß eine Weile nicht sah. Aber das brauchte Patrick schließlich nicht zu wissen. Im Gegenteil, wenn er mich schon nötigte, mit ihm spazierenzugehen, würde ich ihm keine ruhige Minute gönnen.

Ich schaffte die Treppe und humpelte zu einem roten Mercedes-Cabrio. Patrick hielt mir die Beifahrertür auf.

»Ein roter Sportwagen, was sonst?« höhnte ich.

Er lachte und half mir hinein. »Man kann nicht in Italien leben, ohne einen roten Sportwagen zu besitzen – tu bloß nicht so, als ob er dir nicht gefiele. Alle Mädchen lieben es, wenn ihre Röcke hochfliegen, sie fühlen sich dann so jung und sexy.«

»Unsinn!« schimpfte ich, während wir die Einfahrt hinunterröhrten. »Mit diesen Werbesprüchen werden die Reichen und Hirntoten in die Verkaufsräume der Autohäuser gelockt, und du fällst darauf rein, Patrick. He, was tut du? Langsamer bitte. Hör auf, so anzugeben!«

Aber er beachtete mich gar nicht, und wir rasten in halsbrecherischem Tempo über die kurvenreichen Landstraßen. Der Wind raubte mir fast den Atem, und ich war nicht mehr in der Lage, noch etwas zu sagen. Wahrscheinlich hatte er genau das beabsichtigt.

Es war ein wunderbar heißer Tag, und ich mußte zugeben, daß es mich um Jahre jünger machte, so durch die Gegend zu brausen, an den Feldern vorbeizufliegen und die Berge majestätisch vor mit liegen zu sehen. Verflixt! Ich fühlte mich jung und – hastig hielt ich meinen hochfliegenden Rock fest – na, jung eben. Ich warf einen Seitenblick auf meinen Chauffeur. Er hatte den linken, mit einem Jeanshemd bekleideten Arm lässig auf die Seitentür gelegt und kniff die blauen Augen zum Schutz gegen den Wind eng zusammen. Sein Gesicht war sonnengebräunt. Er bemerkte meinen Blick und lächelte. Ich schaute schnell in die andere Richtung.

Wir sausten um die nächste Kurve und waren jetzt auf dem letzten abschüssigen Stück, das zum Fluß runterführte, doch Patrick lenkte den Wagen plötzlich an den Straßenrand und hielt an. Er stellte den Motor aus.

»He! Ich dachte, wir fahren zum Fluß?«

»Tun wir ja auch. Aber guck dir das hier vorher an.«

Ich folgte seinem Blick in die vor uns liegende Landschaft. Tief unter uns im Tal schlängelte sich der Fluß durch die Heide. Auf dem Talgrund waren saftige grüne Wiesen, gesprenkelt mit Schafen, die Talwände erhoben sich sanft zu Hügeln, die wiederum in die majestätisch in den strahlend blauen Himmel ragentenen Berge übergingen.

»Ist das schön!«

Er lächelte. »Nicht wahr? Wie im Himmel.«

Wir saßen eine Zeitlang ganz still und sahen hinaus. Plötzlich streckte Patrick die Hand aus, und ich sprang auf, absurderweise, denn seine Hand glitt an mir vorbei zum Handschuhfach, aus dem er eine Schachtel Zigaretten kramte. Er zündete sich eine an und stieß langsam den Rauch aus, ohne den Blick von dem Tal unter uns zu wenden.

»Du hast mir gestern abend eine Menge Fragen gestellt, Tess«, sagte er leise.

Ich schwitzte. »Wer, ich? Das muß am Champagner gelegen haben.«

»Kein Problem, ich fühle mich nur etwas benachteiligt.

Ich habe keine Ahnung, was du in den letzten zwölf Jahren so getrieben hast.« Er inhalierte tief und sah mich von der Seite an.

»Oh, nicht viel« murmelte ich. »Ein paar Babys, ein paar Häuser, nichts besonders Aufregendes.«

Stille.

»Arbeitest du?« fragte er dann.

»O ja«, antwortete ich und lachte hohl. »Ich arbeite.«

»Wirklich?« Er sah mich interessiert an.

»Ja, zu Hause.«

»Du schreibst? Toll! Was denn – Zeitungsartikel oder was?«

»Nein, ich schreibe nicht. Ich bin Mutter.«

»Aha.« Er lächelte. »Verstehe.«

»Wirklich?« Ich zog die Augenbrauen hoch. »Ich glaube, du wolltest eigentlich wissen, ob ich Geld verdiene, und die Antwort darauf lautet natürlich nein. Meine Arbeit ist völlig freiwillig und unbezahlt. Genaugenommen denke ich darüber nach, Sozialhilfe zu beantragen.«

Er lachte. »Okay, okay, warum verdienst du denn kein Geld, wenn dir das so wichtig ist? Das könntest du doch, schließlich hast du ein Kindermädchen.«

»Ich habe ein 22jähriges Au-pair-Mädchen, keine Ersatzmutter, und die wollte ich auch nicht, vielen Dank«, bemerkte ich bissig.

Er stieß den Rauch aus. »Ist ja schon gut. War nur eine Frage.« Er dachte nach und drückte seine Zigarette aus. »Es gibt doch noch andere Möglichkeiten, oder? Der Kinderbetreuung, meine ich.«

»Ach, du sprichst von einem Hort? Eine besseres Waisenhaus mit schönen Bildern an den Wänden und dem einzigen Unterschied, daß die Kinder abends nach Hause gehen und in ihren eigenen Betten schlafen. Nein danke.«

»Das Thema scheint dich ja sofort auf hundertachtzig zu bringen. Mir ist es egal, ob du arbeitest oder nicht.«

»Aber es war deine erste Frage, Patrick, und glaub mir, das ist es immer, ich habe genügend Partys erlebt, um das beurteilen zu können. Nein, ›Ich bin Mutter‹ ist keine sonderlich spannende Antwort. Zumindest verhindert sie nicht, daß der Mann neben dir gelangweilt zur Seite schaut, sich dann auf seine gute Erziehung besinnt und höflich nachfragt, welche Schule der kleine Johnny denn besucht. Natürlich interessiert ihn das nicht im geringsten, den er hat seinen eigenen kleinen Johnny zu Hause und genug Erziehungsdiskussionen mit seiner eigenen Frau, vielen Dank. Nein, was er in Wirklichkeit wissen will, ist, ob er in eine neue Maschine investieren soll, oder ob diese Aerospace-Aktien ein guter Kauf waren oder was du von seiner letzten Marketing-Kampagne hältst.«

»Komm schon, Tess, außer der Arbeit gibt es noch andere Dinge, über die man reden kann.«

»Nämlich?«

»Keine Ahnung – Politik, Religion, Kunst, Sex ...«

»Gut, aber das sind in der Regel keine Eröffnungsthemen. Über diese Dinge spricht man erst später, wenn man jemanden schon ein bißchen kennt. Es ist diese erste, vorsichtige, aber so entscheidende Frage, von der ich rede – *Was machen Sie* und egal wie spannend man Kindererziehung darstellt, man wird sofort in die Nette-Mädchen-Ecke gesteckt – denn natürlich mögen Männer Frauen, die zu Hause bleiben und sich um die Kinder kümmern, weil die meist so sanft sind, verstehst du, Patrick, und gefügsam ...« Ich bedachte ihn mit einem vernichtenden Blick, »... aber auf der Interessenskala kriegen sie nicht einen Punkt. Da bist du ein Nichts in ihren Augen.«

»Quatsch!«

»Ich sagte, in *ihren* Augen, Patrick, das ist alles.«

»Also gut, wenn du das Gefühl hast, so wahrgenommen zu werden, warum tust du dann nichts dagegen?«

Ich schüttelte den Kopf und lächelte bedauernd. »Kann

ich nicht. Ich sitze in der Falle. Weißt du, ich weigere mich, meine Kinder von einer Fremden aufziehen zu lassen – und das ist der Preis! Nicht, daß jemand anders nicht einen guten Job machen würde – Gott, einige meiner Freundinnen arbeiten und haben tolle Kinder und tolle Kindermädchen. Wer weiß, vielleicht würden Hugo und Clemmie ja sogar davon profitieren und bekämen endlich ein paar Manieren. Aber es bleibt immer ein Risiko, habe ich recht?«

»Welches Risiko?«

»Daß sie sich eines Tages, sagen wir mit fünfzehn, zu mir rumdrehen und sagen, ›Und wo, zum Teufel, warst du, als ich dich gebraucht habe, Mummy?‹« Ich schüttelte den Kopf. »Das ist ein Risiko, das ich nicht eingehen möchte.«

Patrick kratzte sich am Kopf. »Hör zu, Tess, wenn du deine Kinder allein großziehen willst, finde ich das okay. Du mußt mir nichts erklären.«

»Ich *möchte* es aber gern, Patrick«, antwortete ich und drehte mich so, daß ich ihn ansehen konnte. »Du bist nicht irgendein Idiot, der zufällig auf einer Party neben mir steht – und um ganz ehrlich zu sein, es kümmert mich nicht, wenn mich die meisten von ihnen für völlig hirnlos halten –, du bist jemand, der mich schon kannte, als ich noch jung und ehrgeizig war und – *intelligent*, verdammt noch mal! Ich will dir erklären, warum es so ist, daß ich mich nur über meinen Töpferkurs und meinen Garten unterhalten kann. Das hat seinen Grund, weißt du. Ich will nicht völlig verblöden, es ist der Zwang der Umstände, und ich fühle mich deswegen ziemlich beschissen, weil ich das Gefühl habe, meinen Intellekt betrogen zu haben. Nicht nur die arbeitenden Mütter, die glauben, ihre Kinder zu vernachlässigen, haben ein schlechtes Gewissen, nein auch die Mütter, die zu Hause bleiben. Denn die vernachlässigen ihre Gehirnzellen. Meine habe ich vor Jahren auf der Entbindungsstation vergessen, und seither habe ich sie nie wiedergesehen. Und da ist noch was«, ereiferte ich mich weiter und fuchtelte bekräftigend mit der Hand.

Patrick schlug die Hände vors Gesicht. »Bitte, verschon mich!« flehte er.

»Nicht nur mein Verstand ist fürchterlich verkümmert, sondern auch mein Körper.«

In gespieltem Entsetzen riß er die Augen auf. »Nein!«

»O doch.« Ich nickte heftig, meine Augen funkelten wild. »Die Schwangerschaften haben mir einen Körper hinterlassen, in dem auch jetzt noch Platz für zwei ist. Ich bin an Stellen auseinandergegangen, von denen ich gar nicht wußte, daß sie auseinandergehen können, ich bin unten überladen und oben unterladen – Gott, sogar ein Wonderbra hat ganz schön Mühe, bei mir seine Wunder zu wirken – laß dir bloß von niemandem erzählen, Stillen würde sich nicht auf die Form deiner Brust auswirken, Patrick, denn es ist eine verdammte Lüge!«

»Ich werde es mir merken«, murmelte er. »Gibt es sonst noch was, das du schon immer auf einer Party loswerden wolltest, Tess? Denn ich warne dich, wenn nicht alle stockbetrunken sind, ist das ziemlich ...«

»Ich bin nicht fit«, lamentierte ich weiter, »ich bin fett, und außer daß ich Einkaufstaschen in der Gegend herumschleppe und Legosteine vom Fußboden aufhebe, habe ich keinerlei Bewegung. Meine Oberschenkel bewegen sich unabhängig von meinen Beinen, wenn ich gehe, und es würde mich nicht im geringsten wundem, wenn eines Tages unten alles rausfallen würde, denn ich verrate dir jetzt was, was nur sehr wenige Menschen wissen, Patrick«, raunte ich. »Als ich meine Beckenbodenübungen machen sollte, habe ich geschummelt!« Ich nickte triumphierend.

Patrick riß die Auge auf. »Nein! Dein Beckenboden? Was du nicht sagst!«

»Hör auf, dich über mich lustig zu machen, Patrick Cameron. Das sind intime und ernste Fehltritte, die ich dir hier beichte, und ja«, ich nickte feierlich wie ein neues Mitglied bei den Anonymen Alkoholikern. »Ja, ich weiß, daß es mein Fehler ist. Ich weiß, daß ich mich endlich selbst in den Hintern treten und joggen gehen muß oder ins Fitneßstudio, aber ich kann mich einfach nicht aufraffen, mich in diese deprimierende Horde einzureihen. Weißt du was, Patrick, in zwanzig Jahren zeigt man unseren Kindern Videos von Menschen in den Neunzigern, die schweißtriefend imaginäre Treppen rauf- und runterrennen, mit grimmigen Gesichtern auf Pseudo-Fahrrädern strampeln und wie besessen in einem nachgemachten Hamsterrad herumlaufen, zwanzig in einem Raum und alle gefangen in ihren eigenen Radlershorts und ihren eigenen kleinen Egos, und sie werden uns für völlig idiotisch halten. Ich war einmal in so einem Ding, nur um es mir mal anzuschauen, und es war der zweitdeprimierendste Raum, in dem ich je war.«

»Und der erste?« Nervös schnappte er nach dem Köder.

»Der Kinderhort.«

»Ach ja, natürlich.«

»So jetzt weißt du es, Patrick, ich bin nicht mehr das Mädchen von damals. Ich habe keinen Job, keine Figur und absolut nichts in meinem Leben gemacht, das du interessant finden würdest.«

Patrick räusperte sich. »Ich hatte eigentlich immer geglaubt, daß Kinder zu haben das Erfüllendste sein muß, das eine Frau ...«

»Erspar mir diesen Seifenopern-Müll«, schnappte ich.

Ich drehte mich verärgert von ihm weg und starrte in die Landschaft. Ich hatte die Zähne fest zusammengebissen, atmete stoßweise, meine Nasenflügel bebten. Komisch, überlegte ich mit hämmerndem Herzen, daß ich mich so aufregte. Ich erkannte mich nicht wieder. War ich es, die da redete? Ehrlich gesagt hatte ich bisher keinen Pfifferling auf das gegeben, was die Leute dachten, und es kümmerte mich nicht im geringsten, wenn mich ein überdrehter Börsenmakler als dummes Hausmütterchen abstempelte, warum war ich also auf einmal so empfindlich? Warum ärgerte es mich plötzlich, daß ich nicht mehr aus meinem Leben gemacht hatte? Lag es daran, daß Patrick mich an meine Jugend erinnerte? An die Pläne, die ich mit neunzehn hatte, die Reisen, das Schreiben, den Erfolg, an das gesamte Potential, das ich freiwillig in den Abfluß gekippt hatte? Wieso beweinte ich jetzt, reichlich spät, den Verlust meines ehemals mehr als hellen Verstandes? Ich hatte meine Entscheidung, zu Hause zu bleiben, nie in Frage gestellt, denn für mich war das alles nur eine Sache des Instinktes. Mein Instinkt hielt mich bei meinen Kindern, der anderer Menschen drängte sie zur Arbeit, weshalb also wünschte ich mir plötzlich, nur für dieses eine Gespräch, ich hätte gegen meine Instinkte gehandelt? Warum wünschte ich mir insgeheim, hier als Chefredakteurin der *Vogue* zu sitzen und so auszusehen, als wäre ich gerade einer ihrer Hochglanzseiten entsprungen? Warum mußte ich mich diesem Mann beweisen?

»Warum erzählt du mir das alles?«

Ich fuhr zusammen. »Was?«

»Von deiner Figur und all das ganze Zeug.«

»Damit du dir keine Illusionen machst.«

»Warum ist es so wichtig, was ich denke?«

Ich leckte mir die Lippen und spürte, wie mir warm wurde. »Aus demselben Grand, schätze ich, aus dem dich mein Urteil über deine Bilder interessiert hat.«

Es war ganz still. Wir sahen beide starr geradeaus. Ein Brachhuhn kreiste über uns und rief nach seinem Partner. Ich hielt den Blick fest auf dieses Brachhuhn gerichtet.

»Tess«, sagte er schließlich, »ich muß zugeben, daß ich, was dich angeht, keinerlei Illusionen hatte. Ich habe mir eigentlich nicht vorgestellt, daß du, wenn du keine Fischstäbchen brätst, irgendwo als Vorstandsvorsitzende arbeitest oder die erste Hausfrau im All bist, und ich kann durchaus erkennen, daß du nicht den Körper eines Supermodels hast.«

»Oder eines australischen Au-pair-Mädchens.«

Er runzelte die Stirn. »Solche Vergleiche sind immer unfair.«

»In diesem Fall mit Sicherheit, das kannst du mir glauben«, murmelte ich.

Patrick drehte den Zündschlüssel. »Komm, laß uns zum Fluß runterfahren.«

Wir fuhren den Rest des Wegs schweigend, und während wir so dahinbrausten, versuchte ich mein Verhalten zu kapieren. Warum war ich so schwierig? So aggressiv? Seufzend legte ich den Kopf zurück. Ich war mir nicht ganz sicher, aber ich hatte eine vage Vermutung. Und es war mir gar nicht wohl dabei, sie weiter zu verfolgen. Lieber überließ ich mich dem herrlichen Fahrgefühl, dem Wind, der durch meine Haare wehte, nur daß ich mich diesmal nicht so jung fühlte und nicht so beschwingt.

Als wir den Fluß erreichten, waren wir weit entfernt von der Stelle, an der meine Familie sich gewöhnlich aufhielt, denn wir mußten irgendwohin gehen, wo man sich mit Krücken einigermaßen fortbewegen konnte. Ich schaute mich um. Ich kannte diese Stelle überhaupt nicht. Patrick kam zu mir, um mir herauszuhelfen, aber ich war schon draußen, ehe er mich erreichte. Nein, das konnte ich ganz gut alleine. Er ging voraus über den erdigen Pfad am Flußufer entlang, der im Laufe der Jahrhunderte geglättet worden war, und ich humpelte hinter ihm her. Er schien zu spüren, daß ich lieber allein sein wollte, und drehte sich nicht um, um auf mich zu warten. Als ich an ein einigermaßen sauberes grasbewachsenes Stück kam, sah ich ihn am Wasserrand sitzen. Ich setzte mich neben ihn und warf die Krükken ins Gras.

»Geschafft!« rief ich triumphierend.

Er drehte sich lächelnd um und kaute auf einem Grashalm. »Das wußte ich.«

»Diese Dinger sind gar nicht so schlecht, wenn man sich einmal an sie gewöhnt hat«, gab ich zu und tätschelte die mir inzwischen vertrauten Stöcke. Dann legte ich mich auf den Rücken.

»Herrlich! Hör mal, der Fluß und die Vögel. Genau das habe ich gebraucht, Patrick.«

»Das dachte ich mir.«

Ich schloß die Augen und hörte zu, wie das Wasser über das Kiesbett rauschte und gegen das Ufer plätscherte. Die Kiebitze lockten sich kreuz und quer über den Fluß, und in der Feme schlug ein Specht seine Morsezeichen in einen Baumstamm. Die Sonne schien mir ins Gesicht, und ich konnte den Ginster und die Heidekräuter riechen, die in der Nähe standen. Ich könnte ewig so liegenbleiben, ging es mir durch den Kopf. Das tat ich auch eine Zeitlang, bis ich plötzlich ein neues Geräusch hörte. Irgend jemand lachte, ein Mann.

»Was war das?«

Patrick drehte sich schnell zu mir und legte mir den Finger auf die Lippen. Er setzte sich auf und starrte mit zusammengepreßten Augen an die Stelle, wo das Ufer auf der gegenüberliegenden Seite wieder flach wurde und in die Felder überging, und dann dahin, wo der Wald begann.

»Es ist Willie.«

»Wo?«

»Da drüben im Wald.« Er zeigte in die Richtung.

Ich strengte meine Augen an und folgte seinem Finger. »Ach ja. Was er wohl im Wald macht?« Ich legte mich wieder hin. »Außer Selbstgespräche führen, meine ich.«

»Er führt keine Selbstgespräche, er hat jemand bei sich.«

Ich setzte mich wieder auf und hielt mir die Hand vor die Augen, damit die Sonne nicht so blendete.

»Da, guck mal, sie gehen gerade ins Unterholz. Sei still, sonst hören sie uns«, flüsterte er.

Ich folgte seinem Blick, und dann drang tatsächlich das Lachen eines Mädchens zu uns, schrill und klar. Wer immer es war, hatte uns den Rücken zugedreht. Sie trug Jeans und ein pinkfarbenes T-Shirt, und dieses T-Shirt zog sie sich plötzlich über den Kopf. Das Mädchen tauchte darunter auf und schüttelte ihre blonde Mähne. Sie lachte wieder und drehte sich dann um, barbusig.

»Großer Gott, das ist ja Penny!« entfuhr es mir.

Patrick grinste. »Dieser alte Teufel!«

Wir sahen zu, wie sie ausgelassen durch das Gestrüpp am anderen Ende des Waldes lief, das T-Shirt um den Finger schwang, die Brüste wippen ließ und sich offensichtlich vorkam wie eine vollbusige Waldnymphe. Patrick konnte die Augen kaum abwenden.

»Meine Güte« keuchte er.

Willie lief hinter ihr her und jagte sie gehorsam, sah dabei aber ziemlich amüsiert aus. Sie drehte sich um und kicherte albern, dann verschwand sie im Unterholz, nur um eine Sekunde später den Kopf hinter einem Baum hervorzustrecken und ihn mit einem affektierten Lächeln zu locken. Dann rannte sie wieder davon und sprang und hüpfte durch den Farn. Als sie schließlich außer Sicht waren, begann Patrick schallend zu lachen.

»Super, Willie, super«, johlte er. »Gott, was ist die unecht! Wie aus einem Film! Und hast du ihre riesigen ...«

»Ich kann es einfach nicht fassen!« keuchte ich ungläubig. »Ich meine, ausgerechnet Penny! Es ist unglaublich!«

Patrick wischte sich über die Augen und lachte immer noch. »Ach, ich weiß nicht, die hat doch nie was anbrennen lassen, oder? Und Willie sorgt dafür, daß er alle attraktiven Londoner Frauen ins Bett kriegt, die hier herkommen.«

Ich fuhr herum. »Nein!«

»Und ob. Warum auch nicht? Tut den meisten ganz gut,

ein anständiges Rums-Bums mit einem großen, dicken, haarigen Schotten. Ist sicher eine nette Abwechslung vom Schlummerlind-Laken und einem kahl werdenden Banker, meinst du nicht? Mich wundert, daß er dich noch nicht auf seiner Liste hatte.«

»Bitte, Patrick!« stotterte ich, schwitzend. »Allein dieser Gedanke!«

Er grinste. »Na ja, vielleicht nicht, er stürzt sich wohl eher auf die, die sich deutlicher anbieten. Sie ist nicht das erste Mädchen diese Woche, vor ein paar Tage hatte er eins in der Hütte.«

»Wo-woher weißt du das?« flüsterte ich.

»Ich habe sie gesehen. Es war an dem Abend, als ich mit Josie aus war.« Er legte sich zurück ins Gras und verschränkte die Hände hinter dem Kopf. »Ich hatte noch keine Lust, ins Bett zu gehen und wollte noch ein kleines Schwätzchen mit Willie halten. Das tue ich hin und wieder.« Er grinste. »Leider war er anderweitig beschäftigt. Ich wollte gerade die Tür aufmachen, als ich da drinnen eine Frau keuchen hörte. Keuchen und stöhnen, um genau zu sein, und zwar ziemlich vokalreich, mit lauter Ohs und Ahs – ›*Aaah, Wiliie, oooh –aaah ... ja –JA*‹« Er lachte.

»Und woher weißt du, daß das nicht Penny war?« krächzte ich. Mir war ganz übel.

»Weil ich durchs Fenster geguckt habe.«

»Nein!« Ich schlug mir die Hand vor den Mund und biß hinein.

Er lächelte. »Ich konnte einfach nicht widerstehen. Leider konnte ich nicht viel erkennen, weil es so dunkel war, aber wer es auch war, hatte einen ganz schön dicken Hintern, dicker als der von Penny.«

Ich hielt die Hand fest auf meinen Mund gepreßt. Ich erstarrte, und meine Augen funkelten böse. »Dicker als der von Penny?«

Er gluckste vor Vergnügen. »Damit du eine Vorstellung

von den Dimensionen hast. Riesig!« Er demonstrierte die Breite der Pobacken mit weit auseinandergezogenen Händen, wie ein Angler, der die Größe seines Fangs andeutete.

»Wirklich?« Ich atmete so unauffällig wie möglich, die Zähne fest aufeinandergepreßt.

»Ja, und sie warf ihn wie wild herum. Ich muß sagen, wer immer das war, sie hatte ganz schön Mut. Wenn ich so einen Hintern hätte, würde ich ihn nicht mal zum Einkaufen mitnehmen, geschweige denn wie einen Beachball hin und her werfen – Hahaha!«

Langsam verlor ich die Kontrolle über meine Gesichtszüge. »Ist das wahr?« fragte ich. »Vielleicht war es ja auch nur das Licht, vielleicht hast du dich getäuscht. Du hast doch gesagt, es war ziemlich dunkel.«

»Kann sein.« Er zuckte mit den Schultern. »Gott, Tess, fall nicht gleich über mich her. Ich bin sicher, daß es ein nettes Mädchen war, mit einem Herz aus Gold und so weiter. Sie hatte nur einen dicken Hintern, das ist alles.« Er sah mich an. »Du siehst ziemlich blaß und angestrengt aus? Was ist los mit dir? Stehst du unter Schock? Passieren solche Dinge in Putney nicht?«

»Doch – doch, klar tun sie das.« Ich lachte krampfhaft. »Die ganze Zeit.« Dicker als der von Penny! Ich würde ihn nicht mal zum Einkaufen mitnehmen! Zum Teufel! fluchte ich innerlich, zwang mich aber weiter zu einem strahlenden Lächeln. »Ich wundere mich bloß ein bißchen über Penny, das ist alles.«

»Na, ich würde es nicht in der ganzen Welt herausposaunen, schließlich kommt niemand zu Schaden. Ist ja nur eine schnelle Nummer, kein Grund, das Ehebett zu erschüttern. Ich nehme an, sie erlebt gerade die Zeit ihres Lebens – sieh an, wenn man vom Teufel spricht, da ist sie ja wieder!« Er setzte sich auf. »Herrje, das ging schnell – aber wo ist Willie? Hat sie ihn einfach hängenlassen, was glaubst du? Ihn erst angemacht und dann kalte Füße gekriegt?«

Wir sahen zu, wie Penny fröhlich aus dem Wald marschiert kam. Diesmal hatte sie ihr T-Shirt an, doch ihre Brüste hüpften immer noch, als sie ausgelassen durch das hohe Gras hüpfte und ihr blondes Haar wie Miß Piggy nach hinten warf. Sie war gut gelaunt, weil sie sexuell befriedigt war, kein Zweifel.

»Ah nein, da ist er ja.« Patrick zeigte auf Willie. »Sieht ein bißchen geschafft aus.«

Willie stolperte hinter ihr her aus dem Wald. Sein Haar war völlig zerwühlt, und sowohl seine Zunge als auch sein Hemd hingen heraus – letzterem fehlten, wie ich sogar aus dieser Entfernung erkennen konnte, ein paar Knöpfe. Er sah etwas benommen aus, und ich hätte schwören können, daß sein Gesicht zerkratzt war.

»Sieht aus, als hätte sie ihn ordentlich rangenommen«, murmelte ich.

Patrick wirkte entsetzt. »Eine schreckliche Vorstellung, was? Ich meine, wenn sie einen starken Mann wie Willie innerhalb von Minuten so zurichtet, ist es kein Wunder, daß der gute alte Piers so aussieht, als erlebte er den nächsten Abend nicht mehr.« Er fuhr sich nervös durchs Haar. »Ich sag dir was, dieser Mann ist in meiner Achtung ganz schön gestiegen. Ein Rottweiler scheint nichts gegen sie zu sein, wenn sie einmal loslegt.«

Ich kicherte. »Guck mal, da steht ihr Auto. Sie muß sich ja ziemlich sicher sein, daß hier niemand vorbeikommt.«

Wir beobachteten, wie sie zu ihrem Auto zurückhüpfte und sich dabei ständig umdrehte und Willie Küsse zuwarf. Soviel dazu, daß sie sich angeblich vor ihrer Ehe ausgetobt hatte, dachte ich grimmig. Sie hatte sich nicht das kleinste bißchen verändert. Sie stieg ein, und wir hörten, wie der Motor ansprang.

»Da fährt sie nun«, raunte Patrick, als der Wagen losfuhr. »Zurück zum lieben Piers – ah, und da fährt Willie, zurück zu Kirsten, vermute ich.«

Willie stopfte sein Hemd zurecht, ordnete seine Hose und schwang sich auf sein Fahrrad. Er grinste und winkte Penny zu, dann radelte er langsam und ziemlich erschöpft den Hügel hinauf, der nach Invertarn führte.

Ich runzelte die Stirn. »Kirsten? Meinst du das Mädchen, das bei ihm in der Nähe wohnt? Sie ist nicht seine Freundin, sie ist seine Kusine.«

Patrick lachte. »Kusine? Nein, Kirsten ist seine Flamme, wenn er nicht gerade mit irgendeiner Touristin herumschwänzelt. Ich schätze, sie hofft, ihn eines Tages zähmen zu können, aber ich habe da meine Zweifel. Willie hat Hummeln im Hintern. Er steckt sein Ding in alles, was sich bewegt!«

»Tatsächlich?« sagte ich krampfhaft lächelnd. »Ist das so?« Im stillen knirschte ich wütend mit den Zähnen.

Patrick sah mein Gesicht. »O je, was für ein behütetes Leben du doch führst, Tess. Immer noch ganz die Pfarrerstochter, was?«

Bis letzten Donnerstag abend, dachte ich grimmig, als die Pfarrerstochter ihren dicken Hintern auf den Mann geschwungen hat, der sein Ding in alles steckt, was sich bewegt. Gott sei Dank habe ich die Notbremse gezogen, bevor er es wirklich drin hatte, dachte ich erleichtert. Das war immerhin ein schwacher Trost. Ich wäre nicht nur eine von vielen gewesen, ich wäre eine von Millionen gewesen! Und zu dieser Million gehörte jetzt auch meine Kusine Penny! Abscheulich! Dieser Mann war ein Unhold, völlig ungeeignet, sich um die Felder zu kümmern, er sollte besser ... aber was nützte das? Ich gab klein bei. Vergiß es, Tess, reg dich nicht auf, vergiß es einfach. Vorbei ist vorbei.

Ich lehnte mich zurück und atmete tief und langsam, um mich zu beruhigen. Ich versuchte, mich an eine der Atemübungen aus dem Schwangerschaftskurs zu erinnern, die angeblich den Blutdruck senken und – kleiner Spaß! – die Schmerzen lindern sollten. (Und wenn das nicht klappt, lassen Sie uns nur machen, wir lähmen Sie ganz einfach von der Hüfte abwärts, okay?) Durch die Nase ein- und durch den Mund ausatmen, so ging das doch, oder? Ja, ähnlich revolutionär war es jedenfalls. Ich übte eine Weile und spürte, wie mir die Sonne ins Gesicht schien. Wahrscheinlich hatte ich längst eine rote Nase, aber es war mir egal. Ich atmete noch ein bißchen weiter, und spürte, wie plötzlich – und überraschend – die Sorgen der Welt von mir genommen waren. Verdammter Willie. Verdammte Penny. Verdammtes Alles. Mensch, das funktionierte ja toll! Ich atmete weiter.

Willie hatte also einen unstillbaren Hunger nach Sex, ja? Penny ließ also nichts anbrennen – wen interessierte das? Ich hatte also einen dicken Hintern – nein, ganz ruhig, Tess, denk nicht daran, atme weiter. Tiefer. Besser. Ich beruhigte mich. Ja, was interessierte das alles, wenn ich hier liegen und den Balzrufen dieses Dompfaffs zuhören konnte? Oder diesem Specht, der seine endlose Nachricht hämmerte, und war da nicht gerade ein Eisvogel gewesen? Wie seltsam, das überraschte mich wirklich. Jahrelang hatte ich keinen Eisvogel mehr gehört, nicht mehr seit ... Langsam öffnete ich die Augen. Ich stützte mich auf meinen Ellbogen und schaute mich um. Klar, dachte ich langsam, wie dumm von mir. Nicht mehr, seit ich das letzte Mal an dieser Stelle gewesen war, vor zwölf Jahren. An genau diesem Flußabschnitt, nur daß wir damals am gegenüberliegenden Ufer gesessen, nein gelegen, hatten ... und daß es immer dunkel gewesen war ...

Langsam drehte ich mich um. Patrick beobachtete mich genau, zweifellos hatte er das die ganze Zeit getan. Mein Mund wurde trocken. »Patrick, warum hast du mich hier hergebracht?«

»Was glaubst du?«

»Ich – weiß nicht.«

Er lächelte, aber auf seinen Augen lag ein merkwürdiger Glanz. »Doch, das weißt du, Tess. Es ist ganz einfach. Ich habe dich hier hergebracht, um dir zu sagen, daß ich dich immer noch liebe. Ich habe nie aufgehört, dich zu lieben. Es hat nie eine andere gegeben, und im Moment«, er lachte leise, »glaube ich auch nicht, daß es je eine geben wird.« Er zuckte mit den Schultern. »Tut mir leid, dich damit zu belästigen, aber so ist es.«

18. Kapitel

Meine Sinne schwanden kurz. Entgeistert starrte ich ihn an. Einerseits war ich völlig überrascht, andererseits erschien es mir gar nicht so verwunderlich. Klar. Er hatte auf mich gewartet. All die Jahre hatte er darauf gewartet, daß ich zurückkommen würde, und ich hatte es nicht mal gemerkt! Die Buchstaben der Graffitis an den Wänden mußten meterhoch gewesen sein, und ich hatte sie nicht gesehen. Ich drehte mich um und griff zitternd nach meinen Krücken.

»Patrick, ich – muß jetzt gehen. Bitte fahr mich zurück.«

Er legte die Hand auf meinen Arm.

»Tess, hör mir bis zum Ende zu. Es gibt keinen Grund, wegzulaufen wie ein verschrecktes Kaninchen, ich werde dir schon nichts tun. Ich will nur, daß du über etwas nachdenkst. Du brauchst mir jetzt keine Antwort zu geben, du kannst dir Zeit lassen. Gott, ich habe zwölf Jahre lang gewartet, jetzt kommt es auch nicht mehr darauf an, aber bitte, laß mich ausreden, ja?«

Er sah mich flehend an.

Ich schluckte und legte die Krücken wieder hin. »Also, was ist es denn?« flüsterte ich.

»Ich möchte, daß du darüber nachdenkst, ob du mit mir zusammen leben willst. Es muß nicht in Italien sein, ich sehe ein, daß das schwierig für dich wäre, aber ich möchte, daß du darüber nachdenkst, hier mit mir zusammen zu leben, in Schottland. Mit den Kindern natürlich.«

Zuerst konnte ich gar nicht glauben, daß er das ernst meinte, er war so cool, so emotionslos. Dann sah ich in seine Augen, und da war überhaupt nichts Cooles, sie waren voller Emotionen. O ja, er meinte es ernst.

»Gott, du bist verrückt«, stieß ich hervor.

»Warum? Warum bin ich verrückt? Weil ich weiß, was richtig ist? Weil ich den Mut habe zu sagen, schau doch, schau doch, wie es hätte sein sollen? Hier sitzen zwei Menschen, die sich geliebt haben und aus Gründen, die nicht in ihrer Macht standen, ungünstiges Schicksal, dein Vater, egal, wie du es nennen willst – voneinander getrennt wurden. Warum ist das verrückt?«

»Weil – weil, Patrick, ich habe jetzt eine Familie«, stotterte ich. »Ist dir das entgangen? Hast du keine Augen im Kopf? Du kommst zwölf Jahre zu spät. Ich habe Kinder, einen Mann, es kommt nicht in Frage!«

Patrick starrte vor sich hin und zog an seiner Zigarette. »Na, das ist ja immerhin ermutigend«, stellte er schließlich fest. »Es ist nicht so, daß du nicht willst, es ist, weil du nicht kannst. Weil es unmöglich ist.«

Er drückte die Zigarette im Gras aus. »Und das ist kein Problem, Tess, denn alles ist möglich. Die Frage ist nur, ob du es genügend willst oder mutig genug bist, es mitzumachen. Und mit Sicherheit ist es nicht zu spät.«

»Red doch keinen Unsinn, natürlich ist es das. Patrick, wir sind keine verliebten Teenager mehr, wir sind erwachsene Menschen! Erwachsene, vernünftige Menschen, und auch wenn du keine Verantwortung für jemanden hast, ich habe sie!«

»Verantwortung«, wiederholte er und schien dabei über dieses Wort nachzudenken. »Das hat was damit zu tun, anderen Menschen zu gefallen, stimmt's? Das Glück anderer

Menschen vor sein eigenes zu stellen, so wie du es mit achtzehn schon gemacht hast, ja? Damals hast du deinem Vater gefallen wollen, weißt du noch? Und hast ihm gegenüber Verantwortung und Pflichtgefühl empfunden, und jetzt, wo du das zweite Mal die Chance auf wirkliches Glück hast, erfüllst du lieber die Wünsche deines Mannes und deiner Kinder als deine eigenen, richtig?« Er sah mich durchdringend an. »Denn sei ehrlich, du bist nicht wirklich glücklich, oder, Tess?«

»Natürlich bin ich glücklich!« rief ich. »Wie kannst du so was sagen?«

»Tatsächlich? Kannst du mir wirklich in die Augen sehen und behaupten, du hättest dich nie gefragt, was hätte sein können? Wie das Leben für uns beide wohl ausgesehen hätte?«

»Na ja«, gab ich zu, »also gut, habe ich vielleicht manchmal, aber – das ist doch normal, unsere Beziehung war so unvollendet, und ich habe mir keine Sekunde gewünscht, mein Leben wäre anders verlaufen, wenn du das meinst!« Ich sah ihn herausfordernd an.

»So.«

»Ja, so! Verdammt, Patrick!«

Er spielte nachdenklich mit einem Grashalm zwischen den Fingern. »Erzähl mir, warum du David geheiratet hast.«

»Weil ich ihn liebe, natürlich«, antwortete ich schnell.

»Und weil du schwanger warst?«

Ich wirbelte herum. »Woher weißt du das?«

»Ich habe die *Times* gelesen. Ich habe eine Anzeige von eurer Verlobung gelesen und neun Monate später von der Geburt eures Kindes. Man muß nicht Einstein sein, um das zusammenzurechnen.«

»Also gut, ich war schwanger. Aber ich habe ihn trotzdem geliebt, okay?«

»Dann hättest du ihn also auch so geheiratet.«

»Ja«, wiederholte ich verzweifelt. »Ja, ich hätte ihn auch

so geheiratet. Himmel, was willst du eigentlich von mir, Patrick?«

Er zuckte mit den Schultern. »Die Wahrheit. Liebst du mich?«

Ich starrte ihn entsetzt an. »Was, jetzt?«

»Ja, jetzt.«

»Was soll die Frage? Damals, ja, klar, aber jetzt – nein, nein, tue ich nicht. Herrje, ich habe dich zwölf Jahre nicht gesehen.«

»Man kann Menschen nicht von ihren Leidenschaften trennen, Tess.«

Ich sah ihn an. »Und genau das ist dein Problem, Patrick. Für dich geht es nur um Leidenschaft, dabei gibt es andere Formen von Liebe, die mindestens genau so wichtig sind. Die Liebe von Kindern, Eltern, Ehegatten ...«

»*Ehegatten?* Denkst du so über deinen engsten Partner? Das ist nicht besonders romantisch, oder?«

»Das Leben ist nicht romantisch«, belehrte ich ihn. »Man reist nicht bloß in heiße Länder, malt und schreibt ein bißchen herum und verlebt sein Erbe unter der sengenden Sonne. Leben heißt Alltag, Schule, Freunde, Hypotheken ...«

»Die Kinder könnten auch hier in die Schule gehen. Sie hätten hier ein tolles Leben, würden schnell Freunde finden, sie ...«

»Aber sie hätten keinen Vater!« schrie ich. »Du sprichst davon, *ihnen den Vater wegzunehmen,* Patrick!«

»Unsinn. Ich sage nur, daß sie hier dasselbe Leben führen könnten wie in London, nur besser. Stell dir vor, sie könnten jeden Tag zum Fluß gehen, zum Strand, denk an die vielen Freiheiten, die sie hier hätten. Kinder gewöhnen sich schnell um, Tess, sie ...«

»Wag es nicht, das Leben meiner Familie zu planen. Wag es nicht, meine Kinder noch einmal zu erwähnen«, sagte ich mit leiser, zittriger Stimme.

»Warum bist du denn so wütend?«

»Warum ich so wütend bin?« explodierte ich und fuhr mir wild durch die Haare. »Du fragst mich, warum ich wütend bin, während du hier sitzt, mir Fragen stellst, mich verhörst, von mir verlangst, meine Ehe zu rechtfertigen, meine gesamte Existenz, die Infrastruktur meines Lebens! Du willst wissen, ob ich taumelnd vor Glück bin, und wenn ich nicht sofort und mit aller Entschiedenheit behaupten kann, daß ich jede Sekunde eines verfluchten Tages vor Freude hüpfe, willst du wissen, wieso ich nicht einfach mit dir in den Sonnenschein hineintanze. Also gut, ich sage dir warum: *Weil du zwölf Jahre zu spät kommst, du blöder Idiot!«* Ich stoppte und brach zu meinem absoluten Horror in Tränen aus.

Eine Zeitlang saß ich nur da, schluchzend, ziemlich heftig sogar, und obwohl alles so schrecklich war, war es eine Riesenbefreiung. Endlich konnte ich alles aus mir herauslassen. Ich war froh, daß er nicht versuchte, mich zu trösten oder am Weinen zu hindern, er saß nur neben mir, und als das Schluchzen langsam nachließ, gab er mir ein Tempo. Ich nahm es dankbar und wischte mir die Augen trocken. Dann putzte ich mir geräuschvoll die Nase.

»Alles klar?« fragte er leise.

»Ja, bestens, danke«, murmelte ich. »Tut mir leid.«

Ich schneuzte und wischte noch ein bißchen mehr. Wir saßen da, Seite an Seite, und starrten auf das Wasser.

»Es ist komisch«, sagte er schließlich, »ich war so sicher, daß du kommen würdest. Es war ein ziemlicher Schock, eines Morgens in der Zeitung diese Verlobungsanzeige zu lesen. Ich konnte es nicht glauben.«

»Ja, du warst immer ein eingebildeter Idiot«, antwortete ich schniefend. »Ich wette, der einzige Grund, warum du jetzt hier sitzt, ist, weil ich die einzige Frau bin, die dich nicht gewollt hat. Was hat dich denn daran gehindert, zu mir zu kommen, he? Was hat dich daran gehindert, in ein Flugzeug zu steigen?«

Er zuckte mit den Schultern. »Wozu? Du wußtest ja, wo ich war, du hast mir geschrieben ...«

»Und du hast nie geantwortet!«

»Natürlich habe ich das. Ich habe dir jeden verfluchten Tag geschrieben und dich gebeten zu kommen. Ich habe dir unzählige Tickets geschickt ...«

»Was für Tickets?«

»Flugtickets. Du hast ...« Er brach ab.

Ich schüttelte den Kopf, verwundert. »Daddy muß sie einkassiert haben.«

Wir schwiegen lange. Und erinnerten uns.

»Gut«, sagte ich nach einer ganzen Weile. »Das war's dann wohl.« Ich wollte aufstehen.

»Das heißt also nein?« fragte er leise.

Ich drehte mich um. »Ja, das heißt nein.«

Er sah mich an, ein bißchen blaß unter der Sonnenbräune, aber sonst sehr gefaßt.

»Was hast du denn erwartet?« fragte ich aufgebracht. »Ich habe zwölf Jahre nichts von dir gehört, und dann schmeißt du mir einfach so was hier vor die Füße. Ich meine, es ist ja nicht so, als wolltest du nur ein Quickie im Heu von mir, nein, du willst mich ganz und gar, du willst, daß ich mein Leben komplett verändere, und das ist schlicht unrealistisch!«

»Heißt das, du hättest ein Quickie im Heu nicht abgelehnt?«

Ich wurde rot. »Das habe ich nicht gesagt.«

Er sah mich unverwandt an. »Das hättest du nicht, stimmt's?«

»Sei nicht albern!«

»Wie interessant. Ein kurzes Zwischenspiel in deinem ansonsten eher faden Leben!« Er lächelte. »Ja, vielleicht hätte ich es so anfangen sollen. Vielleicht hätte ich dich beschwipst machen sollen, dann hätte ich mich am Ufer an dich gekuschelt, dir ein bißchen was ins Ohr geflüstert und dich an alte Zeiten erinnert, meine Hand um deine Taille gelegt und unter dein T-Shirt geschoben – ja, wir hätten eine Affäre haben können, stimmt's? Und dann, wenn du bis zur Nase im Treibsand gesteckt hättest, hätte ich dich einfach an den Füßen gepackt und«, er machte eine kurze Handbewegung, »nach unten gezogen.« Er lächelte bedauernd und schüttelte den Kopf. »Tut mir leid, Tess, aber das ist leider nicht mein Stil.«

»Nein, Patrick, ich weiß. Du bist viel zu arrogant für ein Vorspiel.«

»Nein, das ist es nicht, aber ich könnte es einfach nicht über mich bringen. Für mich wäre das unehrlich. Dich so lange einzulullen, bis du zu tief drinsteckst, um wieder rauszukommen. Nein, hier geht es um etwas, das einen klaren und nüchternen Blick erfordert. Du glaubst, zwölf Jahre seien eine lange Zeit, dabei hast du noch ungefähr fünfzig vor dir. Und die willst du doch anständig verbringen, oder?« Er machte eine Pause. »Denk darüber nach. Vielleicht änderst du ja irgendwann deine Meinung. Nimm dir ein paar Jahre Zeit, wenn du willst.«

Ich sah ihn verwundert an. »Und was tust du in der Zwischenzeit?«

Er lachte. »Ich würde mich nicht für dich aufsparen, wenn du das meinst. Ich würde weiterleben wie bisher, aber in meinem Herzen wäre ich monogam. Ein bißchen wie ein Schwan, wenn man es genau nimmt – die paaren sich fürs Leben, weißt du. Wir haben uns gefunden, und es war richtig; das ist eine unumstößliche Wahrheit. Was auch immer in der Zwischenzeit geschehen ist, wir waren das perfekte Paar, stimmt das nicht, Tess.«

Seine Augen waren klar und hell. Ich sah in kurz an, dann schaute ich wieder weg.

»Ja, das waren wir«, murmelte ich. Das war alles, was ich zuzugeben bereit war. Ich räusperte mich. »Aber ich bin kein Schwan, Patrick, und das eine war damals, und etwas anderes ist heute. Und zu meinem Glück habe ich mich ein paar Jahre später wieder verliebt. Zu deinem Pech hast du das nicht.« Ich sah ihm fest in die Augen. »David und ich sind auch ein perfektes Paar, mußt du wissen. Und jetzt würde ich gern nach Hause fahren.«

Er sah mich einen Moment an, und ich sah den Kummer in seinen Augen. Dann schaute er zur Seite. Es war entsetzlich still.

Nach einer Weile hatte ich mich aufgerappelt. Er bot mir seine Hand nicht an, und ich nahm sie nicht. Rasch erhob er sich und ging voran. Ich humpelte hinter ihm her und betrachtete seinen starren Rücken. Als ich zum Auto kam, saß er auf der Fahrerseite und blickte geradeaus. Die Beifahrertür war geöffnet. Ich hinkte um den Wagen, warf meine Krücken auf den Rücksitz, setzte mich und knallte die Tür zu. Meine letzte Bemerkung war böse gewesen, ja brutal, das wußte ich, aber ich mußte mich und meine Familie schützen. Ich konnte mir nicht leisten, weich zu sein, keine Sekunde. Wir fuhren schweigend und sehr schnell nach Guilduncan zurück. Nach fünf Minuten hielten wir auf dem knirschenden Kies.

»Ich hole jetzt am besten deine Sachen von oben und bringe dich nach Kilmarnoch zurück, was meinst du?« sagte er mit rauher Stimme.

Ich nickte. »Ja, ich möchte gern nach Hause.« Warum war ich so lange geblieben? Warum war ich überhaupt geblieben? Ganz tief in mir hatte ich das doch alles geahnt. Geahnt und auch ein bißchen genossen? Ich schüttelte elend den Kopf.

»Patrick, es tut mir so leid.«

»Hör auf, Tess«, antwortete er leise. »Wir belassen es so, ja? Ich mußte wissen, ob es je eine Chance geben würde, und jetzt, wo ich weiß, daß es sie nicht gibt, möchte ich die Diskussion nicht länger fortsetzen. Keine Schadensbegrenzungsmaßnahme von dir macht die Dinge besser.«

Ich nickte bedrückt. »Ich hole meine Sachen selbst«, bot ich an.

Aber er war schon aus dem Auto. »Nein, bleib hier. Ich sage Ginny Bescheid.«

Er verschwand im Haus.

Ich blickte auf die lange, baumbestandene Einfahrt. Tut mir leid, dich damit zu belästigen ... aber ich liebe dich, ich werde dich immer lieben. Ich blinzelte. Patricks Zigaretten lagen im offenen Handschuhfach. Ich zog die Schachtel heraus, nahm mir eine und zündete sie mit zitternden Händen an. Es waren starke italienische, und ich hatte ewig nicht geraucht, nicht seit ich achtzehn war, und sie schienen trotzdem keine Wirkung auf mich zu haben. Meine Sinne waren getrübt, beinahe taub. Ich zog den scharfen Rauch in die Lunge, dann warf ich die halbgerauchte Zigarette auf den Kiesweg. Sie lag da und glühte vor sich hin. Ein paar Minuten später kam Patrick zurück. Er warf meine Plastiktüten auf den Rücksitz und stieg ein, ohne mich anzusehen.

»Ich sollte mich von deiner Mutter verabschieden«, sagte ich gedehnt. »Und mich bei ihr bedanken.«

»Sie ist nicht da«, erwiderte er knapp. »Du mußt ihr schreiben.«

Er startete den Motor, und wir rasten los. Während wir durch die Felder zurückfuhren, zündete Patrick sich eine Zigarette nach der anderen an, die in dem starken Wind alle nur kurz brannten. Das war der einzige Hinweis auf irgendeine Störung, auf irgendwelche Gefühle hinter seinem gefaßten Gesicht. Das, und die Art, wie das Feuerzeug in seiner Hand zitterte.

Patrick fuhr die Einfahrt zu Kilmarnoch hinauf und hielt mit quietschenden Bremsen vor dem Haus. Ohne eine Sekunde zu verschwenden, sprang er hinaus und zerrte meine Tüten vom Rücksitz. Er trug sie die Treppe hinauf, ließ sie dort fallen und rannte die Treppe wieder hinunter. Ich kletterte allein aus dem Wagen, mein Knöchel tat höllisch weh, und humpelte schwerfällig zur Tür.

»Es ist doch jemand zu Hause?« fragte er kühl von unten.

»O ja, Pennys Auto steht da hinten.«

»Gut, dann bin ich weg.« Er stieg wieder ein.

»Patrick ...« Als er den Motor startete, schaute er auf, und zum ersten Mal seit wir den Fluß verlassen hatten, trafen sich unsere Blicke richtig.

»Es tut mir schrecklich leid«, flüsterte ich.

Er schüttelte kurz den Kopf, um mir anzudeuten, daß ich nichts weiter sagen sollte. In seinen Augen glitzerte etwas, das so aussah wie Tränen. Er sagte nichts. Im nächsten Augenblick hatte er den Wagen gewendet, und ich sah zu, wie er in einem Hagel von Staub und Kies die Einfahrt hinunterraste, um die Ecke bog und verschwand. Ich stand auf der Treppe und starrte auf die leere Straße, ein par Minuten lang. Dann hob ich mit einem Seufzer, der aus meiner tiefsten Seele zu kommen schien, meine Plastiktüten auf und öffnete die Tür.

Das Haus schien still und verlassen. Ich stellte die Tüten ab und humpelte ziellos durch die dunkle Halle. Dann blieb ich plötzlich stehen. Aus dem Wohnzimmer drang ein seltsames, gedämpftes Weinen. Ich humpelte weiter, streckte den Kopf durch die Tür und sah Penny auf dem Sofa liegen, den Kopf in ein Kissen vergraben. Sie sah mich nicht. Ihr Körper wurde von heftigen Schluchzern geschüttelt. Unwillkürlich mußte ich daran denken, daß ich sie das letzte Mal gesehen hatte, wie sie fröhlich und barbusig ihr T-Shirt schwingend durch das Unterholz gehüpft war. Hatte Piers etwa was gemerkt? Hatte es eine gräßliche Szene gegeben? Hatte er sie verlassen? Ach du meine Güte, so etwa konnte ich jetzt nicht auch noch aushallen. Ich wollte schnell weiterhinken, aber sie hörte meine Krücken, sah auf und erkannte mich. Sie warf das Kissen zu Boden, sprang vom Sofa und rannte schluchzend auf mich zu. Ehe sie in meinen

Armen zusammenbrach, sah ich, daß ihre Augen voller Schmerz waren.

»Daddy ist tot!« weinte sie in meinen Nacken.

19. Kapitel

Pennys Schluchzer hallten durch das stille Haus. Ich führte sie langsam durchs Wohnzimmer zu dem Platz am Fenster. Sie klammerte sich an mich, als wir uns zusammen dort hinsetzten, und schluchzte an meiner Schulter. Ich wiegte sie sanft und schaute über ihren Kopf hinweg zu den Bergen im Hintergrund. Er hatte diesen Blick so geliebt. Tränen stiegen mir in die Augen. Onkel Robert. Der liebe, nette Onkel Robert, der geliebte jüngere Bruder meines Vaters, der ebenso sanft und ruhig war wie mein Vater hart und aufbrausend. Jahrelang hatte er sich an das Wrack geklammert, und jetzt war er doch gestorben, und mit ihm ein Stück meiner Kindheit.

Ein tiefer Seufzer entfuhr mir, und die Tränen liefen über meine Wangen, als ich mit Bestürzung realisierte, daß ich ihn nie wieder in diesem Raum sehen würde, daß er nie wieder an diesem Tisch Karten spielen, mit einem Buch in diesem Sessel sitzen oder lachend am Kamin stehen würde. Eine großer, kluger, ruhiger Mann, kein cholerischer Aufrührer wie mein Vater; nein ein stiller Dulder, der so beruhigend gewirkt hatte und mich so beeinflußt hatte, als ich jung war.

Als wir Kinder waren, war es immer Onkel Robert gewesen, der stundenlang mit Fahrradflickzeug in der dunklen Halle gehockt und mal wieder einen Schlauch geflickt oder eine Angelschnur entwirrt hatte. Ich konnte ihn deutlich vor mir sehen, wie er umringt war von uns Kindern, Bindfäden und Nägel zwischen den Lippen hielt und uns geduldig zum tausendstenmal jede einzelne Klinge seines Schweizer Messers vorführte – einschließlich des Korkenziehers –, ehe er seine Arbeit fortsetzen konnte. Onkel Robert war derjenige, der beim Puzzle den ganzen Himmel legte, während wir uns um die interessanteren Teile rissen, und Onkel Robert war derjenige, der uns alle drei nach Hause trug, wenn wir zu müde waren, vom Fluß zurückzulaufen – einen auf den Schultern und unter jedem Arm einen –, während mein Vater uns ärgerlich beschimpfte, uns nicht so anzustellen und gefälligst selbst zu laufen.

Nachmittags nach dem Tee, wenn die anderen Erwachsenen vor sich hin dösten oder lasen, war es ebenfalls Onkel Robert, den wir nervten, den wir aus seinem Sessel zerrten, am Pullover zupften und bedrängten, mit uns Tischtennis zu spielen oder zum Strand zu gehen und Muscheln zu suchen, weil gerade Ebbe war, oder mit uns mit dem Rad zum Fluß zu fahren, denn ohne einen Erwachsenen durften wir das nicht ... »*Bitte,* komm mit, Onkel Robert, *biiiitte!*«

Als wir dann älter waren, half er uns bei unserem Lebenslauf, ließ ihn für uns tippen, gab uns gute Ratschläge und Tips aus seinem Steuerberaterbüro, kurz, alles, was er seinen Nichten an praktischer Hilfe anbieten konnte – eine Einstellung, die meinem Vater völlig fremd war. Seiner Meinung nach hatten wir Lehrer, die uns gefälligst bei all diesen Dingen helfen sollten, oder nicht?

Daddy, dachte ich plötzlich voller Mitgefühl. Wie ging es ihm jetzt? Sein angebeteter kleiner Bruder, seine perfekte Ergänzung. Robert war der einzige Mensch, der Daddys wütende Ausbrüche wirklich auffangen konnte, der ihn ermahnen konnte, seine hohen moralischen Ansprüche zu senken, der ihn dazu bringen konnte, toleranter zu sein und feinfühliger, etwas, was nicht einmal meiner Mutter gelang. Wie weh mußte Daddy der Verlust tun.

Und Penny erst. Ich sah auf ihren blonden Kopf hinab.

Penny, die ihren geliebten, vergötterten Vater verloren hatte? Klar hatte er sein einziges Kind verwöhnt und verhätschelt, war aber auch der einzige, der sie im Griff hatte und mit ihr zurechtkam, mit ihrem Launen, ihren Extravaganzen, ihrer Gereiztheit. Ihrem Ehemann gelang das offensichtlich nicht.

Dann fiel mir meine Tante ein, und mein Herz brach endgültig. Für sie war sein Tod sicher unüberwindbar. Als sie jung war, das hatte meine Mutter mir mal erzählt, sei Rachel so bildhübsch gewesen und klug dazu, daß sie jeden hätte haben können. Aber sie entschied sich für Robert und gestand mir später einmal, daß sie gar nicht geheiratet hätte, wenn sie ihn nicht hätte heiraten können. Sie waren das perfekte Paar. Patricks Worte kamen mir wieder in den Sinne. Ja, wenn je zwei Menschen wirklich zusammengepaßt hatten, dann sie, und jetzt war er einfach gegangen und hatte sie alleingelassen.

Ich legte meinen Kopf auf Pennys, und die Tränen strömten über mein Gesicht. Plötzlich weinte ich um meine Kindheit. Ich sehnte mich danach, wieder nach Wasserlachen zwischen den Felsen zu suchen, fest die Hand meine Onkels zu halten, der mich mit meinen nackten Füßen vorsichtig über die Steine und den glitschigen Tang führte, während für mich nur zählte, wie viele Krebse ich in meinem Eimer hatte und ob mein Fisch größer war als die von Laura und Penny. Ich sehnte mich nach den einfacheren Zeiten.

Langsam ließ Pennys Schluchzen nach. Ihr Kopf lag noch immer an meiner Schulter, ihre Augen waren geschlossen. Sie sah aus, als wäre sie müde vom Weinen. Ich schaute auf, als meine Mutter leise ins Zimmer kam. Ihr Gesicht war sehr blaß. Meine Augen wurden schon wieder feucht, als wir uns einen traurigen Blick zuwarfen.

»Komm jetzt, Penny, Darling«, sagte sie fürsorglich. »Leg dich ein bißchen hin.«

»Nicht oben«, flüsterte Penny. »Nicht allein.«

»Nein, nein, Liebes, hier auf dem Sofa. Tess und ich bleiben ganz in deiner Nähe.«

Sie führte sie zu dem riesigen roten Sofa, bettete sie darauf wie ein Kind und deckte sie zu. Ich setzte mich neben sie auf den Boden, hielt ihre Hand, hörte zu, wie ihr Schluchzen immer leiser wurde, bis sie schließlich ruhig atmete und die Augen schloß. Mummy saß neben mir, den Arm auf die Sofalehne gestützt, die Hände auf dem Schoß. Als Penny eingeschlafen war, drehte ich mich zu ihr um. Sie nickte, und wir schlichen auf Zehenspitzen aus dem Zimmer.

In der Küche fielen wir uns in die Arme.

»Wie geht's Dad?« flüsterte ich.

Sie setzte sich oder besser sank auf einen Stuhl, und ich stellte plötzlich betroffen fest, wie dünn und mitgenommen sie selbst aussah.

»Entsetzlich«, antwortete sie traurig. »Ich habe ihn noch nie so erlebt, nicht seit – nicht seit Jahren. Er will mit niemandem sprechen, nichts aus sich herauslassen und läuft mit aschfahlem Gesicht im Garten herum und tut, als beschneide er die Rosen.«

»Wo ist er jetzt?«

»Immer noch draußen.«

»Ich gehe zu ihm.«

»Nein, Tess.« Sie legte ihre Hand auf meinen Arm. »Laß ihn noch ein bißchen. Er will es im Moment wirklich nicht.«

Ich nickte seufzend. »Gut. Was ist mit den Kindern?«

»Josie und Laura sind mit ihnen zum Strand gegangen.«

»Wissen sie was?«

»O ja, wir haben es ihnen erzählt. Hugo und Clemmie waren zwar ein bißchen traurig, aber sie wußten ja, daß er sehr krank war und haben ihn ja auch nur einmal im Jahr gesehen, außerdem ist der Tod in dem Alter so schwer zu begreifen. Aber Leonora ...«

»Sie hat so an ihrem Grandpa gehangen«, sagte ich leise.

»Ja. Und er hätte so einen guten Einfluß auf sie gehabt, glaubst du nicht auch?« Mummy sah mich an.

Ich nickte, denn ich wußte genau, was sie meinte. Daß Leonora bei ihren Eltern nicht immer dem besten Einfluß unterstand. »Rachel wird sicher immer für sie da sein.«

»Natürlich«, stimmte sie zu. »Jetzt um so mehr. Sie wird dem kleinen Mädchen ihre ganze Liebe geben.«

Ich blinzelte gegen die Tränen an, die mir schon wieder kamen, und setzte mich neben Mummy an den Tisch. Sie nahm meine Hand. Wir saßen ganz still da und hingen unseren Gedanken nach.

»Ist es sehr schlimm für Penny, daß sie nicht dabei war, als er starb?« fragte ich schließlich.

»Natürlich, aber weißt du«, sie sah rasch zur Tür, »ich denke, Rachel hätte es so gewollt. Penny wäre sicher sehr – na ja, aufgebracht gewesen, verständlicherweise.«

»Hysterisch.«

»Genau. So konnten die beiden sich in Ruhe voneinander verabschieden.«

Ich nickte. Ein letzter, friedlicher Abschied voller Liebe. Wir schwiegen wieder. Meine Mutter hatte sich als erste wieder gefaßt. Sie stand auf und schaute mich an, als sähe sie mich zum ersten Mal.

»Und wie geht es dir, Darling? Du bist auf Krücken, wie ich sehe – das ist gut. Was macht dein Knöchel?«

»Besser, viel besser.«

»Und der Kopf?«

»Okay.« Ich tätschelte ihr lächelnd die Hand. »Mach dir um mich keine Sorgen.«

»Und dein Herz?«

Ich sah sie überrascht an. Ihre Augen waren fest auf mich gerichtet.

»Das ist auch – okay«, stotterte ich.

»Gut.« Diesmal tätschelte sie meine Hand.

Sie stand auf. »So«, sagte sie energisch. »Wir müssen jetzt überlegen, wie es weitergeht. Penny wird nach London zurück wollen, natürlich, und dein Vater sicher auch ...«

Sie lief geschäftig durch die Küche, räumte Besteck in die Schublade, faltete Geschirrtücher, wischte die Arbeitsfläche ab, während sie die Möglichkeiten durchspielte. Ich beobachtete sie wie betäubt. Gar nicht so dumm, meine alte Mummy. Ganz und gar nicht dumm. Warum unterschätzte ich sie ständig? Lag es daran, daß Dad so dominant war und sich ständig in den Mittelpunkt drängte? Weil sie so oft in den Hintergrund trat?

»... es wäre das beste, wenn du, Josie und die Kinder noch eine Weile mit Laura und Edward hierbliebt, was meinst du? Es hat keinen Sinn, wenn wir alle überstürzt zurückfahren, die Beerdigung ist nicht vor nächster Woche, und es wäre eine Schande, den Kinder ihre einzigen Ferien zu verkürzen. Robert hätte das sicher nicht gewollt.«

»Was?« Ich sah sie an, noch immer ganz benommen. »Oh – nein. Nein, du hast recht. David kommt sicher, um uns abzuholen. Zumindest hoffe ich das.«

»Natürlich, Darling, du kannst ja nicht Auto fahren. Na ja, zur Not könnte Josie das, falls David nicht zurückkommen will, meine ich.«

»Mach dir keine Sorgen, du kennst doch David. Ich habe mir schon überlegt, Josie mit zu Penny zu schicken und sie ihr ein oder zwei Wochen auszuleihen. Penny kann jetzt sicher gut Hilfe brauchen, und Leonora kennt Josie inzwischen ganz gut.«

Meine Mutter drehte mich um und lächelte jetzt zum ersten Mal richtig. »Ach, Tess, das wäre so nett. Piers scheint mit seiner hysterischen Frau völlig überfordert zu sein, von seiner traurigen kleinen Tochter ganz zu schweigen. Es ist so ein langer Heimweg. Josie könnte hinten mit Leonora spielen, und Penny könnte in Ruhe trauern, ohne Leonora noch mehr zu verstören.«

»Genau.« Ich stand auf, froh über meine gute Idee. »Weiß David es schon?«

»Ja, dein Vater hat ihn angerufen. Wir haben versucht, dich bei den Camerons zu erreichen, aber du warst nicht da.«

»Ja, wir – ich war am Fluß.« Ich wich ihrem Blick aus. »Ich rufe David jetzt an.«

»Oh, er ist nicht in der Kanzlei. Und auch nicht im Gericht. Einer seiner Mitarbeiter sagte, er hätte sich einen freien Tag genommen, um einen Einkaufsbummel zu machen.«

Ich sah sie ungläubig an. »Einkaufsbummel? David? Wozu das denn? Ich dachte, er hätte so viel zu tun?«

Sie zuckte die Schultern. »Keine Ahnung, Darling.«

Ich seufzte. »Na gut, dann rufe ich ihn später an.«

Ich nahm mir einen Apfel aus der Obstschale und hinkte nach draußen in den Garten. Dort setzte ich mich auf die Stufen, die von der Terrasse zum Rasen hinunter führten, und aß ihn langsam in der Sonne. Am unteren Ende des Gartens konnte ich meinen Vater erkennen. Er hielt eine alte Sichel in der Hand und bearbeitete die Brombeersträucher wie besessen. Die Sichel war stumpf und verrostet, und die Brombeeren so dick und undurchdringbar, daß es, Gott sei Dank, ein nutzloses Unterfangen war. Die ganze Prozedur hatte etwas Pathetisches. Er hatte mich sicher längst gesehen, aber er gab mir weder ein Zeichen, noch unterbrach er seine Arbeit.

Ich zog die Knie an und stützte mein Kinn darauf. Dann blickte ich hinab auf die alten Natursteine, auf denen wir als Kinder stundenlang Hüpfekästchen gespielt hatten. Ich kannte jeden Millimeter dieser Terrasse, jede Linie, jeden Riß, wie mein Vater wahrscheinlich und Onkel Robert. Schon wieder kamen die Tränen. Es war komisch, grübelte ich, während ich sie wegwischte, daß ich einerseits um Robert trauerte, ihm aber andererseits dankbar war für sein Timing. Denn solange mich sein Tod beschäftigte, hatte ich keine Zeit, über mein Leben nachzudenken und über Patrick. Tut mir leid, konnte ich einfach sagen, aber ich habe jetzt wirklich keine Zeit für Gefühlsduselien; mein Onkel ist nämlich gestorben. Wie praktisch! Ich sah hinauf zu den Bergen. Es war fast so, als wäre Robert da irgendwo, um mir auch jetzt noch aus der Patsche zu helfen.

Während ich in die Feme schaute, tauchten plötzlich zwei kleine, sehr vertraute Gestalten in meinem Blickfeld auf. Lächelnd sah ich zu, wie sie quer über die Felder rannten. Clemmie schrie hinter Hugo er, er solle warten, aber Hugo lief unbekümmert weiter. Ich verlor sie kurz aus den Augen, als sie für einen Moment im Wald hinter unserem Garten verschwanden, dann tauchten sie in der Nähe meines Vater wieder auf. Er nahm sie gar nicht zur Kenntnis, als sie an ihm vorbeisausten und über den Rasen zu mir gelaufen kamen.

Ich umarmte sie, als sie neben mir auf die Treppe sanken.

»Hallo, ihr Süßen«, murmelte ich und küßte sie aufs Haar.

»Onkel Robert ist tot«, plapperte Clemmie. »Er ist jetzt ein toter Mann, Mummy.«

»Ich weiß, Darling.« Ich zog sie an mich.

»Ist er beim lieben Gott? Im Himmel?«

»Bestimmt.«

»Nein«, piepste Hugo dazwischen. »Nein, Mummy, er ist sicher unten ...«

»Danke, Hugo, das reicht jetzt.«

»Aber er kann doch gar nicht fliegen«, wandte Clemmie besorgt ein. »Was machte er denn da?«

»Ach Clem, er wird das schon hinkriegen«, beruhigte ich sie.

»Ob der liebe Gott ihm Flügel leiht?«

»Na ja ...«

»Das hast du damals gesagt, als Pericles und Roderick gestorben sind.«

»Oh. Ja, bestimmt.« Das hatte ich mir nun selbst zuzuschreiben, schließlich hatte ich ihnen den Unsinn erzählt, als unser stinkendes homosexuelles Meerschweinchen-Paar gestorben war. Jetzt gab es kein Zurück.

»Wird Onkel Robert mit Pericles und Roderick in einem Zimmer schlafen?«

Ich lachte. »Liebling, ich weiß nicht genau, ob es im Himmel so etwas wie Zimmer gibt.«

»Wo schlafen sie denn dann?« Clemmies Augen waren groß wie Untertassen.

»Tja ...« Wolken kamen mir sofort in den Sinn, und dann wurde mir klar, daß ich mein Bild vom Himmel seit meinem eigenen vierten Lebensjahr nicht mehr aktualisiert hatte.

»Aber nicht am Flughafen!« schrie sie.

»Nein«, antwortete ich langsam und schüttelte den Kopf. »Nein, nicht am Flughafen. Ich bin sicher, sie schlafen – ja, in einem Zimmer.« Ich nickte bekräftigend, da mir keine vernünftige Alternative einfiel.

»Mit Badezimmer und Meerblick?«

Ich starrte sie verblüfft an.

»Frühstücksbüffel? Balkon und Bede?« wollte sie wissen.

Ich blinzelte. Großer Gott, was für ein großbürgerliches Kind hatte ich da erzogen? Balkon und Bidet! Woher, um alles in der Welt, wußte sie denn, was ein Bidet war?

»Ich nehme es an«, antwortete ich.

»Wie schön«, rief sie atemlos. »Hugo, wo ist dein Schwert?«

»Oben«, murmelte er. Er war gerade damit beschäftigt, eine Ameise zu fangen. Clemmie stürmte davon.

»Aua! Sie hat mich gestochen!« rief er und schüttelte sie ab.

»Hugo, woher hat sie all dieses Himmels-Zeug?« fragte ich. »Hast du ihr das erzählt?«

»Ich nicht«, widersprach Hugo und saugte an seinem verwundeten Finger. »Von irgend so einer Reisesendung im Fernsehen. Eine dicke Frau mit gelben Haaren zeigt den Leuten da immer Hotels und sagt, das wäre der Himmel.«

»Ach so.« Ich atmete tief durch. Dann hatten wir also der Glotze diesen außergewöhnlichen Einblick in das Leben nach dem Tod zu verdanken. Klasse! Sicher glaubte Clemmie auch, daß man an der Rezeption Flügel leihen konnte für einen Kurzflug über die Bucht und anschließendem Strand-Barbecue mit der himmlischen Gastgeberin. Und zweifellos dachte sie, der Erzengel Gabriel empfange sie am Flughafen mit Nachthemd und Halogen-Heiligenschein, ehe er sich mit dem Mikrophon vor den Reisebus stellte und sagte: *›Zur Rechten sehen Sie die Copa Cabana-Disco ...‹* Ich seufzte.

Clemmie war im Nu zurück und schwenkte Hugos Schwert. »Hugo«, befahl sie. »Bring mich um!«

»Super!« Hugo sprang vom Rasen auf. »Nein, warte, Clem, ich erwürge dich lieber. Ich muß nur schnell reinlaufen und eine Kordel holen.«

»Das wirst du nicht tun!« brüllte ich.

Er blieb abrupt stehen und drehte sich um. »Aber sie hat doch gesagt —«

»DAS IST MIR EGAL! Jetzt rein mit euch beiden, es ist Zeit fürs Abendessen – und zieh dir vorher die nassen Sandalen aus, Hugo.«

»Aber ich will tot sein«, jammerte Clemmie mit bebenden Lippen. »Ich will mit Onkel Robert am Strand spielen, laß mich tot sein!«

»Komm schon, Clemmie.«

Sie machte sich stocksteif. *»Ich will tot sein!«* schrie sie aus Leibeskräften und ließ sich von mir ins Haus schieben.

»Wo ist Josie?« wollte ich wissen, schleppte meine kleine Primadonna weiter und sah mich hektisch um. Gott, ich war erst seit zwei Sekunden wieder da, und schon rief ich verzweifelt nach meinem Au-pair-Mädchen.

»Oben, sie bezieht Clemmies Bett neu«, erklärte Hugo. »Clem hat letzte Nacht versucht, Eier auszubrüten. Sie dachte, wenn sie die ganze Nacht drauf liegen würde, hätte sie am nächsten Morgen Küken.« Er wieherte vor Lachen. »Aber alles, was sie hatte, war Ei am Po!«

»Ach, Clem«, seufzte ich. »Das ist nicht wahr, oder?«

Sie stand auf. »Hennen machen das doch auch so, oder nicht?«

Ich stöhnte. »Oje, ich gehe besser zu Josie und helfe ihr. Jetzt hört mal gut zu, ihr zwei. Geht jetzt bitte und sucht Grandma. Ach, und seid ein bißchen nett zu Leonora. Sie ist heute sehr traurig.«

»Ich habe ihr mein altes Osterei geschenkt«, erklärte Clemmie großmütig. »Es war ganz weiß geworden, aber das hat ihr nichts ausgemacht.«

»Und ich habe ihr keinen Sand in die Unterhose gesteckt wie sonst immer, wenn sie den Badeanzug anzieht«, verkündete Hugo stolz.

»Na bestens«, murmelte ich matt. »Das ist genau der richtige Weg, Lieblinge, ein toller Fortschritt.«

Erschöpft schleppte ich mich die Treppe rauf und stellte nicht zum ersten Mal fest, wie leicht es war, einen Mord zu begehen, vor allem an den eigenen Kindern.

Ich fand Josie in Clemmies Zimmer, wo sie den vergeblichen Versuch machte, ein halbes Dutzend Eier aus der Matratze zu nibbeln. Der Raum roch jetzt schon bemerkenswert. Ich sank auf das gegenüberstehende Bett, hielt mir die Nase zu, lobte sie für ihre hervorragende Arbeit und lenkte dann so unauffällig wie möglich zu meinen Penny-Plänen über. Sie hörte auf zu reiben und setzte sich erst einmal. Ich sah, daß sie zögerte, was ich ihr nicht verübeln konnte. Leonora war natürlich ein Goldstück, ein absolutes Traumkind für jedes Kindermädchen, aber Penny, die im Jahr ungefähr sechzehn Schrubber verschliß, war zweifellos eine höllische Arbeitgeberin.

»Also gut«, antwortete sie schließlich. »Aber nur für eine Woche, okay? Das ist mein absolutes Limit. Sonst sehe ich mich das Brotmesser gegen sie erheben.«

»Absolut«, bestätigte ich schnell. »Nur eine Woche, du bist ein Schatz. Und vergiß nicht, du arbeitest immer noch für mich, sie leiht dich nur aus, also nimm keine, du weißt schon ...«

»Scheiße!«

»Genau!«

Wir lächelten uns an. Sie legte den Lappen weg, verschränkte die Arme und sah mich interessiert an.

»Wie war Patrick?«

Ich schluckte. Nahmen wirklich kein Blatt vor den Mund, diese australischen Dinger.

»Nett«, antwortete ich lächelnd. »Er war nett.«

Sie grinste. »Er ist immer noch verrückt nach dir, nicht?«

»Oh!« Ich zuckte die Schultern. »Na ja, ich glaube schon. Ein bißchen.« Ich nagte an der Haut um meinen Daumennagel. »Woher weißt du das?«

»Ach, er hat es mir gesagt. Und mehr oder weniger zugegeben, daß er deshalb mit mir ausgegangen ist. Er wollte dich eifersüchtig machen und dir zeigen, was du aufgegeben hast. Er sagte, er wüßte, daß das kindisch wäre, aber er wollte, daß du den Unterschied siehst – du weißt schon, du bist älter, verbraucht und langweilig und all das, und er dagegen immer noch frisch, jung und Single.«

Ich schluckte. Das war in der Tat ein Vergleich, der auch auf Josie zutraf. »Das hat er also gesagt«, antwortete ich und erinnerte mich an meine grenzenlose Eifersucht.

»Ja.« Sie tauchte den Lappen in den Eimer und begann wieder zu rubbeln. »Ich habe sofort gemerkt, daß er sich nicht im geringsten für mich interessierte, deshalb habe ich ihn gefragt, was er eigentlich von mir wollte. Er hat es mir sofort gebeichtet.« Sie lachte. »Danach mochte ich ihn noch mehr. Wir haben ordentlich zusammen gelacht, ein par Runden Darts im Pub gespielt, dann hat er mich wieder nach Hause gebracht.« Sie sah mich frech an. »Nicht, daß ich nein gesagt hätte, Tess. Ich meine, Jesus, dieser Typ ist ein absoluter Knaller.«

Ich blinzelte. »Ja?«

»Wie bitte?« Fassungslos ließ Josie den Lappen sinken. »Tess, er ist ABSOLUTE SPITZE, das mußt du doch wissen!«

»Äh ja.« Ich nickte. »Ja, das weiß ich wohl.«

Sie schüttelte überrascht den Kopf. »Er muß wirklich ganz anders gewesen sein, als er jünger war. Ich verstehe gar nicht, warum du nicht ...« Sie stockte.

»Was? Was habe ich nicht?«

»Ach nichts.« Sie senkte den Kopf und fing wieder an zu schrubben. »Ich glaube nicht, daß ich das ganze Ei hier rauskriege. Was meinst du, Tess?«

»Ach, gieß einfach ordentlich Spülmittel darauf, und dreh die Matratze um. Niemand wird das je erfahren.«

Sie kräuselte die Nase. »Es wird ewig ein bißchen muffeln, oder?«

Ich zuckte die Schultern. »Und wenn schon. Die meisten Leute, die hier sind, sind so betrunken, wenn sie ins Bett gehen, daß sie glauben werden, es wäre Lachs oder Portwein, der ihnen aufstößt.«

Sie kicherte, und ich ging hinaus. Langsam ging ich die Treppe herunter und kaute gedankenverloren an meinem Nagel. *Ich verstehe gar nicht, warum du nicht ihn, sondern David genommen hast*, das wollte sie sagen. Ich blieb auf der Hälfte der Treppe stehen und ließ den Finger über ein Gemälde gleiten. Eine ordentliche Portion Staub rieselte zu Boden. Klar mußte sie so denken. Aus dem Blickwinkel einer 22jährigen war Patrick der klare Favorit; attraktiv, wild, witzig, wohingegen David – ich lächelte schief. David war mehr etwas für den gereiften, gesetzteren Geschmack. Er paßte überhaupt nicht zu einem jungen Gaumen. Ich grinste.

Eher zu dem Gaumen einer älteren, verbrauchten, langweiligen Schachtel.

Als ich die letzten Stufen in die Halle hinunter humpelte, sah ich Piers durch die offene Haustür sein Auto volladen. Ich ging zu ihm hinaus. Er drehte sich um und stellte den Koffer ab, den er gerade in den Kofferraum hieven wollte. Ich umarmte ihn, und er drückte mich dankbar. Piers hatte seinen Schwiegervater sehr gemocht, doch mir war klar, daß er keine Chance zu eigener Trauer hatte. Penny würde alles beherrschen. Ich erzählte ihm von Josie, und er wirkte sehr erleichtert.

»Oh, vielen Dank, Tess. Ich sage dir, ich freue mich wirklich nicht auf die Rückfahrt, genaugenommen auf die ganze nächste Woche nicht. Wenigstens brauche ich mir jetzt um Leonora keine Sorgen zu machen.«

»Eben.«

»Für eine Woche nur?« fragte er hoffnungsvoll. »Ich kann dich nicht dazu überreden, länger auf sie zu verzichten?«

Ich zögerte. »Mich schon, aber ...«

»Aber Josie ist nicht gewillt, meine Frau länger zu ertragen, und wer könnte ihr das verübeln?« Er grinste. »Die lebenslange Knechtschaft gilt nur für mich. Ah, wenn man vom Teufel spricht.« Sein Gesichtsausdruck wurde sofort weicher, als Penny mit verweintem Gesicht die Treppe hinunterkam.

»Alles klar, mein Liebling?« erkundigte er sich fürsorglich und nahm ihren Arm.

»Ja, danke«, flüsterte sie. »Können wir bald fahren?«

»Gib mir nur noch zehn Minuten, um im Auto ein bißchen aufzuräumen, dann geht's los«, versprach er.

»Okay«, schniefte sie. Sie drehte sich um und ging ins Haus zurück.

»Ihr fahrt jetzt schon?« wollte ich erstaunt wissen.

»Offensichtlich«, murmelte er. »Frag mich nicht, Tess. Ich führe nur ihre Befehle aus.«

»Oje, dann muß ich Josie Bescheid sagen!« Ich stürzte ins Haus, wo ich fast mit meinem Vater zusammengestoßen wäre, der einen Koffer trug. Seine Augen waren dunkel vor Schmerz, sein Gesicht weiß und eingefallen. Er sah mich an.

»Daddy!« Ich flog in seine Arme und fühlte, wie steif er sich hielt, um die Kontrolle zu bewahren. Ich umarmte ihn fest.

»Wein«, riet ich ihm. »Wein einfach.«

»Tue ich«, antwortete er mit seltsam erstickter Stimme. Er klopfte mir auf die Schulter. »Zu meiner Zeit, Tess, zu meiner Zeit.«

Er befreite sich aus meiner Umarmung und ging schnell an mir vorbei zur Haustür. Ich sah zu, wie er mit mühsam gestrecktem Rücken die Treppe hinunterging. Traurig drehte ich mich um und machte mich auf die Suche nach Josie.

Ungefähr eine Stunde später fuhren beide Mannschaften ab. Piers, Penny, Leonora und Josie – die ein sehr mißtrauisches Gesicht machte – in einem Auto, meine Eltern in dem anderen. Laura und ich standen bedrückt auf der Treppe und winkten ihnen nach. Das war ganz und gar nicht der fröhliche Abschied, wie wir ihn sonst kannten. Kein wildes Gehupe, keine Kinder, die winkend aus den Fenstern hingen, keine ›Bis bald in England‹-Rufe, nur die gleichmäßigen Motorgeräusche der Autos, die nun den Kiesweg hinunterrollten. Laura und ich standen Arm in Arm und sahen zu, wie sie um die Ecke bogen und allmählich in der Feme verschwanden. Wir drehten uns um und gingen langsam ins Haus zurück.

Laura seufzte. »Ist es nicht ungerecht?«

»Tja, so ist das Leben manchmal. Das müßtest du doch inzwischen wissen.«

Sie nickte. »Und ob.«

An diesem Abend rief ich David an. Wir wechselten ein paar bedrückte Worte über Robert, dann erzählte ich ihm, daß Josie mit Penny gefahren sei.

»Bist du verrückt geworden!« rief er. »Wie wollt ihr denn nach Hause kommen?«

»Du kommst doch zurück, oder nicht?«

»O Tess«, seufzte er. »Warum das denn? Ihr seid doch nur noch ein paar Tage da, und dann kommt ihr zu Beerdigung.«

»Aber ich dachte, du kämst schon früher, und wir hätten wenigstens noch ein paar Tage hier zusammen.«

Schweigen. Ich runzelte die Stirn.

»David?«

»Ja, also ...«

Ungläubig starrte ich auf den Hörer. »Du hattest gar nicht vor, wieder nach Schottland zu kommen, stimmt's?«

»Schau mal, ich stehe hier so unter Druck, das kannst du dir überhaupt nicht vorstellen. Ehrlich, es ist mir kaum möglich, hier wegzukommen.«

»Aber es ist dir möglich, einen Einkaufsbummel zu machen?« antwortete ich scharf. »Mummy hat gesagt, du seist heute weder in der Kanzlei noch am Gericht gewesen.«

»Äh ja, okay, heute war eine Ausnahme. Mein Fall wurde verschoben. Aber ab morgen geht es hier wieder richtig rund.«

»David, ich kann es einfach nicht glauben. Heißt das, daß du tatsächlich nicht zu uns zurückkommst? Wie sollen wir denn nach Haue kommen?«

»Dafür hättet ihr eigentlich ein Au-pair-Mädchen gehabt, aber das hast du ja weggeschickt. Kannst du nicht Laura bitten, euch zu fahren?«

»Laura?« rief ich böse. »Warum sollte die uns fahren? Sie wird mit Edward zurückfahren wollen.«

Laura streckte ihren Kopf aus der Wohnzimmertür, als sie ihren Namen hörte. »Was denn? Was soll ich?«

»David will, daß du uns nach Haue bringst, damit er nicht mehr zurückkommen muß. Er ist verrückt geworden.«

»Natürlich tue ich das« bot sie sofort an. »Immer noch besser, als 16 Stunden mit der Nervensäge Ed in einem Auto zu sitzen.« Sie riß mir den Hörer aus der Hand. »Ist in Ordnung, David, du hast Glück gehabt. Ich fahre sie gern zurück.«

»Laura!« Ich war entsetzt. »Wo ist Edward? Sicher hat er das jetzt gehört.«

»Nein, hat er nicht.« Sie gab mir den Hörer zurück. »Er ist zum Malen gegangen. Und um ehrlich zu sein, es wäre mir auch scheißegal.« Sie schlenderte zurück ins Wohnzimmer.

»Na siehst du, Darling, jetzt hast du ja einen Chauffeur«, vernahm ich wieder Davids Stimme. »Aber laßt euch Zeit. Ich finde, die Kinder sollten so lange wie möglich da oben bleiben. In London ist es unerträglich heiß. Gibt es sonst noch was? Irgend etwas, daß ich für dich regeln muß, oder glaubst du, du kommst jetzt klar?«

Fassungslos starrte ich den Hörer an. Warum benahm er sich so seltsam? So ... scheußlich?

»Nein«, antwortete ich kühl. »Nein, ich komme allein klar, David. Ich habe alles unter Kontrolle. Geh du ruhig weiter einkaufen oder feil dir die Nägel oder was du sonst gemacht hast, und mach dir um uns keine Sorgen. Der Alleinerziehenden geht es bestens!«

Ich knalle den Hörer auf und marschierte ebenfalls ins Wohnzimmer.

Laura zog die Augenbrauen hoch. »Irgendwelche Probleme?«

»Dieses Schwein!« explodierte ich. »Er kommt einfach nicht wieder!«

»Aber du kannst doch nicht erwarten, daß er extra hier herfliegt, nur um euch nach Hause zu chauffieren, oder?«

Ich starrte sie an. »Auf wessen Seite bist du eigentlich?«

»Auf keiner, aber du kannst das doch sicher verstehen, oder nicht?«

»Nein verflucht, kann ich nicht!« kochte ich, schnappte mir die Zeitung und stampfte nach oben. »Ich kann es absolut nicht verstehen!«

20. Kapitel

Am nächsten Morgen rief Madelaine an. Die Buschpost hatte Guilduncan erreicht, und sie wollte uns nun ihr Beileid aussprechen. Laura nahm das Gespräch in der Küche an. Sie preßte die Hand auf die Muschel und machte mir hektische Zeichen. Ich briet gerade im Pyjama Eier und Speck.

»Sie will wissen, ob wir Lust haben, zum Schwimmen zu kommen«, zischte sie.

»Jesus, nein! Definitiv nicht!«

»Soll ich mit den Kindern gehen?«

Ich wirbelte herum. »Nein! Laura, verdammt, ich will nicht, daß die Kinder da hingehen.« Ich geriet plötzlich in Panik. Ich wollte nicht daß irgend jemand aus meiner Familie auch nur in die Nähe dieses Hause ging.

»Was soll ich ihr denn sagen? Es klingt so unhöflich, Tess.«

»Sag ihr, wir wären beschäftigt.«

Stirnrunzelnd sprach sie wieder ins Telefon. »Madelaine? Ähem, das wäre schön, aber ich komme allein, wenn ich darf ... Ja, ich freue mich schon ... Okay, bis dann.«

Sie legte auf und baute sich mit verschränkten Armen vor mir auf. »Nur weil du Probleme mit Patrick hast, brauchen wir ja Madelame nicht zu brüskieren. Das ist unfair.«

»Ich finde ›Probleme‹ ist ein nicht ganz zutreffender Ausdruck dafür, daß er mir ein Liebesgeständnis gemacht hat und ich ihn abgewiesen habe, meinst du nicht auch?« schnappte ich. »Und ich brüskiere Madelaine keineswegs, ich habe ihr einen ausführlichen Dankesbrief geschrieben. Es ist nur so, daß ich ihren Sohn nicht unbedingt sehen will, aber laß dich nicht aufhalten, wenn du das brauchst.«

Sie grinste. »Denk an mich, wie ich meinen Aperitif schlürfe, ja?« Sie stibitzte ein Stück Speck aus der Pfanne und rannte aus der Küche.

Ich warf den Pfannenwender in die Spüle. Na klasse, dachte ich düster. Hau nur ab, nachdem ich dich extra darum gebeten habe, es nicht zu tun und laß mich hier den ganzen Tag mit deinem einsamen Anbeter und zwei nervenden Kindern herumsitzen! Vielen Dank. Gott, meine Schwester benahm sich manchmal wie ein Teenager, so rücksichtslos.

Ich nahm die Platte mit dem Speck und den Eiern und trug sie ins Frühstückszimmer. Wir mußten noch fünf Tage allein hinter uns bringen, ohne Großeltern, die mit den Kindern spielten, ohne Au-pair, ohne Vater, und ich konnte nicht mal Auto fahren. Wie, um alles in der Welt, sollte ich die rumkriegen? Ich stellte die Eier vor Hugo und Clemmie, die sich lautstark um die Sammelbilder in der Frosties-Pakkung stritten, während Edward vergeblich versuchte, die Auseinandersetzung zu schlichten.

»Hugo, wie wäre es, wenn ihr die Bilder einfach teilt, dann – o nein, guck mal, jetzt habt ihr schon eins zerrissen. Findet ihr nicht auch ...«

»LEGT SIE JETZT SOFORT HIN, ALLE BEIDE!« brüllte ich aus Leibeskräften.

Sie ließen sie fallen wie heiße Kartoffeln, und Edward zog sich ängstlich zurück.

»Jetzt eßt bitte eure Eier –« Entsetzt griff Edward zu Messer und Gabel. »– und dann geht gefälligst nach draußen zum Spielen. Das tun Kinder doch normalerweise?«

»Wie haben keine Lust. Wir haben ja jetzt keinen mehr

zum Spielen«, maulte Clemmie. »Können wir an den Strand gehen?«

»Red nicht so einen Blödsinn, wie sollen wir denn da hinkommen? Ihr könnt im Garten spielen.«

Edward tupfte sich den Mund mit der Serviette ab und räusperte sich. »Äh, vielleicht kann ich helfen«, bot er unsicher an.

Drei Augenpaare schauten ihn mißtrauisch an.

»In welcher Hinsicht, Edward?« erkundigte ich mich so höflich wie möglich.

»Vielleicht haben sie ja Lust, mit mir Vögel zu beobachten. Am Beacon's Top sollen ein paar Auerhähne sein. Ich dachte, es wäre sicher spannend, sie anzusehen.«

Eine tiefe Stille folgte. Ich hielt den Atem an. Er hätte ebensogut ein vierstündiges Gebet in der Kirche von Invertarn vorschlagen können.

Hugo riß die Augen auf. »Vögel beobachten? Das haben wir noch nie – was muß man da machen?«

»Vögel beobachten«, murmelte ich dunkel. »Und ganz leise sein«, fügte ich boshaft hinzu. Ich konnte mir nicht vorstellen, daß meine Bande das länger als fünf Minuten aushielt, aber wenn Edward unbedingt wollte, bitte schön.

Ich strahlte breit. »Was für eine tolle Idee! Das war doch super, oder, Kinder? Eßt schnell auf, dann könnt ihr gehen!«

Und so kam es, daß Edward, auf kleine, aber unglaublich praktische Weise eine Aufgabe bekam. Zu meiner Überraschung schleppte er nicht einfach zwei gelangweilte Kinder hinter sich her auf einen Berg, wie ich es getan hätte, nein er machte es richtig. Zuerst ging er mit ihnen nach Invertarn, um ihnen kleine Rucksäcke zu kaufen, ein Vogelbuch, Buntstifte und Zeichenblock und sogar spezielle Flöten, um die Vögel anzulocken. Dann packte er Sandwiches in jeden Rucksack, fand in einer Schublade ein altes Fernglas, achtete darauf, daß die Kinder anständiges Schuhwerk hatten, und los ging's. Und das nicht nur einmal, sondern jeden

Tag, und zwar vier Tage hintereinander. Ja, jeden Morgen nach dem Frühstück packte das ornithologische Trio den Rucksack, stellte sich händchenhaltend in einer Reihe auf, hätte fast noch *das Wandern ist des Müllers Lust* gesungen und machte sich auf die Suche nach seltenen Wie-hießen-sie-noch's. Nachmittags kehrten sie zur Teezeit zurück, glücklich, aufgeregt, und vor allem erschöpft, so daß ich sie nur noch füttern und baden mußte und ins Bett bringen. Gott, ich hätte Edward dafür küssen können, ich hätte ihn sogar – nein.

»Es ist erstaunlich«, vertraute ich Laura an, als ich eines Abend herunterkam, nachdem ich die schlafenden Kinder noch mal zugedeckt hatte. »Ich meine, es macht ihnen wirklich Spaß, und nicht nur das, sie genießen es, mit ihm zusammen zu sein.«

»Dann ist er also der Richtige für Unter-Fünfjährige«, schloß Laura süffisant. »Das ist ja prima!«

»Sei nicht so gemein. Er gibt sich wirklich Mühe, und die Kinder sind begeistert.«

»Ja, er ist ja auch Lehrer, vergiß das nicht. Es ist also etwas, das er können müßte.« Laura faltete ihre Zeitung zusammen, warf sie auf den Boden und marschierte aus dem Zimmer.

»Wo gehst du hin?« rief ich hinter ihr her.

»Weg!«

Die Haustür fiel hinter ihr ins Schloß. Allmählich wurde ich sauer auf Laura. Ich wußte ja, daß sie ihre Männer schnell über hatte, aber Edward schien sie nicht eine Sekunde mehr ertragen zu können. Sie verdrückte sich nicht nur tagsüber, wenn Edward mit den Kindern unterwegs war, nein, sie kam auch abends erst sehr spät zurück, wenn Edward gewöhnlich im Bett war.

»Was treibst du bloß die ganze Zeit?« fragte ich, wenn sie um halb elf endlich den Kopf zur Wohnzimmertür hereinstreckte.

»Ist er weg?« flüsterte sie.

»Ja, er ist weg. Was machst du den ganzen Tag?« wiederholte ich. »Das ist jetzt schon der dritte Abend hintereinander.«

»Ach«, antwortete sie ausweichend und ließ sich aufs Sofa fallen. »So dies und das.«

Ich sah sie stirnrunzelnd von meinem Fensterplatz an, wo ich gelesen hatte. Ihre Wangen glühten, und ihre Augen funkelten seltsam; bei den Kindern hätte ich in so einem Fall sicher Fieber gemessen.

»Ja, aber wo?«

Sie starrte in die Ferne und drehte sich dann träumend herum. »Hm? Ach, irgendwo am Strand. Ich sitze auf den Klippen oder spaziere ein bißchen herum. Es ist wunderbar abends, so ruhig und friedlich, und man kann so gut nachdenken. Wir sind wir ja nicht mehr lange hier, deshalb will ich es noch ein bißchen genießen.«

Sie streckte die Arme hinter dem Kopf aus und gähnte lautstark. »Gott, ich bin hundemüde! Sicher von der ganzen frischen Luft. Ich geh ins Bett!« Sie sprang auf, plötzlich erstaunlich munter.

Ich legte mein Buch weg. »Laura, könnte ich dich eine Sekunde sprechen, bitte? Ich muß wirklich ...«

»Hat das denn nicht Zeit bis morgen? Ich bin völlig k.o. Guck mal, mir fallen schon beim Sprechen die Augen zu.« Sie tat, als schliefe sie und wankte ein bißchen herum. »Ich muß wirklich nach oben. Gute Nacht.«

»Nacht«, murmelte ich hinter ihr her.

Sie ging, und mit einem Kloß im Hals nahm ich mein Buch wieder in die Hand und versuchte weiterzulesen, dieselbe Seite, die ich schon die ganzen letzten vier Tage zu lesen versuchte. Ich legte es wieder weg. Warum fühlte ich mich bloß so mies? So deprimiert? Ich war noch nie deprimiert, verdammt! Irritiert, wütend, gestreßt, sogar mordlüstern, aber nicht deprimiert. Warum also? Ich schüttelte den

Kopf und verdrängte sein Gesicht. Seine Augen. Nein, ich würde jetzt nicht an ihn denken. Ich atmete tief durch, stand auf und lief unruhig durch das schwach beleuchtete Zimmer. Am Fenster blieb ich stehen und schaute hinaus. Im Nachthimmel erkannte ich ihn, ernst, schmerzgeplagt, leidenschaftlich, unten am Fluß.

»Nein, ich werde nicht an ihn denken!« wiederholte ich entschlossen und schüttelte nachdrücklich den Kopf.

Die Sterne blinkten wissend am Himmel. Ich seufzte. Die letzten vier Tage waren sehr schwierig gewesen, um es vorsichtig auszudrücken. Gott sei Dank fuhren wir morgen nach Hause. Ich stützte die Arme auf die Fensterbank und starrte hinaus, die Nase an die Scheibe gedrückt. Eigentlich waren es gar nicht die Tage gewesen, die so schlimm waren; ich hatte mich ununterbrochen beschäftigt, war durch die Gegend gehumpelt, hatte ein bißchen im Garten gearbeitet. Dad war zu geizig, einen Gärtner zu engagieren, also hatte ich diesen Job übernommen und war einen großen Teil meines Frusts losgeworden, indem ich Unkraut jätete und ehemalige Blumenbeete umgrub.

Nein, es waren wirklich nicht die Tage, grübelte ich und hinkte langsam im Zimmer umher; das Problem waren die Nächte. Diese endlosen stillen Abende, wenn ich ihn immer wieder vor mir sah. Daß ich niemanden hatte, mit dem ich mich hätte unterhalten können, machte die Sache auch nicht leichter. Ich spürte, wie mir eine Träne über die Wange lief, und wischte sie zornig weg. Warum tat ich das ständig? Grundlos in Tränen ausbrechen ... wieso?

Okay, überlegte ich und bückte mich, um eine Lampe auszuschalten, ich stand immer noch ein bißchen unter Schock. Patricks Geständnis hatte mich völlig umgehauen und mich unvermittelt in die Vergangenheit zurückgeworfen. Es war wie eine Zeitmaschine. Plötzlich stand ich wieder da, in dieser fernen Zeit. Ich war wieder achtzehn. Sicher, die ganze Sache hatte mich ziemlich erschüttert, aber

– ich biß mir auf die Lippen und richtete mich auf – ich wußte auch, daß ich viel zu heftig reagierte.

Vielleicht vermißt du ja bloß David, redete ich mir ein und bückte mich, um ein paar Zeitungen vom Boden aufzuheben. Das ist es; du bist hier oben allein mit den Kindern, du hast einen böse verstauchten Fuß, dann das ganze Theater mit Willie, das schlechte Gewissen, dein Onkel ist gerade gestorben ... kein Wunder, daß du alle fünf Minuten in Tränen ausbrichst. Aber irgendwie klang auch das nicht ganz überzeugend. Ich schaltete das letzte Licht neben der Tür aus, blieb einen Moment stehen, um noch einmal in das dunkle Zimmer zu schauen, und ging dann nach oben ins Bett.

Ich war mehr als erleichtert, als wir endlich die Böden putzten, die Betten abzogen, die Koffer packten, die Autos volluden und uns am nächsten Tag auf den Weg zurück nach London machten. Edward hatte beschlossen, ohne Unterbrechung durchzufahren, und war deshalb schon ganz früh morgens gestartet. So blieben uns peinliche Abschiedsszenen erspart, worüber Laura sehr froh zu sein schien. Wir hatten uns dafür entschieden, unterwegs haltzumachen und irgendwo in Yorkshire zu übernachten. Ich freute mich eigentlich darauf, mit Laura zu fahren. Wir hatten nicht oft die Möglichkeit, einmal allein zu sein, und ich konnte es kaum erwarten, ihr mein Herz auszuschütten.

Ich drehte Vivaldi leiser, als wir durch die Wiesenlandschaft Richtung Belgadoon fuhren.

»Es war sicher komisch, Patrick wiederzusehen, oder?« begann ich zögernd.

»Hm.« Sie hielt den Blick fest auf die Straße gerichtet.

»Habe ich dir erzählt, was unten am Fluß passiert ist?«

»Angedeutet.«

Ich seufzte. »Seltsam, ich kriege ihn irgendwie nicht aus dem Kopf.«

Sie runzelte die Stirn, dann drehte sie sich kurz zu den Kindern auf dem Rücksitz um.

Ich beruhigte sie. »Ist schon okay, sie haben ihre Walkmen auf.«

»Trotzdem.« Sie stellte Vivaldi wieder lauter.

Ich sah sie von der Seite an. Sie blickte immer noch geradeaus und summte zur Musik. Also gut, dachte ich und lehnte mich wieder zurück, vielleicht später. Wenigstens brachte sie mich von hier weg. Ich schaute aus dem Fenster auf die Berge, die Lochs, die Täler und ließ mich von den *Vier Jahreszeiten* einlullen.

Wir fuhren und fuhren; die Kinder benahmen sich anständig, der Verkehr war okay, Laura trat das Gaspedal richtig durch und wir fraßen Kilometer, was dazu führte, daß wir viel zu weit fuhren und dann feststellen mußten, daß es zu spät war, noch etwas zum Übernachten zu finden. Typisch Fergussons! Um halb zehn durchforsteten wir noch immer die Yorkshire Dales, doch alles war entweder ausgebucht oder schon geschlossen. Zumindest sagte man uns das. Denn ich muß zugeben, Lauras eigenwillige Art könnte den einen oder anderen durchaus abgeschreckt haben. Sie bestand darauf, mit ihrem BMW vor jedem in Frage kommenden Etablissement vorzufahren, den elektrischen Fensteröffner zu betätigen und mit lauter, arroganter Stimme etwas zu rufen wie: »Sieht ein bißchen schäbig aus, die Farbe blättert schon von den Wänden. Trotzdem«, blökte sie weiter, »hier in dem verschlafenen Nest gibt es ja nicht viel anderes, laßt es uns versuchen. Aber wir müssen unbedingt danach fragen, ob die Bettlaken aus Baumwolle oder Nylon sind.«

Mit hochrotem Gesicht kam ich dann meiner Pflicht nach und kletterte aus dem Auto – ich brauchte inzwischen keine Krücken mehr, humpelte aber immer noch ein bißchen –, schlich, überzeugt davon, daß sich jede einzelne Gardine im Dorf bewegte, den Gartenweg hinauf, während sie im Auto saß, den Motor laufen ließ und ungeduldig mit den Fingern aufs Lenkrad trommelte.

Alle Pensionswirtinnen sahen für mich gleich aus; geblümte Hauskleider, Pantöffelchen, Dauerwellen, auf ewig verschränkte Arme, und Lippen, die vom ständigen Schürzen verschwunden waren. Sie starrten mich alle an, als hätte ich den Verstand verloren.

»Ein Zimmer?« wiederholten sie ungläubig.

»Nein, eigentlich zwei Zimmer.«

»Zwei Zimmer? Was, für diese Nacht?«

»Das wäre sehr angenehm«, antwortete ich einem besonderen Exemplar dieser Gattung alter Schachteln, die den Türrahmen ihres vermeintlichen Gästehauses mehr als ausfüllte.

Wie auf ein Stichwort verschränkten sich ihre Arme, und ihre Lippen verschwanden. Sie schüttelte heftig ihren dauergewellten Kopf.

»O nein, keine zwei Zimmer, nicht für heute nacht?« Für wann dann? fragte ich mich insgeheim. »Versuchen Sie es mal die Straße hinauf bei Ben Shilling, Nummer 32. Es ist nicht besonders sauber, aber in Ihrer Lage können Sie nicht wählerisch sein.«

Und mit dieser ermutigenden Bemerkung knallte sie mir die Tür ins Gesicht.

»Häßliche alte Ziege!« fluchte ich vor mich hin und humpelte den Weg hinunter.

Laura streckte den Kopf aus dem Fenster. »Und?« wollte sie wissen. »Wie war sie?«

Ich nickte süffisant. »Süß. Ganz süß. Leider ist sie ausgebucht. Aber sie sagte, es gäbe noch etwas anderes Nettes die Straße hinauf.«

Ich kletterte wieder hinein und verschwieg ihr den angeblich fragwürdigen hygienischen Standard von Nummer 32, denn inzwischen war ich ziemlich verzweifelt. Die Kinder waren übermüdet, gereizt und aggressiv, und ich wußte aus

Erfahrung, daß Blut fließen würde, wenn wir nicht bald ein Zimmer – irgendein Zimmer, zur Not täte es auch eine Höhle – fanden.

Laura fuhr zu Nummer 32 und hielt vor der Tür. Eines der Fenster war kaputt, mindestens zwölf Katzen streunten im Garten herum, der eigentlich ein Hof war, und eine alte Kloschüssel stand dekorativ vor dem Eingang.

»Herrschaftszeiten!« stieß sie hervor und legte den ersten Gang wieder ein. »Vergiß es.« Aber ich war längst aus dem Auto und auf halbem Weg zur Tür.

»Du machst Witze!« schrie sie hinter mir her. »Hier bleibe ich nicht!«

»Laß uns wenigstens mal gucken, ja?« schrie ich zurück.

»Vergiß nicht, nach den Laken zu fragen.«

Ich nickte gehorsam, dachte aber im stillen – »Laken? Zum Teufel damit!«

Ich klingelte, um in der nächsten Sekunde festzustellen, daß die Drähte aus der Wand hingen, also klopfte ich gegen die abgeblätterte grüne Tür. Während ich wartete, schaute ich mich um, registrierte den schäbigen Hof mit den umgestürzten Mülltonnen, dem ausrangierten Rasenmäher, alten Sprungfedern, explodierten Öfen etc. Hm, das war wirklich Tourismus in wahrer Ursprünglichkeit. Ein echter Geheimtip. Konnte interessant werden.

Eine Sekunde später wurde die Tür aufgerissen, und ich weiß nicht, was mir zuerst auffiel, die Tatsache, daß Ben Shilling ein Kleid trug, oder der Geruch toter Katzen, der mir in die Nase wehte.

»Äh – guten Abend!« keuchte ich und hielt mir instinktiv die Nase zu. »Ha-haben Sie ein paar Zimmer für heute nacht frei?« Ich bemühte mich nach Kräften, nicht auf die dicht behaarten Unterschenkel zu starren, die unter dem Rock hervorschauten.

Sein Schnäuzer zuckte. »Jede Menge Zimmer«, bellte er. »Aber ich müßte erst die Betten machen, oder?«

»Ist das ein Problem für Sie?« fragte ich unterwürfig, bevor ich sofort wieder den Atem anhielt. Jeder Satz, egal wie kurz, war eine Tortur.

»Kein Problem«, grummelte er. »Aber ich müßte meinen Mann erst fragen.«

Mit diesem bemerkenswerten Satz im Ohr folgte ich meinem Wirt über die Schwelle, und stellte just in diesem Moment fest, daß mein Wirt in Wahrheit meine Wirtin war, die zufällig eine Menge Haare im Gesicht hatte, eine Boxernase, blutunterlaufene Augen, stämmige Beine, buschige Augenbrauen und eine Bariton-Stimme. Ich atmete erleichtert aus. Ich war mir keineswegs sicher, wie Laura zu transsexuellen Pensionswirten stehen würde.

»Er« – sie klopfte an eine geschlossene Tür.

»Ben?« brummte sie. »Hier sind ein paar Leute, die übernachten wollen.«

Eine lange, zweifellos ungläubige Stille folgte.

»Übernachten?« erklang es schließlich schroff.

»Genau.«

Wieder Stille.

»Wann?«

Sie zuckte mit den Schultern. »Heute nacht natürlich.«

Eine weitere, viel längere Pause.

»Gib ihnen die Zimmer ganz oben«, kam die ziemlich unheimliche Antwort. Ich erschauerte.

Sie nickte knapp und wandte sich zu mir. »Sie können die Zimmer ganz oben haben. Wollen Sie sie sehen?«

»Bitte!« Ich nickte eifrig und hielt immer noch die Hand vor die Nase gepreßt. Ich war vielleicht verrückt, aber ich nicht verrückt genug und hatte keine Lust, den Rest des Sommers damit zu verbringen, meine Kinder zu entlausen oder sie im Krankenhaus zu besuchen, wo sie ihren Typhus auskurierten, der erste Fall in der Geschichte Englands seit fünfzig Jahren.

Als ich Mrs. Shilling beklommen die Treppe hinauffolgte, begriff ich schnell, daß ›nicht besonders sauber‹ die Untertreibung des Jahrhunderts gewesen war. Jede Etage war dekoriert mit Kästen voller Katzenunrat, schwankenden Stapeln alter Zeitungen, Untertassen mit ranziger Milch, Bündeln blinder junger Kätzchen, Haufen räudiger alter Katzen – und sicher auch Resten toter Katzen. Kurz, jede Ecke war ein Altar katziger Fruchtbarkeit – zumindest das, was man von den Ecken überhaupt erkennen konnte. Es war so unwahrscheinlich dunkel, daß ich mir den Weg hinter ihr her nach oben ertasten mußte, ein cleverer Schachzug, vermutete ich, um die Unmengen von Schmutz überall ein bißchen zu vertuschen.

Wir stiegen höher und höher, blind umarmte ich die Wände, während wir von einem Treppenabsatz zum nächsten gelangten, bis wir endlich ganz oben ankamen. Und dort ereignete sich plötzlich so etwas wie ein Wunder. Vielleicht hatte es etwas mit der Höhe zu tun, vielleicht war es auch nur mein Wunschdenken, jedenfalls erschien es mir, als wäre die Luft hier spürbar dünner. Der Geruch war nicht mehr annähernd so ekelhaft, und als ich ihr über den Flur folgte, sah ich plötzlich einen Lichtstrahl!

Ich hätte mich fast umgedreht und erfreut ausgerufen: »Oh, Mrs. Shilling, ich kann wieder atmen!« oder »Sehen Sie, eine Tapete, und ist das nicht – ja, das ist tatsächlich ein Fenster, nein wie reizend!«

Statt dessen riß ich mich zusammen und beschränkte mich darauf, zögernd die Hand von meiner Nase zu nehmen und auf Halshöhe zu senken, so daß sie, nachdem sie mich durch in die zwei aneinandergrenzenden Zimmer geführt hatte, fast auf normaler Höhe waren und ich richtiggehend euphorisch.

Die beiden Zimmer waren zwar nicht übermäßig sauber, aber sie schienen in ihrem Leben immerhin schon mal Lappen und Staubsauger gesehen zu haben. Soweit ich erkennen konnten, lagen nirgends verwesende Körper herum, und, was das wichtigste war, es gab ein Fenster, so daß man wenigstens ein bißchen frische Luft bekam – oha! Vielleicht doch nicht. So begeistert wie ich es geöffnet hatte, so schnell schloß ich es wieder, als neuer Katzengestank aus dem Garten nach oben stieg.

»Am besten lassen Sie es zu, mit den Kindern«, bemerkte meine Wirtin dunkel.

»Oh! Ja, natürlich«, stimmte ich zu.

Nervös lief ich durchs Zimmer. Die Betten waren tatsächlich noch nicht gemacht, und ein Blick auf die pinkfarbene Nylon-Steppdecke verriet mir alles, was ich über die Laken wissen mußte. Lauras rigorose Bedingungen wurden hier nicht erfüllt, aber ich hatte inzwischen im Schein einer der Glühbirnen einen Schatten entdeckt, etwas, das einer Gardine ähnelte, dazu ein Waschbecken – wenn auch mit einem Sprung –, und es war zu spät.

»Ich nehme es«, verkündete ich.

»Beide?« Sie beäugte mich mißtrauisch.

»Beide.«

»Macht sieben Pfund fünfzig im voraus.« Gierig hielt sie die Hand auf.

Ich kramte in meiner Handtasche.

»Sie sind mit Ihrem Ehemann da?« wollte sie wissen.

»Nein, mit meiner Schwester und den beiden Kindern.«

Sie schürzte die Reste ihrer Lippen. »Zwei Frauen, he? Also, ich dulde keine Herrenbesuche, und dabei bleibt es. Das sind die Regeln und basta!«

»Gut.« Wo, zum Teufel, sollten wir an einem trüben Dienstagabend mitten in den Yorkshire Dales auch Männer herkriegen? Ein paar alte Kuhhirten vielleicht? Die wir im Pub betrunken machten und dann halb ohnmächtig hier herschleppten in diesen katzenverseuchten Nachtclub?

Ich trennte mich von meinem Geld, dann rannte ich zurück nach unten, um Laura und den Kindern im Auto Bericht zu erstatten. Aber wie brachte ich es ihnen bei?

»Nicht schlecht«, verkündete ich feierlich und legte den Kopf zu Seite. Ich nickte nachdenklich. »Wirklich nicht schlecht. Sehr charaktervoll, sehr antik.«

»Tess, das kann nicht dein Ernst sein«, protestierte Laura. »Ich sehe schon von außen, daß es ein Loch ist!«

»Nein, das ist unfair«, rügte ich. »Man kann sich von Äußerlichkeiten schnell täuschen lassen, und wenn man erst nach oben kommt, ist es wirklich ganz nett. Kommt, ich gehe vor.« Ich rannte den Weg zurück.

»Willst du damit sagen, daß du es genommen hast?« Ungläubig folgte sie in sicherem Abstand mit den äußerst mißtrauischen Kindern an der Hand. »Hast du die die Zimmer angeguckt? Wie sind die Betten?«

»Sie hat sie noch nicht gemacht – ein gutes Zeichen, findest du nicht auch?« Ich lächelte strahlend. »Das bedeutet doch, daß sie sauber sein müssen!«

»Hattest du daran gezweifelt?« schrie sie, als wir über die Schwelle traten. »Jesus, was für ein GESTANK!«

»Hier gibt es keinen Gestank!« ließ sich eine Stimme aus der Dunkelheit vernehmen, die uns kalte Schauer über den Rücken jagte. »Wir führen ein sehr sauberes Haus, sehr sehr sauber, und wenn es Ihnen nicht gefällt, können Sie ja woanders hingehen.«

»Ah, Mrs. Shilling!« rief ich, als ihr Schnäuzer im Licht erschien. »Das sind meine Schwester und meine beiden Kinder. Dürfen wir bitte in unsere Zimmer gehen?«

»Sie können verdammt noch mal machen, was Sie wollen«, erwiderte sie und verschwand in den Tiefen der katzenbevölkerten Grotte. Eine Tür schlug zu.

»Wie erfrischend«, wisperte ich, als wir im Dunklen nach oben tappten, »dieses nördliche Temperament, findest du nicht auch?«

»Verflixt unhöflich, meinst du sicher«, erwiderte Laura. »Tess, du mußt den Verstand verloren haben. Was, in Dreiteufelsnamen, war das gerade? Ein Transvestit oder was?«

»Sei nicht albern.« Ich lachte fröhlich. »Sie ist eben sehr natürlich, wahrscheinlich hat sie heute morgen vergessen, sich zu schminken. Das passiert schon mal, weißt du? So, da wären wir.« Wir tasteten uns die letzten Schritte nach oben. »Direkt unterm Dach. Ist es nicht schön? Hugo und Clemmie, ihr zwei schlaft hier – seht mal, eine Verbindungstür, ist das nicht aufregend? Und das sind eure Betten ...« Ich tappte blind in der Dunkelheit herum und stieß schließlich auf zwei flache Etwas in den Ecken, »eins ... zwei ... und Laura und ich sind gleich nebenan. Okay, Darlings?«

Aus der Finsternis blinzelten mich zwei weit aufgerissene Augenpaare ungläubig an.

»Müssen wir hier wirklich bleiben?« flüsterte Clemmie.

»Natürlich, Liebes.« Ich klatschte vergnügt in die Hände. »Das wird ein Abenteuer! So, jetzt kommt. Ab in die Schlaff-züge mit euch« – so nannte ich sie sonst nie! – »putzt euch die Zähne, bis sie blitzeblank sind, und dann hüpft ihr in die Heiabetties. Was wird Daddy sich ärgern, daß er das hier verpaßt!«

Stumm vor Staunen gehorchten sie schließlich, und als ich sie endlich im Bett hatte und auf Clemmies Geheiß jede einzelne Schublade, jeden Schrank und die Betten von allen Seiten überprüft hatte auf Bären, Geister, Dämonen und insgeheim auch tote Katzen, schloß ich die Verbindungstür und lehnte mich mit einem tiefen Seufzer der Erleichterung dagegen.

Laura, die mit angezogenen Beinen auf einem Stuhl kauerte und hastig an einer Zigarette zog, starrte mich aus nicht minder ungläubigen, schockierten Augen an. Sie hatte ein Taschentuch auf den Stuhl gelegt, ehe sie sich darauf gesetzt hatte, damit ihre marineblauen Designer-Hose nicht verschmutzte, und dieses letzte, kleine Detail gab mir den Rest. Ich spürte Hysterie in mir aufsteigen.

»O Gott!« keuchte ich und bekam weiche Knie. »Ist das

nicht schrecklich, Laura? Ist es nicht einfach *schrecklich*?« Ich preßte mir eine Hand vor den Mund und hielt mich mit der anderen krampfhaft an der Türklinke fest.

»Es ist abstoßend!« erklärte sie knapp, aber ich sah, wie ihr Mundwinkel dabei zuckten. »Absolut abstoßend!«

»Absolut.« Die Hysterie überwältigte mich jetzt. »Der ekelerregendste Ort, den ich je gesehen habe.«

Laura war nicht umsonst meine Schwester, und innerhalb von Sekunden hielten wir uns umklammert und weinten vor Lachen; die Tränen strömten uns über die Gesichter, während wir uns verzweifelt bemühten, die Kinder nicht zu wecken.

»Und dann erst dieses Etwas mit dem Schnäuzer!« rief Laura atemlos. »Das, was angeblich sein Make-up vergessen hat.«

»Ehe ihre Hormone.«

»Ganz nett oben! Wirklich ganz nett, das hast du gesagt, du elende Lügnerin!«

»Gott, mir wird schlecht«, hauchte ich schwach, faßte mir an den Hals und wankte zu einem Stuhl. »Entweder kommt das von dem Gestank, oder weil ich zuviel gelacht habe!«

Um halb elf fielen wir schließlich kichernd wie kleine Schulmädchen in unsere pinkfarbenen Nylon-Doppelbetten.

»Was glaubst du, wo die schlafen?« wisperte Laura.

»Bei den Katzen, schätze ich. Sicher haben sie sich alle auf irgendwelche Zeitungsstapel gehockt.«

Sie kicherte.

»Trotzdem«, stellte ich dann fest, »so schrecklich es hier auch ist, ich bin lieber hier als in Kilmarnoch. Dieses Jahr war der Urlaub einfach zu lang.«

»Nein«, widersprach sie leise. »Ich hätte ewig dort bleiben können.«

Ich drehte den Kopf in ihre Richtung. »Das kann nicht

sein – du, in Schottland? Du würdest London doch sofort vermissen.«

»Ich weiß nicht. Ich bin mir nicht sicher, ob ich von London nicht langsam die Nase voll habe.«

»Auf jeden Fall bist du kein Landei geworden, das es da oben aushalten könnte, also hör schon auf.«

»Ich glaube nicht, daß man ein Landei sein muß, um da oben zu leben. Denk nur an Madelaine.«

»Aber sie lebt doch gar nicht die ganze Zeit da.«

»Dann ist das vielleicht die Lösung«, murmelte sie nachdenklich. Aber ich hörte gar nicht zu.

»Sie scheint sich mit Patrick versöhnt zu haben, oder?« tastete ich mich vor.

»Mmmm ....«

»Sie scheint froh zu sein, ihn wieder zu haben.«

Sie gab keine Antwort.

Ich seufzte. »Gott, es war schon komisch, ihn wiederzusehen nach der ganzen ...«

»Um Himmels willen, Tess, hör endlich auf, ständig davon zu reden!« Sie saß ganz plötzlich kerzengerade im Bett.

Ich starrte sie durch die Dunkelheit an. »Ich rede gar nicht ständig davon, ich sage doch nur ...«

»Ja, aber du sagst es ununterbrochen. Es ist nicht fair gegenüber allen anderen, Tess – nicht fair gegenüber ihm, David, den Kindern – allen! Du hast dich entschieden, also steh jetzt endlich zu deiner Entscheidung, und laß alle anderen zufrieden leben, ja!«

Ich setzte mich jetzt auch hin. »He, was ist denn in dich gefahren? Natürlich stehe ich dazu, aber es war eine ziemlich schwere Entscheidung. Und darüber werde ich doch wohl reden dürfen, oder?«

Sie sah mich mit flammenden Augen an. »Schwer, ja? Wirklich? Du meinst also, es hätte ernsthaft die Möglichkeit bestanden, David für ihn zu verlassen? Das Haus zu verkaufen, die Kinder aus der Schule zu nehmen und David zum Wochenendvater zu degradieren?«

»Ach Laura, natürlich hätte ich das nicht tun können, aber ...«

»Gut, dann halt jetzt die Klappe!« explodierte sie. »Hör auf, dich dem Gedanken hinzugeben, er würde dich noch lieben. Vergiß es! Endgültig!«

Es war mucksmäuschenstill. Sie legte sich wieder ins Bett und drehte sich auf die Seite.

Ich starrte auf ihren Rücken.

»Warum benimmst du dich so?« fragte ich schließlich.

»Wie?«

»So ... aggressiv?«

Sie seufzte. Es war wieder eine Zeitlang still. »Weil es mich ankotzt, daß du dich ständig nur mit dir selbst beschäftigst. Es gibt noch andere Leute, deren Leben von Bedeutung ist, Tess, Leute, deren Leben von deiner Entscheidung abhängt. Du mußt aufhören, sie hinzuhalten, Tess. Du trauerst diesem Mann nun seit zwölf Jahren hinterher und ...«

»Das ist nicht wahr, Laura, ich ...«

»Doch es ist wahr! Und jetzt hattest du endlich die Chance, ihn zu kriegen. Gut. Nimm ihn. Oder nimm ihn nicht, aber um Himmels willen, triff eine Entscheidung und steh dazu. Verbring nicht dein ganzes Leben damit, zu zögern und zu zaudern und ihm nachzutrauern und dich zu fragen, was hätte sein können und was nicht! Laß ihn in Ruhe, laß ihn wieder leben, laß alle wieder leben und ...«

»AAAAAAHH!«

Ein markerschütternder Schrei unterbrach sie mitten im Satz. Die Verbindungstür flog auf, und eine aschfahle Clemmie im Nachthemd erschien.

Ich hechtete aus dem Bett und rannte zu ihr. »Was ist los, Darling?«

»Da ist ein Mann.« Sie zeigte mit zitternden Fingern auf

das Fenster. »Da draußen. Es ist ganz sicher ein Einbrecher!« Sie klammerte sich schluchzend an mich.

»Sei nicht albern, natürlich nicht. Ich schaue mal nach.«

Ich lief entschlossen zum Fenster, Laura folgte mir dicht auf den Fersen.

»Mich würde in diesem Haus gar nichts wundern«, murmelte sie, als wir die dreckige Fensterscheibe abrieben. Clemmie hing an meinem Beinen.

Ich spähte hinaus. Da unten ging definitiv irgend etwas vor. Ich konnte zwar nichts erkennen, aber da war ein kratzendes, scharrendes Geräusch direkt unter uns im Garten. Ich strengte meine Augen an und machte schließlich eine Figur aus, mit einem Spaten ...

»Alles in Ordnung, Darling«, rief ich erleichtert. »Das ist nur Mrs. Shilling. Sie gräbt den Garten um.«

»Zu dieser Zeit?« Laura sah ebenfalls hinaus.

»Wahrscheinlich erntet sie Kartoffeln oder so was. Vielleicht konnte sie nicht schlafen und dachte, sie könnte es jetzt gut erledigen, du weißt doch, wie das ist. Komm, Clemmie, geh wieder ins Bett.«

Sie klammerte sich weiter an mich. »Ich will bei dir schlafen, Mummy«, jammerte sie.

Seufzend wandte ich mich an Laura. »Macht dir das was aus?«

»Warum nicht. Je mehr, desto besser.«

Also kletterten wir drei zurück ins Bett, und Clemmie kuschelte sich zwischen uns. Ich hatte die Verbindungstür offen gelassen, und wir konnten deutlich hören, daß Mrs. Shilling immer noch da draußen herumkratzte.

»Um diese Jahreszeit erntet man doch keine Kartoffeln oder?« wisperte Laura.

»Keine Ahnung.« Ich dachte noch immer an das, was sie eben gesagt hatte. Über mich. Zögernd, zaudernd, nachtrauernd. Ich seufzte. »Vielleicht begräbt sie Katzen.«

Stille. Dann setzte Laura sich auf. »Oder Schlimmeres!«

Ich starrte sie einen Moment an, dann saß ich ebenso kerzengrade im Bett.

»Du meinst ...«

»Warum nicht? Es ist immer der Hinterhof, oder nicht? Und sie sieht ziemlich irre aus.« Sie legte die Hand auf meinen Arm. »Vielleicht hebt sie gerade die Löcher aus! *Vier* Löcher!«

Ich schüttelte ihre Hand ab. »Mach dich doch nicht lächerlich! Wirklich, du bist schlimmer als die Kinder.«

Ich legte mich wieder hin. Eine Sekunde später schoß ich erneut nach oben.

»HUGO!« kreischte ich.

»Was?« kam die schläfrige Antwort.

»Komm sofort hierher!« befahl ich.

»Wieso?«

»Weil wir heute nacht alle zusammen schlafen. Hör jetzt auf zu maulen und komm!«

21. Kapitel

Es versteht sich von selbst, daß wir dieses Etablissement am nächsten Morgen um Punkt sieben Uhr verließen, nachdem wir das Frühstück aus Schmutz und toten Katzen höflich abgelehnt hatten, nein vielen Dank. Wir verabschiedeten uns und bewegten uns lieber in Richtung eines kleinen Cafés ein Stück die Straße hinunter.

Wir drängelten uns in den kleinen, überfüllten Raum, kicherten über unser knappes Entkommen vor den spatenschwingenden Shillings und erhaschten das letzte Nierentischchen in der Ecke. Das Café war warm und verraucht und die Kundschaft eine Mischung aus Truckern und Ortsanwohnern; alle männlich und alle klar aus der arbeitenden

Schicht. Sie starrten uns neugierig an, als wir hereinkamen, doch dann wandten sie sich wieder ernsteren Dingen zu – den Bestandteilen des englischen Frühstücks: Eiern, Speck, Würstchen, Bohnen, Tomaten und mehrere Hektolitern kochendheißen Tees.

Ich lächelte, als die Kinder sich begeistert umschauten. O ja, brüstete ich mich, ich zeigte ihnen alle Facetten des Lebens! Wir gingen nicht nur zur Vorschule und ins Naturkundemuseum, oh nein. Auch im Alltag gab es viel zu lernen, und ich dachte nicht im Traum daran, meinen Kindern das vorzuenthalten.

Ich sehnte mich ein kleines bißchen nach meinem üblichen Müsli mit Joghurt, als ich die cholesterinhaltigen Platten vor mir stehen sah, aber ich hielt tapfer mit und schaffte sogar mein Spiegelei. Allerdings hatte ich dabei das unangenehme Gefühl, mein Magen könnte mir das sprichwörtlich übelnehmen. Natürlich fielen wir hier auf wie bunte Papageien, aber da sich jeder um sich selbst zu kümmern schien und um die wichtigen Dinge des Lebens, nämlich so viel zu essen wie möglich, laut zu rülpsen, die *Sun* von Anfang bis Ende zu lesen und dann damit in Herren zu schlurfen, beachtete uns niemand so recht. So lange, bis es meinem Sohn plötzlich einfiel, alle Aufmerksamkeit auf uns zu ziehen.

Da ihm der obligatorische Ketchup zu seinen Würstchen fehlte, hob Hugo die Hand und rief nach dem Kellner.

»He, Diener!« brüllte er mit gebieterischer Stimme.

Eine entsetzliche Stille legte sich auf das soeben noch hektisch summende Café. Mein Mund wurde ganz trocken, als um uns herum Messer und Gabeln nach unten sanken und Münder aufhörten zu kauen. Alle Blicke waren mit einemmal auf den süddenglischen Mittelklasse-Tisch in der Ecke gerichtet. Entgeistert fuhr ich Hugo an.

»Was, zum Teufel, fällt dir eigentlich ein?« brüllte ich laut, in einem, wie ich hoffte, angemessen empörten Ton.

»Na, so nennen wir sie in der Schule«, erklärte er ungerührt.

»Wie?« Ich sah mich nervös um. »Diener?« zischte ich entsetzt.

Er zuckte bloß mit den Schultern. »So ähnlich jedenfalls.«

So ähnlich jedenfalls. Ich dachte angestrengt nach. »Ach, Bedienung. Ihr nennt sie Bedienung, Darling!«

»Das habe ich doch gesagt, oder nicht?«

»Er meint Bedienung!« erklärte ich der inzwischen entschieden feindselig blickenden Menge triumphierend.

Der in Frage kommende Kellner hatte mittlerweile hinter der Bar Verstärkung von einem hünenhaften, unfreundlich dreinschauenden Koch bekommen. Seine gigantischen Muskeln zeichneten sich selbst durch seinen weißen Overall ab, und er verschränkte grimmig die Arme vor der Brust. Herrschaftszeiten, der schien ja sogar in den Augen einen Bizeps zu haben. Ich lächelte strahlend.

»So nennt er die Servierdamen«, trällerte ich. »In der Schule«, fügte ich sicherheitshalber hinzu, damit er nicht dachte zu Hause, in unserem prächtigen Gutshaus oder so ähnlich.

Der Koch kam nicht näher, aber seine gutausgestatteten Arme blieben vor der breiten Brust verschränkt, und ein scharfes Messer blitzte in seiner Hand auf. Er behielt seinen durchdringenden Blick bei. Ein tiefes, mißtrauisches Gemurmel setzte rundum ein. Ich nickte und lächelte immer weiter, in einer, wie ich hoffte, besänftigenden Weise, aber niemand sah besänftigt genug aus, um sich wieder seinen Eiern mit Speck zu widmen. Ein Gedanke schien die meisten Leute hier ganz klar zu bewegen: Gibt es einen besseren Anlaß für eine Revolution?

»Scheiße«, zischte Laura, die offensichtlich das gleiche dachte wie ich. »Wahrscheinlich schleifen sie in der Küche gerade die Guillotine. Kommt, laßt uns lieber von hier verschwinden.«

Sie kramte in ihrer teuren Mulburry-Börse nach einem Knäuel Geldscheinen, dann wedelte sie demonstrativ mit einer Fünfzig-Pfund-Note. Sie schob sie unter eine Untertasse. Das Gemurmel erstarb, und ein ungläubiges Schweigen folgte. Die Spannung stieg noch, sofern das möglich war.

»Um Gottes willen, Laura, ich habe schon gezahlt«, flüsterte ich.

»Ich weiß«, wisperte sie zurück. »Das ist Trinkgeld«, sagte sie laut und strahlte großmütig in die Runde, wie eine mächtige Wohltäterin.

»Bist du wahnsinnig? Sie denken doch, wir prahlen oder versuchen, uns freizukaufen, oder irgend so was.«

»Das tun wir ja auch, oder nicht?«

Das leise Raunen setzte wieder ein. Es wurde immer durchdringender und erschien mir sehr viel bedrohender und unheilvoller als die Stille.

Laura und ich standen langsam vom Tisch auf. Ich packte die Kinder fest an den Händen, und mit viel Nicken, Lächeln und Stühlerücken schlichen wir Richtung Tür, Straße und, hoffentlich, freie Welt.

»Tolles Frühstück!« zwitscherte ich noch, als wir uns aus der Tür schoben. »Wir wollten wirklich niemanden beleidigen.«

Die Tür knallte hinter uns zu. Als wir an den Fenstern vorbei zum Auto schlichen, hatte ich das Gefühl, daß inzwischen das halbe Café hinter dem Fenster stand und gaffte. Meine zitternden Finger fummelten an Clemmies Anschnallgurt. Ich blickte zurück und sah zwischen den Gesichtern am Fenster das des Kellners, der zu unserem Tisch ging und die Fünfzig-Pfund-Note aufhob. Er sah sie an und stopfte sie kurzentschlossen in seine Hosentasche. Dann blickte er in die Runde der versammelten Gäste und grinste. Lautes Lachen tönte nach draußen, und wenig später war das gesamte Café von polterndem Gelächter erfüllt. Der Witz, so schien es, ging klar auf unsere Kosten.

Hochrot vor Scham und Zorn drückte ich die Kinder auf ihre Sitze, marschierte zum Beifahrersitz und knallte die Tür zu. Als Laura den Motor anließ, schüttelte ich matt den Kopf. Ich war sicher, daß die Menschen in Yorkshire voll menschlicher Wärme und Nächstenliebe waren, aber irgendwie schien die nicht auf uns gerichtet zu sein, und ich war mir ganz und gar nicht sicher, ob ich so bald in diesen Teil der Welt zurückkehren würde.

Wir fuhren los, die Kinder zur Abwechslung stumm vor Angst. Laura war mindestens so bedient wie ich.

»Scheißbauern«, schimpfte sie.

Ich seufzte und dankte dem Herrgott, daß ihr diese Feststellung nicht ein paar Minuten eher rausgerutscht war. Ob Hugo seine arroganten Sprüche wohl von ihr hatte?

Ich lehnte den Kopf zurück und schloß die Augen. Er hämmerte jetzt ordentlich, und ich fühlte mich ziemlich elend. Ich hatte die halbe Nacht wachgelegen. Einerseits hatte ich ständig auf messerschärfende Geräusche der Shillings gelauscht, andererseits hatte ich immer wieder über Lauras Worte nachgegrübelt. Ich warf ihr rasch einen Seitenblick zu, als wir so vor uns hin fuhren. Was meinte sie damit, laß ihn wieder leben? Laß alle wieder leben? Was hatte sie damit zu tun?

Ich brütete die ganze Fahrt vor mich hin, aber der Schlafmangel hatte mein Hirn getrübt, und erst als wir beinahe 700 Meilen hinter uns gebracht hatten und so gut wie zu Hause waren, erschien so etwas wie ein Finger, vergleichbar mit dem an der Decke der Sixtinischen Kapelle, in meinem Kopf und rückte das Puzzlestück an seinen Platz. Ich drehte mich um und starrte sie an, während wir über die Putney-Brücke fuhren. Meine Auge weiteten sich vor Entsetzen, meine Brust wurde eng. Sie konnte sich doch nicht ... großer Gott. In Patrick ... verliebt haben? Oder doch?

Ich beobachtete sie, während sie uns durch das Straßengewirr manövrierte, das nach Putney Hill hinaufführte. Irgendwo, tief in meinem Unterbewußtsein, hatte ich es längst gewußt, es vermutet, aber sofort wieder verdrängt, weil es viel zu schmerzhaft war, um es zu glauben. Aber jetzt konnte ich es nicht länger übersehen. Ich starrte sie weiter an, sah zu, wie sie das Lenkrad hin und her drehte, sich bei anderen Fahrern bedankte, die ihr die Vorfahrt ließen, lächelte, wie sich ihre Lippen öffneten, die weißen Zähne strahlten, ihre nackten Arme schlank und gebräunt geschickt das Steuer hielten. Hatten sie ... zusammen geschlafen? Mein Magen zog sich zusammen. Ich schluckte. Wahrscheinlich ja. Warum auch nicht, überlegte ich dann elendig, ich hatte ihn ja nicht gewollt.

Ich wandte mich ab, weil ich ihren Anblick nicht mehr ertragen konnte. Natürlich, dämmerte es mir, das war es, wo sie in den letzten Tagen immer hingegangen war. Heimlich, allein, den ganzen Tag und den ganzen Abend. Seit dem Tag nach Roberts Tod, als sie zum Schwimmen nach Guilduncan gefahren war. Da mußte alles angefangen haben, als sie dort in ihrem goldenen Badeanzug am Pool lag und David sich neben ihr ausstreckte. Ich ballte die Fäuste in meinem Schoß. Wie dumm von mir, es nicht gleich zu kapieren! Ob es das war, was sie immer gewollt hatte? Worauf sie die ganze Zeit gewartet hatte, seit sie ihn damals auf dieser Hochzeit wiedergetroffen hatte und feststellen mußte, daß sie ihn nicht haben konnte, weil sein Herz immer noch mir gehörte? Und das war jetzt vorbei, oder? Ich hatte ihn barsch abgewiesen, und diesmal hatte er die Absage von mir persönlich erhalten. Nicht aus Verlobungs- oder Geburtsanzeigen in der Zeitung, während er selbst in Italien saß und sich fragte, ob ich all das wirklich gewollt hatte oder ob ich dazu gezwungen wurde, weil ich schwanger war, während er sich fragte, ob ich wirklich glücklich war, oder ob es noch immer eine Chance gab, daß ich alles hinwarf und zu ihm kam. Nein, diesmal war er sich sicher. Es war aus und vorbei, und mit dieser Erkenntnis war er nach Guilduncan zurückgekehrt. Ein trauriger, enttäuschter Mann.

Aber nicht für lange, was? O nein, nicht für lange, denn schon am nächsten Tag – passierte was? Man höre und staune! Er hatte am Pool eine Erscheinung. Eine Erscheinung in Gestalt eines Engels im goldenen Badeanzug, einen Martini in der Hand und eine Rolex am Arm, und sie sagte zu ihm: »Fürchte dich nicht, Patrick, alter Knabe, denn ich bringe dir massenhaft Freude. Eine jüngere, hübschere, schlauere und schlankere Version des Dings, dem du nachtrauerst, ist heute geliefert worden und sitzt nun neben dir auf deiner eigenen Terrasse. Nicht das nächstbeste Ding, sondern ein viel, viel besseres Ding – wenn du es dir einmal genau ansiehst.«

Ich schluckte hart und preßte meine Finger ineinander. Mein Gott, die Schuppen müssen ihm mit einem lauten Plong! von den Augen gefallen sein, direkt in den Pool, als er diese blonde – *Jungfrau* – neben sich erblickte. Ich biß die Zähne zusammen und grub die Fingernägel in meine Handflächen. Er mußte gedacht haben – klar! Mensch – Laura! Denn eigentlich hatte er immer nur darauf gewartet, endlich vom Haken gelassen zu werden und frei zu sein für meine jüngere Schwester. Hatte er sie nicht all die Jahre heimlich beobachtet? Hatte er mich nicht selbst in seine Spekulationen über ihre Jungfräulichkeit eingeweiht? Hatte er nicht still ihre Fortschritte registriert? Das tut man doch nur, wenn man verdammt interessiert ist, oder?

Also ... ich atmete schwer und grub meine Nägel tiefer ins Fleisch. Hatte er sie bereits gestartet, die Verführung? Oder sie? In den vergangenen Tagen? Ich erinnerte mich an ihre glühenden Wangen, wenn sie abends nach Hause gekommen war, ihre strahlenden Augen, ihr geheimnisvolles Lächeln, ihre Erschöpfung. Aber klar, dachte ich und atmete noch schneller, wenn er recht hatte und sie es noch nie vorher getan hatte, mußte es ziemlich toll gewesen sein, oder?

Das erste Mal, und dann das zweite Mal, und dann das dritte Mal, als sie so richtig in Fahrt kam, so richtig wild wurde und zügellos – *Atme, Tess, atme!* kommandierte ich. Gott, ich würde gleich in Ohnmacht fallen. Ich atmete tief durch die Nase ein und durch den Mund aus; durch die Nase ein, durch den Mund aus ... Denk nicht an sie, ermahnte ich mich, denk nicht an sie, wie sie sich drehen und winden und wälzen in Scheunen, in Betten, in Heuböden, am Fluß, im Fluß, bedeckt mit Wasser, mit Algen, mit Froschlaich, mit Gott weiß was – aber es nützte nichts. Als Laura schließlich vor unserem Haus hielt, knirschte ich mit den Zähnen, aus meine Nasenlöchern qualmte es, ich gab seltsame, unzusammenhängende tierähnliche Laute von mir und stand kurz davor, sie umzubringen.

Laura stellte den Motor ab und sah mich an. »Bist du okay?«

»Bestens«, winselte ich. »Bestens.«

Sie schüttelte den Kopf. »So siehst du aber gar nicht aus.«

Die Kinder, die darauf brannten, aus dem Auto zu kommen, kletterten bereits über unsere Köpfe, als Laura die Tür öffnete.

»Schon gut, schon gut.« Sie lachte, als Hugo von ihren Schoß sprang und den Gartenweg hinaufstürmte. Sie sah mich lächelnd an. »Siehst so aus, als wären sie froh, wieder zu Hause zu sein.«

Ich nickte, unfähig, etwas zu sagen.

»Ich lasse euch nur schnell raus, wenn du nichts dagegen hast. Ich muß dringend nach Hause und ein Bad nehmen. Das Auto bringe ich euch später zurück, ja?«

Sie lächelte, aber als ich sie ansah, gingen ihre Augen an mir vorbei. O ja, jetzt wußte ich es. Laura war meinem Blick noch nie ausgewichen; sie hatte noch nie so an mir vorbeigeschaut. Sie stieg jetzt aus dem Wagen, zog verschiedene Puppen und Puzzleteile, die die Kinder zurückgelassen hatten, vom Rücksitz. Ich sah ihr zu wie in einem Film.

»Hier sieht's aus wie im Kindergarten«, stellte sie lachend fest.

»Laura, kann ich dich etwas fragen?« murmelte ich, ohne mich auf meinem Sitz zu rühren.

Sie streckte den Kopf herein. »Was denn? Steigst du nicht aus?«

»Kann ich dich ...«

»David, hallo!« Sie drehte sich um und winkte, als er lächelnd den Gartenweg hinunterkam, um uns zu begrüßen.

»Hallo, ihr zwei Rabauken!« Er wirbelte seine Kinder fröhlich herum und küßte Laura schmatzend auf die Wange.

»Laura, bitte!« flehte ich verzweifelt.

David streckte seinen Kopf ins Auto. »Hallo, Darling. Steigst du nicht aus? Du kannst doch nicht so enttäuscht darüber sein, mich zu sehen, oder? Wie war die Fahrt?«

Langsam stieg ich aus dem Wagen. Meine Beinen schienen voller Blei zu sein, mein Mund voller Säure.

»Nicht schlecht.« Laura antwortete für mich, während sie zusammen den Kofferraum ausluden. »Abgesehen von zwei Serienmördern in Wigan und einer Lynchmeute in Darton war sie nicht schlecht!« Sie kicherte fröhlich. »Aber nimm deine Familie jetzt bitte mit rein, David. So lieb sie alle sind, für die nächsten Wochen habe ich genug Familienleben genossen. Ich kann es kaum erwarten, in meine Wohnung zu kommen und wieder ein richtiger Single zu sein.«

Und *ihn* anzurufen, möchte ich wetten! Ich warf ihr einen vernichtenden Blick zu, als sie den Kofferraumdeckel zufallen ließ.

Ich sah zu, wie sie mit David auf dem Bürgersteig lachte und plauderte. Ich stellte mir vor, wie sie sich mit Patrick unterhielt. Wie sie ihr hellblondes seidiges Haar mit ihren sonnengebräunten, juwelengeschmückten Fingern nach hinten strich. Eine unsichtbare Hand griff in meine Eingeweide und drückte sie feste. Meine Oberlippe zog sich grimmig zusammen. O nein, dachte ich grimmig, so einfach ist das leider nicht, Laura. Auch wenn ich Patrick nicht mehr will, bleibt er trotzdem mein Eigentum, okay? Du kannst ihn nicht haben, *kapiert*? Ich versuchte es wieder mit den Atemübungen, aber es half nichts, ich schäumte jetzt wie ein wildes Tier, und obwohl ich einerseits wußte, daß ich mich völlig egoistisch, idiotisch und wie eine Irre gebärdete, war es mir andererseits völlig egal. Ich mußte ihr glasklar machen, daß er mir gehörte. Ein Wort, eine Geste reichte, um ihr das beizubringen. So wie damals als Kinder, wenn sie ein Spielzeug von mir hatte. Ein schneller Vorstoß, ein Griff, das genügte – Hände weg. Kleine, such dir was anderes.

Sie umarmte jetzt die Kinder, sagte ihnen auf Wiedersehen und versprach, uns bald zu besuchen. Danach umarmte sie David, küßte ihn auf beide Wangen, und dann war ich endlich an der Reihe.

»Bis bald, Tess«, flüsterte sie und drückte mich fest an sich.

Ich stand da wie ein Klumpen Granit. Sie küßte mich auf die Wange. Der Judas-Kuß, durchfuhr es mich bitter, der Verrat.

»Laura, tu das nicht«, wisperte ich in ihr Ohr. »Bitte, tu das nicht, ich kann es nicht ertragen.«

Sie fuhr zurück, ihre Hände sanken von meiner Schulter. Sie starrte mich an. »Was soll ich nicht tun?«

Ich wurde puterrot. David stand neben mir, sah und hörte aufmerksam zu.

»Dieses ... Ding«, flüsterte ich. »Du weißt schon.«

Unsere Blicke trafen sich. Sie wußte es. Ihre Augen wurden zu Stein.

»Eines Tages, Tess«, sagte sie mit ruhiger Stimme, »wirst du kapieren, daß du auch als meine ältere Schwester nicht das Recht hast, mir vorzuschreiben, wie ich leben soll.«

Sie wandte sich ab, stieg ins Auto und knallte die Tür zu. Das Fenster war offen, und ich bückte mich hinein. Ihr Gesicht war sehr blaß.

»Laura ...«

»Ich tue das, was mir paßt«, sagte sie kalt. Dann schaltete sie in den ersten Gang und raste davon, ohne sich noch einmal umzusehen.

»Was, zum Teufel, sollte das denn?«

»Nichts«, antwortete ich mit erstickter Stimme. »Absolut gar nichts!«

Ich drehte mich um und marschierte an ihm vorbei zur Haustür. David kratzte sich den Kopf.

»Schwestern«, kommentierte er kopfschüttelnd. »Mal geht ihr euch gegenseitig an die Kehle, und dann könnt ihr es plötzlich nicht ertragen, voneinander getrennt zu sein. Wer soll da durchblicken?«

Er folgte mir zur Tür. »Also, wie war eure Reise?«

»Wunderbar!« antwortete ich und schleuderte meine Handtasche auf den Tisch in der Diele. »Wunderbar, David, jede einzelne der fünfhundertundzweiundachtzig Meilen.«

»Paß mal auf, Tess«, schnappte er. »Du brauchst deine Streitereien mit Laura nicht an mir auszulassen, verstanden?«

Ich sah ihn an. »Welche Antwort erwartest du denn? Es war ein verdammt langer Weg, die Kinder haben sich nonstop gestritten, mein Fuß hat weh getan und ich wäre sehr froh gewesen, wenn du dabei gewesen wärst? Möchtest du das hören – die Wahrheit?«

Natürlich hatte er völlig recht, ich suchte nur ein Ventil für meinen Ärger. Für meine selbstsüchtige, irrationale, mörderische Wut, und da war er im Augenblick genau der richtige. Bleib nur da stehen, David, beweg dich nicht von der Stelle!

»Vor allem«, fuhr ich giftig fort, »da es so aussieht, als hättest du gar nicht so viel Arbeit gehabt.«

Er starrte mich an. »Du bist ein richtig verwöhntes kleines Mädchen«, stellte er ruhig fest. »Du hast tatsächlich von mir erwartet, daß ich alles stehen und liegen lasse und nach Schottland zurückfliege, mit allen damit verbundenen Kosten, nur um euch nach Hause zu chauffieren?«

»Was ich erwarte, David«, schrie ich, »ist ein bißchen Unterstützung. Ein bißchen mehr Rückhalt, das ist alles. Ich erwarte, da ich den größten Teil des Jahres damit zubringe, auf die Kinder aufzupassen, daß wir wenigstens einmal im Jahr Urlaub machen und uns dann die Verantwortung teilen und eine Familie sein können. Ich erwarte nicht, daß du einfach nach London abhaust, um ein bißchen einkaufen zu gehen, verdammt! Hattest du es nett und ruhig hier so allein? Hast du dir in Ruhe ein paar spannende Fußballspiele angesehen? Ein paar gute Philosophiebücher gelesen? Hast du gemütlich im Garten gelegen, ohne Kinder in der Nähe, die den Gartenschlauch auf dich richten oder den Sandkasten über deinem Kopf ausleeren? Weißt du, genaugenommen, Darling, ist das auch meine Vorstellung von Urlaub, und ich kann mich nicht erinnern, daß ich den jemals hatte!«

Jetzt hatte ich ganz verloren. Ich war völlig kopflos, ich bebte, fluchte, sagte alles, was mir in den Sinn kam.

David sah mich kühl an. »Ausgerechnet du mußt von Rückhalt reden; außerdem dachte ich immer, du würdest dich gern um die Kinder kümmern. Ich wußte nicht, daß das so eine Qual für dich ist. Ich dachte, das wäre der Grund, warum du nicht mehr arbeiten willst.«

»Sei bitte nicht so beschränkt, David«, schrie ich. »Wir reden hier nicht von meiner Arbeit, wir reden von meinem verdammten Urlaub! Ja, natürlich kümmere ich mich gern um sie, ich will es nur nicht ausschließlich tun, das ist alles. Ich hätte nichts dagegen, wenn es noch ein kleines bißchen mehr in meinem Leben gäbe als diese vier Wände und unsere zwei Kinder. Ich hätte nichts dagegen, ein bißchen Leben *außerhalb* meiner Familie zu haben, das ist alles. Ist das zuviel verlangt?«

Er sah mich lange an. »Ich weiß gar nicht, warum du diese Fragen stellst, Tess. *Alea jacta sunt.*«

Er drehte sich um und ging in die Küche.

»Und was soll das heißen?« schrie ich hinter ihm her. »Das ist doch nur wieder einer deiner gelehrten Sprüche, die nichts bedeuten, David. Ich habe genug davon, ich habe genug von deinem ganzen blöden, pompösen Gehabe, kapiert?« Ich brach in Tränen aus und rannte die Treppe rauf.

»Schön, daß du wieder hier bist, Tess«, hörte ich noch, ehe ich die Schlafzimmertür zuknallte.

Schluchzend vor Wut sah ich mich nach etwas um, daß ich zerschmettern, zerreißen oder zerquetschen konnte. Wäre ich ein Hooligan gewesen, wäre ich wahrscheinlich aus dem Haus gerannt und hätte ein paar Telefonzellen zertrümmert, aber als durchschnittlicher Putney-Hausfrau blieb mir nichts anderes übrig, als die Haarbürste zu schnappen und wie eine Besessene auf mein Laura-Ashley-Kopfkissen einzudreschen. Eine Telefonzelle wäre sicher viel befriedigender gewesen. Endlich warf ich mich aufs Bett und schluchzte in die Kissen.

Tiefe, schulterschüttelnde, selbstmitleidige Schluchzer. Während ich so dalag und heulte wie ein Schloßhund, ging es mir langsam besser. Ich spürte, wie alles fortgespült wurde. Das ganze Gift, die ganze Wut, dieses ganze, abscheuliche, elende Selbstmitleid strömte in die Designer-Laken. Endlich setzte ich mich auf, griff nach einem Taschentuch und putzte mir lautstark die Nase.

Plötzlich war ich wie versteinert. Es überkam mich wie eine Riesenwelle. O Gott, wie *grauenhaft.* Was für eine Hexe war ich nur? Armer, armer David, was hatte er nur verbrochen, um solch eine Tirade übe sich ergehen lassen zu müssen? Es war ja nicht so, als hätte das alles irgend etwas mit ihm zu tun, oder? Es war Laura, Laura und Patrick.

Ich fiel auf den Rücken und starrte an die Decke. Würde man so in Zukunft sagen? Laura und Patrick? Ein Paar, das in einem Atemzug genannt wurde? Ich schluckte heftig. Ja, was, wenn diese Affäre sich festigte, wenn sie sich wirklich ineinander verliebten – sogar heirateten ... Ich rang nach Luft, schoß senkrecht nach oben und stopfte mir ein Tempo in den Mund. Was, wenn sie hierher zum Dinner kämen, an Weihnachten, zum Kindergeburtstag, was, wenn – oh Jesus – *sie eigene Kinder bekämen.*

Ich biß verzweifelt auf das Taschentuch und spuckte es aus. Ich stand auf und ging zum Fenster. Mir war übel. Richtig übel. Ich atmete tief, um mich zu beruhigen und preßte mein heißes Gesicht gegen das kühle Glas. Ich sah zu der langen Reihe gleichförmiger Häuser unter mir, alle aneinandergepreßt und mit den gleichen Familien darin. Plötzlich war das alles gar nicht mehr sicher, es war deprimierend. Ich fühlte mich eingesperrt. Ich starrte auf die Autos, die Stoßstange an Stoßstange am Straßenrand standen, auf die Gärten, in denen jeder Quadratmillimeter genutzt war. Dann dachte ich an Laura und Patrick in Italien, in Schottland, mit dem ganzen Platz um sie herum, mit dieser Liebe, dieser Freiheit. Ich drehte mein Gesicht und hielt die andere Wange an das Glas. Und ich würde sie immer vor mir sehen, nicht? Als glänzendes Vorbild. Ich mußte sie immer ansehen, sie, ihr Leben und dann mußte ich mir sagen – das hätte genausogut ich sein können.

Unten fiel die Tür ins Schloß. Ich sah hinaus, als David im Vorgarten erschien, mit einem hüpfenden Kind an jeder Hand. Sie zerrten ihn über den Gartenweg zum Zaun, dann bogen sie nach links ab und trotteten die Straße entlang. Sie gingen mit ihm in den Park, keine Frage. Zu den Schaukeln, nachdem sie so lange still im Auto sitzen mußten, dann zum Eckladen, um einen Lolly zu kaufen. Ich seufzte aus tiefster Seele. Wie oft er das tat, und wie dumm von mir, ihm etwas anderes vorzuhalten! Er leistete seinen Beitrag und noch viel mehr. Ich sah ihnen nach und fragte mich, ob er sich an der Ecke noch mal umdrehen und zum Haus zurückschauen würde. Wenn ja, würde ich ihm winken. Ich betete, daß er es tat. Er tat es nicht.

Elend schleppte ich mich zurück zu meinem Bett und setzte mich wieder. Ich riß das Tempo in tausend Fetzen. Schon wieder kamen Tränen des Selbstmitleids. Gott, diese ganze Patrick-Affäre schien alles zu ruinieren. Aber ich könnte es noch immer nicht ertragen, wenn sie wahr wäre, beim besten Willen nicht. Ich biß mir auf die Lippen. Dann drehte ich mich um und starrte das Telefon an. Warum rief ich Laura nicht einfach an? Redete mit ihr, erklärte ihr, daß ich damit einfach nicht fertig würde und brachte sie wieder zur Vernunft? Bat sie, mir zu versichern, daß das Ganze nur eine Urlaubsromanze war, nichts mehr? Ja, natürlich, dachte ich erleichtert, das war vermutlich wirklich alles. Und ich regte mich so auf! Ha! Schön blöd. Ich könnte mich ja gleich entschuldigen, überlegte ich eifrig, dafür daß ich mich so anmaßend und selbstherrlich benommen hatte. Dann würden wir sicher darüber lachen, uns versöhnen, und alles wäre wieder in Ordnung.

Eilig wählte ich ihre Nummer. Besetzt, verdammt. Ich trommelte ungeduldig mit den Fingern, dann rief ich aus einem plötzlichen Entschluß heraus die Auskunft an und ließ mir die Nummer von Guilduncan geben. Ich wählte die. Scheiße, besetzt! Wütend knallte ich den Hörer auf.

»Ihr Schweine!« schrie ich durch das leere Haus. »Ihr egoistischen, rücksichtslosen, selbstsüchtigen SCHWEINE!«

22. Kapitel

Am nächsten Tag war Roberts Beerdigung. Um vier Uhr ging ich nach oben, zog mich langsam an und betrachtete im Spiegel kritisch mein Outfit. Da ich lange nicht auf einer Beerdigung war und auch nicht zu den Karrierefrauen gehörte, die den ganzen Schrank voller dunkler Kostüme hatten, mußte ich mit meiner sehr beschränkten Garderobe improvisieren. Wenn ich nicht Funkstille mit Laura gehabt hätte, hätte ich mir bei ihr etwas leihen können, aber das war indiskutabel. Die einzigen schwarzen Röcke, die ich besaß, waren ein superkurzer und ein langer Umstandsrock. Am Ende entschied ich mich für den kurzen mit einer schwarzen Jacke und den ausgelatschten alten Schuhen, die ich den ganzen Sommer getragen hatte, die aber für meinen geschwollenen Fuß eine Wohltat waren. Ich musterte mich gerade zweifelnd im Spiegel, als David hereinkam.

»Was sagst du?« fragte ich nervös und hoffte, daß er überhaupt mit mir sprach. »Ist das zu gewagt?«

Er zog die Augenbrauen hoch. »Willst du den Pfarrer anmachen?«

»Oh. Richtig«, antwortete ich kleinlaut. »Was ist den mit dem ...« Ich wechselte schnell in die Umstandsnummer.

»Jetzt siehst du aus, als wärst du selbst der Pfarrer«, kommentierte er, als er mein wehendes schwarzes Zelt begutachtete.

»Du könntest bei deiner Kritik ruhig ein bißchen konstruktiver sein«, schnappte ich. Ich war keine, die lange kleinlaut war.

»Ich bezweifle, daß du unbedingt völlig schwarzsehen mußt, das ist alles«, sagte er und tauschte seine Cordhose gegen einen dunklen Anzug. »Wie wäre es mit dem grünen Kostüm oder deinem Blumenrock mit dem dunkelblauen Blazer?«

»David, wir gehen auf eine Beerdigung, nicht auf eine Hula-Hoop-Party! Jetzt beeil dich und steh nicht ewig vor dem Spiegel herum, wir kommen sonst zu spät.«

Ich stürmte in meiner Pfarrermontur die Treppe hinunter, wohl wissend, daß er sich wieder anständig benahm und ich mich wieder *un*anständig benahm. Verdammt, fluchte ich vor mich hin, wieso war *ich* immer diejenige, die im Unrecht war? Wieso war *ich* immer diejenige, die sich am Ende wie ein Idiot vorkam?

Als ich durch die Diele stapfte, wäre ich fast über Tricia gestolpert, das Kindermädchen einer Freundin, die an Josies Stelle gekommen war, um heute auf die Kinder aufzupassen. Sie bückte sich gerade über Clemmie, die mit angezogenen Beinen auf der Seite lag, sich den Bauch hielt und vor Schmerzen stöhnte.

»Was ist?« schrie ich und rannte los. »Was ist passiert? Was ist los?«

»Ich weiß es nicht«, antwortete Tricia besorgt. »Ich habe sie so gefunden.«

»Ist sie gefallen? Hat sie irgendwas gegessen? Clemmie, was ist los?«

Ich hockte mich neben sie, strich ihr Haar zurück, damit ich das Gesicht besser sehen konnte. Es war schmerzverzogen. Sie wimmerte.

»O Gott!« keuchte ich. Mein Herz raste, mein Verstand überschlug sich – Blinddarm, Hirnhautentzündung – aber was waren die Anzeichen, die Symptome? Hugo kam aus der Küche geschlendert.

»Hugo!« brüllte ich. »Hol mir schnell Penelope Leach – auf meinem Nachttisch!«

»Wer ist das?« fragte er und schlurfte gemächlich Richtung Treppe.

»Es ist ein Buch!« kreischte ich. »Für Clemmie. Sie hat Schmerzen, jetzt lauf!«

Hugo betrachtete seine Schwester auf dem Boden. »Ach,

das ist nicht schlimm«, erklärte er unbekümmert. »Sie hat Wehen.«

»*Was?*« Entsetzt sprang ich auf.

»Ja, sie hat das im Fernsehen gesehen. Da hat eine Frau ein Baby gekriegt.« Ich starrte Clemmie an, die sich auf dem Boden wälzte. Dann packte ich sie und riß sie heftig hoch.

»STEH SOFORT AUF!« polterte ich und stellte sie auf die Füße.

»Oh mein Baby, mein Baby«, jammerte sie und hielt sich den Bauch. Sie wand sich in meinen Armen und rollte dramatisch mit den Augen. »Lachgas«, stöhnte sie. »Gebt mir Lachgas, schnell!«

»Hör sofort damit auf!« Ich schüttelte sie.

»Jesus«, murmelte David, der gerade durch die Diele in die Küche ging. »Wieso, um alles in der Welt, dürfen sie sich eigentlich solche Sachen ansehen?«

»Das ist keine Frage des Dürfens«, gab ich zurück, »aber da ich nicht ständig Fernsehpolizei spielen kann, kann ich das leider nicht verhindern.«

»Es hätte viel schlimmer kommen können«, schaltete Tricia sich ein. »Sie hätte auch ein Baby machen können. Das tun sie im Fernehen schließlich auch.«

»Danke, Tricia«, murmelte ich matt, als ich ihr Clemmie überreichte. »Das stärkt meine Argumentation ungemein.« Ich wandte mich an meinen Gatten.

»Fertig?« fragte ich.

»Fertig«, fauchte er.

Ich fuhr flott und fluchend zum Hanover Square, wo die Beerdigung stattfinden sollte. Flott, weil wir wie immer zu spät waren, und fluchend, weil das gerade zu meiner Laune paßte. Das Ergebnis war, daß es mir gelang, ein paar andere Autofahrer ziemlich zu verärgern; einer war sogar so wütend, daß er mich verfolgte und mich aus Rache an einem Verkehrskreisel abdrängte.

»So!« zischte ich wildentschlossen. »Das wirst du noch bereuen, du Schwein!«

Ich raste hinter dem Auto her, bis es mir gelang, ihn am nächsten Kreisel wieder abzudrängen, wobei ich fast einen Unfall verursachte.

»Tess«, begann David. »Ich weiß wirklich nicht ...«

»Kein Wort!« fuhr ich ihn an. »Kein einziges Wort, verstanden!«

Er zuckte resigniert mit den Schultern. »Schon gut, schon gut.«

Sekunden später schäumte ich schon wieder. Wir saßen fest, in irgendeiner Seitenstraße in Fulham, wo wir mit exakt drei Kilometern pro Stunde hinter einem Laster herzokkelten, der nicht nur im Schneckentempo vorwärtskroch, sondern auch unaufhaltsam seine Ladung verlor.

»O nein!« stöhnte ich und drückte fest und anhaltend auf die Hupe. »Der merkt das nicht mal.«

Der Lastwagen hielt nicht an, sondern schlich weiter.

»Bist du taub und blöd?« schrie ich und legte mich wieder auf die Hupe. »Tut tut TUUUUUUUUUT!«

Endlich blieb der Laster stehen. Ich sprang raus und rannte zur Fahrerkabine. Der Fahrer streckte den Kopf aus dem Fenster.

»Was haben Sie für ein Problem, Lady?« brüllte er.

»Sie verlieren Ihre Ladung, Sie Trottel!«

Er starrte mich an. »Ich teere die Straße.«

Ich rang nach Luft. »Oh!« Ich schwitzte, machte auf dem Absatz kehrt und rannte mit hochrotem Gesicht zum Auto zurück. »Er teert die Straße«, raunte ich David zu.

Er sah mich an. »Klar.«

»Warum hast du mir das nicht gesagt?«

»Du hast mir verboten, etwas zu sagen.«

Ich spuckte Gift und Galle vor mich hin und fuhr weiter. Nach einer Weile merkte ich jedoch, daß ich mich langsam etwas abreagierte, und da ich wußte, daß mir gleich noch die nervende Parkplatzsuche bevorstand, beschloß ich, meine Energien zu schonen und David das Reden zu überlassen. Sehr zu meinen Verdruß leitete er mich überlegen durch die Nebenstraßen der Regent Street, und wir parkten vergleichsweise problemlos auf einem Parkstreifen direkt hinter dem Hanover Square.

Als David und ich zur Kirche gingen, wo sich unsere Familie ernst und feierlich auf der Treppe vor dem Hauptportal versammelt hatte, kam mir der Gedanke, daß unser Schweigen sicher für ein Zeichen der Trauer gehalten würde und niemand auf die Idee käme, daß wir beide vor Wut aufeinander nur so schäumten.

Daddy kam auf uns zu, um uns zu begrüßen. Er küßte mich knapp auf die Wange und schüttelte David die Hand. Er hatte sein steinernes, Es-liegt-mir-völlig-fern-Gefühle-zu-zeigen-Gesicht aufgesetzt. Ich küßte ihn herzlich, dann wandte ich mich an Tante Rachel.

»Rachel«, flüsterte ich, nahm ihre Hand und küßte sie. »Es tut mir so leid ...«

»Das braucht es nicht.« Sie lächelte und drückte meine Hand. »Er hat es so gewollt. Es war Zeit für ihn zu gehen.«

Ich sah in ihr schönes, gefaßtes Gesicht. Ob ich je so sein würde, fragte ich mich? Ob ich je auch nur annähernd so ein würde?

Ich wandte mich Penny zu, die, auf Piers gestützt, hemmungslos schluchzte. Die kleine Leonora klammerte sich fest an ihre Hand und machte einen verstörten Eindruck. Ich fragte mich, ob es so eine gute Idee war, sie mitzubringen. Wir umarmten uns, dann nahm ich Pennys freien Arm, und wir gingen in die Kirche. Während wir alle bis zu den vordersten Reihen durchgingen, schaute ich mich nach Laura um. Zu spät, wie üblich, stellte ich gehässig fest. Sicher tat sie das mit Absicht, um einen möglichst dramatischen Auftritt zu haben. Als wir uns setzten, kam sie das Mittelschiff hinunter marschiert. Tut mir leid, alles besetzt, dachte ich kindisch und breitete meine Handtasche neben mir aus, aber David, der am Ende der Bank saß, lächelte und winkte sie zu sich. Laura setzte sich neben ihn. Sie beugte den Kopf vor.

»Rück ein Stück!« flüsterte sie.

Zähneknirschend bewegte ich mich einen Viertel Zentimeter, dann tat ich so, als hätte ich nicht bemerkt, daß sie sich herüberneigte, um mich zu küssen, sank auf die Knie und faltete die Hände zum andächtigen Gebet. Aus den Augenwinkeln sah ich, daß sie zu David hinüberschaute und mit den Schultern zuckte. Er wiederholte ihre ratlose Geste.

Sie glauben also, ich spinne! Na gut, dachte ich böse, sollen sie doch! Ist mir völlig egal. Sollen sie doch zur Hölle fahren, alle zusammen! Und mit diesen wahrhaft christlichen Gedanken senkte ich den Kopf zum Gebet.

Das Begräbnis war traurig, aber nicht tragisch. Alle hatten erwartet, daß Robert viel früher sterben würde, und genaugenommen gab es sogar einige helle, ja humorvolle Augenblicke. Rachels kurze Ansprache war bewegend und witzig zugleich. Als sie an seine eher unorthodoxe Methode erinnerte, uns Kindern das Angeln mit Sandwich- und sogar Würstchen-Ködern beizubringen, mußte ich lachen. Dabei begegnete mir Lauras Blick. Sie lächelte, aber ich sah schnell weg. O nein, dachte ich böse, so einfach geht das nicht.

Immerhin hatte ich bei dieser Aktion auch einen kurzen Blick auf ihre Kleidung werfen können. Sie trug ein burgunderfarbenes Leinenkostüm und darunter einen weißen Body. Also wirklich! Glaubte sie ernsthaft, das sei angemessen? Besaß sie denn gar keinen Anstand? Ich schüttelte verächtlich den Kopf und ließ den Blick über die anderen Trauergäste gleiten. Und dabei registrierte ich entsetzt, daß ich diejenige war, die unangemessen gekleidet war. Alle anderen trugen elegante, aber nicht besonders dunkle Sachen, ganz sicher gab es nichts, das auch nur im entferntesten dem knöchellangen Witwenoutfit glich, in dem ich steckte. Gott, ich sah aus wie jemand aus einem Drama der Jahrhundertwende! Hastig schürzte ich den Rock ein bißchen und öffnete den obersten Knopf meiner Bluse.

Als mein Vater schließlich aufstand, um ein paar Worte zu sagen, griffen doch noch alle zu ihren Taschentüchern. Es war nicht so sehr das, was er sagte – es war erwartungsgemäß sehr religiös und prosaisch –, sondern wie er es sagte. Er mühte sich ab, steif und förmlich zu bleiben, aber immer wieder zitterte dabei seine Unterlippe und in seinem Gesicht zuckte es, und das verriet ihn. Er stockte und rang um Fassung. Niemand wagte zu atmen; jeder rechnete damit, daß er im nächsten Moment zusammenbrechen würde. Seine Stimme bebte jedesmal, wenn er Roberts Namen erwähnte. Ich hielt Mummys Hand fest, und wir kämpften gemeinsam gegen die Tränen, die sowohl Daddy als auch Robert galten.

Als wir schließlich alle aus der dunklen Kirche in die Abendsonne traten, fühlte ich mich ziemlich mitgenommen und brauchte dringend etwas zu trinken. Das viele Traurigsein hatte mich durstig gemacht, und ich begriff nun, warum es ein Reuessen gab. Auch wir hatten geplant, zum Abendessen ins Brown's Hotel zu gehen, aber im Moment standen noch alle vor der Kirche herum, redeten mit Rachel und frischten Erinnerungen auf, und niemand machte Anstalten, sich zu bewegen. Ich blieb im Hintergrund stehen und sah mir das ganze Spiel an. Wie war wohl das Protokoll bei so einem Ereignis? Ähnlich wie bei einer Hochzeit, wo niemand vor der Braut bei der Feier sein wollte? Mußten wir auf Rachel warten? Wenn zwischen mir und David nicht Funkstille geherrscht hätte, hätte ich ihm vorschlagen können, schnell auf einen Drink in den Pub zu gehen, oder Laura, aber natürlich waren beide Optionen indiskutabel.

Ich hielt nach ihnen Ausschau. David unterhielt sich mit

einer alten Tante von mir und Laura mit einer Schulfreundin von Penny. Sie machte einen abwesenden Eindruck, und ein- oder zweimal registrierte ich, daß sie auf die Uhr schaute. Eine andere Freundin von Penny unterbrach das Gespräch, und ich sah, daß Laura lächelte, eine Entschuldigung murmelte, sich rasch umschaute und dann davonstahl.

Fasziniert beobachtete ich, wie sie die Seitentreppen der Kirche hinabhastete. Wohin mochte sie gehen? Doch sicher nicht auf einen einsamen Drink? Nein, das war unwahrscheinlich, aber vielleicht hatte sie beschlossen, ihr Auto stehenzulassen und zu Fuß zu Brown's zu gehen. Ja, das paßte viel besser zu ihr, und genaugenommen war es genau das, was ich auch brauchte. Plötzlich wurde mir klar, daß das meine einzige Chance sein würde, mit ihr zu reden. Sie allein anzutreffen und ihr ins Gewissen zu reden. Später beim Essen, wenn sie von einer Horde Verwandter umgeben war, würde das mehr oder weniger unmöglich sein. Genau, ich würde es jetzt tun. Rasch blickte ich zu David, der immer noch in sein Gespräch vertieft war. Ich winkte, erhaschte seinen Blick und bewegte die Lippen – *Ich verschwinde mal kurz, okay?* Er runzelte die Stirn, erwiderte aber nichts, also drehte ich mich einfach um und machte mich aus dem Staub.

Entschlossen humpelte ich hinter Laura her, quer über den Platz. Ja, das war genau die richtige Entscheidung, überlegte ich. Ich würde diese Sache im Keim ersticken, ehe sie auch nur eine Chance hatte, richtig zu erblühen. Das Schlimmste, was ich tun konnte, war, stillschweigend zuzusehen, bis es zu spät war. Ich beschleunigte meinen Schritt, so gut das mit meinem Knöchel ging, und merkte dabei, daß ich meinen Rock verlor. Es war schließlich ein Umstandsrock, und der Gummizug hatte einmal zweieinhalb Personen umfaßt – okay, 20 Kilo zusätzliches Gewicht – und war nun so ausgeleiert, daß er mir über die Hüften rutschte und der Saum irgendwo in Fußnähe hing. Während ich weitereilte, bückte ich mich, um ihn hochzuziehen, aber – zu spät, ich stolperte über den Saum und landete kopfüber auf dem Pflaster. Verflucht!

Ich rappelte mich auf, zitternd und peinlich berührt – schließlich befand ich mich mitten auf der Bond Street –, aber nicht ernstlich verletzt, also hastete ich weiter. So lange, bis mir etwas Warmes und Flüssiges in den Mund lief. Ich hob die Hand und betrachtete meine Finger. Blut. Mist, Nasenbluten! Ich blieb kurz stehen und kramte hektisch in meiner Tasche, ohne dabei Laura aus den Augen zu verlieren, die gerade um eine Ecke bog. Ich fand ein Tempo, riß ein Stückchen ab, rollte es zu einer Kugel und stopfte es in mein Nasenloch. So, daß mußte im Augenblick genügen. Ich rannte weiter und sah mich hektisch um – wo, zum Teufel, steckte sie denn? Ich blieb stehen und ließ meinen Blick umherschweifen. Ich war mir sicher, ihre Designer-Absätze in diese Richtung davonlaufen gesehen zu haben, aber jetzt war da keine Spur mehr von ihr. Verdammt! Dieses kleine Nasen-Zwischenspiel hatte mich meine Beute gekostet. Wo, zur Hölle, war sie nur?

Ich stand an der Kreuzung vor Fenwick's und schaute mich verzweifelt um. War sie da lang gegangen, vorbei an Russell&Bromley, oder in diese Richtung über den Berkeley Square? Ich zögerte, dann entschied ich mich aus einem plötzlichen Impuls heraus für eine Seitenstraße. Ein Stück weiter war ein Pub, in dem wir beide mal zusammen waren. Vielleicht erinnerte sie sich daran und nahm dort schnell einen Drink? Ich stieß die Milchglas-Tür auf. Dunkelheit und Rauch schlugen mir entgegen. Die Bar wimmelte von grauen Anzügen; Anwälte, Banker und andere Geschäftsleute aus dem West End schütteten hier durstig ihr Feierabend-Bier herunter. Ich ließ die Tür wieder zurückschwingen. Nein, hier konnte sie nicht hingegangen sein, jedenfalls nicht allein. Vielleicht dort drüben? Ich hastete eine andere Seitenstraße entlang, dann noch eine, dann wandte ich mich nach rechts und war wieder in der Bond Street. Spätestens jetzt mußte ich schweren Herzens erkennen, daß ich sie verloren hatte.

Ich hörte auf zu laufen und hielt mir die schmerzenden Leisten. Verflixt und zugenäht, wo war sie bloß? Also gut, beschloß ich resigniert, dann würde ich jetzt eben allein zu Brown's Hotel gehen. Wer weiß, vielleicht konnte ich sie ja auf die Damentoilette zerren und ihr drohen, sie kurz und klein zu schlagen, wenn sie Patrick noch einmal anrührte. Ich zuckte mit den Schultern. So ähnlich jedenfalls. Ich humpelte weiter.

Mein Fuß schmerzte jetzt teuflisch, und ich mußte wirklich humpeln. Dazu kam, daß mein Rock, sobald ich ihn losließ, bis über meine Oberschenkel hinabrutschte, so daß ich mit der einen Hand den Gummizug zu einem Ball zusammenknäueln und mir mit der anderen das Papiertaschentuch gegen die Nase pressen mußte. Ich blieb kurz stehen, um das Papiertuch zu erneuern, und ein perfekt frisiertes Mädchen, von Kopf bis Fuß in Chanel gekleidet, ging glotzend an mir vorbei. Was ist, dachte ich hitzig, hast du noch nie jemand mit Nasenbluten gesehen? Allerdings, stellte ich entsetzt fest, als ich mich in einer Schaufensterscheibe erblickte, sah ich schon ein bißchen merkwürdig aus. Eine große, dunkle Frau in einem viel zu langen schwarzen Rock, mit tonnenweise durchgeweichten roten Tempotaschentüchern in der Nase und einem lahmen Bein. Ich grinste. Nicht ganz *à la mode*, würde ich sagen.

Langsam bewegte ich mich durch das Rushhour-Gewimmel und betrachtete die Mischung aus schicken Businessfrauen in Armani-Kostümen, Sekretärinnen, die mit viel zu hohen Absätzen zur U-Bahn hinunterstöckelten, nadelgestreiften Geschäftsmännern mit energischem Schritt und dem *Evening Standard* unter dem Arm und jüngeren Männern mit hellgrauen Anzügen und weißen Nylon-Shirts. Es war ganz nett, nicht mit ihnen zusammen vorwärts zu eilen, sondern sie nur zu passieren. Ein Zuschauer zu sein und kein Teilnehmer.

Während ich so vorwärts hinkte, betrachtete ich die Schaufenster. Ich blieb einen Moment vor einem besonders schrägen Laden stehen, der einen silbernen Bodysuit mit dazu passenden kegelförmigen Madonna-Brüsten ausgestellt hatte. Hmmmm ... genau das richtige zum Staubsaugen. Ich stellte mir Davids Gesicht vor, wie er abends nach Hause kam und von diesem netten Ensemble begrüßt wurde, das ihm gerade seine Leber mit Äpfeln briet. Grinsend ging ich weiter und fühlte mich leicht entrückt. Ich kam an einem weiteren Geschäft vorbei, es war hell erleuchtet und wimmelte von Menschen. Meine Schritte wurden langsamer. Ich blinzelte. Wirklich ziemlich gutaussehend, diese Leute, offenbar war es eine ganz besondere Party, eine Geschäftseröffnung vielleicht. Ich ging langsam vorbei und starrte die durchgestylte Minimalisten-Gruppe an. Die meisten von ihnen trugen Schwarz oder Weiß – einen bißchen zu langweilig für meinen Geschmack, aber was zählte der hier schon? Es gab ein oder zwei Farbkleckse, ein Mann mit einem auffällig geblümten Hemd, ein Mädchen in einem pinkfarbenen Mini, der gerade ihren Po bedeckte, und eine Blondine mit einem *burgunderfarbenen Leinenkostüm.*

Ich blieb stehen und glotzte. Was tat Laura denn hier? Kannte sie diese Leute, oder war sei einfach nur auf ein Glas Champagner hereingeplatzt, uneingeladen? Das wäre nicht schwierig, sie paßte gut hierher, aber – nein, sie unterhielt sich und lachte mit jemandem, als würde sie ihn schon ihr ganzes Leben kennen. Er hatte die Hand auf ihren Rükken gelegt. Sein eigener Rücken war mir zugewandt, aber er kam mir irgendwie bekannt vor. Er drehte sich um und nahm ein paar Gläser von dem Tablett, das ein weißgeschürztes Mädchen ihm hinhielt, und ich sah sein Gesicht. Es war Patrick.

Ich stand wie angewurzelt und sah zu, wie sie zusammen

lachten und plauderten. Patrick reichte ihr ein Glas, sie stießen an, prosteten sich zu und sahen sich in die Augen. Er beugte sich vor und flüsterte ihr etwas ins Ohr; Laura warf lachend ihre blonde Mähne zurück, dann neigte sie sich zu ihm, legte ihre Hand auf seine Schulter und zog ihn näher an sich heran, so daß sie etwas zurückflüstern konnte. Er lachte, nickte, stimmte ihr zu, doch als er den Kopf senkte, um an seinem Champagner zu trinken, ließ er den Blick zum Fenster schweifen. Er begegnete meinem. Er erstarrte. Wir sahen uns an. Plötzlich war ich wie elektrisiert. Mit wild klopfendem Herz und rasendem Puls, der mir das Blut ins Gesicht trieb, ging ich durch die Glastür. Ich schob mich durch die elegante, schwirrende Menge und ging direkt auf ihn zu.

»Aha, Patrick«, zischte ich, »du hast ja nicht lange gebraucht, um dich über dein gebrochenes Herz hinwegzutrösten, was? Sag mir, wie unterschiedlich sind wir denn im Bett, wir Schwestern?«

23. Kapitel

Sie starrten mich entgeistert an.

Patrick legte die Hand auf meinen Arm. »Langsam, Tess ...«

»Wag es nicht, mich anzufassen!« Ich schüttelte ihn ab. »Was fällt dir ein! Was fällt dir ein, mich auch nur anzusehen nach den ganzen Lügen, die du mir erzählt hast! Zerbrochenes Herz, hm? Die ganze Zeit hast du auf mich gewartet, ja? Scheiße! Du bist ein Opportunist, Patrick, und du weißt es. Du bist ein bemitleidenswerter, verachtungswürdiger Mensch, ein alternder, sexhungriger Schürzenjäger auf der Suche nach einem Abenteuer, und als du das von mir nicht bekommen konntest, hast du's dir am nächsten Tag von meiner Schwester geholt, habe ich recht?« Meine Stimme klang schrill; ich zitterte vor Wut.

Um uns herum waren alle Gespräche verstummt, kein Glas klirrte mehr. Elegant frisierte Köpfe drehte sich um, und alle Blicke galten der Verrückten in Schwarz. Laura faßte mich am Ellbogen.

»Tess, du machst dich zum Idioten«, sagte sie leise.

»Ach ja!« Ich schüttelte ihre Hand ab. »Das würde ja passen, denn offensichtlich *bin* ich hier der Idiot! Mann, was müßt ihr zwei gelacht haben, als ihr euch hinter meinem Rücken in Schottland getroffen habt! Ja, sicher war das ein toller Spaß! Aber es ist kein Spaß, Laura, es ist jämmerlich. Gefühllos, hinterlistig und JÄMMERLICH!« Meine Stimme hatte inzwischen die Tonlage einer Geisteskranken erreicht, und mir war klar, daß ich hier die Sensationsnummer war.

»Tess, um Himmels willen.« Laura lief rot an und sah sich nervös um. »Um Himmels willen was?« hielt ich lautstark dagegen. Ich war jetzt nicht mehr zu bremsen.

»Um Himmels willen, warum solltest du nicht mit ihm schlafen? He? Meinst du das?«

»Großer Gott«, murmelte sie entsetzt.

»Es gibt keinen Grund, Laura, überhaupt keinen, abgesehen vielleicht von einem kleinen bißchen Loyalität gegenüber deiner Schwester. Klingelt es da bei dir? Ein bißchen Rücksicht, mehr verlange ich nicht, oder ist das von dir und deinem selbstsüchtigen Kopf zuviel verlangt? Ist es?« schrie ich.

»Ich bin in meinem ganzen Leben noch nicht so blamiert worden.« Lauras Gesicht glühte nun. »Du bist nicht nur völlig im Irrtum, sondern ...«

»Im Irrtum, ja?« Ich zog die Augenbrauen in gespielter Überraschung hoch. »O ja, natürlich, jetzt ist der Zeitpunkt gekommen, alles abzustreiten, nicht wahr, der Zeitpunkt, den Kopf schnell aus der Schlinge zu ziehen. Ich habe mich schon gewundert, warum das so lange gedauert hat. Okay, Laura.« Ich machte einen Schritt nach hinten und sah sie mit verschränkten Armen gespannt an. »Komm, zeig mir, wie du's machst. Vielleicht kann ich von dir noch was lernen.« Ich nickte aufmunternd. »Komm schon, zier dich nicht so!«

Ein paar Leute hinter uns fingen an zu kichern. Laura packte mich energisch am Arm.

»Raus!« stieß sie zornig hervor. »Los, raus! Ich habe jetzt genug davon. Hilf mir bitte, Patrick.« Sie begann mich zur Tür zu zerren. Ich wehrte mich, doch Patrick nahm meinen anderen Arm. Eingekeilt zwischen den beiden rutschte ich türwärts, während mein Rock zur gleichen Zeit abwärts rutschte. Die tuschelnde Menge bildete eine Gasse für uns.

Ich sah mich hastig um, während ich über den frisch gebohnerten Boden glitt und erkannte aus den Augenwinkeln einen Kellner, der mit offenem Mund ein Tablett mit Champagner durch die Gäste balancierte. Mit übermenschlicher Anstrengung bekam ich eine Hand frei, packte ein Glas und schüttete es in Lauras Gesicht.

»Aah!« Sie schrie auf und ließ meinen Arm los.

Entsetzen machte sich breit. Sie stand da, regungslos und tropfend, ihr Gesicht, ihr Haar und das makellose Kostüm völlig durchnäßt.

»Tess!« donnerte Patrick. »Was, zum Teufel ...«

»Du kannst auch gleich eine Ladung haben, du Schwein!« Ich schnappte mir noch ein Glas von dem amüsierten Kellner und goß es über ihn.

Neues Entsetzen erfaßte die Menge. Patrick starrte mich unter seinen triefenden Haaren an. Es klebte ihm im Gesicht und tropfte sehr zu meiner Befriedigung unaufhörlich auf seinen eleganten Armani-Anzug. Hinter mir registrierte ich das Blitzen von Kameras, dann hörte ich einen spitzen Schrei.

»*Mon dieu,* Patrick! Patrick, was ist passiert? Wer ist diese Verrückte?«

Ein kleiner, schnauzbärtiger Franzose in pinkfarbenenm Anzug und mit glänzenden Gucci-Schuhen kam auf uns zugeeilt.

»*Allez-vous en!* Raus!« brüllte er und stach mir mit spitzem, manikürtem Finger in die Schulter. »*C'est trop, alors!* Verschwinden Sie, Sie Wahnsinnige!«

Auf dem Tablett war noch ein Glas Champagner übrig, und es erschien mir eine Schande, es nicht zu nutzen.

»Ich weiß zwar nicht, wer Sie sind, Sie affektierte kleine Schwuchtel, aber Sie können auch eins haben«, erklärte ich seelenruhig und zielte auf die fleckenlose pinkfarbene Outfit.

Zu meinem Entzücken nahm der Anzug einen dunkelroten Farbton an, sein Schnäuzer hing herab, sein Unterkiefer fiel herab, und seine kleinen feuchten brauen Augen blinzelten mich entsetzt an.

Diesmal machte sich im Publikum eher Belustigung breit. Ich knallte das Glas zurück auf das Tablett des Kellners und humpelte mit hocherhobenem Kopf und so würdevoll wie eben möglich Richtung Tür. Die glotzende Menge machte mir Platz, wobei jeder krampfhaft sein Glas festhielt, für den Fall, daß ich vorhatte, noch mehr in der Gegend herumzuschütten. Draußen auf der Straße tappte ich mitten in den Verkehr.

»Das wird ihnen eine verdammte Lehre sein!« murmelte ich und hinkte über die Straße. Überall um mich herum hupten Taxis, drohten mir Fäuste. Ein Auto hielt mit quietschenden Bremsen nur ein paar Millimeter vor meinen Füßen.

»Das wird ihnen das Lachen aus den selbstgefälligen Gesichtern treiben, nicht wahr?« schwadronierte ich weiter durch das geöffnete Fenster eines amüsierten Taxifahrer. »Sie werden das so schnell nicht wieder machen, was?«

»Das möchte ich meinen, Teuerste«, stimmte er zu und kratzte sich den Kopf.

Seltsam, überlegte ich, während ich weiterhumpelte, obwohl ich so etwas noch nie zuvor in meinem Leben getan hatte, noch nie eine Szene in der Öffentlichkeit gemacht hatte, war es nicht nur äußerst befriedigend gewesen, sondern auch kinderleicht. Ich nahm mir vor, es bald zu wiederholen. Hinter mir näherten sich eilige Fußtritte. Ich beschleunigte meinen Schritt.

»Tess! Bleib stehen!« Es war Patrick. Er packte mich am Arm und schleuderte mich zu sich herum.

»Laß mich los! Verschwinde!«

»Nein, DU HÖRST MIR JETZT ZU!« donnerte er. »Halt die Klappe und HÖR MIR ZU!«

»Ich will aber nicht zuhören«, zischte ich. »Es interessiert mich nicht!«

»Du hörst mir zu, ob du es willst oder nicht!« Er zerrte mich an die Seite des Gehwegs, wo ein paar Tische und Stühle vor einem Café standen.

»Setz dich!« befahl er.

»Nein, ich ...«

»SETZ DICH!«

Ich setzte mich. Um uns herum wurden Cappuccino-Tassen abgestellt, Schinkentoasts wurden kalt und sämtliche Gespräche erstarben, als wir erneut zum Straßentheater wurden. Die Kundschaft des Cafés war nicht ganz so elegant wie das vorherige, aber es war ebenso interessiert, und meine Vorstellungen waren keineswegs elitär; ich spiele vor den billigen Rängen ebenso wie vor der Loge. Das Publikum hielt den Atem an, als der Mann in dem nassen Armani-Anzug die hinkende Frau in Schwarz am Handgelenk packte. Mich mit festem Griff an der Flucht hindernd, setzte Patrick sich mir gegenüber. Er sah ziemlich böse aus. Ich spannte im Geiste die Muskeln. Nicht böse genug, um *mich* einzuschüchtern.

»Laura und ich haben keine Affäre, verstanden?«

Seine stahlblauen Augen bohrten sich in meine. Alle Kaffeetassen, die noch nicht gesenkt worden waren, bewegten sich jetzt definitiv nach unten.

»Nichts«, sagte er langsam, »ich wiederhole, nichts ist zwischen uns, hast du das begriffen? *Comprendre?*« Er tippte sich mit dem Finger an die Schläfe und bohrte heftig.

»Oh ja, *comprendre*, Patrick«, zischte ich. »Deshalb hast du ihr eben auch so verliebt in die Augen gestarrt, nicht? Deshalb hat sie sich in Schottland ständig weggeschlichen, um sich mit dir zu treffen? Weil ihr euch nicht ausstehen könnt, ja?«

»Ich habe ihr nicht verliebt in die Augen gestarrt«, erklärte er etwas ruhiger. »Ich habe sie ganz normal angesehen, und sie hat sich in Schottland nicht weggeschlichen, um mich zu treffen, sie hat sich weggeschlichen, um jemand anderen zu treffen.«

»Klar«, höhnte ich. »Zum Beispiel?«

»Zum Beispiel Willie.«

Ich starrte ihn an. »Willie!« stieß ich hervor.

Er nickte »Sei nicht albern!«

»Was ist daran albern? Willie ist ein netter Typ.«

»Ja, natürlich ist er das, aber – aber nicht für Laura«, stammelte ich. »Er paßt doch überhaupt nicht zu Laura.«

»Wer denn? Edward?«

»Äh nein, aber ...« Ich sah ihn fassungslos an. Mein Kopf schwirrte. »Warum denn nicht Willie? Schließlich sind unzählige andere Frauen auch auf ihn geflogen. Denk nur an Penny.«

»Ja, aber das war irgendwie noch verständlich«, murmelte ich und versuchte, das alles zu verdauen. »Du weißt doch, wie Penny ist, und er war gerade ein bißchen ...«

»Scharf?«

»Na ja ...«

»Und das darf er nur auf die verheirateten Londonerinnen sein?«

Ich sah ihn an; er meinte es ernst. Großer Gott, er meinte es ernst. Es war Willie ... Er war derjenige, zu dem Laura sich geschlichen hatte, um ihn unten am Fluß zu treffen. Du meine Güte, dachte ich entsetzt, dann hatte er uns also *alle* rumgekriegt – mich, Penny und jetzt auch noch Laura. Was mußte er von uns denken? Aber LAURA! Ich schüttelte ungläubig den Kopf und versuchte, mir die zwei zusammen vorzustellen ... Zu meiner Überraschung gelang mir das. Denn wenn ich so darüber nachdachte – warum nicht? Und wer wäre besser gewesen? Vor allem, wenn es wirklich ihr erstes Mal war und vor allem, wenn sie Angst vor Sex gehabt hatte ...

»Ehrlich gesagt vermute ich, daß er genau der richtige Kandidat für diesen Job war«, sagte Patrick grinsend. »Genau der richtige, um sie mit Vergnügen einzuführen.«

»O Patrick, sei nicht so geschmacklos«, schimpfte ich, als er meine Gedanken so unbekümmert aussprach.

»Wen hättest du denn für ihr sexuelles Debüt vorgeschlagen? Irgendeinen aalglatten Porschefahrer, der sie in sein Appartement zerrt, sie an sein Lederbett fesselt und sich dann aus seinem schwarzen Lederslip pellt?«

»Nein«, antwortete ich gedehnt. »Nein, natürlich nicht. Es ist nur – so überraschend.«

Ich schüttelte verwirrt den Kopf. Laura und Willie. Also nicht Laura und Patrick. Plötzlich spürte ich, wie mir heiß wurde. Ich stöhnte fast auf, so heftig stieg mir das Blut zu Kopf, dann schlug ich mir die Hand vor den Mund. Gott sei Dank! Ich sah ihn über den Tisch hinweg an. Er redete immer noch über Laura und Willie, jetzt lachte er sogar. Ich sah zu, wie sich seine Lippen bewegten; wie im Traum beobachtete ich sein Gesicht.

»Erstaunlicherweise hat sich ihre kleine heimliche Romanze in Willies Haus abgespielt«, sagte er. »Nicht in irgendwelchen Fischerhütten oder Ginsterbüschen. Ich nehme an, Laura hat darauf bestanden, trotzdem ist es ganz und gar nicht typisch für Willie, so indiskret zu sein. Das ganze Dorf redet darüber, und Kirsten ist außer sich. Es wundert mich, daß du nicht eher etwas davon mitbekommen hast, Tess. Ich hatte Laura gerade damit aufgezogen, als du in die Galerie gestürmt kamst. Deshalb haben wir gelacht. Ich habe ihr erzählt, daß man sie bei uns nur noch die blonde Fischerfrau nennt. Sie sagte, sie ...«

»Moment mal« unterbrach ich ihn. »Sagtest du gerade Galerie?«

»Ja, da wo wir gerade waren, auf der anderen Straßenseite.« Er wies mit dem Kopf in die Richtung. »Der Champagner-Saal.«

Mein Unterkiefer klappte herunter. »Ich wußte nicht, daß das eine Galerie war.« Ich atmete. »Ich dachte, es wäre irgendeine Geschäftseröffnung oder so was, eine Sache von Laura.«

Er grinste. »Nein, es war meine Sache, genaugenommen. Meine Ausstellung. Ich habe dir in Guilduncan davon erzählt.« Er lächelte bitter und fuhr sich dem den Fingern durch Haar. »Es war der erste Abend, und du hast ganz schön für Wirbel gesorgt, als du einfach aufgetaucht bist und den Künstler begossen hast.«

Meine Hand flog zum Mund. Entsetzt sah ich auf seinen durchweichten Anzug. »O Patrick! O Gott, es tut mir so leid! Deine Ausstellung!« Ich starrte ihn fassungslos an. »Aber ich habe gar keine – wo waren denn die Bilder?«

»An den Wänden, da wo sie meistens sind. Du warst wahrscheinlich zu sehr damit beschäftigt Gift und Galle zu spucken, um sie zu sehen.«

»Aber das Fenster«, stammelte ich. »Ich habe gar nicht gemerkt ...«

»Ja, es ist wirklich nur ein kleines Fenster, aber Pierre steht auf Minimalsimus.«

»P-Pierre?«

Er grinste wieder. »Pinkfarbener Anzug, Schnäuzer, französischer Akzent? Entschuldigung, Korrektur: *nasser* pinkfarbener Anzug.«

Ich krümmte mich innerlich. »O mein Gott! Das war Pierre Boulavère?«

»Höchstpersönlich.«

»Du lieber Himmel, Patrick, das ist ja schrecklich. Habe ich dir jetzt alles verdorben?«

Er lachte und zuckte mit den Schultern. »Wer weiß? Möglich, andererseits auch nicht möglich. Du könntest meine Erfolgschancen durch deinen Auftritt auch erhöht haben. Es ist dir vielleicht nicht aufgefallen, aber eine Menge Presseleute waren da, die im entscheidenden Moment auf den Auslöser gedrückt haben. So sensationelle Motive bieten sich ihnen nicht oft, und du hast ihnen gleich dreimal die Gelegenheit gegeben. Wer nicht spätestens beim dritten Glas den Apparat griffbereit hatte, verdient die Bezeichnung Fotograf nicht. Ich wette, dieser Schuß wird es bis in den Kulturteil des *Guardian* schaffen. Viele Leute wollen Pierre seit Jahren eins auswischen, vor allem Journalisten. Wie auch immer«, er zündete sich eine Zigarette an und blies den Rauch lächelnd aus, »du weißt ja, wie es heißt – jede Publicity ist gute Publicity.«

Noch immer völlig bestürzt über das, was ich angerichtet hatte, stützte ich die Ellbogen auf den Tisch und hielt mir stöhnend den Kopf. Ich konnte mich gar nicht mehr daran erinnern, was mich dazu verleitet hatte ... Oh doch! Ich sah Patrick mißtrauisch an. »Warum war Laura denn eigentlich da?«

Er zuckte mit den Schultern. »Sie kam zufällig vorbei. Auf dem Weg zum Brown's Hotel, sagte sie, nach der Beerdigung eures Onkel. Im Gegensatz zu dir hatte sie die Ankündigung *Patrick Cameron – Große Einzelausstellung* am Fenster gelesen und kam schnell rein, um mir viel Glück zu wünschen.«

»Es war die Art, wie du sie angesehen hast«, flüsterte ich und fühlte mich plötzlich sehr erschöpft.

»Das tut man im allgemeinen, wenn man sich mit jemandem unterhält, oder nicht? Unter zivilisierten Menschen ist das durchaus üblich.«

Natürlich war es das. Aber ich war so eifersüchtig gewesen, daß ich mir einbildet hatte, viel mehr zu sehen als alte Freunde, die zusammen lachten. Ich schaute an Patrick vorbei auf die lärmenden Menschenmassen auf dem Gehweg. Patrick bestellte uns etwas zu trinken. Ich starrte noch immer vor mich hin, als er mir den Cappuccino hinschob. Ich hatte Mühe, das alles zu verarbeiten. Also dann ... waren Patrick und Laura doch nicht zusammen? Ich sah ihn an, wie er in seinem Kaffee rührte. Sein noch immer feuchtes Haar fiel ihm in die Augen. Er lächelte dem Kellner zu, als der die Rechnung brachte. Ganz plötzlich schien eine Riesenlast von meinen Schultern zu fallen, und ich war unglaublich erleichtert.

»Patrick, ich bin ja so froh!« sprudelte es aus mir heraus. Impulsiv ergriff ich seine Hand. »Ich hatte ganz schreckliche Alpträume von dir und Laura, dumme, verrückte Ideen – du weißt ja, wie man sich in etwas hineinsteigern kann. Gott, für mich wart ihr praktisch verlobt, verheiratet sogar, und ich habe mir vorgestellt, wie ihr zusammen zum Dinner zu uns kommt, euch in der Küche küßt und dann schnell auseinanderspringt, wenn ich hereinkomme. Ich habe sie hastig von deinem Schoß rutschen sehen, und dann standen wir alle verlegen herum, trauten nicht uns anzusehen, während wir die Spülmaschine einräumten oder uns sonstwie ablenkten. Gott, ich habe mir sogar vorgestellt, wie ihr Weihnachten zu uns kommt und zusammen im Gästezimmer schlaft, direkt neben uns.«

Er sah auf meine Hand, die auf seiner lag. »Und das wäre so schrecklich gewesen?« fragte er leise.

»Grauenvoll, Patrick«, bestätigte ich und drückte seine

Hand, noch immer unter dem Einfluß dieser Riesenerleichterung. »Glaubst du nicht auch?«

»Doch.«

»Stell dir vor«, fuhr ich fort, »du und sie zusammen, meine *Schwester*! Und ich müßte immer von außen zugucken – entsetzlich!«

»Wir hätten uns sicher häufig gesehen, nicht?« Er schaute mich sehr genau an.

Ich lachte. »Ja, aber unter was für Umständen! Furchtbar! Immer getrennt und nie so, wie wir ...« Ich brach plötzlich entsetzt ab.

»Wie wir was?« fragte er schnell und hielt meine Hand fest.

»Wie wir ...« Ich sah auf unsere Hände und spürte, wie mir das Blut ins Gesicht schoß. Langsam zog ich meine fort. Ich schüttelte den Kopf.

»Tess?« drängte er.

»Nichts«, murmelte ich. Ich biß mir auf die Lippen und suchte auf dem Boden nach meiner Handtasche. »Patrick, ich muß gehen«, erklärte ich stockend. »Die Beerdigung meines Onkels ...«

Ich stand auf, ohne ihn anzuschauen, aber als ich mich zum Gehen wandte, kam er um den Tisch herum und nahm wieder meine Hand.

»Du wolltest sagen nie so wie wir es eigentlich wollen – zusammen sein – habe ich recht?«

Ich starrte schweigend auf das Pflaster.

»Wolltest du das sagen, Tess?«

Mein Blick wanderte zu der rotkarierten Tischdecke hinauf. Das Muster verschwamm vor meinen Augen, als sie sich mit Tränen füllten. Ich sah auf.

»Patrick, ich weiß nicht, was ich tun soll«, stieß ich hervor.

Ein lange Stille folgte. Sein Blick war voller Liebe. Und Hoffnung.

»Na, das ist immerhin ein Fortschritt«, sagte er nach einer Weile leise. »Vor ein paar Tagen wußtest du noch genau, was du tun wolltest, und das hatte mit mir wenig zu tun. Jetzt weißt du es plötzlich nicht mehr.« Er lächelte. »Es ist nicht viel, aber es ist ein Anfang.«

Ich leckte mir über die Lippen. »Du ... du drängst mich nicht, ja?«

Er schüttelte den Kopf. »Nein, das tue ich nicht, aber ...« Plötzlich nahm er meine beiden Hände und schüttelte sie inständig. »Tess, diesmal mußt du das Richtige tun. Es ist für immer, und es ist wichtig, das weißt du, nicht?«

Ich nickte wie betäubt. Das Richtige. Was war das Richtige? Und für wen? Wieder gab es ein sehr langes Schweigen.

»Ich muß jetzt gehen«, flüsterte ich schließlich.

»Ja, ich weiß.«

Keiner von uns rührte sich. Wir schauten uns nur an, und ich hatte das Gefühl, als könnte er direkt in meine Seele sehen. Alles ging sehr ruhig, sehr still vor sich. Ich spürte, wie das Blut durch mein Adern strömte, mein Knöchel schmerzte, und das Taschentuch in meiner Nase kitzelte heftig. Gott, es steckte ja immer noch da drin! Entsetzt dachte ich darüber nach, wie ich es herausholen könnte, aber – würde es wie eine Aufforderung aussehen?

Dabei brauchte er gar keine. Er berührte sanft mein Gesicht, zog meinen Kopf zu sich herab, beugte sich vor, und seine Lippen strichen über meine.

Wir traten jeder einen Schritt zurück. Ich blinzelte. Es war einen Moment ganz still, dann brach tosender Applaus aus. Wir sahen uns verwundert um. Alle Leute, die hier draußen an den Tischen saßen, lächelten und klatschten. Ich mußte plötzlich wieder an unsere ziemlich dramatische Ankunft in diesem Café denken und wurde rot. Patrick grinste.

»Siehst so aus, als hätte ich hier ein paar Fans.«

Ich spähte über seine Schulter. »Und da ist einer von mir«, flüsterte ich. »Er kommt genau auf uns zu.«

Hinter Patrick war Pierre Boulavère aufgetaucht, jetzt in einem hellblauen Anzug. Er hatte uns noch nicht entdeckt, aber er kam näher und war ganz sicher auf der Suche nach dem Künstler.

»Ich gehe jetzt besser«, sagte Patrick rasch. Er drückte meine Hand und warf mir einen letzten heißen Blick zu, der reichte, um meine Augäpfel zu versengen, dann zeigte er auf meine Nase.

»Das ist übrigens sehr hübsch.«

Er lächelte boshaft, dann drehte er sich um und lief rasch Pierre und seiner Galerie entgegen.

Verlegen und möglichst unauffällig entfernte ich das Papier aus meiner Nase. Dann bückte ich mich nach meiner Tasche, und da mir bewußt war, daß die Leute immer noch glotzten, schwang ich sie mir so lässig wie möglich über die Schulter. Während ich an den Tischen vorbeiging, legte ich heimlich die Finger an meine Lippen. Sie waren noch da. Aha, dann waren sie also nicht verglüht. Meine Gedanken überschlugen sich, und ich hatte Mühe, ihnen zu folgen. Ich schüttelte den Kopf, als könnte ich ihn so entwirren. Er war so unerbittlich, so selbstsicher, so überzeugt. Aber das war er ja immer gewesen. Ich hingegen war das nicht und war es noch nie. Ich betastete wieder meine Lippen. Ich wollte über die Konsequenzen dieses Kusses nicht nachdenken, nicht überlegen, was er bedeutete, noch nicht. Das konnte ich später noch tun. Jetzt wollte ich ihn einfach nur genießen.

Langsam hinkte ich über den Gehweg, wie betäubt lief ich an den Passanten vorbei, als ich plötzlich angehalten wurde. Meine Arme wurden von hinten gepackt.

Ich erschrak. »Was, zum ...«

»Du kleine Hure«, zischte eine Stimme in mein Ohr. »Du widerliche, schmutzige kleine Hure!«

Ich wurde starr vor Entsetzen, und dann riß mich plötzlich jemand mit aller Gewalt herum. Ich riß die Augen auf.
»Daddy!« stieß ich hervor.

24. Kapitel

Schande über dich!« wetterte er und schüttelte mich. Fest umklammerte er meine Oberarme. Sein Gesicht war wutverzerrt; er sah aus wie besessen.

»Eine verheiratete Frau«, tobte er. »Küßt und flirtet mit einem fremden Mann. Du kleines Luder!« Er schüttelte mich weiter, als könnte er gar nicht mehr aufhören.

»Daddy, bitte«, keuchte ich, während mein Kopf hin und herflog. »Laß es mich erklären.«

»Erklären?« Die Gewalt seines letzten Stoßes warf mich nach hinten, und ein paar gaffende Touristen sprangen eilig aus dem Weg, als ich wie ein Insekt mit ausgestreckten Armen gegen ein Schaufenster klatschte.

Mein Vater baute sich vor mir auf. »Also«, befahl er drohend. »Schieß los. Erklär mir, warum du mit diesem Taugenichts herumknutschst, anstatt auf der Beerdigung deines Onkels zu sein.« Er bebte vor Zorn. »Mein eigener, geliebter Bruder«, wütete er, »und keines meiner Kinder hält es offensichtlich für nötig, zu erscheinen und ihm die letzte Ehre zu erweisen. Und als ich mich schließlich fassungslos aufmache, um sie zu suchen, stelle ich fest, daß die eine auf irgendeiner Party herumlungert und von oben bis unten mit Champagner begossen ist, während die andere auf offener Straße mit diesem elenden *Tunichtgut* herumknutscht. Du, Tessa! Eine Ehefrau, eine Mutter, eine ehrenhaft Frau, sollte man wenigstens meinen, besitzt du denn gar keinen Anstand?«

Inzwischen hatte sich in sicherem Abstand eine kleine und sehr interessierte Gruppe gebildet. Ich erkannte eine Touristin aus dem Café wieder und sah, wie sie in ihrer Tasche hektisch nach ihrer Kamera kramte, um diese exzentrische Engländerin, diese professionelle Szene-Macherin auf Zelluloid zu bannen.

»Daddy, bitte ...«

»Und was ist mit David?« donnerte er weiter. »Was ist mit Hugo und Clementine, hast du daran einen Gedanken verschwendet? Hast du die Konsequenzen deines betrügerischen Handelns bedacht?«

»Hör zu, Daddy, warte bitte eine Sekunde. Ich versuche es ja zu erklären, laß mich nur ...«

»Oh, ich bin schon längst an dir verzweifelt«, fuhr er mit bebender Stimme fort. »Ich habe lange und inständig für dich gebetet, mein Mädchen, trotzdem habe ich immer geahnt, daß du schlecht bist. Tief im Herzen habe ich gewußt, wie verrottet deine Seele ist.«

»Meine Güte«, murmelte ich und meine Beine wurden unter dem ganzen Feuer und Schwefel ein bißchen schwach.

»Ich habe zu Gott um Vergebung für dich gebetet, aber ich habe immer gewußt, daß das sinnlos ist, weil du nicht anders kannst, oder?« lamentierte er unablässig weiter. »Es liegt in deiner Natur, diese schmutzige, sündige Gier nach Sex. Du kannst einfach nicht ohne ihn leben.«

»Hör auf!« schrie ich und hielt mir die Ohren zu, um nichts mehr mitzukriegen. So hatte ich ihn noch nie reden hören.

»Es ist doch wahr, oder nicht?« ereiferte er sich und zog meine Hände von den Ohren. »Deshalb willst du auch nichts davon hören. Du hast diesen Mann immer begehrt, nicht wahr?« Sein Gesicht war Millimeter vor meinem, und er hielt meine Handgelenke eisern fest. *»Nicht wahr?«* wiederholte er und schüttelte mich, als könnte er die Antwort aus mir herausrütteln.

Ich sah ihn an, sein Gesicht zitterte vor Wut, aber er wirkte zugleich – irgendwie ängstlich. Ich richtete mich auf. Ganz plötzlich war ich die Ruhe selbst.

Ich nickte. »Ja, es ist wahr«, sagte ich und sah ihm in die Augen. »Ich habe Patrick immer gewollt.«

Er starrte mich an. Eine Sekunde lang glaubte ich, er würde mich schlagen, doch dann ließ er mich ganz abrupt los. Sein Gesicht sackte zusammen, seine Schultern hingen herab, und einen schrecklichen Moment lang glaubte ich, er würde anfangen zu weinen.

Ich schaute ihn an. Der Zorn war komplett aus seinem Gesicht gewichen. Ich blickte mich rasch um. Unsere kleine Zuschauerrunde war immer noch da, und wir standen immer noch mitten auf einer geschäftigen West-End-Straße. Das war nicht der richtige Ort für ein Schauspiel. Ich nahm Daddys Arm.

»Komm«, forderte ich ihn auf.

Zu meiner Überraschung folgte er wie ein Lamm. Er ließ sich widerstandslos durch die raunende, enttäuschte Menge führen und dann die Straße entlang, bis ich eine ruhige Seitenstraße mit einem Pub entdeckte. Vor dem Pub stand eine leere Bank, und ich schob ihn darauf.

»Setz dich hierhin«, befahl ich.

Er setzte sich gehorsam, und ich ging hinein. Das Pub war nahezu leer, und ich wurde sofort bedient. Ich eilte wieder nach draußen und drückte Daddy ein Glas Wein in die Hand. Als er daran trank, sah ich, daß seine Hand zitterte, aber er schüttete die Hälfte in einem Zug runter. Ich setzte mich neben ihn, nippte an meinem Glas und sah ihm zu. Sein Gesicht war sehr blaß. Er sah mich nicht an, sondern starr geradeaus. Ich nahm allen Mut zusammen.

»Es ist alles dein Fehler, Daddy«, erklärte ich ruhig. »Das ist dir klar, nicht?«

Er drehte sich zu mir um, aber es war, als würde er mich nicht erkennen. »Hm?«

»Du hättest mich gehen lassen sollen.«

Er schüttelte verwirrt den Kopf. »Gehen lassen? Wohin denn?« murmelte er.

»Nach Italien, mit Patrick. Vor Jahren. Du hättest mich gehen lassen sollen.«

Sein Gesicht wurde klarer. Er schüttelte den Kopf und lächelte, ja er lachte fast. »O nein, Tess. Nein, nein.«

»Verstehst du denn nicht?« bedrängte ich ihn. »Wenn ich gegangen wäre, hätte ich es selbst herausfinden können! Ich hätte herausfinden können, ob Patrick und ich zusammenpassen und ob es funktioniert hätte. Es hätte nach ein paar Monaten aus sein können oder auch erst nach einigen Jahren, aber dann wären wir uns zumindest sicher gewesen. Statt dessen tappen wir immer noch im Dunkeln und fragen uns, ob es sein soll oder nicht sein soll, und das alles nur, weil du uns dazu gezwungen hast, den Deckel drauf zu stülpen. Und man kann nicht einfach einen Dekkel auf etwas stülpen, das noch lebendig ist, das noch brennt. Das endet irgendwann in einer großen Explosion, wenn der Deckel abfliegt, und genau das passiert jetzt gerade!«

Jetzt zitterte ich zur Abwechslung ein bißchen. »Ich habe es versucht, Daddy«, flüsterte ich. »Ich habe es wirklich versucht. Als Patrick mir in Schottland sagte, daß er noch genauso für mich empfindet, sagte ich ihm, es sei hoffnungslos, aber es ist eine Sache, etwas zu sagen, und eine andere, etwas völlig anderes zu fühlen.« Ich stockte und raufte mir verzweifelt die Haare. »Und – und das Verrückte ist, daß ich mir nicht mal sicher bin, ob ich ihn *wirklich* will. Ich weiß es nicht, und das ist *deine* Schuld. Denn du hast uns nie die Chance gegeben, es herauszufinden. Wir alle ernten jetzt das, was du vor zwölf Jahren gesät hast – ich, Patrick und David!«

Er zog die Augenbrauen hoch. »Verstehe. Du glaubst also, ich hätte dir und Patrick eine Chance geben sollen, he?

Euch zum Flughafen fahren und deine Mutter vielleicht noch als Geleitschutz mitgeben sollen?«

»Ja! Ja, das glaube ich!«

Er lächelte und schüttelte den Kopf. »O nein, Tess. Das durfte ich nicht tun.«

»Aber *wieso*? Wir waren doch schließlich nicht mehr minderjährig. Herrje, ich war achtzehn, fast an der Universität, und laß uns ehrlich sein, jeder fängt im ersten Semester eine Beziehung an, was hätte es also für einen Unterschied gemacht?«

Er sah mich genau an, zum ersten Mal. »Es wäre ein Riesenunterschied gewesen. Weißt du, wenn du an der Universität eine Beziehung angefangen hättest, wäre ich sicher gewesen, daß es nicht dein Bruder ist.«

Einen Moment versagte mir die Stimme.

»Mein ... Bruder?« flüsterte ich schließlich.

Er gab keine Antwort. Sah mich nur an. Ungläubig schüttelte ich den Kopf.

»Nein, nein, das kann nicht sein«, stotterte ich hilflos. Ich suchte seinen Blick. O Gott, es konnte sein. *Es war so.*

»Madelaine?« hauchte ich.

Er nickte nur. Plötzlich wanderte sein Blick davon und rettete sich in die sichere Feme. Es war entsetzlich still. »Es liegt schon Jahre zurück«, begann er leise, »bevor deine Mutter und ich heirateten. Nicht bevor wir verlobt waren, aber bevor wir heirateten. Wir waren mit deinen Großeltern in Kilmarnoch. Madelaine war in Guilduncan. Sie war ...«, er seufzte und schüttelte langsam den Kopf, »... so schön, das kannst du dir gar nicht vorstellen, Tess – und so jung. Und er – Gott, er war schrecklich zu ihr. Marcus, ihr Ehemann.« Er lehnte sich auf der Bank zurück, sah in den Himmel und spielte mit seinem Glas, während er sich erinnerte: »Er war den größten Teil des Sommers fort, geschäftlich, zumindest behauptete er das – bei Marcus wußte man nie so recht. Da saß sie also ganz allein,

Wochen und Wochen, in dem großen leeren Haus. Sie war gerade frisch verheiratet, weißt du, eine junge Braut, eine ausländische junge Braut, und sie hat uns so leid getan, mir, deiner Mutter, Rachel und Robert.« Er stockte und trank ein bißchen. »Wir haben sie zum Dinner eingeladen, einmal, zweimal, dann kam sie regelmäßig, fast jeden Abend. Deine Mutter und sie verstanden sich gut; sie wurden Freundinnen.« Er machte wieder eine Pause, in seinem Gesicht zuckte es. »Dann eines Nachts, als alle im Bett waren, blieben wir noch auf, Madelaine und ich, und unterhielten uns vor dem Kamin. Sie erzählte mir von ihrer Ehe. Wie kalt sie wäre und wie leer. Sie sagte, sie wüßte, daß sie ihn nie hätte heiraten dürfen, aber nun, da es zu spät war, hatte sie Angst. Angst, von ihm wegzugehen.« Seine Augen wurden schmal, er schaute immer noch in den Himmel. »Und dann weinte sie«, erzählte er leise. »Sie weinte, und ich hielt sie im Arm, und sie war so ...«, er schüttelte den Kopf, als er sich erinnerte, »so verletzlich. Liebenswert.« Fassungslos sah ich zu, wie sich seine Augen mit Tränen füllten. Mit Tränen und noch etwas anderem, etwas so Sanftem und Zärtlichem und so Untypischem, daß ich es fast nicht erkannt hätte. »Später in dieser Nacht haben wir dann noch einen Spaziergang gemacht und – wir haben uns geliebt.«

Ich starrte ihn an. »Und Mummy war in Kilmarnoch?«

Er nickte. »Meine zukünftige Frau. Im Zimmer neben mir.« Er blickte auf seine Schuhe hinab. »Madelaine und ich haben uns noch öfter getroffen. Den ganzen Sommer, um genau zu sein.« Er runzelte die Stirn. »Es war seltsam, aber ich konnte einfach nicht anders, weißt du, Tess. Ich ... konnte. ... einfach nicht anders. Es war dieses entsetzliche Sehnsucht, die ich hatte – Lust, das war es wohl.« Er warf mir einen plötzlichen Blick zu. »Und du hast das auch, ich kenne dich. Du bist mir so *ähnlich«,* meinte er. »Und das macht mir angst.«

»Und Mummy?« flüsterte ich, seine letzte Bemerkung ignorierend. »Hat sie es nie erfahren?«

Er schüttelte den Kopf und seufzte. »Nein, sie hat es nie erfahren. Sie weiß es bis heute nicht. Marcus kam ein paar Wochen später aus dem Ausland zurück, und Patrick wurde im Januar geboren.«

»Dein Sohn«, hauchte ich.

Er nickte. »Mein Sohn. Mein einziger Sohn.«

Eine lange Stille folgte. Tränen standen in seinen Augen. Er wischte sie weg, und mit einiger Anstrengung gelang es ihm, die Fassung zu bewahren.

»Aber ich mußte ihn hassen, verstehst du. Ich mußte Patrick hassen, es war die einzige Möglichkeit, damit fertig zu werden. Ich konnte nicht einfach nur zurücktreten und zusehen, wie er aufwuchs, mein Junge, und mich nach ihm sehnen. Ich wusch mir an Ort und Stelle die Hände von ihm rein und nannte ihn selbst immer ›den kleinen Bastard‹. Ich habe mich geweigert, ihn zu sehen oder irgend etwas mit ihm zu tun zu haben.«

»Und Madelaine?«

»Madelaine auch«, erklärte er knapp. »Ich wußte, daß es Wahnsinn war. Ein Wahnsinn, der einen Sommer dauerte, und das war es. Danach sorgte ich dafür, daß wir uns für immer von dieser Familie distanzierten.«

»Dann ... hast du sie also nicht geliebt?«

»Guter Gott, nein«, antwortete er schnell. »Ich habe sie nicht geliebt.« Er lachte kurz auf. »Wie hätte ich? Madelaine verkörpert alles, was ich an einer Frau verachte. Sie ist flatterhaft, unsicher, kokett ... Nein, sie ist überhaupt nicht mein Frauentyp. Sie wäre nicht im entferntesten geeignet gewesen.«

»Geeignet? Es gibt keine Eignungstests, wenn man sich verliebt, Dad.«

»Deine Mutter dagegen«, fuhr er fort, als hätte ich gar nichts gesagt, »hatte alles, was ich bei einer Frau gesucht habe. Sie war solide, praktisch, bodenständig und aus einer guten und anständigen Familie.« Er nickt heftig. »O ja, ich habe die richtige Frau geheiratet, daran gibt es keinen Zweifel. Aber ich ...« Er brach ab.

»Du hast dein Leben anschließend ruiniert.«

Er sah auf das Pflaster hinab. »Ja, das habe ich.«

»Und meins auch«, ergänzte ich.

Es war lange still. Den ganzen Tag über war es heiß gewesen, doch jetzt war es plötzlich richtig kühl. Ich zitterte, war erschöpft. Ich konnte nicht mehr klar denken und das Gewirr in meinem Kopf nicht mal ansatzweise sortieren.

»Warum hast du mir nie was erzählt?« fragte ich schließlich. »Damals als ich achtzehn war und ihn gerade am Strand kennengelernt hatte? Warum hast du mich nicht zur Seite genommen und es mir vorsichtig beigebracht? Ich hätte es doch verstanden.«

Er schüttelte den Kopf. »Konnte nicht«, stieß er hervor. »Ich wollte einfach nicht, daß du schlecht über mich denkst und erführst, welche Schande ich über mich gebracht hatte.«

»Ich hätte nicht schlecht über dich gedacht, im Gegenteil«, antwortete ich warm. »Ich hätte *besser* über dich gedacht, viel besser! Es hätte mir sehr geholfen, wenn ich gewußt hätte, daß du auch nur ein Mensch bist.«

Er senkte den Kopf.

»Und ich hätte es viel eher akzeptieren können. Ich hätte akzeptiert, daß Patrick und ich uns nicht sehen durften, daß wir uns nicht ineinander verlieben durften. Wenn du mir damals alles erzählt hättest, hätte ich mich darauf einstellen können, vielleicht hätte ich ihn sogar wie einen Bruder lieben und stolz auf ihn sein können, aber jetzt ...«

»Tess, du mußt!« schrie er und packte meine Hand. »Du mußt!«

»Aber es ist sehr schwer!« stieß ich hervor und riß meine Hand zurück. »Und wenn er mein Bruder ist«, sagte ich trotzig. »Na und? Ich will keine Kinder mehr, es ist also egal!«

»Nein!« rief er entsetzt. Er griff nach meinen Schultern. »Nein! Es ist eine Todsünde, zwischen Bruder und Schwester!«

Ich wußte, daß er recht hatte, aber ich wollte ihm weh tun. »Wir haben es doch schon«, sagte ich kalt. »Gesündigt.«

Er fuhr zurück. »Das kann nicht sein. Ich war doch so vorsichtig.«

»Nicht vorsichtig genug, Daddy. Verlangen muß befriedigt werden, wie du ja weißt. Von deinem Sommer mit Madelaine. Wer weiß, vielleicht ist es ja sogar an derselben Stelle passiert – unten am Fluß, hm? Mitten in der Nacht?«

Er starrte mich entgeistert an, das Blut war aus seinem Gesicht gewichen. »O Gott«, keuchte er. »Dem Himmel sei Dank, daß das keine Folgen hatte.«

»Nein, es hatte keine Folgen«, antwortete ich kalt. »Aber wie du siehst, ist die Sünde längst begangen. Wir würden also kein Neuland betreten.«

»Tess, versprich mir, daß du das nicht tust, versprich es mir! Verstehst du denn nicht, daß es in Gottes Augen verdammungswürdig ist?«

Ich starrte ihn an. »In Gottes Augen hast du ganz schön viele Fragen zu beantworten. Ich verstehe gar nicht, wie du es wagen kannst ...« Aber ich konnte nicht weitersprechen, er hatte bereits voller Scham den Kopf gebeugt.

»Mir Vorwürfe zu machen«, beendete er den Satz für mich. »Ich weiß, Tess, glaub mir, ich weiß. Ich lebe jetzt seit 32 Jahren damit, und es gab keinen Tag, an dem ich nicht daran gedacht hätte.«

Wir schwiegen beide. Es gab so viel, daß ich ihm sagen wollte, daß ich ihm vorwerfen wollte. Ich hätte am liebsten geschrien und geweint, ihm mit den Fäusten auf die Brust geschlagen, ihn einen Heuchler genannt, einen Lügner und Betrüger, und ihm gesagt, daß ich nun endlich wußte, wie er wirklich war. Nicht, die starke, mächtige Gestalt, die auf höheren moralischen Ebenen wandelte in einer erhabenen Position, die ich nie erreichen würde, wie er mir immer vorgehalten hatte, auch dann nicht, wenn ich auf Knien rutschte, sondern ein schwacher, selbstsüchtiger, eitler Mann. Ich wollte ihm gern sagen, daß ich nun endlich Bescheid wüßte, aber noch viel mehr wollte ich das alles hinter mir lassen. Ich wollte weg und darüber nachdenken, was das alles für mich bedeutete.

Ich räusperte mich. »Daddy, wir müssen zurück. Rachel wird sich sicher fragen ...«

Er nickte. »Ich weiß. Geh nur schon, Tess. Gib mir noch fünf Minuten, um mich zu sammeln, dann komme ich nach. Geh!«

Ich schluckte. Nach all dem sagte er mir immer noch, was ich zu tun hatte! Ich hätte am liebsten gebrüllt. »Nein verdammt, du gehst jetzt! Was ist mit fünf Minuten für *mich*? Ich würde mich auch gern sammeln.«

Aus purer Gewohnheit stellte ich mein Glas ab und stand auf. Ich ging die Straße hinunter und tat, wozu er mich aufgefordert hatte.

»Tess!« brüllte er plötzlich hinter mir her. Ich drehte mich um. »Du erzählst deiner Mutter doch nichts?« In seinen Augen standen Angst und Schmerz.

Mummy. O Gott, Mummy. »Nein«, flüsterte ich.

»Noch was.« In seinem Gesicht zuckte es. Er schien mit sich selbst zu kämpfen. »Wirst du mir verzeihen?«

Ich sah zu ihm zurück, wie er da saß in seinem dunklen Anzug und dem steifen Kragen, auf der Bank, und plötzlich so alt aussah, so einsam, so zerrissen. Er sah – tragisch aus. Ich nickte mühsam. Er hielt meinen Blick noch immer fest. Es reichte ihm nicht. Er wollte mein Wort. Er wollte die Absolution. Ich holte tief Luft.

»Ja«, murmelte ich.

Erleichterung machte sich in seinen Augen breit. Ich drehte mich um und lief schnell davon.

25. Kapitel

Irgendwie, indem ich einen Fuß vor den anderen setzte und den Autopiloten einschaltete, gelangte ich zum Brown's Hotel. Ich hinkte langsam und systematisch durch die belebten Straßen; an Selfridges vorbei, über den Berkeley Square, nahm die Läden, die Parks, die Denkmäler wahr, ohne sie jedoch richtig zu sehen. Immer nur einen Fuß vor den anderen, den Blick starr geradeaus. Ich fühlte mich wie betäubt vor Schock, und in meinem Kopf tauchten immer neue Fetzen mit irgendeiner chaotischen Information auf. Ich versuchte, sie zu begreifen. Patrick war mein Bruder. Wir hatten denselben Vater. Er war der Sohn meines Vaters. Schwester und Bruder. Bruder und Schwester. Daddy und Madelaine.

Ich humpelte und humpelte, und nach einer Weile ließ die Betäubung etwas nach, und ich bekam wieder ein bißchen Gefühl im Kopf. Die Fetzen flogen nicht mehr wirr herum, sondern fügten sich zu einer Art zusammenhängender Ordnung. Langsam, aber sicher ergab sich ein Bild, und je deutlicher es wurde, desto mehr begriff ich, daß es nicht sehr schön war. Wut packte mich. Sie entstand in meinem Bauch und breitete sich von da wellenförmig aus, stieg in meine Kehle, bis ich fast daran zu ersticken glaubte. *Er hatte es schon wieder getan!* Schon wieder hatte mein Vater sich mir in den Weg gestellt und meine Pläne zerstört.

Beim ersten Mal vor zwölf Jahren hatte er es physisch getan, er hatte mir Steine in den Weg gelegt und mich daran gehindert, das Land zu verlassen – sogar das Haus, wenn man es genau nahm – und diesmal, wo ich für solche Einschüchterungstaktiken zu alt war, hatte er mir einen so entsetzlichen und unüberwindbaren Klotz vor die Füße geworfen, daß es trotz meiner Beharrlichkeit und meiner herausfordernden Haltung keine Chance mehr gab, das wußte ich. Es war nicht mehr möglich – Patrick und ich würde nie mehr zusammen kommen, dafür hatte mein Vater gesorgt. Wieder einmal hatte er mir die Wahlfreiheit genommen. Wieder einmal hatte er über mein Leben bestimmt und allem ein Ende gesetzt, und dabei zugleich sichergestellt, daß es kein Ende gab. Er hatte die Geschichte noch mehr verworren, denn er hatte uns nicht die gegenseitige Anziehung genommen, er hatte sie nur unmöglich gemacht und damit noch verschärft.

Jetzt, wo ich ihn nicht mehr haben konnte, würde ich Patrick noch viel mehr wollen, oder nicht? dachte ich verbittert. Jetzt würde ich wahrscheinlich ständig von ihm träumen, ich würde nachts durchs Haus geistern und an ihn denken, zuviel essen, anfangen zu rauchen, mich nach Schokolade verzehren, ich würde mich fragen, was hätte sein können, würde aus dem Fenster in den Regen starren, ich würde mich gerade so weit zusammenreißen, um einen Mantel über den Pyjama zu ziehen und die Kinder zur Schule zu bringen und dann wieder in meine wehmütige Melancholie zurücksinken; umgeben vom Spülbergen und alten Zeitungen würde ich mich von einem Tag zum nächsten schleppen und mein Leben mit David hassen ... Nein, dachte ich bedrückt, jetzt gab es für mich tatsächlich keine Hoffnung mehr. Ich würde mein Leben beenden als unzufriedene, zänkische, frustrierte alte Hexe mit einem Mann, der unter meinem Pantoffel stand und es mir nie recht machen konnte. Das war das Schicksal, das mir und David bevorstand, mein Vater hatte das toll hingekriegt. Er hatte uns zu einer unglücklichen Ehe verdammt. Mein Vater, der Gottesmann, und alles nur, weil sein übertriebener Stolz und seine Eitelkeit ihm mehr bedeuteten als mein Glück. Alles nur, weil er nicht ertragen konnte, daß ich ihn für etwas anderes halten könnte als den Herrn Pfarrer Moralapostel persönlich. Na, vielen Dank, Daddy.

Ich humpelte ins Hotel. Der Portier sah mich neugierig an, aber ich rauschte an ihm vorbei die Treppe hinauf, wo unsere Familie versammelt war.

Als ich zu der mittlerweile ziemlich lauten und vergnügten – und ganz sicher nicht mehr nüchternen – Gesellschaft stieß, erspähte ich David in der Nähe der Tür. Er wartete auf mich und schaute sich immer wieder um. Mein Ärger war im Nu verraucht. Ich blieb einen Moment stehen und sah ihn an, ohne daß er mich bemerkt hatte. David, groß, elegant, selbstbewußt, mit dem geliebten, intelligenten Gesicht. Mein Herz machte plötzlich einen Sprung. Armer, geliebter David, mein bester Ehemann, der keinen Fehler begangen hatte, außer daß er meine Gefühle chronologisch nach Patrick beschäftigt hatte. Der mich liebte, mir Kinder geschenkt hatte und nun in dieses schreckliche Kuddelmuddel verwickelt war, nur weil er mir als zweiter und nicht als erster begegnet war.

»Tess!« Er schien erleichtert, mich zu sehen und kam schnell zu mir. »Wo, um alles in der Welt, hast du bloß gesteckt? Ich habe mir wahnsinnige Sorgen gemacht.«

»O David, es tut mir so leid. Ich brauchte ein bißchen frische Luft und wollte ein Stück spazierengehen, und dann ist eine ganze Wanderung daraus geworden. Entschuldige.«

»Aber du warst ewig weg, mindestens eine Stunde, und du siehst schrecklich aus.«

»Ich weiß, ich weiß. Ich – ich glaube, Roberts Tod hat mich mehr mitgenommen, als ich dachte.« Ich krümmte mich innerlich wegen dieser Lüge.

David packte mich am Arm und schob mich zur Bar. »Komm, ich besorg dir was zu trinken, das scheint du jetzt zu brauchen. Nach einem Cognac fühlst du dich sicher besser. Es hilft nichts, diesen Dingen zu lange nachzuhängen, weißt du. Das ist der Grund für ein Reuessen ... man betrinkt sich, und dann denkt man nicht mehr an den Tod. Du hast sicher auch Hunger, und das hilft auch nicht. Mit leerem Bauch kann man nicht trauern.« Er zauberte einen Teller mit Lachs und Salat hinter einer Palme hervor. »Alle sind wie die Wilden über das Essen hergefallen, aber ich habe was für dich gerettet. Greif zu!«

Tränen schossen mir in die Augen. So, Tess, nur damit das klar ist. Während du da draußen mit einem anderen Mann Händchen gehalten hast, hat dein Ernährer Essen für dich erkämpft und es hinter den Blumen versteckt, für den Fall, daß seine Ehefrau – Verzeihung *Ehebrecherin* auch nur das kleinste bißchen Hunger verspüren würde, wenn sie zurückkam. Für den Fall, daß sie auch nur das leiseste Magenknurren haben könnte. Ich steinigte mich in Gedanken und nahm den Teller aus seiner Hand.

»Danke«, flüsterte ich.

Was ich eigentlich sagen wollte war, ›Um Gottes willen, David, sei nicht so scheißnett zu mir. Warum hast du die Gurke nicht mit Arsen gestopft oder den Salat mit einer netten Prise Zyankali garniert und deiner betrügerischen, heuchlerischen Frau damit ein für allemal den Garaus gemacht?‹

Er sah mich zweifelnd an. »Bist du sicher, daß dir nichts fehlt? Du siehst ein bißchen klamm aus, wenn ich mir die Bemerkung erlauben darf.«

Ich betastete meine Stirn. Sie war feucht. Meine Güte, wie ekelhaft. Ich nickte und lächelte krampfhaft. »Alles bestens, wirklich.«

Schweigend senkte ich den Kopf und spielte mit dem Salat. Mit dem Teller voll Essen brauchte ich ihn wenigstens nicht anzusehen. Nach ein paar Minuten sprach er mich wieder an.

»Tess, es tut mir leid«, sagte er brüsk.

Ich sah auf. »Was?«

»Alles. Aber hauptsächlich, daß ich nicht gekommen bin, um euch in Schottland abzuholen. Dich einfach so sitzen zu lassen, mit deinem Bein und den Kindern und allem. Es war bloß – tja, es war eine ziemlich schwierige Zeit für mich.«

Ich lächelte. Gott, das schien Ewigkeiten her zu sein. »Schon gut, David. Ich habe mich mal wieder wie eine egoistische dumme Kuh benommen.«

»Im Moment wird es wenig Sinn für dich machen«, fuhr er zögernd fort, »aber vielleicht wirst du es später mal verstehen. Ich brauchte die Zeit, um – na ja. Es gab da ein paar Dinge, die ich klären wollte. Für mich. Allein.«

Ich sah ihn erstaunt an, sah, wie sein Mund sich verzog und verdrehte. Wie seltsam, er wirkte ja richtig unsicher. David sah nie unsicher aus. Und wovon, zum Teufel, redete er eigentlich die ganze Zeit? Was für Dinge? Was wollte er denn klären? Ich seufzte. Nein, ich hatte schon genug Durcheinander um die Ohren, ich konnte mir unmöglich noch mehr aufladen. Was immer es war, es mußte warten. Ich stellte meinen Salat ab.

»David, es gibt nichts, wofür du dich entschuldigen müßtest. Ich bin diejenige, die sich saumäßig benommen hat.« Schon wieder kamen mir diese blöden Tränen, diesmal aus Scham und Selbstmitleid. Ich hielt den Kopf gesenkt und tastete nach meinem Glas.

»Das ist nicht ganz richtig«, antwortete er ruhig. »Aber es gibt ein Limit, bis zu dem ich ...« Er zögerte.

»Bis zu dem du was?«

Er schüttelte den Kopf. »Nichts. Ich hätte kommen sollen, um euch abzuholen, das ist alles. Ich hätte euch nicht alleinlassen dürfen.«

»David, jetzt hör bitte auf damit, ja. Du hast es genau richtig gemacht. Es wird langsam Zeit, daß du nicht dauernd auf mein Kommando hin springst, verdammt noch mal. Ich bin ein verwöhntes, arrogantes Mädchen, das von dir erwartet, auf Zuruf durch einen Reifen zu springen, und ehrlich gesagt verstehe ich gar nicht, wieso du es überhaupt mit mir aushältst. Die meisten Männer hätten mich längst in die Wüste geschickt. Ehrlich, manchmal frage ich mich wirklich, warum du nicht einfach abhaust.«

Er lächelte. »Manchmal frage ich mich das auch.«

Eine Pause folgte.

»Und ... würdest du?« fragte ich plötzlich unbekümmert.

Er sah mich lange an. »Was genau willst du wissen, Tess?«

Ich spielte mit dem Feuer und wußte es. Ganz plötzlich schien es um uns herum ganz still zu sein. Es war, als wären wir die einzigen beiden Personen im Raum.

»Ich will wissen, ob du mich je verlassen würdest«, stieß ich hervor uns schwitzte plötzlich.

»Was für eine Frage ist das denn?«

Ich starrte ihn an. Würde es sie etwa nicht beantworten? Warum nicht? Mein Herzschlag setzte aus. Dann schüttelte ich mich innerlich. Warum nicht? Weil ihr in einem Raum zusammen mit lauter Verwandten seid, auf der Beerdigung deines Onkels, du Dummerchen, deshalb nicht. Und weil es einen Ort und eine Zeit für alles gibt. Ich spürte seine stechenden Augen immer noch. So plötzlich wie mich dieser Wahnsinn gepackt hatte, so plötzlich ließ er mich auch wieder los. Ich betastete meine feuchte Stirn, als wäre die an allem schuld.

»Entschuldige bitte, David«, sprudelte ich. »Ich weiß auch nicht, was in mich gefahren ist. Ehrlich gesagt fühle ich mich im Augenblick ziemlich beschissen – ich glaube diese ganzen Emotionen lassen meine Hormone verrückt spielen. Du weißt, ja wie ich bei Hochzeiten bin, ich brauche bei einer Veranstaltung mindestens zehn Taschentücher. Sieht aus, als wäre das bei Beerdigungen genauso oder sogar noch schlimmer. Vergiß, was ich gesagt habe, ich – ich rede im Moment nur Unsinn.« Ich setzte das strahlendste Lächeln auf, das ich hinkriegte.

Er sah mich an. Sein Gesicht wirkte blaß und fahl. *Red jetzt nicht mit ihm,* beschwor mich eine kleine innere Stimme. *Sag jetzt nichts mehr, nicht in diesem Zustand. Sonst verplapperst du dich noch, gestehst alles, du weißt doch selbst, daß du unbedingt alles loswerden willst! Du bist reif für ein Geständnis, aber wenn es einmal heraus ist, gibt es kein Zurück mehr, und, mein Gott, du wirst es dein Leben lang bereuen ...*

»Darling, ich muß jetzt dringend zum Klo«, murmelte ich. »Ich muß irgendwas mit meinem Gesicht unternehmen. Ich kann regelrecht fühlen, wie häßlich ich aussehe, ohne auch nur in den Spiegel zu schauen.«

Er nickte und rang sich ein Lächeln ab. »Du hast wirklich schon besser ausgesehen. Geh nur, ich bewache dein Essen.«

»Nein, nein, ich will eigentlich gar nichts mehr. Unterhalte dich ruhig solange mit jemand anders. Es dauert sicher ein bißchen.«

Ich drehte mich um und steuerte ohne mich noch einmal umzusehen auf die Damentoilette zu.

Drinnen lehnte ich mich kraftlos gegen das Marmorbekken und starrte in mein lädiertes, verweintes Gesicht im Spiegel. Ich sah aus wie hundert und fühlte mich auch so. Ich kramte in meiner Tasche, fand einen Eyeliner und malte eine zitternde Linie. Als nächste versuchte ich es mit etwas Maskara, schmierte aber so sehr, daß ich es wieder abwischen mußte und am Ende schwarze Augen hatte. Also klatschte ich etwas Lippenstift auf. Dann sah ich in mein Clown-Gesicht mit den geschwollenen Augen und dem roten Mund. So erschien es mir irgendwie passend.

»Was für eine Bescherung«, flüsterte ich. »Was für eine ... schreckliche ... Bescherung.«

Im Spiegel konnte ich erkennen, daß dieses ungezügelte Selbstmitleid schon wieder neue Tränen auslöste, deshalb stopfte ich hastig mein Make-up in die Tasche und ging, so verlockend es mir erschien, die nächsten Stunden hier im sicheren Klo zu verbringen, wieder hinaus.

Lautstarkes Stimmengewirr empfing mich. Ich nahm mir ein Glas Champagner vom Tablett eines Kellners und aus einem plötzlichen Entschluß heraus noch ein zweites. Es war ein alter Trick von mir, auf öden Partys mit zwei Gläsern durch die Gegend zu laufen, denn wenn mich der Langeweiler des Jahrhunderts ansprach, konnte ich prima behaupten, ich wollte gerade jemandem etwas zu trinken bringen. Ich sah mich nervös um. Wenn ich ehrlich war, gab es hier eine Menge Leute, mit denen ich jetzt einfach nicht reden konnte und denen ich unbedingt aus dem Weg gehen mußte, wie David, Laura, Mummy. Ich umkreiste gerade eine Gruppe, als plötzlich mein Ellbogen wie mit einer Zange festgehalten wurde. Eine ältliche, schrille Stimme dröhnte in mein Ohr.

»Na, versuchst wohl den alten Partytrick mit den zwei Gläsern, was, Tess? Ich habe dich schon gesucht.«

Ich drehte mich um, und mein Herz sank. »Tante Elspeth!«

Ich beugte mich vor und küßte die papierdünne Wange, die sie mir hinhielt. Mist! Die blinde, besserwisserische, betrunkene Großtante Elspeth war jetzt genau, was mir fehlte. Wie üblich roch sie nach abgestandenem Chanel und Gin, war mit Juwelen behangen und trug einen exzentrischen Hut mit Straußenfedern, die oben aus dem Top hervorlugten wie Zwerghühner. Immerhin, überlegte ich, gehörte sie nicht zu meiner engeren Familie, und zumindest mußte ich ihr nichts erzählen. Denn Tante Elspeth war das, was man gemeinhin als Konversation bezeichnete, fremd; ihre Stimme war die einzige, die wichtig war, also plapperte sie munter drauflos.

»Wie schön, dich zu sehen«, log ich.

Sie bückte sich mit ihren wäßrig blauen Augen und ihrer Hakennase, eine dünne, hagere Gestalt.

»Lüg nicht, meine Liebe, ich weiß, daß du mich meidest wie die Pest, das tut jeder; aber denk immer daran, es hätte noch schlimmer sein können. Es hätte auch der wahnsinnige Onkel Arthur sein können. Zumindest kneife ich dir nicht in den Hintern. Sag mal, kann ich das zweite Glas haben? Hier ist die Luft so trocken wie in der Wüste Gobi.«

Ich grinste und gab es ihr. »Sei mein Gast.«

»Zufällig, meine Liebe«, sie nahm einen großen Schluck Champagner und fixierte mich mit ihren rheumatischen alten Augen, »habe ich ein Hühnchen mit dir zu rupfen.«

Ich stöhnte innerlich und machte mich auf eine ihrer typischen Verwechslungen gefaßt. Niemand konnte Elspeth vorwerfen, senil zu sein, denn sie war durchaus noch am Ball. Das sie aber fast blind war, war sie meist am *falschen* Ball. Sie berührte mich mit ihrer üppig beringten Hand.

»Du mußt endlich deinen schrecklichen Job aufgeben. Er wird dich in den Ruin führen!«

Ich seufzte. »Nein, Elspeth, ich bin es nicht. Das ist ...«

»Such dir einen netten jungen Mann. Glaubst du etwa, ich wäre alt und blind? Es ist höchste Zeit, daß du heiratest und Kinder kriegst, meine Liebe. Du kannst natürlich weiter in deinen Designer-Klamotten herumflanieren und auf irgendeinen Industriekapitän warten, aber deine biologische Uhr läuft ab. Deine Eier gehen aus, junge Dame!«

Ich stöhnte. »Elspeth, Laura ist diejenige, die ...«

»Ja, ich kann sehen, daß du Laura bist. Glaubst du etwa, ich wäre alt und blind? Paß auf, mein Mädchen, wenn du nicht bald die Kurve kriegst, wirst du noch irgendwo als alte Jungfer verstauben wie die arme Tante Beatty.«

Die arme Beatty, Elspeth' ältere Schwester, sie tat mir so leid. Ich sah mich um und – ah ja, wie es der Zufall wollte, stand sie direkt hinter uns. Ich versuchte, Elspeth mit einer

Reihe ausgefallener Kopf- und Handbewegungen auf diesen Tatbestand hinzuweisen, aber ohne Erfolg.

»Weißt du, was ihr passiert ist?« bellte sie.

Ich sah, daß Beatty ganz starr wurde. »Elspeth, ich glaube nicht ...«

»Sie hat zu lange gewartet, und dann hat sie sich in ihrer Verzweiflung auf ein *katastrophales* Verhältnis mit einem verheirateten Mann eingelassen. Sie hat sich ihm vor die Füße geworfen, das arme Lamm, regelrecht vor die Füße *geschmissen,* es war peinlich mitanzusehen. Natürlich hat er ihr geschworen, er würde seine Frau für sie verlassen, aber er hat es nie getan. Es war ein Jammer – und dabei bekam sie nicht mal das, was eine anständige Affäre ausmacht, ordentlichen Sex! O nein, alles fand in der Öffentlichkeit statt, jede Menge heiße Blicke durch Menschenmassen hindurch, schwitzende Hände, erhitzte Gesichter – es war nur ein langer, unglücklicher Flirt, das arme Ding. Ich sag' dir was«, zischte sie laut, legte die Hand auf meinen Arm und sah sich verschwörerisch um. Ich hielt den Atem an, denn ich wußte genau, was jetzt kommen würde. »Die arme, alte Beatty hat nie einen drin gehabt!«

Hinter mir konnte ich Beattys Zähne knirschen hören. »Elspeth, ich weiß, das hast du mir schon einmal erzählt und ...«

»Stell dir vor«, sagte Elspeth laut. »Stell dir vor, du gehst ins Grab, ohne zu wissen, was ein anständiger Fick ist.«

»Elspeth, bitte!« Herrje, sie war schlimmer denn je. Ich packte ihren Arm und schob sie mit Gewalt in einer Ecke des Raums, wo es hoffentlich ein bißchen ruhiger war und sie niemanden mehr derartig beleidigen konnte. Unglücklicherweise schob ich sie aus Versehen gegen die kleine Leonora, die an einem Tisch kniete und Orangensaft trank.

»Nicht, daß Sexmangel auch dein Problem wäre«, bemerkte sie laut.

Ich zuckte zusammen und versuchte, sie aus der Reichweite von Leonoras gespitzten Ohren zu schaffen, aber Musterkind schien überraschend erfreut, ihre Großtante zu sehen. Sie ließ ihren Saft stehen, kletterte vom Stuhl und folgte uns dicht auf den Fersen. Sie sah Elspeth aufmerksam an.

»He, was? Ganz im Gegenteil, würde ich meinen«, röhrte Elspeth weiter. »Du hast wahrscheinlich viel zuviel gekriegt und immer von den falschen! Wer ist denn dieser Lehrer-Softie, von dem ich gehört habe? Doch hoffentlich kein verdammter Kommunist, oder?«

Ich seufzte, als ich die Formulierung meines Vater erkannte. »Nein, Elspeth, ist er nicht, aber ...«

»Was? Flüster doch nicht so, Mädchen! Das sind doch alles linke Spinner, nicht wahr? Jedenfalls sagt dein Vater das. Ich kann diese verdammten Kommunisten auch nicht ausstehen, man sollte sie alle einfangen und ihnen in die Eier schießen.« Sie sah einen Moment stirnrunzelnd zu Leonora hinab, die sie nun mit unverhohlener Neugier anstarrte.

»Was guckst du mich so an, mein Kind?« bellte sie.

»Ich möchte gern sehen, daß du trinkst wie ein Loch.«

Elspeth wurde bleich. »Eh? Was meinst du?«

»Daddy hat gesagt ...«

»Jetzt geh schön, Leonora, Darling«, unterbrach ich sie hastig. »Ich glaube, Mummy sucht dich schon.«

»Aber Tante Tess, Daddy hat gesagt, sie könnte das! Wirklich, er hat gesagt, sie könnte trin ...«

»Leonora, bitte!« herrschte ich sie rüde an. Ich drehte sie in die Richtung ihrer Mutter und gab ihr einen kleinen Schubs. »Verschwinde.« Gott, bei dieser Veranstaltung fiel man von einer Katastrophe in die nächste. Trotzdem nahm ich mir im stillen vor, Hugo zu berichten, daß seine Schülerin große Fortschritte machte.

»Tsetsetse!« schnaubte Elspeth. »Dieses Kind wird noch genau wie ihre Mutter, wenn sie nicht aufpaßt.«

»Ja, sicher, Elspeth, hör zu«, murmelte ich und wich verzweifelt nach hinten, »es war schön, mich mit zu unterhalten, aber jetzt muß ich wirklich gehen und den Babysitter anrufen. Ich habe ihm versprochen, mich um diese Zeit zu melden und ...«

»Das wirst du nicht tun, junge Dame. Ich bin nämlich noch nicht fertig mit dir. Halt deine Pferde noch ein bißchen im Zaum, während ich dir sage, was du brauchst!« Sie umklammerte mein Handgelenk mit ihren knochigen Fingern. Es gab kein Entrinnen. »Was du brauchst, ist ein netter, solider Anwalt wie deine Schwester. Egal, wie er aussieht, Hauptsache, er arbeitet ordentlich und verdient ein bißchen Geld. Dann baust du das Nest und brütest, okay?« Sie beugte sich mit verschwörerischem Flüstern nach vorn. »Aber laß dich anschließend bloß nicht so gehen wie sie. Ich glaube, sie rasiert sich nicht mal mehr die Beine, von den Achselhöhlen ganz zu schweigen. Nein, so geht das nicht. Du kannst trotzdem weiter deine schicken Klamotten tragen und deinen linken Vögeln hinterherjagen – wenn du unbedingt willst –, aber wenigstens hast du deine Schäfchen im Trockenen.« Sie tätschelte meine Hand. »Versteht du, was ich meine? Es taugt nichts, sich den kleinen Genüssen im Leben zuzuwenden, ohne vorher die Schäfchen im trockenen zu haben.«

Ich mußte unwillkürlich lächeln. Die alte Elspeth hatte ihre Schäfchen exakt dreimal ins Trockene gebracht; sie hatte drei reiche, solide, langweilige Ehemänner gehabt, die unbeteiligt zugesehen hatten, wie sie ihr Leben mit unzähligen attraktiven Genüssen gewürzt hatte, alle entweder Besitzer einer Yacht auf den Bahamas, eines Schlosses im Schwarzwald oder einer Villa in Südfrankreich.

»Ich gebe der Pille die Schuld«, verkündete sie lautstark. »Und der sogenannten sexuellen Revolution.«

Ich sah mich verzweifelt um, ob nicht irgend jemand anders das so oft hören wollte, wie ich es gehört hatte.

»Freiheit«, schimpfte sie. »Freiheit für wen? Für die Männer natürlich! O ja, sie sind fein raus, nicht wahr? Sie kriegen ein nettes junges Mädchen schon zum Preis einer Flasche Chablis und eines Coq au Vin ins Bett. Zu meiner Zeit hätte es das nicht gegeben. O nein, zu meiner Zeit mußte ein Mann dich erst heiraten, ehe er dich unter der Bettdecke hatte, er konnte nicht sein Sperma in der Gegend herumspritzen wie ein sexkranker Kater! Ich meine, das ist ja alles schön und gut für ihn, aber wo bleibst du dabei?«

»Genau«, murmelte ich resigniert.

Aus den Augenwinkeln hatte ich Laura und David entdeckt, die in der Nähe des Kamins die Köpfe zusammensteckten und ernste Gespräche zu führen schienen. David hörte aufmerksam zu, den Kopf zur Seite geneigt. Mir wurde eiskalt. Was erzählte sie ihm? Daß ich so besessen von Patrick war, daß ich wie eine Geisteskranke in seine Galerie spaziert bin, sie mit Champagner übergossen und anschließend beschuldigt habe, sie hätte eine Affäre mit ihm? Mein Herz setzte einen Moment aus. Das würde sie doch niemals tun, oder?

»Du stehst im Regen, das ist es. Ohne einen Ring am Finger und ohne irgendwelche Rechte!«

Aber – wenn sie ihm das nicht erzählte – was war es dann? Was war so fesselnd, daß sie so flüstern mußte und er so aufmerksam zuhörte? Ich beobachtete ihre Gesichter und versuchte angestrengt, ihre Lippen zu lesen.

»Ich sage dir, wenn ich heute ein junges Mädchen wäre, würde ich diese verfluchte Pille wegwerfen und ihn mit dikkem Bauch zum Altar schleppen. Denk daran, wenn du das nächste Mal mit deinem verkommenen kleinen Lehrer-Freund ins Bett steigst, meine Liebe. Er schluckt dieses verdammte Ding ja schließlich nicht – warum solltest du es also tun? Schluck es bloß nicht!«

Ich wandte mich wieder Elspeth zu. »Was?«

»Ich sagte, wenn du das nächste Mal mit deinem Lehrer-Heini im Bett bist, schluck es bloß nicht!«

Ich starrte sie ungläubig an. »Gütiger Himmel! Elspeth

wurde immer schlimmer, man durfte sie wirklich nicht mehr unter die Menschheit lassen.

»Spuck es aus!« bellte sie.

Mein Mund stand offen. Glücklicherweise ersparte mir eine Hand auf meinem Arm die Antwort.

»Darling – kann ich kurz mit dir sprechen?«

»Mummy!«

»Elspeth, entschuldige, daß ich euch störe, aber könnte ich Tess für eine Minute entführen?«

»Du wirst genauso senil wie ich, Daphne. Das ist Laura, nicht Tess, aber nimm sie ruhig mit. Guck mal, ob du dem Mädchen etwas Vernunft einbleuen kannst. Ich schaffe das nicht!«

»Ich werde es versuchen«, versprach meine Mutter. »Ach übrigens, ich glaube, Beatty sucht dich.«

Sie schob Elspeth in die Richtung von Beattys drohend aufgerichtetem Rücken und führte mich auf die andere Seite.

»Sie wird immer schlimmer, Mummy«, klagte ich, als wir davongingen. »Ehrlich, manche Dinge, die sie sagt ... sie ist untragbar!«

»Tja, das ist die Überheblichkeit des Alters. Man bildet sich ein, man hätte schon so lange gelebt, daß man sich alles erlauben kann. Ehrlich gesagt ertappe ich mich in letzter Zeit auch manchmal dabei.«

Sie lächelte und schob mich zu einem Fensterplatz, von dem man auf die Straße hinabsehen konnte. Sie setzte sich und klopfte das Kissen neben ihr zurecht. Ich hockte mich zögernd neben sie. Sie runzelte die Stirn.

»Warum guckst du so grimmig, Darling?«

»Ich?« Ich zwang mich zu einem Lächeln. »Ach, nur so. Es geht mir gut. Ehrlich.«

Ich konnte sie nicht ansehen. Was für ein Schwein war mein Vater! Was für ein ausgemachter Scheißkerl. Er hatte so etwas wie meine Mutter nicht verdient.

»Sicher? Du siehst ein bißchen – mitgenommen aus.«

Ich seufzte. »Mir geht es aber wirklich gut, ich bin nur ein bißchen müde. Und dieser blöde Knöchel tut mir weh – ach ich weiß auch nicht. Im Moment kommt einfach alles zusammen und scheint sich gegen mich zu verschwören ...« Ich brach ab und schaute aus dem Fenster auf den Straßenverkehr unter uns.

»Ist es wegen Patrick?«

Ich drehte mich erschrocken um. »W-was meinst du damit?«

»Komm schon, Tess«, sagte sie leise. »Du glaubst, ich weiß es nicht, habe ich recht?«

Ich sah zur Seite. »Weiß ... es jeder?« flüsterte ich.

»Wenn du David meinst, ich glaube nicht, nein. Aber ich habe es immer gewußt.«

Es war eine Weile still.

»Um ehrlich zu sein, Mummy, ich habe es selbst nicht gemerkt«, sagte ich dann. »Aber jetzt wird mir langsam klar, daß er immer da war, dieser ... dumpfe Schmerz. Manchmal spüre ich ihn kaum. Es gibt Wochen, Monate, ja sogar Jahre, da denke ich gar nicht an ihn, doch dann packt es mich plötzlich, so wie jetzt, und ich kann kaum noch atmen. Ich kann nicht mehr vernünftig denken, es – überkommt mich einfach.« Ich schnappte keuchend nach Luft.

Es war so eine Erleichterung, es jemandem zu erzählen! Ich schaute auf meine Hände, klammerte sie ineinander. Aber ich durfte nicht zuviel sagen! Lächelnd sah ich sie an.

»Aber jetzt nicht mehr. Von heute an gehört das alles der Vergangenheit an. Ich werde Patrick aufgeben, das ist mein Neujahrs-Vorsatz! Kein Schmerz mehr, keine Sehnsucht mehr.«

Sie schüttelte den Kopf. »Das glaube ich nicht.«

»Und ob. Dieser Urlaub hat mich zwar noch mal richtig aufgewühlt, aber ich werde das alles hinter mir lassen, warte nur ab.« Ich lächelte tapfer, doch meine Mundwinkel zitterten ein bißchen, als sie mir in die Augen sah.

»So einfach ist es nicht, stimmt's?«

»Was schlägst du denn vor, Mummy?« fragte ich aufgebracht. »Ein Verhältnis? Soll ich meine Ehe an den Nagel hängen?«

»Nein«, antwortete sie ruhig. »Es wird deine Ehe so oder so ruinieren, das weißt du genau. Soweit ich das beurteilen kann, ist das Kind längst in den Brunnen gefallen, und ob du jetzt mit Patrick gehst oder ihm den Rest deines Lebens nachhängst, macht keinen großen Unterschied. Du gibst dich David nicht mehr ganz.«

Ich ließ stumm den Kopf hängen. Es stimmte. Aber es gab ja ohnehin keine Möglichkeit, mit Patrick zusammen zu sein, was machte es also für einen Sinn, darüber zu reden? Natürlich konnte ich Mummy *das* nicht sagen.

Mummy legte ihre Hand auf meine. »Tess«, begann sie leise, »ich möchte einfach nicht, daß du so frustriert und enttäuscht wirst wie ich, und denkst, es gäbe keinen Ausweg. Das stimmt nicht. Du hast eine Verantwortung anderen Menschen gegenüber, natürlich, aber deine wahre Verantwortung ist die gegenüber dir selbst. Leb nicht das Leben einer Märtyrerin, das nützt niemandem.«

»So wie du?«

»So wie ich.«

Wir schwiegen. Mir wurde klar, daß ich das zwar immer geahnt, aber nie hatte wahrhaben wollen. Ich sah sie an.

»Wünschst du dir denn, du hättest Daddy verlassen?«

Sie schüttelte den Kopf. »Ach, es ist jetzt zu spät, wir brauchen nicht darüber zu reden.« Sie atmete tief durch. Dann starrte sie vor sich hin und nickte zögernd. »Aber ja, wo du fragst, ich habe oft gedacht, wenn ich nicht da raus komme, werde ich verrückt. Richtig verrückt.« Sie zuckte mit den Schultern. »Aber jedesmal wenn ich bereit war zu gehen, dachte ich an dich und Laura. Ich hatte Angst, ihr würdet mit der Trennung nicht fertig werden und für den Rest eures Lebens psychische Schäden davontragen, und dann wäre ich daran schuld. Das Übliche eben.«

Ich nickte kläglich. Ich konnte nicht mal an Hugo und Clemmie denken.

»Also habe ich mich arrangiert. Ich habe mich geopfert, für die Sache, meine Ehe und meine Familie.« Sie schüttelte den Kopf. »Das war nicht besonders gesund, aber ich habe mich mit dem Gedanken getröstet, daß ich es eines Tages tun würde, wenn ihr älter wärt. Dann würde ich einfach aufstehen und gehen und ein eigenes Leben führen. Ich habe mich immer an meinen heimlichen Plan geklammert, und das hat mir geholfen.« Sie lächelte niedergeschlagen. »Jetzt ist es natürlich zu spät.«

Ich biß mir auf die Lippen. »Mummy – zwischen David und mir ist es nicht so wie zwischen dir und Daddy. Überhaupt nicht. Wir lieben uns sehr. Es ist nur ...«

Sie tätschelte meine Hand. »Ich weiß. Du wirst Patrick einfach nicht los, ja?«

»Ja, aber es hat keinen Sinn, Mummy«, stieß ich plötzlich hervor. »Es hat keinen Sinn, nur darüber nachzudenken.«

»Weil?«

»Weil – nichts.« Ich stand auf. *Sei still,* Tess, *sei bloß still.* Ich zupfte an meinem Rock. »Komm«, schlug ich vor. »Wir holen uns noch was zu trinken. Ich habe das Gefühl, ich könnte heute die ganze Bar leertrinken.«

Sie legte eine Hand auf meinen Arm. »Weil dein Vater dir etwas erzählt hat?«

Ich fuhr herum und starrte sie an. Dann setzte ich mich langsam wieder.

»Woher weißt du das?« flüsterte ich.

»Ich wußte, daß er dich suchen wollte, und ich nahm an, daß du mit Patrick zusammen wärest. Also ging ich davon aus, daß er euch zusammen antreffen und es dir erzählen würde.«

»Dann weißt du also von – Patrick?«

Sie lächelte. »Ich hab es seit Jahren gewußt. Seit es passiert ist, um genau zu sein.«

Ich sah sie an. »Weiß er, daß du es weißt?«

»Nein, natürlich nicht.«

»Wie hast du es herausgefunden?«

»Das war nicht schwer. Damals war es ziemlich offensichtlich, daß er etwas mit Madelaine hatte. Ich wußte es von Anfang an. Ich kann mich sogar noch an den genauen Zeitpunkt erinnern, an dem alles anfing. Sie war damals noch sehr spät nach dem Abendessen in Kilmarnoch, und sie blieben zusammen auf und unterhielten sich.« Sie lächelte. »Danach war es eigentlich eine Farce. Du kennst ja deinen Vater, er ist hoffnungslos im Ausredenerfinden. Er bildete sich ein, mitten in der Nacht geräuschlos aus dem Haus zu schleichen, dabei krachte jede einzelne Diele, jede Tür fiel zu, und er flüsterte ununterbrochen ›Mist‹ vor sich hin, wenn er im Dunkeln irgendwo anstieß. Es hätte gereicht, um Tote zu wecken. Ich hatte das Zimmer gleich neben ihm, und ich habe regelmäßig im Nachthemd am Fenster gestanden und zugesehen, wie er die Einfahrt hinunterlief, um sie zu treffen.«

»Und es hat dir nichts ausgemacht?« fragte ich ungläubig.

»Natürlich hat es mir etwas ausgemacht, es hat mir schrecklich viel ausgemacht, aber was hätte ich tun sollen? Wir waren verlobt und wollten einen Monat später heiraten, und damals war ich noch sehr verliebt. Weißt du, er war der einzige Mann, den ich bis dahin kennengelernt hatte. Ich war sehr jung, sehr verwirrt, und meine Eltern waren schon tot, so daß ich mich ziemlich einsam fühlte.« Sie zuckte mit den Schultern. »Ich dachte – wenn ich jetzt wegrenne, was wird dann aus mir? Wer nimmt mich dann? Ich geriet in Panik. Ich dachte, wenn ich den Mund hielt, würde die Affäre irgendwann zu Ende sein, und so war es dann ja auch.«

»Du meine Güte«, keuchte ich. »Ich weiß nicht, ob ich so stoisch gewesen wäre.«

»Ich hätte es auch nicht sein sollen, aber wenn man so jung und so naiv ich wie ich damals ...« Ihre Gedanken wanderten zurück in jene Zeit. Dann besann sie sich plötzlich und war wieder in der Gegenwart. »Wie auch immer, Marcus kam aus dem Ausland zurück, und Madelaine ist zu ihm zurückgegangen. Dein Vater und ich haben geheiratet und ich dachte, ich wäre die Siegerin. Dachte, ich hätte das bekommen, was ich wollte.«

»Und woher wußtest du, daß Patrick ihr Sohn war?«

»Das war nicht schwer. Als wir auf irgendeiner Party erfuhren, daß Madelaine schwanger war, wurde dein Vater weiß wie eine Wand, erbrach sich fast in seine Suppe und mußte den Tisch verlassen. Er kam zehn Minuten später sichtbar erschüttert zurück, konnte nichts mehr essen und sah aus, als sei er einem Gespenst begegnet. In den nächsten sechs oder sieben Monaten riß er morgens dem Zeitungsjungen die *Times* regelrecht aus den Händen, verbarrikadierte sich mit seinem Frühstücksei dahinter, durchforstete hektisch die Geburtsanzeigen und bildete sich ein, sich völlig unauffällig zu verhalten.«

Ich mußte trotz allem lächeln. Wie gut konnte ich mir das vorstellen!

»Als die Anzeige schließlich erschien, zitterte die Zeitung in seiner Hand. Er ließ sie in seinen Kaffee fallen und rannte nach oben. Ich griff über den Tisch, hob die nasse Zeitung auf und las über Patricks Geburt. Ich meine, wofür hält er mich, für hirntot oder was?«

»Und Madelaine? Weiß sie, daß du Bescheid weißt?«

»O ja.« Sie lächelte. »Wir haben zwar nie darüber gesprochen, aber ich bin mir ganz sicher.« Sie sah mich an. »Du weißt schon, eine Art Geheimnis unter Frauen. Zuerst gab es ein paar Spannungen, aber jetzt nicht mehr. Im Gegenteil. Ich glaube, wir fühlen uns in gewisser Weise verbunden.« Sie sah aus dem Fenster. »Außerdem führten wir ja beide eine zu unglückliche Ehe, um daraus eine Geschichte zu machen. Wir wußten beide, warum es passiert war.«

»Dann gibst du es also zu?«

»Was?«

»Daß deine Ehe unglücklich war?«

Sie holte tief Luft. »Ich würde sagen, daß meine Ehe fürchterlich, frustrierend und unbefriedigend war, ja.« Sie sah mich aufmerksam an. »Und das wünsche ich dir nicht, Tess, egal wie hoch der Preis ist. Glaub mir, es ist es nicht wert.«

»Aber verstehst du denn nicht«, keuchte ich verzweifelt. »Es gibt einfach keinen Weg! Patrick und ich – wir sind Geschwister. Es geht nicht, Mummy!«

Sie schaute mich eindringlich an. »Aber das seid ihr nicht.«

Ich begriff nichts mehr. »Du hast doch gerade selbst gesagt ...«

»Ich habe gesagt, daß Patrick sein Sohn ist, aber ...« Sie zögerte auf einmal. Sie schaute zur Seite, dann auf ihre Hände, spielte mit ihrem Ehering. Ich sah sie entsetzt an.

»Aber ich bin nicht seine Tochter?« stieß ich ungläubig hervor. »Mummy!« Ich packte ihre Hand, schüttelte sie. »Mummy! Willst du das sagen? Daß ich nicht seine Tochter bin?«

Sie schaute hoch. Ihr Gesicht war gefaßt, aber ziemlich blaß. Ihre Lippen waren blutleer. »Das ist richtig. Genau das will ich damit sagen. Du bist nicht seine Tochter, Tess.«

26. Kapitel

Ich rang nach Luft, meine Kehle, mein Mund und meine Lippen waren wie ausgetrocknet. »Also gut«, keuchte ich, »wer ist dann mein Vater?«

Sie sah mich kurz an, dann an mir vorbei. »Das ist jetzt sehr hart für mich, Tess.«

»Mummy!« Ich nahm ihre Hand. »Um Himmels willen, sag es mir! Ist es jemand, den ich kenne?«

Sie nickte. »Ja, es ist jemand, den du kennst.«

Ich riß Augen und Mund auf. »Großer Gott! Wer?«

»Hamisch McPherson.«

Im ersten Moment konnte ich mit dem Namen überhaupt nichts anfangen. Meine Gedanken arbeiteten fieberhaft, wanderten vor und wieder zurück und suchten verzweifelt nach einem Gesicht, aber es kam keins. Ich blinzelte. »Hamisch McPherson?«

»Der alte Wildhüter. Willies Vater.«

Nein! Das konnte nicht wahr sein. »Hamisch – vom Fluß? Du meinst – nein! Das glaube ich nicht!«

»Was glaubst du nicht? Daß es Hamisch war oder daß ich so etwas getan haben könnte?« Sie sah mich aufmerksam an.

»Du liebe Güte – beides«, stotterte ich und raufte mir verwirrt die Haare. »Ich meine«, ich stand auf und lief vor dem Fenster auf und ab, vor und zurück und zog kleine Kreise. »Ich kann es einfach nicht glauben, das alles.«

»Aber da ich mich entschlossen habe, es dir zu erzählen, werde ich doch wohl kaum lügen, oder?« erwiderte sie ruhig. »Hamisch ist dein Vater, Darling.«

Ich blieb stehen und drehte mich zu ihr um. Eine Zeitlang brachte ich kein Wort heraus. Dann setzte ich mich wieder neben sie. Ich dachte an Willies Vater, den alten Wildhüter, ein Bär von einem Mann mit grauen struppigen Haaren, einem Bart und einer tiefen schottischen Stimme. Ein netter Mann, ruhig, freundlich, mit zwinkernden Augen, immer hilfsbereit, aber – mein Vater? Ich kramte tief und fand eine Art Stimme. Sie klang kein bißchen wie meine.

»Aber, wie um alles in der Welt, hast du und er – wie konntest du ... ich meine, mit einem wie ihm?«

Sie lächelte. »Wie ich mit jemand schlafen konnte, der so alt und welk ist wie er? Meine Liebe, du vergißt, daß ich jetzt auch alt und welk bin, aber damals waren wir beide jung, und Hamisch war sehr, sehr gutaussehend. Er war unglaublich«, sie zögerte, »männlich, würde man wohl sagen. Er war groß und kräftig und hatte ganz blonde Haare – eigentlich sah er so aus wie sein Sohn jetzt.«

»Natürlich.« Ich schluckte. »Willie.«

»Der ist doch nicht häßlich, oder findest du?«

Ich wurde rot und schaute schnell weg. »Äh – nein. Nein, ich denke nicht.« Gott, sich vorzustellen, daß ich fast mit meinem *Bruder* geschlafen hätte!

»Und deine Schwester scheint das offensichtlich auch so zu sehen. Er ist vielleicht nicht ganz dein Typ, zu einfach, nicht intellektuell genug, aber er hat eine gewisse Ausstrahlung, und die hatte Hamisch auch. Hamisch war so ein netter Mann, so ganz anders als dein Vater. Er war zärtlich und rücksichtsvoll und – ja, leidenschaftlich. Und ehrlich gesagt«, sie strich sich ein paar Flusen von ihrem marineblauen Rock, die gar nicht da waren, »Leidenschaft war etwas, das es in meinem Leben damals nicht gab.«

Ich sah sie verblüfft an. Da saß sie, die Hände im Schoß, einen Dickens & Jones-Hut auf dem Kopf, und redete mit mir ganz selbstverständlich über Männlichkeit und Zärtlichkeit und Leidenschaft, als ginge es um die Preise von Frühlingsblumen. Ich blinzelte. Meine Mutter, Mum, die kochte und nähte und im Garten arbeitete – Was wollte die nur mit solchen Dingen?

»Dann«, ich bemühte mich, das alles zu begreifen, »dann

ist das also alles im selben Sommer passiert, in dem Daddy mit Madelaine ...«

»Du lieber Himmel, nein. Nein, nein, das war ein paar Jahre später, drei oder vier, als ich längst festgestellt hatte, was für einen Fehler ich gemacht hatte. Daß der Mann, den ich geheiratet hatte, überhaupt nicht der war, für den er sich ausgab. Das war natürlich auch mein Fehler.« Sie lächelte. »Ich hatte das Kleingedruckte nicht anständig gelesen und viel zuviel erwartet. Aber das tun Frauen immer, nicht? Wir sind alle seit der Pubertät mit Liebesromanen gefüttert worden, mit Groschenheften und *Anna Karenina,* und so etwas Ähnliches erwartet man selbstverständlich auch. Als sei es eine Art gottgegebenes Gesetz. Es ist dann ein bißchen schockierend, wenn man feststellen muß, daß das nicht unbedingt stimmen muß. Erst ist man wütend, und das war ich, dann gibt es Streit, böse Streits, weil man einfach nicht glauben will, daß man so betrogen wurde, und dann setzt eine Art Reklamationsbedürfnis ein. Man ist unzufrieden, würde es gerne zurückbringen, eine Entschädigung verlangen, etwas Neues ausprobieren, doch am Ende ist das alles zuviel Aufwand. Also findet man sich damit ab, nimmt es so, wie es ist, und versucht, sich daran zu gewöhnen. Und bis zu einem gewissen Grad gewöhnt man sich auch daran.« Sie schaute über meine Schulter hinweg in die Vergangenheit zurück und nickte schwach. Dann wurde ihr Gesicht energisch. »Aber nicht in jenem Sommer. Nein, in jenem Sommer hatte ich mich überhaupt noch nicht daran gewöhnt. Ich war noch immer in der Wutphase. Diese traurige Resignation hatte sich noch längst nicht breitgemacht, ich lebte noch.« Sie sah mich hitzig an. »Und ich hatte die Nase voll von den ständigen Vorwürfen, weil ich noch kein Baby bekommen hatte!«

Ich sprang auf. »W-was?«

»Dein Vater wollte unbedingt Kinder haben. Ehrlich gesagt, vermute ich, daß das der Grund war, warum er mich geheiratet hat. Er hat einen Blick auf mein gebärfreudiges Becken geworfen und gedacht, die ist gut genug. Als ich dann nach vier Jahren immer noch nicht schwanger war, beschloß er, daß das meine Schuld sei. Penny war gerade auf die Welt gekommen, und wir waren alle zusammen mit dem Baby in Kilmarnoch. Dein Vater war ausgesprochen – ja, brutal eigentlich. Das ist das richtige Wort. Er beschuldigte mich mehr oder weniger in aller Öffentlichkeit, schimpfte laut auf Dinnerpartys herum, wollte wissen, warum andere Frauen Babys kriegen konnten und ich nicht und wieso ausgerechnet er eine Unfruchtbare heiraten mußte und was nur mit mir los wäre.«

Mummy schluckte hart und biß sich auf die Lippen. »Ich dachte natürlich auch, es sei meine Schuld, denn ich wußte, daß er Patrick gezeugt hatte, und er glaubte das auch, weil er schließlich auch wußte, daß er Patrick gezeugt hatte.« Sie lächelte. »Manchmal habe ich ihn absichtlich geärgert und Sachen gesagt wie – ›Aber Darling, woher weißt du denn so sicher, daß es nichts mit dir zu tun hat? Könnte es nicht sein, daß du nur Platzpatronen abfeuerst?‹« Ich sah dann zu, wie er hochrot im Gesicht wurde, die Fäuste ballte und beinahe implodierte, weil er der Versuchung widerstehen mußte, einfach loszubrüllen: »Nein, du blöde Kuh! Es kann unmöglich meine Schuld sein, weil ich bereits einen Sohn habe!« Sie lachte, doch dann seufzte sie wieder. »Ja, dieser Sommer in Kilmarnoch. Gott, habe ich diesen Ort gehaßt, Jahr um Jahr um Jahr!«

Ich war geschockt. »Aber ich dachte immer, du hängst an Kilmarnoch.«

Sie sah mich abwesend an. »Tatsächlich? Na ja, es wäre auch nicht ganz richtig, wenn ich behaupten würde, daß ich es jetzt noch hasse. Ich habe gelernt, mich damit abzufinden, weil du und Laura so gern dort wart, aber eigentlich entsprechen Mücken, strömender Regen und Fischeausnehmen nicht ganz meiner Vorstellung von Urlaub. Indien oder Thailand, das wäre was!«

»Thailand!« Ich war erstaunt. »Warst du denn mal da?«

»Nein.« Sie lächelte. »Jetzt werde ich wohl auch nie mehr hinkommen.«

Ich schwieg. Es war nicht das erste Mal, daß mir klar wurde, wie wenig ich von meiner Mutter wußte. Und wie sehr sie sich für meinen Vater, für Laura und mich aufgeopfert hatte! Nun, für mich hätte sie das nicht tun müssen, dachte ich trotzig, und der Gedanke, daß sie das getan hatte, war mir schrecklich. Hätte sie mir doch nur gesagt, daß sie diese Reiseziele interessierten, ich wäre sofort in ein Reisebüro gegangen und hätte ihr ein Ticket gekauft – ich wäre sogar mit ihr geflogen! Dann kamen mir leise Zweifel. Hätte ich das wirklich? Hätte ich das Ganze nicht eher als eine von Mums verrückten Ideen abgetan und mich nicht weiter darum gekümmert? Schließlich hatte sie nie viel Theater um sich selbst gemacht, oder? Meine Brust wurde plötzlich ganz eng. Es tat mir schrecklich weh, daß ich sie nie richtig kennengelernt hatte und mich nie darum gekümmert hatte, was sie bewegte. Meine eigene Mummy.

»Am Fluß zu sein«, fuhr sie fort, »erinnerte mich natürlich auch immer an die Geschichte zwischen deinem Vater und Madelaine. Nicht, daß es mir noch weh getan hätte, ganz im Gegenteil. Ich mußte nur immer wieder daran denken, wie dumm es von mir gewesen war, meine Chance nicht zu ergreifen, als ich sie hatte. Das Schicksal hatte sie mir ja einen Monat vor unserem Hochzeitstermin auf einem silbernen Tablett serviert und gesagt: ›Komm, Daphne, nimm sie. Schnell, lauf weg damit!‹ Doch das habe ich nicht getan. Ich habe meine Chance vertan ... Gott, auf meine eigene stille Art habe ich sogar um ihn *gekämpft.*« Sie lachte bitter. »Und wozu?«

Mummy schaute an mir vorbei aus dem Fenster. Ihr Blick war weit weg. »In jenem Sommer bin ich oft spazierengegangen, allein, zum Strand hinunter, über die Klippen, am Fluß entlang. Ich habe nachgedacht und mich dafür verflucht, daß ich so ein Idiot war. Und ich habe mir überlegt, sofort auszubrechen, solange ich noch keine Kinder hatte. Aber ich hatte viel zuviel Angst. Angst vor dem, was andere von mir denken könnten, Angst, was aus mir werden würde, und vor allem – *Angst vor ihm.* Ich weiß, daß sich das jetzt völlig idiotisch anhört, Tess, aber er war alles, was ich hatte, verstehst du, und er hatte – *damals*«, fügte sie ein, »soviel Einfluß auf mich. Soviel Macht.« Ihr Blick löste sich vom Fenster, und sie sah mich fest an. »Er ist ein Tyrann.«

»Ich weiß« flüsterte ich. Plötzlich kam mir ein schrecklicher Gedanke. »Aber er ...«

»O nein«, antwortete sie rasch. »Das nicht. Nur mental.«

Ich nickte erleichtert.

Sie verzog das Gesicht. »Aber auf gewisse Weise ist es genauso schlimm. Man hat nur keine blauen Flecken, um es zu beweisen.«

Wir saßen eine Weile schweigend da. Ich versuchte, nicht darüber nachzudenken, was sie mitgemacht hatte, wieviel ich davon nicht gewußt hatte.

»Wie auch immer«, fuhr sie fort, »eines Tages ging ich wie üblich weinend an Fluß entlang, als mir Hamisch über den Weg lief.« Sie machte eine Pause. »Nein, das stimmt gar nicht, er ist mir nicht über den Weg gelaufen. Ich saß mit dem Kopf auf den Knien weinend am Fluß, als ich auf einmal merkte, daß er neben mir saß. Er sagte kein Wort, blieb nur bei mir, während ich mich ordentlich ausheulte.«

»Und dann?«

Mum wurde ein bißchen rot. »Muß ich wirklich? Ich meine, von da an nahmen die Dinge gewissermaßen ihren Lauf. Er tröstete mich, legte den Arm um mich, ich lehnte den Kopf an seine Schulter, er streichelte mein Haar, soweit ich mich erinnere, und – tja, das war es dann.«

»Willst du damit sagen, da? Am Fluß?«

»Nein, wir sind woanders hingegangen.«
»In die Hütte?« flüsterte ich.
Sie war überrascht. »Ja. Woher weißt du das?«
»Ach, ich hab' nur so geraten.« Meine Gedanken überschlugen sich. Die Geschichte wiederholt sich immer wieder, wie wahr!
Mummy sah mich an. »Du bist schockiert.«
»Nein! Nein, eigentlich nicht. Ich meine, es ist für mich natürlich überraschend und unerwartet, schließlich bist du meine ...«
»Mutter.«
»Genau.«
Schweigend sahen wir beide den anderen im Saal zu, der Menge, die vor uns hin und her wogte, die Hüte in die eine und dann wieder in die andere Richtung neigte, redete, trank.
»Wenn ich dir sage, daß es die glücklichste, schönste Zeit meines Lebens war, vereinfacht das die Sache für dich?« fragte sie leise.
Ich schaute sie ernst an. »Es geht nicht darum, die Sache für mich zu vereinfachen. Wenn du es genau wissen willst, ich freue mich. Ich freue mich, daß du diese Zeit hattest und ein bißchen glücklich warst.« Ich biß mir auf die Lippe. »Weiß Hamisch Bescheid?«
»Daß du seine Tochter bist?« Sie schüttelte den Kopf. »Nein, das habe ich ihm nie erzählt. Aber er war immer für mich da, Tess, er war immer mein Freund.«
Ich nickte und versuchte mich an die Zeit zurückzuerinnern, als sie zusammen am Fluß angelten, Jahr um Jahr, oft allein, flußaufwärts an weit entfernten Stellen, Schulter an Schulter. Ich hatte mir nie etwas dabei gedacht.
»Er ist ein guter Mann, du brauchst dich seinetwegen nicht zu schämen.«
Ich schüttelte den Kopf. »Das tue ich auch nicht.«
Es überraschte mich, wie völlig gelassen und ungerührt

mich das alles ließ. Wenn mir jemand mit sechzehn erzählt hätte, daß mein Vater gar nicht mein Vater ist, wäre ich wahrscheinlich völlig durchgedreht. Ich wäre in ein schreckliches Loch gestürzt, hätte mir irgendwelche Drogen in Nase, Venen und Mund gestopft, hätte mich therapieren lassen und eine wunderbare Entschuldigung für meine Orientierungslosigkeit gehabt, und am Ende wäre ein völlig verstörter Mensch aus mir geworden. Aber nun, im reifen Alter von dreißig, mit eigenen Kindern und eigenen Problemen, erschien mir das alles nicht mehr so gravierend. Ich meine, was sollte es? Mein Vater war nicht mein Vater, aber deshalb war ich doch trotzdem noch dieselbe Person, oder? Okay, vielleicht würde ich später noch etwas ins Grübeln kommen, ein wenig erschüttert sein, vielleicht würde ich sogar alte Urlaubsfotos herauskramen und eins von Hamisch suchen, um nachzusehen, ob es irgendwelche Ähnlichkeiten zwischen uns gab.

Bestimmt würde ich einen verzögerten Schock erleben, verwirrt und verunsichert sein, ein bißchen weinen, möglicherweise würde ich sogar Mummy dazu überreden, Hamisch von mir zu erzählen. Vielleicht würde ich ihn gern näher kennenlernen wollen. Allein nach Schottland fahren und ein paar Tage mit ihm verbringen. Vielleicht aber auch nicht. Vielleicht wollte ich es auch sicher verschlossen in der Vergangenheit lassen, wo es die letzten dreißig Jahre war. Vielleicht wollte ich, daß Hamisch der pensionierte Wildhüter vom Fluß blieb und ich die Pfarrerstochter aus Claygate. Im Augenblick wußte ich das alles noch nicht. Denn im Augenblick sah ich, und das so glasklar, als würde es mit einer Megawatt-Birne angestrahlt, nicht etwa, daß der Mann, den ich in den letzten dreißig Jahren Daddy genannt hatte, biologisch gar nicht mit mir verwandt war, auch nicht, daß der alte Mann vom Fluß, der mir regelmäßig geholfen hatte, meine Angelrute einzuziehen, mein Vater *war* ... Nein, das einzige, *strahlende* Licht, das durch diesen schrecklichen Haufen unglücklicher Ehen, Affären und Komplikationen drang, war, daß Patrick *nicht* mein Bruder war. Wir waren nicht, auch nicht auf entfernteste Weise, miteinander verwandt.

Ich spürte, wie die Aufregung in mir wuchs, und versuchte sie zu unterdrücken. Ich wandte mich an meine Mutter.

»Dann sind Patrick und ich also ...«

»Frei, zu tun und zu lassen, was ihr wollt. Nicht, daß ich dich unbedingt ermutigen möchte, aber du hast die Wahl, Tess. Und ich würde dich nie verurteilen.« Sie sah mich eindringlich an. »Was immer du tust, komm nicht in mein Alter und schau reumütig auf dein Leben zurück. Es lohnt sich nicht.«

Ich schaute sie an, wie sie dort saß in ihrem adretten blauen Kostüm, den kleinen Hut mit Schleier auf die grauen Locken gedrückt, eine schlichte Diamantenbrosche auf dem Revers, ganz die perfekte Pfarrersgattin. Wer würde dahinter jemals ein Leben voller Enttäuschungen, Unglück und ernster Selbstvorwürfe vermuten?

»Nein, das werde ich nicht tun«, versprach ich.

Ich drückte ihre Hand, und sie drückte meine zurück. Unsere Augen wurden gleichzeitig feucht. Wir saßen nebeneinander am Fenster und wußten, daß dies, abgesehen von der Zeit, als ich ein kleines Kind war, einer der engsten Momente zwischen uns war. Es war ein schöner Augenblick. Sie fühlte genauso, das wußte ich, und wir saßen zusammen da, hielten uns an den Händen, kämpften gegen die Tränen und genossen ihn.

Plötzlich wußte ich, daß ich mehr davon wollte. Ich wollte so etwas mit Patrick empfinden. Ich mußte ihn dringend sehen, jetzt, um mit ihm eine ähnliche Form des Glücks zu erleben und dieses Freudentaumels und ein paar wunderbare, unkomplizierte Momente, bevor die Dinge oh so unglaublich schwierig wurden. Es war lange her, seit ich so glücklich war, und ich wollte, daß es immer so weiter ging.

Ich wollte egoistisch sein, an mich denken. Mein Herz hämmerte vor Aufregung. Ich stand auf.

»Mummy, ich glaube, ich werde mich noch ein bißchen davonschleichen.«

Sie nickte, wußte genau, wo ich hin wollte.

Ich leckte mir nervös über die Lippen. »Hör mal, könntest du David vielleicht sagen, daß mir nicht gut ist? Sag ihm, daß ich nicht lange wegbleibe und – daß ich allein nach Hause komme?«

Sie lächelte. »Nein, Darling. Das tue ich nicht. Du mußt dich selbst rechtfertigen.«

Beschämt guckte ich auf meine Füße. »Also gut, dann werde ich es ihm erklären, wenn ich wieder zu Hause bin«, murmelte ich. Es hatte also begonnen – die Lügen, der Betrug; ich steckte mitten drin. Aber ich wollte diese Momente trotzdem, beschloß ich verzweifelt.

Ich bückte mich und küßte sie auf die Wange. »Mach's gut, Mummy.«

»Paß auf dich auf, Tess.«

»Bestimmt.«

Ich drehte mich um und verschwand in der Menge, ehe ich ihr einen letzten Blick zuwarf. Sie saß immer noch vor dem Fenster und sah mir nach. Dann stahl ich mich davon.

Draußen winkte ich ein Taxi herbei.

»Wohin, Teuerste?«

Ich starrte den Fahrer an. Konnte ich das wirklich tun?

»Na, kommen Sie, wenigstens ein kleiner Hinweis?«

»Zur Cork Street, bitte«, sagte ich entschieden.

Ich kletterte hinein. Ja, das konnte ich. Ich *konnte* es tun, und ich würde es tun. Ich setzte mich in den Fond, mein Herz schlug wild vor Aufregung. Ich wäre am liebsten zu ihm gerannt, so wie ich früher als Kind zum Strand gelaufen bin, wäre gern über die Gehwege Londons gestürmt, zwischen den Menschen hindurchgetaucht und gekrault, aber mein Knöchel verbat mir solch impulsive und romantische

Ausbrüche, also beugte ich mich statt dessen auf meinen Sitz vor und feuerte mein Taxi an.

»Komm schon, komm schon«, murmelte ich.

Der Fahrer drehte sich um. »Ich tue ja mein Bestes, Teuerste, aber die Straßen sind zu dieser Tageszeit eine Katastrophe. Sie wären schneller, wenn Sie zu Fuß liefen.«

Wir steckten jetzt endgültig fest. Ob Patrick noch in der Galerie war? Wenn nicht, wo steckte er dann? Er würde doch sicher nicht direkt nach Schottland zurückfahren? Verzweifelt sah ich auf die verstopfte Straße. Verdammt, da konnte ich ja schneller humpeln. Ich stieg aus, drückte dem Fahrer einen Geldschein in die Hand und hinkte, was das Zeug hielt. Als ich an einem Schaufenster vorbei kam, fiel mein Blick auf mein Spiegelbild. Kleidungstechnisch sah ich immer noch katastrophal aus, aber das Seltsame war, daß sich mein Gesicht verändert hatte. Es war viel lebendiger geworden, jünger, eher wie – ja, eher wie Tessa Fergusson als Tessa Hamilton. Na also! Triumphierend strich ich mir das Haar aus der Stirn, so wie ich es früher getragen hatte. Vielleicht war ich endlich zurückgekommen!

Als ich in die Corner Street einbog, hätte ich fast einen Straßenhändler umgerannt, der leuchtende Seidenschals verkaufte.

»Hoppla – Entschuldigung!«

Ich wollte gerade weiterhasten, aber mein Blick blieb an einem Stück knallroter Seide hängen, und aus einem plötzlichen Entschluß heraus kaufte ich es. Es paßte zu meiner Stimmung. Lächelnd schlang ich den Schal um meinen Hals und humpelte weiter. Ich berührte die Seide noch mal, als ich mich der Galerie näherte. Dieser Schal würde mich immer an etwas erinnern, schoß es mir durch den Kopf. Er bedeutete Freiheit, war das erste Teil, daß ich mir gekauft hatte nach – nach was eigentlich, Tess? Keine Entscheidungen, denk dran, keine Pläne, nichts auch nur entfernt Konkretes.

Ich erreichte die Galerie und blieb davor stehen. Aufgeregt spähte ich durchs Fenster. Es war dunkel, die Lichter waren alle ausgeschaltet bis auf eine winzige Lampe am Eingangstisch und – o nein, er war leer. Alle waren fort. Mein Herz hörte kurz auf zu schlagen, doch dann registrierte ich in dem düsteren Hinterzimmer eine Bewegung. Zwei Männer unterhielten sich, kamen auf mich zu, und einer von ihnen war definitiv Patrick. Ich sah zu, wie sie in den schwach erleuchteten Hauptraum kamen. Patrick hielt den Kopf gesenkt; er hörte dem Franzosen aufmerksam zu. Er strich sich nachdenklich übers Kinn, nickte, dann warf er den Kopf zurück und strich sich eine Haarsträhne aus den Augen. Ich verspürte ein plötzlichen Anflug von – war es Liebe? Ich wußte es nicht, aber was immer es war, es hatte auch etwas Besitzergreifendes. Er könnte wieder mir gehören, dachte ich aufgeregt, wenn ich ihn wollte. Hier machte er seine ganz eigene Sache, malte seine Bilder, stellte sie aus, offensichtlich ganz allein, und wenn diese Wand hier verschwände, dann konnte ich daran teilnehmen, konnte Teil seines Lebens sein – wenn ich das wollte. Und das Wesentliche war, daß es ganz allein *meine* Entscheidung war, nicht die von jemand anders und ganz sicher nicht die meines Vaters.

Ob seine erste große Ausstellung in London ein Erfolg war? Ich schaute an den Wänden entlang und sah zum ersten Mal die ganzen schönen Bilder, die zuvor von schönen Menschen verdeckt worden waren. Jede Menge Landschaften und Seebilder in leuchtenden Farben – und jede Menge rote Aufkleber. Ich glühte vor Stolz. Er war erfolgreich.

In diesem Moment drehte der Franzose sich um, zeigte auf ein Bild neben dem Fenster und sah mich dort stehen. Sein gestikulierender Arm erstarrte mitten in der Luft. Sein Gesicht verfinsterte sich, und er kam wütend auf mich zu.

»Hau ab!« schrie er und wedelte mit den Händen, als sei

ich irgendein lästiges Insekt. »Los, hau ab, du verrückte Alte!«

Ich lächelte und winkte ihm fröhlich zu. Er sah sich fieberhaft um, zweifellos suchte er nach einem großen, schweren Objekt, daß er durchs Fenster nach mir werfen konnte. Wie gut, daß Patrick kein Bildhauer war! Am Ende entschied der Franzose sich für das Telefon.

»Ich rufe die Polizei!« drohte er und griff nach dem Hörer.

Patrick sah zu mir herüber und legte ihm beruhigend die Hand auf den Arm. Er redete kurz auf seinen hitzköpfigen Freund ein, der zwar nur teilweise besänftigt aussah, aber wenigstens die Hand vom Telefon nahm, um sie dann zur Faust zu ballen und sie drohend in meine Richtung zu rekken. Dann packt er Patrick an den Schultern, küßte ihn leidenschaftlich auf beide Wangen, machte eine letzte kehledurchschneidene Geste in meine Richtung – netter Abschied, fand ich – und zog sich in die Dunkelheit seines eigenen Zimmers zurück.

Lächelnd kam Patrick zu mir raus.

»Der würde mich am liebsten umbringen, was?« stellte ich trocken fest.

»Nein, viel schlimmer. Er würde dich am liebsten an seine Wand hängen, als lebendes Ausstellungsstück, auf das die Leute dann mit Pfeilen werfen könnten.« Er schloß die Galerietür hinter sich. »Du bist also zurückgekommen.«

»Ja. Ich bin gekommen, um dir etwas zu sagen.«

»Dann hast du dich schon entschieden?«

»Nein, das wollte ich dir gerade sagen. Komm mit.« Ich eilte vor ihm her, mein schmerzender Fuß war völlig vergessen. Er folgte mir, und ich drehte mich um und lächelte ihn an. »Ich werde keine Entscheidung treffen, Patrick, weil ich das nicht kann, verstehst du? Und da ich es nicht kann, werde ich es nicht tun. Statt dessen habe ich mir ein paar neue Spielregeln ausgedacht.«

Patrick zog die Augenbrauen hoch. »Nämlich?«

»Als erstes machen wir keine Pläne. Wir führen keine ernsten Diskussionen, und keine Partei kann irgendwelche Forderungen stellen.«

Er runzelte die Stirn. »Für immer? Ist das nicht ziemlich unrealistisch?«

»Vielleicht ist es das, aber ich habe die Nase voll von Realismus. Es kommt mir zu den Ohren wieder raus, wenn du es genau wissen willst. Ich habe die Nase voll von dem ganzen Seelenkram und den dazugehörigen Quälereien; ich will nichts weiter als mit dir zusammen sein, dich wieder kennenlernen, reden, lachen, mich mit dir *amüsieren.*«

Seine Mundwinkel zuckten. »Aha. Du suchst also nach unbegrenzter Hemmungslosigkeit, ja?«

Ich lachte. »So ähnlich. Auf jeden Fall nach was, das viel Spaß macht. Ich habe die Nase voll davon, die Nase voll zu haben. Ich will lachen, verdammt, und nicht ständig herumheulen!«

Er schüttelte den Kopf, ein schiefes Lächeln im Gesicht. »Es gibt keine Freude ohne Leid, Tess.«

»Mag sein, aber wir können ja wenigstens erst die Freude haben und dann das Leid, oder? Und nicht umgekehrt.« Ich schaute auf die Uhr. »Und im Moment habe ich exakt eine halbe Stunde, ehe ich zurück muß, also laß uns voranmachen.«

»Verstehe. Dann sag mir doch bitte, wo genau diese superfreudige halbe Stunde stattfinden soll?«

»Keine Ahnung«, antwortete ich unbekümmert. Ich amüsierte mich jetzt schon. »Wo du willst. Ich habe kein fertige Kulisse im Kopf, aber ich schätze, ein schöner Londoner Park mit Bank und Gänseblümchen-Wiese wäre ganz gut geeignet.«

»Gut. Dann humpeln Sie vor, Mrs. Hinkebein, ich gebe mich ganz in Ihre hemmungslosen Hände.«

Zusammen wanderten wir Richtung Green Park. Es war

immer noch warm, und eine milde Abendbrise zerwühlte meine Haare. Er sagte nichts, während wir gingen, aber ich merkte genau, daß er mich die ganze Zeit anschaute.

»Du siehst verändert aus«, stellte er schließlich fest.

»Das ist der Schal.« Ich berührte meinen Hals.

»Nein, noch was anderes. Du siehst jünger aus.«

Ich lächelte. »Das liegt an meiner neuen Einstellung. Von jetzt an, Patrick, haben nur noch junge Gedanken Zutritt zu meinem Kopf. Ich wehre den ganzen alten und vernünftigen Kram ab und besinne mich wieder auf meine Instinkte, und du mußt zugeben, daß das viel mehr Spaß macht. Ab sofort lasse ich es einfach laufen, denn am Ende des Tages«, ich warf meine Hände in die Luft, »ist es einfach wie es ist, oder welchen abgetretenen Spruch du auch immer zitieren willst.«

»Du meinst, du läßt dich treiben? Nimmst es, wie es kommt? Überläßt dich dem Schicksal?«

Ich lachte. »Genau.«

»Que sera sera?«

»Das ist vielleicht ein bißchen sehr ausgetreten. Aber du hast verstanden, was ich meine. Es hat einfach keinen Zweck, ständig zu grübeln. Wir lassen uns einfach mit Gusto in die Sache reinfallen und gucken, was passiert.«

»Gusto? Das klingt gut.«

Mein Herz schlug jetzt bis zum Hals. Ich hatte noch ein bißchen Angst, war aber zugleich sehr aufgeregt. Wir hatten den Park erreicht. Die Liegestühle waren bereits fortgeräumt, aber wir fanden eine Bank, die noch ein bißchen Sonne abbekam. Als ich mich setzte, konnte ich regelrecht spüren, wie meine Augen glänzten und jeder Nerv kribbelte. Es war ein Supergefühl! Ewigkeiten hatte ich mich nicht mehr so lebendig gefühlt, und es fühlte sich toll an! Patrick setzte sich neben mich.

»Ist das okay? Ich meine, ich kenne dieses Spiel nicht, Tess, ist es in Ordnung, wenn ich mich neben dich setze?«

»Perfekt.«
»Und einfach alles auf mich zukommen lasse?«
»Genau.«
»Und solange ich keine ernsten Fragen stelle ...«
»Lüge ich dir auch nichts vor.«
»Dann treffen wir uns also nur, um zu reden.«
»Fast.« Ich sah zu ihm hinauf.

Er hielt meinen Blick fest. »Ich wollte es nur wissen.«

Ich spürte, wie mir heiß wurde. »Es wäre verrückt, es nicht zu tun, oder? Vor allem, da wir von Instinkten sprechen.Und wenn wir es nicht tun, wie sollen wir es dann je herausfinden?«

Mein Herz raste. Es hatte mich viel Überwindung gekostet, das zu sagen, alle Hemmungen fallenzulassen, egoistisch zu sein, mir mein Stück Leben zu nehmen, egal, was es kostete. Aber ich hatte es getan, hatte es gewagt.

Er sah mich an. »Dann willst du also nicht mit mir kommen, sondern du willst eine Affäre mit mir, ja?«

»Ja.«

Einen schrecklichen Moment glaubte ich, er würde mich abweisen. Würde mir sagen, seine Liebe sei zu edel, zu moralisch, zu rein, daß er mich ganz für sich haben wolle und es für ihn nur ein Alles oder nichts gäbe. Dann sah ich, daß seine Gedanken eine andere Richtung einschlugen. Schließlich ist eine Affäre nur solange schändlich, wie man selbst nicht beteiligt ist.

»Ich bleibe hier in London«, antwortete er. »Wenn ich in Italien malen kann, kann ich auch hier malen. Ich werde ein Studio mieten, mit mehreren Zimmern, vielleicht auch mit einem Balkon. In Chelsea vielleicht, mit Blick auf die Themse. Bis dahin können wir erst mal ein Hotel nehmen. Ich wohne im *Claridges.* Da können wir hingehen.«

Ich schluckte. Ein Appartement in Chelsea? Das *Claridges*? Warum hatten diese erstklassigen Adressen plötzlich so ... einen schalen Beigeschmack? Entsetzt merkte ich, daß mein Mut mich verließ, meine Hemmungslosigkeit nachließ und meine – o Gott, meine Libido einfach mitnahm! Nein, nein, komm doch zurück! dachte ich verzweifelt. Ich kann das, ich weiß, daß ich das kann, ich kann eine Affäre haben! Ich kann in ein Hotel gehen, eine Kleinigkeit, ehrlich, außerdem muß ich das, denn sonst – sonst kann ich es ja nie rausfinden. Wie soll ich ihn sonst je aus dem Kopf kriegen?

»Patrick, laß uns nicht mehr darüber reden«, bat ich. »Darüber können wir uns später Gedanken machen, oder nicht? Können wir jetzt nicht einfach genießen, noch ein paar Minuten zusammen zu sein? Ich muß bald gehen.«

Lächelnd legte er seine Hand auf die Rücklehne der Bank. »Sicher.«

Ich schaute in den Abenddunst, der über dem Green Park lag und atmete schwer, als seine Hand über meine Haare strich. Also. Eine Affäre, ja Tess? Ich schloß die Augen und versuchte, das Wort zu verdrängen und diesen Moment nicht zu verderben. Ich spürte seine warme Hand in meinen Haaren, an meinem Nacken, und nach einer Weile fühlte ich nur noch. Das sanfte Liebkosen, das zärtliche Streicheln. Mein Körper schien sich in flüssiges Gelee zu verwandeln. Glück. Ich konnte meinen eigenen Atem hören, genaugenommen atmete ich so heftig, daß ich fast wie ein Drachen schnaubte. Irgendwie hatte ich auf einmal viel zuviel Luft zu haben, aber ja, das war schon viel besser. Laß uns nicht mehr von Hotels und Appartements reden, Patrick, Laß uns nichts mehr planen, laß uns einfach nur darauf warten, daß uns die Leidenschaft überfällt und von den Beinen reißt, uns mit sich zieht in die tiefe Schlucht, bis wir fallen und alles zu spät ist. Bis es nicht mehr unsere Schuld ist. Wir flüchten in eine große Leidenschaft, lassen uns einfach von den Ereignissen überrollen, von einer Macht, die viel stärker ist als unsere Vernunft, so daß am Ende – oh ja, das ist toll, mach weiter so, Patrick – so daß am Ende alle nur verzweifelt die

Arme in die Luft strecken und sagen: ›Tja, das Mädchen konnte ... einfach ... nicht anders ...‹

Seine Hand glitt von meinen Nacken nach vom, dann drehte er mein Gesicht zu sich. Ein Finger strich über meine Wange. Ich keuchte, winselte beinahe – wie peinlich! –, alle meine Sinne knisterten vor Begierde. Er sah zu mir hinab, aber er küßte mich noch nicht; er schaute nur, beobachtete mich, nahm mich in sich auf, nicht nur mein Gesicht, sondern alles von mir, meine Schultern, meine Hände, meine Arme – auf und ab bewegten sich seine Augen, als wollte er zwölf Jahre mit einem Blick nachholen. Ich stand in Flammen; es war, als liebkosten mich seine Hände. Ich fing an zu beben, die Härchen in meinem Nacken richteten sich auf, mein Blut rauschte. Komm schon, komm SCHON, drängte ihn, ich kann das nicht mehr lange aushalten, als er – plötzlich erstarrte. Er sah auf meine Füße. Ich blinzelte. Was? Warum war er plötzlich dort hängengeblieben? Was war so besonders an meinen Füßen?

»Deine Schuhe«, murmelte er.

Meine Schuhe? Herrje, was war denn mit ihnen?

»Was ist denn mit ihnen?« fragte ich atemlos, ohne meinen Blick von seinen Augen zu wenden, denn ich wollte, daß er weitermachte. Ich wurde langsam ungeduldig. Komm, Patrick, mach weiter! Ich habe beschlossen, es jetzt zu tun, und es war keine leichte Entscheidung, also mach weiter, bevor ich die Nerven verliere!

»Ich habe sie schon mal irgendwo gesehen.«

Da ich allmählich begriff, daß der Zauber verflogen war, kam ich ihm bei der Betrachtung meiner Fußbekleidung zu Hilfe. O ja, sehr schön. Meine schmutzigen roten Slipper, die an einer Seite heruntergetreten waren, damit mein Fuß hineinpaßte. Nicht ganz angemessen für elegante Londoner Straßen, streng genommen auch nicht für eine Beerdigung, aber ganz einfach die einzigen Schuhe, in die mein geschwollener Fuß hineinpaßte.

»Russell and Bromley«, verriet ich ihm flüsternd und knabberte an seinem Ohr. »Aus dem Ausverkauf im letzten Jahr. Neunundsechzig neunundneunzig.« Komm Patrick, nun mach schon!

»Genau. Unten am Fluß.«

Ich hielt mitten im Knabbern an. Was, zum Teufel, redete er da eigentlich?

Sein Gesicht wurde plötzlich schrecklich bleich. Er zog seine Hand aus meinem Nacken. Zog sie ganz zurück. Seine Augen starrten immer noch auf die Schuhe.

»Ja, draußen vor der Hütte, in der Nacht, als ich ...« Er sah mich plötzlich entsetzt an, die Augen ungläubig aufgerissen. »Du warst es, nicht wahr?«

Ich starrte ihn an. Meine Unterkiefer klappte herunter.

»Du warst es, die ich durch das Fenster ihren Hintern hin- und herwerfen sehen habe, damals in Willies Hütte. Du warst es, Tess, *habe ich recht*?«

27. Kapitel

Ich war wie gelähmt. Nach einer bewegungslosen Schrecksekunde begann mein Verstand plötzlich wie wild zu rasen. Er ratterte wie ein Flipper, suchte nach einem Ausweg. Hatte ich die Schuhe vielleicht jemandem geliehen, Laura oder Penny? Konnte eine von den beiden sie übermütig vor der Hütte ausgetreten und dann drinnen nackt und hemmungslos herumgeturnt haben? Beide würden auf Willies Liste passen, aber ... Nein. *Er – wußte, daß ich es war.* Seine blauen, durchdringenden Augen waren wie eine Falle, und ich war die Maus. Ganz plötzlich verspürte ich eine unbändiges Verlangen, mir irgendeine Seifenoper anzusehen, in der Pelham Road 42, mit einem Gin

Tonic in der einen und einer Tüte Chips in der anderen Hand.

»Es ist nicht so, wie du denkst«, stammelte ich.

Er lächelte bitter. »Tatsächlich? Nicht so, wie ich denke, hm? Wie ist es denn, bitte schön?« Sein Gesicht war unter der Sonnenbräune sehr blaß geworden.

»Na ja.« Ich wand mich. »Willie und ich – es war nicht beabsichtigt, es ist einfach nur passiert.« Gott, war das schrecklich. »Ich bin ihm eines Abends unten am Fluß in die Arme gelaufen, und na ja, irgendwie nicht mehr rausgekommen.« Ich krümmte mich innerlich – das klang ja entsetzlich! Viel zu ausführlich. Ich sprudelte weiter. »Aber die Sache ist die, ich habe meine Meinung geändert, und wir haben nie – nun, wir haben es nicht getan.«

»Zur Hölle!« fluchte er.

»Es stimmt, ich schwöre es. Wir haben nur ein bißchen herumgealbert, dann sind wir beide eingeschlafen.«

»Wie nett«, schnaubte er verächtlich. »Eine kleine Schlummerrunde nach einem fröhlichen nackten Ringkampf.«

»Ich weiß, es klingt nicht besonders glaubwürdig, aber es ist die Wahrheit. Ich habe nicht ...«

»Tess, ich habe dich doch gesehen!« Ich war dort, erinnere dich bitte. Ich habe dich mit meinen eigenen Augen gesehen! Und ob du die schmutzige Tat nun vollbracht hast oder nicht, ist mir ziemlich egal. Ihr habt mit Sicherheit kein gemütliches Täßchen Kakao zusammen getrunken, soviel steht fest.«

»Nein«, gab ich zu. »das haben wir nicht, und ich bin nicht stolz auf mich, es war ein schrecklicher Fehler, aber – das ist es wirklich, Patrick. Ein Fehler, und ich weiß ehrlich gesagt nicht einmal, wie er passiert ist. Er ist einfach passiert!«

Gott, war das peinlich.

Patrick verzog verächtlich das Gesicht. »Du warst scharf auf ihn.«

Ich zuckte unsicher mit den Schultern. »Vielleicht war ich das, aber da war noch etwas anderes. Etwas ...« Ich biß mir auf die Lippe. Plötzlich fiel mir alles wieder ein – ja klar! Ich hatte geweint – ich hatte geweint, wegen Patrick.

»Es war wegen dir, weil du mit Josie ausgegangen warst«, erklärte ich trotzig.

»Ach, dann war es also meine Schuld, ja?« Sein Mund war jetzt nur noch eine dünne Linie, und in seinem Gesicht zuckte es.

»Indirekt ja. Ich war eifersüchtig, und als Willie mir begegnete, habe ich geweint und bin einfach – ja, in seine Arme gesunken.«

Er sah mich kalt an, und ich schluckte nervös.

»Hör zu, Patrick, es war nur Sex, okay? Und es ist nicht so, als hätten wir die Sache zu Ende gebracht. Und außerdem hatte das Ganze keine Bedeutung, was soll's also?« stammelte ich verzweifelt und wußte genau, daß ich versuchte, mich auf ziemlich kindische Weise herauszureden.

Ich sah hinunter auf die Wiese und spürte, wie mein Gesicht anfing zu glühen. Nervös fummelte ich an meinem roten Schal. Es war entsetzlich still.

»Bist du es wirklich, die da spricht, Tess?« fragte er schließlich mit stockender Stimme. »Tessa Fergusson? Die süße, unschuldige Tess, mit einem Freund und einem Ehemann? ›Nur Sex‹? Seit wann bist du so freizügig in deinen sexuellen Gewohnheiten? Seit wann legst du Wert darauf, daß keine Gefühle im Spiel sind?«

Ich starrte auf meine Schuhe, diese verdammten Schuhe.

»Bist du auch nur eine von diesen frustrierten Hausfrauen, die es kaum erwarten können, die Beine für den ortsansässigen Ferienhengst breit zu machen, weil ihre eigenen Ehemänner ihnen nicht mehr genügend Beachtung schenken? Deshalb gehen sie alle mit Willie ins Bett, weißt du – *Willie*. Er ist bekannt dafür. Wir machen im Ort regelmäßig Witze über ihn. Wie viele Londoner Frauen er wohl diesen

Sommer schafft? Und jetzt auch du«, fügte er bitter hinzu. »Ein weiterer Strich auf seiner Liste.«

»Ich habe es dir doch erklärt«, murmelte ich. »Ich bin kein weiterer Strich, und außerdem war ich nicht auf der Suche nach Sex. Ich war durcheinander, und Willie war zufällig da. Er hat mich getröstet, er ...«

»Hat eine Nummer mit dir geschoben? O ja, ich kann mir vorstellen, wie tröstlich das gewesen sein muß, wirklich ausgesprochen tröstlich«, schnaubte er.

Ich blickte auf meine Hände. Wie gräßlich, jetzt stritten wir uns richtig. Er glaubte mir nicht. Ich spürte, wie er sich zusehends von mir entfernte.

»Patrick, es tut mir leid«, flehte ich. »Kannst du mir nicht einfach verzeihen? Es ist passiert, es war ein Fehler, und es tut mir leid, was kann ich sonst noch tun, um mich zu entschuldigen? Ich meine, so was passiert halt. Denk doch nur an dich und deinen italienischen Harem, deine Marias und deine Lucianas.«

»Diese Dinge passieren Männern und bestimmten Frauen«, erklärt er kalt. »Frauen, die auf ein sexuelles Abenteuer aus sind mit irgendeinem Tom, Dick oder Harry. Sie passieren Frauen wie dir nicht, zumindest glaubte ich das. Aber ich habe mich wohl geirrt. Sag mir, wie oft hast du dieses Bedürfnis schon gehabt?« Sein Gesicht war sehr böse.

Ich riß entsetzt die Augen auf. »Nie! Du meine Güte, nie. Ich habe noch nie mit jemandem geschlafen außer mit dir und David.«

»Ich habe dich gefragt, wie oft du das Bedürfnis hattest, nicht wie oft du es getan hast«, meinte er ungeduldig.

Ich sah ihn an. Sein schwarzes Haar ließ ihn noch blasser erscheinen, seine Augen waren ausdruckslos. Es war, als hätten die Emotionen alle Farbe aus seinem Gesicht gewischt.

»Ich habe dieses Bedürfnis nicht«, flüsterte ich. Himmel,

warum flüsterte ich denn? Und wieso erinnerte mich das alles an etwas?

»Lüg nicht«, herrschte er mich an. »Du hast es ständig, habe ich recht? Du liegst Abend für Abend in deinem Ehebett und träumst davon, träumst davon, es mit einem anderen Mann zu tun – mit irgendeinem! Du phantasierst, habe ich recht? Und ich sage dir was, Tess, das ist genauso schlimm, als würdest du es wirklich tun. Du könntest ebensogut losziehen und dir deine Befriedigung holen!«

Er hatte recht, natürlich – ich hatte etwas Schreckliches getan, aber seine Reaktion erschien mir irgendwie übertrieben. Plötzlich wurde mir klar, an wen er mich erinnerte. Ja, es war mein Vater. Dieser ungehaltene Ton, diese Einschüchterungstaktik. Ich sah ihn an. Nun – warum auch nicht? meldete sich eine leise Stimme in meinem Kopf. Er ist schließlich der Sohn deines Vaters. Abscheu erfaßte mich. Ich schaute schnell weg, zwang mich zur Ruhe. Dies war Patrick, mein Patrick, und er war mit Recht ungeheuer wütend. Gott, das wäre jeder Mann in seiner Lage. Ich mußte einfach warten, bis er sich wieder abreagiert hatte. Vielleicht war es das beste, wenn ich ganz ruhig war und eine Zeitlang nichts mehr sagte? Ich wich seinem Blick aus und starrte geradeaus.

Vor uns spielten zwei kleine Mädchen auf dem Kiesweg, hoben Steine auf und warfen sie in sie Luft. Eine Frau, es war nicht ihre Mutter, sondern wahrscheinlich ein Kindermädchen, schimpfte mit ihnen, bat sie, damit aufzuhören und wischte den Staub von ihren Händen. Ich spürte, daß Patrick mich beobachtete, aber ich konzentrierte mich wie wild auf diese Mädchen, versuchte zu erkennen, ob ihre Hände sauber und ob ihre Kleider schmutzig waren.

»Nur wir beide, hat Laura gesagt.« Er redete in die Stille hinein. »Nur David und ich. Unsinn!«

Ich fuhr herum. »Laura? Wovon sprichst du? Wann hat sie das gesagt?«

»Und jetzt stelle ich fest, daß es noch andere gab. Viele andere. Und daß du nicht besser bist als Penny und diese anderen geilen Flittchen, die es kaum erwarten können, daß ihre Männer endlich zur Arbeit gehen, damit sie sich den Slip abstreifen und mit dem erstbesten Zeitungsboten, Klempner oder Fensterputzer ins Bett springen können.«

»So ist Penny nicht«, protestierte ich entsetzt. »Und ich auch nicht!«

»Ihr seid alle gleich«, murmelte er. »Abschaum!«

Ich rang nach Luft. »Was?« auf seinem Gesicht lag ein harter, kompromißloser Ausdruck. Mühsam fand ich Worte.

»Dann verändert also eine kleine Unbedachtheit alles, ja? Plötzlich bin ich ein sexbesessenes Monster, dabei war ich doch noch vor gar nicht allzulanger Zeit die einzige Frau, die du je wolltest. Da bin ich ja ganz schön abgestürzt. Und so unverhofft. Ich bin eine Hexe, die in die Hölle gehört, habe ich recht?«

Er gab keine Antwort, starrte nur mit zusammengekniffenen Augen vor sich hin.

»Sieh mich an, Patrick«, bat ich mit zitternder Stimme. »Ich bin noch immer dieselbe Frau.«

»Außer daß Willie dich hatte«, bemerkte er bitter.

Ich nickte langsam. »Ah ja, das ist es also. Wer hat wem was weggenommen, wie bei kleinen Jungen mit ihren Spielsachen. Willie hatte das schon, deshalb ist es jetzt nicht mehr gut genug. Natürlich«, fuhr ich hitzig fort, »du hattest immer nur die besten Spielsachen, stimmt's? Du hattest jede Frau, die du wolltest. Du hast sie scharenweise abgewiesen, Penny, Josie, vermutlich die Hälfte der italienischen weiblichen Bevölkerung. Sie alle haben sich in den gutaussehenden, reichen Jungen mit dem geheimnisvollen Blick verliebt, und du hattest die Wahl, nicht? Bis auf mich. Ich war die einzige, die dich abgewiesen hat. Du wolltest mich nicht, weil ich die Beste bin, sondern weil du mich nicht *kriegen* konntest!«

»Ich habe dich geliebt, Tess«, antwortete er grimmig.

Ich registrierte die Vergangenheitsform, ob beabsichtigt oder nicht, und atmete tief.

»Wenn du mich geliebt hast«, fuhr ich ruhig fort, »wäre das alles nicht so tragisch, wie es offenbar ist. Aber hier geht es nicht um Liebe, stimmt's? Es geht um Besitz. Und ums Gewinnen. Und weil der Preis jetzt beschmutzt ist, ist er nicht mehr so begehrenswert, ja?«

Er gab keine Antwort.

»Das ist keine Liebe, Patrick, das ist der Sammeltrieb eines verwöhnten Kindes.«

Ich stand schwankend auf und band mir den Schal um den Hals. Er sah mich an.

»Wohin gehst du?«

»Nach Hause.«

Er starrte mich an, unsicher, ob ich nur bluffte oder ob ich es ernst meinte. Ich meinte es ernst. Er kaute auf seiner Unterlippe und schwieg.

»Hör zu«, begann er schließlich. »Es tut mir leid. Setz dich wieder, dann reden wir vernünftig über alles. Vielleicht habe ich ja ein bißchen überreagiert, aber du hast mir das so vor die Füße geworfen.«

»Ich habe dir nichts vor die Füße geworfen«, berichtigte ich kühl. »Du hast meine Schuhe wiedererkannt.«

»Wie auch immer. Es tut mir leid, okay? Ich war überrascht, das ist alles. Schockiert.« Er strich sich das dunkle Haar aus dem Gesicht. »Aber ich glaube, ich kann darüber hinwegsehen.«

Ich sah ihn an. »Ich kann es aber nicht.«

»Was?«

»Über dein Verhalten hinwegsehen.«

»Mein Verhalten!« Er lachte. »Um Gottes willen, mein Verhalten war doch völlig verständlich, unter den Umständen! Ich bin ein normaler heterosexueller Mann, und ich liebe dich, da ist es doch klar, daß ich höllisch eifersüchtig werde, oder nicht? Was hast du denn erwartet? Daß ich dir auf den Rücken klopfe und sage – Gut gemacht! Dann hat Willie es also geschafft! Prima, schieb doch nächstes Jahr wieder eine Nummer mit ihm?«

»Nein, aber ich habe auch keinen frauenfeindlichen Ausbruch erwartet.«

»Frauenfeindlich? Ich? Mach dich nicht lächerlich.«

»Doch, das bist du«, antwortete ich. »Ich bin jedenfalls froh.«

»Froh über was?«

»Froh, daß du meine Schuhe gesehen hast, daß wir dieses Gespräch hatten, daß es nicht zu spät ist.«

Patrick sprang jetzt auf, packte meine Hände. Ich wich zurück, aber er stürzte sich auf mich und ergriff die Enden meinen Schals, an denen er mich wieder zu sich zog.

»Es tut mir leid«, wiederholte er verzweifelt. »Geh nicht, es tut mir wirklich leid. Ich konnte einfach den Gedanken nicht ertragen, daß du so bist wie alle anderen, aber du bist eigentlich nicht so, das weiß ich.«

»Wie alle anderen?«

»O jede«, erklärte er ungeduldig. »Penny, Luciana, Kirsten – Gott, sogar meine Mutter!« Er lachte kurz auf.

»Deine Mutter?«

Er machte schnell einen Rückzug. »Nein. Nichts. Vergiß, daß ich das gesagt habe, ich bin nur – na ja, verärgert.«

Seine *Mutter*? Ich sah ihn an. Er wußte es. Er wußte Bescheid über Madelaine, wußte, daß sie ein Verhältnis gehabt hatte, er hatte es immer gewußt. Er hatte es schon als Junge gewußt, als ich noch keine Ahnung hatte. Als es mich auch aufgewühlt und verrückt gemacht hätte. Als er so verletzt und so rebellisch war, so düster und verschlossen, immer aufs Meer hinaus schaute und seine Eltern haßte, hatte er alles gewußt! Er hatte gewußt, daß er nicht der Sohn seines Vaters war. Aber hatte er auch von Daddy gewußt? Nein, das konnte er nicht. Und ich würde es ihm mit Sicherheit nicht erzählen. Mit einemmal tat er mir schrecklich leid. Was für eine Kindheit hatte er hinter sich! Sein Vater hatte ihn verachtet, weil er wußte, daß er nicht sein Sohn war, und Patrick hatte seine Eltern verachtet, weil sie das zugelassen hatten. Ich empfand Mitleid für ihn, aber keine Liebe.

Er hielt immer noch meinen Schal fest. »Patrick, bitte laß mich gehen.«

Er starrte mich an, wußte, daß ich es ernst meinte, daß ich wirklich gehen würde. Ich sah, wie sein Griff fester wurde. Ich machte einen Schritt zurück und spürte sofort, wie sich der Schal um meinen Hals zuzog.

»Laß mich gehen«, wiederholte ich leise.

Er schaute auf den Schal in seinen Händen. Dann in mein Gesicht. Plötzlich kam mir der Park so ruhig vor, so verlassen. Es war spät geworden. Die meisten Leute waren nach Hause gegangen. Mein Herz fing an zu hämmern. Ich leckte mir die Lippen.

»Patrick, laß bitte den Schal los, dann setzen wir uns wieder«, flüsterte ich »Ich verspreche dir, ich gehe noch nicht nach Hause. Wir setzen uns hin und reden, ja?«

Ich sah in seine Augen. Plötzlich hatte ich Angst. Da war etwas, das ich noch nie gesehen hatte. Und dann wurde mir klar, daß es eine Menge gab, was ich von diesem Mann nicht wußte. Von diesem Mann, den ich nur einen Monat lang gekannt hatte, und das lag zwölf Jahre zurück. Ich schluckte, aber es fiel mir schwer; der Schal umschloß meinen Hals sehr eng. Ich ließ meinen Blick nach rechts schweifen, dann nach links. Ich fragte mich, ob mich wohl jemand hören würde, wenn ich schrie, ob ich mir den Schal herunterreißen und einfach losrennen sollte. Auf einmal ließ er mich los.

Seine Hände fielen herab, geschlagen ließ er den Kopf sinken. Ich machte schnell einen Schritt nach hinten und lockerte den Schal erleichtert. Er hatte mir nicht weh getan, aber es war verdammt eng gewesen.

Er ließ sich wieder auf die Bank fallen. Mein Herz schlug wild. Ich wollte gehen, ich wollte unbedingt gehen, aber ich zwang mich zu bleiben.

»Möchtest du reden?« fragte ich.

Er antwortete nicht, sondern sah mich nur seltsam lächelnd an.

»Nein, ich möchte heute nicht mehr reden, Tess. Wenn du deine Meinung nicht geändert hast, verzichte ich auf dieses Therapieangebot, auf eine schnelle Parkbank-Beratung. Du hast in den letzten Minuten ohnehin mehr von mir erfahren, als mir lieb war. Es wäre nicht gut, wenn du noch mehr hörtest – du würdest mich vermutlich einsperren lassen oder auf die Couch eines Psychiaters bringen.« Er lächelte schief. »Geh nur. Geh zurück zu David und deinen Kindern.«

Ich schaute ihn an, wie er da saß, gebeugt, mit hängenden Schultern. Sein Haar wirkte aus dieser Perspektive sehr grau; seltsam, daß ich es nie bemerkt hatte. Er sah plötzlich viel kleiner aus; schmaler, älter, und sein modischer Armani-Anzug sah nach genau dem aus, was er war. Eine teure Verpackung, um einen älteren Mann jünger erscheinen zu lassen. Ich hatte einen Kloß im Hals und war sehr niedergeschlagen. Noch nie hatte ich mir so gewünscht, ganz weit weg zu sein.

Ich schaute mich um. Der Park war menschenleer. Ein unfreundliches, fremdes Territorium. Mich packte auf einmal das blanke Entsetzen. Was *machte* ich eigentlich hier? Warum war ich nicht zu Hause, brachte die Kinder ins Bett, las ihnen eine Geschichte vor, kochte Davids Abendessen? Meine Hand fuhr zum Mund, ich ekelte mich plötzlich vor mir selbst. Ich schaute auf Patricks Schuhe hinunter – schikke schwarze italienische Slipper, dann dachte ich an Davids dunkelbraune englische Straßenschuhe. Ich spielte mit dem Griff meiner Handtasche, fuhr mit den Zehen durch den Staub.

»Gut, dann gehe ich jetzt, wenn das okay ist.«

Er lächelte gequält. »Natürlich ist es okay. Du kannst tun und lassen, was du willst, das weißt du.«

Ich nickte. »Ja. Auf Wiedersehen also.«

»Auf Wiedersehen, Mrs. Hamilton.«

Vielleicht war das ein letzter verzweifelter Versuch. Vielleicht hatte er es gesagt, um Visionen bürgerlicher Kleinkariertheit heraufzubeschwören, einer Zwangsjacke, aus der ich nie entkommen würde, aber wenn das so war, ging der Schuß nach hinten los. Denn das einzige, was es für mich heraufbeschwor, war mein Zuhause, mein wunderbares Zuhause, meine Kinder, mein Ehemann, mein Garten, meine Sicherheit, mein Nest und meine unglaubliche, unfaßbare Dummheit, mit der ich das alles aufs Spiel gesetzt hatte. Ich drehte mich auf dem Absatz herum und verließ schnellen Schrittes den Park.

Ich lief so schnell ich konnte, atmete tief, füllte meine Lungen mit frischer reiner Luft. Als ich durch das Tor ging, blieb ich kurz stehen, um die beiden kleinen Mädchen und ihr Kindermädchen vorbeizulassen. Sie lächelten, als sie an mir vorbeigingen, und mir wurde beinahe schwindelig, als ich ihnen nachschaute. Ich mußte mich ganz kurz am Zaun abstützen. Ich packte mir an den Kopf. War ich verrückt geworden? Hatte ich den Verstand verloren? Wie konnte ich nur so ein Idiot sein? Alles aufs Spiel setzen, die Kinder, David, mein ganzes Leben – für einen Mann, der nach zwölf Jahren Abwesenheit in mein Leben zurückkatapultiert worden war? Ein Mann, von dem ich vermutet hatte, ich würde ihn immer noch lieben, nur weil ich ihn damals geliebt hatte. Wie benommen lief ich weiter. Aber ich hatte kräftig an dieser Vermutung gearbeitet, oder? Weil es damals keinen richtigen Schlußstrich gegeben hatte, hatte ich mir eingeredet, daß wir noch verliebt sein müßten, daß unsere Liebe irgendwo vor sich hin simmern und im richtigen Augenblick in kochende Leidenschaft ausbrechen würde.

Ich schüttelte den Kopf. Wie naiv war ich gewesen. Denn es war ja nicht so, als hätte ich ihn damals wirklich gut gekannt, und mit Sicherheit kannte ich ihn auch heute nicht – und wie kann man jemand lieben, den man nicht kennt? Und was war mit den Zügen, die ich *kannte*, was war mit diesen Zügen, die mich an – Gott, wie schrecklich! – meinen Vater erinnerten?

Ich lief die Stufen zur U-Bahn hinunter. Nein, komm, Tess, das ist unfair. Du versuchst nur, Patrick die Mütze deines Vaters überzustülpen, das Puzzlestück einzufügen, das Bild schauerlicher zu machen, als es in Wahrheit ist – trotzdem, grübelte ich weiter, war es nicht seltsam, daß Patrick offenbar dasselbe Autoritätsbedürfnis hatte wie Daddy? Wie er mich am Schal festgehalten hatte. Ich war mir inzwischen sicher, daß er mir nicht weh tun wollte, aber es hatte gereicht, um mir angst zu machen, und das mußte er gespürt haben. Und dann diese merkwürdige Art, plötzlich Gift und Galle zu spucken – genau wie Daddy, als würde es alles auch in ihm schlummern und nur darauf warten, jederzeit aus ihm herauszubrechen, und diese ungeheuerliche, verächtliche Einstellung gegenüber Frauen, die für ihn entweder Madonnen oder Flittchen waren, und die Art wie er – Ich hielt plötzlich inne, erschrocken über mich selbst.

Meine Güte, Tess, komm zurück auf den Boden. Also ehrlich, vor einer halben Sunde warst du noch bereit, mit diesem Mann ins Bett zu gehen, und jetzt ist er auf einmal ein Schinder, ein Tyrann und ein Super-Macho. Nachdenklich betrat ich den Bahnsteig. War *ich* jetzt vielleicht diejenige, die ein kleines bißchen überreagierte? Wie kam es eigentlich, daß ich überhaupt nicht betrübt war? Müßte ich jetzt nicht wenigstens den Hauch eines ›Ich werde noch oft an Patrick zurückdenken‹-Gefühls empfinden? Vielleicht ja, aber ich tat es nicht. Alles, was ich dachte, war – vielen Dank, lieber Gott, daß ich so glücklich davongekommen bin.

Erstaunt über diese Erkenntnis stieg ich in einen Zug mit

dem Zielschild Putney Bridge. Komisch, ich fand Patrick plötzlich regelrecht *abstoßend.* Ich sank auf einen Platz und lehnte meinen Kopf ans Fenster. Wie merkwürdig. Da hatte er zwölf Jahre lang an meinem Käfig gerüttelt, und urplötzlich, innerhalb weniger Minuten, hatte das Rütteln aufgehört. Endlich Ruhe. Er war für immer verschwunden. Ich war dermaßen erleichtert, ja fast euphorisch, daß ich laut auflachte.

»Ha ha ha!«

Ich setzte mich auf und sah mich strahlend um. Ja, natürlich erntete ich ein paar verstörte Blicke von meinen Mitreisenden. Die indische Dame gegenüber, ganz in Seide gehüllt und darüber eine völlig unpassende Strickjacke aus dem Kaufhaus, sah mich entsetzt an, ihr Ehemann daneben schaute betreten in die andere Richtung, und das junge Mädchen dahinter glotzte mich nervös über ihre Frauenzeitschrift hinweg an. Und fummelte an ihrem blondierten Haar herum. Sicher warteten sie alle darauf, daß der Zug in die nächste Station einfuhr, damit sie schnell in einen der anderen Wagen flüchten konnten. Ich spielte kurz mit dem Gedanken, mich vorzubeugen, zu lächeln und zu sagen: ›Ist schon okay, ich bin nicht verrückt. Ich bin nur fürchterlich, überschwenglich, rasend glücklich! Wissen Sie, ich bin ihn jetzt endlich los und kann mein eigenes Leben weiterleben!‹

Ja, das beste war wirklich, daß ich jetzt endlich leben konnte, ohne ständig den Geist von Patrick Cameron im Nacken zu haben. So sehr ich seine Gegenwart auch immer ignoriert hatte, er hatte ständig irgendwo im hintersten Winkel meines Kopfes herumgespukt, mich aus dem Tritt gebracht und davon abgehalten, die Dinge zu tun, die ich gern tun wollte. Zeitungsartikel schreiben zum Beispiel oder Kinderbücher, die Geschichten, die ich schon im Kopf hatte, als ich neunzehn war, und die ich immer aufschreiben wollte, hätte ich nicht die Angst gehabt, sie könnten zu eng mit meinen Patrick-Träumen verwoben sein. Ja, im Unterbewußtsein war ich immer davor zurückgeschreckt. Ich hatte irgendwelche absurden Ängste, daß das Schreiben in einem Zimmerchen in Putney nicht dasselbe sein könnte wie das Schreiben auf einer sonnigen Terrasse in Florenz, wo mein Liebhaber nebenan Meisterwerke malte, und daß es nur ein matter Abklatsch dessen sein könnte, was ich mir immer erträumt hatte. Jetzt wußte ich, daß das alles Unsinn war. Ich hatte mein Leben völlig grundlos angehalten, und nun wollte ich, daß es so richtig losging!

Der Zug ratterte über die Schienen, und meine Gedanken ratterten im Gleichtakt mit. Ich würde schreiben, während Hugo und Clemmie in der Schule und im Kindergarten waren. Ich würde das Gästezimmer umräumen und ein Arbeitszimmer daraus machen, und wenn die zwei mittags nach Hause kamen, würde ich mich mehr um sie kümmern. Ich brauchte kein Au-pair-Mädchen, ich schaffte das alles auch allein. Ich würde es genießen, mich in die Arbeit stürzen, mit ihnen im Bus durch London fahren, ins Museum gehen, ihnen Kochen beibringen – alles, was ich immer mit meinem Kindern tun wollte, aber irgendwie nie hingekriegt hatte. Und ich wollte auch mehr Zeit mit David verbringen. Ich wollte nicht, daß wir jeden Abend völlig k. o. vor den Fernseher fielen, mit irgendeinem Fertiggericht auf dem Schoß, ich wollte in der Küche essen, mit Kerzen, mir mehr Mühe geben, einen Kochkurs besuchen, mehr Rezepte ausprobieren und darüber nicht schimpfen, sondern es genießen. Ich würde alle die Dinge genießen, die ich bisher abgelehnt hatte, weil ich geglaubt hatte, sie würden mich zu einer spießigen, langweiligen Vorstadt-Hausfrau machen.

In Putney Bridge eilte ich die Treppe hinauf. Mein Knöchel schmerzte jetzt ordentlich. Als ich an einem Pub vorbeihumpelte, fiel mein Blick auf eine Mülltonne vor der Tür, und ich riß mir den roten Schal vom Hals und warf ihn hinein. *Den* würde ich nicht mehr brauchen! Als ich um die Ecke in die Pelham Road bog, blieb ich kurz stehen und sah an unserem Haus hinauf. Da war es, auf der linken Seite, hellgelb mit einer knallblauen Haustür und einem schmiedeeisernen Balkon darüber. Eine hohe, knorrige Glyzine schlängelte sich über die gesamte Front, und im Vorgarten wuchsen Rosen – meine Rosen – pink, weiß und rot über die niedrige Mauer aus Ziegelsteinen. Mein Gott, es war so hübsch. Jedesmal wenn Leute mir das gesagt hatten, hatte ich sie überrascht angesehen und gedacht – ja, tatsächlich? Hmm, ja vielleicht ist es das, aber es ist schließlich nur ein Reihenhaus inmitten anderer Reihenhäuser, nichts Besonderes also. Plötzlich erkannte ich, daß es das doch war. Es war mein *Zuhause.*

Ich ging langsam darauf zu und schaute es an. Es gab noch immer eine Menge zu tun, klar. Ich wollte immer die kleinen Geländer an der Außenwand streichen, eine Clematis um die Tür herum pflanzen und Geranien auf den Balkon stellen. Und drinnen fehlte an den Gardinen im Wohnzimmer immer noch eine Blendleiste – inzwischen seit drei Jahren. Nächste Woche gab es einen Sonderverkauf bei Jane Churchill, ich würde hingehen und mich notfalls auch in die Warteschlange einreihen und – ach ja Clemmies Zimmer, ich wollte ihr immer schon eine Patchwork-Decke nähen. Das würde ich jetzt auch endlich in Angriff nehmen, Stoffreste sammeln und die Nähmaschine aus der Ecke ziehen. O ja, beschloß ich zufrieden, ich würde mich von jetzt an in der sicheren Straße der Häuslichkeit aufhalten und die Schrecken der schnellen, gefährlichen Ehebruchstraße, in die ich beinahe eingebogen wäre, künftig meiden. Ich wollte schreiben, backen, Marmelade kochen, dem Elternrat im Kindergarten beitreten – ich zögerte. Nein, das nicht. Das ging nun wirklich zu weit ...

Ich hinkte den Gartenweg hinauf und schloß die Haustür auf. David saß auf dem Stuhl in der Diele, das Telefon in der Hand. Er legte es schnell weg, als er mich sah. Er stand auf. Mit hochrotem Kopf.

»Tess! Wo hast du bloß gesteckt?«

»David, es tut mir so leid«, stotterte ich und sank in seine Arme. Ich klammerte mich an ihn. »Bitte – frag nicht, wo ich war. Ich will nicht, daß du mir Fragen stellst. Ich will nur, daß du weißt, daß jetzt alles in Ordnung ist, alles bestens!«

Ich hielt ihn fest umschlungen und schmiegte den Kopf an seine Schulter, atmete seinen Duft ein. Mensch, ich war mit so einem tollen Mann verheiratet – wieso war mir das bloß noch nie aufgefallen? Es war, als hätte ich immer einen Schmutzfilm auf der Linse gehabt, der meinen Blick getrübt hatte, und das war Patrick gewesen. Aber jetzt hatte ich ihn weggewischt; in zehn wunderbaren Minuten hatte ich zwölf Jahre Schmutz weggewischt – aber wie schrecklich, daß er die wichtigsten Jahre meines Lebens beeinträchtigt hatte!

»Ich bin froh, das zu hören, aber wo warst du?«

»Ach, nur ein bißchen spazieren«, antwortete ich atemlos. »Entschuldige, daß ich dich auf der Beerdigung allein gelassen habe, aber ich mußte unbedingt fort.« Ich zeigte auf das Telefon. »Wer war das?«

»Ach niemand. Verwählt. Du meine Güte, guck dir mal deinen Fuß an, Tess – er ist ja so dick wie der eines Elefanten! Bist du damit durch ganz London gehumpelt? Du bist ein Idiot. Komm und setz dich hin.«

Ich lächelte und ließ mich von ihm in die Küche fuhren.

»Ich weiß – ein dummer, verrückter Idiot, aber ich verspreche dir, David, ich war meine letzte Dummheit, ein für allemal.«

Ich sank auf einen Stuhl und sah mich in der Küche um. Blau und gelb, sehr geschmackvoll. Eine gute Wahl, Tess. Komisch, aber es kam mir vor, als sähe ich sie zum ersten Mal. Oje, der Türrahmen könnte ein Tröpfchen Farbe vertragen, und der Zustand der Fenster ließ auch zu wünschen übrig ...

»Tee?« David griff nach dem Kessel.

»Bitte.« Ich lehnte mich glücklich in meinen Rollstuhl. Ja, bitte. Tee, Ruhe, Zuhause, dich. Ich sah zu, wie er den Kessel füllte und die Teekanne aus dem Schrank nahm. Keine Szene, kein Theater, kein Verhör, nur eine Kanne Tee. Wie ich ihn liebte!

»David?«

»Hm?« Er starrte angestrengt in die Teedose. »Seltsam, daß niemand die Teebeutel auffüllt, wenn die Dose leer ist. Jeder ist in der Lage, Teebeutel *herauszunehmen,* aber keiner steckt neue *hinein.* Warum kann man kein neues Paket aus dem Schrank holen, frage ich mich, oder ist das zuviel verlangt?«

Ich lachte. »Das könnte von mir sein.«

Er kniete nun auf dem Boden und durchwühlte den Vorratsschrank. Dann stand er auf. »Es hat keinen Sinn, hier ist nichts. Jeder erwartet offenbar, daß ein anderer die verfluchten Sachen einkauft. Dann mußt du eben Kaffee trinken.«

»Okay, Darling. Hör mir jetzt bitte eine Minute zu.«

»Was?« Er griff nach dem Nescafé.

»Vergiß den blöden Kaffee einfach.« Ich hinkte zu ihm und legte meine Arme um ihn. Er drehte sich um. Ich lächelte, streckte die Hand aus und streichelte seinen Nakken. »Was hältst du davon, wenn wir einfach ins Bett gehen?«

Ich stellte mich auf die Zehenspitzen und küßte seinen überraschten Mund. »Ist das nicht eine gute Idee? Warum gehen wir nicht einfach nach oben, ziehen uns aus und ...«

»Sie ist schon wieder in meinem Bett!« ertönte eine empörte Stimme hinter uns.

Wir fuhren zusammen. Ich drehte mich um und sah einen entrüsteten Hugo im Schlafanzug in der Tür stehen.

»Holt sie da raus!« verlangte er. »Sofort. Sie hat ihre ganzen blöden Puppen mitgebracht, und die mit dem Loch unten hat Pipi auf mein Kissen gemacht.«

Seufzend ließen wir uns los.

»Ich werde gehen«, entschied David. »Komm, Hugo. Clemmie!« brüllte er, als er die Treppe hinaufstürmte. »Geh zurück in dein eigenes Bett!«

Hugo wollte ihm gerade folgen, drehte sich dann aber noch einmal um.

»Habt ihr euch geküßt?«

»Wir haben es versucht«, bestätigte ich.

»Igitt!« Er machte ein ziemlich angewidertes Gesicht und ging nach oben. Dann blieb er wieder stehen und steckte den Kopf durchs Geländer. »Mummy?«

»Was denn?«

»Wenn ihr es gleich tut, macht bitte nicht die Tür zu wie letztes Mal, ja? Das ist unfair.«

»Jesus«, entfuhr es mir. »Geh jetzt bitte ins Bett, Hugo. SOFORT!«

Ich ging erschöpft in die Küche zurück, als das Telefon klingelte. Ich fiel auf einen Stuhl und nahm ab.

»Tess, wir müssen reden«, sagte eine kalte Stimme.

Ich seufzte. O nein, Laura. Was für gräßliches Durcheinander herrschte im Moment. Das letzte Mal, als ich sie gesehen hatte, hatte ich sie in der Galerie fast ertränkt. Das mußte alles wieder in Ordnung gebracht werden, klar, aber auch wenn ich mich im Moment sehr in Aufräum-Stimmung befand, jetzt war ganz sicher nicht die Zeit dazu.

»Ja«, gab ich ihr recht. »Laura, es tut mir alles so schrecklich leid. Es gibt für alles eine ziemlich einfache Erklärung, aber im Moment bin ich sehr beschäftigt. Könnten wir ...«

»Ich bin auch sehr beschäftigt!« erwiderte sie, offensichtlich wollte sie mich noch übertreffen. »Ich kann jetzt auch nicht sprechen. Aber wir treffen uns morgen in meiner Mittagspause. Um halb eins im Harvey-Nichols-Restaurant, abgemacht?«

»Abgemacht«, antwortete ich unterwürfig. Ich wußte, daß ich unterwürfig sein mußte, Gott, ich würde kriechen müssen.

»Bis dann«, sagte sie. »Und sei pünktlich.«

Ich legte den Hörer auf und kratzte mich am Arm. Tja, überlegte ich verdrossen, ich hatte es wohl nicht anders verdient. Mein Blick schweifte durch die Küche. Himmel, hier sah es ja chaotisch aus. Was lag da bloß für ein Zeug auf dem Tisch – ungeöffnete Briefe, Gemälde der Kinder, Zeitungen, Socken, verfaulte Apfelreste, kopflose Puppen, und aus der Mülltonne quoll der Abfall. Kam nicht mal jemand auf die Idee, sie zu leeren? Bildeten sie sich etwa alle ein, die Heinzelmännchen kämen eigens herbeigelaufen, um das zu erledigen? Ich krempelte die Ärmel hoch und machte mich an die Arbeit. Als David schließlich wieder nach unten kam, steckte ich bis zu den Schultern im Backofen und schrubbte, was das Zeug hielt.

»Bin gleich fertig«, rief ich von da drinnen. »Irgend jemand hat Gott weiß was hier drin gebacken und alles vollgetropft!« Dieser Jemand war natürlich niemand anders gewesen als ich selbst.

»Dann gucke ich mir solange die Nachrichten an«, kam die muffelige Antwort.

Eine halbe Stunde später tauchte ich wieder auf, dreckig und nach Scheuermittel riechend, aber ich war glücklich. Triumphierend überkreuzte ich die Arme. Ja, ich hatte ordentlich saubergemacht. Das war ganz klar mein Leben. Ich lächelte, warf den Lappen in die Spüle und betrat das Wohnzimmer gerade in dem Moment, als der Nachrichtensprecher seine Papiere nahm und mir gute Nacht wünschte. David lag ausgestreckt vor ihm auf dem Sofa und schlief tief und fest. Ich lächelte. Das war also das Ende meines romantischen Abends; jetzt würde ich ihn nicht mehr wach kriegen. Er würde sich nicht rühren, bis er nicht mindestens zwei Stunden geschlummert hatte, und dann würde er in sein Bett wanken. Ich zog ihm die Brille aus, schaltete den Fernseher aus und ging nach oben ins Bett.

28. Kapitel

Am nächsten Morgen hatte ich die feste Absicht, mich ernsthafter Hausarbeit zuzuwenden. So lange, bis ich mein Kochbuch aufschlug. Praktisch jedes Rezept begann mit einer Anweisung wie: *Wenn Sie keine Räucherkammer besitzen ...* oder *Nehmen Sie ein Liter frischen Wildfond ...*

»Mist!« fluchte ich und knallte das Buch wütend zu. Es klingelte an der Tür.

»Komme schon!« brüllte ich, als es erneut klingelte. »Ach, Josie, du bist es.«

Sie fiel durch die Tür direkt auf mich. Ich schwankte, als sie sich an meine Schultern klammerte und erleichtert aufstöhnte. Sie sah um die Augen herum ziemlich wild aus.

»Tess! Meine Güte, es ist so toll, dich zu sehen. Ich kann dir gar nicht sagen, was für eine schreckliche Zeit ich hinter mir habe.«

Sie taumelte an mir vorbei in die Küche und sank keuchend auf einen Stuhl. Dann stand sie wieder auf und ließ Rucksack, Gürteltasche, Einkaufstüten und mehrere Schichten Sweat-Shirts und Jacken von sich fallen, bis sie unsere Küche in eine australische Jugendherberge verwandelt hatte. Ich bahnte mir einen Weg durch das Chaos und fand schließlich einen Stuhl inmitten des Klamottenbergs. Sie saß bereits und zündete sich zitternd eine Zigarette an.

»Mannomann!«, entführ es ihr. »Deine verdammte Kusine! Sie hat mich zweimal am Tag den Küchenboden schrubben lassen, und zwar nicht mit einem Schrubber, sondern auf allen vieren.« Sie saugte hastig an ihrer Marlboro Light, die Augen weit vor Entsetzen. »Ich durfte nicht rauchen und mußte jeden Abend das Essen kochen und sogar ihre Eingangstreppe putzen! Ist das nicht unglaublich? Hätte nur noch gefehlt, daß sie mich den Kamin hinauf gejagt hätte!«

Ich murmelte etwas Mitleidiges, dachte aber insgeheim, daß wir feigen Arbeitgeberinnen das eigentlich alle von unseren australischen Mädels verlangten ... und nur Penny hatte offensichtlich den Mut, es durchzusetzen. Eingangstreppe? Küchenboden? Klasse, Pen!

»*Und* ich mußte den Kühlschrank saubermachen und das Bad, stell dir vor – und ihren ganzen kitschigen chinesischen Tinnef abstauben und Tomaten in verdammte Röschen schneiden *und* ich mußte den ganzen Tag auf Leonora aufpassen. Penny hat selbst keinen Finger gekrümmt!«

»Wie schrecklich«, murmelte ich und tätschelte ihre Hand.

»Sie hat mich behandelt wie eine Sklavin. Wenn ich auch nur einen Tag länger hätte bleiben müssen, hätte ich mich bei der Australischen Botschaft beschwert.«

Sie drückte ihre Zigarette auf einer meiner besten Untertassen aus und schwang ihre Boots auf den Stuhl. Dann sah sie sich zufrieden um.

»Es ist wirklich schön, wieder hier zu sein, Tess. Pennys Haus ist so schrecklich steril und perfekt und abgefuckt. Euer Haus dagegen ist – na ja, lebendig, ein richtiges Zuhause eben.«

Ich schaute mich frustriert um und stellte fest, daß sich trotz all meiner Bemühungen bereits wieder ein schwankender Berg schmutziges Geschirr in der Spüle türmte, ein Berg Kinderschlafanzüge unter dem Tisch lag, eine Stangenbohne im Milchkrug schwamm und ein Power Ranger kopfüber in der Butter steckte. Ich rettete ihn und warf ihn matt in die

Spüle. Insgeheim sehnte ich mich auch nach etwas mehr Abgefucktheit.

»Ist es okay, wenn ich mir die neuste Folge meiner Lieblingsserie angucke, ehe ich Clemmie abhole? Ich hab' es eine ganze Woche lang nicht gesehen, sie hat mich nicht gelassen«, erklärte sie empört.

»Klar«, antwortete ich schwach und sah zu, wie sie ihren knackigen Jeans-Hintern gemächlich ins Spielzimmer schob. »Vielleicht könntest du vorher noch schnell die Kinderzimmer aufräumen? Natürlich nur, wenn du Zeit hast.« Ich kratzte mir hoffnungsvoll den Nacken.

Sie nahm einen Apfel aus der Obstschale und schaute auf die Uhr. »Nö, es fängt jetzt an, aber weißt du was? Wenn ich Zeit habe, mache ich es später, okay?«

Mit diesen Worten ließ sie sich aufs Sofa fallen, schwang ihre langen Beine über die Armlehne und seufzte zufrieden. Dann zappte sie ein bißchen herum und schlug ihre perfekten weißen Zähne in den Apfel. Sie strahlte mich an.

»Ist das schön, wieder hier zu sein«, wiederholte sie noch einmal, als müßte mich dieses Lob ungeheuer stolz machen. Dann konzentrierte sie sich auf den Fernseher.

Das glaube ich dir, dachte ich grimmig, verschränkte die Arme und sah ihr von der Tür aus zu. Eine nicht unbedeutende Menge Gift breitete sich in meiner Seele aus. Genieß es, solange du noch kannst, Josie, denn so nett wie du bist, deine Tage hier sind gezählt. In diesem Haus wird es einige radikale Veränderungen geben, und eine davon ist es, das älteste meiner drei Kinder rauszuschmeißen!

Ich marschierte zurück in die Küche und begann, das Chaos zu beseitigen, *ihr* Chaos wohlgemerkt, bis mein Blick auf die Uhr fiel. Halb zwölf! Ach du Schande! Entsetzt ließ ich Lappen und Staubwedel fallen. Ich war immer noch im Bademantel, hatte noch nicht geduscht und wenn ich nicht einen Zahn zulegte, würde ich zu spät zu Laura und unserer Lunch-Verabredung kommen. In Panik flog ich die Treppe hinauf, sprang unter die Dusche, warf mir das erste über, was mir in die Hände fiel, stürmte die Treppe hinunter und aus dem Haus.

Eine halbe Stunde später hastete ich durch die Schwingtüren in das schrecklich geschmackvolle Restaurant von Harvey Nichols im fünften Stock. Ich japste und fluchte, sah aus wie Frankensteins Großmutter und war mindestens zehn Minuten zu spät.

»Entschuldige«, keuchte ich meiner wenig amüsierten Schwester zu, die anständig an einem Ecktisch saß.

Ihre weiße Leinenbluse war faltenfrei und fleckenlos, ihr Haar schimmernd und unzerzaust, und ihre mißbilligend zusammengepreßten Lippen hinterließen nur einen Hauch von Lippenstift an ihrer Zigarette mit extra niedrigem Teergehalt. Eine winzige blaue Ledertasche baumelte an einer Kette über der Stuhllehne. Ich blinzelte. War das ihre oder die einer Puppe, fragte ich mich.

Als ich mich ihr gegenüber an den Tisch setzte, warf ich meinen eigenen riesigen Ledersack auf den Boden. Unglücklicherweise hatte ich den Reißverschluß nicht zugezogen, und als die Tasche auf den Metallboden schlug, fielen ein paar Dinge ziemlich intimer und ziemlich weiblicher Natur heraus. Sie rollten sofort in alle Richtungen, wofür sich der glänzende und glatte Untergrund hervorragend eignete. »Scheiße!« Ich sank auf die Knie und kroch unter den Nachbartischen hemm, um meine Habseligkeiten wieder einzusammeln. Ein tiefes Rot belebte meine Gesichtszüge.

»Es gibt so praktische kleine Täschchen für diese Dinge«, zischte Laura, als ich ungeschickt alles wieder in die Tasche stopfte. »Ich habe sie entdeckt, als ich ungefähr sechzehn war.«

»Ja, ja, wollte ich mir auch schon immer kaufen«, nuschelte ich. Ich richtete mich auf und sah sie mit unsicherem Lächeln an.

»Oh! Entschuldige, Laura, wie geht es dir?« Ich beugte

mich vor, um die weiche, makellose Wange zu küssen, die sie mir, wie ich soeben begriffen hatte, schon seit meiner Ankunft hinstreckte. Und ich hatte gedacht, sie hätte einen steifen Nacken oder so was. Na immerhin hatten wir noch ein Kuß-Verhältnis.

»Gut, danke«, erwiderte sie eisig.

Ich ließ mich wieder auf meinen Stuhl fallen und fühlte mich ziemlich heiß und verschwitzt. Ich zog meine Bluse aus dem Rock, um ein bißchen frische Luft hereinzulassen.

»Puh!« keuchte ich und sah mich um. Dann versteckte ich mich schnell in meinem Perrier-Glas. Nein, das hier war wahrhaftig kein ›Puh‹-Ambiente.

Ich spähte über den Rand meines Glases. Das Klientel hier bestand ganz klar aus Damen, die lunchten, nicht aus Damen, die schwitzten. Außerdem gab es ein paar hübsche junge Mädchen mit ihren Mummys, erstere ein bißchen gelangweilt dreinschauend, aber nicht zu sehr, denn schließlich bestimmte Mummy, was in diese exklusiven Einkaufstüten kam, die neben den Designer-Stühlen aufgereiht waren, und man wollte es sich ja mit ihr nicht verderben, bevor nicht noch eine Menge mehr Trendy-Klamotten sicher unter Dach und Fach waren. Also beschränkten sich die teuren Schönheiten darauf, hochnäsig in der Gegend herumzugucken, in der Hoffnung, irgendwo ein Mädchen aus einer niedrigeren Klasse zu erspähen und geflissentlich zu ignorieren, und ununterbrochen ihre langen seidigen Mähnen nach hinten zu werfen. Mir ging durch den Kopf, daß Clemmie dieses Mähnenwerfen auch bald beherrschen würde; genaugenommen fragte ich mich beunruhigt, ob ich kürzlich nicht sogar ein erstes ›Werfen‹ bei ihr beobachtete hatte.

»Ziegenkäse an warmem Radicchio und danach die Polenta bitte«, murmelte Laura.

Ich fuhr auf und sah noch so eine potentielle Mähnenwerferin neben mir stehen. Mensch, sie sahen alle gleich aus, nicht wahr, diese Mädels aus gutem Haus – nur daß dieses eine weiße Schürze trug, einen Block in der Hand hatte und hellblaue Augen, die noch unfreundlicher guckten als die von Laura. Außerdem hatte sie den typischen ›Ich habe zwar mein Abitur in Eton nicht geschafft, aber ich arbeite nur so lange bei Harvey Nicks, bis mir mein Daddy einen Job bei Sotheby's besorgt‹-Blick drauf. Offenbar hatte sie nicht nur Schwierigkeiten mit dem Abitur, sondern auch mit der Sprache, denn sie sah mich wortlos an, wobei sie lediglich die Augenbrauen fragend hochzog.

Ich starrte zurück und fragte mich, ob sich hinter diesen leeren Augen noch etwas anderes verbarg als ein Stapel exklusiver Modemagazine, eine goldene American-Express-Karte und ein Mitgliedsausweis im Golfclub.

»Soll ich für dich bestellen?« fragte Laura, als wäre ich noch nie in einem Restaurant gewesen.

Ich zuckte zusammen. »Oh! Nein danke. Ich, äh, also, ich hätte gern etwas Wein zur Vorspeise«, plapperte ich einfältig.

Laura lächelte. »Ein Glas Sancerre«, raunte sie ihrer Freundin, der Oberkellnerin, zu, als wäre ich gerade mit dem Floß aus der Steinzeit gekommen.

Ihre Freundin, die Oberkellnerin, lächelte zurück und nickte verständnisvoll.

Ich reagierte schnell. »Nein, keinen Sancerre, ich nehme eine halbe Flasche roten Hauswein und –« ich ließ den Blick über die Speisekarte gleiten – »ich glaube, ich bin heute nicht in der Stimmung für diesen neumodischen Fraß, könnte ich bitte ein Käseomelett mit Pommes frites haben?«

Hellblaue Augen blinzelte irritiert. »Ich bin nicht ganz sicher, ob wir ...«

»Sie haben doch sicher Eier in der Küche, nicht wahr?« zirpte ich. »Und wahrscheinlich auch ein bißchen Käse und ein, zwei Kartoffeln?«

»Oh, ja, aber ...«

»Na also.« Ich klappte die Speisekarte zu und reichte sie ihr mit einem zuckersüßen Lächeln, das ihr unmißverständlich klar machte, ›Versuch nicht, *mich* zu foppen, Blauauge, das könnte dir schlecht bekommen!‹ Sie wurde rot und stolzierte zurück in die Küche.

»Du bist hier nicht bei McDonald's«, erklärte Laura frostig.

»Leider nicht«, antwortete ich knapp und fühlte mich von Minute zu Minute sicherer. Nein, ich würde mich *nicht* von einer siebzehnjährigen Kellnerin vorführen lassen und ebensowenig von meiner kleinen Schwester.

»Also, was soll das Ganze nun?« fragte ich mit verschränkten Armen.

Laura starrte mich ungläubig an. »Was das Ganze soll? Du hast ja vielleicht Nerven. Als wir uns das letzte Mal gesehen haben, hast du mir Champagner ins Gesicht geschüttet und mich beschuldigt, eine Affäre mit Patrick zu haben, also hast *du* mir gefälligst zu erklären, was das Ganze soll!«

Sie hatte nicht ganz unrecht, das mußte ich zugeben. »Ach ja, richtig. Tut mir leid, hatte ich ganz vergessen.«

»Ich aber nicht, also raus mit der Sprache, was ist los? Hast du ein Verhältnis mit ihm oder was?«

Ich fand es sehr angenehm, mein Kreuzchen in der ›oder was‹-Spalte machen zu können. »Nein«, erklärte ich fest. »Habe ich nicht. Man könnte sagen, ich habe mit dem Gedanken gespielt ...«

»Du warst ganz heiß darauf.«

»Aber ich habe die ganze Geschichte zu den Akten gelegt. Zwischen mir und Patrick Cameron gibt es absolut nichts, und es wird auch nie etwas geben. Das Ganze war von Anfang an völlig absurd und ...« Ich legte plötzlich den bombastischen Tonfall ab und sah sie flehentlich an. »Paß auf, Laura, ich weiß, daß ich dir eine Erklärung schulde, aber ehrlich gesagt habe ich noch keine. Ich habe ihn aus dem Kopf, das ist alles, aber ich will im Augenblick noch nicht darüber reden. Wenn ich dir nun schwöre, daß ich mich völlig David und den Kindern verschrieben habe und nie wieder einen anderen Mann anschauen werde, solange ich lebe, würde du mich dann in Ruhe lassen? Bitte?«

Sie drückte ihre Zigarette au und lächelte höhnisch. »Verstehe. Eine wiedergeborene verheiratetet Frau.«

Ich zuckte die Achseln. »Wenn du so willst.«

»Bereit, wieder Glückliche Familie zu spielen.«

Ich sah sie scharf an. »Da gibt es nichts zu spielen, wie *sind* eine glückliche Familie – aber was interessiert dich das eigentlich, Laura? Was gefällt dir daran nicht? Hast du was gegen ein Happy-End? Wäre es dir lieber gewesen, wenn ich mit Patrick über alle Berge gegangen wäre?«

»Nein, aber ...«

»Aber was?«

»Es scheint sich alles immer nur um dich zu drehen, stimmt's? Alles hängt von deiner Entscheidung ab, von dem, was *du* denkst, was *du* entscheidest.«

Ich dachte darüber nach. »Ja, du hast wahrscheinlich recht. Hast du ein Problem damit? Soweit ich das beurteilen kann, hast auch du immer über das Wohl und Wehe deiner Beziehungen bestimmt. Jedenfalls kann ich mir nicht vorstellen, daß Edward etwas zu sagen hat, oder?«

»Ach Edward«, schnaubte sie verächtlich.

»Oder Phillip oder Michael oder irgendeine andere deiner armen verlorenen Seelen, denen du kurz Leben einhauchtest, um sie dann wieder zurück in den Teich zu stoßen.« Ich wurde plötzlich sauer. Ihre überhebliche Art ärgerte mich. »Ich nehme an, du hast auch Willie dieser Behandlung unterzogen, nicht? Oder hast du den geschont, weil er dir endlich im Bett gezeigt hat, wo's langgeht?« Ich warf ihr das wütend vor die Füße.

Laura errötete von ihrer weißen Bluse an aufwärts, ihre Hals und ihr Gesicht waren auf einmal fleckig. So hatte ich sie nicht mehr gesehen, seit sie ein Kind war und von Daddy in die Mangel genommen wurde. Mein Magen krümmte sich. Gott, wie schrecklich – was tat ich nur? Meine kleine Schwester tyrannisieren, nur weil ich nicht ertragen konnte, daß sie mich verurteilte?

Ich beugte mich vor und nahm ihre Hand. »Laura, es tut mir so leid. Das hätte ich nicht sagen sollen – ich habe es auch nicht so gemeint!«

Sie sah mich an, dann nickte sie rasch. Sie verzieh mir, denn sie wußte, daß es mir leid tat, daß mir, wie so oft, die Zunge außer Kontrolle geraten war. Ich ließ ihre Hand los und verfluchte mich selbst. Wir sprachen beide kein Wort.

Nach einer Weile schluckte Laura. »Hat Patrick dir das mit Willie erzählt?«

Ich nickte. »Ja, aber Laura, warum hast du es mir nicht *selbst* erzählt? Du mußtest dich doch in Kilmarnoch nicht jeden Abend so davonstehlen. Du hättest es mir doch sagen können – ich hätte es verstanden.«

Sie schüttelte den Kopf. »Es war ... etwas Besonderes. Ich wollte es nicht zerstören.«

»Dachtest du, ich würde das tun?« Mein Herz tat mir plötzlich weh.

»Ich hatte Angst, du könntest mich auslachen. Oder versuchen, mich davon abzuhalten.«

Hätte ich das getan? Ich überlegte kurz. Ja, vermutlich. Für mich war das okay, eine kurze Episode mit Willie, aber für Laura?

Ich seufzte. »Vielleicht hast du recht.« Dann lächelte ich. »Paß auf, wenn du nächsten Sommer noch heiß auf ihn bist, verrate ich kein Wort, versprochen?«

Ich starrte nach unten, wo auf einmal ein riesiges Käseomelett vor mir erschien. Blauauge sah mich herausfordernd an. Die gigantischen Ausmaße nahmen mir den Atem.

»Nächsten Sommer? Ich fahre am Donnerstag wieder hin.«

Ich schaute auf. »Was?«

»Übermorgen. Ich fahre wieder zurück.« Sie trank von ihrem Perrier und warf gelassen das Haar nach hinten.

»Kannst du das denn? Hast du Urlaub?«

Sie zuckte mit den Schultern. »Brauche ich nicht. Ich habe gekündigt.«

»Wie bitte?«

Sie stopfte sich ein Radicchio-Blatt in den Mund. »Heute morgen. Vor einer halben Stunde, wenn du es genau wissen willst.« Sie kaute langsam und beobachtete mich.

Ich legte die Gabel hin. »Aber Laura, dein toller Job – er hat dir doch Spaß gemacht. Er war dein Leben!«

»Weil ich kein anderes Leben hatte.«

»Aber – du warst doch so gut.«

Sie seufzte. »Weil ich es mußte und weil es, um ehrlich zu sein, kinderleicht war. Du verstehst mich nicht, Tess, oder? Ich habe mich in Willie verliebt.«

Ich sperrte Augen und Ohren auf. »In Willie? Ach komm schon, Laura. Ich weiß, er ist der erste Typ, mit dem du je geschlafen hast und das ist sicher alles sehr emotional, aber du willst doch nicht ernsthaft behaupten ...«

»Doch, das will ich. Ich ziehe zu ihm nach Schottland.«

Ich sank auf meinen Stuhl zurück und starrte sie entgeistert an. Eine Urlaubsromanze okay, von mir aus auch noch das eine oder andere Wochenende, aber mit ihm *leben*?

»Also gut«, antwortete ich so ruhig wie möglich. »Also gut, dann nimm doch einfach unbezahlten Urlaub. Einen Monat oder auch zwei, und dann probierst du es aus. Guckst wie es ist, mit ihm da oben zusammen zu leben« – probier es einen kalten Winter lang, dachte ich im stillen – »und wenn es nicht klappt, kommst du wieder.«

Sie schüttelte den Kopf. »Will ich nicht.«

»Aber ...«

»Hör zu, Tess.« Sie beugte sich über den Tisch. »Ich hasse meinen Job, verstehst du? Ich hasse mein Designer-Appartement, ich hasse mein Leben in London, ich hasse die ganzen affektierten Leute, mit denen ich zu tun habe, und ich hasse meinen übertriebenen konsumorientierten Lebensstil, kapiert?«

»Aber dann – warum hast du denn dann überhaupt so lange so gelebt?« fragte ich erstaunt.

»Weil du es nicht getan hast.«

»Wie bitte?« Ich verstand nicht so recht.

»Weil es etwas war, was du nicht gemacht hast. Du hattest einen Mann, ein Haus, Kinder, ich habe gesucht und nicht das gefunden, was du hattest, also habe ich etwas völlig anderes gemacht und statt dessen den Karriereweg genommen.«

Ich starrte sie an. Niemals hätte ich geahnt, daß ich so viel Einfluß auf sie hatte, daß sie sich von mir zu solchen Extremen verleiten ließ. Nur um mich auszustechen. Ich hatte mich durch ihre Lebensweise nie bedroht gefühlt, wieso also fühlte sie sich von meiner bedroht? Ich versuchte, das zu verstehen.

»War es – Daddy?«

Sie zuckte mit den Schultern. »Zum Teil schon. Ich nehme an, ich wollte in seinen Augen glänzen, Erfolg haben, so wie er es von dir nach dem Studium erwartet hatte. Ich glaube, im Unterbewußtsein habe ich einfach beschlossen, für ihn in deine Fußstapfen zu treten.« Sie sah mich an. »Aber es war klar, daß es nie dasselbe sein würde. Er war stolz auf mich, aber nicht genügend. Nicht so stolz wie er auf dich gewesen wäre.«

»Laura, das stimmt nicht«, flüsterte ich. Aber ich wußte, daß es das tat.

»Und das Verrückte daran ist«, sie lachte, »ich mag ihn noch nicht einmal! Warum sollte ich mich also darum kümmern, was er denkt? Trotzdem tue ich es.«

Ich nickte. »Ich weiß.«

»Aber es war nicht nur Daddy. Es war noch etwas anders – etwas dem ich entrinnen wollte. Ich wollte mich in meiner Arbeit verstecken.«

»Was?«

Sie zögerte, machte für einen Moment den Eindruck, als würde sie es mir erzählen, doch dann schüttelte sie den Kopf.

»Ich werde es dir ein andermal erzählen. Jetzt nicht.«

Elendig schob ich das halbgegessene Omelett von mir. Na klasse! Die zweite Person in meiner Familie, bei der ich versagt hatte. Erst Mummy und jetzt Laura, und die ganze Zeit hatte ich nicht einmal versucht, meine Schwester oder meine Mutter zufriedenzustellen, nein ich riß mir ein Bein aus, um die eine Person in unserer Familie zufriedenzustellen, die sich absolut dagegen wehrte, zufrieden zu sein, mein Vater. Und natürlich war es genau das gewesen, was auch Mummy und Laura versucht hatten, sie hatten sich um Anerkennung bemüht, um Frieden und Harmonie, aber in unserer Familie würde es niemals Frieden und Harmonie geben, denn niemand von uns konnte den einen ersetzen, den Daddy verloren hatte. Den einen, dem er immer nachgetrauert hatte. Dem Sohn. Patrick. Ich sah Laura an.

»Laura, wegen Daddy.«

»Hm?« Sie versuchte ein Stück Ziegenkäse aufzuspießen, das über den ganzen Teller flutschte.

Ich zögerte. »Es – nun, es gibt etwas ziemlich Unglaubliches, das ich dir gern über ihn erzählen würde.«

Sie schaute auf. »Was?«

»Er ist nicht ... mein Vater.«

Sie starrte mich verständnislos an. »Was hast du gesagt?«

»Ich sagte, er ist nicht mein Vater. Weißt du, Laura, die Sache ist die ...«

»WAS?« kreischte sie, und ihre Gabel flog klirrend auf den Teller.

»Psst!« Ich legte die Hand auf ihren Arm und sah mich nervös um. Einige wohlerzogene Ohren wurden gespitzt.

»Mummy hat es mir gestern gesagt«, flüsterte ich. »Du bist seine Tochter, ich aber nicht. Mummy hatte eine Affäre.«

Sie schüttelte den Kopf. »Das glaub' ich dir nicht.«

»Es ist wahr«, antwortete ich geduldig. »Ich wußte erst nicht, ob ich es dir erzählen sollte oder nicht, aber es kann nicht den Rest des Lebens so sein, daß ich es weiß und du nicht, deshalb tu ich's.«

»Und wieso bist du dabei so cool? Ich meine, wie fühlst du dich jetzt? Ist doch eine ziemlich einschneidende Nachricht, oder, daß Dad nicht dein – Jesus!«

»Ich weiß, ich weiß, vielleicht bin ich auch wirklich sehr gelassen, aber der Grund dafür ist ...« Ich bemühte mich um die richtigen Worte. »Nun, zunächst einmal habe ich eine eigene Familie, deshalb ist es vielleicht nicht ganz so folgenschwer – ›wie bei dir‹«, wäre mir beinahe herausgerutscht, aber ich bremste mich gerade noch rechtzeitig und sagte schnell – »als wenn ich nicht verheiratet wäre, und außerdem«, ich zögerte, »habe ich wie du beschlossen, daß ich ihn nicht besonders mag, und das macht es mir wesentlich leichter.«

Sie sah mich immer noch völlig entgeistert an. Ihr Mund stand offen, und an der Zigarette hingen gut zwei Zentimeter Asche. Sie schnippte die Asche fort.

»Okay«, sagte sie schließlich lässig, obwohl ihre Finger zitterten, »wenn er nicht dein Vater ist, wer ist es dann?«

»Mach dich auf etwas gefaßt.«

»Was? WER?«

»Hamish.«

»Wer ist das?«

»Willies Vater.«

Sie starrte mich an. »Hamish?« kreischte sie. »Hamish McPherson?«

»Ja, psst, um Gottes willen, Laura«, beschwichtigte ich sie.

»Ach, Quatsch, Tess«, schimpfte sie. »Mum und Hamish. Das ist absurd.«

»Tatsächlich? Denk an dich und Willie.«

Sie erschrak, wurde rot und schaute auf ihre Serviette. Es war still.

»Und dich«, sagte sie leise.

Ich sah sie scharf an. »Hat er es dir erzählt?«

Sie nickte.

Ich schluckte. »Laura, es war nur – wir haben es nicht zu Ende ... Ich habe kalte Füße gekriegt.«

»Das weiß ich«, antwortete sie. »Er hat es mir gesagt. Aber du bist mir keine Erklärung schuldig. Es war schließlich vor mir.« Sie lächelte. »Knapp.«

Unsere blauäugige Kellnerin kam, um unsere Teller abzuräumen. Nachdem ich so ein Theater veranstaltet hatte, hatte ich natürlich nur ein paar Bissen gegessen. Sie sah mich vorwurfsvoll an, als sie den Teller fortnahm. Wir schwiegen, als sie wieder weg war. Laura dachte mit Sicherheit darüber nach, daß Daddy nicht mein Vater war. Ich dachte an sie und Willie. War es eine Art Flucht? War dies ein weiterer Beweis dafür, daß sie unbedingt mit mir in den Wettbewerb treten mußte? Und war diese Entscheidung ebenso fremd und unnatürlich für sie, wie es ihre Karriere war? Wie würden sie zusammen auskommen, die Intellektuelle und der Junge vom Land, und was war mit seinem Harem – ob er den immer noch hatte?

»Laura«, sagte ich leise. »Wegen Willie. Es gab andere, das weißt du?«

Sie grinste. »Andere? Sei nicht albern, Tess, es gab ganze Horden! Er hat es mir erzählt. Kirsten, eine Auswahl Landmädels. Alle Londonerinnen in Urlaub. Auch Penny.«

Sie lachte über mein Gesicht. »Sogar Penny. Kannst du dir das vorstellen? Wie die ganze pinkfarbene Angorawolle durch die Gegend fliegt, die Perlenkette schwingt, ein schwarzer Büstenhalter in die Ginsterbüsche segelt ...«

»Wie sie quiekt und schreit – sie ist sicher keine stille Geliebte, was meinst du?«

»O nein, und bestimmt ist sie supersportlich. Zumindest beim Sex. Mit Nackt-Kniebeugen und so ...«

»Oder Liegestützen im Wald. Streckt ihren dicken weißen Hintern in die Luft und ...«

»Danke, Tess, das reicht. Ich möchte jetzt lieber nicht mehr darüber nachdenken.«

Wir kicherten, und sie streckte die Hand aus und trank einen großen Schluck von meinem Wein.

»Willst du was?« fragte ich.

»Hm, warum nicht.«

Ich goß ihr Glas voll. Wir saßen eine Weile schweigend da, tranken und waren uns plötzlich um Meilen näher. Ich stellte mein Glas abrupt ab.

»Aber wo, um alles in der Welt, willst du wohnen, Laura? Doch wohl nicht in dem viereckigen kleinen Bungalow?«

Es war vielleicht etwas versnobt, aber ich konnte mir beim besten Willen nicht vorstellen, daß Laura in einem dieser Blümchensessel mit Schonbezug saß und ihre Füße an einem elektrischen Kamin wärmte.

»O nein, Willie hat sich schon nach etwas Neuem umgeschaut. Er hat eine Reihe alter renovierungsbedürftiger Hütten entdeckt und meint, wir könnten daraus vielleicht ein Haus machen. Sie stehen in der Nähe von Kilmaglen, an der Küste. Vielleicht kaufen wir sie und richten sie gemeinsam her.«

»Aber womit? Ich meine, wie willst du sie kaufen?«

»Ich werde natürlich mein Appartement verkaufen.«

Ich sah sie an. Klar. So würden sie es finanzieren. Ich trank einen Schluck Wein. Eine tolle Partie für Willie, flüsterte die böse, zynische Hälfte in mir, jede Menge Geld, ein prima Polster, keine Sorgen mehr; doch zum Glück erhaschte die etwas größere, etwas großzügigere Hälfte in mir einen Blick auf Laura. Die stand mit zusammengebundenen Haaren, alten Jeans und einem viel zu großen Karohemd von Willie auf der Leiter, ein Farbtopf in der Hand und ein dicker roter Klecks auf der Nase, und schaute lachend zu Willie herunter, und ich dachte – na und? Wie könnte ich ihr das neiden? Spaß zu haben, verliebt zu sein, ihr Leben in die Hand zu nehmen, so ähnlich wie ich und David es damals getan hatten. Wie könnte ich ihr die Erlösung von ihrem einsamen Single-Leben neiden? Es war doch völlig egal, wessen Geld es war. Sollte sie doch glücklich werden mit einem Mann, den sie liebte, und was konnte besser sein, wirklich, daß dieser Mann Willie war und kein anal fixierter Banker, der darauf bestand, daß sie jede Woche das Silber putzte und jeden Monat seinen Chef einlud, und der all ihre versteckten Neurosen – von denen sie mit Sicherheit einige besaß – hervorkitzelte statt ihre mädchenhaften Unbekümmertheit, von der sie, um es genau zu sagen, sehr viel mehr besaß ... Das Problem war nur, daß ihr ganzer Esprit so lange vergraben war und ich fast vergessen hatte, daß es ihn gab. Vergessen hatte, daß das die echte Laura war. Wozu sollte sie auch ewig arbeiten? Warum sollte sie ihr Leben einer Karriere opfern?

Ich empfand auf einmal eine Menge Herzlichkeit und Liebe für sie und zugleich eine riesige Erleichterung. Endlich hatte sie es geschafft, sie hatte das rettende Ufer erreicht und war frei.

Ich beugte mich zu ihr und drückte ihre Hand. »Du hast recht, völlig recht. Tu es, Laura! Das ist die beste Entscheidung, die du je in deinem Leben getroffen hast. Geh nach Schottland, zu Willie, kauf das Haus an der Küste, krieg vier Kinder, koch Marmelade, back Brot und laß dir bloß von niemandem einreden, das wäre falsch. Das Ganze hat mehr Sinn und Würde als ein Leben voller Meetings und Geschäftsessen und warmer Radicchio-Salate und – ach einfach alles in der Welt!«

Laura strahlte vor Glück, und die nervöse fleckige Röte hatte sich in einen hübschen rosa Schimmer verwandelt.

»Meinst du wirklich?« fragte sie glücklich. »Tess, ich bin ja so froh, daß du das sagst. Ich hatte Angst, du würdest mich verachten und – und ...«

»Dich im Stich lassen?« fragte ich elend. Ich hatte keine Ahnung gehabt, wie sehr ich, ohne es zu wissen, ihr Leben bisher beeinflußt hatte. Und daß sie so viel wert auf mein Urteil legte.

»Willie hat vor, Lachse zu züchten«, fuhr sie eifrig fort. »Das heißt, eigentlich wir beide. Wir werden zusammen arbeiten, natürlich nur, bis die Babys kommen, dann will ich zu Hause bleiben, schätze ich ... obwohl der Zuchtbetrieb hoffentlich zu Hause *sein* wird, dann kann ich vielleicht beides tun.«

Ich ließ sie glücklich weiterplappern, ihre ganzen Pläne sprudelten jetzt nur so hervor, als hätte jemand die Schleusentore geöffnet. Ich hörte zu, nickte, lächelte und freute mich für sie. Und über ihr Glück.

Aber, überlegte ich und schwenkte den Wein in meinem Glas, es war ja auch viel leichter, sich darüber zu freuen als über die ganzen schrecklichen Trevors und Vincents und Edwards, die sie mir in der Vergangenheit vorgeführt hatte. Schließlich war Willie, alle arroganten Vorbehalte einmal beiseite, doch wirklich ein netter Kerl, und das konnte man vom Rest dieses Schreckenskabinetts wahrlich nicht behaupten.

»Und egal, welche arroganten Vorbehalte man Willie gegenüber haben kann ...« Ich sah auf; woher wußte sie denn, daß ich das gerade gedacht hatte? »... er ist auf jeden Fall besser als meine ganzen früheren Lover, findest du nicht auch?« Mir war klar, daß sie dabei an Daddy dachte und an das, was er dazu sagen würde.

»Und ob«, stimmt ich ihr zu. »Ehrlich gesagt habe ich nie begriffen, was du von diesen ganzen trüben Tassen wolltest. Niemand hat das. Patrick hat vermutet, es gäbe da vielleicht jemanden, den du nicht haben könntest.«

Sie lächelte und trank an ihrem Wein.

»Deshalb bin ich auch auf die Idee gekommen, es wäre Patrick selbst«, fuhr ich fort. »Weil er mein Ex-Freund ist und du ihn nicht haben konntest, weil er immer noch in mich verliebt war und das alles. Ich dachte, ihr hättet vielleicht etwas miteinander gehabt, als ihr euch vor Jahren auf dieser Hochzeit in London getroffen habt.«

Sie lachte. »Bloß nicht! Patrick mit seinen ganzen Eltern-Problemen und dieser krankhaften Besessenheit für dich? Besten Dank! Nein, wir sind nur ein paarmal zusammen essen gegangen, als es mir schlecht ging, aber er wollte eigentlich nur über dich reden. Ehrlich, Tess, er hat wirklich einen Schaden. Er wollte sogar wissen, mit wie vielen Männern du im Bett warst und ob ich mir völlig sicher sei, daß es nur David und er waren und du nicht vielleicht in deiner Unizeit jemanden hattest, und wie ich eure Ehe einschätzte, ob du wirklich glücklich wärst ... und all diese Sachen.« Sie schüttelte den Kopf. »Wahnsinnig. Nein, ich hatte wirklich kein Bedürfnis, mit diesem kaputten Typen etwas anzufangen so wie du.«

»Ich auch nicht. Nicht mehr«, fügte ich hinzu. Ich fröstelte plötzlich. Meine Güte, anscheinend hatte er mich ja ständig unter Kontrolle gehabt, die ganzen Jahre.

»Außerdem hatte Patrick recht«, erzählte Laura weiter. »Es gab tatsächlich jemanden, den ich nicht haben konnte, aber das war nicht Patrick.« Sie drückte ihre Zigarette im Aschenbecher aus und sah mir fest in die Augen.

»Es war David.«

29. Kapitel

Ich spürte, wie mein Unterkiefer nach unten klappte. Eine Zeitlang verschlug es mir sowohl den Atem als auch die Sprache. Sollte das ein Witz sein? Hielt sie mich, auf eine ziemlich ekelhafte Art, zum Narren? Ich starrte sie an. Aus ihrem Blick schloß ich, daß sie das nicht tat.

»David?« flüsterte ich ungläubig.

»Ja«, erklärte sie ruhig. »Hast du das denn nicht gemerkt?«

Ich konnte immer noch kaum sprechen. »Nein – nein, das habe ich nicht. David!«

»Es ist okay, ich bin jetzt darüber hinweg, aber es hat zwölf Jahre gedauert. Zwölf Jahre, ehe ich das komplette Gegenteil von ihm gefunden habe, Willie. Ich hätte sofort nach ihm suchen sollen, anstatt jahrelang auf eine Kopie zu warten.« Sie lachte. »Ich habe nach einem zweiten David gesucht, verstehst du, einem intelligenten, sensiblen, allwissenden Typ – einem Universalgenie sozusagen, mit der entscheidenden Fähigkeit, mich von jetzt auf gleich zum Lachen zu bringen. Eine tolle Kombination und eine, die ich in Millionen Jahren nicht wieder gefunden hätte.«

Ich starrte wie gelähmt auf ihren Mund, der diese unfaßbaren Worte formulierte. »David! Wann hast du ...«

»Mich in ihn verliebt?«

Ich nickte stumm.

»Eigentlich, als ich ihn zum ersten Mal gesehen habe, als du ihn damals mit nach Hause gebracht hast. Ich kann mich noch gut daran erinnern. Du kamst von der Uni zurück mit »irgendeinem Typen« und Mummy war ziemlich aufgeregt und deckte im Garten den Tisch zum Tee. Es war Juli, sehr heiß, und wir saßen alle im Liegestuhl, als du mit ihm hereinkamst, mit diesem großen blonden Jungen in Krickethosen mit Grasflecken auf den Knien und dieser

Locke, die er sich ununterbrochen aus den Augen strich. Er gab uns allen die Hand und setzte sich dann neben mich. Mummy verteilte Scones mit Marmelade und Sahne, und er erzählte ein bißchen über dieses und jenes – über Kricket und Philosophie und die Uni –, war amüsant und witzig, lachte viel und brachte uns noch mehr zum Lachen, und ich hätte dich am liebsten umgebracht. Ich hätte dir am liebsten an Ort und Stelle mein Buttermesser ins Herz gestoßen.«

»Aber du warst doch noch ein Kind, fünfzehn ...«

»Sechzehn – und ich wußte genau, was ich wollte. Das hatte ich immer. Ich wußte, daß ich den Mann, den ich einmal heiraten würde, auf Anhieb erkennen würde. Kannst du dir vorstellen, wie ich mich gefühlt habe, als du ihn an diesem Tag in den Garten geführt hast – und dann beschlossen hast, ihn selbst zu heiraten?« Sie lachte. »Und dabei war er für dich immer nur zweite Wahl, weil Patrick ja nicht zu haben war.«

»Hast du das gedacht?« keuchte ich.

»Jeder hat das gedacht. Und du auch, wenn du ehrlich bist. Du hast dich regelrecht dazu *herabgelassen,* ihn zu heiraten und Kinder mit ihm zu haben.«

»Hör auf, Laura!« Ich erschrak.

»Ich bin mir sicher, daß du dich auch dazu herabgelassen hast, ihn zu lieben, aber es gab immer Vorbehalte von deiner Seite, stimmt's?« Sie spielte mit ein paar Krümeln auf der Tischdecke. »Ich dagegen brannte total darauf, ihn zu lieben und von ihm geliebt zu werden. Ich dachte immer – was wenn du nicht schwanger geworden wärst? Wenn du nicht so dumm und naiv gewesen wärst, das passieren zu lassen ... hätte er sich dann in mich verliebt? Wärst du dann vielleicht nur die Mittlerin gewesen, die ihn für *mich* mitgebracht hat. Die ihn *mir* in den Garten geführt hat, um sich dann den nächsten zu suchen? War das nicht der Weg? Aber nein, du hast alles vermasselt. Hast einfach vergessen, deine

Smarties zu nehmen und ich mußte mich damit begnügen, seine Schwägerin zu sein.« Sie sah mich herausfordernd an. »Aber das hat mich nicht davon abgehalten, zwölf Jahre lang von diesem Mann zu träumen. In Gedanken habe ich mit ihm zusammen gegessen, getrunken und sogar geschlafen. Und all das erzähle ich dir jetzt nur, Tess, weil es vorbei ist.« Sie zündete sich mit überraschend ruhiger Hand eine Zigarette an und blies nachdenklich eine Rauchwolke über meine Schulter.

»Ich glaube, ich werde ihn immer lieben«, gestand sie. »Aber nicht mehr mit dieser schrecklichen Leidenschaft. Mit dieser zwanghaften, quälenden nervenden Leidenschaft, die dein ganzes Leben beherrscht, dich verschluckt, alles beeinflußt, was du tust, jeden, den du kennenlernt ...« Sie klopfte die Asche von ihrer Zigarette und blickte in die Feme.

»Ist das der Grund, warum du nie mit jemandem geschlafen hast?« fragte ich atemlos.

»Ja.« Sie lachte leise. »Verrückt, nicht? Ich habe mich für den Mann meiner Schwester aufgespart. Ich habe das nie zugegeben, nicht mal vor mir selbst, aber ich glaube, es ist wahr.«

»Hat David etwas davon gewußt?« flüsterte ich. Ich konnte kaum reden.

»Bestimmt. Er ist ja nicht blöd, oder? Aber er ist immer sehr, sehr nett damit umgegangen. Nur einmal habe ich mich zum kompletten Idioten gemacht.« Sie lächelte schief. »Kurz nachdem Hugo auf die Welt kam. Ich glaube, ich ahnte damals, daß das nun wirklich das Ende bedeutete. Jedenfalls habe ich mich eines Abend völlig betrunken, bin zu eurem Haus geschlichen – du warst noch im Krankenhaus – und habe mich ihm regelrecht an den Hals geworfen, mich an ihn geklammert und ihn mit verzweifelten Küssen überhäuft, und dann bin ich hysterisch zusammengebrochen.«

»W-wie hat er reagiert?«

Sie grinste. »Er hat mir auf den Rücken geklopft, dann hat er mir ein großes Glas Cognac in die Hand gedrückt und ist mit mir in den Garten gegangen. Dort haben wir mindestens zwei Stunden lang unter dem Apfelbaum und den Sternen gesessen und geredet. Nicht über uns, über mich und ihn und das, was ich gesagt und getan hatte, sondern nur über mich. Über mein Leben, meine Pläne, meine Wünsche. Er hat versucht, mir einen anderen Weg zu zeigen, einen schönen, anständigen Weg, weit weg von ihm. Er hat das immer für mich getan, auf seine ganz eigene nette und ruhige Art.«

Ich nickte. »Ja, das kann ich mir vorstellen. Er ist ein – toller Mann.« Ich hatte auf einmal schreckliche Sehnsucht nach ihm.

»Der tollste«, korrigierte sie mich. »Abgesehen von Willie natürlich.«

Ich atmete tief und versuchte, das alles zu begreifen. »Er – hat mir nie etwas erzählt.«

»Natürlich nicht. Nicht David. Andere Männer hätten es genossen, hätten damit geprahlt – ›Übrigens, deine Schwester ist ganz scharf auf mich‹–, aber nicht David.«

Ich schluckte und schaute auf meine Serviette. Am liebsten hätte ich sie in kleine Fetzen zerrissen, und nur die Tatsache, daß sie aus reinem Leinen war, hielt mich davon ab. Wir waren beide eine Zeitlang still.

Laura brach das Schweigen schließlich. »Ganz schön viel zu verdauen für ein Mittagessen, was?« stellte sie fest.

Ich nickte stumm. Ich wollte ihn unbedingt sehen. Nach Hause gehen. Ihn ganz für mich haben. Die Vorstellung, daß jemand anders hinter ihm her gewesen war, war so erschrekkend, daß es mir den Atem nahm.

»Und du hättest ihn beinahe verlassen, stimmt's?« fuhr Laura fort. »Ich war so aufgeregt. Ich dachte, das sei vielleicht meine Chance, ihn nach all den Jahren endlich doch noch zu kriegen. Natürlich erst nach einer gewissen Zeit. Ich hätte so lange gewartet, bis du und Patrick gut in Italien gewesen wärst, ihr eine Weile zusammengelebt und vielleicht sogar ein Kind bekommen hättet. Dann wäre meine Stunde gekommen. Ich wäre leise aus dem Hintergrund getreten und hätte die Scherben aufgesammelt. Unter den Umständen wäre das für alle das beste gewesen. Tante Laura.«

Meine Hand schoß an meinen Mund. Ich starrte sie entsetzt an. »Nein, Laura, hör auf.« Mir wurde übel.

»Luftschlösser«, sagte sie schnell und wischte meine Befürchtungen weg. »Keine Sorge, Tess, es wäre nie geschehen. Ich bin sicher, David hätte die Idee genauso abstoßend gefunden wie du. Ich bilde mir nicht ein, daß ich sein Typ bin, aber da wir nun gerade reinen Tisch machen, kannst du auch die ganze Geschichte erfahren. Du kannst ebensogut wissen, was in meinem verdrehten und verwirrten Kopf vorgegangen ist.«

»Kommt noch mehr?« Ich rang nach Luft. »Wenn, dann muß ich erst noch eine Flasche Wein bestellen. Zwei Gläser reichen nicht, um das zu ertragen.«

Sie zögerte kurz und schüttelte dann den Kopf. »Nein. Nein, das ist alles.« Sie griff nach ihrem Glas und trank schnell einen Schluck Wasser. Zu schnell.

»Was?« beharrte ich. »*Was*? Komm, spuck's schon aus, Laura. Gibt es irgendwo ein heimliches Kind, oder hast du ihn unter Drogen gesetzt, in deine Wohnung gezerrt und ihn besinnungslos gebumst? Los, ich will alles wissen.«

Sie schaute mich kurz an, dann schaute sie wieder weg. »Nein, so was ist es nicht.« Sie machte eine Pause und schüttelte den Kopf. »Genau genommen ist es überhaupt nichts.«

»WAS!« schrei ich und packte ihr Handgelenk. »Ich will dieses Überhaupt nichts hören, wenn es recht ist. Ich will die ganze Scheiß-Geschichte hören!«

»Okay, okay, hör auf zu schreien«, lenkte sie ein und sah sich nervös um. »Aber hör zu, das ganze ist reine Spekulation, verstanden?« Sie kaute auf ihrer Unterlippe. Ich wartete, eine unglaubliche Tortur. »Ich – frage mich, ob David ... na ja, ob du ihn nicht zu lange zappeln lassen hast. Und ob du Patrick nicht zu spät in die Wüste geschickt hast.« Unsicher rutschte sie auf ihrem Stuhl hin und her.

»Wie meinst du das?«

»Während du damit beschäftigt warst, dein Leben neu zu sortieren, könnte er doch dasselbe getan haben, oder?«

»Du meinst, er hat eine Affäre?« flüsterte ich. Mir schwindelte. Ich spürte, wie das Blut aus meinem Gesicht floß.

»Ich bin mir nicht sicher. Es ist nur so – Na ja, als ich nach London zurückkam, erzählte mir Janie – du weißt schon, das Mädchen, mit dem ich zusammenarbeite –: ›Ich habe übrigens deinen gutaussehenden Schwager vor ein paar Tagen beim Lunch gesehen.‹«

»Wo?«

»*Im Bibendum?* Ach Unsinn!« schimpfte ich. »David würde nie im Leben in so ein teures Restaurant gehen.«

»Mit einer Blondine. Sehr jung.«

Mein Herz setzte aus. Dann fing es an zu rasen. Ich schüttelte den Kopf. »Quatsch! Das ist wirklich absurd, Laura, denn es paßt überhaupt nicht zu David. Wenn du mir erzählt hättest, man hätte ihn mit einer mittelalten Brünetten im Schottenrock vor den Fossilien im Britischen Museum gesehen, hätte ich das vielleicht geglaubt, aber mit einer Blondine im *Bibendum* – niemals.« Ich schüttelte bestimmt den Kopf. »Sie muß sich geirrt haben.«

»Hat sie aber nicht«, antwortete Laura ruhig. »Sie kennt David ziemlich gut, außerdem habe ich angerufen und die Sache überprüft. Er hatte einen Tisch auf seinen Namen reservieren lassen.«

»Du hast es nachgeprüft?«

»Ja, weißt du, ich kenne seine Gewohnheiten nun seit zwölf Jahren; es ist schwer für mich, diese Gewohnheit aufzugeben.« Wenigstens wurde sie rot.

Ich starrte sie an, während in meiner Brust zwei Erkenntnisse heftig um die Vorherrschaft stritten. Die eine, daß meine Schwester ohne mein Wissen so lange ein Auge auf meinen Ehemann geworfen hatte, die andere, daß es nun offenbar jemand anders tat. Es war ja fast so, als hätte Laura ihn wie ein Staffelholz weitergereicht – hier, nimm ihn, Blondie, jetzt bist du dran. Nimm ihn und renn los damit, er gehört dir. Ich bemühte mich, ruhig zu bleiben, dabei wäre ich am liebsten aufgesprungen und hätte laut gebrüllt: »*Hände weg! Haut bloß ab,* ihr gierigen grapschenden Schlampen. Das ist *mein* Ehemann, verstanden! Sucht euch gefälligst einen anderen!« Mit zitternden Händen faßte ich an meine Stirn. Sie war feucht vor Schweiß; ich fühlte mich grauenhaft.

Laura beugte sich über den Tisch. »Tess«, sagte sie beschwichtigend. »Ich erzähle dir das nur, weil ich hoffe, daß du noch etwas dagegen tun kannst. Daß es noch nicht zu spät ist. Ich will nicht, daß du glaubst, alles wäre in bester Ordnung und dann herausfindest, daß er ... na ja.«

»Mich wegen einer anderen verläßt«, flüsterte ich. »Danke, Laura, ich stehe tief in deiner Schuld. Ich bin dankbar, daß du mich so – informiert hast.«

Ich griff nach meiner Tasche und zog sie auf meinen Schoß. Ich fand meine Geldbörse und schaffte es mit meinen zitternden Händen, den Reißverschluß zu öffnen. Ich zog einen Geldschein heraus und schob ihn zu ihr über den Tisch. Sie schob ihn zurück.

»Sei nicht albern«, sagte sie. »Ich erledige das schon. Trink lieber noch was, Tess, eine Cola vielleicht. Ich bin nicht sicher, ob du jetzt schon alleine gehen kannst.«

Ich schüttelte den Kopf. »Ich muß. Ich muß weg. Nachdenken.« Ich konnte nur noch in kurzen abgehackten Stakkato-Sätzen reden. Ich mußte höllisch auf meinen Mund aufpassen, damit nicht sonst was herauskam – Schluchzer, Flüche, Geschrei, zweifellos auch Beschimpfungen und Vorwürfe Ich spürte, wie sie sich in mir regten, in meiner Kehle heraufquollen, mir den Atem nahmen und nach einem Ausweg suchten. Ich erhob mich mit zitternden Knien.

»Tess, laß mich schnell zahlen, dann komme ich mit dir und bringe dich wenigstens zur U-Bahn.« Laura sah mich eindringlich an, dann schaute sie sich verzweifelt nach der Bedienung um.

»Nein, wirklich nicht, geht schon. Möchte lieber allein sein. Bis dann.« Ich beugte mich vor, um sie zu küssen.

»Ich hätte es dir nicht sagen sollen«, flüsterte sie.

Ich schaffte ein tapferes Lächeln. »Das beste, was du je getan hast. Hat mich wieder zur Vernunft gebracht. Danke.« Ich meinte es ernst.

Ich drehte mich um und stolperte durch das Meer eleganter Köpfe mit schwarzen Samt-Haarbändern und registrierte mit einem Stich, daß die meisten blond waren. Ich eilte durch die Schwingtüren. Eine der Rolltreppen führte direkt vor mir in das darunterliegende Stockwerk, und da ich zumindest vorübergehend nicht mehr in der Lage war, ein Bein vor das andere zu setzen, kam mir das sehr gelegen. Ich trat hinauf, starr und mit weit aufgerissenen Augen wie die Schaufensterpuppen, an denen ich geräuschlos vorbeiglitt, verließ die eine Rolltreppe und betrat die nächste, bis ich schließlich sicher das Erdgeschoß mit der Parfümerie erreichte.

Während ich blindlings an den Verkaufstheken entlanglief, atmete ich den Duft von Diorissimo ein, mein Lieblingsparfum, wenn ich in der richtigen Stimmung war und das David mir immer zu Weihnachten schenkte, wenn ihm die Ideen ausgingen. Was wohl *ihre* Lieblingsmarke war, fragte ich mich, wer auch immer sie war, diese Blondine, diese mittägliche und sicher auch nächtliche Begleiterin meines Mannes. Die Geliebte meines Mannes. Plötzlich mußte ich stehenbleiben und mich an einer der Verkaufstheken festhalten. Ein Ständer mit schwindelerregend teuren Lippenstiften fing bedenklich an zu wackeln. Ich stand da, den Kopf nach unten, atmete tief durch und starrte auf den makellos sauberen Boden unter mir. Einen entsetzlichen Moment lang hatte ich das Gefühl, er würde mir entgegenkommen, doch in der allerletzten Sekunde biß ich die Zähne zusammen und dachte angestrengt an die letzten Unterhauswahlen und an John Major und seine Sozialpolitik und daran, daß er nun gestreifte Baumwollshirts statt grauer Nylonhemden trug, und an das, was das für Norma bedeutete, die zwar jetzt einen netteren Anblick hatte, sich dafür aber sicher den Arm abbügelte. Immerhin richteten mich diese dumpfen Betrachtungen auf, und der Nebel um mich herum lichtete sich. Langsam hob ich den Kopf. Nein, beschloß ich, ich würde in der Parfümerieabteilung von Harvey Nichols nicht ohnmächtig werden. Ich schaute auf und sah, daß das stark geschminkte Mädchen am L'Oreal-Stand mich neugierig anstarrte.

»Ist alles okay, Madam?« fragte sie und blinzelte durch den blonden Pony, der ihr verführerisch in den Augen hing. Schon wieder blond. Heutzutage schien wirklich jeder blond zu sein.

»Danke ja«, antwortete ich. »Mir ist nur ein bißchen warm, das ist alles.«

Ich sah sie an. Bist du es? Bist du diejenige, du Schlampe, du Flittchen, du kaltblütige Ehemann-Krallerin? Bist du diejenige, die mein Leben zerstören will?

»Sie sehen ein bißchen blaß aus ...«

Mir gelang ein unsicheres Lächeln, und ich dachte: was glaubst du, wie blaß du in meiner Lage aussähst!

»Nein, ich fühle mich gut.« Ich nickte ihr zu und wollte gerade weitergehen, als ich in dem riesigen Spiegel hinter ihr jemanden sah. Ich blieb stehen. Komisch, die sah aus wie ich, nur ein bißchen älter, dünner und faltiger. Ich erstarrte. Das war ich, natürlich, aber wieso hatte ich nicht vorher gemerkt, wie schrecklich ich aussah? Warum war mir das nicht aufgefallen? Ich streckte die Hand aus und berührte mein Gesicht mit den Fingerspitzen. Trockene, mittelalte Haut, wohingegen ihre zweifellos jung, weich und samtig war.

»Vielleicht hätten Sie Interesse an einem leichten Make-up? Es ist ganz unverbindlich, und Sie könnten sich einen Moment setzen und ein bißchen ausruhen?«

Sie redete mit mir wie mit einer alten Tante, dabei konnte ich doch höchstens – na, sagen wir zehn Jahre älter sein als sie ... Ich zuckte zusammen. Über was, um alles in der Welt, sprachen sie nur miteinander, fragte ich mich. Was sagte David bloß zu einer wie der? ›Hast du in letzter Zeit was Gutes von Kafka gelesen?‹ ›Nee, aber ich habe mir gestern einen tollen neuen Nagellack gekauft, wie findest du den?‹ Vielleicht hatte sie auch gar nicht das Bedürfnis zu reden, weil ihre Körper miteinander kommunizierten. Vielleicht spielte sich ihre Beziehung ja auf einer viel primitiveren, nämlich der fleischlichen Ebene ab. Oje, dieser Boden bewegte sich jetzt ganz sicher auf mich zu, und selbst Norma mit ihren Bügelarbeiten hatte diesmal Mühe, ihn aufzuhalten. Ich klammerte mich mit beiden Händen an die Glastheke.

»Madame?«

Ich ließ mich schleunigst auf den Stuhl fallen. »Okay, ein Make-up« verlangte ich keuchend.

Mein Wort war ihr Befehl. Im Nu hatte meine kleine blonde Freundin mir ein Handtuch um die Schultern gehängt und legte los, rüstete sich mit Pinseln und Paletten, Fläschchen und Tinkturen wie ein Chirurg, der seine Instrumente zurechtlegte.

»So«, murmelte sie und wischte mit einem feuchten Wattebausch über mein Gesicht, entfernte sorgsam alle Make-up-, Schmutz- und Tränen-Reste. »Hat Madame ein spezielle Vorstellung?«

»Ja, Madame hat die Vorstellung von einer 19jährigen Blondine. Verjüngen Sie mich um zwölf Jahre, dann besorge ich den Rest zu Haus mit einer Flasche Wasserstoffperoxid«, knurrte ich.

Das Mädchen hielt inne, dann lachte sie nervös. »Natürlich, ich werde tun, was ich kann, aber Madame muß einsehen, daß ich, obwohl Madame eine wunderbare Knochenform hat, nicht versprechen kann, daß ich ...«

»Aus einem Plisseerock keinen Stretchrock machen kann? Tut mir leid«, murmelte ich hastig. »Hab' einen miesen Tag. Tun Sie, was Sie können.«

»Vielleicht ein Party-Make-up?«

»Gute Idee«, antwortete ich sarkastisch. »Machen Sie es hübsch und lustig.«

Ich saß bewegungslos, während ihre schlanken Finger über mein Gesicht glitten, einölten, massierten, Farbe auftrugen. Schlanke, unberingte, mädchenhafte Hände mit weichen, rosa Fingerspitzen strichen und drückten und malten professionell. Ich stellte mir solche Hände an David vor, jung und zart liebkosten sie seine Schultern, massierten seinen Nacken, glitten seinen Rücken hinab, drehten ihn sehr sanft herum, streichelten seinen Bauch, seinen ...

»Das reicht!« schrie ich plötzlich.

Ich sprang auf und zerrte das Handtuch von meinem Hals. Das Mädchen ließ erschrocken den Make-up-Pinsel fallen und machte einen Schritt nach hinten.

Was tat ich hier bloß, zum Teufel? Mein Mann hatte eine Affäre und ich saß seelenruhig bei Harvey Nichols und ließ mich schminken.

»Tut mir leid«, stotterte ich, »ich muß jetzt leider gehen.

Muß noch woanders hin, wissen Sie. Ist mir gerade wieder eingefallen. Ich werde natürlich alles bezahlen.«

»Es ist kostenlos, Madame, aber ich habe erst ein Auge fertig. Sie können so nicht gehen. Lassen Sie mich wenigstens ...«

»Sorry, ich muß gehen.«

Ich drehte mich um und eilte davon, und erhaschte dabei im Spiegel einen letzten Blick von mir. Wie sie gesagt hatte, war ein Auge dick geschminkt, mit glitzerndem Goldpuder und allem, während das andere daneben nackt und klein aussah.

Ich hastete die Sloane Street entlang, verpaßte nur knapp einen Bus und stieg dann in die dunklen Schluchten der U-Bahn-Station hinab. Als ich den Bahnsteig erreichte, verschwand der Zug gerade im Tunnel. Eine kurze Zeitlang stand ich völlig allein da und starrte in das schwarze Loch. Aber es war Mittagszeit in Knightsbridge, und innerhalb von Sekunden füllte sich der Bahnsteig schon wieder mit Fahrgästen, die wie Ratten im Kanal die Rolltreppen hinunter kamen. Ich stand da und starrte sie benommen an; Einkäufer, Touristen, Büroangestellte, Geschäftsleute, Sekretärinnen, zwei junge Männer in hellgrauen Anzügen, die neben mir ein Sandwich aßen, neben ihnen ein älterer Herr in teurem grauen Flanell, der sich mit einem jungen Mädchen unterhielt? Seine Sekretärin? Vielleicht. Ich sah wieder hin. Oder vielleicht nicht.

Er war groß, Mitte Vierzig mit schütter werdendem grauen Haar und einem attraktiven, leicht arroganten Gesicht und lächelte seine Begleiterin an. Sie war klein und zierlich, mit strahlenden Augen, schmalen, geschminkten Lippen und einem zu kurzen Rock. Eifrig erzählte sie etwas, und er hörte mit überlegenem Lächeln zu, ihr Erbsenhirn hinnehmend, zweifellos wegen ihrer hervorragenden Qualitäten im Bett. Als sie fertig war, gab er offensichtlich eine spöttische Antwort, denn sie verzog beleidigt das Gesicht und stieß ihn mit dem Ellbogen in die Rippen. Er wich einen Schritt zurück und lachte schallend, sie schmollte noch mehr, und er legte den Arm, um ihre Schulter und drückte sie kurz an sich. Ich marschierte auf sie zu.

»Weiß Ihre Frau Bescheid?« zischte ich.

Ratternd fuhr der Zug in den Bahnhof ein. Das Paar sah mich irritiert an, als ich mich wütend an ihnen vorbeidrängelte und darauf wartete, daß sich die Türen öffneten. Als sie es schließlich taten, war es, als würden Unmengen menschlichen Hackfleisch zwischen Lasagne-Schichten gequetscht. Ich paßte irgendwie mit hinein, und als sich die Türen hinter mir schlossen, sah ich, daß meine lüsternen Freunde es auch geschafft hatten. Wir standen Augapfel an Augapfel.

»Meine Frau ist letztes Jahr gestorben, und meine Tochter begleitet mich hin und wieder zum Lunch«, informierte er mich eisig.

Als ich den Mund öffnete, um etwas zu erwidern, registrierte ich, daß nicht nur die zwei Paar haselnußbraunen Augen identisch waren, sondern auch die leicht gebogenen römischen Nasen. Die gemeinsamen Gene ließen sich hier wirklich nicht verhehlen.

»Ach«, flüsterte ich schwach.

Mehr wurde nicht gesagt, aber ich mußte Brust an Brust mit ihnen stehen, die ganze Strecke bis Earl's Court, wo die Tochter ausstieg und den Vater alleine zurückließ. Sie küßte ihn auf die Wange und murmelte etwas Vernichtendes über eine »dummdreiste, unverschämte Alte«.

Die Türen schlossen sich, und ich sah ihr stirnrunzelnd nach. Alte? Meinte sie etwa *mich*? Plötzlich stiegen zornige Tränen in mir auf, meine Nase schwoll zu. Ich schluckte heftig. Eine Alte? War ich das etwa? Eine alte Frau, die man gegen ein jüngeres Modell eintauschte, sollte das auch mein Schicksal sein? Sollte ich alleinblieben, eine alternde, alleinstehende Mutter, die mühsam ihre Kinder großzog, um den Unterhalt feilschte und sich mit den Fingernägeln an das liebgewonnene Mittelstands-Leben klammerte, während ihr attraktiver, grauhaariger Rechtsanwalts-Gatte der Sonne entgegenschritt, um mit seinem neuen Model ein Heim zu gründen?

Sei nicht albern, beschimpfte ich mich selbst. Du übertreibst maßlos. David wurde beim Lunch gesehen, mehr nicht, und du siehst dich schon vor dem Scheidungsrichter. Jetzt reiß dich zusammen. Vielleicht gibt es ja eine völlig harmlose Erklärung. Ich meine, vielleicht war sie nur eine Freundin? Und vielleicht würde ich sie kennenlernen. Ja, vermutlich konnten wir ganz zivilisiert mit der Sache umgehen. Vielleicht könnte man sie ja zum Essen einladen und vielleicht könnte ich ... meine Eingeweide krümmten sich, meine Hände ballten sich zu Fäusten – »*sie killen!*« knurrte ich.

Es war laut genug, um die Umstehenden erschrocken zurückweichen zu lassen, und der Mann, den ich bereits des hemmungslosen Inzests beschuldigt hatte, blinzelte nervös. Schnell machte ich einen Song daraus.

»Killer que-en, Yes, she's a killer qu-e-en ...«

Ich sah genau, daß der graue Anzug nicht überzeugt war. Er sah von einem aufgedonnerten, glitzernden Auge zu einem nackten, wahnsinnigen und traf eine vernünftige Entscheidung. Er klemmte sich seine Zeitung fest unter den Arm, senkte den Kopf und schob sich entschlossen durch das Gewühl, um sich am anderen Ende des Wagens in Sicherheit zu bringen.

Ein unterdrücktes Glucksen ertönte hinter mir. Ich sah mich um, wo drei oder vier Teenager in Schuluniform, mit schiefsitzenden Krawatten, verschlissenen Blazern, abgestoßenen Schuhen und triefend vor Testosteron in ihre Hände kicherten.

»Du solltest lieber deine Pillen nehmen«, rief mir einer

von ihnen zu, was bei den anderen wahre Heiterkeitsstürme hervorrief.

Ich ignorierte sie ebenso geflissentlich wie die Tatsache, daß sie sich offensichtlich gegenseitig dazu anstachelten, mich in den Rücken zu piksen. Zuerst ganz vorsichtig – gefolgt von unterdrücktem Gelächter, dann ein bißchen fester – gefolgt von lauterem Gelächter.

Glücklicherweise mußte ich dieses flegelhafte Benehmen nicht lange ertragen, denn Sekunden später fuhr der Zug in Putney ein. Dankbar trat ich auf den Bahnsteig hinaus, als mein Rock plötzlich sanft zu Boden schwebte und ich in Kniestrümpfen und Unterhose dastand.

»Was zum ...«

Entsetzt zog ich den Rock wieder hoch und drehte mich um, gerade in dem Moment, als sich die Türen der U-Bahn schlossen. Die Jungen erstickten fast vor Lachen, hielten sich die Bäuche, schnappten nach Luft.

»Ihr Schweine!« brüllte ich, während der Zug anfuhr.

Schlapp vor Lachen klammerten sie sich aneinander, winkten und pfiffen, als sich der Zug ganz langsam entfernte.

»Diese Schweine haben mir den Rock ausgezogen!« schimpfte ich lautstark. Ein paar Passanten warfen mir neugierige Blicke zu und machten einen großen Bogen um mich. Tränen stiegen mir in die Augen, während ich den Reißverschluß meines Rocks wieder schloß und mich die Treppe zum Ausgang hinaufschleppte. Verbittert schüttelte ich den Kopf. Konnte das wirklich wahr sein? Ich meine, diese Bengels waren die vergötterten Söhne einiger armer Mütter, ihre Leibesfrüchte. Man stelle sich vor, wie ich mich fühlen würde, wenn Hugo sich in ein paar Jahren so benahm. Ich blinzelte, und mir wurde mit Entsetzen klar, daß ich mir gut vorstellen konnte, daß Hugo sich *schon jetzt* so benahm. Wozu er in ein paar Jahren in der Lage sein würde, mochte ich mir gar nicht ausmalen.

Und wenn er jetzt schon so war, überlegte ich elendig, wie würde er dann erst ohne Vater sein? Oder Clemmie, meine verrückte, geliebte, wilde Kleine, die traumhaft malen konnte, wie eine Lerche sang, aber immer noch mit den Fingern aß, mit einem Spielzeuggewehr unter dem Kopfkissen schlief, sich nackt auszog, um aufs Klo zu gehen – etwas, das sie spätestens beim Bewerbungsgespräch für einen Job in Schwierigkeiten bringen würde –, und dreieinhalb Jahre gewartet hatte, ehe sie sich dazu herabließ zu sprechen? Wie würde sie ohne ihren geliebten Daddy auskommen, ohne seine ausgleichende Art?

Vielleicht würde David um das Sorgerecht kämpfen, schoß es mir plötzlich durch den Kopf. O Gott! Vielleicht würde er vor Gericht erzählen, ich sei eine unfähige Mutter, weil ich ihnen einmal Gummibärchen zum Frühstück gegeben habe, sie beim Kartenspielen zum Schummeln anrege, ihre lehmigen Hosen einfach nach innen drehte, sie im Supermarkt ohrfeige, beim Bäcker anschreie und beim Metzger beiße und weil ich zum Tee Kekse aus der Dose anbiete, statt einen Kuchen zu backen – ja, vielleicht würden sie alle weggehen und mich verlassen, und ich wäre allein, eine verbitterte, verdrehte alte Frau, der nur noch ihre Ginflasche und ihre Erinnerung blieben.

Vielleicht wollten die Kinder auch von sich aus gehen. Clemmie würde sicher ein Blick auf Blondies Sammlung pinkfarbener Schmusetiere auf der Fensterbank reichen, um sofort umzukippen. Und Hugo würde sich von Blondies jüngerem Bruder verführen lassen, der eine Saisonkarte für Arsenal London hatte oder ... Mein armes, überfordertes Hirn arbeitete auf Hochtouren, dachte sich immer düsterere und phantastischere Alpträume aus, während ich nach Hause ging und wußte, daß ich mich selbst dazu anstachelte, noch gewagter und noch melodramatischer zu sein, denn im Grunde war mir klar, daß es in Wirklichkeit nicht so schlimm sein konnte, und daß, selbst wenn ich mir das

Schlimmste vorstellte, die Dinge schließlich nur noch besser werden konnten.

Oder nicht? Als ich in unsere Straße einbog, blieb ich wie angewurzelt stehen. Ich schaute. Da war Nummer 42, geschmackvoll, glyzinenbewachsen und genau so, wie ich es verlassen hatte, außer daß nun draußen ein schwarzes Taxi wartete. Die Gestalt auf dem Gehweg, die sich durch die geöffnete Tür in den Innenraum beugte und mit jemandem auf dem Rücksitz sprach, war David. Ich versteckte mich schnell hinter einer Hecke und wartete. Er trug einen Anzug, hatte die Jacke jedoch ausgezogen und die Ärmel seines Hemds hochgekrempelt. Mit hämmerndem Herzen spähte ich hinter der Hecke hervor. Ich konnte nicht erkennen, wer da hinten im Taxi saß, aber ich konnte vage Umrisse ausmachen. David lachte, plauderte, lehnte sich lässig gegen das Taxi. Plötzlich lehnte er sich erneut nach innen und ... küßte den oder eher die Unbekannte auf dem Rücksitz. Mein Magen krampfte sich zusammen. Ich sah zu, wie er sich wieder aufrichtete, lächelte und die Tür schließen wollte, als er sich plötzlich an etwas zu erinnern schien, denn sein Finger schoß alarmiert nach oben. Er drehte sich um, rannte ins Haus, verschwand drinnen und kehrte Sekunden später mit einem großen Koffer zurück. Ich blinzelte. Es war unser Koffer. Er trug ihn über den Gartenweg, dann warf er ihn auf den Rücksitz des Taxis, lachend. Er beugte sich zu einem weiteren Kuß hinein, dann knallte er die Tür zu. Als das Taxi startete und die Straße hinunterfuhr, stand er da und sah ihm nach, winkend und lächelnd, bis es um die Ecke verschwand. Er blieb noch einen kurzen Moment stehen, dann drehte er sich um und ging ins Haus zurück, Die Haustür schloß sich hinter ihm.

Meine Knie wackelten, und ich mußte mich auf die niedrige Mauer unter der Hecke setzen. Ich wußte alles. Dazu bedurfte es keiner großen Phantasie. In dem Taxi hatte seine Geliebte gesessen, in dem Koffer waren Davids Kleider, das Ziel des Taxis war ihr gemeinsames Liebesnest, und Sinn der ganzen Übung hatte darin bestanden, Davids Garderobe abzuholen. Er hatte gewußt, daß ich nicht zu Hause sein würde, weil ich mit Laura verabredet war, und daß die Kinder mit Josie zum Picknick unterwegs waren. Die Luft war superrein gewesen, und sie hatten zweifellos noch Zeit gefunden für eine schnelle Runde im Bett – unserem Bett –, ehe er sie und den Koffer ins Taxi verfrachtet hatte. Es war alles sonnenklar, bis auf einen winzigen Punkt. Dieser Koffer war viel zu groß, um nur eine Unterhose und ein sauberes Hemd zu enthalten. Nein, dieser Koffer war bis zum Bersten mit Kleidern vollgestopft. Er verließ mich. Daran gab es keinen Zweifel. Er verließ mich für diejenige, die auf dem Rücksitz des Taxis gesessen hatte.

Plötzlich war ich sehr ruhig, sehr kühl und sehr gefaßt. Eine tiefe Resignation machte sich in mir breit. Es gab nichts, was ich dagegen tun konnte. Überhaupt nichts. Plötzlich klangen Davids Worte in meinem Ohr. *Alea jacta sunt.* Klar. Der Würfel ist gefallen. Es gab kein Zurück. Das hatte er gemeint. Ich saß auf der Mauer und fühlte mich irgendwie völlig irreal, als passierte das alles nicht mir, sondern jemand anderem, und ich war nur ein unschuldiger Zeuge, der die Szene beobachtete. Ich starrte auf die blaue Haustür und wartete darauf, daß sie sich öffnete und David herauskam, denn ich war mir sicher, daß er das tun würde.

Und da war er schon. Er kam heraus, diesmal hatte er seine Anzugsjacke an und ein Bündel Briefe unter dem Arm, der mit einem unverwechselbaren rosafarbenen Band verschnürt war. Er zog die Tür hinter sich zu, verschloß sie, steckte den Schlüssel in die Hosentasche, ging mit eiligen Schritten den Gartenweg hinunter und wandte sich nach rechts, in Richtung U-Bahnhof – und vor allem in Richtung meines Verstecks.

Zuerst sah er mich nicht, die Traueresche und die hohe Hecke verbargen mich, doch dann, als er fast an mir vorbei sah, erkannte er mich.

»Tess!« rief er, und in sein Gesicht kam Farbe. »Wie lange sitzt du schon hier?«

»Lange genug.«

Er runzelte die Stirn, aber das schlechte Gewissen war nicht zu verkennen. »Für was?«

»Um dich mit deiner Geliebten zu sehen«, zischte ich.

Als ich das sagte, fiel alle Ruhe und Gefaßtheit von mir. Im Nu verwandelte ich mich in die betrogene, rachsüchtige Ehefrau, die Gift und Galle spuckte.

»Lange genug, um dich mitten auf der Straße herumknutschen und -schmusen zu sehen, lange genug, um den glücklich verheirateten Vater zweier Kinder die Mandeln eines wasserstoffblonden Flittchens kitzeln zu sehen!« geiferte ich. »Lange genug, um einen Blick auf diese Schlampe werfen zu können, diese Schlange, diese minderjährige blonde Nutte, die du dreisterweise in *mein* Haus schleppst ...« Meine Stimme klang jetzt schrill, und ich registrierte, daß hinter uns ein paar Gardinen zur Seite geschoben wurden. »Und mit der du es in *meinem* Bett treibst, auf *meinen* Laken, ehe du sie in ein Taxi gesteckt hast, um sie in euren schmutzigen Sündenpfuhl zu bringen, wo du sicher morgen mittag auftauchen wirst, um sie ORDENTLICH DURCHZUBUMSEN!«

Ich schrie das in sein Gesicht, so daß er blinzelte und erschrocken einen Schritt nach hinten auf die Straße machte. Fast hätte ihn ein Auto erwischt. Hinter mir fiel eine Vase klirrend zu Boden, als eine Gardine hastig zugezogen wurde.

»Tess, wovon redest du?«

»Komm schon, spiel jetzt nicht den Unschuldsengel!« brüllte ich. »Ich habe sie mit eigenen Augen gesehen! Wer war das denn, hm, David? Wenn du so unendlich clever bist, kannst du mir ja mal erklären, wer diese gewissenlose kleine Schlampe auf dem Rücksitz des Taxis war! Wer war dieses Dreckstück?«

»Dieses Dreckstück war deine Mutter!«

»Was?«

»Deine Mutter.«

30. Kapitel

Meine Verstand raste, mein Kopf schwirrte. Ich schüttelte ihn verwirrt. Er konnte doch unmöglich ein Verhältnis mit meiner Mutter haben?

David beobachtete den Kampf meiner Gehirnzellen, sah die Verwirrung in meinen Augen und seufzte.

»Nein, du Idiot, natürlich habe ich kein Verhältnis mit deiner Mutter.« Er packte mich am Arm, drehte mich sanft herum und führte mich zum Haus.

»Tess, ich glaube du bist ein bißchen durcheinander. Ist dir zum Beispiel bewußt, daß du heute morgen mit einem nur halb geschminkten Gesicht das Haus verlassen hast? Du hast ein goldenes Auge und ein ...«

Ärgerlich schüttelte ich seine Hand von meinem Arm. »Hör auf, vom Thema abzulenken, David. Und versuch nicht, mich auf deine linke Art zu belügen. Meine Mutter, hahaha! Du glaubst wohl, ich bin von gestern. Wer war das in diesem verdammten Taxi?«

»Ich habe es dir doch gesagt«, antwortete er geduldig. »Deine Mutter. Sie hat bei uns angehalten, um Auf Wiedersehen zu sagen, und da du nicht da warst, hat sie sich von mir verabschiedet.«

Wir standen jetzt vor der Haustür. Ich sah ihn verständnislos an. Er öffnete die Tür und schob mich sanft hinein.

Als er die Tür hinter uns schloß, hätte ich schwören können, daß ungefähr hundert Gardinen enttäuscht wieder zugezogen wurden. Schweigend folgte ich David durch die Diele in die Küche.

»Auf Wiedersehen?« wiederholte ich verwirrt und sank auf einen Stuhl. Benommen sah ich zu, wie er den Kühlschrank öffnete und eine Flasche Wein herausnahm. »Wieso, wohin geht sie denn?«

»Sie verläßt deinen Vater.«

»Nein!«

»Erst mal nur für ein paar Monate. Sie sagte, sie würde danach noch einmal über die Situation nachdenken.« Lächelnd drehte er den Korkenzieher in die Flasche. »Genaugenommen sagte sie, sie würde sich eine lange Auszeit nehmen mit der Aussicht auf eine Vertragserneuerung am Ende, dann aber ausschließlich zu ihren Bedingungen.« Er lachte. »Nicht schlecht, was? Keine endgültige Entscheidung, aber trotzdem eine ziemlich gewaltige – vor allem für deine Mutter. Und sie wird deinen Alten mit Sicherheit ein paar graue Haare kosten.« Er zog den Korken heraus.

»Und wo geht sie hin?«

»Indien.«

»Indien?«

»Ja, sie unternimmt eine Rundfahrt und einen Malkurs mit Gleichgesinnten. Wer weiß, vielleicht findet sie sogar einen so Gleichgesinnten, daß sie deinen Vater endgültig verläßt. Willst du was trinken?« Er setzte sich gegenüber an den Tisch und schob mir ein Glas hin.

»Bitte.«

Er goß uns beiden die Gläser voll. »Sie ist nach der Beerdigung sofort bei Rachel geblieben, also gar nicht erst mit deinem Vater nach Sussex zurückgefahren. Sie sagte, wenn sie nach Hause gefahren wäre, hätte sie es nie getan, hätte sie nie den Mut gehabt, wegzugehen.« Er spielte an seinem Glas. »Ich kann mir vorstellen, daß es für sie die halbe Miete war, in London zu sein. Wie auch immer, sie hatte schon vor ein paar Wochen in der *Times* von diesem Malkurs gelesen. Heimlich hatte sie sich alle Reiseunterlagen besorgt, aber im letzten Moment kalte Füße gekriegt. Gestern hat sie noch mal da angerufen, und zufällig hatten sie in letzter Minute eine Stornierung. Also lieh sie sich einige Klamotten von Rachel, kaufte sich noch ein paar dazu, und jetzt ist sie unterwegs nach Delhi. Toll, was?«

»Delhi? Du meine Güte! Daddy flippt aus!«

David zuckte mit den Schultern. »Klar wird er das, und es geschieht ihm recht. Sie hätte das schon vor Jahren tun sollen, da sind wir uns doch alle einig. Es macht keinen Sinn, ständig eine Lüge zu leben, oder? Es macht keinen Sinn, mit jemandem zusammenzuleben, den man nicht liebt, oder von dem man nicht geliebt wird, was meinst du, Tess?«

Er sah mich über den Rand seiner Brille hinweg durchdringend an, und mein Herz hörte beinahe auf zu schlagen.

»David«, begann ich zögernd und klammerte mich an den Stiel meines Weinglases, um Mut zu fassen. »Was hast du heute mittag hier gemacht?«

»Ein paar Unterlagen abgeholt«, erklärte er ruhig. »Ich hatte heute morgen vergessen, sie mit in die Kanzlei zu nehmen, und um vier hatte ich einen Termin mit einem Mandanten. Also bin ich kurz hier vorbeigekommen, um sie abzuholen, und traf deine Mutter, die gerade einen Zettel in unseren Briefkasten schob, um uns mitzuteilen, daß sie verreist. Sie kam gerade vom Einkaufen und hatte alles in Plastiktaschen gesteckt, deshalb habe ich ihr unseren Koffer angeboten.«

»Ehrlich?«

»Ehrlich.« Er hielt meinen Blick fest. Es war mucksmäuschenstill.

»Und David«, fuhr ich fort, nachdem ich einen Schluck Wein hinuntergestürzt hatte, »Laura hat erzählt – das heißt eigentlich Janie, das Mädchen aus ihrer Agentur – daß sie dich kürzlich im *Bibendum* beim Lunch gesehen hat.«

Er nickte. »Ja, ich habe Janie auch gesehen.«

»Du warst mit einem Mädchen da«, sagte ich atemlos. »Eine Blondine.«

»Genau.«

»Wer – war das?«

»Das war Lucy.«

Der Wein in meinem Mund wurde plötzlich zu Rattengift, zu Nagellackentferner, zu Domestos. Ich spuckte ihn angewidert über den Tisch.

»Lucy?« brauste ich auf. Gott, schon bei dem Name krümmten sich meine Eingeweide; er war so sinnlich und knackig und frivol und anzüglich und schlüpfrig – Lucy!

»Unsere neue Buchhalterin.«

Mein Herz setzte aus, und raste dann in einem irren Tempo weiter. »Eure neue Buchhalterin?«

»Wir haben zur Abwechslung mal eine Frau eingestellt. Hast du damit ein Problem?«

Ich zwinkerte. »N-nein. Nein, ganz und gar nicht! Und du bist mit ihr ins *Bibendum* gegangen?«

Er lächelte. »Ja, ich glaube, so hieß dieser sündhaft teure Schuppen, in dem wir zu Mittag gegessen haben. Es gehört diesem Conran-Typ, der im Fernsehen immer Werbung für die American-Express-Karte macht. Scheint eine Art Flaggschiff für ihn zu sein, aber ich hatte noch nie davon gehört.« Er grinste. »Ich saß ganz schön in der Tinte, weißt du. Lucy hatte ihren ersten Arbeitstag, und wie üblich hatte niemand eine Willkommensfeier oder etwas Ähnliches organisiert. Also haben diejenigen von uns, die keinen Gerichtstermin hatten, beschlossen, guten Willen zu demonstrieren und mit ihr essen zu gehen. Simon schlug dieses Restaurant vor und ließ einen Tisch reservieren. Dann stellte er fest, daß er doch ins Gericht mußte und nicht mitkommen konnte, und dann fiel auch Ben und Dick ein, daß sie nicht konnten, also blieb nur noch der alte Trottel hier, der sie begleitete. Ich habe vorsichtig nachgefragt, ob sie glaubten, daß der Schuppen auch nicht zu teuer sei, aber sie versicherten mit viel Gelächter und Schulterklopfen, nein, er sei genau meine Kragenweite, unglaublich billig und nett, mit jede Menge Eintopf und Pfannkuchen auf der Karte, ich würde es sicher *riesig* finden.«

Ich mußte trotz allem lächeln. Ich konnte mir nur allzugut vorstellen, wie Ben und Dick sich vor Lachen bogen, nachdem sie den armen David in den Bankrott geschickt hatten.

»In dem Moment, als ich die Preise auf der Speisekarte las, wußte ich, daß sie mich hochgenommen hatten, aber ich biß die Zähne zusammen und dachte, also gut, ihr Dreckskerle, ihr habt es so gewollt, bestellte alles, worauf ich Appetit hatte und drängte Lucy dazu, dasselbe zu tun. Wir zwei futterten Gänseleberpastete, Ente, Schnecken, Wachteln und beschwipsten uns an ein paar Flaschen eines ganz ordentlichen Burgunders. Wir blieben den ganzen Nachmittag sitzen, und ich muß sagen, es war sehr nett. Lucy ist sehr unterhaltsam und sieht auch noch hübsch aus, und ich habe den Nachmittag wirklich genossen. Als ich uns schließlich um vier Uhr für eine Unsumme freigekauft hatte und wir in die Kanzlei zurückkehrten, habe ich den grinsenden Dreckskerlen erzählt, sie hätten absolut recht gehabt; das Ding hätte tatsächlich genau meine Kragenweite, ich wäre ihnen sehr dankbar für den Tip, und ob sie es nicht auch toll fänden, daß Lucy einen Weg gefunden hätte, die Rechnung auf die Kanzlei zu buchen. Meine Güte«, fügte er etwas weniger fröhlich hinzu, »vielleicht ist das der Grund, warum meine Honorare in letzter Zeit so spät gezahlt werden. Lucy denkt sicher, sie müsse keine Rechnungen mehr schreiben, weil ich auch so genügend Geld hätte. Entweder das. Oder sie glaubt, ich hätte es auf ihren Körper abgesehen und findet das gar nicht witzig.«
Ich schluckte und suchte nach meiner Stimme die ich eine

ganze Weile nicht benutzt hatte. »Dann – hast du also gar kein Verhältnis?«

»Mit Lucy?« Er lachte. »Nein.«

»Mit jemand anders?«

Er betrachtete mich nachdenklich. »Nein, mit niemand, Tess.« Ich starrte ihn eine Zeitlang an, dann warf ich den Kopf nach hinten und stieß einen lauten Freudenschrei aus.

»O David, ich bin ja so froh! Ich kann dir gar nicht sagen, wieviel Sorgen ich mir gemacht habe!« Glücklich schlug ich mit den Händen auf den Tisch und spürte förmlich, wie meine Augen vor Freude tanzten.

»Weißt du, Lara hat gedacht ... das heißt, eigentlich haben wir *beide* gedacht, daß – Meine Güte, David, du machst dir ja keine Vorstellung!« Ich packte seine Hand. »In den letzten Stunden habe ich die Hölle durchlebt. Ich hab' dich mit irgendeinem Flittchen in einer Absteige in Bayswater wohnen sehen. Ich hab' dich in eine schwarze Jeans gepreßt zu dröhnender Hip-Hop-Musik tanzen und selbstgedrehte Joints rauchen sehen, Herrgott, ich hab dich sogar mit so einem blutjungen sexy Häschen auf einem Futon rumturnen sehen wie ein wiedergeborener Teenager ... Meine Phantasie ist komplett mit mir durchgegangen, das kann ich dir sagen.«

David zog die Augenbrauen hoch. »Offensichtlich«, kommentierte er trocken.

»Und was mich angeht, oh, für mich gab es gar keine Hoffnung mehr.« Ich schüttelte dramatisch den Kopf. »Ich war die verlassene, abgeschobene Babymaschine mit Hängebusen. Ich war das Auslaufmodell, das Plazenta-Hirn, für nichts mehr zu gebrauchen außer in einem gammeligen alten Hauskleid und Socken und mit Rice Crispies in den Schamhaaren in der Küche vor mich hin zu vegetieren und Böden abzuwischen, Hinterteile, Kotze und Nasen ...« Ich stand auf, zog einen Lappen aus der Spüle und schluffte herum wie ein Sumpfungeheuer, um das ganze ein wenig zu veranschaulichen. »O ja.« Ich lachte vergnügt, schleuderte den Lappen in die Spüle zurück und warf mich wieder auf meinen Stuhl. »Ich war nur noch Geschichte.«

»Wirklich?«

»Ja, wirklich David, du kannst dir gar nicht vorstellen, was ich durchgemacht habe.«

»Mir kommen gleich die Tränen.«

»Du hast ja keine Ahnung, wie hoffnungslos kompliziert mir alles erschien. Als ich dich den Koffer in dieses Taxi laden und jemand darin küssen sah, dachte ich, okay das war's, Tess.« Ich umfaßte würgend meinen Hals. »Das war dein letzter Vorhang, altes Mädchen. Von jetzt an heißt es glückliche Alleinerziehende zu sein, die Zähne zusammenzubeißen, wenn das gemeinsame Auto vor dem Haus vorfährt, dich zu einem Lächeln zu zwingen und den Kindern zuzuwinken und ihnen einen schönen Tag mit Daddy zu wünschen, deine Nägel zu zerkauen und die Sherryflasche umzustoßen, während sie durch den Zoo gezerrt und pausenlos mit Big Macs und Milkshakes gefüttert werden, dich die ganze Zeit zu fragen, ob *sie* auch dabei ist, zuzusehen, wie sie mit Geschenken beladen nach Hause kommen, einen Blick auf *sie* im Auto zu erhaschen, so lange gefaßt zu bleiben und zu lächeln, bis die Haustür endlich zu ist und die Kinder dann zu martern – es wissen zu wollen und doch nicht wissen zu wollen – sie grün und blau zu schlagen, wenn sie zugeben, sie sei ›ganz okay‹, den Sherry erneut umzustoßen, dich in den Schlaf zu heulen ... O Gott, David, ich kann dir gar nicht sagen, wie schrecklich das geworden wäre!«

»Wird es das jetzt nicht?«

»Was?«

»Wird es jetzt nicht schrecklich?«

»Nein, natürlich nicht.« Ich lachte. »Warum sollte es, wenn du keine –« Ich erstarrte plötzlich mit dem Glas in der Hand. Langsam ließ ich es sinken. »Wie meinst du das, David? Warum sollte es das sein?«

Er sagte nichts, schaute mich nur an. Ich bekam Angst. »Warum sollte es das sein?« flüsterte ich noch einmal.

»Das frage ich dich«, antwortete er ruhig. »Wie ich das so sehe, sind die Dinge bei dir immer noch hoffnungslos kompliziert. Sollte *ich* nicht derjenige sein, der *dir* diese Frage stellt? Sollte ich dich nicht fragen, ob *du* eine Affäre hast?«

»Äh.« Ich atmete schwer, als er auf mich zukam. »Äh, ich verstehe ... du meinst Patrick. O nein, sei nicht dumm, ich ...«

»Dumm?« Er unterbrach mich so heftig, daß ich aufsprang. »Dumm soll ich sein. Also entschuldige bitte!«

Er stand auf und sah mich wütend an. Er hatte die Hände zu Fäusten geballt, sein Gesicht war blaß und unbewegt. Er sah überhaupt nicht mehr so aus wie David.

»Zwölf Jahre, Tess«, begann er mit bebender Stimme. »Zwölf Jahre habe ich mit dem Schatten dieses Scheißkerls gelebt, zwölf Jahre hat er mir ständig über die Schulter geschaut, uns überallhin verfolgt, jede unserer Bewegungen beobachtet, ist er wie ein verdammter Spion im Trenchcoat hinter und her geschlichen und hat rauchend in dunklen Hauseingängen auf dich gewartet.«

Ich sah ihn entsetzt an. »A-aber er war nie da. Er war doch immer in Italien. Wie kannst du ...«

»O doch, er war immer *da,* das weißt du ganz genau.« Er beugte sich vor und stieß mich hart gegen die Brust. Seine Augen waren wie zwei Feuersteine. »Meine Güte, er hätte auch in Timbuktu sein können, es hätte keinen Unterschied gemacht. Er war immer in deinem Herzen, habe ich recht, Tess? Nein, er hat nicht dein ganzes Herz besetzt, ich weiß. Du hast ihn großzügigerweise ein Stück zur Seite geschoben, um Platz für zwei zu schaffen, als ich auf der Bildfläche erschien, und ich bilde mir auch ein, ihn im Laufe der Jahre ganz schön abgedrängt zu haben, aber nicht ganz. Du hast immer dafür gesorgt, daß er sich gerade noch mit den

Fingerspitzen an den Abgrund klammem konnte, und eins sage ich dir, das war manchmal verdammt hart für mich.«

Ich öffnete den Mund, um alles abzustreiten, dann sah ich sein drohendes Gesicht. Schamhaft senkte ich den Kopf.

»Ich habe ihn wohl die ganze Zeit ein bißchen verehrt ...«

»Verehrt«, tobte er. »Angebetet hast du ihn, vergöttert!«

»Aber jetzt nicht mehr.« Ich sah auf. »Ehrlich nicht.«

Lächelnd schüttelte David den Kopf.

»Es ist wahr«, beteuerte ich und griff nach seiner Hand. »Ich schwöre es, David. Es ist vorbei, es ist ...«

»Es ist lebendiger als je zuvor«, antwortete er hart und zog seine Hand zurück. Dann drehte er mir den Rücken zu und schaute aus dem Fenster. Nach einer ganzen Weile redete er weiter.

»Tess, ich möchte, daß du für eine Weile weggehst.«

Ich starrte auf seinen Rücken. »Was?«

»Ich möchte, daß du mit ihm nach Italien gehst.« Er streckte den Kopf Richtung Tür. »Komm schon«, sagte er. »Verschwinde.«

Mein Unterkiefer sank nach unten. »Aber David, warum?«

»Weil ich es satt habe, ständig die zweite Geige zu spielen, darum. Ich habe es satt, mit meinen grauen Wollsocken in die Fußstapfen schicker italienischer Schuhe zu treten. Ich habe es satt, mich abzumühen, um dich glücklich zu machen, solange es nur ein par Flugstunden entfernt jemanden gibt, der dich viel glücklicher machen könnte.« Er fuhr herum und sah mich an. »Weißt du, Tess, eine Zeitlang habe ich mir ernsthaft überlegt, wie ich euch zwei zusammenbringen könnte. Ich hatte sogar schon daran gedacht, diesen Sommer Urlaub in Florenz zu machen, die Kinder durch die Uffizien zu schleppen, ein paar Duomos zu besichtigen und ihm dann zufällig über den Weg zu laufen.« Er lächelte. »Stell dir meine Freude vor, als ich erfuhr, daß diese Anstrengungen nicht nötig sein würden. Stell dir meine Begeisterung vor, als ich hörte, sein Vater wäre gestorben und er würde sich nur einen Steinwurf von uns entfernt in Schottland aufhalten. Stell dir meine Genugtuung vor, als du vom ersten Moment an hinter ihm her geschwänzelt bist, dich für ihn schön gemacht hast, mitten in der Nacht ausgerissen bist, um ihn auf irgendwelchen dunklen Feldern zu treffen und dich dann zu verlaufen, während ich dich überall suchte. Und dann auch noch diese wunderbare Gelegenheit, als du, o wie günstig, vom Rad fielst und in seinem Gästezimmer in Guilduncan eingesperrt warst ... Du kannst dir sicher denken, daß meine Begeisterung in diesem Augenblick grenzenlos war. Jetzt war alles perfekt! Ich mußte mir nur noch einen triftigen Vorwand ausdenken, um von der Bildfläche zu verschwinden, nach London zurückzukehren und dich in Ruhe machen zu lassen.«

»Heißt das, du hattest hier gar nichts zu tun?« flüsterte ich.

»Natürlich nicht. Die meisten Gerichte machen im August Sommerpause, und ich hatte meinen ganzen Papierkram längst erledigt. Nein, ich habe nur ein bißchen rumgehangen, Kricket geguckt, in der Nase gebohrt und langsam, aber sicher den Verstand verloren.«

»Deshalb hast du also darauf gepocht, daß ich in Guilduncan blieb. Du wolltest, daß ich ein Verhältnis mit ihm anfange. Mit ihm fortgehe.«

»Ich glaube, jetzt hast du's endlich kapiert.«

»Aber – du meine Güte, David – stell dir vor, es hätte funktioniert? Stell dir vor, ich wäre mit ihm gegangen und hätte die Kinder mitgenommen. Das war ja wie Russisches Roulette – um deine Familie.«

Er sah mich ungerührt an. »Ich hatte mich entschlossen, dieses Risiko in Kauf zu nehmen. Das Ganze passierte schließlich nicht aus einer plötzlichen Laune heraus, Tess, es war keine Ad-hoc-Entscheidung. Ich hatte mir das sehr gut überlegt.«

Ich schluckte. »War sie denn so offensichtlich? Meine – du weißt schon ...«

»Obsession für ihn? Nein, nicht die ganze Zeit, aber sie hatte die unangenehme Angewohnheit, sich immer mal wieder zu zeigen. Du wurdest dann launisch und verschlossen, schimpftest über deiner Rührei-Pfanne vor dich hin, beklagtest dein Los, nur eine gewöhnliche Putney-Hausfrau zu sein. Sicher meintest du damit auch die Tatsache, mit einem langweiligen Mittelklasse-Anwalt verheiratet zu sein, auch wenn du wenigstens immer so höflich warst, es nicht auszusprechen. Aber ich habe auch so gemerkt, daß du mit dem Herzen nicht bei der Sache warst, Tess. Nach außen wirktest du vielleicht wie eine, die mit der einen Hand Speck brät und mit der anderen ein Hemd bügelt, die Backofentür mit dem Fuß zutritt und die Zeugen Jehovas durchs Fenster verscheucht, aber ich wußte, daß du in Wirklichkeit auf irgendeinem sonnigen italienischen Balkon warst. Ich wußte, daß du deinem Lover Boy beim Gin Tonic heiße Blick zuwarfst, ich wußte, daß du dir hastig die Kleider vom Leib zerrtest, auf feuchten Leinwänden herumpinseltest und eine ziemliche Schweinerei zwischen den Bougainvilleen veranstaltetest.«

Ich blickte auf meine Hände und schüttelte den Kopf. »Wie dumm« flüsterte ich, »wie naiv.«

»Tatsächlich?« Er zog die Augenbrauen hoch. »Woher willst du das wissen, bevor du es ausprobiert hast? Bevor du probiert hast, mit einem verwöhnten, griesgrämigen Kindskopf zu leben, der nie etwas anderes kannte als seinen eigenen Kopf? Mit einem Mann, der ein völlig abstruses Bild von der Menschheit hat, vor allem von Frauen? Woher willst du das wissen, bevor du probiert hast, in einem Land zu leben, dessen Sprache du nicht beherrschst und wo, glaub es mir, die Menschen *immer* noch spülen und Hemden bügeln und Kinder in die Schule bringen und im Supermarkt einkaufen gehen. Komm Tess, los mit dir. Geh ins nächste Reisebüro und buch einen Flug. Ich halte hier die Stellung – probier es ein bißchen aus!«

»Das brauche ich nicht«, flüsterte ich. »Ich weiß es schon, und es ist vorbei mit ihm, ehrlich. Du mußt mir glauben, David!«

Er sah mich erstaunt an. »Gestern, als ich auf Onkel Roberts Beerdigung mit dir gesprochen habe, war es aber mit Sicherheit noch nicht vorbei mit ihm. Ich glaube, du hast das Gespräch sogar auf das Thema Scheidung gebracht, erinnerst du dich? Was ist denn in den letzten 24 Stunden so Entscheidendes passiert, daß du deine Meinung so radikal geändert hast?« Er lehnte sich mit verschränkten Armen gegen die Spüle. »Erzähl es mir, Tess, ich bin ganz Ohr.«

»Also gut«, begann ich. »Nach der Beerdigung – habe ich mich mit ihm getroffen.«

»Ah ja, das war sicher, als du sagtest, du bräuchtest ein bißchen frische Luft.«

Ich nickte. »Stimmt.« Ich schluckte mühsam, meine Kopf schwirrte. Ich wußte, daß ich ihm jetzt alles erzählen mußte, egal wie unglaubwürdig es klang. Eine Menge hing davon ab. Ich bemühte mich, meine Gedanken zu ordnen. »Zu diesem Zeitpunkt«, erklärte ich und tastete mich Wort für Wort vor, »hatte ich, glaube ich, ernsthaft vor, ein Verhältnis mit ihm anzufangen.« Ich sah auf.

»Gestern«, warf David mühsam beherrscht ein. »Gestern erst.«

Ich nickte. »Ja, aber dann passierte etwas. Etwas ...« Ich versuchte es zu erklären – denk nach, Tess, denk nach und rede, verdammt. SAG es ihm. »Ich habe in Patrick etwas gesehen, das ich vorher nie gesehen hatte. Etwas völlig Überraschendes und Unheimliches.« Ich schüttelte den Kopf. »Es war so, als könnte ich in seine Vergangenheit blicken, genauer gesagt in seine Seele. Ich konnte sehen, wie wenig Liebe er bekommen hatte, was für eine scheußliche Kindheit er hatte und wie ihn das geprägt hat. *Verdor-*

ben hat. Ich verstand jetzt, warum er immer versucht hatte, das zu verheimlichen, und warum er von mir so besessen war. Es war keine Liebe, es war eher so etwas wie ein Kreuzzug. Er tat mir leid, aber zugleich fand ich ihn beängstigend und unheimlich. Ich wollte gehen, wollte weg von ihm. Wir stritten uns, und er ...«

»Euer erster Streit.« David lächelte sarkastisch. »Wie rührend.«

»Nein, nein, es war mehr als das. Ich – na ja, ich fühlte mich völlig abgestoßen von ihm. Der Gedanke, er könnte mich berühren, war mir unerträglich.«

Spöttisch verzog David das Gesicht. »Wie außergewöhnlich! Und das, obwohl du ihn Sekunden zuvor noch für die sexuelle Versuchung schlechthin gehalten hattest! Aber dann – dann fielen dir die Schuppen sprichwörtlich von den Augen, und du dachtest: Puh, da bin ich ja gerade noch mal davongekommen! Schnell zurück zum guten alten David. Zurück zu der ollen Fußmatte. Zurück zu Old Faithful!«

Ich sah ihn an. »Wenn du es so ausdrücken willst. Als ich dann allerdings befürchten mußte, daß Old Faithful es offenbar satt war, auf Old Faithless zu warten und sich einem neuen Modell zugewandt hatte, dachte ich ...«

»Ja?«

»Ich dachte, die Welt bräche für mich zusammen.« Meine Augen wurden feucht.

Stille. David drehte sich um und schaute aus dem Küchenfenster. Es hatte angefangen zu regnen, die Tropfen fielen durch das offene Fenster in die Spüle. Er schloß es nicht, sondern sah zu, wie sie auf das Fensterbrett sickerten, in die rostfreie Edelstahlspüle und schließlich in den Abfluß.

»Ich weiß nicht«, sagte er müde. »Ich weiß wirklich nicht.«

Ich betrachtete seinen aufgerichteten Rücken, seine breiten Schultern, die Art, wie er die Hände in den Hosentaschen hielt, und plötzlich wußte ich, daß ich um ihn kämpfen mußte. Ich mußte um meine Ehe kämpfen.

Ich stellte mich hinter ihn. »David«, begann ich leise, »nur weil ich es nicht so gemacht habe, wie du es geplant hattest, weil ich nicht meinen Kleiderschrank leergeräumt und die Kinder geschnappt habe und sechs Monate später zurückgekommen bin und gefleht habe, ›Nimm mich zurück, es war alles ein schrecklicher Fehler‹ bist du jetzt enttäuscht, stimmt's? Es reicht nicht, daß mir die Augen auch so geöffnet wurden, oder? Du wolltest, daß ich wegging, um es endlich aus dem Kopf zu kriegen, aber verstehst du denn nicht?« Ich redete wie eine Wahnsinnige auf ihn ein. »Es ist nicht nötig! Genauso wie mir ein kurzer Blick auf dich, deinen Koffer und das Taxi vor unserem Haus genügte, um zur Besinnung zu kommen, genügte mir auch ein kurzer Blick auf Patrick! Und in dieser kurzen Zeit habe ich so *viel* gesehen. Ich habe alles gesehen, alles. Man braucht nicht zwölf Jahre, um zwölf Jahre hinter sich zu lassen; in diesem Spiel *gibt* es keine Bedingungen, es *gibt* keine Regeln, und alles *kann* im nächsten Moment zusammenbrechen – du läßt eine Masche fallen, und die ganze Sache ist hin – ich bin ihn los, David! Ich schwöre dir, ich bin für immer mit ihm fertig, und du kannst dir gar nicht vorstellen, wie befreiend das ist. Als hätte ich den Teufel endlich ausgetrieben. Er ist wirklich fort ...«

Es war ganz still. Ich hörte die Uhr ticken, konnte fast meine Zehen in den Schuhen quietschen hören. Dann sah ich, wie er den Kopf schüttelte.

»Ich möchte mir nur sicher sein«, sagte er leise. »*Ganz* sicher.«

»Ich *bin* sicher.«

Ich flog auf ihn zu, klammerte mich an ihn, legte meine Arme von hinten um seine Taille. Ich lehnte den Kopf an seinen Rücken, schloß die Augen und betete zu Gott, Buddah, Allah, zu jedem, und langsam, sehr langsam drehte er sich um. Seine Arme umschlossen mich. Ich sah ihn an. Die Tränen strömten über mein Gesicht.

»Ich liebe dich, David«, sagte ich atemlos. »Ich war so ein verdammter Idiot, ich weiß, aber ich liebe dich. Ich habe dich immer geliebt, glaub bitte nie etwas anderes, glaub nie, ich hätte all die Jahre eine Lüge gelebt, denn das ist nicht wahr!«

Ich sah ihn angestrengt blinzeln und schlucken.

»Es wird jetzt so viel besser werden«, versprach ich, »jetzt wo wir ihn los sind, jetzt wo er nicht mehr ständig in unserer Nähe ist.«

Er sah mich an.

»Bitte glaub mir, Darling, ich weiß, ich bin nicht nur rücksichts-, sondern auch einfallslos, aber ich weiß einfach nicht, wie ich dir das sonst sagen soll, ich liebe dich so sehr, bitte verlang nicht von mir, daß ich weggehe, bitte. Ich wäre ohne dich verloren!«

Er schaute mich noch einen Moment an, dann senkte er langsam den Kopf zu mir herunter. Ehe seine Lippen mich jedoch berührten, hielt er inne. Stirnrunzelnd.

»Weißt du, das Komische ist, Tess, daß ich nie begreifen konnte, was du in ihm gesehen hast. Er hat mich an deinen verdammten Vater erinnert.«

Ich rang nach Luft und war froh, als er mich endlich küßte.

Später an diesem Abend, nachdem wir die Kinder ins Bett gebracht und ihnen ihre Geschichte vorgelesen hatten, schlichen wir leise in unser eigenes Schlafzimmer und liebten uns. Als ich danach in seinen Armen lag und mich an seine vertraute Brust schmiegte, sah David mich plötzlich von der Seite an.

»Hast du mit diesem Dreckskerl geschlafen?« brummte er.

»Nein!« Wie gut, daß ich das sagen konnte! »Nein, natürlich nicht!«

David sah mich eine Zeitlang nachdenklich an, dann schloß er die Augen. »Hm. Wollte ich nur mal wissen.«

Erleichtert kuschelte ich mich wieder an ihn. Einen Moment überlegte ich, ob ich ihm die Sache mit Willie beichten sollte. Jetzt, wo wir so offen waren und alles so schön bereinigt war? Aber Männer waren bei solchen Dingen oft ein bißchen komisch, nicht? Sie waren ziemlich eigen, wenn es darum ging, mit wem sich ihre Frauen nackt im Bett wälzten. Ich schluckte und beschloß, es lieber für mich zu behalten. Es wäre verrückt, das alte Eheboot von neuem zu erschüttern, nachdem es sich endlich wieder ein bißchen beruhigt hatte. Also kuschelte ich mich in seine Achselhöhle, fühlte mich warm und glücklich und ziemlich müde, aber ich wollte noch nicht schlafen. Ich wollte dieses Gefühl noch ein bißchen genießen. Ich schaute durch das geöffnete Fenster in den Nachthimmel. Ja, ich wollte einfach so daliegen und meinem Glücksstern danken.

Ich seufzte glücklich und hörte nach einer Weile regelmäßige, tiefe Atemzüge neben mir. Ich stützte mich auf und sah auf die schlafende Gestalt. Lächelnd beobachtete ich, wie seine Mundwinkel beim Ausatmen zitterten, daß seine Haare an den Seiten langsam schütter wurden und graue Strähnchen bekamen und sich seine Lachfältchen immer tiefer eingruben.

»Hör auf.« David öffnete ein Auge.

»Womit?«

»Hör auf, mich so anzugucken.«

»Wie denn?«

»Mir diesem gefühlsseligen, vernarrten Blick, mit dem man sonst seinen altersschwachen Golden Retriever anglotzt.«

»Hab' ich ja gar nicht!«

»Hast du doch. Ich habe es genau gemerkt. Du hast mich

angeguckt wie eine heißgeliebte alte Leonard-Cohen-Platte oder einen von Clemmies Babyschuhen, und außerdem war ich beschäftigt. Du hast mich gestört.«

»Bei was?«

»Beim Öffnen von Lucys Büstenhalter. Ich stand kurz davor, ihre vollen, üppigen jungen Brüste in meinem ausgestreckten Händen zu halten.«

»David!«

»Was?«

»Das ist unverschämt.«

»Tatsächlich?« Er dachte kurz nach. »Du hast recht, ich hätte sie erst küssen müssen. Das Problem an den Träumen ist nur, daß man sich nicht immer an die Formalitäten erinnert, sondern einfach loslegt und – au! Autsch, das war mein Ohr – Gott, was soll das denn werden, ein Faustkampf? Komm her, ich zeig's dir, ich ...«

»O toll. Dürfen wir mitmachen?«

David und ich erstarrten mitten im Ringkampf, als zwei Köpfe unter dem Bett auftauchten.

Wir sahen sie fassungslos an.

»Wie lange seid ihr schon da unten?« fragte ich atemlos.

»Also, wir haben den Anfang verpaßt und sind ungefähr in der Mitte druntergekrabbelt«, erklärte Hugo. »Clemmie war's ein bißchen langweilig, aber ich fand's klasse! Sag mal, Daddy, kannst du mir was erklären? Weißt du, als du Mummy ins Ohr gebissen hast und sie dich Hengst genannt hat und du hast Stute zu ihr gesagt, und dann hast du auf ihr gesessen und –«

»RAUS!« brüllte David, sprang splitternackt auf und jagte sie aus dem Zimmer. »RAUS! VERSCHWINDET IN EURE EIGENEN ZIMMER, BEVOR ICH DIE GEDULD VERLIERE! ICH ZÄHLE BIS DREI. EINS, ZWEI ...«

Die Hollywood-Drehbuchautorin Cora Sharpe führt ein aufregendes Leben. Als ihr bester Freund an Aids stirbt, gerät sie in eine Krise, an der ihre Beziehung zu ihrem Geliebten Ray zerbricht. Kurze Zeit später stellt sie fest, daß sie schwanger ist. Um ihre gemischten Gefühle zu ordnen, schreibt Cora Briefe an ihr ungeborenes Kind. Als ihre Mutter Viv beschließt, ihren an Alzheimer erkrankten Vater Bill aus dem Pflegeheim zu entführen und in seinen Heimatort zurückzubringen, ist Cora begeistert. Mit ihrem Freund Bud im Schlepptau begibt sie sich auf eine kosmisch-komische Forschungsreise in die Welt der Urinstinkte, die Menschen dazu treiben, trotz aller Zweifel Kinder in die Welt zu setzen ...

ISBN 3-404-16193-9

BASTEI
LÜBBE

Doris ist jung, dynamisch und – erfolglos. Ob in ihrem Job als Schuhverkäuferin oder im Privatleben: Sie schlittert von einer Katastrophe in die nächste. Ihr Umzug in eine männerverachtende Frauen-Wohngemeinschaft auf dem Lande soll zumindest in privater Hinsicht Ordnung in Doris' Leben bringen. Wären da nicht der flotte Björn und der amüsante Arzt Holger ...
Mit der Ankunft ihrer konservativen Mutter, der Kündigungsdrohung ihres Chefs und der Beherbergung des flotten Angelo in der Wohngemeinschaft bricht für Doris das Chaos aus. Erst das Eingreifen ihres alten Freundes Henrik vermag die Wogen etwas zu glätten. Gegen Ende des Romans zeigt sich jedoch: Doris weiß sehr wohl, was sie will und beweist wahre »Frauenpower«.

ISBN 3-404-16192-0

BASTEI LÜBBE